BASTEI
LÜBBE

JOSEF NYARY

Die Vinland Saga

BASTEI LÜBBE

BASTEI-LÜBBE-TASCHENBUCH
Band 11 373

1. Auflage Februar 1989
2. Auflage Juni 1989
3. Auflage Juni 1990
4. Auflage September 1991

Bearbeitete und genehmigte Lizenzausgabe:
Gustav Lübbe Verlag GmbH, Bergisch Gladbach
Printed in Germany 1991
Einbandgestaltung: Dieter Kreuchauff
Titelfoto: Norma Barcelona
Satz: KCS GmbH, 2110 Buchholz/Hamburg
Druck und Bindung: Ebner Ulm
ISBN 3-404-11373-X

Der Preis dieses Bandes versteht sich einschließlich
der gesetzlichen Mehrwertsteuer

1. Buch

A. d. 986–988

Wie Aris auf den Wiking fährt

Bard der Braune besaß einen Bauernhof in Nordmöre. Er hatte drei Söhne: Asgrim, der älteste, pflegte das Vieh, daß es fett wurde und viel Milch gab. Asmund, der mittlere, liebte die Seehundjagd; auch verstand er es wie kein zweiter, Langnetze mit Dorsch und Hering zu füllen. Aris, der jüngste, war rastlosen Blutes. Zu Beginn seines fünfzehnten Frühlings nahm er von Vater und Brüdern Abschied.

Bard schenkte dem Sohn sein Schwert Fußbeißer. Aris freute sich darüber sehr und machte sich dann auf den Weg nach Lade. Denn von dort fuhren jedes Jahr viele junge Norweger auf den Wiking. Am Hof Jarl Hakons warben Männer im Auftrag des Seekönigs Olof Wogenwolf Männer für einen Strandhieb nach Friesland. Ihr Anführer war der Skalde Sigurd Silberzunge. Er redete von Ruhm und Reichtum, von fernen Ländern und auch von der Liebe der Frauen. Über seinen Herrn sang er die folgende Weise:

»Warme See der Wogen
Wolf durchpflügt nach Goldglanz.
Herzens Hort er aber
Fand in Frostes Fängen.«

Denn Seekönig Olof ließ sich in jenen Tagen das Lager von einem Finnenmädchen erwärmen.

Am nächsten Morgen bestieg Aris Bardssohn das Schiff des Skalden und fuhr mit ihm südwärts, dem Stern des Fackelbringers entgegen. Bei ihrer Ankunft in Ägirstor vor Fositesland wurden sie von einer kleinen, grauen Schnigge fast übersegelt. Die Planken

des fremden Schiffes wiesen zahlreiche Narben auf, wie sie bei Fahrten durch Eis entstehen.
»Verdammte Isländer!« schimpfte der Skalde und steuerte aus dem Wind, »nicht einmal das Drachenhaupt nehmen sie vom Steven! He — so könnt ihr vielleicht vor eurer Eisinsel fahren, wo's niemanden stört außer Trollen und Trottellummen!«
»Haben wir dich erschreckt, Grützenschädel?« antwortete eine kräftige Stimme von Bord der Schnigge, »auf offenem Meer segelt's sich freilich anders als mit einem Holzschiffchen in Mutters Badezuber!«
Als die Norweger gewendet und angelegt hatten, liefen die Isländer schon laut lärmend zur Halle Hirsch. Am Tor prangte das Geweih eines Sechzehnenders. Drinnen saßen stolze zwölfhundert Mann.
Sigurd Silberzunge zog zornig sein Schwert, sprang in den Sand und eilte den Fremden nach. Aris und die anderen Norweger folgten ihm. Sie holten die Isländer aber erst ein, als diese schon vor dem Hochsitz des Wogenwolfs standen.

In der Halle des Wogenwolfs

Seekönig Olof maß sieben Fuß vom First des Hauptes bis zur Ferse. Seine Arme klafterten wie die Äste eines knorrigen Eichenbaums, als er die Gäste begrüßte: »Bjarne Herjulfssohn! Frorst also doch noch nicht auf deinem Gletscher fest! Thor steht uns bei, da so viele Männer aus dem geronnenen Meer kommen, an unserer Seite zu fechten.«
Der hochgewachsene Isländer antwortete: »Führe uns gegen Friesen und Franken, Wogenwolf! Dann wirst du bald sehen, ob uns der Himmelshammer hilft.«
Seekönig Olof reichte dem Gast ein wohlgefülltes Trinkhorn: »Erfrische dich und stelle mir deine Gefährten vor.«
Bjarne Herjulfssohn hob das schwere Gefäß spielend leicht an die Lippen und tat einen so gewaltigen Zug, als wolle er Thors Trunk beim Utgardloki übertreffen, als der durstige Gott den Spiegel der Weltmeere senkte. Sigurd Silberzunge und die anderen Norweger

sahen ihm staunend zu. Erst nach einer ganzen Weile setzte der Isländer das durchscheinende Gefäß wieder ab, reichte es dem vordersten seiner Gefolgsleute und erklärte: »Der Dürre, den du jetzt schlucken siehst, hört auf den Namen Sven und ist ein Sohn Bersi Blutbrünnes aus dem südlichen Habichtstal.«

»So, so«, meinte der Seekönig. »Sven heißen viele. Führt dein Gefährte nicht noch einen Beinamen?«

Der Angesprochene wischte sich Bier aus dem blonden, schon etwas schütteren Bart, kratzte sich hinter abstehenden Ohren und sagte: »Man nennt mich Stinkhals, wenn's beliebt. Sven Stinkhals.«

»Oho!« lachte der Wogenwolf. »So mag dein Atem nun also friesischen Fettwänsten in die Nasen steigen, wenn wir ihr Silber holen!«

»Das ist auch mein Wunsch«, versetzte Sven Stinkhals und ließ widerstrebend das Trinkhorn los, das ihm ein zierlicher Jüngling mit langen Locken und eisblauen Blicken entwand.

»Das ist Ulf Mädchenauge«, erläuterte Bjarne Herjulfssohn. »Er stammt, wie ich, vom Rauchkap; ihm glückt die Minne wie deinem Brauknecht das Bier.«

»Das kann ich mir vorstellen«, sprach Olof Seekönig schmunzelnd.

Der Jüngling hob das Horn von den Lippen und gab zur Antwort: »Was kann ich für der Frauen Träume? Leute, die minnen, sind nicht recht bei Sinnen!«

»Wohlgesprochen«, lobte der Wogenwolf und blickte mit erhobenen Brauen den nächsten Isländer an. Dieser trug eine rote Schärpe um den gewaltigen Bauch und ließ den Trunk ganz ohne Schlucken durch die Kehle gleiten, so als leere sich ein Fischteich gurgelnd durch den Abzugsgraben.

Das braune Haar des Isländers hing welk wie Wintergras von den Schläfen, und auf der Mitte seines Schädels glänzte schon die runde Lichtung des Alters. Verblüfft sah der Seekönig zu, wie der beleibte Krieger das Horn bis auf den letzten Tropfen leerte. Dann sagte Olof: »Wahrlich, in deinem Mund schwindet mein Met wie Wasser in einem Mahlstrom! Aber wie sagt man? Schlimmeren Vorrat nimmt auf die Fahrt man nie als Ältrunks Übermaß!«

Der Dicke lächelte gemütlich, rülpste verhalten, reichte das Trinkgefäß einem Diener und antwortete: »Was man auf morgen aufhebt, das fressen die Mäuse!«
»Nicht klebe am Becher, trinke Bier mit Maß!« rief der Wogenwolf. Der Knecht brachte das gefüllte Trinkhorn zurück, und der Dicke setzte sogleich wieder an.
»Wenn dieser Mann so dreinschlägt wie er gastet«, lachte der Seekönig da, »wird er mir jeden Schluck und Bissen zehnfach vergelten. Wie ist dein Name?«
»Glum Geirmundssohn aus Lavahafenmünde«, antwortete Bjarne Herjulfssohn an Stelle seines Gefolgsmannes, der immer noch trank. »Wir nennen ihn Goldbauch, denn in seinem Magen ruht sein gesamter Besitz und der ist nicht gering.«
»Sowie vor Dieben sicher«, vollendete der Dicke und reichte das Gefäß nun einem finsteren Rotbart mit tief herabhängenden Brauen. Dieser war von untersetzter Gestalt; breite Schultern und nervige Hände zeugten von seiner urwüchsigen Kraft. Sein Gesicht war zerklüftet wie Islands Wüste der Missetaten. »Man nennt mich Gorm den Grindigen«, sagte er laut. »Ich stamme von Ebereschenkap.«
»Sei uns willkommen«, erwiderte der Wogenwolf. Dann fiel sein Blick auf Sigurd Silberzunge. »Was ziehst du Eisen blank in meiner Halle?« herrschte er ihn an. »Gibt es unter meinen Gefolgsleuten Streit?«
»Diese Talgteufel«, rief der Skalde erbost, »fuhren uns vor den Wind und hätten uns fast gerammt. Auch nahmen sie das Drachenhaupt nicht ab. Nun sollst du mit mir vor die Tür treten, Bjarne, damit diese Sache entschieden wird.«

Wie der Streit geschlichtet wurde

»Wie du willst«, erklärte der Isländer und packte eine Axt, doch Olof Seekönig rief: »Wartet! Ich mische mich sonst nicht in solche Händel ein. Doch wenn wir morgen als Achselgenossen im Südland heeren wollen, ziemt es sich nicht, wenn wir heute einander erschlagen. Bist du zufrieden, Sigurd, wenn ich für meinen Freund Bjarne ein Bußgeld erlege?«

»Nicht du nahmst mir die Fahrt, Herr, sondern dieser Schmalztopf«, wehrte der Skalde ab. »Ich sehe nicht ein, warum diese frechen Isländer immer straflos davonkommen sollen. Auch verdächtigte mich Bjarne, das Segeln nur aus dem Waschzuber meiner Mutter zu kennen.« Der Sänger war vor Wut weiß wie Schnee.
»Wenn ich vorhin so etwas sagte«, erklärte der Herjulfssohn ruhig, »so habe ich damit gewiß nicht gemeint, daß du das Fechten im Butterfaß deines Vaters erlerntest.«
»Meintest du nicht, wie?« sagte der Skalde, der nicht recht wußte, was er sonst darauf antworten sollte.
»Nein, keineswegs«, bestätigte der Isländer höflich.
Neben dem Seekönig saß ein wohlgestalteter Mann auf dem Hochsitz, der war in ein Purpurgewand gekleidet. Dieser zog nun einen kostbaren Ring ab, reichte ihn dem Skalden und erklärte: »Auch ich bin Isländer, wie du wohl weißt, und biete dir nun mit diesem Schmuckstück Genugtuung an. Lasse es damit gut sein! Es floß ja kein Blut; auch mußtet ihr nicht schwimmen. Und an Scheltworten zeigtest du dich deinem Gegner durchaus gewachsen.«
Der Skalde drehte die herrlich funkelnde Gabe in seiner Linken und sagte besänftigt: »Das ist eine hohe Ehre, daß mir ein Nachfahr Ragnar Lodenhoses ein so wertvolles Geschenk zueignet. Darum will ich deinem Wunsch gehorchen, Thorfinn Karlsefni, und meinen Grimm vergessen.« Er stieß das Schwert ins Wehrgehenk zurück und steckte sich das Kleinod froh an den Finger.

Vom Gelage der Wikinger und wie die Seeschäumer Gefolgschaft schwören

Alsdann sagte Sigurd Silberzunge die Namen der jungen Norweger auf, die er in Lade angeworben hatte. Seekönig Olof nahm Bjarne Herjulfssohn und den Skalden an seine Seite. Den anderen Männern wies er Plätze bei seinen Gefolgsleuten zu. Auf diese Weise kam Aris Bardssohn bei den Leuten vom Eismeer zu sitzen. Sklaven in weißem Wollzeug trugen Tische mit Fleisch und Fisch herein, dazu Schüsseln voll Grütze aus Gerste mit viel fetter Milch. Hungrig holten die Isländer lange Löffel aus Ochsenhorn hervor und labten sich nach Herzenslust an den wohlschmeckenden Speisen. Danach wurden große Trinkgefäße gereicht, und ein gewaltiges Gelage begann.

Viele Male tranken Norweger und Isländer, aber auch hochgewachsene Dänen vom Limfjord und breitschultrige Schweden aus Birka einander über die Herdfeuer zu, erzählten von vergangenen Taten und prahlten mit noch bevorstehenden. Dann tönten die hallenden Worte des Wikingerfürsten durch den weiten Saal.

»Seeschäumer, Schwertbrüder, Schwurgenossen«, begann Olof Seekönig, »morgen, ihr wißt es alle, sind auf den Tag hundert Jahre vergangen, seit mein glorreicher Ahnherr Teit der Trotzige drüben im Norwidgau vor der sächsischen Übermacht fiel. Zum Gedenken an diesen Tag sollen zur Mittagszeit in ganz Friesland die Glocken erschallen. Ich aber will diesen Jubelklang in ein Sterbegeläut für alle Christen am Wattenmeer wandeln. Wie Ägirs Sturmwoge sollt ihr hinter dem Himmel hervorbrechen und die Dämme niederreißen, hinter denen sich das Friesenvolk vor unserem Grimm zu bergen sucht!«

Die Wikinger schwiegen und blickten mit leuchtenden Augen auf ihren Anführer. Über dem nächtlichen Meer erhob sich plötzlich ein starker Wind und umtoste heulend die hohe Halle. König Olof nahm einen geziemenden Schluck aus seinem vergoldeten Horn, wischte sich mit der Linken die Lippen und sprach:

»Teit der Trotzige war ein gewaltiger Heermann; zweitausend Kämpen gehorchten seinem Befehl. Aber auch mir fällt, wenn ich hier ausziehe, nicht die Tür auf die Ferse! Stolz erfüllt mich beim Blick auf eure gedrängten Reihen. Um Mitternacht fahren die Fernspäher fort, um unserer Flotte den Weg zu weisen. Folgt ihnen ohne Verzug! Wer mir den ersten Friesenschädel vor die Füße rollt, soll diesen Ring empfangen.«

Er hob ein funkelndes Kleinod empor, wie es einem König wohl anstand. Gierig starrten die Männer auf das Geschmeide. Der Sturm tobte immer lauter. Bald prasselte schwerer Regen hernieder. Der Wogenwolf rief noch lauter:

»Viele Schätze gibt's in den Speichern und Schränken der Friesen

zu finden: Silberdraht, dick wie mein Daumen, Gold, Edelsteine und wertvolle Münzen, genug, um Ängellands Thron zu kaufen.« Er blickte lächelnd im Kreis. »Auch manchen Schluck Wein vermute ich dort«, fügte er launig hinzu, »so recht geeignet, alten Männern die ausgetrockneten Adern mit neuem Leben zu erfüllen, so daß sie wieder ihren Weibern beiwohnen können, ohne verlacht zu werden. Auch Wollmäntel und Decken aus Ziegenhaar hat man dort, alle zu wärmen, die winters leicht frieren.«
»Führe uns in die Schlacht!« riefen einige dänische Landsleute des Wogenwolfs, »dann zeigen wir dir, daß wir noch nicht auf die Bank der Greise gehören!«
Krachend rollte das Donnerrad über den Himmel.
Seekönig Olof lächelte, trank wieder und fuhr fort: »Heute das Wort, morgen die Tat! Wenn euer Mut dann so wogt wie jetzt euer Eifer, werden die Friesen wohl nicht mehr viele Hemden auftragen! Wir werden ihr Moor mit ihren Leibern pferdefest machen. Laßt eure Wundwespen fliegen, meine tapferen Schildrandröter, schwingt die ehernen Blutzweige, laßt eure Brünnenbrecher dröhnen und nährt Walvaters Wölfe!«
Wieder folgte ein Donnerschlag seinen Worten. Die Krieger sprangen auf. »Fahre, König, wir folgen deinem Kielstrom!« schrien sie.
Olof Wogenwolf hob das Horn zum Dach der Halle. Seine Augen blitzten und seine Worte folgten einander nun wie die Schläge des Schmiedehammers.
»Nicht für feige Männer stickte meine Mutter einst den schwarzen Boten Odins auf mein Königsbanner und nannte es Bluthimmel — wenn uns die Walröte morgen voranweht, sollen ihm Helden folgen! Und wenn die Schicksalsnornen uns den kurzen Lebensfaden spannen, so sterben wir wenigstens nicht den ruhmlosen Strohtod. Gold für die Lebenden, den Toten aber ein Ehrenplatz unter der Einheerern von Walhall!«
Die Wikinger aus Schweden, Gautland und Schonen, dem Land der Gefahr, auch die von Rügen, Burgunderholm und den anderen Inseln des Ostwegs, die Kämpen aus Seeland, Fünen und Jütland und ebenso aus Romerike, Jädern, Möre und vielen anderen Landschaften Norwegens hielten die Hörner zum Himmel, seih-

ten sich Ströme des starken Safts durch die Schnurrbärte und brüllten dem König aus vollen Hals Beifall zu. Als der Jubel auf seinem Höhepunkt war, fuhr ein besonders lauter Donnerschlag herab. Da flog plötzlich die Tür auf und vor dem von Blitzen durchzuckten Nachthimmel stand eine hohe, unheimliche Gestalt. Regenwasser rann in Strömen über die schwarze Rüstung des Fremden. Von seinen breiten Schultern hing ein schwerer Mantel aus völlig durchnäßter Wolle. Ein Beil aus nachtfarbenem Eisen schimmerte in seiner Rechten. Unter seinem stählernen Helm glühten Augen wie Kohlenstücke. Er überragte selbst die größten Männer in König Olofs Schar. Die ihn erblickten, verstummten sogleich. Nach und nach erstarb alles Schreien und Rufen in der gewaltigen Halle. Selbst die furchtlosen Isländer starrten den späten Gast unruhig an.

Wie die Wikinger die Rollen röten und nach Friesland fahren

Mit düsterer Miene blickte der Fremde über die Reihen der Krieger hinweg. Seekönig Olof starrte dem Hünen gespannt entgegen. Langsam schritt der Schwarzbärtige zwischen den flackernden Feuern hindurch zum Hochsitz des Herrschers. Hinter ihm zuckte ein weiterer greller Funke vom Hammer Thors über das schwarze Steilzelt der Nacht. Schnell schlossen die Sklaven das Tor.
»Wer ist das?« fragte Aris halblaut. Die Isländer gaben ihm keine Antwort, sondern blickten einander betreten an und schwiegen.
»Thorhall!« rief Seekönig Olof. Hurtig hieb der Wogenwolf mit flacher Klinge nach einem gaffenden Knecht. »Frisches Bier und fetten Braten für unseren Gast!«
Der Sklave stolperte eilig davon. Der schwarze Hüne setzte sich zwischen Thorfinn Karlsefni und Bjarne Herjulfssohn in den Hochsitz. Die drei Männer berieten sich leise mit dem Seekönig. Die anderen Krieger setzten ihre Gespräche bald murmelnd fort. Immer wieder warfen sie dabei scheue Blicke zum Hochsitz. »Kennt ihr den Kerl?« flüsterte Aris. »Er scheint von weither zu kommen.«

»Meide diesen Mann!« raunte ihm Ulf Mädchenauge zu. »Es geht die Rede, er stamme von Riesen aus Jotenheim jenseits des Trollbodens ab. Thorhall der Waidmann wuchs mit Wölfen auf; noch heute hüten die Hexenhunde sein Heim! Tiere und Menschen jagt er und opfert noch immer dem Blutaar . . . Man weiß auch, daß er Berserkerkräfte besitzt.«
Verwundert spähte Aris zu dem Hünen, da begegnete er dessen düsteren Blicken und schlug schnell die Augen nieder. »Was hat der König wohl mit diesem Mann zu besprechen?« fragte er.
»Der Waidmann fährt schon seit vielen Jahren auf seinem Schiff Schaumwolf als Fernspäher für alle Wikinger auf den Westmeeren«, berichtete Ulf Mädchenauge und schielte vorsichtig zwischen den Pfeilern hindurch. »Er geht wohl gleich wieder in See, um die friesischen Wachposten zu erschlagen, ehe sie ihre Warnfeuer anzünden können. Niemand versteht sich so gut auf den Nachtkampf wie Thorhall! Aber seit vier Jahren wurde er in dieser Weltgegend nicht mehr gesehen. Wir dachten, ihn hätten endlich die Trolle geholt!«
Der schwarze Hüne starrte Ulf an, als habe er bemerkt, daß Mädchenauge von ihm sprach. Der Jüngling verstummte. Rasch widmeten sich die Krieger wieder ihren Trinkhörnern.
Nach einer Weile erhob sich der Waidmann. »Morgen Mittag an der Lesum!« sprach er zum Abschied.

Wie die Wikinger die große Stadt Brimun erobern

Die Flotte war auf das beste gerüstet. Zwischen den Ruderbrücken ragten langstielige Sensen und Bartäxte für die Schiffsschlacht empor. Knüppel und Stabschleudern, Bogen und Armbruste lagen bereit, dazu zahlreiche Steine verschiedener Größen und allerhand andere Geschosse. Eiserne Eimer enthielten glühende Kohlen und Schwefel, feindliche Boote in Brand zu setzen. Für Nahgefechte staken starke Spieße in Reihen zwischen den Planken. Von allen Mastkörben hingen Stoßbalken mit jeweils vier stählernen Zinken herab. Breite Schilde deckten die Bordwand. Die Krieger trugen mancherlei Brünnen, meist jedoch Panzer aus

weichem, geteertem Leinen. Ihre mit Hämmern gehärteten Helme reichten über Ohren und Nacken. Eiserne Stacheln an Borden und Steven schützten vor Enterern. Große Gerüste aus Balken boten Gelegenheit, schnell von der einen Seite des Schiffs auf die andere zu gelangen. Für den Landkampf standen Sturmböcke mit stählernen Schädeln am Heck bereit, auch ein geschmiedetes Tor mit wütendem Stoß zu zermalmen.
Als die Flotte in die Wesermündung einfuhr, sah Aris auf einem steinernen Wachturm vier tote friesische Krieger neben einem zertretenen Holzstoß. Als der Wind abflaute, hieß der Wogenwolf seine Mannen mit Macht in die Ruder greifen. Mit schwellenden Muskeln trieben die Wikinger ihre Schiffe nun durch die Wellen des Stroms. Nach zwei Stunden kam endlich die Mündung der Lesum in Sicht. Hinter Weidenbüschen lag die schwarze Schnigge versteckt. Thorhall der Waidmann ließ nur den Seekönig vorbei. Dann drehte er den Steven und folgte dem Wogenwolf.
Hinter ihm sah Aris Bardssohn den Isländer Thorfinn Karlsefni, der nicht mehr sein Purpurwams, sondern ein ehernes Kettenhemd und eine silberumrandete Stahlhaube trug. Die Linke des Heldenenkels hielt einen großen Handbogen, mit dem Karlsefni auf hundert Fuß eine fliegende Möwe zu treffen verstand.
Auf dem nächsten Schiff fuhren Bjarne und seine Isländer. Der Herjulfssohn trug einen ledernen Panzer und eine spitze Kappe aus sechsfach vernähter Stierhaut, durch die keine Klinge zu dringen vermochte. Mit ehernem Griff hielt er das Ruder. Sven Stinkhals und die anderen Gefährten schlugen die Hölzer ins Wasser, als wollten sie den breiten Fluß dafür strafen, daß er ihnen seine schwellenden Frühlingsfluten entgegensandte.
Als die angreifende Flotte um die letzte Flußbiegung bog und nur noch wenige hundert Schritt von den Befestigungen der Stadt entfernt war, begannen in Brimun die Glocken zu läuten.

Wie Seekönig Olof ins Straucheln geriet und Aris seine Zechgenossen wiedersah

Friesische Kriegsknechte stürzten in großer Zahl aus ihren Wachhütten und rannten auf die hohen Erdmauern am Ufer zu. Schon aber strömten die Scharen des Wogenwolfs gegen die Wälle und brachen sich mit ihren Lanzen und Beilen Bahn.

Links von sich sah Aris Bardssohn die Isländer über die Schanzen springen, so wie die Wölfe des Winters in eine Schafhürde dringen, um darin dann nach Herzenslust Kehlen zu beißen. Thorfinn Karlsefni und Bjarne Herjulfssohn eilten ihren Gefährten voran und gaben nur darauf acht, daß sie nicht etwa den Seekönig überholten, der ihnen sonst gewiß gram gewesen wäre. Thorhall der Waidmann aber verschwand, von seinem blonden Stevenhauptmann Snorri und den beiden Kjartanssöhnen gefolgt, im dichtesten Gewühl der Feinde, die den Angreifern mit lautem Gebrüll die Hellebarden entgegenstreckten.

»Schlafe nicht ein!« hörte Aris hinter sich rufen, »Ruhm gewinnt man nicht rastend und ebenso geht's mit dem Golde.«

Es war Sigurd Silberzunge. Mit großen Sprüngen setzte der Skalde dem Seekönig nach.

»Du scheinst dich für deine Loblieder nicht auf Berichte aus zweiter Hand zu verlassen«, antwortete Aris und lief hinterher.

»In der Tat«, schrie der Skalde zurück, »Lob gebührt nur dem Sänger, der selbst sah, was er erzählt. Der Feigling aber, der seine Verse im Bett und am Kochherd schmiedet, singt bald nur zum eigenen Spott.«

Sigurd hob den Schild, wehrte den Lanzenstoß eines sächsischen Söldners ab und stach dem Gegner dann seinen Eschenspeer zwischen die Rüstung, so daß der Mann Blut spie und sterbend zu Boden sank.

»Odin!« hörten sie weit vor sich den Wogenwolf brüllen.

Die Wikinger nahmen den Wall im ersten Ansturm. Zwischen brechenden Bohlen und stürzenden Streben drangen sie auf die Verteidiger ein, so wie der Sturmwind das lose Heu vor sich hertreibt. Schreiend flüchteten friesische Männer, Frauen und Kinder durch die engen Gassen. Die Wikinger hieben gnadenlos alle nieder, derer sie habhaft wurden.

Tobend wie ein gereizter Stier warf sich der Seekönig nun gegen eine Gruppe sächsischer Ritter, die in ehernen Rüstungen aus dem Palast des Erzbischofs hasteten. Hell klirrte Eisen gegen Erz, als die heidnischen Helden nun mit den Kämpen der Kirche die Klingen kreuzten.
Sigurd Silberzunge focht an der Seite seines Herrn. Aris lief an einem Speicher vorüber, als ein vierschrötiger Schiffer den jungen Norweger mit einem Dreschflegel angriff. Aris duckte sich flink und stieß dem Gegner von unten das Schwert Fußbeißer in den Leib. Schreiend sank der Seemann auf die Knie und preßte die Hände auf die hervorquellenden Gedärme. Da hieb ihm der Bardssohn den Kopf ab. Wie ein Ball rollte der Schädel die Straße hinunter und prallte so unglücklich zwischen die Füße des Wikingerfürsten, daß Olof strauchelte und in die Knie ging.
Schnell hoben seine Leibwachen die Schilde und schützten ihren fluchenden Anführer vor den Streichen der Sachsen.
»Wer war das?« wütete der Wogenwolf.
Aris gab keine Antwort, sondern machte sich schnell nach links in die Gasse davon. Auf dem Dachgiebel eines prächtigen Kaufmannshauses stand Sven Stinkhals und schüttete Truhen aus.
»Nach süßen Äpfeln muß man hoch steigen«, rief der Dürre dabei fröhlich.
Unter ihm wühlten Ulf Mädchenauge, Glum Goldbauch und der grindige Gorm zwischen seidenen Tüchern in Gold, Geschmeide und kostbarem Hausgerät.
»Verschwinde!« rief der Narbengesichtige, »dieses Haus gehört uns!«
»Das ist doch Aris, du Schafskopf«, rief Ulf, »für den wird's auch noch reichen.«
»Er soll sich selbst was zum Plündern suchen«, grollte der Grindige.
»Dort vorne!« rief Sven Stinkhals aus dem Fenster und zeigte die Straße entlang. »Da ist noch alles frei. Aber Finger weg von den Schätzen der Kirche! Die gehören dem König allein.«
»Ich bringe schon mal was zum Schiff«, sagte Glum und lud sich schnaufend eine schwere Kiste auf die Schultern.
»Wir müssen auch fort«, meinte Ulf Mädchenauge. »Gleich wird die Stadt angezündet!«

Der Goldbauch war kaum um die nächste Ecke gebogen, da erscholl lautes Geschrei. Einen Wimpernschlag später kehrte der Dicke in vollem Lauf wieder, gefolgt von zwölf zornigen Sachsen mit hoch erhobenen Schwertern.

Von der Flucht der Wikinger

»Verrat!« heulte der Isländer mit hochrotem Kopf.
Sven Stinkhals sprang drei Manneslängen tief auf die Gasse und riß Gorm mit zu Boden.
»Alles Gute kommt von oben, sagte der Junge, als ihm eine faule Birne ins Maul fiel«, lachte der Grindige.
Ulf hob seinen Spieß, um sich den Sachsen entgegenzustellen. »Wo kommen die denn her?« wunderte er sich. »Ich dachte, die feigen Kerle sind längst über alle Berge!«
»Wir werden ihnen Beine machen«, drohte Sven Stinkhals und rappelte sich mühsam auf.
»Lauft lieber selbst!« stieß Glum hervor. Sein wabbeliger Wanst pumpte wie ein Blasebalg.
»Ein schlechter Schmied, der Funken fürchtet!« höhnte der Dürre.
»Aber die Kerle kommen zu Hunderten!« schrie der Dicke.
»Starrsinn ist ein schlechter Ratgeber«, meinte Sven Stinkhals darauf und hetzte mit großen Sprüngen davon. Die anderen folgten ihm. Aris aber schwang sich geschwind über die Mauer in den Garten des Erzbischofs, um den Seekönig zu warnen. Er landete auf weicher Erde, blickte sich vorsichtig um und erstarrte. Denn zwischen gelben Kornelkirschsträuchern, weißblühenden Mandelbäumchen und blutrot funkelndem Seidelbast sah er die dunkle Gestalt des Waidmanns.
Vor dem Hünen kniete ein ehrwürdiger Mann mit wehendem Haar und weißem Bart. Furchtsam hielt er dem Wikinger einen juwelenbesetzten Krummstab entgegen. »Et dixit Dominus ad me: ab aquilone pandetur malum«, flüsterte der Alte mit zitternden Lippen. »Von Norden her ergießt sich das Unheil über alle Bewohner des Landes . . .«

Hinter dem Erzbischof hatten sich mehrere Mönche zu Boden geworfen. »Vade, Satana!« riefen sie immer wieder im Chor, »weiche von uns!« Von der anderen Seite der Mauer erschollen Waffenlärm und Kriegsgeschrei.
Aris öffnete schon den Mund, um dem Waidmann von den neuen Angreifern zu berichten. Doch ehe er etwas sagen konnte, trat der Schwarze dem alten Mann so heftig gegen die Brust, daß der Kirchenfürst mit halberssticktem Keuchen zu Boden sank. Roh stellte der Waidmann dann seinem Opfer den ledernen Schnürstiefel auf den Hals. »Thor!« brüllte er voller Freude, »vergeblich fordertest du Christ zum Holmgang heraus — der feige Romagott floh vor deinem Hammer. Jetzt aber sende ich dir seinen höchsten Priester als Knecht!«
Der kleinste der Mönche, ein Mann mit steiler Stirn und hervorquellenden Augen, antwortete mit einigen Sätzen, die Aris zwar nicht verstand, die aber in seinen Ohren ganz anders klangen als die Gebete der Christen. Sie fuhren scharf wie Pfeile von den Lippen und glichen in ihrem Tonfall ganz den Beschimpfungen und Flüchen, mit denen auch Nordleute ihre Gegner zu überschütten pflegen.
Der Waidmann starrte den Mönch verblüfft an, als sei er es nicht gewohnt, daß Südländer in solcher Weise mit ihm sprachen. Der Christ aber hob ein hölzernes Kreuz, stürzte sich auf den Wikinger und hieb mit dieser wunderlichen Waffe auf ihn ein. Thorhall wich verdutzt zurück. Dann schlug er dem Kirchenmann mit dem Axthammer vor den Kopf. Bewußtlos brach der Getroffene auf einem Beet bunter Becherblumen zusammen.
Die anderen Mönche wagten nun kaum noch zu atmen; ebenso erging es Aris. Denn der junge Norweger spürte, daß nun keine Macht der Welt den Waidmann von der grausigen Tat abhalten konnte, die er wohl schon geplant hatte.
Mit einem derben Stoß seines Fußes drehte der schwarze Hüne den betenden Erzbischof auf den Bauch. Immer noch hielt der Weißbärtige seinen silbernen Hirtenstab fest, aber die heilige Waffe der Christen nutzte ihm nichts. Thorhall packte ihn am Kragen und zerschlitzte das rote Gewand des Alten mit der Axtschneide, bis der bleiche Rücken seines Opfers entblößt vor ihm

lag. Dann hob er seine furchtbare Waffe und schlug sie mit einem Schrei entsetzlichen Hasses zwischen die Schulterblätter des Erzbischofs.
Da hielt der Bardssohn nicht stand und floh mit großen Sätzen an der Innenseite der Mauer entlang.
Nach einiger Zeit wandte sich Aris schweratmend um. Da sah er, wie der Waidmann die Axt um sein schwarzes Haupt kreisen ließ, um die Mönche zu erschlagen. Schreiend flüchteten die Gejagten nach allen Seiten. Der bewußtlose Mönch lag noch immer reglos zwischen den roten und grünen Blüten.
Als der Bardssohn einen kleinen Hügel erklomm und um die Nordostecke des großen Steinhauses bog, in dem Brimuns Christen ihrem dreifachen Gott zu opfern pflegten, sprangen neben ihm Sachsen über die Mauer. Schnell warf Aris den Schild auf den Rücken und rannte auf einen niedrigen Wall zu, hinter dem nordische Brünnen blinkten. Sogleich flog ein dichter Schwarm eherner Wundwespen von den Bogen der Wikinger über den jungen Norweger hinweg und zwang die Verfolger, hinter den Buchenstämmen Deckung zu suchen. Wenige Herzschläge später zogen kräftige Hände den Bardssohn über die Befestigung in Sicherheit. Grob packte dort Sigurd Silberzunge den Norweger an der Schulter. »Was treibst du dich denn jetzt noch hier herum? Ich dachte, du wärst schon längst mit den Isländern zu den Schiffen zurückgekehrt!«
Aris rang nach Luft. »Und ihr?« meinte er.
Der Skalde sah den jungen Norweger sonderbar an. »Scheinst ein wenig durcheinander zu sein«, stellte er fest. »Nun ja, die erste Heerfahrt ... Wir machen hier die Nachhut, Junge! Jeden Moment können die sächsischen Reiter aus der Burg des Grafen angreifen.«
Hastig sah sich der Bardssohn im Kreis um. Auf den Wällen standen die anderen Krieger aus Lade, dazu viele Dänen und Schweden. Rotes Blut troff von ihren Rüstungen. Schweiß glänzte auf ihren Stirnen und die Hitze des Kampfes rötete ihre Gesichter.
Vom Hafen her hallten laute Schlachtrufe herüber. Aris reckte den Hals und spähte über die Dächer hinweg. Mitten im wüstesten Schlachtgewoge sah er die Walröte des Königs leuchten, den

Bluthimmel mit dem schwarzen Raben. Dahinter quollen Rauchwolken auf. »Der Wogenwolf fechtet schon fast an der Weser«, rief Aris. »Folgen wir ihm!«
Der Skalde schüttelte langsam den Kopf. »Wir müssen hier noch eine Weile halten«, erwiderte er. »Erst sollen die friesischen Schiffe verbrannt werden. Außerdem steht der Wind schlecht. Er bläst von See her und drückt uns das Wasser entgegen. Und außerdem . . . nun, ich will dir die Wahrheit sagen: Wir sind abgeschnitten. Wenn König Olof uns nicht holt, kommen wir hier wohl nicht lebend heraus.«

Von der Beute des Waidmanns

Da schallten plötzlich Hornstöße vom Fluß, und alle lauschten gespannt. Immer mehr Häuser der Stadt gingen in Flammen auf. Für die Wikinger galt es nun, den Gegner möglichst zu verwirren und so in Atem zu halten, daß sich das Heer auf die Schiffe absetzen konnte. Von Norden ertönte Hufschlag wie ferner Donner. Plötzlich gab es im Garten des Bischofspalastes ein wildes Gemenge. Immer mehr sächsische Kriegsknechte liefen mit ihren Spießen und Hellebarden zu einem Tor, durch das ein Dutzend Isländer drang. Thorfinn Karlsefni und Snorri Thorbrandssohn stritten an der Spitze der Versprengten, gefolgt von den beiden Kjartanssöhnen. Die vier Nordmänner hieben mit ihren Äxten auf Sachsen und Friesen ein, als gelte es Pfähle in sumpfiges Erdreich zu rammen.
Als erster erreichte der blondbärtige Karlsefni den kleinen Kirchhof. Sein silberumrandeter Helm war an vielen Stellen zerbeult und sein schartiger Schildrand zeugte davon, daß Ragnar Lodenhoses Nachfahr nicht von der Bärenhaut kam.
Hinter ihm fochten sich die beiden Zwillinge durch die feindlichen Reihen. Helge, der ältere, trug eine Brünne aus braunem Leder, mit Eisenplatten verstärkt, und einen runden Helm aus zweifach gehärtetem Stahl. Schlank und stattlich wie eine Silbertanne säte er trotz seiner erst sechzehn Sommer Scheu in die Seelenfurchen der Sachsen. Sein Bruder Finnbogi, der ihm wie ein

Alk dem anderen glich, blutete aus der Schildschulter und hielt sich dicht hinter dem Älteren. Als letzter sprang Snorri Thorbrandssohn, der Stevenhauptmann des Waidmanns, mit einem mächtigen Satz über den Wall.
»Wo treibt sich Thorhall herum?« rief Sigurd, während die Männer mit Spießen nach den vordrängenden Kriegsknechten stießen.
»Drüben im Kloster!« schrie der schnauzbärtige Stevenhauptmann durch das Tosen des Kampfes.
»Was will er dort?« fragte der Skalde erbost. »Statt noch ein paar wehrlose Hostienlutscher zu opfern, sollte er uns lieber gegen diese Eisenfresser hier beistehen!«
Er hatte kaum zu Ende gesprochen, da flog ein schreiendes Bündel vom Kirchendach. Auf dem Gotteshaus stand der Waidmann.
»Nur keine Angst, Sigurd!« rief er höhnisch herab. »Zum Kampfe die Klinge, zum Küssen die Maid. Gleich bin ich bei euch!«

Wie Frilla, die Tochter des Grafen von Brimun, entführt wurde

Am Hafen ertönten nun wieder Hörner. Immer dichtere Rauchwolken hüllten den Himmel ein. Der Skalde bückte sich, schlug die Tücher auseinander und starrte in das kalkweiße Antlitz einer jungen Nonne.
»Ein wenig Kurzweil für unsere langen Winter!« erklärte der Waidmann belustigt. Dann sprang er in voller Rüstung vom Kirchendach in den Sand, hob seine Axt und befahl: »Zurück zu den Schiffen! Der Wogenwolf zog schon das Abfahrtszeichen auf. Die sächsischen Reiter werden gleich hier sein! Eberrüssel und raus! Snorri, Bjarne — wir nehmen die Spitze!«
»Dann also los!« rief Sigurd Silberzunge den Dänen, Norwegern und Schweden zu, die den Männern vom Eismeer an Tapferkeit keineswegs nachstehen wollten. Sofort nahmen alle Nordmänner die befohlene Schlachtordnung ein. Sie bildeten drei Reihen, deren mittlere die beiden anderen überragte.
»Schilde hoch!« schrie der Skalde, und brüllend rannten die Nord- und Ostweger gegen die friesischen Fußkämpfer an.

Thorfinn Karlsefni stand auf dem Bollwerk und schoß mit geschmeidigem Bogen Lücken in die dichtgedrängten Schlachtreihen der Feinde. Aris hielt sich dicht hinter Bjarne, dessen Axthiebe dicht wie Hagelkörner gegen die Schilde der Brimuner prallten. Einer der Kriegsknechte kam in den Rücken des Isländers und stieß mit der Hellebarde nach ihm. Aber Aris kam ihm zuvor und hieb dem Friesen die Hände ab. Bjarne Herjulfssohn drehte sich um und spaltete dem Schwerverletzten den Schädel. Thorhall der Waidmann trug die junge Nonne statt eines Schildes. Deshalb wagten die Sachsen nicht, auf ihn zu schießen. Im Garten kamen die Nordleute an dem noch immer bewußtlosen Mönch vorüber. Blut sickerte aus der Stirnwunde des Gefällten.
»Nimm das Pfäfflein mit!« rief der Waidmann seinem Stevenhauptmann zu, »vielleicht wünscht Freund Erik auch wieder einmal den Blutaar in einen Christenrücken zu ritzen!«
Snorri Thorbrandsson packte den leblosen Leib und warf ihn sich über die Achsel. Dann eilte er weiter voran, das Beil nach links und rechts schwingend, als schlüge er sich einen Weg durch dürres Gesträuch.
In den engen Gassen mischte sich der stickige Dunst vergossenen Blutes mit dem Brodem des Brandes zu einem lungenlähmenden Gestank. Überall lagen Leichen von Menschen und Tieren umher. Denn die Wikinger hatten Männer und Frauen, Kinder und sogar Säuglinge, aber auch Kühe und Kälber, Schweine, Schafe, ja selbst Hunde und andere Haustiere mit ihren Spießen und Schwertern geschlachtet, so daß der rote Lebenssaft von allen Wänden troff. An jeder Ecke stieß der Fuß auf gefallene friesische Krieger, die noch im Tode ihre Hellebarden umklammerten. Aber auch mancher Nordmann hatte an diesem Tag sein Erdenleben vollendet und die Flut seines Herzens in Brimuns Gosse verströmt.
Vom Hafen her kam der Seekönig seiner Nachhut entgegen. Die sächsischen Krieger wurden wie Körner zwischen Mühlsteinen zerrieben. Schon schien der Durchbruch gelungen, da brandete plötzlich die Woge der eisengepanzerten sächsischen Ritter heran.
»Schnell, Thorhall!« schrie Olof. Die Rüstung des Wogenwolfs glänzte vom Blut der erschlagenen Feinde. Sein breites Schwert zuckte wie ein Gewitterlicht auf die Friesen nieder.

»Zurück auf die Schiffe! Der Fahrtwind bläst!«
Die Wellen der Weser wallten nun wieder nordwärts, dem Wattenmeer zu. Schon lösten sich die drei Drachen der Vorhut vom Strand. Wie auch alle Schniggen und anderen Schiffe lagen sie schwer mit Schätzen beladen in den zerwühlten Wassern. Auf ihren Planken stapelten sich Ballen von Seide und Wolle und Kisten mit mancherlei Sachen von Wert: Leuchtern aus Gold und Lampen aus Glas, Löffeln aus Silber, und Schränke aus edlen Hölzern, Schüsseln aus Speck- und Schatullen aus Bernstein. Auch Tiegel und Töpfe aus Kupfer, Waffen, Werkzeuge und Wandbehänge lagen in silberbeschlagenen Truhen. Viele Wikinger trugen nun die begehrten, vielfarbigen Friesenmäntel. Die schönsten güldenen Geräte, prachtvollsten Pokale und reichsten Roben aus Purpur, Seide und seltenen Pelzen füllten den Laderaum der Großen Schlange zum Ruhm und Reichtum des Seekönigs. Denn Olof hatte Brimuns Dom geplündert und sogar die Glocken geraubt. Hurtig gesellte sich nun die Wache des Wogenwolfs zu den Männern der Nachhut und streckten den sächsischen Reitern die Eisenspieße entgegen. Die Ritter schreckten jedoch nicht vor diesen Waffen zurück. Mit lautem Feldgeschrei spornten sie ihre hochbeinigen Rosse und stürzten sich gegen den Lanzenwall, als stünde ihnen nur ein gemütlicher Trab durch ein Haferfeld bevor. Die Wikinger, die den Klingen und Keulen der Angreifer zu nahe kamen, sanken nieder wie Garben von Stroh.
Die Isländer schwangen die Äxte und schlugen den vordersten Pferden die Beine ab. Mancher Reiter stürzte aus dem Sattel, dann fuhr ihm sogleich ein Dolch durch das Helmband. Andere Sachsen stachen jedoch mit Lanzen nach den Nordleuten und stießen zwei Männern Thorfinn Karlsefnis die Eisenspitze durch die Gedärme, so daß die Eismeerfahrer zu Boden sanken und starben. Der Anführer der Ritter, ein hochgewachsener Jüngling mit schwarzbraunen Locken, ritt mit erhobenem Saxschwert dem Waidmann entgegen.
»Haltet ein, Herr Dankbrand!« rief einer der sächsischen Kämpen, ein wackerer Graubart, »er nimmt eure Schwester zum Schild!«
»Frilla!« schrie der Jüngling. Bebend vor Wut zügelte er seinen

Rappen und rief dem schwarzen Hünen in nordischer Sprache zu: »Hinter einem Mädchenbusen birgst du dich, du Lump? Lasse die Schwester frei und messe dich mit dem Bruder, wenn du es wagst!«
»Mir scheint, der Waidmann hat ein edles Wild gestellt«, rief Seekönig Olof, »das ist der Sohn des Grafen Willibald von Brimun!«
»Du kommst mir gerade recht, erbärmlicher Christenwicht!« höhnte Thorhall und ließ die Axt über der Achsel kreisen. »Dein Blut soll mir Behagen schenken wie später deiner Schwester Brunst!«
»Das sollst du mir büßen!« brüllte der junge Ritter mit sich überschlagender Stimme und hieb nach dem Waidmann. Das Beil des Isländers sauste herab wie ein Blitz und traf den ehernen Ärmel des Sachsen. Klirrend zerfetzte die Klinge das Kettenhemd und rotes Blut sprang hervor. Schwer stürzte der Grafensohn auf den Boden.

Wie der Waidmann einen Berserkergang geht

Rasch warf Thorhall das Mädchen in Helge Kjartanssohns Arme, wandte sich um und schwang wieder das Beil. Aber sein Gegner rollte sich schnell wie ein Steinmarder unter dem Stoß des Adlers zur Seite, stand gleich wieder auf den Beinen und hieb nun seinerseits mit dem Saxschwert auf den Schwarzbärtigen ein.
Helges Bruder Finnbogi warf Thorhall schnell seinen Schild zu. Auch die Sachsen reichten ihrem Anführer eine Deckung. Während die Wikinger wie die bei Ebbe weichende Flut auf ihre Drachen und Schniggen strömten, fochten Thorhall und Dankbrand am Weserstrand ihren Hader mit allem Haß aus.
»Verflucht seist du und dein ganzes Geschlecht, du gottloser Heide!« stieß Dankbrand hervor, »was habt ihr mit Erzbischof Falko gemacht?«
»Hieß er wirklich so?« spottete der Waidmann, »unter meinem Beil gackerte er wie ein Hühnchen!«
»Dafür sollt ihr alle in der Hölle schmoren!« tobte der Grafensohn hochrot vor Zorn und kerbte mit hallenden Streichen den Schildrand des Schneelandfahrers.

»Hoffentlich geht dein Wunsch bald in Erfüllung«, versetzte Thorhall mit dröhnendem Lachen und ließ seine Axt gegen Dankbrands Deckung donnern, »ein wenig Wärme täte meinen alten Knochen gut!«
»Gebt Graf Willibalds Tochter heraus!« rief der graubärtige Sachse dem Wogenwolf zu, »ich will Euch ihr Gewicht in Gold aufwiegen!«
»Die Maid ist Thorhalls Beute«, versetzte Seekönig Olof. »Redet also mit ihm! Ich glaube aber nicht, daß er mit euch handeln möchte.«
»So befehlt es ihm!« schrie der Graubart erregt, »seid Ihr nicht König?«
»Wikinger zwingt man nicht«, antwortete der Wogenwolf lächelnd, »Wir sind nicht Herren und Knechte wie ihr Sachsenkrieger, sondern Gefährten von gleichem Recht. Nicht Gehorsam bindet uns, sondern allein das gemeinsame Ziel. Nun ist es erreicht. Gehabt euch wohl!« Der Drache legte ab, und nur noch Thorhalls Schnigge blieb am Strand zurück. Snorri Thorbrandssohn, der Stevenhauptmann, band Frilla mit einer ehernen Kette am Mastbaum fest. Dann stieß er das Ruder in den weichen Sand, und mit vereinten Kräften schoben die Kjartanssöhne und ihre Gefolgsleute das schwere Fahrzeug ins tiefe Wasser.
»Mag dein Schiff auch fahren — du entkommst mir nicht«, eiferte Dankbrand und deckte den Waidmann mit Schlägen ein, als gelte es, auf einer Tenne Stroh zu dreschen.
»Du stirbst, bevor ich reise!« knirschte Thorhall und ließ seine Streitaxt tanzen, so wie Thor einst seinen Hammer auf den Hirnschalen der Thursen Thryms hüpfen ließ, damals, als der Gott sich als Braut verkleidete und beim Hochzeitsschmaus der Riesen drei Tonnen Met trank.
Die anderen Sachsen umringten den schwarzen Wikinger und drangen nun von allen Seiten auf ihn ein. »Nehmt ihn lebend gefangen«, befahl der Graubart, »damit wir ihn gegen Frilla austauschen können!«
»Er gehört mir allein!« schrie Dankbrand wie von Sinnen.
»An Bord! Schnell!« rief Snorri Thorbrandssohn dem Waidmann zu. Die schwarze Schnigge drehte sich in einem Wasserwirbel und

nahm langsam Fahrt auf. Die anderen Schiffe ruderten schon in der Mitte des Stroms. Gespannt verfolgten die Männer den Kampf. Da lief auf einmal ein heftiges Zittern durch Thorhalls Riesenleib, so wie die Berge Islands erbebten, wenn das Erdfeuer aus ihren Bäuchlein hervorquellen will. Seine kohlschwarzen Augen blickten starr. Heftig warf er den Schild von sich.
»Er geht den Berserkergang!« rief Sigurd Silberzunge.
Der Waidmann warf den Kopf zurück und stieß ein markerschütterndes Wolfsgeheul aus. Dann packte er das Beil mit beiden Händen, wirbelte es über den Kopf und stürzte sich, aller Lanzen, Speere und Pfeile nicht achtend, auf seine sächsischen Gegner. Laut wiehernd stieg der Schimmel des Graubärtigen auf der Hinterhand hoch. Auch die anderen Ritter vermochten ihre verängstigten Tiere nur mit der äußersten Mühe zu zügeln. Dankbrand schlug mit dem Schwert nach dem ungedeckten Wikinger, doch seine Hiebe schienen die Haut des Hünen nicht zu durchdringen. Kreidebleich hob der Sachse den Schild, um Thorhalls Beil abzuwehren. Auch die anderen Kämpen des Grafen starrten den Berserker ungläubig an und wichen langsam vor ihm zurück.
»Er schlägt ganz Brimun in Stücke«, murmelte Aris fassungslos. Der Skalde schüttelte den Kopf. »Der Zauber hält nicht lange vor«, sagte er bedenklich.
Das Geheul aus der Kehle des Waidmanns hallte weithin über Stadt und Strom. Pfeile und Speere prallten von ihm ab und die wehrhaftesten Sachsenritter sanken vor ihm in den Sand.
»Laßt mich!« schrie Dankbrand die Männer an, die ihn umschlangen und von dem Berserker fortzerrten. »Wenn Höllenspuk und Teufelstrug ihn eisenfest machen, werde ich ihn mit bloßen Händen erwürgen!«
Snorri Thorbrandssohn und Helge Kjartanssohn setzten über den Schiffsbord und sprangen ins Wasser. Wenige Herzschläge später erreichten sie Thorhall. Der Stevenhauptmann warf sich von hinten auf den Hünen und umklammerte ihn mit beiden Armen. Eine Wolke von Pfeilen flog vom Schaumwolf zum Strand. Im Schutz der Pfeile zerrten die beiden Isländer ihren Anführer in den Strom und schwammen mit ihm, bis sie die rettenden Planken erreichten.

Wie Aris vom Wogenwolf den Ring erhielt

Die Reiter gaben nun ihre Schlachtordnung auf und galoppierten am Ufer der Weser entlang. Denn sie hofften, die Flotte vor dem Meer noch einmal stellen zu können. An einigen Engen und Furten trieben sie ihre Tiere ins Wasser, aber sie konnten den Seekönig nicht mehr aufhalten. Ihre eigenen Schiffe aber lagen verbrannt auf dem Grund des Hafens.

»Eines Tages töte ich dich!« schrie Dankbrand dem Waidmann in ohnmächtigem Zorn hinterher. Dann sank die Sonne, und die Zeit der Raben begann.

Der Wogenwolf führte sein Heer zur Rast auf eine Sandbank vor der Flußmündung. Dort verbrachten die Wikinger die Nacht. Sie verbanden die Lebenden, lobten die Toten, priesen Sieg und Beute, tranken geraubten Wein und dankten Anführern und Asen. Der Seekönig aber schritt reihum an alle Feuer, hielt seinen Ring hoch und fragte: »Wer ist denn nun der Mann, dem dieses Kleinod zusteht?«

Niemand meldete sich. Doch als der Wogenwolf an das Feuer der Norweger aus Lade kam, trat Aris Bardssohn vor. »Vergib mir, König«, bat er verlegen, »ich tat es nicht mit Absicht.«

»Soso!« rief der Wogenwolf. »Fast noch ein Knabe und will mit mir Ball spielen! Um ein Haar hätten mir die Sachsen das Ohr abgehauen!« Er setzte den Helm ab und zeigte auf seine blutverkrustete Schläfe.

»Wäre das geschehen, Herr«, rief Aris erschrocken, »so hätte ich dir eins von meinen gegeben.«

»Oho!« lachte der Seekönig Olof. »Das Ohr eines Knaben für das eines Königs! Das wäre wohl ein schlechter Tausch. Aber ich bin dir nicht gram. Dir fehlt's nur an Erfahrung, nicht an Mut. Darum hast du diese Gabe verdient!«

Er reichte dem Bardssohn das Königsgeschenk. Ehrfürchtig streifte Aris das Schmuckstück über den Finger. Dann zog er den Ring wieder ab. »Wenn ich die Wahl hätte«, sagte er, »so erbäte ich ein anderes Geschenk.«

»So?« fragte der Seekönig stirnrunzelnd. »Und welches? Wenn ihr raubt, sollt ihr maßlos sein wie die Wölfe, pflege ich meinen Leu-

ten immer zu sagen — doch wenn ihr bitten müßt, so bescheiden wie wehrlose Mädchen in fremdem Land!«
Aris nahm seinen Mut zusammen und sagte: »Ich möchte, daß du mir eine Überfahrt nach Island verschaffst.«
»Vielleicht gar auf dem Schiff des Waidmanns?« spottete der Wogenwolf. »Hast dich wohl in das friesische Fräulein verguckt? Doch daraus wird nichts. Thorhall ist schon fort. Noch niemals kehrte er mit uns nach einer Wikingfahrt zum Ägistor zurück. Er feiert lieber allein und auf eigene Weise.«
»Wenn du einverstanden bist, Olof, nehme ich den Jungen mit mir«, sprach Bjarne Herjulfssohn, der dem Seekönig gefolgt war. »Ich danke ihm mein Leben.«
»Dann nimm Ring und Fahrt!« entschied der Wogenwolf und hieb Aris auf die Schulter, wobei der junge Norweger fast in die Knie ging. »Und wenn du wieder einmal Ball spielen möchtest — auf meinem Schiff bleibt immer ein Platz für dich frei.«

Wie Ulf Mädchenauge Aris die Marken des Mondlands zeigt

Bjarne Herjulfssohn war hochgewachsen, stark und gewandt. Er focht gleich gut mit Axt und Speer, lief wie ein Elch und schwamm wie ein Seehund. An Mut übertraf ihn keiner. Sein Haar wuchs braun wie das Rückengefieder der Bläßgans und seine Augen schimmerten blau wie die See hinter Halogaland. Niemand sah ihn je ohne Grund zornig werden. Auch bei Frauen verlor er selten die Selbstbeherrschung. Als seine glücklichste Eigenschaft aber galt die Besonnenheit, mit der Bjarne die Seefahrt betrieb. In allen Häfen Islands lobten ihn Väter dafür, daß er mehr Söhne lebend in die Heimat zurückbrachte als alle anderen Männer.
Bjarne stammte aus dem Geschlecht Ingolf des Landnehmers, eines der ersten Siedler auf Island; dieser fand einst seine Hochsitzsäulen am Rauchkap. Damals besaß auf der Eisinsel jeder Bauer mehr Land als in Norwegen selbst ein Jarl oder Herse. Noch heute wandert der Reisende auf dem Isenstein von einem Hof zum anderen ebenso lange wie in den übrigen Nordlanden von Dorf zu Dorf.

Da der Wind nach einer Weile nur noch aus Südosten blies, beschloß der Herjulfssohn, nach den Stränden Nordhumberlandes und von dort an der Piktenküste bis zu den Orkaden zu segeln. Die Reise über das anglische Meer dauerte zwei volle Tage, und so erlebte Aris seine erste Nacht auf offener See. Obwohl die Schlangenzeit des Sommers schon dem Ende zuging, verhüllten nicht Wolken noch Nebel das Mondland. Die Lichter des schwarzen Nachtzeltes strahlten wie bunte Fackeln. Ulf Mädchenauge saß am Steuer und zeigte dem jungen Norweger, nach welchen Ländern die wichtigsten Sterne standen.
»Siehst du die Zehe des Riesen Aurgelmir, des Wasserrauschers, aus dem Sturmmeer, dort über der Wetterfahne? Folgten wir ihr, würden wir jetzt zum Bocksfjord gelangen«, erklärte der Isländer. »Unter dem großen Wolfsrachen rechts liegen die Länder der Gauten und Schweden. Der Fackelbringer steht über Haithabu. Asenkampf und Ebergedränge weisen den Weg nach den Warten der Wenden am östlichen Meer. Das Stag schneidet mitten durch Friggs Rocken, mit dem Odins Gemahlin jetzt über dem friesischen Stürmengau spinnt. Die Augen des Thursen Thjazi blicken nach Brimun.«
»Zieht es dich etwa dorthin zurück?« fragte Glum Goldbauch und trat mit einem Humpen gewürzten Weins zu den beiden. »Was dort von Wert war, füllt jetzt Wikingertruhen!«
»Ich nannte Aris nur die Steuersterne«, erklärte Ulf Mädchenauge geduldig.
Glum Goldbauch rülpste schallend, nahm einen tiefen Schluck und sprach mit schon wieder beschwerter Zunge: »Vielleicht in ein paar Jahren, ja, dann werden wir von neuem ins Friesenland fahren. Wenn die jungen Weine gut gelagert und die jungen Mädchen gut gewachsen sind.«
Hinter ihm setzte sich Sven Stinkhals auf eine Ruderbank und tadelte: »Wein und Weiber, das ist alles, woran du denken kannst, Fettsack! Und das in einer solchen Nacht!« Er legte den Kopf in den Nacken, und ein Ausdruck von Wehmut erschien auf seinem harten Gesicht.
Gorm grinste und spottete: »Das war ein Tag, sagte der Bauer und zog der Braut das Hemd aus.«

Der Dürre ließ sich davon aber in seiner Stimmung nicht stören. »Männer«, seufzte er, »die Sterne . . . Wenn ich sie so prächtig sehe, denke ich an meine erste Schlacht auf See. Damals, als Edgard die Krone von Ängelland aufgesetzt wurde. Ich fuhr mit Palnatoki.«
»Jaja!« brummte Ulf Mädchenauge, »das hast du uns schon hundertmal erzählt!«
»Du kennst Palnatoki, den Jarl von Jomsburg?« fragte Aris begierig, »der auf Befehl König Harald Blauzahns einen Apfel vom Kopf seines eigenen Sohnes schoß?«
»Es gibt nur den einen«, erwiderte Stinkhals. »Bei Odin, nicht einmal Thorfinn Karlsefni führt den Bogen wie Jomsburgs Jarl! Aus Palnatokis Hand fallen die Pfeile so schnell wie Heringe aus einem Netz. Zweimal plünderten wir Truso an der Weichselmündung. Aber das ist schon lange her, wohl fünfundzwanzig Winter oder mehr. In jenen alten Zeiten schienen die Sterne noch jede Nacht so hell wie heute, und ebenso strahlten die Augen der wendischen Mädchen . . .«
»Weder der Himmel noch Wendlands Kebsweiber sehen heute anders aus als früher«, entgegnete Glum grob und ließ wieder Wein durch die Kehle rinnen. »Dich täuscht die Erinnerung, die im Gesicht der grimmigen Vettel noch Spuren der frischen Jungfrau erahnt und im Geschwätz des geifernden Greises noch Reste des kühnen Kriegermuts.«
»Du kennst dich aus, Glum«, höhnte Sven Stinkhals. »Sprichst wohl aus eigener Erfahrung!«
»Ich bin zwar älter als du«, versetzte der Dicke, »aber ich rieche noch nicht so faulig.«
»Versoffener Saftigel!« schimpfte Sven, der selbst schon stark schwankte. »Nur die Weisheit meiner vielen Lebenswinter hindert mich . . .«
»Ist das Bier im Manne, ist der Verstand in der Kanne!« spottete Ulf.
»Gib acht, was du sagst«, rief Stinkhals aufgebracht. »Worte und Fürze kann man nicht zurücknehmen!«
»Den Säufer erkennt man an der Blase«, erklärte Glum.
»Nicht an der Blase, sondern an der Nase«, berichtigte Ulf. »Den Beweis dafür trägst du selbst im Gesicht!«

»Euch hat wohl ein Uhu gekratzt!« fuhr Bjarne Herjulfssohn mit seiner tiefen Stimme dazwischen. »Was soll unser Gast von den Isländern denken, wenn er so törichte Worte hört! Lehre ihn lieber mehr über die Marken des Mondlandes, Ulf, das wird ihm eher nützen.«

Die anderen verstummten, und Mädchenauge fuhr fort: »Siehst du Lokis Brand? Die Christen nennen ihn Sirius. Es heißt, daß dieser Stern über einem gewaltigen Strom im Mohrenland steht und anzeigt, wann seine Wasser sich wellen. So weit ist aber noch keiner von unserer Insel gefahren. Lokis Brand zeigt stets nach Süden, nach Rudaburg und Walland. Jetzt zum Karlswagen: Seine Deichsel deutet nach Lundunaburg, der Stadt König Adelrads des Unberatenen. Hinter Ängelland kommt man zur Heimat der Westmänner, Irland oder Erin. An den warmen Küsten dieser Insel gibt es sehr viele Bohrwürmer. Sie haben schon manches Schiff inwendig so zerfressen, daß es später auf hoher See plötzlich zerbrach. Westlich davon liegt Aran, das Weißmännerland. Dort gehen viele Männer in schneefarbenen Gewändern einher.«

»Ich hörte schon davon«, rief Aris eifrig.

»Das sind Pfaffen«, erklärte Glum Goldbauch, »so nennt man die Priester der Christen. Einstmals lebten sie, heißt es, auch auf dem Isenstein. Jedenfalls fanden die ersten Landnehmer in vielen isländischen Höhlen irländische Bücher und Glocken, auch krumme Hirtenstäbe und allerlei anderen Christenkram. Weiber sind diesen Pfaffen verboten, Wein aber dürfen sie trinken, soviel sie wollen.«

»Wein und Weiber«, schalt Sven Stinkhals, »Weiber und Wein! Dein Denken fährt zwischen diesen zwei Worten dahin und daher wie der Ochs in der Furche.«

»Wir aber folgen bald dem Leitstern«, fuhr Ulf Mädchenauge fort, »dem großen Weltnagel, um den sich der Himmel dreht. Er zeigt uns, wo wir die Orkaden finden.«

»Ich hörte schon viel von den Christen«, meinte Aris nachdenklich. »Ich verstehe nicht, wie ein so schwacher Gott über so viele Länder und Völker gebieten kann.«

»Nicht bei uns im Norden«, wandte Sven ein, »nur im Süden, wo die Menschen faul und verweichlicht sind. Wo ihnen das Futter ins Maul wächst.« Er warf dem dicken Glum einen Blick zu und fügte hinzu: »Und wo man nicht ehrliches Bier zu sich nimmt, sondern die Zunge mit Würzweinen reizt, der die Gedanken verdirbt und die Sinne vernebelt.«

Wie Bjarne die Sage vom Christ erzählt

Bjarne Herjulfssohn stand auf, stieg vorsichtig über die Ruderbänke hinweg und ließ sich am Achtersteven nieder. »Ich pflege jedes Jahr auf dem Hof meines Vaters zu überwintern«, berichtete er. »Vor einiger Zeit besuchte uns dort ein Skalde von den Hebriden mit Namen Arnor. Er war Christ und sprach viel vom neuen Glauben, denn der Schnee lag sehr lange auf unserem Land. Als es endlich taute, mußten wir unsere Kühe ins Freie tragen, so sehr hatte sie der Futtermangel geschwächt. Ich habe nicht alles verstanden, was Arnor erzählte. An einiges aber erinnere ich mich noch gut: Zwischen Miklagard und dem Mohrenland liegt eine uralte Stadt, die heißt Jorsalaheim. Ihre Bewohner wurden von Kriegern aus Romaburg angegriffen und riefen darum den ewigen Alfadur, den Unerschaffenen, um Hilfe an. Der Allvater schickte seinen Sohn Christ nach Midgard. Dieser umgab sich mit wackeren Kämpen. Aber die Feinde wurden von vielen Trollen verstärkt, die bei den Christen Teufeln heißen. Am Ende nahmen die Römer den Christ gefangen und nagelten ihn an ein Kreuz.
Drei Tage hing er hilflos am Holz, so wie Odin neun Tage am windigen Baum hing, ehe er endlich die Runen erlangte. Christs Geist stieg in dieser Zeit zu Hel in die Tiefe und focht um die Seelen der Toten. Nach seinem Sieg kehrte Christ nach Midgard zurück und befahl seinem Heer, die Welt zu erobern. Er selbst wollte es von seinem himmlischen Hochsitz aus führen.«
»So starb dieser Christ also gar nicht den schimpflichen Tod am Richtholz?« staunte der Bardssohn. »Doch warum fechten dann seine Krieger unter Bannern mit Kreuzen?«
»Sie schämen sich der Folter ihres Gottes nicht«, erklärte der Isländer, »sondern sind sogar stolz darauf, daß Christ selbst die größten Qualen ohne Klage ertrug. Auch mir scheint das nicht

ein Zeichen von Schwäche, sondern im Gegenteil von höchstem Mut zu sein.«

Was Bjarne von den Berserkern weiß

»So wie die Kühnheit des Waidmanns in Brimun, der ganz allein gegen so viele Feinde stritt?« fragte Aris.

»Das war eine andere Art von Tapferkeit«, meinte der Herjulfssohn. »Gewiß, auch Berserker schonen sich nicht und scheuen selbst nicht die schärfsten Schwerter. Doch ihre Sinne sind nicht auf Gerechtigkeit, sondern allein auf Gewalt gerichtet. Hüte dich vor solchen Männern! Viele bewundern sie ob ihrer Stärke und in der Schlacht stehen sie Helden gleich. Die Götter aber lieben nicht die Kraft, die nur zerstört.«

»Ich wußte gar nicht, daß es noch Berserker gibt«, murmelte Aris.

»Ja«, sagte der Isländer. »In ferner Urzeit fochten die Krieger Odins oft ohne Brünnen. Sie waren toll wie Hunde und heulten wie Wölfe, bissen in ihre Schilde und übertrafen selbst Bären und Stiere an Stärke. Auch töteten sie alle Männer und weder Feuer noch Eisen schadeten ihnen. Auch auf dem Schiff Harald Schönhaars, der unsere Ahnen vertrieb, kämpften Berserker. Denke nur an die Verse Thorbjörn Hornschnabels, über die Schlacht im Bocksfjord:

Da brüllten die Berserker –
Los brach die Fehde –
Wolfspelze wild heulend
Wurfspeere schwenkten,

heißt es da. Der Vater Skallagrims, der mit meinem Ahnen Ingolf auf Island Land nahm, führte den Beinamen Abendwolf, weil er in der Nacht unbesiegbar wurde. Auch sein Schwager war ein berühmter Berserker. Ich selbst sah solche Männer in meiner Jünglingszeit, als ich bei Olaf Kwaran in Dyfflin gastete. Wenige wagten es, sich den Odinskriegern zum Zweikampf zu stellen, und die meisten ließen dabei ihr Leben. Nur dem roten Erik

gelang es einmal, mit seinem tanzenden Schwert einen Berserker König Kwarans zu erschlagen.«
»Der Erik, von dem der Waidmann sprach, als er die Nonne raubte?« wollte Aris wissen.
Der Isländer blickte ihn sorgenvoll an. »Vergiß dieses Mädchen«, erwiderte er. »Wer Thorhall in die Hände fällt, ist so gut wie tot. Auch für die Friesen gibt es keine Hoffnung auf Rettung. Ich weiß nicht, welche Gedanken dir jetzt im Kopf umhergehen, aber du wirst sie auf Island sehr schnell loswerden, wenn du nicht vernünftig bist.«

Bjarne berichtet, wie Erik der Rote nach Island kam

Bjarne ließ sich einen Krug Bier reichen, trank mit durstigen Zügen und fuhr dann fort:
»Thorhall! Ein dunkles Geheimnis umhüllt die Geburt des Waidmanns. Niemand weiß, wer seine Mutter war. Sein Vater stammt aus dem Eidawald, der Heimat der adelsfreien Heruler. Hast du schon einmal von ihnen gehört? Zu Lebzeiten dieses Christ verließen sie ihre Sitze und zogen der Sonne nach. Sie raubten vom Gardareich bis nach Walland und gossen ihr Blut bald gegen Goten, bald gegen Römer in den Sand des Südlands. Selbst vor Atli, dem Herrscher der Hünen, und Thidrek, dem großen Goten von Raben, wichen sie nicht. Die Jünglinge der Heruler fochten stets ohne Schild, um ihre Tapferkeit zu beweisen. Den letzten Herulern bot Thidrek in Romaburg eine Heimat, so sehr bewunderte er ihre Kühnheit. Aber die Nordleute wollten lieber in die Gefilde der Ahnen heimkehren. Und obwohl sie nur noch sehr wenige waren, wagte es keines der anderen Völker, ihnen Gewalt anzutun, bis sie den Eidawald wieder erreichten — fünfhundert Jahre nachdem ihre Vorväter dort ausgezogen waren.«
Er verstummte, blickte prüfend zum Segel und lauschte dem Schlag der Wellen. Dann fuhr er fort:
»Erik der Rote aber kam in Jädern zur Welt, dem Stammsitz der alten Rugier, und diese fuhren noch weiter als selbst die Heruler: Es heißt, daß sie bis an die Enden der Erde vorstießen. Einer ihrer

Jarle mit Namen Odoaker herrschte sogar über Romaburg. Selbst Thidrek konnte ihn nur durch Verrat besiegen. Andere Rugier sollen sogar ins Mohrenland weitergezogen sein.«
»Und dieser Rote herrscht nun als Häuptling auf Island?« fragte Aris.
»Mancher ist lieber ein Bösewicht als ein Mann von kleiner Art«, sagte Bjarne. »Erik mußte wegen einiger Totschläge aus Jädern fliehen. Auch auf der Eisinsel brachte er mehrere Männer ums Leben. Zuletzt wurde er auf dem Thing für drei Jahre geächtet. Seitdem ist der Rote spurlos verschwunden. Kann sein, daß er mittlerweile zurückgekehrt ist. Die Acht lief diesen Sommer ab, wenn ich nicht irre.«
»Wen erschlug er denn?« wollte der Norweger wissen, »Männer aus deiner Sippe?«
»Nein«, antwortete der Herjulfssohn. »Das hätte selbst er kaum gewagt. Zählen wir doch zum ältesten Adel Islands! Erik der Rote aber kam erst vor zehn Jahren aus Norwegen auf die Insel. Erst siedelte er im Norden am Hornstrand. Sein Vater Thorwald starb dort.« Nachdenklich strich er sich über den Bart und fuhr fort: »Man erzählt sich, daß die Seele des Alten nach seinem Tod in einen großen Bären gefahren sei, den er aus Norwegen mitgebracht hatte. Ob das stimmt, weiß ich nicht. Jedenfalls hält der Rote das Tier in hohen Ehren. Manche Leute wollen sogar gesehen haben, wie er ihm Opfer darbrachte, als sei es ein Gott.«
Verwundert schüttelte Aris den Kopf. »Gewöhnlich verwandeln sich Seelen doch nur in Vögel«, rief er erstaunt, »in Raben und Krähen, oder in Tauben und Schwäne, je nachdem ob sie einem schlechten oder guten Menschen entstammen.«
»Und alte Jungfern fliegen als Kiebitze durch den Wald«, höhnte Sven Stinkhals.
Der Herjulfssohn warf dem Sohn Blutbrünnes einen mißbilligenden Blick zu und berichtete weiter: »Später freite Erik die Tochter von Jörund Atlissohn und Thorbjörg Schiffsbusen. Sie sind sehr einflußreiche Leute. Von ihrer Sippe erhielt er Rodung im Habichtstal.«
»Gleich neben uns«, bemerkte Sven Stinkhals mißmutig und hob seinen Humpen, »feiner Nachbar! Was reden wir eigentlich so viel von diesem Kerl?«

»Eines Tages verursachten Eriks Knechte im Habichtstal einen Bergrutsch«, berichtete Bjarne weiter. »Der Hof seines Nachbarn Valthjof wurde dabei schwer beschädigt. Valthjofs Verwalter Eyjolf erschlug die Knechte — nach Meinung der meisten Leute mit vollem Recht. Aber aus Rachsucht tötete Erik den Verwalter und noch ein paar andere Männer dazu. Wegen dieser Sache wurde er verbannt. Er zeltete dann auf der Südinsel im Breitfjord und lieh sich Silber von Thorgest dem Schädelbrecher. Thorgest war einst ein berühmter Wiking und nahm Eriks geschnitzte Schlafraumpfosten als Pfand. Aber im Frühjahr holte der Rote die Balken heimlich zurück. Thorgest eilte ihm nach und es kam zum Kampf. Dabei fielen zwei Söhne des Schädelbrechers.«

»Für zwei Schlafraumpfosten?« fragte Aris erschüttert.

»Hättet ihr in Möre eine solche Schmach etwa ungerächt hingenommen?« antwortete der Herjulfssohn.

»So etwas lassen sich nur die Christen gefallen«, spottete Glum Goldbauch und tätschelte seinen Wanst. »Ich glaube, da ist mal wieder zuviel Luft zwischen Leib und Linnen!«

»Christen? Ich weiß nicht recht«, zweifelte Bjarne. »Im heiligen Buch dieser Leute gibt es eine Stelle, da klingt das ganz anders. Einer der ersten Menschen hieß angeblich Kain; er erschlug seinen Bruder und wurde deshalb vom Allherrscher zum Waldgang verurteilt. Kains Nachfahr mit Namen Lamech aber sprach zu seinen Frauen: ›Einen Mann erschlage ich für eine Wunde und einen Knaben für eine Strieme! Wird Kain siebenfach gerächt, dann Lamech siebenundsiebzigfach.‹ — Dieses Wort hat in jenem Winter ziemlichen Eindruck auf uns gemacht.«

»Und wie ging Eriks Kampf mit diesem Schädelbrecher aus?« fragte Aris.

»Thorgest erzwang beim Thing auf der Thorspitze Eriks Ächtung«, erzählte der Herjulfssohn.

»Dann suchte er ihn auf allen Inseln im Breitfjord. Der Rote aber ahnte, wie das Thing ausgehen würde, und brachte rechtzeitig seine Habe an Bord. Der Waidmann fuhr mit ihm. Wer weiß, bei welchen Trollen sie hausten, unter dem Schwanz der Midgardschlange oder bei den Riesen in Jotenheim! Thorhall wollte nicht darüber sprechen, als er mit uns im Hochsitz des Wogenwolfs saß.«

Wie der grindige Gorm von der Romaburg erzählt

Spät am Nachmittag sichteten die Wikinger einen dunklen Streifen bewaldeter Küste. Alle kniffen die Augen zusammen und spähten nach Landmarken aus. Schließlich sprach Bjarne: »Ängelland, kein Zweifel. Doch welche Höhe?«

»Jedenfalls nördlich vom Humberfluß«, meinte Ulf Mädchenauge. »So hohe Berge gibt es in Ostanglien nicht.«

»Ja«, stimmte der Herjulfssohn zu, »ich glaube, wir sind auch schon am Christenkloster von Streaneshalch vorüber.« Er drehte den Vordersteven des Eissturmvogels, so daß der gelbgestrichene Schnabel des Bugspriets nach Norden zeigte. Sie segelten nun mit Wind schräg von achtern. Am Abend ankerten sie hinter einer Düne in der Mündung des Flusses Tese.

Als es dunkel genug war, ruderte Gorm mit Aris ein Stück den Strom hinauf, um Fässer mit frischem Trinkwasser zu füllen. Plötzlich trat der Mond, der bleiche Jahreszähler, hinter den Wolken hervor und schmückte die schlafende Erde mit seinem schneefarbenen Schein.

Zwischen schwankenden Weidenbäumen erblickte Aris ein altes, zerfallenes Bauwerk, das ihm trotz seines verwahrlosten Zustands noch immer herrlicher dünkte als jedes andere Haus, das er je gesehen hatte.

Sieben schlanke Säulen rundeten einen vollkommenen Kreis. Ihre steinernen Spitzen, die einst ein Dach gestützt haben mochten, waren mit Bildern fremder Pflanzen und Tiere geschmückt. Ranken und Farnkräuter überwucherten einen Altar aus schimmerndem Marmor. Hinter dem Opfertisch aber erhoben sich herrliche Standbilder längst vergessener Götter. Wolkenfetzen zogen am Mond vorüber, und das wechselnde Licht des Nachtgestirns weckte geisterhaftes Leben auf den versteinerten Zügen der uralten Himmelsbeherrscher. In runden Fenstern und Durchbrüchen wisperten Winde wie unterwürfige Knechte, die es nicht wagen, den Schlaf ihrer Herren zu stören.

»Was ist das?« flüsterte Aris, »ein zerfallenes Singhaus des Christ?«

»Die Christen verabscheuen solche Orte und hätten auch diesen wohl längst zerstört, wenn sie ihn gefunden hätten«, erklärte der

Grindige leise. »Nein, Römer waren es, die dort einst ihren Göttern opferten, wohl schon vor tausend Jahren.«
»Römer?« staunte der Bardssohn, »so weit im Norden?«
»Natürlich«, antwortete Gorm, und Aris erschien es, als ob die Stimme des Grindigen bebte. »Sie herrschten einst über das größte Reich auf der Welt, von den Meeren des Morgens bis zu den Abgründen des Abends, von den Gefilden der Glut bis zu den Feldern des Frosts. Wußtest du das etwa nicht?«
»Erzähle mir von der Romaburg«, bat der Norweger.
»Es war die größte und schönste Stadt aller Zeiten«, berichtete Gorm. »Die Straßen waren so breit, daß darin Vierspänner aneinander vorbeirollen konnten. Sie besaßen auch einen Kampfplatz, auf dem die stärksten Krieger der Welt für Gold gegeneinander fochten. Die Frauen schritten in Seidengewändern einher. Sie badeten in der Milch von Eseln und dufteten wie tausend Sommerblumen. Bei Gastmählern aßen Römer die Zungen der Nachtigallen. Selbst ihre Pferde tranken Wein . . .«
»Und wie verloren sie ihr Reich?« wollte Aris wissen.
»Eines Tages sahen ihre Feinde, wie gut es in der Romaburg zu leben war«, schilderte der Grindige; jetzt war seine Ergriffenheit deutlich zu hören. »Da stürmten sie alle auf einmal gegen die Stadt, viele Tausende von wilden Kriegern. Sie drangen in die Burg ein und plünderten sie, schändeten die Weiber, gruben die Schätze aus und steckten die Paläste in Brand. Nie wieder wird es so etwas geben . . .«
Bewegt fuhr er sich über die feuchten Augen. Verwundert sah Aris zu und legte ihm tröstend die Hand auf den Arm. »Schließlich warst es nicht du, der das tat!« sagte er leise.
»Ich weiß«, schniefte der Grindige. »Deshalb bin ich ja so traurig!« Dann aber faßte er sich wieder, hob die gefüllten Tonnen ins Boot und schloß: »Geschehen ist geschehen, sagte die Nonne, als der Abt ging. Oder: Nichts hält ewig, sagte der Bauer, da fiel ihm der Backofen auf den Kopf. So ist das nun mal.« Und ruderte zum Schiff zurück.

Wie die Wikinger in der Stadt Süderland in große Gefahr geraten

Am nächsten Tag zur Zeit der größten Sonnenhöhe kam die Stadt Süderland in Sicht. Sie liegt an jenem alten Römerwall, der das Nordhumberland von Lothian trennt. Noch immer trieb rauher Wind das Schiff zügig voran. Dennoch sprach Bjarne: »Unser tüchtiger Goldbauch staute zu Brimun zwar viele gepökelte Schweinehälften. Doch wollen wir uns nun auch noch ein wenig frisches Schlachtfleisch verschaffen. Außerdem können wir hier am besten erfahren, wo im Piktensund Wikinger lauern.«
»Diese Ratten!« schimpfte Sven Stinkhals, »friedliche Seefahrer zu überfallen und fremdes Eigentum fortzunehmen!«
»So wie wir in Brimun«, lächelte der Herjulfssohn.
»Das war doch etwas ganz anderes«, rief der dürre Isländer empört. »Dort lebten doch bloß Christen!«
Bjarne lachte, wurde aber schnell wieder ernst. »Ich habe jedenfalls nicht die geringste Lust, dort oben zwischen den Vogelinseln einem Kerl wie Svart Stahlschädel zu begegnen«, fuhr er fort. »Wir wollen zusehen, daß wir den Lohn unserer Mühen möglichst gefahrlos nach Hause schaffen.«
»Recht so«, rief Glum Goldbauch, und der grindige Gorm fügte hinzu: »Wir wollen es lieber heimlich halten, sagte der Mönch zur Nonne.« Der Herjulfssohn sah Ulf Mädchenauge streng an. »Du wartest hier«, befahl er. »Sowie du ein Segel siehst, machst du dich fort auf das offene Meer. Kümmere dich dann nicht um uns! Wir kommen schon zurecht. Um Mitternacht kehrst du zurück und nimmst uns dort vorn an der Landspitze auf.«
»Und wenn ein Drachen kommt?« entfuhr es Aris. »Die holen unsere Schnigge auf hoher See doch noch viel schneller ein als am Lande, wo man sich vielleicht noch schnell in den Klippen verstecken könnte!«
»Das gilt vielleicht für norwegische Schiffe«, belehrte ihn Sven Stinkhals stolz, »nicht aber für den Eissturmvogel! Bei solchem Wind stellt ihn selbst die Große Schlange nicht, ruderten seine Leute auch, daß die Riemen rauchen!«
Aris blickte besorgt zu Bjarne. Der Herjulfssohn nickte lächelnd.

»Sven hat recht«, erklärte er, »Schniggen wie die meine werden heute nicht mehr oft gebaut. Sei also unbesorgt! Gefahr droht uns nur im Piktensund. Denn dort könnten uns zwei oder drei Wikingerschiffe sehr leicht den Fahrtweg abschneiden. Dann säßen wir in der Falle.«

Gewandt sprang er in das Schleppboot. Glum, Gorm und Sven packten Äxte und folgten ihm. Die anderen Männer sahen dem Ruderkahn aufmerksam nach, bis er die Brandung durchquert hatte und auf dem Strand lag. Ulf Mädchenauge aber spähte wachsam über die Wogen. Plötzlich beschattete er seine Augen und rief: »Beim Vater aller Trolle — das hat ja nicht lange gedauert! Wir bekommen Gesellschaft.«

Die Köpfe der anderen fuhren herum wie an Schnüren gezogen. Unter dem südlichen Himmelsrand schoben sich schnell die schwellenden Segel von drei großen Drachen heran.

»Blau und silbern«, murmelte Aris. »Das Rabenbanner dazu — das muß der Wogenwolf sein!«

»Schön wär's«, knurrte Ulf Mädchenauge und schüttelte zornig den Kopf. »Es ist sein Ziehbruder Sven Gabelbart, der letzte Sohn Harald Blauzahns. Große Dinge stehen bevor, wenn dieser Kerl so weit nach Norden segelt. Schnell fort! Wir sind zwar nur ein kleiner Fisch, aber wer weiß, wie hungrig der Prinz von Dänemark ist!«

Er hieß schnell das Segel aufziehen und steuerte den Eissturmvogel aufs Meer. Die Drachen kümmerten sich aber nicht um die Schnigge, sondern fuhren ohne Zögern in den Hafen von Süderland ein. Sogleich sah man am Gestade Leute zusammenlaufen. Kurz darauf verfinsterten mächtige Rauchwolken das lichte Weltdach.

Ulf Mädchenauge und seine Leute bargen das Segel und warteten voller Sorge, bis die Traumzeit anbrach. Dann griffen sie in die Ruder und lenkten den Eissturmvogel vorsichtig an die Landspitze. Vor einem kleinen Buchenhain entdeckten sie die Umrisse eines Fuhrwerks. Pferde schnaubten leise. Dann hallte der klagende Ruf eines Eistauchers über den Strand.

»Dem Rotbart sei Dank«, seufzte Ulf. »Das ist Bjarne!«

Der große Isländer stapfte durch die schäumenden Fluten und

hob eine riesige Ochsenkeule an Bord. »Gut gemacht, Ulf«, lobte er, »ich sah von Land aus zu. Die Dänen hätten euch niemals erwischt.«

»Das wollten sie gar nicht«, wehrte Ulf Mädchenauge bescheiden ab. »Sie jagten ein größeres Wild.«

»Kann man wohl sagen«, stimmte der Herjulfssohn zu. »Ich fürchte, der Gabelbart wird sich bald ganz in Ängelland einnisten. Dann ist's vorbei mit der fröhlichen Küstenraubfahrt der freien Wikinger und aus den Jägern werden Gejagte.«

Hinter ihm wateten seine Gefährten durch das vom Wind aufgewühlte Wasser, allesamt schwer mit Waren aus Küchen und Kellern der Stadt beladen.

»Oho!« freute sich Ulf. »Ihr habt ja tüchtig eingesackt.«

»Und ganz ohne Bezahlung!« rief Glum Goldbauch launig. »Als der Gabelbart landete, zählten die Kaufleute unser Silber nicht mehr, sondern liefen statt dessen schreiend aus ihren Buden.« Ächzend wuchtete er einen feisten Hammel in den Laderaum.

Gorm grinste, daß seine Zähne in der Dunkelheit blitzten, und fügte hinzu: »Leben und leben lassen, sagte der Knecht, als er zur Magd ins Bett stieg.«

»Wie konntet ihr entkommen?« fragte Ulf den Dicken. »Du läufst doch langsamer als ein lahmer Gaul!«

»Ein Lahmer findet überall eine Lücke«, erklärte Glum stolz.

»Krücke heißt das!« belehrte ihn Ulf. »Naja, durch Saufen und Fressen wird eben viel Weisheit vergessen.«

»Wenn ihr mich nicht hättet«, erwiderte Goldbauch beleidigt, »müßtet ihr weiter Pökelfleisch kauen.«

»Das ist wahr«, stand ihm Sven Stinkhals bei. »Gleich an der ersten Bude wurde er fündig. Nun ja — eine Sau riecht den Dreck über neun Zäune. Jetzt aber fort! Ich habe Hunger, und in der Nähe solcher Nachbarn empfiehlt es sich nicht, mit Bratenfeuern zu protzen. Sonst könnte sich auch Gabelbart am Ende eingeladen fühlen.«

»Das wäre in der Tat äußerst unangenehm«, meinte Bjarne. »Wir sind den Dänen ohnehin nur knapp entkommen! Das Beiboot mußten wir zurücklassen. Wir wollen ein neues bauen, ehe wir uns auf das Eismeer wagen.«

Und so geschah es. Hinter Fife Ness, wo Constantinus, der graue Krieger der Schotten, nach seiner Flucht von Brunanburg für die Seele seines gefallenen Sohnes gebetet hatte, lenkten die Isländer ihre Schnigge hinter ein Felsenriff. Dann schwammen sie mit ihren Äxten an Land, fällten Eichen, schnitzten Planken daraus und hefteten die Hölzer mit eisernen Nägeln zu einem brauchbaren Boot zusammen. Denn Bjarne Herjulfssohn war ein vorsichtiger Mann.

Zwei Tage später erreichten sie die Orkaden. Dort mußten sie fast eine Woche lang auf Fahrtwind nach den Hebriden warten. Als der Ostwind, der Feind der Äste, endlich blies, kaufte der Herjulfssohn von den piktischen Strandbewohnern drei Raben in einem Käfig aus Weidenruten. Dann suchte er den klugen Kjallak, den Weisen der Wasser, auf, erzählte hinterher aber niemandem, worüber er mit dem Alten gesprochen hatte.

Vor der nördlichsten Hebrideninsel sichtete Ulf Mädchenauge Schiffbrüchige auf einer Schäre. Es waren zwölf Mann in norwegischer Tracht. Sie winkten und riefen den Isländern zu, daß ihre Schnigge im Sturm gescheitert sei und sie schon seit einer Woche ohne Nahrung auf dem Felsen aushalten müßten. Bjarne steuerte sein Schiff sogleich auf die offene See, so hart am Wind, wie er nur konnte. Als die Fremden merkten, daß er nicht zu ihren Klippen kommen wollte, hoben sie brüllend Beile und schrien ihm laute Verwünschungen nach. Hinter einer Felsnase aber bog ein Wikingerschiff hervor.

»Diese Falle hat dir Kjallak der Kluge verraten!« sagte Ulf Mädchenauge. Der Herjulfssohn lächelte nur.

Wolken deckten den Himmel zu, so daß die Fahrtgenossen bald weder die Sonne noch den Mond oder andere Himmelslichter erkennen konnten. Zwei Tage lang lenkte Bjarne die Schnigge dorthin, wo er den Leitstern vermutete. Von Zeit zu Zeit zog er einen Kristall aus der Tasche, und dann sah Aris jedesmal staunend, wie ein leuchtender Strahl aus dem Sonnenstein brach und den Standort des Tagesgestirns verriet. Später erklärte der Isländer dem jungen Norweger auch, wie man mit einer Wasseruhr Fahrtzeiten mißt. Ulf Mädchenauge hielt indessen den Blick unverwandt auf die Wellen gerichtet, um an der wechselnden Farbe des

Wassers, auch an Eisschollen und treibendem Tang zu erkennen, wohin die Reise ging.

Als der Herjulfssohn glaubte, den Schafinseln nahe zu sein, ließ er einen der Raben frei. Der schwarze Vogel flatterte krächzend zum Himmel, drehte über dem Mast einen Kreis und flog dann mit raschem Schlag nordwärts. Da brauste lauter Jubel über das Schiff. Beruhigt behielten die Isländer ihren Kurs bei. Zwei Stunden später kam die steile Küste der südlichsten Insel in Sicht.

»Landen wir hier?« fragte Aris, denn er war begierig, fremde Länder kennenzulernen.

»Lieber nicht«, erwiderte Bjarne mit einem Blick auf die mittschiffs verschnürten Schätze, »nach fremden Inseln reist man besser leer, wenn man nicht ungefragt erleichtert werden will! Außerdem ist die Brandung an diesen Stränden sehr stark und mit Langschiffen kaum zu befahren.«

Nun ergriff wieder ein scharfer Ostwind das Schiff und der Vordersteven des Eissturmvogels tauchte tief in Rans Reich. Als die beißenden Böen allmählich erlahmten, wallten aus dem Meer weiße Nebel empor, so dicht, daß man vom Achtersteven nicht mehr zum Drachenhaupt sehen konnte. So ritten sie ihr hölzernes Wasserroß zwei Tage lang über wandernde Wogen. Aris sah viele Male besorgt zum Himmel. Den Isländern aber schien es nichts auszumachen, ohne Sicht zu segeln.

»So schlecht kann das Wetter wohl gar nicht sein, daß es euch von einer Reise abhält«, sagte der junge Norweger bewundernd.

»Man kann sich mit allem anfreunden«, erwiderte Bjarne knapp.

Noch einmal irrten sie zwei Tage lang durch das eisige Meer. Die Gischt kratzte ihre Gesichter wie mit scharfen Krallen, und der Wind aus den Bergen der Frostriesen drang selbst durch die dicksten Pelze, so daß sie immer wieder rudern mußten, um nicht zu frieren. Als die Nebel sich lichteten, sah Aris zum ersten Mal die Küste der Eisinsel vor sich. Staunend starrte er auf die gewaltigen, von weißen Gletschern bedeckten Gebirge. Es erschien ihm, als ob die Erdriesen Islands nicht einmal hinter den höchsten Erhebungen seiner norwegischen Heimat zurückstehen müßten.

Sonst gibt es nichts von dieser Fahrt zu berichten, bis sie endlich den Hof Schlagstock erreichten, den Herjulfs Großvater einst von dem berühmten Ingolf erhalten hatte. Als die vertrauten Landmarken näherrückten, blickte Bjarne Herjulfssohn bald immer vergnügter drein. Doch als die Brandung brüllte, begann sich seine Miene zu verfinstern. Denn auf den fetten Wiesen grasten nur neun Galtschafe, von einem alten Knecht in zerrissenen Kleidern gehütet. Rasch gürtete sich der Herjulfssohn mit seinem Schwert, packte Axt und Speer und sprang an Land, noch ehe der Kiel seiner Schnigge im Kies stak. Ulf Mädchenauge und Sven Stinkhals rissen zwei Schilde von der Bordwand und setzten ihrem Anführer nach. Der Schafhirt hob den Stock, als er die Männer auf sich zueilen sah. Dann ließ er die hölzerne Waffe sinken und grüßte den Sohn seines Herrn voller Ehrerbietung und Freude.

»Was treibst du hier auf der Hofwiese, Bratt?« herrschte Bjarne den Knecht an. »Brauchen wir diesen Winter kein Heu, daß du die Schafe so nahe am Stall grasen läßt? Oder macht es dir vielleicht Spaß, das Futter aus den Bergen herbeizuschleppen, statt die Tiere dorthin zu treiben, wie es jeder vernünftige Hirte tut?«

»Ach Herr«, seufzte Bratt, »wir haben mehr Heu als wir brauchen. Sieh dich doch nur einmal um! Neun Galtschafe, das ist alles. Dein Vater ließ sie mir für den Winter. Ich sollte hier warten, bis du zurückkehrst. Im Frühjahr zieht der neue Besitzer ein.«

»Der Hof ist verkauft?« fragte Bjarne erregt und packte den alten Hirten am Rock, »was ist geschehen?«

»Nicht doch, edler Herr«, jammerte der Knecht, »ich kann doch nichts dafür! Dein Vater lebt nicht mehr auf Island! Im Frühsommer lud er sein Vieh und alle Habe auf sein Schiff. Er fuhr nach einer neuen Insel aus, die so grasfrisch und fruchtbar sein soll, daß man sie Grönland nennt.«

»Grönland?« wiederholte der Hüne erstaunt. »Von einem solchen Land hörte ich noch nie. Wo liegt es?«

»Irgendwo im Nordwesten«, erklärte Bratt eifrig, »hinter den Gunnbjörnschären.«

»Gunnbjörn!« stieß Bjarne hervor. »Also gibt es sie doch!« Er musterte den alten Knecht mit grimmiger Miene. »Mein Vater war schon lange nicht mehr auf See«, sagte er dann. »Was bewog ihn zu dieser Fahrt?«

Der Hirte sah seinen Herrn unsicher an. »Verüble mir die Kunde nicht, Bjarne«, bat er. »Habe ich dich nicht als Kind auf meinen Knien gewiegt?«
»Rede nur«, sagte der Herjulfssohn, »es soll dir nichts geschehen.«
Der Knecht seufzte. »Dennoch wäre es mir lieber, ein anderer stünde hier, dir davon zu erzählen«, gestand er und wischte sich ein paar Schweißtropfen von der Stirn. »Aber da es nun einmal mich trifft, will ich es hinter mich bringen: Dein Vater fand die neue Insel nicht selbst, sondern folgte der Einladung ihres Entdeckers. Dieser aber ist niemand anderes als Erik der Rote.«

Wie Bjarne beschließt nach Grönland zu segeln

»Geht zurück zum Schiff«, befahl Bjarne seinen Begleitern. »Wir werden nicht lange bleiben.« Äußerlich wirkte er ruhig, aber die Männer erkannten den Klang seiner Stimme und machten sich ohne weitere Fragen davon.
Zitternd stand der Knecht vor seinem Herrn.
»Gehen wir!« sagte Bjarne. Der Hirte hielt seine Hunde zurück, und der Herjulfssohn trat in das Haus.
In der großen Aschengrube, aus der einst mächtige Langfeuer loderten, blakte nur noch ein bescheidener Schwelbrand. Herjulfs prächtig geschnitzte Hochsitzsäulen waren verschwunden wie auch die bemalten Bänke und die bestickten Wandbehänge mit den Bildern der alten Helden Norwegens. Auf dem einst sorgfältig gefegten Boden lag Unrat umher. Unmutig blickte der Herjulfssohn auf die nackten Grassoden der Wände.
Eilfertig brachte Bratt einen hölzernen Stuhl und blies beflissen in die Kohlen, bis ein paar Flammen hervorschlugen. Schnell schob er einen knorrigen Strunk nach, da traf ihn ein Tritt seines Herrn.
»Hör auf damit!« befahl Bjarne barsch. »Ich will wissen, was geschah! Ich will es genau wissen, und ich will es sofort wissen! Wahrlich, mir ist, als wäre ich nicht in der Frauenstube eines begüterten Bauern geboren, sondern nur in der Hütte eines verachteten Häuslers, der seinen Fraß mit den Hunden teilt und sein Stroh mit den Schweinen!«

»Vergib mir, Herr«, flehte der Hirte furchtsam, »doch da wir im Frühjahr ohnehin fort müssen . . .« Er eilte zu einer verrußten Truhe, klappte den knarrenden Deckel zurück, holte ein kleines Bündel hervor und reichte es dem verwunderten Wikinger. »Das soll ich dir von deinem Vater geben«, erklärte er.
Bjarne zeigte mit einem Ruck seines Kopfes zur Tür. Der Knecht verschwand sogleich. Nun löste der Isländer die Siegelschnur, wickelte den Stoff auf und blickte auf einen Runenstab. Darauf stand zu lesen:
›Wandere mit dem Wind aus dem Wolfsmaul fünf Tage lang dem Wagenstern nach. Siehst du dann einen blauen Mantel, so gehe drei Tage mit dem Greiß. Raben weisen dir das Riff.‹
Der Sohn Herjulfs warf das Holz ins Feuer und rief den Knecht zurück. »Berichte nun!« forderte er ihn auf.
Bratt fuhr sich mit der Zunge über die Lippen und begann: »Alle Isländer im Breitfjord wie auch am Rauchkap waren sehr überrascht, als der Rote im Sommer zurückkam. Die meisten dachten doch, er sei ertrunken! Doch diese Hoffnung trog . . .«
»Ich glaubte nie daran«, versetzte Bjarne grimmig. »Der Kerl steht mit den Trollen im Bunde!«
Der Knecht nickte hastig. »So meinte auch Thorgest«, fuhr er eifrig fort. »Erik segelte stolz an den drei Gipfeln des Schneefelsenferners vorüber und in die Lachsache ein. Von dort sandte er seine Leute bis zum Borgfjord und in die Zweitageheide. Überall erzählten sie, ihr Herr habe Neuland gefunden und es Grönland genannt, weil es von fettem Gras nur so strotzte.«
»Was sagte der Schädelbrecher dazu?« fragte der Herjulfssohn.
»Thorgest sammelte Mannschaft und zog dem Roten entgegen«, schilderte Bratt. »Erik aber scharte die alten Vertrauten wieder um sich. Du kennst sie ja: Thorbjörn Wifilssohn, der diesen Winter eine Tochter mit Namen Gudrid bekam . . .«
»Wer will das jetzt wissen«, fuhr Bjarne den Knecht an.
»Verzeih!« bat Bratt wieder und sprach hastig weiter: »Außerdem Eyolf von der Schweinsinsel und die Söhne Thorbrands aus dem Schwanenfjord. Nur Snorri fehlte. Und der Waidmann.«
»Der war auf dem Wiking«, erklärte Bjarne knapp. »Kam er hier nicht vorüber? Nun, vielleicht segelte er nordwärts über Lavaha-

fenmünde. Er weiß wohl, wo er seinen Freund findet! Wie ging der Streit aus? Ich hätte nicht gedacht, daß Erik den Schädelbrecher besiegen könnte, wenn der Rote auch noch so geschickt des Handschwerterspiel beherrscht.«
»Es kam nicht zum Kampf«, erzählte der Hirte. »Die Häuptlinge aus dem Westviertel stellten sich zwischen die Scharen, um den Landfrieden zu retten. Es sollten nicht so viele Sippen für den Zwist zweier Männer in Fehde geraten. Daraufhin forderte Thorgest den Roten zum Holmgang. Erik wurde besiegt.«
»Wirklich?« entfuhr es dem Herjulfssohn. »Das ist die erste gute Nachricht! Wie schwer war seine Verletzung?«
»Als die Zeugen den Holmgang beendeten und den Vergleich festlegten, blutete der Rote aus zwei Wunden am linken Schenkel«, berichtete Bratt. »Er mußte Thorgest sechs Mark Silber und zweihundert Ellen Fries zahlen, um sich zu lösen.«
»Eine schmachvolle Buße«, freute sich Bjarne. Doch gleich verdüsterte sich sein Gesicht wieder. »Nur am Schenkel«, murmelte er. »Daran wird der Rote nicht lange leiden, fürchte ich.«
»Er war schnell wieder auf den Beinen«, bestätigte Bratt. »Viele Leute, denen es auf der Eisinsel zu eng wurde, schlossen sich ihm an. Als er wieder ausfuhr, folgten ihm dreizehn Schiffe vom Breitfjord, sieben vom Borgfjord und fünf vom Rauchkap, darunter auch das deines Vaters.«
»Hat er gesagt, warum er nach Grönland wollte?« fragte der Herjulfssohn.
Der Alte schüttelte traurig den Kopf. »Sie hatten schweres Wetter auf der Überfahrt«, sagte er leise. »Vier oder fünf Schiffe kehrten zurück, von der See zerschlagen und mit zerrissenen Segeln. Es sollen auch einige Schniggen im Sturm gesunken sein.«

Wie Bjarne eine lange Rede hält

Der Herjulfssohn nickte nachdenklich. Dann faßte er den Hirten ins Auge und sprach: »Du hast deinen Auftrag getreulich erfüllt. Packe nun deine Habseligkeiten und sage deinen Leuten Bescheid! Morgen sollt ihr mit uns zu meinem Vater nach Grönland fahren.«

Bratt wurde bleich und bat: »Nein, Herr! Nicht nach Grönland! Nicht zu dem Roten!« Er bebte am ganzen Leib.
»Fürchte dich nicht!« beruhigte Bjarne den Alten. »Mein Vater wußte sich stets zu wehren und schützte sein Gesinde wohl. Außerdem bin ich wieder da!«
Er erhob sich, trat in die Tür und rief zum Strand hinunter: »Bringt die Ochsenkeule und ein Faß Bier!«
Wenig später richteten sich die Isländer in der verlassenen Halle ein. Bratts Frau und seine zwei Söhne schürten ein wärmendes Feuer und schütteten Stroh auf den Boden. Die Männer brieten Fleisch und aßen es mit Grütze. Als sie genug getrunken hatten, berichtete Bjarne den Gefährten, was geschehen war. Staunend hörten sie zu. Dann sagte der Herjulfssohn:
»Solange ich denken kann, habe ich jeden Winter bei meinem Vater verbracht, und ich gedenke nicht, meine Gewohnheit zu ändern. Darum werde ich unseren Knecht, seine Leute und seine Schafe morgen auf meine Schnigge bringen und mit ihnen nach Grönland segeln. Ihr aber sollt mir nun sagen, wer von euch sich uns anschließen möchte.«
Die Männer blickten einander betreten an. Einige kratzten sich an den Köpfen, andere fuhren sich mit den Fingern durch die verfilzten Bärte. Viele sahen verlegen zu Boden, und es war keiner, dem die Begeisterung aus den Augen sprühte. Denn sie hatten sich darauf gefreut, ihre Frauen, Kinder, Eltern und Geschwister wiederzusehen. Bjarne beugte sich über das Bierfaß, füllte sein Horn, nahm einen tiefen Schluck und fuhr fort:
»Ich bin nicht der Wogenwolf und rede nicht von Walhall. Auch warten auf Grönland gewiß keine Schätze auf uns, jedenfalls wohl nicht solche, die sich leicht gewinnen ließen. Dort heißt es nicht, Häuser niederzubrennen, sondern sie erst zu erbauen. Auch werdet ihr in dem neuen Land nicht Gold oder Silber ernten, sondern höchstens Heu. Und statt lüstern die sanften Busen von kosenden Kebsen zu streicheln, werdet ihr emsig die struppigen Felle von kauenden Kühen striegeln!«
Wo bisher noch ein letztes Fünkchen Unternehmungslust in den Blicken seiner Gefährten glomm, da verlosch er bei diesen Worten. Die Mienen der Männer drückten so wenig Bereitwilligkeit

aus, dem Herjulfssohn in unbekannte Fernen zu folgen, wie der winterliche Wanderer Lust verspürt, in der beißenden Kälte isländischer Gletscher zu baden. Der Hüne blickte wartend im Kreis und sprach weiter:
»Bleibt also hier und genießt euer Gold! Eßt und trinkt, wälzt euch auf den Strohsack, herzt eure Kinder, umarmt eure Frauen, macht es euch nur recht gemütlich! Der Winter beginnt bald. Dann ist viel Zeit, von Heerfahrten zu erzählen und sich für Großtaten feiern zu lassen. Doch wenn der Frühling kommt, dann müßt ihr wieder fort — oder eure Väter und älteren Brüder fragen, wie ihr auf dem Hof nützlich sein könnt. Dann macht den Buckel rund! So tun auch wir auf Grönland. Allerdings mit dem Unterschied, daß wir dort auf eigenem Land und in die eigenen Kassen wirtschaften werden. Wer mir aber folgt, der soll ebenfalls Freibauer sein, wenn er einmal zu alt für den Wiking wird. Denn auf der neuen Insel gibt es genügend herrenloses Land, das dem gehört, der es zuerst mit Feuer umschreitet.«
»Ist das wahr?« fragte der grindige Gorm und beugte sich begierig vor. »Schon lange träume ich davon, mein eigener Herr zu sein. Ich sage es dir frank und frei, Bjarne: Wem das Gehorchen zur Jugendzeit schwer war, dem fällt es im Alter nicht leichter.«
»Du bist der erste, dem ich dort Besitz verschaffe«, versprach der Sohn Herjulfs. »Das schwöre ich.«
»Gut«, nickte der Grindige. »Zwar hätte ich lieber auf Island ... Aber: Freien geht vor Tanzen, sagte das Mädchen und nahm den Lahmen!«
Die anderen sahen einander an. »Nun, ja«, meinte Sven Stinkhals, »Gorm wird allmählich alt. Außerdem kann ihn seine Alte wohl einmal einen Winter lang entbehren. Nach dreißig Ehejahren brennt die Glut der Liebe ja nicht mehr so heiß wie in der Brautnacht. Wer aber soll die Tränen der Jungfrauen trocknen, die sich hier nach Ulf Mädchenauge sehnen?«
»Du wohl kaum«, erwiderte der Jüngling, »denn aus jedem Misthaufen duftet es lieblicher als aus deinem ungewaschenen Maul. Wenn du auf die Freite gingst, würden die Frauen vor dir davonlaufen wie die Kaninchen vor einem Stinkmarder, der unversehens in den Bau gekrochen kommt.« Festen Blickes sah er den

Herjulfssohn an. »Ich komme ebenfalls mit«, entschied er.
»Das sollst du nicht bereuen!« rief der Herjulfssohn erfreut.
»Hast du dir das auch gut überlegt?« fragte Glum Goldbauch den Jüngling. »Du könntest wohl noch viele Jahre auf den Westmeeren wikingern, ehe es Zeit würde, sich einen ruhigen Platz für das Alter zu suchen. Wer weiß, ob du dann nicht etwas besseres findest als dieses unbekannte Land!«
»Das ist wie beim Heiraten«, antwortete Ulf Mädchenauge, »wer zu lange auf die Schönste wartet, kriegt am Schluß oft nicht einmal mehr eine häßliche ab.«
»Da hast du recht«, gab der Dicke zu. »Und wenn du schon in deiner Jugend so denkst, warum sollte ich dann in meinen reifen Jahren weniger klug sein! Sonst sagt mir am Ende noch jemand nach, ich fürchtete mich vor dem Roten. Ich mache mit!«
Die drei Isländer blickten nun angelegentlich auf Sven Stinkhals. Der Dürre fuhr sie an: »Pah! Der Rote! Ihr glaubt wohl, ihr könnt mich hier allein zurücklassen? So leicht werdet ihr mich nicht los! Ich folge euch, und sei es nur, um mich daran zu ergötzen, wie ihr euch den Schafskot von den Sohlen kratzt und an den Fingern schmerzhafte Blasen aufstecht. Denn die Sense formt andere Schwielen als das Schwert!«

Wie die Wikinger Bjarne treue Gefolgschaft für eine weitere Fahrt schwören

Die Isländer lachten und schlugen Sven auf die Schulter, bis das Bier aus seinem Horn schwappte und ihm das Wams durchnäßte.
»Ich bin gewiß viel zu jung für einen eigenen Hof«, sagte Aris nun, »aber wenn du mich brauchen kannst, Bjarne, möchte ich gern an Bord bleiben. Auch wenn ich von Island längst noch nicht so viel sah, wie ich es mir bei unserer Ausfahrt erhoffte.«
»Du bist ein verständiger Bursche«, lobte der Hüne, »und ich freue mich über deine Worte. Nicht nur, weil dein Vater Bard heißt wie mein Großvater. Nach Island wirst du gewiß noch oft kommen. Du sollst auf unserem Hof wohnen, bis du selbst ein Stück Land bewirtschaften willst.«

»Ein kleiner Ursch braucht keine großen Hosen!« spottete Sven.
»Drei Tage Gast, am vierten Last«, scherzte auch Ulf.
»Mehl ist Mehl, sagte die Maus und fraß vom Besten«, lachte Gorm.

Nach und nach fanden sich neunzehn Männer, die mit dem Herjulfssohn über das Eismeer reisen wollten. Die anderen lehnten ab, denn sie hatten im Winter zuvor auf den Juleber geschworen, daß die Wikingfahrt mit dem Wogenwolf ihre letzte Ausfahrt sein solle. Bjarne ging mit ihnen zum Schiff und beschenkte sie aus seiner eigenen Beute. Sie schulterten ihre Habe und schritten durch den schwarzen Sand davon.

Zu den anderen sagte der Herjulfssohn: »Laßt uns nun unseren Bund erneuern und Thor dafür als Zeugen anrufen!«

Die Männer folgten ihm in die Halle. Dort erhob Bjarne sein Horn und schlug darüber das Zeichen des Hammers. Dann schüttete er ein paar Tropfen ins Feuer, daß es laut zischte, und rief mit hallender Stimme:

»Sieh gnädig auf uns freie Männer hernieder, Thor! Denn wir rüsten uns nun aufs neue zur Fahrt. Dein Götterglück soll uns geleiten, Herr der ehernen Handschuhe. Gib, daß Wind und Wogen uns helfen, nicht hemmen! Mein Kiel soll erst dann auf Kies oder Sand knirschen, wenn ich das neue Haus meines Vaters erspähe!«

»Vergönne uns dein Götterglück!« murmelten die Männer dumpf. Wieder sprengte der Sohn Herjulfs Trank in die Flammen. »Schwört mir nun, daß ihr mir auf dieser Reise gehorchen wollt, was ich euch auch befehle«, forderte er die Gefährten auf, »solange noch Luft in unseren Lungen ist und Wasser unter unserem Kiel!«

»Wir geloben es«, antworteten die Männer und wiederholten die uralte Eidesformel.

Nun goß der Hüne den Rest des Bieres in die Glut. »Höre uns, Thor, rotbärtiger Sohn Odins«, betete er. »Bei deinem Namen ward hier geschworen. Darum sollst du jeden, der seinen Eid bricht, mit deinem Hammer Mjölnir zermalmen. Dem Leichnam des Verräters soll Hel Mark und Hirn aussaugen. Jormundgard, die grause Schlange, soll seine Augen und Zunge verzehren, der heulende Garm aber seine Knochen zerbeißen, bis nichts mehr von ihm übrig ist.«

»So sei es«, riefen die Männer im Chor und ließen aus ihren Gefäßen Bier auf den Boden rinnen. Dann hielten sie sich an den Händen fest und gelobten, einander in jeder Gefahr beizustehen, bis das Ziel der Reise erreicht sei.

Thorir der Weitfahrer warnt die Wikinger vor den neun Töchtern der Meeresgöttin

Am nächsten Morgen färbte sich das Heim des Regens rot wie Blut. Die Gefährten trieben Bratts Galtschafe auf das Schiff, luden die Habe des Knechts ein und stießen den Steven vom Strand. Sie mußten die ganze Strecke zum Rauchkap rudern. Erst am folgenden Tag füllte ein frischer Wind aus dem Westen das Segel. Kurz vor Sonnenuntergang lief der Eissturmvogel in den Borgfjord ein. Dort fragte Bjarne nach zurückgekehrten Grönlandfahrern. Die Männer schickten ihn zu Thorir, einem Norweger von Abstammung, der trotz seiner Jugend schon viele Länder bereist hatte. Thorir zählte die Namen der Männer und Frauen auf, die mit dem Roten nach Grönland gesegelt waren, und sagte dann:
»Niemals sah man ein Land wie dieses! Ich glaube, Grönlands Gletscher fließen gleich aus Jotenheim hervor. An der Ostküste treiben so viele Eisschollen, daß das Meer dort wie ein wanderndes Gebirge erscheint. An den Gunnbjörnschären packte die Strömung unser Schiff wie mit Fäusten. Schneestürme toben dort von der Steilküste in die Tiefe, und Bären drohen von allen Klippen. Eine garstige Gegend! Wir fuhren am weißen Gestade nach Süden. Dort flogen Odins Kampfkrähen um ein scharfnasiges Kliff. Wir wollten es in Richtung Norden runden, aber ein Sturm blies uns zurück auf die offene See. Wir sahen nur soviel vom Land, um sagen zu können, daß seine Berge schroff und steil wie Schultern von Riesen ins Meer abfallen. Kaum ein Baum oder Strauch wächst auf ihren Flanken. Zwischen ihnen jedoch klaffen tiefe Täler, und auf deren Sohlen leuchtete es grün, soweit das Auge blickt. Die See vor Grönland ist kälter und klarer als alle anderen Meere, die ich befuhr. Nicht einmal vor Halogaland treibt soviel Eis! In den Fjorden aber soll sich das Wetter mit jedem Ruderschlag bessern.«

Dann holte der Weitfahrer seine Peilscheibe hervor und zeigte Bjarne die Kerben, die er auf seiner glücklosen Fahrt in das Holz geritzt hatte. »Es gibt dort nur drei Sorten Tang«, berichtete er. »Am häufigsten fanden wir Fichtenzweigalgen. Seltener sahen wir Seeichenlaub mit braunen, durchlöcherten Blättern. Außerdem schwammen dort die abgeworfenen Hörner der Ägirshirsche im Meer, vom Blut noch gerötet. An Grönlands Ostküste treibt der Tang südwärts, im Westen dagegen nach Norden. Gib auf die Strömungen acht! Das Grönlandmeer wimmelt vor Walen; nirgends sah ich größere, nicht einmal in Norwegens nördlichsten Fjorden. Die Sonne aber steht mittags zwei Fingerbreit höher am Himmel als hier.«

Er seufzte und fügte hinzu: »Ich würde dir gern mehr erzählen. Doch das ist alles, was ich weiß. Ich hatte zuviel damit zu tun, meinen Knorr in den Wirbeln auf Kurs zu halten. Das Meer brodelte, und die Wellen stürzten von allen Seiten zugleich auf uns herein.«

»Ich kann mir gut vorstellen, daß es nicht so gemütlich war wie beim Julfest in der gewärmten Stube«, sagte der Herjulfssohn.

Der Weitfahrer schneuzte sich und fuhr fort: »Eines will ich dir noch erzählen; du magst damit anfangen, was du willst. Als uns der brüllende Sturm vor sich her jagte und ich in meiner Not schon zu Thor beten wollte, glaubte ich in den Wellen auf einmal zehn junge Frauen zu sehen. Neun trugen Gewänder aus Quallenschleim und Gürtel aus Grindwalzähnen. Das waren die Töchter Rans. Sie kamen vom Boden des Meeres, um uns in das Reich ihrer Mutter hinabzureißen. Die zehnte aber trug ein Kreuz, wie es die Christen verehren. Da war mir plötzlich, als sollte ich auch einmal zu dem neuen Gott beten. Und als ich das wirklich tat, flaute der Sturm plötzlich ab. Am liebsten wäre ich umgekehrt. Aber die Küste war schon außer Sicht und unser Knorr zu schwer beschädigt, um den Strömungen ein zweites Mal zu trotzen. Das Schiff nahm viel Wasser, und wir mußten auf der Rückfahrt unablässig ösen. Nun weiß ich nicht, ob das Wetter auch dann besser geworden wäre, wenn ich zu Thor gefleht hätte, nach dem ich schließlich den Namen erhielt!«

»In Gefahr glaubt man manches zu sehen«, meinte Bjarne.

»Das weiß ich«, erwiderte Thorir der Weitfahrer. »Aber ich ahne nun, daß ich Grönland nur mit christlicher Hilfe erreichen werde. Denn nichts anderes kann das Wunder bedeuten, das ich in den Wogen erblickte. Vor vier Tagen hörte ich übrigens, daß Thorhall in den Breitfjord gefahren sei, mit einer christlichen Jungfrau an Bord.«
»Er hatte mit uns in Friesland geheert«, erklärte Bjarne und berichtete davon. »Wahrscheinlich wollte er sich vergewissern, ob sein rothaariger Freund wirklich nach Grönland abgereist ist«, schloß er.
»Da hast du wohl recht«, bestätigte Thorir. »Ich schickte sofort meinen Großknecht mit Gold für die Christin, aber der Waidmann war schon wieder weitergesegelt. Er hatte nur die Kjartanssöhne Helge und Finnbogi an Land gesetzt. Nun will ich im nächsten Frühjahr nach Birka oder Haithabu fahren, wo es christliche Sklaven in Fülle gibt.«
»Ich glaube nicht, daß du das Fahrtenglück kaufen kannst«, zweifelte Bjarne. »Niemand ändert mit Silber der Nornen Sinn!«
Damit trennten sie sich. Zu seinen Männern sagte der Herjulfssohn dann: »Ich habe alles erfahren, was wir wissen müssen. Dennoch wird unsere Fahrt manchem unvernünftig erscheinen, weil wir uns so spät im Jahr in ein Meer begeben, das keiner von uns kennt.«
Der günstige Fahrtwind zerstreute jedoch bald die Sorgen. Drei Tage lang kam der Eissturmvogel zügig voran. Am vierten Morgen aber schlief der Wind ein, und Nebel kam auf. Da wußten die Wikinger nicht mehr, wohin sie fuhren.
Vier Tage lang glitten sie durch die sanfte Dünung. Es war so still wie auf dem Boden eines Brunnens, und Bjarnes Sonnenkristall sandte keine Strahlen mehr aus.
Doch dann fühlten die Fahrtgenossen plötzlich einen kalten Hauch. Aris spürte, wie sich seine Nackenhaare aufrichteten. Dann teilten sich die Nebelschleier, die weißlichen Schwaden verflogen, und ein leichter Wind begann die Wellen des Meeres zu kräuseln.
»Seht nur die lieblichen Lämmer auf der Wasserweide!« frohlockte Ulf Mädchenauge, »gewiß schwillt der Hauch des Himmels bald zu einem tüchtigen Fahrthelfer an!«

Bjarne zog seinen Leitstein hervor und hielt ihn über die Peilscheibe. »Der Wind weht von Norden«, stellte er fest. »Wenn er stärker wird, treibt er uns noch weiter ab. Segel herunter, herum mit dem Schiff und an die Ruder!« Unlustig bargen die Männer das Takelwerk und stießen die Ruderstangen durch die Riemenpforten. Die sanften Erhebungen der grauen Fischweide formten sich zu kleinen Hügeln.
Doch da dauerte es nicht lange, da wichen die Widder den Hunden der See, die zähnefletschend den Eissturmvogel umsprangen. Immer heftiger fuhr der kalte Meeraufwühler über die endlose Wiese der Wale. Immer tiefer tauchte der Steven der Schnigge in Rans rauschendes Reich, und immer höher türmten sich schaumgekrönte Gebirge über dem Garten der Schiffe. Bratts Galtschafe blökten ängstlich, als Gischtspritzer ihre Felle näßten.
»Rudert, Leute!« rief Bjarne Herjulfssohn.
Die Männer legten sich in die Riemen, bis sich die Schlaghölzer bogen. Die unsichtbaren Finger des Windes zerrten an ihren Haaren und Bärten. Das blaue Blut des Urriesen brodelte immer wilder, und über den feuchten Tangforst breiteten sich bald überall die Schneewehen der See. Brüllend flog die Brandung ums Bugspriet. Im Westen sank die Abendsonne zwischen die flüssigen Klippen hinab. Ihr Schein überzog Rans Reich mit einem rötlichen Schimmer.
»Seht nur!« rief Ulf Mädchenauge erschrocken, »der Bluthexenschaum!«
Auf den steilen Hängen der Wogengebirge glänzte es nun wie auf den Stirnen erschlagener Thursen. Mit den Spiegelungen der Sonnenstrahlen als ihren Augen und dem Gras des Seegrunds als ihren schaurigen Bärten rissen sie die mit salzigem Speichel gefüllten Rachen auf, um das kleine Schiff zu verschlingen.
Nun sah Bjarne keinen Sinn mehr darin, sich noch länger gegen den Zorn des Baumentwurzlers und donnernden Küstenzerspalters zu wehren. »Wir wenden!« brüllte der Herjulfssohn und warf sich mit seinem gesamten Gewicht auf das Ruder. Langsam zwang er sein schlankes Schiff mit dem Heck in den Wind, eben noch rechtzeitig, um vor Rans zottigen Wölfen zu flüchten, die nun aus Krakes Königtum tauchten und den Eissturmvogel geifernd nach

Westen hetzten. Die Flut des Wassers folgte dem Schiff wie eine wirbelnde Wand. »Hört nicht auf zu rudern«, schrie Bjarne durch das Geheul der Geister, »sonst müßt ihr erfrieren!« Er wickelte sich noch tiefer in einen braunen Bärenpelz. Eiszapfen hingen an seinem Bart, Reif bedeckte seine Brauen, und seine scharfen Augen leuchteten zwischen weißen Wimpern hervor wie feurige Funken aus Asche. Der Eissturmvogel tanzte auf den knochenbleichen Kronen der Ägirstöchter umher wie ein Holzsplitter auf den Wirbeln des Wildbachs zur Zeit der Schneeschmelze. Bald sahen die Wikinger das Reich der Robben tief unter sich wie einen Talboden vom Gipfel eines Berges, dann wieder hoch über sich wie eine Wolke, wenn man auf einer Wiese liegt. In ihrer Not schrien die Männer zu Thor, doch der rotbärtige Gott gönnte ihnen kein tröstendes Zeichen. In sausender Fahrt trieben sie weiter und weiter nach Westen, so wie ein Schluck Met ohne Halt aus dem Mund in den Magen des durstigen Zechers gleitet. Dann breitete Nott ihren Riesenmantel über die Welt und löschte das letzte Licht ihres Sohns Dagur, des Tages.

Über drei Sturmnächte und ein überraschendes Ende

Schwärzeste Finsternis verhüllte nun die Grenzen zwischen den Fluren der Fische und Falken, so daß die Fahrtgenossen nicht mehr wußten, ob sie noch auf dem Dach des Dorschgartens fuhren oder schon auf den Schwellen von Vogelheim. In der Dunkelheit schien das Schiff noch schnell dahinzurasen. Alle Kraft, die Bjarnes Männer auf ihre Ruder verwandten, reichte nicht aus zu verhindern, daß ihr Boot einige Male mit der Breitseite unter die Brecher geriet, die stets aufs neue heranrollten, um alles Lebende und Tote von den Planken auf den Spielplatz der Schwertwale hinabzuspülen.

Die ganze Nacht über hielten die Seefahrer an den kreischenden Riemen aus. Erst als der Morgen graute, ließ Bjarne einige Männer aufstehen. Sie schöpften sich ein paar Handvoll Wasser aus dem abgedeckten Faß und schlangen ein paar Bissen hinunter. Dann kehrten sie auf die Ruderbänke zurück, um auch den Gefährten

Zeit zu verschaffen, sich mit karger Speise zu stärken. Der Eissturm aber wütete den ganzen Tag mit unverminderter Heftigkeit fort. Auch in der folgenden Nacht linderten weder Ägirs Bruder noch Rans Töchter ihren Zorn. Damals durchfuhren die Isländer zum ersten Mal die gewaltigen Meereszäune, jene haushohen Wellengebirge, die vom Weltende her über das Meer wandern, und blickten dabei über die Bordwand wie über die Brüstung eines Turms.

Am dritten Morgen der Sturmfahrt waren die Isländer so erschöpft, daß sie sich kaum noch aufrecht halten konnten. Es schien immer kälter zu werden, und langsam machten die Wikinger sich mit dem Gedanken vertraut, daß ihre letzte Fahrt begonnen haben könnte. Gorm der Grindige machte sich mühsam im Sturmgeheul verständlich und meinte, ihm brenne die Gischt so stark in den Augen, daß es sich dabei um die giftigen Geifer der Midgardschlange handeln müsse. Stinkhals fügte hinzu, man sei nun gewiß schon viel weiter auf die hohe See hinausgedrungen als selbst Thor bei seiner Angelfahrt, als er das Ungeheuer mit einem Ochsenkopf köderte. »Ich glaube, der Gott neidet uns nun den Fahrtruhm und will uns nicht mehr nach Hause zurückkehren lassen, damit wir nicht von dieser Reise berichten können«, rief er durch das Brausen und Tosen.

Ulf Mädchenauge erklärte, der Fimbulwinter sei angebrochen, die Eiszeit vor dem Ende der Welt. Die Christen hätten wohl gar nicht so unrecht, wenn sie dachten, daß das Gericht der Götter schon bald bevorstehe. »Mir ist so kalt, als führen wir schon auf den siebenunddreißig Höllenflüssen aus Hwergelmir unter die Wurzeln der Weltesche«, klagte er. »Bald werden unsere Köpfe klirrend zerbrechen.« Bjarne Herjulfssohn aber rief barsch: »Noch fließt Luft, nicht Wasser durch unsere Lungen, und noch zerbrach keine Klippe unseren Kiel.«

In der dritten Sturmnacht wüteten Wind und Wellen noch heftiger. Immer wieder schlief einer der Männer vor Erschöpfung über dem Ruder ein. Dann weckte ihn jedes Mal die laute Stimme des Herjulfssohns mit scharfen Worten. Auch Aris fielen einmal die Augen zu. Er schreckte hoch, als die Schafe plötzlich besonders laut blökten, konnte aber in der Dunkelheit nichts erkennen. Dann spülte eine riesige Woge die Tiere über Bord.

Am Morgen kam es Bjarne vor, als ob der Sturm langsam nachließ. Auch schien ihm, daß sich Ymirs Blut, mit dem Burs Söhne das Weltmeer füllen, allmählich wieder erwärmte. Mühsam erhob er sich und spähte über den Vordersteven.
»Was siehst du denn da?« fragte Stinkhals mutlos und matt. »Stürzen wir nun wohl bald über Midgards Rand in den gähnenden Schlund von Ginnungagap hinunter?«
Auch die anderen sahen ihren Anführer hohläugig an.
Der Herjulfssohn schüttelte langsam den Kopf. »Ich kann es kaum glauben«, gestand er, »aber in dieser Zeit großer Wunder und neuer Götter konnte so etwas vielleicht gar nicht ausbleiben. Ich will es euch ehrlich sagen, Gefährten: Ich habe keine Ahnung, wo wir uns befinden. Ich weiß nur, daß wir so weit auf das Westmeer hinaustrieben wie niemand zuvor. Ja, du hast recht, Sven, wenn du meinst, daß wir schon lange in die bodenlose Kluft zwischen Asgard und Muspelheim hätten hinabstürzen müssen. Aber was ich dort vorn sehe, gleicht weder einer Burg von Göttern noch dem verbrannten Heim des Feuerriesen Surt. Zwischen Gischt und Gewölk schimmert es grün, und ich glaube, wir haben ein neues Land gefunden.«

Über unbekannte Ufer

Der Sturm flaute ab, und das schwarze Gewölk am Himmel begann zu schwinden. Bald wiegte eine sanfte Dünung das Schiff. Die Männer zogen das Segel auf und steuerten mit Wind von achtern dem grünen Streifen entgegen. Sie wunderten sich darüber, daß sie noch lebten, und Sven Stinkhals sagte: »Was für ein Glück, daß wir deine Schafe dabeihatten, Bratt! Denn an ihnen stillten die Töchter Rans wohl ihre Gier und haben uns dann vergessen.«
Bjarne sah seine Leute der Reihe nach an. »Wenn wir nach Grönland kommen, werde ich die Tiere ersetzen.«
In diesem Moment öffnete sich das Auge des Himmels. Schweigend starrten die Männer auf die betörende Vielfalt der Farben, die das Tagesgestirn nun über die wellige Schiffsstraße goß: Unter den schwatzenden Bräuten des Bugs wallte das tiefe Wasser dunkel-

grün wie die Wipfel der Riesenföhren von Romerike. Die Ströme, die an den Flanken des Eissturmvogels vorüberflossen, schimmerten matt wie das Moos von Möre unter dem Mond der Mittsommernacht. Die Wirbel hinter dem Heck der Schnigge funkelten so smaragden wie Frühlingsweiden auf friesischen Wurten. Zur Sonne hin leuchteten die geordneten Wogen hell wie die frischen Triebe isländischer Birken. Die Ränder der wenigen übriggebliebenen Wolken röteten sich wie die Blütenblätter von Mandelröschen im Mai. Das löchrige Schädeldach des Urzeitriesen, aus dem Burs Söhne den Himmel formten, färbte sich blutig, und über den Wassern am Rande des runden Gewölbes bildete sich ein purpurner Saum. Wenige Herzschläge später verblaßte das Banner des Morgens zum bräunlichen Gelb der Baumhasel, wechselte kurz in das helle Gold von Holunderblüten und nahm am Ende den sanften Schimmer gealterten Bernsteins an. Über dem Meer lag Stille wie ein wollenes Tuch.

»Schlaft nicht ein!« schnitt die Stimme des Herjulfssohns durch das verzauberte Schweigen. Hastig ergriffen die Männer die Ruder und wärmten die kalten Muskeln durch Arbeit auf. Aris beugte sich zu Sven und sagte: »Das scheint mir sehr edelmütig von Bjarne, daß er dem Knecht die Schafe ersetzen will.«

Der Dürre lachte spöttisch und antwortete: »Er ahnt wohl, daß wir es waren, die heute nacht die Schafe losbanden und Rans Töchtern vorwarfen, jeder eins!« Er zwinkerte dem jungen Norweger zu und zog wieder kraftvoll am Ruder.

Ulf kratzte sich am Kinn und meinte verlegen: »Immerhin hat das Opfer seinen Zweck erfüllt, und wir sind dem Sturm und Wogengewühl entkommen.«

Wie die Wikinger das neue Land erkunden wollen

Bjarne zog seine Peilscheibe hervor und begann, die sechs Winkel des Himmels zu messen. Seine Lippen murmelten nacheinander die Namen aller nordischen Sternbilder. Dann reinigte er die Wasseruhr und setzte sie wieder in Gang.

»Sollte das etwa Grönland sein?« fragte Sven Stinkhals.

Bjarne blickte den Dürren mißmutig an. »Wenn überhaupt etwas sicher ist«, gab er zur Antwort, »dann, daß wir weit von unserem Ziel sind. An Grönlands Ufern recken sich riesige Berge empor, von weithin leuchtenden Gletschern gekrönt. Eisschollen treiben in allen Fjorden, und in den kalten Wassern tummeln sich Wale so zahlreich wie Mücken im lauen Sommerwind. Hier aber ist das Meer trüb und viel wärmer als an allen nördlichen Küsten.« Er machte sich wieder an seinen Geräten zu schaffen. »Kaum zu glauben«, fügte er nach einer Weile hinzu, »doch meine Scheibe enthält überhaupt keine Kerbe, in die der Sonnenstand paßt.«
»Warum landen wir nicht endlich?« fragte Sven Stinkhals. »Wer weiß, welche Geheimnisse in diesen Wäldern nur darauf warten, von uns gelüftet zu werden! Vielleicht gibt es Gold auszugraben oder mit kecken Jungfern zu scherzen!«
»Vorsicht!« mahnte Mädchenauge, dem die Sturmfahrt noch in den Knochen steckte, »Unglück kommt geritten, geht aber weg mit Schritten! Wer weiß, was uns als nächstes blüht!«
»Mache dir nur nicht in die Hosen«, antwortete der Dürre grob. »Wer vor Schreck stirbt, wird mit Fürzen begraben!«
»Genau!« stimmte Glum zu. »Hinterm Ofen fängt man keine Basen!«
»Das heißt nicht ›Basen‹, sondern ›Hasen‹, du Schwachkopf!« sagte Ulf.
Gorm meinte: »Alles mit Überlegung, sagte die Frau und briet den Speck in Butter.«
Der Herjulfssohn seufzte und blickte anklagend zum Himmel. Dann befahl er barsch: »Wir bleiben heute nacht hier. Ich will erst die Sterne prüfen. Seht inzwischen nach, ob unser Schiff Schaden nahm! Am besten schwimmst du einmal unter dem Kiel durch, Sven! Das kühlt ab.«
»Ich bin Entdecker«, wehrte sich Sven Stinkhals stolz, »und als solcher ist es meine Pflicht, alle neuen Küsten sogleich und so sorgfältig wie irgend möglich in Augenschein zu nehmen. Nur so können weniger wagemutige Leute, die jetzt daheim gemütlich am Feuer sitzen, etwas Neues von der Welt erfahren. Wie wäre Island wohl ohne Männer wie Gardar dem Schweden besiedelt worden? Als er die Eisinsel sichtete, kehrte er auch nicht gleich um, son-

dern segelte erst an ihren Stränden entlang, um etwas über ihre Gestalt aussagen zu können.«
»Denke an Thorolf, der seinen Zuhörern weismachen wollte, auf Island triefe Fett von jedem Halm«, meinte Ulf, »und der darum für den Rest seines Lebens Butter-Thorolf genannt wurde!«
»Wer weiß, vielleicht gab auch Erik dem neuen Land nur deshalb den Namen Grönland, um dahinter Unwirtlichkeit zu verbergen«, meinte Glum Goldbauch mißtrauisch. »Dann könnte ich eines nicht fernen Tages ebenso schlimm und erbarmungswürdig aussehen wie du, Sven!«
»Ein Schwein findet überall etwas zu fressen«, versetzte Sven giftig.
»Wenn du ein Pilz wärst«, antwortete der Dicke beleidigt, »trügst du eine rote Kappe mit weißen Punkten darauf.«
»Hört auf!« befahl Bjarne. »Gorm, Glum — überprüft die Ladung! Seht nach, wie lange die Taue noch halten! Bratt — koche uns eine Grütze! Wir wollen auch siedende Würste und gebratenes Fleisch essen. Ruht euch aus, Männer! Das Schlimmste haben wir wohl überstanden. Aber wer weiß, wieviel Kraft wir noch brauchen, um den langen Weg in bewohnte Länder zurückzufahren.«

Über einen Streit unter den Wikingern

Der Knecht gehorchte. Bald zogen die lieblichen Düfte schmorenden Schinkens und dicker Topfschlangen über die Ruderbänke hinweg. Die Männer streiften ihre durchnäßten Gewänder ab, hängten sie an die Wanten und hüllten sich in die erbeuteten friesischen Tuche.
»Ob auch der Waidmann in dieses Unwetter geriet?« rätselte Aris.
»Bestimmt nicht«, versetzte Ulf Mädchenauge verdrossen. »Der steht mit den Trollen im Bunde! Gewiß hat er Grönland schon längst erreicht und dort mit seinem Freund Erik den Blutaar geopfert.« Er schüttelte sich. »Armer Mönch«, murmelte er, »armes Friesenmädchen!«
Nach Sonnenuntergang besahen die Wikinger sich die Sterne und konnten sich nicht einig werden, in welcher Weltgegend sie sich

befanden. Schließlich erklärte Bjarne: »Seht nur, wie niedrig der Karlswagen über Nebelheim hängt! Den Weltnagel kann man hinter den Wolken kaum noch erkennen. Ich denke, wir segeln hier südlicher als selbst vor Schonen, Waleis und Friesland. Aber so weit sind wir doch nicht geraten, daß wir hier auf die Insel Sikiley stoßen könnten.«

»Also keine Seide«, brummte Sven Stinkhals enttäuscht. »Das wird mir die Brautwerbung nicht erleichtern.«

»Schwatze nicht so dumm«, tadelte ihn Bjarne. »Beim ersten Hauch deines Halses ginge so feines Gewebe in Flammen auf!« Er sah die Männer sorgenvoll an und fuhr fort: »Der Sturm trieb uns weit nach Westen. Wir schwimmen hier näher am Rand der Erdscheibe als je ein anderer Seefahrer. Nach Island sind es mindestens zwölf Segeltage.«

»Willst du nicht an Land gehen?« fragte Ulf Mädchenauge.

Der Herjulfssohn blickte sinnend zum Ufer. Dann schüttelte er entschlossen den Kopf. »Das ist mein Befehl«, sprach er mit fester Stimme, »daß wir morgen zum Strand fahren. Aber betreten werden wir ihn nicht.«

Von einem sprechenden Felsen

Am übernächsten Morgen, als die Nacht die schwarzen Röcke raffte, glitten hinter der Schnigge Wale über das gläserne Dach des Meeres. Zu vielen Hunderten bliesen Rans Rinder wäßrigen Atem zum Himmel. Zwischen mächtigen Meerochsen schwammen Schwärme von Heringen und Heilbutt. Auch Robben reisten auf dem Rücken der Wogen dahin. Mit dem Tag ging der Wind, nun aber ergriff eine starke Strömung das Schiff. Bjarne maß die Sterne und beschloß, sich der Drift zu fügen. Im dritten Teil der Nacht hörte er plötzlich Brandungswogen. Zu dieser Stunde wachten Ulf und Aris. Bjarne befahl ihnen, den Anker auszuwerfen. Denn es erschien ihm zu gewagt, in Landnähe weiterzusegeln, ehe es wieder hell wurde.

Das erste Frühlicht enthüllte im Westen nach und nach die Umrisse einer Küste. Das Ufer zeigte sich nicht weniger zerklüftet als die Gestade Norwegens, wo noch die Zwerge zu sehen sind, die bei ihrem zauberischen Treiben vom Tag überrascht und in Steine verwandelt wurden. Nach einer Weile räusperte sich der Herjulfssohn und sagte: »Ein seltsamer Strand. Wer weiß, welche Wunder wir hier erleben! Wecke die anderen! Der Wind frischt auf, und es ist an der Zeit, den Anker zu lichten.«

Rasch rief und rüttelte Aris die Schlummernden wach.

»Soll das nun endlich Grönland sein?« fragte Sven Stinkhals und rieb sich die Augen. »Freilich, die Bäume erscheinen mir niedriger als vor zwei Tagen. Doch sehe ich keine Gletscher blinken.«

»Wir sind noch weit vom Ziel entfernt«, stellte Bjarne fest.

»Also schon wieder neues Land«, rief der Dürre eifrig. »Das kann kein Zufall sein! Gewiß wollen uns die Götter damit Gelegenheit geben, mehr Mut zu beweisen als beim letzten Mal.«

»Daraus wird nichts«, wies ihn Bjarne zurecht. »Wer weiß denn, ob uns Asen oder Alben hierher führten, ob uns gutmeinende Götter lenken oder tückische Trolle locken! Wenn wir in unsere Welt zurückkehren wollen, dürfen wir keine Zeit mehr verlieren.«

Nun aber erhoben sich auch Glum Goldbauch, Ulf Mädchenauge und der grindige Gorm. Sie stellten sich hinter Sven Stinkhals auf und dieser sagte:

»Es gefällt uns übel, Bjarne, daß du uns wie Kinder behandelst, die bei der geringsten Gefahr gleich greinend zu ihren Müttern flüchten! Mag die Erde auch wimmern und seufzen, mich schreckt das nicht.«

Bjarne runzelte die Brauen und starrte den Dürren an, doch Sven hielt dem Blick stand. Die anderen Männer begannen zu murren und Glum Goldbauch sagte: »Warum läßt du uns denn nicht wenigstens mit dem Schleppboot an Land?«

»Wenn man euch erst einmal . . .«, antwortete der Herjulfssohn, sprach den Satz aber nicht zu Ende, denn in diesem Moment färbten die ersten Funken der Himmelsglut die Stirn der Welt. Das rötliche Licht entriß der Dunkelheit schnell immer weitere Teile der Küste. Lichte Wälder von Fichten und Tannen breiteten sich bis an Klippen, aber es wuchs nur wenig Gras. Auf den zahllosen Steinblöcken, die den fremden Strand säumten, spiegelte sich der Schein der Sonne. Ihr Glanz lockte auf den Felsen so viele Farben

hervor, daß es den Männern schien, als seien sie in einen Irrgarten scherzender Alben geraten.
Dem Schiff am nächsten erhob sich ein runder, rissiger Block; er übertraf alle anderen an Alter und Wucht wie ein Vater die Kinder. Schwarze Seevögel standen auf ihm; ihr Gefieder wehte wie Haare auf einem Haupt. Unter ihren Krallen klafften zwei Löcher wie Höhlungen düsterer Augen, und an den Seiten des Steins wallte Tang wie Bart vom Kinn eines Thursen. Als die Männer in die dunklen Grotten blickten, fiel es plötzlich wie ein Zauber über sie, so daß sie nicht mehr wußten, ob sie wachten oder träumten. Da war es ihnen, als ob das steinerne Riesenhaupt zu ihnen sprach. So aber lauteten seine Worte: »Lichtet den Anker und fahrt fort, denn dieses Land ist euch nicht bestimmt.«
Zweimal wiederholte der Stein seinen Ruf. Dann rollte das Feuerrad über die Schwelle des Himmels. Sein Flammenschein brach die magische Macht des redenden Felsens; er verstummte und sah nun wieder wie eine gewöhnliche Klippe aus.

Das seltsame Grabmal des Gautenkönigs

Die Wikinger schauten einander an, und lange sprach keiner von ihnen ein Wort. Dann hustete Bjarne, gewann die Gewalt über seine Stimme zurück und sagte:
»Ich weiß nicht, was ihr gesehen oder gehört habt, Gefährten. Ebensowenig bin ich mir darüber im klaren, wieviel von dem, was ich selbst sah und hörte, Wirklichkeit war. Aber ob dieser Stein dort wahrhaftig zu uns sprach oder ob wir nur träumten — den Göttern würde es wohl kaum gefallen, mißachteten wir dieses Zeichen! Denn es kann kein Zweifel daran bestehen, daß es Odin selbst war, der uns auf diese Weise warnen wollte.«
Keiner der Fahrtgenossen widersprach. Schweigend setzten sich die Männer auf die Ruderbänke, tauchten die Hölzer ins Wasser und brachten das Schiff in den Wind. Zu ihrem nicht geringen Erstaunen merkten sie, daß der Halmbieger jetzt aus Südwesten blies, aus der Richtung des Abendsterns.
Drei Tage lang reisten sie mit bestem Fahrtwind. Er wehte nicht

zu schwach und auch nicht zu stark, sondern er straffte das Segel so sanft wie der Busen einer wohlgewachsenen Frau das Kleid. Rans Rosse trugen den Eissturmvogel sicher auf ihren Rücken. Am Himmel sahen die Isländer Schneewolken treiben, denn der Winter hatte begonnen.
Am dritten Tag sichteten sie wieder Land. Diesmal türmten sich hohe Berge hinter der Küste empor. Ihre Gipfel glänzten wie Silber.
»Das muß endlich Grönland sein«, rief Aris erfreut.
Bjarne schüttelte zweifelnd den Kopf und entgegnete: »Eigentlich müßten wir noch vier Tage länger segeln.«
Er winkte seinem Knecht und befahl: »Versuche dich ganz genau an jedes einzelne Wort zu erinnern, das mein Vater sagte, als er euch Grönland beschrieb!«
Bratt kniff die Augen zusammen und murmelte vor sich hin. Dann meinte er: »Die Berge steil wie die Schultern von Stieren. Ein Gletscher krönt den Gipfel. Das Eis leuchtet blau wie ein Häuptlingsmantel aus friesischer Wolle. Auch schwimmen genügend Eisschollen im Meer. Ja, Herr — ich glaube, wir haben die neue Heimat erreicht.«
Die Wikinger brachen in lautes Gebrüll aus und hieben einander erfreut auf die Schultern. Aber der Herjulfssohn hob die Hand und erklärte: »Wir landen erst, wenn wir ganz sicher sein können, daß uns kein Trugbild täuscht! Auch im Nordmeer treiben böse Mächte ihren Spuk!«
Sie segelten an der Küste entlang, bis das Ufer nach links zurückwich und sie aus dem Wind gerieten. Da bargen sie das Tuch und legten die Riemen ein. Der schneebedeckte Strand bog sich immer weiter nach Westen und dann nach Süden. Am Ende stellten sie fest, daß sie das Land umrudert hatten.
»Eine Insel«, rief Aris enttäuscht.
Bjarne nickte. »Ich dachte es gleich«, murmelte er.
Die Wikinger schwiegen. Da zog Aris den Herjulfssohn am Ärmel und rief: »Dort!«
Bjarne fuhr herum. Auch alle anderen Männer starrten verblüfft in die Richtung, die ihnen der junge Norweger wies.
Vor dem Steven des Eissturmvogels ragte die überhängende Wand

eines Berges hinaus auf die See. Die schimmernde Mauer bestand aus blankem Eis. Gleißend brachen sich Sonnenstrahlen auf der glitzernden Oberfläche. Darunter stand eine riesengroße, in graues Erz gewappnete Gestalt.
Adlerschwingen zierten den prächtig gehämmerten Helm. Brünne und Waffen schienen von Schmieden uralter Zeiten gefertigt. Drohend hob der dunkle Hüne das Schwert, als wolle er sich einen Weg aus dem Eis schneiden und die Isländer angreifen. Auf seinem Wams aber glänzte das silberne Wappen des ältesten aller Wikingergeschlechter, der hohen Seekönige Gautlands.
Wie gebannt starrten die Männer auf die unheimliche Erscheinung. Dann endlich sprach Bjarne Herjulfssohn, und zum ersten Mal hörte man ein Zittern in seiner Stimme. »Hygelak!« stieß er zwischen Staunen und Grauen hervor. »Hier also fandest du deinen Heldenhügel!«

Wie die Wikinger dem toten Seekönig opfern

»Hygelak!« staunte auch Aris und dachte an das Skaldenlied Sigurd Silberzunges. »Wie kommt der Leichnam des Königs auf diese weltferne Insel?«
»Mit dem Eis«, antwortete Bjarne leise. »Auch an Island treiben oft Schollen vorbei, die Knochen von Lebewesen enthalten, von Walfischen, Robben, manchmal auch Bären.« Scheu blickte er zu dem vorzeitlichen Riesen empor und fuhr fort: »König Hygelak wurde auf einer Insel nahe der Mündung des Rheinstroms bestattet. Zu dieser Zeit gab es dort hohen Eisgang. Da muß eine Scholle den Sarg der Erde entrissen und in das Nordmeer geschwemmt haben. Laßt uns dem Helden ein Opfer weihen!«
Bratt brachte sogleich einen großen Krug Bier, dazu Braten und Brot. Der Herjulfssohn sprach einen Segen, schleuderte dann die Gaben mit Schwung in das schwatzhafte Meer und rief: »Höre uns, Hygelak! Sage dem Rotbart, daß er uns guten Wind schicken soll!«
In diesem Augenblick zog eine Wolke an der Sonne vorüber und den Männern war, als sei auf dem grimmigen Antlitz des Toten ein Lächeln erschienen.

Sie setzten Segel, und eine kräftige Brise trieb sie über das Meer nach Nordosten, dem großen Wolfsrachen entgegen. Bjarne schien nun seiner Sache so sicher, daß er sich nachts ins Vorschiff legte und Ulf Mädchenauge das Steuer ließ. Als der bleiche Sonnenbruder zum vierten Male über das schwarze Dach der Welt wandelte, saß Aris im Laderaum mit Sven, Gorm und Glum zusammen. Sie tranken Bier und Sven murrte:

»Länger als drei Wochen sind wir nun schon auf See. Der Sturm warf uns an unbekannte Küsten, und die Winde wechselten viele Male — wieso seid ihr eigentlich so sicher, daß es der Herjulfssohn schafft, uns nach Grönland zu bringen?«

»Du kennst Bjarne nicht so gut wie wir«, erklärte der grindige Gorm. »Im ganzen Norden lebt kein besserer Seemann — mit Ausnahme Eriks des Roten vielleicht.«

»Aber an den Waldküsten im Westen warst du mit Bjarnes Befehlen ebensowenig einverstanden wie wir«, beharrte Sven.

Der Grindige nickte und antwortete: »Niemand ist ohne Fehler, sprach die Äbtissin, da ging sie mit einem Kind. Doch dieser Fahrtwind gibt Bjarne recht. Wer weiß, ob es auch so kräftig geweht hätte, wenn wir vielleicht eine Woche oder auch zwei mit der Erkundung der neuen Küsten zugebracht hätten!«

Um die Mittagsstunde des folgenden Tages gerieten sie plötzlich wieder in dichten Nebel. Als sich die Schleier endlich lichteten, sahen sie zum vierten Mal auf dieser Reise Land. Wieder reckten sich schroffe Gebirge steil aus eisblauen Wassern empor. Große Gletscher flossen von ihnen herab. Das Meer war kalt und klar und ganz von Treibeis bedeckt, so daß es aussah wie geronnene Milch. Auf den Klippen wuchs weder Baum noch Strauch. Dahinter breiteten sich zahlreiche Buchten. Drei Sorten Tang trieben neben dem Schiff: grüne Dornruten, braunes Seeichenlaub und blutrote Ägirshirschhörner. Der Herjulfssohn zog seine Peilscheibe aus dem Mantel und richtete sie auf die Sonne.

»Frag du ihn«, hörte er Sven Stinkhals rufen, »du bist doch so von Bjarnes Fähigkeiten überzeugt!«

Der grindige Gorm trat zum Segel und räusperte sich. »Ist das nun Grönland?« fragte er vorsichtig.

Der Herjulfssohn nickte lächelnd. »Ja«, gab er zur Antwort.

»Ja?« rief Sven aufgebracht. »So einfach? Und woher willst du das wissen?«
»Das wirst du bald sehen«, antwortete Bjarne und steuerte den Eissturmvogel durch Nebelschwaden auf eine kleine Insel zu. Über einem scharfnasigen Kliff im Osten kreisten Raben.
Im Schatten des felsigen Eilands ließ der Wind nach, und sie mußten rudern. Eisplatten zerbrachen einige Planken, und Wasser drang ein. Dabei ging das neue Schleppboot verloren. Die Männer legten sich nun mit aller Kraft in die Riemen; andere schöpften mit ihren Helmen. Immer wieder blickten sie argwöhnisch zu den steilen Hängen.
»Richtig unheimlich ist es hier«, murrte Sven Stinkhals, »von Gras keine Spur!«
»Jetzt ist doch Winter, du Kohlensteiß!« rief der Grindige unmutig. Weiter kam er nicht, denn nun ertönte die tiefe Stimme des Herjulfssohns: »Ihr braucht nicht länger zu streiten. Wir sind da.« Er legte das Steuer herum und lenkte das Schiff zur Mündung eines kleinen Fjords.
»Ach ja?« ereiferte sich Sven. »Es wird auch höchste Zeit! Das Schiff schwimmt wie ein Schwamm! Was macht dich so sicher?«
Bjarne lächelte und deutete auf das Ufer. »Wenn du weniger reden und besser Ausschau halten würdest«, antwortete er, »hättest du längst gesehen, daß dort ein Boot liegt. Auch würdest du wohl bemerkt haben, daß neben diesem Boot ein Mann steht. Eines aber hättest du trotz aller Anstrengungen ganz gewiß später erkannt als ich, sonst wäre ich wahrlich ein schlechter Sohn. Denn der Alte dort ist niemand anders als mein geliebter Vater.«

Wie Bjarne seinen Vater wiedersieht

Glum Goldbauch kniff die Augen zusammen. »Bjarne hat recht«, erklärte der Dicke. »Jetzt ist es endlich vorbei mit Salzheringen und Pökelfleisch.«
»Nichts wie hin!« rief Sven Stinkhals.
»Vorsicht!« mahnte Ulf Mädchenauge. »Der Alte nimmt den Langbogen von der Schulter und legt einen Pfeil auf!«

Der Vordersteven des Eissturmvogels schnitt wie ein Messer durch die sanften Wellen. Alle Männer griffen froh in die Ruder und trieben das Schiff mit kraftvollen Schlägen dem Ufer entgegen. Ehe sie es erreichten, befahl Bjarne: »Sprecht nicht von dem neuen Land, ehe ich es euch sage! Wir wollen erst in Erfahrung bringen, ob es hier Ohren gibt, denen wir mißtrauen müssen.«
Als die Planken Grund berührten, sprang Bjarne mit einem mächtigen Satz auf den Strand und eilte dem Vater entgegen. »Da bin ich wieder«, rief er ihm zu.
»Du kommst spät«, erwiderte Herjulf und steckte ein wenig verlegen den Pfeil in den Köcher zurück. »Dein Schiff sieht ziemlich mitgenommen aus.«
»Das Wetter war nicht besonders«, erklärte Bjarne. »Aber bis zu deinem Hof wird es schon noch über Wasser bleiben.«
»Er liegt gleich hinter diesem Vorgebirge«, antwortete der Alte und zeigte in den Fjord. »Ihr hättet die Hale vom Meer aus gesehen, wenn es nicht so neblig wäre.«
Nun ergriff Bjarne den Vater an beiden Schultern, und erfreut zerrten sich die Männer eine Weile lang hin und her. Dann sagte der Alte: »Ich wollte Robben jagen, als ich euch plötzlich in meinen Fjord biegen sah. Fahrt mir nach!«
Herjulfs Bardssohn, genannt der Listige, war nicht sehr groß, besaß aber eine breite Brust und Kräfte wie ein Wildochse. Sein Haar war hell wie das Fell eines Falben; Narben bedeckten Nase und Kinn. Wie mit den Waffen verstand er auch mit den Worten zu fechten. Auf dem Thing schätzte man seinen Rat und wählte ihn gern zum Schlichter in Ehrenhändeln. Er war mit Thorgerd der Stillen verheiratet, die gleichfalls aus dem Geschlecht Ingolfs des Landnehmers stammte.
Herjulf sprang in sein Boot, packte die Riemen und ruderte dem leckgeschlagenen Eissturmvogel voraus. Kurze Zeit später sahen die Wikinger den neuen Hof auf einer Bergschulter liegen. Der Hang war ganz von Weidenbüschen bedeckt und von großen Felsblöcken umsäumt. Ställe aus dicken Grassoden duckten sich in sanft gerundete Mulden. Scheunen und Schmiede drängten sich unter eine masthohe Felswand, die dem Gehöft Schutz vor Erdrutschen bot. Das Mauerwerk der Speicherhäuser war bereits

ausgetrocknet. Badestube und Abtritt ragten über den Rand einer Klippe. Alle Gebäude waren mit gedeckten Gängen verbunden, sie schmiegten sich in die Flanke des Berges wie Säuglinge an den Busen der Amme. Die Halle des Herjulfshofs aber erhob sich auf dem vordersten Teil des Hangs wie der Horst eines Habichts. Frei ging der Blick von dort in die Ferne, und weithin leuchteten die gekreuzten Hornwalstangen über dem Giebel. Oberhalb der gerundeten Riesensteine, die den Hof schützend wie graue Wächter umstanden, breiteten sich glatte Flächen von Schnee, unter denen das kundige Auge Bjarnes sogleich die fruchtbaren Wiesen erkannte. Hölzerne Heuschober standen bis auf die Spitze des Hügels. Die hinteren Ufer des Herjulfsfjords aber zeigten sich unfruchtbar und dicht mit Felsen bedeckt, so daß dort höchstens Schafe oder Ziegen weiden konnten.

Wie Herjulf von der Überfahrt erzählt

Auf Herjulfs Rufen eilten nun Knechte und Mägde vom Hof herab und halfen den Wikingern, ihre Schnigge auf die Walzen zu ziehen. Als das Schiff trocken lag, luden die Männer aus und schleppten ihre Habe ins Haus, wo ihnen der Bauer Räume zuwies. In fröhlichem Durcheinander suchten die Männer sich die besten Plätze aus, ließen die Deckel der Truhen poltern und die Bohlen der Bettstätten knarren, rückten Tische und Stühle, und Sven Stinkhals forschte die Mägde aus, welche von ihnen noch unverheiratet sei. Da zog Bjarne seinen Vater am Ärmel und trat mit ihm vor die Halle: »Du weißt, es käme mir nie in den Sinn, deine Ratschlüsse zu mißbilligen. Auch sehe ich dieses Land zum ersten Mal. Sage nun also, was dir hier besser gefällt als in der Heimat! Der Hof liegt günstig, gewiß wächst hier auch gutes Gras. Dennoch scheint mir dieser Fjord weniger fruchtbar als selbst der Hornstrand in Islands Norden. Wo sollen die Gefährten wohnen, denen ich hier freies Land verhieß? Auch hätte ich nicht gedacht, daß du dich einmal mit Erik zusammentun würdest.« Herjulf sah seinen Sohn nachdenklich an. Dann zeigte er auf den eisblauen Meeresarm zu ihren Füßen:

»Wie oft sahst du Wale an Islands Küsten, wieviele Robben fingst du schon an seinen Gestaden? Seit den goldenen Tagen unseres Ahnherren Ingolf suchen Rans Rinder die Eisinsel jedes Jahr seltener auf. Dort unten aber, wo die großen Schollen vorbeischwimmen, wimmeln die Wasser vor Bart- und Blut-, Ger- und Horn-, Ruß- und Schildwalen, daß man beim Baden fast ihre Rücken berührt. Siehst du die schwarzen Schären dort drüben? Dort sammeln sich jeden Sommer große Schwärme von Seehunden, Blasen- und Sattelrobben. Nirgendwo speert man sie leichter als unten am Rabenkliff! Es ist, als jage man in Ägirs eigenem Pferch.«
Bjarne nickte. »Ehe ich von Island abfuhr, sprach ich im Borgfjord mit Thorir«, berichtete er. »Auch der Weitfahrer lobte die Jagdgründe in diesem Weltteil. Doch wer ein Land grün nennt, muß wohl noch einen fruchtbareren Fjord gefunden haben als diesen — einen, an dem nicht nur Jäger und Fischer, sondern auch Bauern und Hirten ihr Fortkommen finden.«
Der Alte blickte sich vorsichtig um. Dann legte er seinem Sohn die Hand auf die Schulter und ging mit ihm zu einem Felsen, wo sie niemand hören konnte. Dort sagte Herjulf:
»Du hast recht, Bjarne. Grönland besitzt viele Fjorde mit besseren Weideplätzen. Ich will deinen Fahrtgenossen die Forkeninsel zwei Stunden östlich von hier überlassen. Dort kommt der Hering in Massen zur Küste, und der Engelwurz wächst in mannshohen Stauden. Gleich nach meiner Ankunft habe ich an zwei Fjorden Land für zehn Höfe mit Feuer umschritten. Ich aber blieb aus einem ganz bestimmten Grund an dieser kargen Küste.«
»Wo wohnt Erik?« platzte Bjarne heraus. »Der Rote hat sich gewiß bessere Weideplätze gesichert!«
»Das war sein Entdeckerrecht«, erwiderte Herjulf. »Der Eriksfjord liegt fast zwei Rudertage im Norden. Von außen wirkt er unwirtlich und menschenfeindlich. In seinem Innern aber öffnen sich weite Täler mit Wiesen so saftig, wie man sie weder im Borg- noch im Breitfjord, ja nicht einmal am Rauchkap kennt. Es bedurfte eines kundigen Auges, diesen geheimen Garten zu finden. Immerhin hatte der Rote drei Jahre Zeit und also genügend Muße, die versteckten Plätze und das schönste Siedlungsland auszumachen.« Er seufzte und fügte hinzu: »Selbst die kleine Insel

vor unserem Fjord forderte er für sich, da er dort seinen ersten Winter auf Grönland verbrachte. Er nennt sie Eriksholm.«
Dann zählte Herjulf die Namen der Familien auf, die dem Roten über das Nordmeer gefolgt waren. »Fünfundzwanzig Schiffe fuhren dem Nordroß nach«, schilderte er, »aber nur vierzehn erreichten das Ziel. Thorir trieb als letzter zurück; wir sahen sein zerrissenes Segel. Ich bin froh zu hören, daß er sich Rans ringenden Griffen doch noch entwand!«
Bjarne berichtete seinem Vater, wer von den unglücklichen Grönlandfahrern sonst noch gesund nach Island zurückgekehrt war. Dann sagte er: »Du hast mir noch nicht erzählt, was dich mit dem Roten verbindet.«
»Ich bin ihm weder Freund noch Feind«, antwortete der Alte. »Unsere Sippe ist nicht in Eriks Streit mit Thorgest dem Schädelbrecher verstrickt. Ich fuhr nach Grönland, weil es Christs Wille war.«

Wie Herjulf von seiner Taufe erzählt

»Hast du dich etwa von den Kreuzespriestern untertauchen lassen?« fragte Bjarne überrascht.
»Ja, ich bin getauft«, antwortete der Alte. Ein Lächeln zerteilte seinen eisgrauen Bart. Er zog sein Schwert Blutglanz und hielt dem Sohn den Griff entgegen. An dem goldenen Knauf prangte ein Kreuz. »Ich opfere nicht mehr Thor und den anderen Asen«, fuhr Herjulf fort, »sondern ich bete zu Christ, so wie es Arnor mich lehrte.«
»Arnor!« rief Bjarne. »Wo ist er?«
»Er verließ uns vor einer Woche, um nach den Hebriden zurückzusegeln«, erklärte Herjulf. »Im Frühjahr will er wiederkehren.«
»Aber aus welchem Grund befahl dir Christ, deinen ererbten Hof zu verlassen und in die Fremde zu ziehen?« staunte Bjarne. »Ich weiß, daß die Verkünder des neuen Glaubens durch viele Länder wandern müssen, um Andersdenkende zu bekehren. Du aber bist doch wohl nicht etwa gleich zum Priester geweiht worden?«
»Nein«, lächelte Herjulf. »Du sollst später alles erfahren.«

Bjarne kratzte sich am Kinn. »Nun will ich dir etwas sagen«, meinte er. »Auch ich habe schon zu dem Christ gebetet. Das war, als der Frostriese fauchte und sein kalter Atem uns fern nach Westen an eine unbekannte Küste verschlug.«
Nun erzählte Herjulfssohn seinem staunenden Vater von seinen Erlebnissen auf dem Meer. Je länger er sprach, desto sorgenvoller erschien ihm das wettergegerbte Gesicht des Alten. Am Ende beugte der Bauer sich vor und sagte eindringlich: »Nun sollst du nicht mehr ausfahren, solange ich lebe. Von diesen neuen Ländern im Westen darf niemand erfahren! Wir wollen deinen Männern sogleich einen heiligen Eid abnehmen, daß sie niemandem von diesen Küsten erzählen! Das sollen sie nun schwören — oder sterben!«

Wie Herjulf einen Blick in die Zukunft tut

»So ernst ist es dir damit?« staunte Bjarne. »Aber warum? Unsere Kräfte gehören künftig dem neuen Hof. Was sollen uns die fremden Inseln? Mag sie besiedeln, wer will!«
»Nein, Bjarne«, sprach Herjulf bestimmt. »So fern dieses neue Land auch liegt, es bleibt doch untrennbar mit deiner und meiner Zukunft verknüpft, auch wenn ich es niemals sehen werde und du es vielleicht niemals betrittst.«
Bjarne fuhr sich mit den Fingern durch das strähnige Haar. »Das verstehe ich nicht«, gestand er. »Hat auch das etwas mit eurem neuen Glauben zu tun?«
»Jedes Schiff, das in künftigen Jahren von Norwegen, Island und anderen Küsten nach Grönland fährt, kommt am Rabenkliff vorüber«, erklärte sein Vater. »Mein Fjord ist der erste Ankerplatz nach der Reise über das offene Meer. Kein Kauffahrer, der nicht bei uns anlegen wird, um seine Waren feilzubieten und nach den besten Preisen zu forschen! Kein Siedler, der nicht zuerst meinen Hof ansteuern wird, um uns nach Weg und Wetter zu fragen! Kein Jäger, der nicht bei uns haltmachen wird, um etwas über Wale und Robben zu hören! Selbst Thorhall der Waidmann landete hier, um seine Fässer mit Wasser zu füllen . . .«

»Er war hier?« rief Bjarne beunruhigt. »Wann?«
»Vor vier Wochen«, berichtete Herjulf. »Wir setzten gerade den Firstbalken auf die Halle.«
»Wohin wollte er?« fragte Bjarne. »Siedelt er etwa in der Nähe?«
»Zum Glück nicht«, erwiderte Herjulf grimmig. »Der verdammte Kehlenbeißer wohnt in der Westsiedlung. Sechs Männer rudern dorthin wohl sechs Tage. Und selbst in dieser entlegenen Bucht suchte sich Thorhall den hintersten Winkel. Sein Hof liegt an der Schiffsstraße nach Nordrsetur, unseren nördlichen Jagdgründen.«
»Es ist verblüffend genug, daß er überhaupt ein Anwesen bewirtschaftet«, meinte Bjarne, »wo er doch immer damit prahlte, wie ungern ein wahrer Wikinger unter rußigem Dach schläft! Aber was hat das alles mit dem Land zu tun, das ich im Westen entdeckte?«
»In Norwegen«, sagte sein Vater, »sieht man in jedem Frühjahr Bären an den Stromschnellen auf Lachse lauern. Trafst du aber auch schon einmal einen der Schwarzpelze im Meer? Nein, denn dort könnte er die Flossentiere kaum fangen. Wie Bären sitzen auch wir hier am Rabenkliff und wie Fische schwimmen die Schiffe vorüber. Ihr Silber für unsere Butter, ihr Gold für unseren Rat!« Er lächelte listig. »Thorfinn Karlsefni, der Nachfahr Ragnar Lodenhoses, war schon da. Er will im Herbst wiederkehren, um Walroßzähne und Robbenfelle zu kaufen.«
»Er kommt, um zu handeln?« fragte Bjarne erstaunt. »Wandelte sich das Wikingblut seiner Adern so schnell in Krämertinte?«
Das Lächeln des Alten erstarb. »Du redest, wie du es verstehst«, tadelte er seinen Sohn. »Thorfinn Karlsefni ist Christ geworden wie ich.«

Wie Bjarne von seinen Gefolgsleuten einen neuen Eid fordert

Da hörten sie Stimmen hinter sich und sahen, daß die Wikinger vor die Halle traten, um den Sonnenuntergang zu betrachten.
»Führe deine Männer zum Schiff und laß sie auf den Vordersteven schwören«, drängte der Alte. »Sie sind noch immer Asenanbeter, und dein Drachenhaupt bindet sie fester als mein Kreuz. Denke

daran: Wenn dieses neue Land, das du im Westen fandest, wirklich um so vieles schöner und fruchtbarer ist als das unsere an diesem Fjord — werden dann nicht alle Grönländer lieber dort als hier siedeln wollen? Dann wird unser Hof nicht Mittelpunkt eines lebhaften Warenverkehrs, sondern nur noch ein verlassener Vorposten sein.«
»Aber diese Insel vor deinem Fjord«, meinte sein Sohn, »könnte der Rote dort nicht selbst einen Hafen anlegen?«
Herjulf schüttelte den Kopf. »Zu viele Klippen«, erwiderte er. »Außerdem braucht der Rote Silber, um Vieh zu kaufen. Die drei Ächterjahre haben seinen Truhen geschadet. Ich denke, er wird mir Eriksholm bald verkaufen.«
Bjarne blickte nachdenklich auf eine schwarzgraue Wolkenbank im Westen, seufzte und sagte schließlich: »Da du nun einmal wünschst, daß ich nie wieder ausfahre, will ich dir gehorchen. Sagte doch auch jener sprechende Felsen, die neue Küste sei nicht für uns bestimmt. Dennoch weiß ich nicht, ob es recht ist, daß wir unser Wissen vor allen anderen Menschen verborgen halten. Vielleicht wird uns dieser Entschluß eines Tages zum Nachteil gereichen.«
Doch dann rief er seine Männer zusammen und schritt mit ihnen zum Schiff. Dort setzten sie sich auf die Ruderbänke, und der Herjulfssohn sagte: »Ich habe mein Versprechen gehalten und euch nach Grönland geführt. Die Götter lohnten damit den Gehorsam, den ihr mir an der fremden Küste entgegengebracht habt. Denn wenn wir dort auf Kundschaft gegangen wären, hätte der Winter uns wohl auf dem Meer überrascht. Unser Schiff wäre vom Eis eingeschlossen worden, und wir hätten vielleicht jämmerlich verhungern müssen.«
Die Männer nickten ernst. »Du hast recht wie immer, Bjarne«, murmelte Glum Goldbauch, den die Vorstellung des Hungertods besonders bedrückte.
Bjarne sah seine Männer der Reihe nach an und fuhr fort: »Ehe ich euch von dem Eid entbinde, den ihr mir auf Island schwort, fordere ich ein neues Gelöbnis von euch: Ihr sollt von der Küste im Westen nicht eher sprechen, als ich es euch erlaube. Denn dieses Land gehört uns. Ich will nicht, daß sich andere dort niederlassen, vielleicht der rote Erik oder gar Thorhall der Waidmann!«

Wie die Wikinger sich weigern

Nun stand Sven Stinkhals auf und erklärte: »Keiner von uns bezweifelt, daß wir die Rettung allein deinem Fahrtglück verdanken. Ebenso wird wohl jeder zugeben, daß dir das Recht gebührt, das neue Land als erster zu besiedeln. Gern bin ich dabei dein treuer Gefolgsmann. Segeln wir also im Frühjahr wieder nach Westen!«

Die Wikinger murmelten beifällig. Der Herjulfssohn hob die Hand, bis die Gefährten verstummten, und sagte dann ernst: »Ich will euch die Wahrheit sagen: Wenn wir je wieder nach Westen segeln, werden bis dahin jedenfalls viele Jahre vergehen, und je mehr es sind, desto glücklicher will ich mich preisen. Denn ich habe meinem Vater gelobt, nie wieder auszufahren, solange er lebt.«

Die Männer blickten einander verwundert an. »Bei welchem Gott hast du den Eid geleistet?« verlangte Sven Stinkhals zu wissen. »Bei Thor oder Christ? Wir haben schon vernommen, daß dein Vater vor den Kreuzespriestern auf die Knie fiel. So alt sind unsere Augen noch nicht, daß wir nicht erkennen könnten, was Herjulf in den Knauf seines Schwertes kerbte! Forderst du nun etwa auch von uns, daß wir die Asen verraten und einem Gott von Knechten huldigen? Wir wollen freie Männer bleiben!«

Herausfordernd starrte der Dürre den Herjulfssohn an. Seine Hand lag auf dem Griff seiner Axt. Bjarne lächelte knapp und versetzte:

»In einer weniger ernsten Frage hätte ich mich wahrscheinlich damit begnügt, dir zu antworten, daß der Inhalt deiner Rede nicht besser ist als der Hauch, der die Worte von deiner Zunge hebt. Nicht um euch zu Sklaven zu machen, brachte ich euch nach Grönland, sondern weil ich euch im Gegenteil als meine treuen Brüder betrachte und will, daß ihr freie Bauern auf eigenem Land werdet. Bekehre sich zu Christ, wer will! Wer den Asen treu bleibt, wird mir nicht weniger willkommen sein. Obwohl sich mein Vater mit Wasser weihen ließ, weiß ich selbst längst nicht, ob ich ihm folgen werde. Eines aber steht fest: Wer mir den Schwur verweigert, der kann nicht länger mein Gefährte sein.«

Wie die Wikinger in Wut geraten

Die Männer sahen einander überrascht an. Dann standen alle auf, und ihre Waffen klirrten. Die düsteren Augen des grindigen Gorm funkelten unheilverkündend. Sven Stinkhals runzelte zornig die bleiche Stirn. Glum Goldbauch schnaubte empört. Selbst Ulf Mädchenauge preßte grimmig die Lippen zusammen.
Bjarne zog die Axt aus dem Gürtel, drehte die Scheide nach links und nach rechts und fuhr fort:
»Zwei Stunden östlich von hier liegt die Forkeninsel. Dort wartet euer Land. Mein Vater will es euch aber nicht schenken, um im nächsten Frühjahr zu hören, daß ihr es wieder aufgeben wollt! Die Küste im Westmeer kann noch warten. Außer uns soll niemand von ihr wissen. Wenn ich wieder dorthin fahre, werde ich keine anderen Männer mitnehmen als nur euch allein.«
»Wir wollen darüber beraten«, meinte Sven Stinkhals.
Nach einiger Zeit riefen sie den Herjulfssohn und teilten ihm ihre Entscheidung mit. Sie wollten den Eid nur leisten, wenn niemand verlangen würde, daß sie ihren Glauben brächen.
»Seid unbesorgt«, lächelte Bjarne. »Kein Bewohner Grönlands besitzt das Recht zu taufen. Und Arnor, der meinen Vater zum Christen machte, ist nach den Hebriden gesegelt und kehrt nicht vor dem Frühling zurück.«
»So!« knurrte Sven. »Belügst du uns auch nicht? Der Kerl dort droben mit der Kutte sieht mir ganz wie ein Kreuzespriester aus!«
Der Herjulfssohn fuhr herum und kniff die Augen zusammen. Auch die anderen Männer starrten überrascht auf den kleinen Mann, der neben der Scheune stand. Aris erkannte den Fremden sogleich. Es war niemand anders als der tapfere Mönch von Brimun.

Wie Herjulf den Mut des Mönches rühmt

»Ein Mönch?« murmelte Bjarne verblüfft. »Davon hat mein Vater nichts erzählt.«
Sven blickte ihn lauernd an. Dann zeigte er auf Aris. »Sieh mal

zu deinem Freund, Bjarne«, sagte er höhnisch. »Er scheint mehr zu wissen als du!«
Der Herjulfssohn packte den jungen Norweger an der Schulter. »Woher kennst du den Kerl?« wollte er wissen.
»Aus Brimun«, antwortete Aris. »Im Garten des Bischofspalastes versuchte er, Thorhall am Blutaar zu hindern. Der Waidmann schlug ihn bewußtlos. Snorri Thorbrandssohn schleppte ihn später an Bord.«
»Das ist eine Falle! Wir wollen wissen, wie dieser Christ nach Grönland kam«, schrie Stinkhals.
»Ruhig, Sven!« sprach Bjarne besänftigend, und Herjulf berichtete:
»Als Erik im Frühsommer aus der Verbannung heimkehrte, war Leif, sein jüngerer Sohn, ziemlich krank. Darum ließ ihn der Rote bei seinem Freund Thorbrand im Schwanenfjord zurück. Mit seiner Frau Thorhild und seinem Sohn Thorstein fuhr Erik uns dann nach Grönland voraus.«
»Er scheint den Donnerer sehr zu verehren«, murmelte Aris auf einem Felsen sitzend.
»So tut auch Thorhild«, bestätigte Herjulf. »Sie stammt aus einer der vier alten Sippen von Island. Aud die Tiefdenkende hieß ihre Ahnfrau!«
»Das wissen wir alles!« rief Sven ungeduldig. »Kurz kackt die Geiß!«
Herjulf blickte den Dürren ärgerlich an und fuhr fort: »Vor vier Wochen kehrte der Waidmann auf seinem Schaumwolf vom Wiking zurück. Sein Stevenhauptmann Snorri besuchte seinen Vater Thorbrand im Schwanenfjord. Dort erfuhr er von Leif und sah, daß es dem Jungen besser ging. Darum beschloß Snorri, mit dem Waidmann nach Grönland weiterzusegeln und den Sohn zum Vater zu bringen. Jeder weiß, wie sehr der Rote an dem Kleinen hängt. Am Tag vor Thorfinn Karlsefnis Abfahrt lief der Schaumwolf in meinem Fjord ein.«
»Karlsefni war auch hier?« staunte Ulf Mädchenauge.
»Thorfinn Karlsefni, Thorhall der Waidmann und Snorri gasteten in meinem Haus«, berichtete Herjulf. »In der Nacht befreite sich der Mönch von seinen Fesseln. Er wußte wohl, daß er nicht

anders entkommen konnte als auf Karlsefnis Schiff. Er hatte das goldene Kreuz gesehen, das Thorfinn seit seiner Taufe auf der Brust trägt. Also schwamm der Mönch im Dunkeln vom Schaumwolf zur Goldenen Schlange und versteckte sich unter der Ladung.«

»Was hat das alles mit Leif Erikssohn zu tun?« fragte der grindige Gorm ungeduldig.

»Das werdet ihr gleich erfahren«, antwortete der Alte. »Am Morgen, als Thorfinn Abschied nahm, lief der kleine Leif zum Strand. Der Waidmann sah es und trug meinem alten Knecht Kol auf, den Jungen zu hüten. Aber Kol verstand den Befehl nicht, denn er war schon fast taub. Leif spielte am Strand, da riß ihn eine Welle ins Meer. Niemand bemerkte das Unglück — nur Tyrker, der Mönch.«

Die Männer schwiegen. Herjulf sah sie der Reihe nach an und fuhr fort: »Wäre der Mönch in seinem Versteck geblieben, bis die Goldene Schlange auf See war — glaubt ihr, Karlsefni wäre umgekehrt, um dem Waidmann einen christlichen Gefangenen auszuliefern? Nein! Er hätte ihn gewiß in seine friesische Heimat zurückgebracht, so wie es Christenpflicht ist. Dennoch ließ der Mönch den Kleinen nicht ertrinken, sondern sprang ins Wasser, barg ihn aus der schäumenden Flut und brachte ihn zu uns ins Haus.«

»Bei allen Trollen«, entfuhr es dem grindigen Gorm. »Der Mönch hat Mut!«

»Das sah ich schon in Brimun«, bemerkte Aris.

»So gab dieser Christ die Aussicht auf seine Rettung dahin«, rief Herjulf. »Hättet auch ihr so gehandelt?«

»Hätte!« schnaubte Sven. »Der Wennich und der Hättich sind zwei arme Brüder, denen der Wolltich das Brot stiehlt! Der Kerl konnte sich ja wohl darauf verlassen, daß man ihn als Retter eines Erikssohns nicht gleich in Stücke hauen würde.«

»Da irrst du dich«, entgegnete der Alte. »Der Waidmann erschlug in seinem Zorn erst den armen Kol. Dann schwang er die Axt, um auch Tyrker niederzuhauen. Aber Thorfinn Karlsefni und auch Snorri Thorbrandssohn stellten sich vor den Mönch.

Ich wappnete meine Knechte und forderte von Thorhall Bußgeld für Kol«, fuhr Herjulf fort. »Als der Waidmann vernahm, daß Kol taub gewesen war, wollte er eine Mark Silber bezahlen. Ich aber forderte Leben für Leben. Thorhall sah ein, daß er mir mit seinen wenigen Männern nicht standhalten konnte. Thorfinn Karlsefni und sogar Snorri gaben mir recht. So lieferte er mir den Mönch schließlich aus.«

Wie die Wikinger sich mit Bjarne versöhnen

»Ich habe noch nie gehört, daß jemand dem Waidmann seinen Willen aufzwingen konnte«, zweifelte Glum Goldbauch.

»Eine Bedingung mußten wir in der Tat annehmen«, gab Herjulf zu. »Wir gelobten ihm, daß wir dem Roten nicht verraten würden, wem sein Sohn das Leben verdankt. Der Waidmann dachte wohl, daß Erik sonst seinen Haß gegen die Christen mildern könnte. Zu Mittag fuhren sie auf dem Schaumwolf davon. Ich nahm den Mönch in mein Haus auf.«

»Und die junge Friesensklavin?« fragte Aris.

Herjulf hob die Brauen und blickte zu seinem Sohn.

Bjarne schüttelte den Kopf und erklärte: »Ich durfte mir leider nicht lange mit der Vorstellung schmeicheln, daß dieser Junge dem Klang meines Namens folgt, Vater! In Wahrheit trottet er am Strick der Verliebtheit hinter uns her, so wie ein Ochse sich zur Schlachtbank führen läßt.«

Aris schwieg.

»Ja, sie lebt noch«, erklärte Herjulf. »Heißt sie nicht Frilla? Der Waidmann brachte sie zu meinen Mägden, damit sie sich dort nach Art der Frauen pflegen konnte. Er wollte die Sklavin seinem Freund Erik zum Geschenk machen.«

»Das sagte er schon in Brimun«, murmelte Aris bedrückt.

Bjarne nickte ihm zu.

Dann leisteten die Wikinger ihren Eid. Sie umfaßten das Drachenhaupt und gelobten Bjarne bei Thor, daß sie niemals etwas von den neuen Küsten oder den Geheimnissen, die sie auf Grönland erfahren hatten, verraten würden. Als sie den Namen des Donnerers zum dritten Mal gerufen hatten, sagte Herjulf zu ihnen:

»Nun sollt ihr das volle Gastrecht genießen. Sobald der Schnee taut, mögt ihr zur Forkeninsel fahren und dort soviel Land nehmen, wie ihr bewirtschaften wollt. Segelt dann nach Island und holt eure Frauen und Kinder! Bringt auch eure anderen Verwandten her, soviele euch folgen! Grönland ist reich und kann viele Menschen ernähren.«
Er reichte den Männern die Hand. Dann hoben die Isländer ihre Waffen und stiegen wieder zur Halle hinauf.

Was Herjulf den Wikingern von Grönland erzählt

Im Innern des langgezogenen Hauses wallten den Wikingern die Gerüche des Gastmahls entgegen, das für den Abend zubereitet war. Die Dünste von fettem Schweinefleisch und gerösteten Rinderrippen, schmackhaft geselchtem Schweinebauch und würzigem Wildochsenbraten durchzogen den weiten Saal, gemischt mit belebenden Düften von saurer Molke und süßem Met. In der langen Lehmgrube zwischen vier Reihen von Pfeilern loderten helle Feuer. Alle Bänke waren aus Eichenbrettern gezimmert und mit Daunenkissen bedeckt. Herjulf geleitete seinen Sohn zum Ehrenhochsitz. Bjarne lud Aris neben sich, und der junge Norweger glühte vor Stolz über diese Auszeichnung. Die übrigen Gefährten saßen zu beiden Seiten der prächtig geschnitzten Stuhlsäulen. Herjulfs Knechte fanden sich auf den weiter entfernten Bänken ein. Thorgerd, die Hausfrau, lagerte mit ihren Mägden an der Querwand gegenüber des Eingangs. Wenig später kehrte Herjulfs Halbbruder Lodin der Starke mit seinen Söhnen von der Rentierjagd zurück. Er war der Sohn einer irländischen Sklavin, stand aber an Mut und Kraft keinem reinblütigen Nordmann nach. Freudig begrüßte er seinen Neffen und dessen Gefährten.
Bjarne ließ den Blick über die buntbestickten Wandbehänge gleiten und stellte befriedigt fest, daß auch die neue Halle seines Vaters vier große Fenster aus Kalbshaut besaß. Mit gleichem Stolz sah er auf die reichen Gewänder des Gesindes. Selbst die einfachen Knechte trugen Kleider aus farbiger Wolle und lederne Schuhe. Auch Bratt war nun sichtlich froh, wieder zu seinem Herrn zurückgekehrt zu sein.

Als Hausherr und Gäste den ersten Hunger gestillt hatten, hob Herjulf sein Trinkhorn und schlug das Kreuzeszeichen. Schnell griff auch Bjarne nach seinem Gefäß und vergoß ein paar Tropfen für Thor. Jetzt tranken alle Männer dem Bauern und seinem Sohn zu. Danach sprach der Alte:

»Laßt mich euch nun von Grönland berichten, meine Gäste! Wenn ihr auch weitgereiste Männer seid und wohl so manche Küste kennt, sah ich doch, daß ihr die Schönheiten unserer Heimat geringschätzt und nicht viel von ihren Vorzügen wißt.

Ich mache euch das nicht zum Vorwurf. Denn wirklich erscheint im Winter Grönland nicht grün, sondern grau, eher abweisend als anziehend und nicht freundlich, sondern feindlich. Ich aber landete hier schon im Sommer. Fahrt einmal in die Förden! Dort wuchern Wälder von Birken mit Stämmen so dick, daß ihr sie nicht mit zwei Händen umfassen könnt. Wo findet man heute auf Island noch Bäume, deren Wipfel drei Mannеslängen hoch über dem Erdboden schwanken? Auch Weiden wachsen hier in Fülle, nicht als Gestrüpp, sondern als Bäume! Und wir brauchen diese Schätze nicht einmal anzutasten, denn zum Bauen findet man mehr als genug Treibholz am Strand. Das Meer hat, ich weiß nicht woher, tausend mal tausend Fichten und Lärchen ans Ufer geschwemmt. An den Südhängen«, fuhr der Alte mit erhobener Stimme fort, »blühen die blauen Glockenblumen so dicht, daß man nicht zwischen ihnen hindurchschreiten kann, ohne sie zu zertreten. Dazwischen drängen sich rosa Quendel und gelber Löwenzahn. Unsere Wiesen leuchten bunt wie die Mäntel von Fürsten. Selbst die Nordflanken bleiben nicht ohne Bewuchs: Wacholderbüsche beschatten die Heidekräuter; auch sammelten unsere Mägde im Sommer die schwarze Krähenbeere in Mengen. Draußen am Meer herrscht oft rauhes Wetter, im Innern der Fjorde aber glüht die Sonne wie sonst nur im Südland!«

Aris räusperte sich und meinte: »Umso erstaunlicher scheint mir, daß ihr die ersten Bewohner sein sollt. Siedeln Nordleute doch schon seit vielen Jahrhunderten an weit unwirtlicheren Küsten, auf den Schafinseln oder auf den Orkaden.«

»Tief im Innern der Fjorde fand Erik einige Reste von alten Ansiedlungen«, erklärte der Alte. »Wir wissen nicht, wer sie einst bewohnte.«

»Gewiß irgendwelche Trolle aus Jotenheim«, murmelte Sven. Herjulf schüttelte heftig den Kopf. »Nach den Gerätschaften, die Erik unter der Asche fand, wohnten hier früher sehr kleine Leute«, berichtete er. »Schrittfinnen vielleicht oder andere Jäger des Eismeeres. Sie zogen wohl schon vor hundert oder mehr Jahren wieder fort. Vielleicht blieben die Robben aus, Vieh züchteten sie jedenfalls nicht. Erik nannte sie Skraelinge, weil sie so klein und wohl zu schwach für dieses Land waren. Wir werden jedenfalls nicht so leicht aufgeben, wenn die Natur einmal wider uns ist. Aber das steht nicht so schnell zu befürchten.«
Er setzte sein Horn wieder an, wischte sich dann den feuchten Bart und fuhr fort:
»Auf Island konnten wir höchstens Hasen und Enten nachstellen; dort lebt ja kein größeres Wild. Hier aber wandert das Rentier im Winter bis in unser Tal, und auf dem Inlandeis ziehen Wildochsen umher, stark wie Thors Böcke.« Er schnitt ein Gesicht, bekreuzigte sich unauffällig und fügte hinzu: »In den Lüften aber fliegt der weiße Falke so häufig wie anderswo Amsel und Sperling.«
Dann zählte der Alte die Namen der Männer auf, die Erik gefolgt waren und Grönland die Urnamen gaben: »Drei Stunden östlich von hier«, begann er, »wohnt Sölvis Samtwams im Sölvistal. Wenn ihr nach Norden segelt, findet ihr ebenfalls nach drei Stunden Ketil Schiefnases Hof am Ketilsfjord. Zwei Stunden dahinter öffnet sich die Schwanenförde. Helge Thorbrandssohn wohnt dort mit seinem Bruder Snorn: Nehmt euch vor diesen Männern in acht!«
Ulf nickte und sagte: »Wie der Acker, so die Rüben, wie der Vater, so die Büben!«
»Das gilt auch anderswo«, bemerkte Stinkhals bissig.
Herjulf tat, als ob er nichts gehört hätte, und berichtete weiter: »Als nächstes kommt der Rafsfjord, an dem sich Raf der Fuchs ansiedelte. Gleich nebenan haust Thorbjörn Glora im Siglufjord. Am zweiten Segeltag würdet ihr dann in den Hafgrimsfjord einlaufen. Hafgrims Nachbar ist Einar vom Einarsfjord. Hinter der Walfischinsel beginnt der größte, schönste und wärmste Meeresarm, und es wird euch wohl kaum überraschen, daß dort der Rote

seinen Hof Steilhalde baute. Die anderen Fahrtgenossen gründeten eine zweite Ansiedlung weiter im Norden, am Weißdorschfjord und am Ostmännertal, das tief in die Gletscher schneidet.«
»Der richtige Platz für den Waidmann«, brummte Bjarne. »Dort hört man die Schreie der Sklaven nicht, die unter seiner Peitsche bluten.«
Mit solchen Gesprächen verging die Zeit, und der Tag klang mit viel Bier aus. Der Mönch aber ließ sich nicht blicken.
Am frühen Abend hatten die hungrigen Seeschäumer alle Speisen verzehrt. Da sagte der alte Herjulf: »Jetzt wäre wohl ein fetter Hammel recht, wie, ihr wackeren Wikinger? Leider weiden meine Widder unten auf einem Holm. Und dank deiner Axt, Sven, besitzen wir nun kein fahrtüchtiges Boot mehr.«
»Kannst du denn nicht schwimmen?« spottete Stinkhals. »Nun, wer keinen Lehm hat, muß eben mit Dreck mauern.«
»Die Insel liegt fast eine halbe Meile vor der Küste«, rief Bjarne ärgerlich. »Außerdem wird es gleich dunkel. Ihr werdet euch also mit Grütze begnügen müssen.«
»Laß nur«, beschwichtigte ihn Herjulf. »So alt bin ich noch nicht, daß du mich vor einer Herausforderung bewahren müßtest.« Er ließ sich nicht davon abhalten, zum Strand zu gehen, denn er war äußerst stolz auf seine Schwimmkunst und Kraft. Auf einer kleinen Landzunge hinter dem Berg streifte er sein Wams ab und stieg in das eisige Wasser.
»Zündet ein Feuer an!« befahl Bjarne.
Lange Zeit stand er mit seinen Fahrtgenossen am Ufer und wartete. Wolken verhüllten die Sterne, aber die Flammen wiesen Herjulf den Weg. Nach einer Stunde ertönte ein leises Plätschern, und kurz darauf stieg der Alte wieder an Land. Auf seinen breiten Schultern trug er einen ausgewachsenen Hammel. Da staunten die Wikinger sehr, und Herjulfs Tat wurde in Grönland berühmt.

In den Rauhnächten brauste das Wilde Heer über den Hof hinweg, und Schnee fiel bis zum First. Herjulf und seine Gäste aber ließen sich in der warmen Halle das frische Bier schmecken. So oft der Bauer das Kreuz über sein Trinkhorn schlug, so oft machte sein Sohn das Zeichen des Hammers, und seine Gäste waren zufrieden.

Der Mönch ließ sich zu dieser Zeit nur noch sehr selten in der Halle sehen, denn er bereitete in seiner Kammer das Fest der christlichen Weihnacht vor. Die Mägde halfen ihm dabei. Wenn sie wieder herauskamen, kicherten sie und hatten glänzende Augen. Als Bjarne sie einmal fragte, was sie bei Tyrker eigentlich täten, behaupteten sie, sie würden ihm helfen, Weihnachtskerzen zu formen.
»Jeden Tag?« wunderte sich Herjulfssohn. »Wieviele braucht er denn, der fromme Mann?«
Die Mägde stießen einander an, und eine von ihnen antwortete: »Nur eine, die aber wird recht groß.«
Und eine andere fügte keck hinzu: »Wenn nur das Wachs nicht immer wieder weich würde!«
Daraufhin lachten alle noch lauter und huschten davon.
Bjarne sprach daraufhin staunend zu seinem Vater: »Bisher glaubte ich immer, daß der neue Glaube viel strenger sei. Jetzt aber sehe ich, daß auch Christdiener viel Fröhlichkeit zu verbreiten vermögen.«
Als der Juleber hereingebracht wurde, erhob sich der grindige Gorm, stellte nach alter Sitte den Fuß auf die Bank und schwor, daß er dem Wiking entsagen und sich mit seiner Sippe auf Grönland ansiedeln wolle.
Acht Wochen lang waren sie eingeschneit und konnten die anderen Häuser nur noch durch die gedeckten Gänge erreichen. Zu Anfang des Einmonats stieg Herjulf auf eine Leiter an der Stirnwand der Halle und spähte durch die Fensterhaut. Draußen ragte ein schlanker Stab aus der Hauswand. Von dessen Spitze tropfte Wasser. Da meinte Herjulf, daß nun bald Tauwetter einsetzen werde.
Zwei Wochen später begann der Schnee endlich zu schmelzen, und das Eis im Fjord brach auf. Wieder vergingen zwei Wochen, dann wurden allmählich die Wiesen sichtbar. Wenig später sproß frisches Grün aus dem braunen Morast. Die Knechte trugen die Kühe ins Freie und trieben Schafe und Ziegen die Küste entlang. Bjarne ließ den Eissturmvogel rüsten und ins Wasser schieben. Dann brachte er die Gefährten zur Forkeninsel.
Am Südrand des bergigen Eilands stachen drei Landzungen wie die Zinken einer Heugabel ins Meer. Dazwischen öffneten sich

zwei kleine Fjorde. Gorm zündete eine Fackel an und schritt mit ihr drei Stunden lang um grüne, geschützte Wiesen am innersten Strand des westlichen Meeresarms. An der Mündung nahm Ulf Mädchenauge zwischen zwei weißen Felstürmen Land. Neben den beiden Männern wollten sich vier weitere Isländer niederlassen. Die anderen folgten Sven und Glum auf die östliche Seite der Insel. An diesem Fjord wuchs zwar weniger Gras, doch lagen in ihrer Nähe zahlreiche Flutschären. Auf ihnen tummelten sich die Robben in so reicher Zahl, daß sie fast jeden Fußbreit der Felsen bedeckten.
Als jeder seinen Besitz festgelegt hatte, segelten die Fahrtgenossen nach Island, um ihre Familien zu holen. Aris aber blieb bei Bjarne.

Wie Thorhild vor Erik flieht

Die Schnigge war kaum verschwunden, da fuhr ein anderes Schiff in den Fjord ein. Die leuchtenden Schrammen an seinen Planken zeigten schon aus der Ferne, daß es einen schweren Kampf gegen das Treibeis geführt hatte.
»Das kommt von Norden her«, murmelte Herjulf und hieß seine Knechte sich wappnen.
Als die fremde Schnigge das Vorgebirge umrundet hatte, erkannten Bjarnes scharfe Augen eine hochgewachsene Frau auf dem Hintersteven. »Es sind Leute vom Eriksfjord«, rief er seinem Vater zu. »Thorhild steht am Steuer!«
»Und da hinten folgt ihr Mann«, fügte Herjulf besorgt hinzu und deutete auf ein zweites, größeres Schiff, das nun in den Meeresarm bog. »Bei allen Teufeln der römischen Hölle, es sieht fast so aus, als jage der Rote sein eigenes Weib!«
»Dann ist es wohl besser, wenn wir jetzt unsere Brünnen anlegen«, riet Bjarne.
Kurz darauf steuerte Thorhild Jörundstochter ihr Schiff mit vollem Schwung auf den Strand, so daß fast der Kiel brach, und sprang auf das Ufer, gefolgt von ihren Mägden und Knechten. Die Männer hatten so heftig gerudert, daß ihnen Blut von den Händen troff. In großer Hast eilten sie den steilen Hang hinauf.

Wenige Herzschläge später krachte der Steven der zweiten Schnigge gegen die Felsen. In rasselnder Rüstung sprang Erik auf den losen Kies. Schwergewappnete Männer folgten ihm. Sie hatten so scharf gerudert, daß ihnen Fleisch in Fetzen von den Fingern hing.
Herjulf schob seine Linke unter den Schild. Bjarne und Aris stellten sich zur Rechten auf, Lodin der Starke und seine Söhne zur Linken. Schweratmend blieb Thorhild vor dem Alten stehen. Ihr kostbar besticktes Kopftuch war verrutscht, ihr flachsblondes Haar zerzaust, ihr ebenmäßiges Antlitz von Wind und Eile gerötet. Im Arm trug sie einen weinenden Knaben, den hob sie nun hoch und hielt ihn Herjulf entgegen. »Leif hast du gerettet, nun hilf auch mir«, keuchte sie. »Gib uns Gastrecht und gewähre uns deinen Schutz, sonst bin ich verloren!«
Thorhild Jörundstochter war hochgewachsen und von stolzer Art, aber auch fraulich und anmutig, wie ein Mann es sich nur wünschen konnte. Ihre zierlich geschwungenen Brauen wölbten sich wie zwei Monde auf der weißen Stirn. Ihre Augen schimmerten hell wie der Blaumantelgletscher, und ihre edel geschnittenen Lippen glänzten so glatt wie Marmor. Sie galt als klug und hilfsbereit, zudem als umsichtige Hausfrau. Ihre Großzügigkeit und der Adel ihrer Gesinnung wurden weithin gerühmt. Treu opferte sie den alten Göttern. Ihre beiden Söhne hatten ihr nichts von der Frische ihrer achtzehn Sommer genommen.
Herjulf sah die Schutzflehende fragend an. »Hast du Schuld auf dich geladen?« fragte er.
»Nein«, stieß Thorhild hastig hervor. »Ich schwöre beim Donnerer, der mir den Namen gab!«
Der Alte trat einen Schritt zur Seite und deutete mit einem Kopfnicken auf sein Haus. »Gehe mit deinen Leuten zu Thorgerd«, befahl er. »Solange du unter meinem Dach weilst, soll dir nichts geschehen.«
»Die Asen mögen dir deine Güte vergelten«, rief Thorhild erleichtert und schlüpfte an dem Bauern vorbei.
Wenige Herzschläge später stand Erik vor Herjulf. Der Rote war fast so groß wie Bjarne, aber breiter zwischen den Achseln. Alles an seinem Körper zeugte von seiner urwüchsigen Kraft. Niemand

kannte Wind und Wetter auf allen Wassern besser als Erik. Er speerte Robben wie andere Jäger Rehe und wagte sich selbst an die größten Wale. Nicht weniger wurde die Fechtkunst des Roten gelobt. Dennoch besaß er nur wenige Freunde, weil seine Rede viele Männer verletzte. Niemals nahm er Rücksicht, sondern er handelte stets nur nach eigenem Willen, und auf keinen anderen Mann traf das Wort besser zu: ›Der Lauch schießt schnell auf.‹ Denn er war reizbar wie ein ausgehungerter Bär.

Als Erik auf Herjulf zutrat, leuchtete sein ungekämmtes Haar wie eine Flamme, und sein von Wind und Wut zerraufter Bart glänzte wie Güldenerz. Die rötlichen Brauen hingen wie zottige Raupen über den kleinen, meerblauen Augen. Sein abgeschabter Lederpanzer war auf Brust und Schultern mit Eisenplatten verstärkt. Seine riesige Rechte lag wie eine haarige Spinne auf dem silbernen Griff seines Schwerts. Hinter ihm standen Männer mit harten Gesichtern, die keinen Feind fürchteten.

»Gib meine Frau heraus!« forderte Erik mit grollender Stimme.

»Thorhild ist unser Gast«, erwiderte Herjulf freundlich. »Auch du und deine Männer sollen mir willkommen sein.«

»Ein andermal vielleicht«, rief der Rote mit blitzenden Augen. »Jetzt aber will ich meine Frau und ihr Gesinde so schnell wie möglich zurück nach Steilhalde schaffen.«

»Ich werde sie fragen, ob sie bereit ist«, antwortete der Alte.

Erik schnaubte wie ein gereizter Stier. Drohend richteten Herjulfs Knechte ihre Lanzen auf seine Brust, aber der Rote schob die scharfen Spitzen achtlos beiseite. »Du hast mich nicht verstanden«, herrschte er den Bauern an. »Ich nehme sie mit, ob es ihr nun beliebt oder nicht!«

»Nicht, solange sie Gast in meinem Haus ist«, entgegnete Herjulf ruhig. »Es sei denn, du willst dich mit uns schlagen.«

Erik starrte den Alten an. Die Röte des Zorns färbte sein Gesicht, so daß es erschien wie ein rohes Stück Rinderlende. »Laß mich mit ihr reden«, forderte er. »Das Weib schuldet mir Gehorsam!«

»Das ist eine Sache zwischen euch Eheleuten«, entschied Herjulf. »Wenn du möchtest, wollen wir nun hineingehen. Ohne Waffen.«

»Du nutzt deinen Vorteil weidlich aus«, würgte Erik hervor.

»Wenn wir uns wieder begegnen, will ich dafür sorgen, daß unsere Scharen gleich stark sind.«
»Ich verlange nichts Unbilliges von dir«, sagte der Alte gelassen. »Als ich deine Frau bei mir aufnahm, handelte ich nach der Sitte.«
Nun sah der Rote ein, daß er den Willen des Alten weder mit Waffen noch mit Worten verändern konnte. »Also gut«, knirschte er und befahl seinen Leuten: »Geht wieder zum Schiff!«
Die Männer machten nur zögernd kehrt, denn in ihren Adern floß heißes Wikingerblut. Als sie den Hang hinabgestiegen waren, legte Erik Schwert und Dolch auf die Bank vor der Halle. »Ich will allein mit ihr reden«, forderte er.
»Wir werden hören, was deine Frau dazu sagt«, antwortete Herjulf unnachgiebig. Und damit mußte sein Gast sich schließlich zufriedengeben.

Wie Thorhild ihrem Mann trotzt

Herjulf führte den Roten in seine Halle. Dort saß Thorhild bei der Hausfrau und ihren Mägden an den Spinnrädern. Der kleine Leif lag im Arm seiner Mutter.
»Schickt die Dienstweiber fort!« schrie Erik unbeherrscht.
Herjulf gab seiner Frau ein Zeichen. Thorgerd nickte. Sogleich erhoben sich die Mägde und ließen ihre Herrinnen allein.
Bjarne, Lodin und Aris standen indessen noch immer in Waffen und achteten auf das Gefolge des Roten. »Sie werden Durst haben«, murmelte der Herjulfssohn nach einer Weile und schickte zwei Knechte mit einem Faß Bier zum Strand. Die Männer vom Eriksfjord tauchten Kellen in das kühle Naß und tranken in vollen Zügen.
Schweigend warteten die Männer vor der Halle. Nach zwei Stunden steckte Herjulf den Kopf aus der Tür und winkte Bjarne. Als sein Sohn in den Flur trat, spähte der Alte vorsichtig nach draußen und sagte dann: »Schaffte den Mönch herbei. Schnell!«
»Was ist geschehen?« wunderte sich Bjarne.
»Thorhall der Waidmann hat Erik tatsächlich das Christenmädchen geschenkt«, flüsterte Herjulf. »Darüber geriet Thorhild sehr

in Zorn. Sie leistete einen Schwur . . . Aber das kann ich dir später erzählen!«
»Und was soll der Mönch?« konnte sein Sohn sich nun nicht mehr enthalten zu fragen. »Ich dachte, du wolltest ihn hierbehalten, bis Arnor zurückkehrt!«
»Das tue ich auch«, versetzte der Alte ungeduldig. »Tyrker wird nichts geschehen.« Als Bjarne aber noch immer nicht Anstalten machte, sich in Bewegung zu setzen, erklärte der Alte eilig: »Als Thorhild erfuhr, daß Erik mit dem Friesenmädchen schlief, tat sie erst so, als ob ihr das gar nichts ausmachte. Aber als das Eis taute, zeigte sie, wie sie wirklich darüber dachte: Heimlich ließ sie ihr Schiff seetüchtig machen, ging nachts mit ihren Dienstboten an Bord, und um ihren Mann besonders zu treffen, nahm sie den kleinen Leif mit. Dem Roten aber ließ sie bestellen, da er den einen Fahrgast des Waidmanns nun bei sich habe, nehme sie dafür den anderen mit.« Er mußte schmunzeln.
»Aber wozu brauchen sie nun den Mönch?« staunte Bjarne.
»Der Rote hat klein beigegeben«, lächelte Herjulf. »Entweder liebt er Thorhild mehr, als ich dachte, oder ihm bangt vor der Macht der Sippe. Jedenfalls schwor er, die Friesin gleich nach seiner Rückkehr vom Hof zu jagen.«
»Dann ist ja alles in Ordnung«, meinte Bjarne. »Was soll Tyrker dabei?«
»Thorhild glaubt ihrem jähzornigen Mann nicht so recht«, erklärte Herjulf. »Darum soll der kleine Leif einstweilen bei uns bleiben. Als Pfand, bis seine Mutter meint, daß sie dem Roten trauen kann. Und weil es Tyrker war, der Leif das Leben rettete, soll er sein Ziehvater werden.«
»Der Mönch?« entfuhr es Bjarne. »Wissen die beiden denn nicht, daß Tyrker ein Christ ist?«
»Woher denn?« fragte Herjulf. »Das hat der Waidmann ihnen doch verschwiegen.«
»Wir sollten es ihnen nun aber sagen«, drängte Bjarne.
»Sie sehen es ja selbst, sobald Tyrker durch die Tür tritt«, antwortete sein Vater listig.
Bjarne eilte erst zur Scheune und dann in die Schmiede. Dort fand er den Mönch auf einer Bank. »Komm mit!« befahl er.

»Was hast du vor?« fragte Tyrker mißtrauisch.
»Bei allen Trollen«, rief Bjarne aufgeregt, »komm, sage ich dir!«
»Ha!« machte der Mönch. »Flüche und Zoten sind des Teufels Boten! Aber so leicht kriegst du mich nicht, du verdammte Heidenfratze!« Drohend schwang er sein Holzkreuz.
»Beruhige dich«, sagte Bjarne. »Niemand will dir was tun.« Grob packte er den widerstrebenden Mönch und schob ihn vor sich her in die Halle.
»Aber das ist ja ein Knechtsgottanbeter«, schrie Erik, als er den kleinen Mann sah. »Niemals lasse ich zu, daß mein Sohn von einem Christenhund erzogen wird!«
Tyrker hob zornig sein Heilszeichen und hätte sich nun wohl auf den Roten gestürzt, hätte ihn Bjarne nicht an der Kutte gehalten.
»Laß mich los, du Satansbraten«, wütete der kleine Mann, »damit ich diesem räudigen Hund das Maul stopfen kann!« Mit Leibeskräften wehrte er sich gegen Bjarnes eherne Hand.
»Ich weiß, du legst keinen besonderen Wert auf meinen Rat«, sagte Herjulf lächelnd zu Erik, »aber von einem Kirchenmann kann Leif viel mehr Bildung erhalten als von deinen Wikingern auf Steilhalde!«
Erik starrte den Mönch fassungslos an. Seine Augen flackerten unheilverkündend, und auf seinen Wangen bildeten sich weiße Flecken.
»Ich war es nicht, der dir verheimlichte, daß ein Christ deinen Sohn aus dem Wasser zog«, fügte Herjulf freundlich hinzu. »Dein Blutsbruder Thorhall brachte dich in diese Lage! Aber Leif und mein jüngerer Sohn Thorward sind im gleichen Alter und werden wie Brüder aufwachsen.«
Der Rote warf seiner Frau funkelnde Blicke zu. »Das kannst du nicht wollen!« stieß er hervor. »Du trägst deinen Namen nach Thor . . . Der Ase wird dich strafen!«
Herjulf erzählte dem Roten, wie Tyrker nach Grönland gekommen war und für Leif seine Freiheit geopfert hatte. Da erhob sich Thorhild. Als sie auf ihren Mann zutrat, war es, als ob die Sonne dem Mond begegnete.
»Hast du den Zorn des Donnerers auch gefürchtet, als du die Knechtsgottanbeterin in dein Bett holtest?« fragte sie ihn. »Nun

ahnst du wohl, wie ich mich damals fühlte! Eine Christin stahl mir, was ich liebte — nun soll ein Christ das hüten, woran dein Herz hängt! Erst wenn ich sehe, daß du jedes deiner Worte eingelöst hast, wollen wir Leif wieder zu uns nach Steilhalde holen.«

Wie Erik den Mönch bedroht

Erik sah ein, daß er nun entweder seinen Sohn oder mit Leif auch sein Weib auf Herjulfsspitz lassen mußte. Heftig trat er auf Tyrker zu, der ihm furchtlos entgegenstarrte.
»Mönchlein!« herrschte der Rote den kleinen Mann an. »Hüte dich, das Gift deines Kriecherglaubens in das Gemüt dieses Kindes zu träufeln! Sonst werde ich, wenn ich wiederkehre, soviel von deinem Herzen abschneiden, wie ich im Sinn meines Sohnes an knechtsbürtigen Gedanken finde!«
Erik drehte sich um und schritt grußlos aus der Halle.
Thorhild dankte Herjulf, Bjarne und Thorgerd, sah dann auf den Mönch herab und sagte: »Achte gut auf meinen Jungen, du kleiner Mann! Dein Schicksal scheint auf seltsame Weise mit dem seinen verflochten, und wenn du deine Aufgabe getreulich erfüllst, so will ich dich reich belohnen. Für deine Rettungstat aber nimm diesen Ring!« Sie streifte einen breiten Goldreif vom Finger und drückte ihn dem überraschten Mönch in die Hand.
»Ei der Daus!« murmelte Tyrker verblüfft. »Was ist das? Gutes Kind!« Schnell ließ er das Schmuckstück in seiner Kutte verschwinden.
Noch am gleichen Tag segelten die beiden Schiffe aus dem Herjulfsfjord. Da erfuhren auch Lodin und Aris, was in der Halle gesprochen worden war. Zum Schluß sagte Herjulf: »Mir ist, als habe der große, allmächtige Gott nun auch in Grönland ein Wunder gewirkt. Bedenkt nur, was es bedeutet, wenn Leif vielleicht Christ wird!«
Bjarne erwiderte voller Unmut: »Auf Island hätte der Rote nicht so mit dir zu reden gewagt. Wahrlich, er trat so anmaßend auf wie ein Jarl. Vielleicht will er gar König werden? Es wäre wohl besser gewesen, wir hätten ihn samt seinen Leuten erschlagen.«

»Nein!« wehrte sein Vater ab. »Noch brauchen wir Erik. Wer anders als er soll die Siedlungen aufbauen, aus denen wir unseren Nutzen zu ziehen hoffen? Habe Vertrauen! Mein neuer Gott ist stärker als Eriks alter.«
Aris aber dachte auch in dieser Nacht immer nur an das Friesenmädchen, und das Herz war ihm schwer.

Wie Glum Goldbauch von seiner Frau erzählt

Sechs Wochen später kehrten Ulf Mädchenauge und die Gefährten aus Island zurück. Sie setzten Frauen, Kinder, Verwandte, Freunde, Gesinde und Vieh auf der Forkeninsel ab und brachten den Eissturmvogel nach Herjulfsspitz. Bier lockerte ihre Zungen, und sie berichteten von ihrer Fahrt.
»Lausiges Wetter!« schimpfte Sven Stinkhals. »Die ganze Zeit Gegenwind! Wir haben gerudert, daß uns fast die Hände abfielen.«
»Auf der Hin- oder auf der Rückfahrt?« wollte Bjarne wissen.
»Sowohl als auch«, schnaubte Sven. »Das Unglück kommt bekanntlich in Haufen!«
Gorm nickte bestätigend und brummte: »Das hatte seine Schwierigkeiten, sagte der Dieb, als er den Amboß gestohlen hatte. Auch treibt noch immer viel Eis auf dem Meer.«
»Ohne Eis kein Preis«, meinte Glum.
»Das heißt ›ohne Fleiß‹, du Saftkopf!« stöhnte Ulf Mädchenauge und blickte in gespielter Verzweiflung zum Himmel. »Besser stumm als dumm!«
»Jedenfalls war ich bei unserer Ankunft auf Island vom vielen Rudern so müde«, sagte Goldbauch trotzig, »daß ich nicht einmal mehr Lust hatte, etwas zu essen.«
»Wem willst du das denn weismachen?« lachte der Herjulfssohn. »Eher glüht Eis und gefriert das flackernde Feuer, als daß du ein Nachtmahl beiseite schiebst.«
»Und doch war es so«, verteidigte sich der Dicke ernsthaft. »Ich warf nur meine Kleider ab, schlüpfte unter die Felle und schlief sogleich ein. Am nächsten Morgen aber, ja, da fühlte ich die Leere

meines Magens! Ich eilte schnurstracks zur Küche und schnupperte. ›Das duftet köstlich‹, sprach ich zu meiner Frau, ›was kochst du denn da?‹ Sie guckte mich bloß an. Und wißt ihr, was sie im Topf hatte?«

»Nein!« rief Bjarne und blickte den Dicken erwartungsvoll an.

»Meine Wäsche!« grinste Glum.

Die anderen Wikinger brüllten vor Lachen. »Wie hat dir die Suppe geschmeckt?« wollte Sven Stinkhals wissen.

»Es fehlte etwas Thymian«, versetzte Glum Goldbauch. »Aber das ist noch nicht alles. Als ich der Frau die Beute aus Brimun zeigen wollte, sah sie mich bloß an und rief, ich solle es nur nicht wagen, mit dreckigen Stiefeln in die Stube zu treten. Stellt euch das vor! Zwölf Monde lang war ich fort, segelte über vier Meere, focht gegen Sachsen und Friesen, überwinterte in einem neuentdeckten Land und mit welchem Wort empfängt man mich zu Hause? ›Kratze dir erst mal die Hufe ab!‹ Ist denn das zu glauben?«

»Was hast du denn geantwortet?« wollte Bjarne wissen.

»Ich habe ihr ordentlich was erzählt«, brüstete sich der Dicke. »Von Schlachten und Schwerterkämpfen, blutigen Brünnen und feindlichem Feldgeschrei. Sie wurde ganz still. Zum Schluß rief ich: ›Was glaubst du eigentlich, warum ich das alles auf mich nehme?‹ Jawohl!«

»Und?« fragte Bjarne launig. »Wußte sie es?«

Glum Goldbauch sah ihn verdrießlich an. »Sie fragte mich, ob sie raten dürfe«, gestand er.

»Ja?« lächelte der Herjulfssohn. »Fand sie es denn heraus?«

Der Dicke schnitt ein Gesicht. »Sie sagte, vermutlich sei es nichts weiter als Habgier«, brummte er.

Dic Wikinger lachten wieder, und Sven rief: »Du hast wirklich eine bewunderungswürdige Frau, Glum. Scharfsinnig, ehrlich . . .«

»Jaja«, stimmte der Dicke hastig zu. »Ich schätze sie sehr. Daß nur niemand behauptet, ich hätte hier etwas anderes gesagt!«

»Wenn ich sie sehe, werde ich ihr berichten, daß du ihr Loblied sangst«, versprach Bjarne. »Was schätzt du denn am meisten an ihr?«

»Daß sie so gern lacht«, erklärte Glum.
Die Männer brüllten aus vollem Hals. Stinkhals rückte dem Dicken ein wenig näher und fragte in vertraulichem Ton: »Ich bewundere dein edles Weib über die Maßen, lieber Gefährte. Meinst du denn, daß sie — wenn du einmal in Walhall weilst — mich vielleicht heiraten würde?«
»Wahrscheinlich nicht«, versetzte Glum und bog sich unter Svens Atem ein wenig zurück, »soviel Humor hat sie nun wieder nicht.«

Der Skalde von den Hebriden erzählt, was alles in der Welt geschah

Im Steckmonat entdeckte Herjulf auf dem Meer ein rotgestreiftes Segel und rief erfreut: »Da kommt Arnor!«
Am Abend trank er mit dem christlichen Skalden in seinem Hochsitz, und der weitgereiste Mann von den Hebriden unterrichtete seine Gastgeber über die Geschehnisse in der Welt.
»Große Unruhe herrscht in allen Südlanden«, sagte der alte Skalde und strich sich sorgenvoll über den grauschwarzen Bart. »Viele fränkische Priester glauben, daß die Drohworte des Sehers Johannes jetzt bald in Erfüllung gehen und der Feuerriese Satan die Erde erobert. Sie meinen, das werde geschehen, wenn die Geburt König Christs sich zum tausendsten Male jährt. Darum sind viele Menschen unter der Südsonne sehr verzagt. Büßend und betend wallfahren sie durch alle Gaue. Im Frankenreich töten Mütter ihre Kinder, um sie vor den Schrecken des nahenden Weltendes zu bewahren. Reiche geben der Kirche ihr Gold, um sich schnell noch einen Platz in der Himmelshalle zu sichern. Der sächsische Kaiser wandelt in Mönchskleidern durch seine Pfalzen.«
Sein dunkles Antlitz verdüsterte sich, und er fügte hinzu: »Überall zeigt sich des Höllenjarls Herrschaft. Wikinger steckten das Kloster von Iona in Brand, erschlugen die heiligen Männer und schleppten alle Schätze davon. Wann wird der Christ dem Wüten der Seewölfe endlich Einhalt gebieten?«
Keiner der Zuhörer sagte ein Wort. Bjarne zog die Brauen hoch und betrachtete seine Fingernägel. Der Skalde berichtete weiter:

»Nun aber herrscht ein neuer Priesterfürst über die christlichen Reiche, Gregor mit Namen. Er hat sich zum Ziel gesetzt, den Stuhl des Petri über alle Throne der Welt zu erhöhen, damit in allen Ländern nur noch Christs Gesetzen gehorcht wird.«
Außerdem schilderte Arnor, daß Sven Gabelbart seinen Vater Harald vertrieben habe und König von Dänemark geworden sei. »Alle Anhänger des alten Glaubens scharen sich um den Sohn, weil sie den Alten wegen seiner Freundschaft mit den Bischöfen haßten«, sagte er.
»Auch auf Island schätzte man den Blauzahn nicht«, lachte Bjarne. »Drohte er nicht einst, mit seiner Flotte durchs Eismeer zu fahren? Aber er ist nie gekommen — nicht einmal, als ihn unsere Skalden in ihren Liedern als Hengst verhöhnten, im Bette wild, doch weich wie Wachs in der Brünne!«
»So darfst du ihn nicht schmähen«, tadelte der Sänger. »Immerhin ehr der heilige Christ König Harald durch ein Bekehrungswunder! Oder hast du vergessen, wie Bischof Poppo vor den staunenden Augen des Blauzahns betend ein Glüheisen in der bloßen Hand hob, ohne sich zu verbrennen?«
»Ich war nicht dabei«, brummte Bjarne.
»Lebt König Harald noch?« fragte Herjulf begierig. »Wer weiß, vielleicht beißt der Blauzahn bald zurück und jagt die dänischen Asenanbeter mit Christs Hilfe wieder davon!«
»Diese Hoffnung besteht nicht mehr«, antwortete Arnor betrübt. »Den Alten traf ein Pfeil. Es war der Jarl von Jomsburg, der ihn tötete.«
»Palnatoki!« rief Bjarne. »So nahm er endlich Rache dafür, daß er einst den Apfel vom Haupt seines Sohnes schießen mußte!«
»Ja«, erklärte der Skalde. »Aber er freute sich nicht lange über König Haralds Tod! Auch seinen Männern wurde die Tat bald vergolten. Der Gabelbart hieß sie nach Norwegen fahren und gegen Jarl Hakon von Lade heeren. Sie trafen einander bei Hjörungavag und hatten dort eiserne Zeit.«
Nun erzählte der Skalde von diesem Wetterleuchten des Nordens, und alle Zuhörer lauschten mit großer Spannung. Vor ihrem inneren Auge sahen sie Wikingerschiffe mit schwellenden Segeln in den weiten Fjord fahren und dort schaumsprühend den schnellen Schniggen des Jarls entgegenjagen.

Vom ersten Thing auf Grönland

Am ersten Tag des Weidemonats rüsteten Herjulf und Bjarne zu ihrer ersten Thingfahrt nach Gardar am Eriksfjord. Sie wappneten alle kampftüchtigen Knechte und segelten auf ihren beiden Schiffen zur Forkeninsel. Dort gingen die Wikinger und ihre Mannen an Bord. Nun fuhren sie zwei Tage lang nach Norden. Gardar liegt zwischen den Fjorden Eriks und Einars, so daß beider Strände vom Thingplatz aus sichtbar sind. Birken und Weidenbüsche begrünen das liebliche Tal. Der Duft von Kräutern erfüllt die warmen Lüfte des Sommers, und das Auge schweift über Beeren und bunte Blumen.

Sechs doppelmannshohe Steinblöcke grenzten den Thingplatz der Grönländer ein. Am Rand stand für jeden Freibauern eine Hütte aus Reisig bereit, in die er sich mit seinen Gefolgsleuten bei schlechtem Wetter zurückziehen konnte. Auf dem sanft gerundeten Rücken des Hügels saßen die anderen Grönländer schon auf roh gezimmerten Bänken. Herjulf und Bjarne traten zu Freunden und einstigen Nachbarn, um sie zu begrüßen und Neuigkeiten zu tauschen. Dabei erfuhren sie, daß der Rote seinen Schwur erfüllt und die junge Friesin fortgeschickt hatte. Aber er hatte sie nicht als Sklavin verkauft oder gar dem Waidmann zurückgegeben, sondern ihr in der Nähe von Gardar einen Hof bauen lassen und ihr zur Bewirtschaftung ein Dutzend Knechte und Mägde gegeben. Aris rauschte das Blut im Kopf wie ein Springquell, als er das hörte. Bald erreichte die Sonne den höchsten Stand. Erik der Rote stellte sich auf den Stein des Gesetzessprechers und sagte dann: »Die erste Aufgabe dieser Versammlung muß es sein, einen Sprecher zu wählen, der das Thing leitet und darüber wacht, daß unsere Beschlüsse in die Tat umgesetzt werden. Sein Schild soll die Schwachen beschützen, sein Blutzweig die Bösen bestrafen, sein Korn die Hungernden sättigen und sein Schiff die Seeräuber vertreiben, damit Frieden herrscht in diesem Land. Wenn wir uns einig sind und einander vertrauen, wird uns kein Häuptling und Herse, nicht einmal Norwegens König je unter sein Joch zwingen.«

Die Zuhörer blickten einander an, und auf den Gesichtern der Großbauern zeigte sich eine gewisse Besorgnis. Denn keiner von ihnen sehnte sich nach den zeitraubenden Pflichten eines Gesetzessprechers. Ebensowenig aber wollten sie die damit verbundene Macht einem Mann überlassen, dessen Bescheidenheit sie nicht trauten.

Bjarne flüsterte seinem Vater ins Ohr: »Siehst du nun, was dieser Sohn Lokis im Schilde führt? Er redet nicht wie ein Bauer zu seinesgleichen, sondern bereits wie ein König zu seinen Gefolgsleuten!«

Der Rote blickte prüfend über die Bänke hinweg und fuhr mit erhobener Stimme fort:

»Als mich das Thing auf Thorspitz vor vier Jahren aufgrund falscher Anschuldigungen ächtete, fand ich uns die neue Heimat. Hier soll nun niemals mehr Unrecht geschehen! Kein Häuptling soll hier so mächtig sein, daß er anderen seinen Willen aufzwingen kann. Gleich sind wir von Geburt, gleich auch an Rechten und Pflichten.«

Die Bauern nickten. Die Wolken ihrer Sorgen lösten sich von den Steilwänden ihrer Stirnen, und beifällig rief Ketil Schiefnase: »Recht so, Erik! So wie unsere Ahnen Norwegen nicht verließen, um einen anderen König zu finden, so haben auch wir unseren Freibauernhöfen nicht den Rücken gekehrt, um in der Fremde Knechte zu werden.«

Der Rote nickte lächelnd. »Wohlgesprochen, Freund!« rief er. »Wie unsere Väter auf Island wollen auch wir die Sitten der Heimat bewahren. Nur die geheiligten Beschlüsse des Thing sollen über uns stehen, wie es die alte Ordnung gebietet.«

»Und du sollst der Gesetzessprecher sein«, schrie Schiefnase.

Die Großbauern blickten einander unschlüssig an, denn keiner wußte vom anderen, wie er darüber dachte. Bjarne raunte seinem Vater zu: »Erst vor zehn Jahren kam er nach Island und redet nun schon, als sei er unseresgleichen.«

Erik der Rote nickte Ketil dankend zu und erklärte:

»Glaub nur ja keiner, daß ich mich nach dieser Aufgabe dränge! Weiß ich doch ebensogut wie jeder von euch, wieviel man sich mit diesem Amt aufbürdet. Aber in meinem Herzen verspüre ich eine Verpflichtung, diese Last auf meine Schultern zu laden. Denn wer wüßte wohl besser als ich, wie Unrecht schmerzt? Wen anders

auch wünschen die Götter, die mich aus Not und Gefahr erretteten und in dieses Land führten?«
Vorsichtig hielt er inne. Die Freibauern sahen nach links und nach rechts und murmelten miteinander.
»Du hast diese Küste entdeckt und erforscht«, meinte Einar vom Einarsfjord schließlich, »darum gebührt dir diese Ehre als erstem.«
Nach ihm erhob sich Hafgrim und sprach: »Niemand von uns kennt Grönland wie du, Erik. Darum kann dir keiner diese Aufgabe abnehmen.«
Als sich auch die anderen Bauern für Erik erklärt hatten, faßte der Rote Herjulf ins Auge und fragte: »Und du? Willst auch du schwören, alle Beschlüsse des Thing zu befolgen? Wir wissen, daß du ein Knechtsgottanbeter bist und bei der Wassertaufe gelobtest, nur deinem Christ zu gehorchen!«

Wie Erik Herjulf anklagt

Der Alte sah Erik gelassen an und versetzte: »Sagtest du nicht bei unserer Ausfahrt auf Island, daß Christen auf Grönland die gleichen Rechte und Pflichten genießen sollen wie alle anderen auch? Ich will nicht glauben, daß du deine Ansicht geändert hast, zumal du deinen zweiten Sohn Leif einem Mönch zum Ziehsohn gabst!«
Die Augen des Roten blitzten, und eine purpurne Woge der Wut wallte über sein breites Gesicht. Schnell aber faßte er sich wieder und rief: »Ordnest du dich nun dem Thing unter, ja oder nein?«
»Unsere Beschlüsse sollen für alle gelten«, erwiderte Herjulf.
Der Rote atmete tief. »So sei es beschlossen«, verkündete er mit lauter Stimme. »Thor sei mein Zeuge, daß ich dabei stets Gerechtigkeit üben will. Keiner soll vor dem Gesetz mehr als sein Nachbar gelten. Keiner sei dem anderen ungleich in seinem Recht.«
»So sei es!« riefen die Freibauern erleichtert, und ihre Gefolgsleute stimmten ein.
»Und dieser Beschluß erfolgt nicht zu früh«, fuhr der Rote fort. »Obgleich erst ein Jahr verging, seit wir uns hier niederließen, gibt es doch schon einen unter uns, der sich über die anderen

erhaben dünkt und sich einen Vorteil verschaffte. Ja, Herjulf – du bist es, von dem ich spreche!«

Bjarne wollte aufspringen, aber sein Vater hielt ihn zurück. »Mein Fjord ist nicht größer noch schöner, sondern im Gegenteil kleiner und schlechter als alle anderen«, antwortete der Alte. »Doch wenn du willst, tausche ich mit dir!«

»Wenn du nur an einem Fjord Land mit Feuer umschritten hättest, würde ich dir nichts vorwerfen«, gab Erik zurück. »Denn so haben wir es ja damals vereinbart. Du aber nahmst nicht nur einen Fjord, sondern gleich deren drei in Besitz: Zu Herjulfsspitz und auf der Forkeninsel!«

»Das sind doch keine Fjorde«, rief Bjarne erregt, »nur ganz kleine Buchten!«

»Groß genug jedenfalls, um dort Gefolgsleute anzusiedeln«, rief der Rote. Grimmig starrte er Herjulf an. »Einmal hast du mich spüren lassen, wie du es mit der Macht meinst«, sprach er grimmig. »Damals standen dir mehr Männer zur Seite als mir, und darum mußte ich weichen. Diesmal aber bin ich der Stärkere, und du wirst dich meinem Urteil unterwerfen.«

Bjarne sprang auf und riß das Schwert aus der Scheide. Auch Lodin und seine Söhne, Aris und die Wikinger zogen die Waffen blank. Doch ehe sie auf den Roten eindringen konnten, scharten sich die schwerbewaffneten Kämpen des Eriksfjords um ihren Anführer. Zur gleichen Zeit öffnete sich Eriks Thingshütte, und weitere schwerbewaffnete Krieger drangen hervor.

Wie Herjulf Erik das Urteil überlassen muß

Bjarne zitterte vor Zorn. »So also hältst du den Thingfrieden«, schrie er in höchster Wut, »daß du uns einen Hinterhalt legst! Einen Neiding nenne ich dich, wenn du der Vielzahl gemieteter Klingen vertraust, statt dich mit mir im ehrlichen Holmgang zu messen!«

Der Rote lachte höhnisch und erwiderte: »Ich wich noch keinem Zweikampf aus. Dies aber ist eine Sache zwischen deinem Vater und mir.«

Dann blickte er Herjulf an und erklärte: »Nun verlange ich, daß du mir das Alleinurteil darüber zusprichst, wem die Forkeninsel künftig gehören soll.«

»Nein!« schrie Bjarne erregt. »Lieber tot, als sich einem einstigen Ächter unterwerfen!«

Die Wikinger scharten sich um ihn, und der grindige Gorm erklärte mit tiefer Stimme: »Mein Land lasse ich nicht, ihr haut mich denn nieder!«

»Dieser Wunsch kann dir erfüllt werden«, drohte der Rote funkelnden Auges. »Nun, Herjulf, wie steht es um deine Treue zum Thing? Wir warten auf deine Antwort!«

Mit bohrenden Blicken sah Bjarne nun zu den anderen Großbauern. Aber er merkte bald, daß er von dort keine Hilfe erwarten durfte. Die meisten von ihnen schienen warten zu wollen, wie der Streit fortging, um sich dann auf die Seite des Siegers zu schlagen.

Herjulfs Gesicht blieb unbewegt. Denn seine Selbstbeherrschung war so groß, daß ihm der Zorn nicht bis ins Haupt dringen konnte und der Grimm ihm nicht in die Gebeine fuhr. Sein Herz glich nicht dem weichen Kopf eines Vogels, sondern es hielt die Gefühle fest wie eine Faust.

»Nun also, Herjulf«, rief Erik, »hat es dir endlich einmal die Sprache verschlagen?«

Nun erst erhob sich der Alte und glättete sorgfältig seinen bestickten Mantel. Alle blickten auf seinen Mund, aus dem die einen jetzt schlaue Schliche, die anderen schlimme Schwüre erwarteten.

Statt dessen sprach Herjulf: »Es sei, wie du willst!«

»Nein!« schrie Bjarne wutentbrannt.

Der Alte maß seinen Sohn mit Blicken. »Bist du es jetzt, der in unserem Hause befiehlt?« herrschte er ihn an.

Bjarne verstummte, aber sein Auge brannte. Erik starrte verblüfft auf den Alten. Dann faßte er sich und erklärte: »Nun gut, Herjulf! So will ich denn nun das Urteil verkünden . . .«

»Nicht jetzt«, unterbrach ihn der Alte, »sondern morgen, nachdem du Gelegenheit hattest, alle Gesichtspunkte zu überdenken.«

»Du wagst es, mir Forderungen zu stellen?« brauste der Rote auf. »In Schanden vergeht, was man in Schanden erwarb!«

»Wenn du meine Bitte abschlägst«, wandte der Alte ein, »wird es

später heißen, dein Schuldspruch habe schon vor der Anklage festgestanden.«
»Du hältst dich für schlau«, versetzte Erik. »Aber der Fuchs bleibt doch ein Dieb und wird am Schluß trotz aller Listen gefangen!«

Von einem nächtlichen Gespräch

Damit hob der Rote das Thing für den Tag auf, denn ein Gewitter zog heran. Bald näßte eine Regenflut das Gras des flachen Hügels. Die Männer eilten in die Hütten. Dort erhob Bjarne schwere Vorwürfe gegen seinen Vater. Der Alte aber antwortete erbost: »Denkst du, ich bin so dumm, daß ich die Falle nicht vorausgesehen hätte? Es wird sich alles noch zum Guten wenden.«
»Wie?« fragte sein Sohn voller Zweifel. »Am besten ist es, wenn wir in der Nacht die Waffen erheben und uns zu den Schiffen durchschlagen!«
»Auf keinen Fall!« widersprach Herjulf heftig. »Dann könnte Erik uns ächten lassen, und wir müßten Grönland verlassen.« Ein Lächeln huschte über das faltige Antlitz des Alten: »Ich glaube, daß ich mit Erik einen Handel abschließen kann.«
Bjarne besann sich und sagte: »Zwar würde ich lieber mit Waffen gegen den Roten fechten als mein Schicksal auf die Kunst von Worten zu setzen. Aber wenn wir hier fallen, ist es vorbei mit der Macht unserer Sippe, denn Thorward ist noch ein Kind, und ich bin ganz ohne Nachkommenschaft.«
Die Wikinger erklärten, daß Herjulf für sie entscheiden solle. Denn von ihm hätten sie ihr Land.
Als der Südstern endlich die Mitternacht anzeigte, stand Herjulf auf, gürtete sich mit dem Schwert, ließ seine schlafenden Männer zurück und winkte den Wächtern zu schweigen. Dann schritt er zur Hütte des Roten und befahl den Posten, ihren Herrn zu wecken. Wenige Herzschläge später stand Erik vor ihm. »Willst du um Gnade winseln?« fragte er höhnisch.
»Ich weiß, wann ich verloren habe«, versetzte Herjulf. »Nun lasse uns an den Strand gehen. Denn ich habe dir etwas zu sagen, was nicht für fremde Ohren bestimmt ist.«

Grimmig tastete Erik nach seinem Schwert. »Denkst du, ich lasse mich in die Dunkelheit locken wie ein Ochse zum Schlachter?« murmelte er. »Wenn du unbedingt willst, können wir auf dem Thinghügel reden, wo uns die Wachen sehen.«
Sie stiegen zu einer Birkenholzbank. Erik setzte sich so neben Herjulf, daß seine Schwerthand freiblieb, während er selbst den Alten leicht mit der Linken festhalten konnte.
Der bleiche Bruder der Sonne goß silbernes Licht auf die Welt. In einem nahen Weidengebüsch hörte man einen Nachtkauz klagen.
»Denkst du oft an Leif?« begann Herjulf.
»Was führst du im Schilde?« fuhr der Rote auf. »Willst du etwa versuchen, mich mit dem Knaben zu erpressen? Du wirst ihm nichts tun, wenn du nicht willst, daß du und dein ganzes Geschlecht für ewig als ehrlose Kindsmörder gelten!«
»Ich bräuchte Leif nicht zu töten«, erwiderte Herjulf sanft. »Ich könnte ihn zum Schädelbrecher schaffen, damit der Junge dort die Schweine hütet.«
»Hund!« zischte Erik wütend und packte den Schwertgriff fester. »Ich brenne deinen Hof nieder und hänge dich samt deinem Gesippe an den höchsten Galgen!«
»Errege dich nicht«, sagte der Alte ruhig. »Ich führe nicht Krieg gegen Kinder. Im Gegenteil will ich dir einen Weg zeigen, wie du deinen Sohn bald wieder zurück in dein Haus holen kannst.«
Erik musterte den Alten. »Wie soll das gehen?« fragte er. »Wenn du versuchst, mich zu hintergehen, werde ich morgen noch härter gegen dich urteilen, als ich es ohnehin tun will.«

Wie Herjulf, der Listige, Erik einen Vorschlag macht

»Mißtrauen ist nicht großer Leute Art«, versetzte Herjulf mit leisem Tadel. »Hätte ein Mann wie Ingolf nicht an sein Schicksal geglaubt, wäre er niemals zum ersten Landnehmer Islands geworden.«
»Je älter der Adel, je morscher der Baum«, versetzte der Rote heftig. »Das Glück meiner Sippe gründet sich auf meine eigene Kraft,

nicht auf Verdienste verblichener Vorfahren aus grauer Zeit! Nun aber lasse hören, wie du den Eid zu brechen gedenkst, den wir im Frühjahr auf Herjulfsspitz leisteten.«

»Ich weiß noch jedes Wort«, erwiderte Herjulf ernst. »Aber als wir schworen, daß Leif bei dem Mönch bleiben solle — haben wir da auch festgelegt, wo Tyrker deinen Sohn aufziehen soll?«

»Wozu wäre das nötig gewesen?« wunderte sich der Rote. »Der Christ ist dein Sklave und hat dort zu leben, wo du es befiehlst . . .« Er verstummte und starrte den Alten an.

»Du hast es erraten«, lächelte Herjulf. »Was hindert mich daran, den Mönch zu dir zu schicken? Auf diese Weise könntest du Leif zurückholen, ohne den Eid zu verletzen.«

»Ein schlauer Plan«, knurrte Erik. »Wo steckt der Haken?«

»Der Preis«, erklärte Herjulf schlicht, »ist die Forkeninsel.«

»So also willst du dich hier aus der Schlinge ziehen«, rief Erik mit lautem Lachen. »Ich dachte, euch Knechtsgottanbetern sei es verboten, mit Sklaven zu handeln.«

»Ich verkaufe Tyrker nicht«, verbesserte der Alte sanft, »du sollst ihn wie einen Gast behandeln. Als Gegengabe erbitte ich nur die Forkeninsel. Und Eriksholm.«

»Niemals!« schnaubte der Rote. »Auf dieser Insel brachte ich meinen ersten grönländischen Winter zu!«

»Ich könnte dort meine Hammel weiden«, meinte Herjulf. »Ich gebe dir drei Mark Silber.«

Der Rote legte die Stirn in Falten. »Sechs Mark und zweihundert Ellen frisches Tuch«, antwortete er nach einer Weile. »Dafür bekommst du nicht nur einen Felsen im Meer, sondern zugleich einen Eckpfeiler meiner Erinnerung. Wenn du mir schwörst, daß der Mönch noch diese Woche mit Leif nach Steilhalde kommt, will ich morgen beim Urteil gnädig verfahren.«

»Das wird dir nicht weniger nützen als mir. Bedenke, wie es die anderen Freibauern aufnehmen werden, wenn du dich großzügig zeigst! Sie werden um so mehr Vertrauen zu dir fassen.«

Der Rote sah ihn stirnrunzelnd an: »Eine Buße muß ich dir mindestens auferlegen. Außerdem bin ich es leid, daß ihr vom Landnehmeradel immer auf uns herabsehen wollt. Es wird Zeit, daß wir Verwandte werden!«

»Wie willst du das bewerkstelligen?« fragte Herjulf überrascht. »Wir haben Söhne gezeugt; keiner von uns besitzt eine Tochter.«

»Was nicht ist, kann noch werden«, lächelte der Rote.

»Du scheinst Thorhild schnell wieder versöhnt zu haben«, entfuhr es dem Alten.

Erik lachte: »Nun lasse uns also das Folgende festlegen und mit Eiden geloben. Wem von uns ein Mädchen geboren wird, der soll es dem jüngsten Sohn des anderen anverloben.«

»Also gut«, nickte Herjulf. Sein Gesicht drückte keine Begeisterung aus.

Am nächsten Morgen berichtete er seinem Sohn von der Vereinbarung. Bjarne machte große Augen und sagte anerkennend: »Das hast du gut gewendet. Allerdings mißfällt mir, daß wir uns mit dem Roten verschwägern sollen.«

»Bis dahin fällt noch viel Schnee«, erwiderte der Alte. »Ich werde es schon so wenden, daß uns auch diese Verbindung zum Vorteil gereicht.«

Als sich die Grönländer nach dem Frühstück wieder auf dem Thinghügel einfanden, stellte sich Erik auf den Stein des Gesetzessprechers und rief:

»Ihr habt gestern alle vernommen, daß Herjulf mir das Alleinurteil über die Forkeninsel zusprach. Er hat mir erklärt, daß er bei der Landnahme in gutem Glauben handelte. Denn er meinte, daß unsere Abmachung nur für das Festland galt. Da er uns also nicht hintergehen wollte, mag er die Forkeninsel behalten. Er soll aber eine Mark Silber als Buße hinterlegen.«

»Nun seht ihr, wie klug es war, Erik zu unserem Sprecher zu wählen«, rief Ketil Schiefnase. Da legte am Strand des Eriksfjords plötzlich ein Ruderkahn an. Ein Höriger sprang auf die Klippen und eilte den Hügel empor.

»Was gibt es?« rief Erik dem Boten entgegen.

Der Knecht blieb keuchend stehen. »Es ist ein Mädchen, Herr!« rief er laut.

Verdutzt sprang Herjulf auf und starrte den Roten an. »Dein Wunsch wurde schnell Wirklichkeit!« entfuhr es ihm. Dann faßte er sich und fügte hinzu: »Die Götter mögen dein und Thorhilds Kind beschützen!«

Auch die anderen Bauern erhoben sich nun und traten zu Erik, um ihre guten Wünsche auszusprechen. Während sie ihn umringten, rief der Rote lachend: »Ich danke dir, Herjulf, aber du irrst dich: Nicht Thorhild heißt die Mutter meiner Tochter, sondern Frilla. Du hast wohl schon gehört, daß ich ihr einen Hof gab. Ihre Tochter aber soll in Steilhalde aufwachsen und dort zu einer Frau erzogen werden, die jedes Mannes würdig ist.«

Wie Herjulf zürnt und getröstet wird

Herjulf nickte lächelnd, doch seine Augen waren wie Eis und seine Lippen schmal wie Peitschenschnüre. Gemessenen Schrittes ging er zu seiner Hütte. Seine Leute folgten ihm schweigend. Gleich nach dem Thing reisten sie ab.

Als Herjulfs Frau Thorgerd vernahm, was geschehen war, sagte sie zu ihrem Mann: »Gräme dich nicht! Es ist der allmächtige Christ, der unser Schicksal bestimmt. Wer weiß, ob in dieser Sache nicht etwas Gutes steckt.«

»Ich, ein Nachkomme Ingolf des Landnehmers, soll meinen Sohn mit der Tochter einer Sklavin vermählen?« brach es aus Herjulf heraus. Nie hatte Thorgerd ihn so zornig gesehen.

»Stolz ist eine Sünde«, antwortete sie vorsichtig. »Christ kennt keinen Unterschied zwischen Kaisern und Knechten.«

»Christ nicht, aber Erik!« stieß der Alte erbittert hervor. »Wie wird er jetzt auf Steilhalde über mich lachen!«

»Jetzt vielleicht«, gab Thorgerd zu, »aber wie lange? Wenn dieser Mönch so klug ist, wie ich glaube, wird Erik die Herzen seiner Gefolgsleute bald an Christ verlieren.«

Da beruhigte sich Herjulf ein wenig. »Deshalb schlug ich diesen Handel ja vor«, brummte er.

Sein scharfer Blick milderte sich, ein Ausdruck neuer Hoffnung glättete sein zerfurchtes Gesicht, und mit fester Stimme fügte er hinzu: »Der Mönch soll morgen abreisen! Dann werden wir bald sehen, ob mit Tyrker auch ein Trieb der wahren Lehre auf Steilhalde Wurzeln schlägt. Ich werde dafür sorgen, daß keine neue List des Roten meinen Plan zunichte macht!«

Er rief Bjarne zu sich: »Wir wollen Tyrker nicht allein nach dem Eriksfjord reisen lassen. Sonst könnte er dort allzu schnell erkranken oder einen Unfall erleiden.«
»Dem Roten ist so wenig zu trauen wie einer Kreuzotter im Stiefel«, nickte der Sohn. »Wie aber willst du es begründen, daß einer von uns dem Mönch dort Gesellschaft leisten soll?«
»Wir werden sagen, daß dieser Mann mehr über die Lehre des Christ hören möchte und deshalb unseren Dienst verließ.«
»Das wird Erik kaum glauben«, zweifelte Bjarne.
»Nicht, wenn wir einen von deinen Wikingern schicken«, gab sein Vater zu. »Aber ich dachte an jemand anders: an Aris.«

Wie Tyrker und Aris zu Erik dem Roten fahren

»Aris?« fragte Bjarne verblüfft.
»Er scheint noch jung genug, um harmlos zu wirken, scheint aber zuverlässig und gewitzt«, meinte Herjulf.
»Aber ihm spukt dieses Friesenmädchen noch immer im Schädel herum«, murmelte sein Sohn.
»Jetzt doch nicht mehr!« rief der Alte. »Nachdem sie Erik ein Kind gebar! So etwas wirkt bekanntlich schlecht auf schwärmerische Liebe. Aber wir wollen ihn selbst entscheiden lassen.«
Sie riefen Aris herbei und verpflichteten ihn zu strengstem Stillschweigen. Dann sagte Herjulf: »Mein Sohn schätzt dich als getreuen Gefährten. Darum sollst du mit Tyrker nach Steilhalde ziehen. Denn wir fürchten, daß Erik ihn bald aus dem Weg schaffen will.«
Aris glühte vor Stolz. Bjarne schien es aber, als ob der Norweger sich noch aus einem anderen Grund freute. »Lasse dich aber nicht am Haus dieser Friesin erwischen!« ermahnte er ihn.
Am nächsten Morgen bemannte Herjulf sein Schiff Meerschwan. Lodin der Starke nahm das Steuer. Aris, Tyrker und der kleine Leif saßen am Achtersteven.
»Munter voraus!« befahl der Mönch und schwang kampfesdurstig sein Holzkreuz. »Da ist ein Höllenpfuhl auszuräuchern!«
»Halte dich zurück!« warnte ihn Bjarne. »Worte, wie du sie ihm

beim letzten Mal gabst, wird Erik sich in seinem eigenen Haus nicht von dir anhören, und sein Schwert handelt schnell!«
Der Rote ritt nach dem Thing zu Frilla, um seine Tochter zu sehen. Als ihm die Mägde das Kind in den Arm legten, schaute er es lange an und sagte dann: »Es soll Freydis heißen. Schön genug ist das Mädchen; viele werden's zu büßen haben.«

Wie Tyrker von Gott und der Welt erzählt

Als der Rote heimkehrte, hatte Thorhild Tyrker und Aris schon als Gäste aufgenommen. Am Abend durfte Erik erst in ihre Kammer, nachdem er geschworen hatte, daß er weder dem Mönch noch dem Jüngling ein Haar krümmen werde.
Im Heumonat half Aris das Winterfutter in die geräumigen Scheunen zu bringen. Tyrker sprach so gut Nordisch, daß er sich selbst mit den rohesten Knechten verständigen konnte. Am Anfang versuchten einige, ihren Spott mit dem kleinen Christen zu treiben. Sie gaben aber bald auf, denn Tyrker prügelte dann jedesmal sogleich mit dem Holzkreuz auf sie ein. Zurückzuschlagen aber wagten die Knechte nicht, denn sie fürchteten den Zorn der Jörundstochter. Darum zogen sie es bald vor, dem Mönch aus dem Weg zu gehen. Dagegen suchten die Mägde den kleinen Mann oft und gerne auf, obwohl die nächste christliche Weihenacht doch wohl in weiter Ferne lag. Auch staunte Aris sehr über den Eifer, mit dem die Frauen vom Steilhanghof für Tyrker Krähenbeeren zupften.
Eriks Godentempel war ganz aus kostbarem Langholz errichtet und mit so vielen Lichtluken versehen, daß es in seinem Inneren nirgendwo Schatten gab. An allen Wänden prangten kostbare Holzschnitzereien, die waren mit Gold und Silber verziert. Der Bär lebte in einem großen Gehege und wurde mit Opferspeisen gefüttert. Ein Zaun von Pfählen umgab das Heiligtum und niemand wagte es, es zu betreten, wenn nicht der Rote selbst rief.
Als das Gras abgemäht war, ging Erik auf Rentierjagd. Tyrker aber saß mit Thorhild und ihren Söhnen am Feuer. Während die Mägde Spinnräder drehten, erzählte der Mönch vom Christ.

Wie Erik Aris zum Verrat verleiten will

Eines Morgens, als Erik wieder zurück war, nahm der Rote den Norweger mit auf den Hügel, setzte sich auf einen roten Sandsteinfelsen hoch über dem Hof und sagte ohne Umschweife: »Du wirst mich doch nicht für so dumm halten, Freund, daß ich nicht wüßte, aus welchem Grund du den Mönch begleitest! Der Schlaue Herjulf will, daß du ein Auge auf den Christen hast.«
Aris schluckte und wußte nichts zu erwidern.
Der Rote blickte den Jüngling nicht unfreundlich an und fuhr fort: »Es ist in der Tat eine hohe Ehre, wenn einem so jungen Mann eine so schwere Aufgabe zugetraut wird.« Er lächelte dünn. »Aber nicht nur dieser listige Alte ist neugierig«, fügte er launig hinzu. »Auch ich habe Ohren auf Herjulfsspitz. Daher weiß ich, daß du noch aus einem anderen Grund an den Eriksfjord kamst: Das Friesenmädchen hat dich angezogen!«
Aris erblaßte. Sein Mund wurde trocken wie Wolle im Wind, und erschrocken sah er, daß die Rechte des Roten mit einem scharfen Dolchmesser spielte.
»Wie ist es?« herrschte ihn Erik an. »Willst du mich belügen oder mir dein Herz ausschütten?«
»Schwer ist es, zwischen Woge und Klippe zu segeln«, seufzte der Norweger. »Ich habe aber nichts getan, was deiner Ehre Schaden zufügen könnte.«
»Dann wollen wir zusehen, daß sich daran nichts ändert«, versetzte der Rote. »Wie hier jeder weiß, schenkte Frilla mir eine Tochter. Deshalb fühle ich mich ihr verpflichtet.«
Aris schwieg. Ein Strom irrwitziger Gedanken brach sich Bahn durch seinen Geist. Erik musterte ihn und fuhr fort:
»Du hast ja wohl gehört, daß ich auf meinem Hof nicht friedlich leben konnte, solange ich Frilla dort eine Heimstatt bot. Ich will aber auch nicht, daß sie in Gardar allein bleibt. Darum wäre es wohl am besten, wenn ich sie einem tüchtigen jungen Mann zum Eheweib gäbe, samt jenem guten Stück Land, auf dem der Hof steht.« Aris fuhr sich mit der Zunge über die trockenen Lippen. »Was verlangst du dafür?« fragte er heiser. »Etwa, daß ich den Mönch aus dem Weg schaffe?«

»Wem nützt dieser Kerl denn?« entfuhr es dem Roten. »Ja, ich wünschte, er wäre fort! Leider kann ich ihn nicht einfach davonjagen. Darum brauche ich deine Hilfe.«
Aris seufzte und erhob sich. »Ich kann es nicht tun«, erklärte er.
»Warum?« fragte Erik verblüfft. »Der Kerl ist doch nur ein Knechtsgottanbeter! Es wäre nichts anderes, als wenn du einen Hund erschlügst.«
»Es geht nicht«, ächzte Aris verzweifelt. »Die Ehre!«
»Ehre?« staunte der Rote. »Hast du noch nie eine Wanze zerquetscht?«
Aris dachte an Herjulf und Bjarne, die ihm vertrauten, und seine Augen brannten.
Erik stand auf. Mißbilligend starrte er auf den Jüngling herab. »Dummkopf!« tadelte er. »Wie will gewinnen, wer nichts wagt! Von unserem Handel braucht doch niemand zu erfahren. Wir werden sagen, der Mönch sei im Meer ertrunken.«
Aris aber hörte nicht auf den Roten, sondern wandte sich ab und lief, so schnell er konnte, den Berg hinab.

Wie Aris für Tyrker sein Leben einsetzt

Kurz darauf hörte er auf dem Hof, wie ein Knecht dem Mönch befahl: »Mitkommen! Unser Herr hat mit dir zu reden.«
Tyrker sah zu Aris. »Hast du mich nun ausgeliefert wie der Judas den heiligen Christ?« fragte der kleine Mann voller Verachtung.
»Der Rote hat kein Recht, dich zu töten«, erwiderte Aris.
»Ha!« machte der Mönch. »Der Wolf findet leicht eine Ursache, wenn er ein Schaf fressen will! Mistkäfer! Feigling! Verdammte Schlange! Ewige Verdammnis sei dein Lohn, du verräterischer Hund!«
»Du irrst dich!« rief der Norweger schnell. »Ich lasse dich nicht allein!« Er sprang auf die Füße und folgte den Männern bis zu dem roten Wächterfelsen.
»Was willst du denn hier?« grollte Erik, als er Aris erblickte. »Dich ließ ich nicht rufen!« Seine Finger umschlossen das Messer, so wie die Hand der Norne die Schicksalsschere hält.

»Soll ich den Kerl gleich mit niederhauen?« fragte der Hörige mit bösem Lächeln und zückte sein Schwert. Nun erst erkannte ihn Aris: Beim Thing hatte er dem Roten Nachricht von der Geburt seiner Tochter gebracht. Der Knecht hieß Erp und wurde oft mit geheimen Gängen beauftragt, denn seine Treue zu Erik kannte auch dort keine Grenze, wo sie an Gesetze stieß.
Als Tyrker das funkelnde Erz erblickte, reckte er sich empor, hob sein Holzkreuz und rief: »Los, du heidnischer Schlagetot! Ich fürchte mich nicht. Denn auf mich wartet das ewige Leben, während du bald in der Hölle herumwinseln wirst!«
Aris nahm seinen Mut zusammen und sagte zu Erik: »Willst du deinen Hof- und Geschlechterhügel durch einen Mord entweihen? Wenn du den Mönch umbringen läßt, mußt du auch mich töten. Ich aber bin kein rechtloser Knechtsgottanbeter, sondern der freie Sohn eines freien Bauern, und mein Blut wird an dir gerächt werden.«
»Du machst mir Angst«, höhnte Erik. Erp hob das Schwert und wartete begierig auf den Befehl seines Herrn.
»Oves meae vocem meam audiunt«, murmelte der Mönch. »Meine Schafe hören meine Stimme; ich kenne sie, und sie folgen mir. Ich gebe ihnen ewiges Leben . . .« Dann wurde seine Stimme lauter. »Für diesen feigen Mord werdet ihr im Höllenfeuer schmoren«, drohte er. »Satan häufe glühende Kohlen auf eure Häupter, ihr dreckiges Mordgesindel!« Mit beiden Händen hob er sein Holzkreuz. »Kampflos kriegt ihr mich nicht!« schrie er.
Erik starrte den kleinen Mann an. Dann fiel sein Blick auf das Meer. »Bei allen Trollen!« fluchte er.
Verdutzt drehte Aris sich um. Tief unter dem Wächterfelsen sah er einen stolzen Drachen fahren, der selbst die Schiffe des Ladejarls und des Wogenwolfs übertraf. Sein Segel war mit Purpur verbrämt, die Schnitzlinien glänzten vor Gold, und an der Bordwand leuchteten die gehämmerten Brünnen von wenigstens fünfzig gepanzerten Kriegern. Am Ruder stand Thorfinn Karlsefni, der Nachfahr des Seekönigs Ragnar. Vom Mast aber wehte das Banner des Kreuzes.

Wie Thorfinn Karlsefni mit Erik verhandelt

Der scharfäugige Karlsefni legte beide Hände wie einen Trichter um den Mund und rief etwas zu ihnen empor. Wegen des starken Windes verstanden sie nur den Namen »Erik«. Der Rote packte Tyrker am Kragen und schleppte den Mönch, der sich heftig wehrte und viele abscheuliche Flüche ausstieß, zum Hof hinab. Dort warteten Gewappnete. Sie eilten mit ihrem Herrn zum Strand. Die Krieger Karlsefnis sprangen schon auf den Kies und stellten sich zum Eberrüssel auf.

»Seit wann führst du denn das Zeichen des Knechtsgotts im Wimpel?« rief Erik dem Ragnarenkel entgegen. »Zu Brimun kämpftest du noch auf der Seite der Asen. Was lockt dich an einem Glauben, der besser für alte Weiber taugt?«

»Du wirst gleich sehen, daß wir nicht wie Frauen fechten«, drohte Karlsefni. »Ich will den Christen holen!«

Die beiden Männer musterten einander. Wenn Erik wie ein knorriger Eichbaum aufragte, stand ihm Karlsefni fest wie eine eisenstämmige Buche entgegen. Der christliche Kaufmann war nicht ganz so groß wie der Rote und auch etwas weniger breit in den Schultern, aber geschmeidig wie eine Klinge aus doppelt gehärtetem Stahl und furchtlos wie Tyr, der Ase des Krieges, der als einziger wagte, dem Fenriswolf die Hand in den Rachen zu legen. Haare und Bart trug Karlsefni sorgsam gekämmt und pflegte auch seinen Körper. Selten sah man einen Flecken auf seinem Gewand. In seinen hellen Augen offenbarte sich der alte Adel seines Geschlechts, das hinter keiner Königssippe des Nordens zurückstand.

Der Rote schnaubte, stieß das Schwert ins Wehrgehenk zurück und rief: »Soviel Lärm wegen eines so niedrigen Hundes? Sei mein Gast, Thorfinn — ein Knechtsgottanbeter soll keinen Hader zwischen uns stiften.«

»Ich habe nicht die Zeit, bei dir zu gasten«, lenkte Karlsefni ein. »Vielleicht ein anderes Mal! Ich biete dir für den Mönch drei Mark Silber. Das ist doppelt soviel, wie du in Haithabu oder Birka erzielen könntest.«

»Dort quellen die Märkte vor wohlfeilen Sklaven über«, ent-

gegnete Erik. »Bei uns aber sind so kluge und feingebildete Leute wie dieser Mönch eine Seltenheit. Deshalb sollst du mir wenigstens fünf Mark Silber und zweihundert Ellen friesisches Tuch zahlen. Auch will ich den Handel nicht ohne mein Weib abschließen. Komm hinauf! Wir wollen mit ihr reden.«
Karlsefni ließ seine Leute in Kampfordnung auf dem Strand zurück und schritt mit dem Roten den Steilhang empor. Vor der Halle hielt Erp dem Mönch ein Messer an die Kehle. Aris stand hilflos daneben, von drei anderen Knechten umringt.
»Fürchtet Euch nicht, Vater«, sagte Thorfinn zu Tyrker, »ich bin gekommen, Euch in die Heimat zurückzubringen.«
»Das wurde aber auch höchste Zeit«, brummte der Mönch. Thorfinn Karlsefni sah den kleinen Mann etwas merkwürdig an. Der Rote ergriff seinen Gast am Arm, führte ihn in die Halle, rief seine Frau und schickte die Mägde hinaus.
Als Thorhild den Zweck des Besuchs erfuhr, seufzte sie und sagte: »So sehr ich dich schätze, Thorfinn — was du dem Mönch Gutes tust, tust du mir Schlechtes. Denn ich fühle, daß Tyrker mir und meinen Kindern von großem Nutzen sein könnte. Aber wenn es sein Wunsch ist, will ich es ihm nicht verwehren, in seine Heimat zurückzukehren. Denn er hat meinem geliebten Sohn das Leben gerettet.«
»Es ist das Vorrecht der Frauen, Gnade walten zu lassen«, sagte der Rote darauf.
Mißtrauisch blickte Thorhild von einem zum anderen. »Dennoch sollst du jetzt nicht triumphieren, Erik«, sagte sie dann. »Ich werde nicht eher in euren Handel einwilligen, bis du mir schwörst, daß mit dem Mönch auch dein christliches Buhlweib aus Grönland verschwindet.«
Jetzt erst sah Karlsefni, daß die Jörundstochter wieder mit einem Kind ging.
»Ich will dieses Mädchen ebenfalls freikaufen«, rief er schnell.
»Hat Herjulf dir nicht gesagt, daß Frilla mir eine Tochter schenkte?« fuhr Erik auf. »Soll ich Freydis vielleicht mit ihrer Mutter in die Fremde ziehen lassen, damit sie als Knechtsgottanbeterin aufwächst?«
Karlsefni überlegte und sagte dann: »Ich habe zwar schon den Hof

Sandspitz in der Westsiedlung erworben, doch es gefällt mir in Grönland so gut, daß ich hier noch mehr Land besitzen möchte. Darum will ich dir den Hof auf Gardar samt dieser Nonne abkaufen, Erik. Die Friesin soll dort wohnen bleiben, bis ihre Tochter verheiratet ist. Das gelobe ich dir.«
Erik starrte ihn zornig an.
»Für die Zeit meiner Abwesenheit aber soll Gardar unter deinem Schutz stehen«, fügte der Ragnarenkel höflich hinzu.
Der christliche Kaufmann ließ nun eine Truhe an Land schleppen, die bis zum Rand mit Silber gefüllt war. Wohlgefällig sah der Rote auf den Schatz. Dann übereignete er Karlsefni den Hof zu Gardar samt allem, was darauf lebte. Aris und Tyrker packten ihre Habe und stiegen an Bord des Drachen.
Als das Schiff die offene See erreichte, fiel der Mönch auf die Knie und begann voller Inbrunst zu beten. Am Schluß rief er sein Holzkreuz schwenkend: »Gottes Gnade über euch, ihr herrlichen Raufbolde! Wart ihr auch wohl vor kurzem noch allesamt Heiden, hat der Herr doch schon sehr viel christlichen Mut in eure Herzen gesät.«

Auf der Fahrt nach den nördlichen Jagdgründen

Sie segelten mit raumem Wind nach Norden, denn Thorfinn Karlsefni wollte dort Walrosse jagen. Am fünften Tag erreichten sie die Fjorde der Westsiedlung. Der Ragnarenkel tauschte bei den Bauern Korn gegen Milch und Käse. Dahinter wurde die Küste immer unwirtlicher. Fallgletscher trieben im Meer, und alle Strände waren von schroffen Klippen gesäumt. Über ihnen erstreckten sich Schneewüsten. Die Gipfel im Inneren trugen weiße und blaue Hüte. Zwischen ihren Flanken leuchtete Grönlands Hochebene, die man den Eisblink nennt.
Während sie auf den Leitstern zufuhren, erzählte Karlsefni dem Mönch von den Geschehnissen in der Welt. Auf diese Weise erfuhr nun auch Aris, daß der junge fränkische König Ludwig nur wenige Monate nach seiner Krönung verstorben war. Mit ihm sank der letzte Nachkomme Karls des Großen ins Grab. Zum

Nachfolger wählten die fränkischen Großen Hugo Capet, den stolzen und tatkräftigen Sohn des Herzogs von Francien.
Am dritten Abend nach ihrer Abfahrt von der Westinsel lagerten sie an den Krugsfjordklippen. Nachts erwachte Aris und verspürte plötzlich den Drang, sich zu erleichtern. Er kletterte über die Bordwand und watete durch das niedrige Wasser an Land.
Während er seine Notdurft verrichtete, war ihm auf einmal, als ob er hinter entfernten Felsblöcken plötzlich Geräusche von schweren Schritten vernähme. Neugierig schlich er näher und versteckte sich in einem Weidengebüsch, da verstummten die seltsamen Laute. Aris erhob sich, um zum Schiff zurückzukehren. In diesem Moment traf ihn eine Keule am Kopf, und er verlor das Bewußtsein.
Als Aris wieder erwachte, konnte er weder Meer noch Himmel sehen, sondern nur düstere Schwärze; etwas Feuchtes lag auf seinem Gesicht. Nach einer Weile erkannte er, daß er gefesselt und geknebelt in einem Tanghaufen lag.
Als die Sonne aufging, hörte er Thorfinn Karlsefni und dessen Leute am Strand umherlaufen und rufen. Nach einer Weile sagte der Ragnarenkel ganz in der Nähe: »Es war wohl ein Bär. Da ist nichts mehr zu retten.«
Als nächstes vernahm der Norweger, wie Tyrker für ihn einen christlichen Totensegen betete. Dann kehrten die Männer an Bord zurück und segelten davon.

In der Gewalt des Ächters

Kurze Zeit später rissen rohe Hände Aris aus dem Algenhaufen hervor. Die Sonne stach dem Jüngling in die Augen, so daß er blinzeln mußte. Nach einer Weile gewöhnte er sich an das Licht und erkannte, daß er vor einem rotbärtigen Riesen stand, der ihn um wenigstens zwei Haupteslängen überragte.
Der ungeschlachte Leib des Fremden war ganz in ein Bärenfell gehüllt. Stiefel aus Robbenleder umwanden die Füße. Auf der Schulter trug der Fremde eine Keule, die aus dem Penisknochen eines Walfischs geschnitzt war.

»Wer du?« hörte Aris den Riesen fragen. Verblüfft merkte er, daß der Unhold Nordisch sprach, wenn auch auf sehr undeutliche Weise. »Wo her?«
»Aus Steilhalde«, antwortete der Jüngling noch immer ein wenig benommen. »Vom Hof Eriks des Roten. Und du? Stammst du aus Jotenheim oder Utgard, wo die Reifthursen wohnen?«
»Ein Freund des Roten!« rief der Riese. Sein Mund verzerrte sich zu einem Grinsen. Schaudernd erkannte Aris, daß sein Bezwinger durch einen Wolfsrachen verunstaltet war und keinen einzigen Zahn mehr besaß. »Aber nicht sein Schiff!«
»Der Drache gehört Thorfinn Karlsefni, dem Nachfahren des großen Wikingers Ragnar«, erwiderte Aris, bemüht, seiner Stimme Festigkeit zu verleihen. »Er kehrt gewiß gleich wieder zurück, um mich zu suchen!«
Der Riese lachte höhnisch. Seine blutunterlaufenen Augen funkelten böse. »Dummköpfe«, grunzte er voller Verachtung. »Denken, weißer Bär! Leicht zu täuschen. Jetzt du mein. Dein Fleisch mich nähren, bis Verbannung vorbei!«
Mit diesen Worten zog er ein Messer und riß Aris an den Haaren, bis dessen Halsschlagader schutzlos vor dem scharfen Stahl lag. Verzweifelt versuchte Aris, sich aus dem eisernen Griff des Ächters zu winden. Aus hervorquellenden Augen starrte er gegen die Sonne in die Fratze seines Bezwingers. Da schien dessen Schädel plötzlich zu bersten und jetzt gewahrte Aris, daß im Schädel des Unholds eine schwarzschimmernde Axt stak.
Fassungslos fuhr der Jüngling zurück. Schwer prallte der tote Riese auf den gefrorenen Boden. Dahinter aber erblickte Aris eine Gestalt, die ihn noch viel mehr entsetzte als der menschenfressende Ächter. Denn zwischen zwei Felsblöcken stand, schwarzgepanzert und mit düster glühenden Augen, der Waidmann.

Von Aris und Thorhall dem Waidmann

»Habe ich dich endlich erwischt, du verdammter Menschenfresser!« rief Thorhall dem Toten nach. »Diene nun selbst zur Speise, drunten bei Hel, wo dir der heulende Garm jetzt das Knochenmark aussaugen soll!« Er bückte sich, zog seine Axt aus dem Leichnam und wischte die Waffe am Fellmantel des Ächters ab. Dann fiel sein Blick auf Aris, und er sagte: »Da hast du nochmal Glück gehabt!«

Der Jüngling starrte den schwarzen Hünen verwundert an und erklärte eilig: »Ich gastete auf Steilhalde und . . .«

»Ja, das hörte ich schon«, unterbrach ihn der Hüne. »Sage mir erst einmal, wie du heißt und woher du stammst! Wenn du mich anlügst, soll es dir nicht besser ergehen als Geirröd hier!« Verächtlich stieß er mit dem Fuß nach dem Toten.

»Ich bin der Sohn eines freien Bauern aus Möre«, erwiderte Aris, »und mein Tod wird nicht ungerächt bleiben!«

»So weit sind wir noch nicht«, knurrte der Waidmann. »Wie bist du denn nach Grönland gekommen?«

»Vor zwei Jahren zog ich zum Jarl nach Lade«, erzählte der Norweger. »Von dort fuhr ich mit Sigurd Silberzunge zum Ägirstor, um für Olof Wogenwolf gegen die Friesen zu fechten.«

»Du warst in Brimun?« fragte der Hüne überrascht. Nun erst wurde Aris klar, daß sich der Waidmann nicht an ihn erinnerte. »Kannst du das beweisen?«

Der junge Norweger zog den Ring ab, den er vom Wogenwolf empfangen hatte, und reichte ihn Thorhall. Der Waidmann drehte das Schmuckstück vor seinem Auge, gab es zurück und fragte: »Fuhr Silberzunge etwa nach Grönland? Davon hätte ich doch hören müssen!«

»Ich kam mit Bjarne Herjulfssohn«, erklärte Aris. »Auf Island hatte er erfahren, daß sein Vater dem Roten nach Grönland gefolgt sei. Später zog ich von Herjulfsspitz weiter zum Eriksfjord . . .«

»Mir ist, als hätte ich dich in Brimun gesehen«, murmelte der schwarze Hüne. »Ich weiß nur nicht, bei welcher Gelegenheit. Schiedst du in Frieden von Erik? Vorhin sagtest du doch, du seist auf Karlsefnis Schiff gefahren. Thorfinn ist Knechtsgottanbeter und nicht länger unser Freund.«

»Ich bin dir zwar keine Erklärung schuldig«, entgegnete Aris fest, »aber ich bete zu Thor.«

»Dennoch könntest du ein Verbrechen begangen haben und

danach mit Karlsefnis Hilfe vor Erik geflohen sein«, meinte Thorhall mißtrauisch. »In diesem Fall hättest du dich nicht für lange gerettet. Denn ich bin es, der an dieser Küste Ächter für Erik aufspürt!«
»Ich habe keines Menschen Rache zu fürchten«, versetzte Aris trotzig, und das war alles, was er dazu sagte.
Der Waidmann starrte den Jüngling durchdringend an. Dann schnitt er ihm die Fesseln durch und sagte: »Da du Eriks Gast warst, sollst du auch der meine sein!«

Wie Aris mit dem Waidmann nach Trutzklipp zieht

Aris verbarg seine Beklommenheit, dankte dem Waidmann und folgte ihm auf die Hochfläche des Eises. Dicht unter dem Rand eines Gletschers lagerten sie für die Nacht. Thorhall zog ein Paar Schneeschuhe aus einem Weidengebüsch. Sie waren nach Art der Schrittfinnen geschnitzt. Dann reichte er Aris ein Messer, und der junge Norweger schnitt sich gleichfalls ein Paar Skier zurecht. Am nächsten Morgen liefen sie über den Eisblink, bis sie an einen breiten Fjord gelangten, der ganz von Gletschern umschlossen war. Am Südufer standen sechs Hütten. Rauch stieg aus ihren niedrigen Dächern. Auf den Schiffswalzen eines kleinen Hafens voller Walgerippe erkannte Aris den Schaumwolf, die schwarze Schnigge des Waidmanns.
Hinter einem rohen Gatter aus Treibholz stand ein Rudel Wildochsen, wie sie Aris noch nie gesehen hatte: Von ihren hochgewölbten Buckeln fiel das zottige Fell in breiten Büscheln bis auf den Boden hinab, so daß die gewaltigen Tiere wandelnden Heuhaufen ähnelten, aus denen große, gewundene Hörner mit scharfen Spitzen ragten. Zwei Knechte reichten den mächtigen Stieren mit hölzernen Forken das Futter. Die Hörigen waren allesamt kräftige und ungeschlachte Kerle, Thursen ähnlicher als Menschen, mit klobigen Gliedmaßen und schwarzen Bärten.
Als Thorhall und Aris näherkamen, sprangen ihnen aus einem Weidengebüsch drei große Wölfe entgegen. Schnell griff der Norweger zum Schwert, aber der Waidmann packte das vorderste

Tier, hob es an seine Brust und rief: »Da bin ich wieder, ihr treuen Wächter, und dies ist mein Gast, dem ihr kein Leid zufügen sollt.« Da war es, als ob die Wölfe jedes seiner Worte verstanden hätten; sie leckten ihrem Herrn die Hände und geleiteten ihn zum Gehöft.

Neugierig trat Aris hinter dem Gastgeber in die geräumige Halle, die hoch auf einem Felsvorsprung lag, so daß sie kaum angreifbar schien. Darum nannte Thorhall seinen Hof Trutzklipp. Zauberzeichen, in Eisen geätzt, schützten das Tor vor Geistern. Die prächtig geschnitzten Hochsitzsäulen waren von Walroßschädeln gekrönt, aus denen riesige Hauer ragten. Lodernde Flammen schlugen aus der Feuergrube.

Thorhall warf seinen schwarzen Wollmantel zu Boden, stieg auf den Hochsitz und wies Aris den Ehrenplatz gegenüber an. Dann rief er mit lauter Stimme: »Wo steckst du, Freaware? Dein Herr ist heimgekehrt!«

Sein Ruf war kaum verhallt, da öffnete sich die Tür der Küche, und überrascht sah Aris ein junges Weib hervortreten, das ihm nicht weniger anmutig als das Friesenmädchen erschien. Ja, es war ihm, als wäre sie Frillas Schwester. Doch während das Haar der Friesin die Farbe herbstlicher Kastanien besaß und ihre Augen wie reife Schwarzbeeren funkelten, schimmerte es vom Scheitel der Magd wie Gold, und ihr Blick glich dem Glanz des Blaumantelgletschers unter der Sommersonne. Auf dem Antlitz der jungen Frau aber lag ein Ausdruck des Schmerzes, und Aris erkannte, daß sie Frilla nicht nur an Schönheit, sondern auch in der Tiefe ihres Unglücks glich.

Um ihren schlanken Hals trug die junge Frau einen ehernen Ring, von dem eine stählerne Kette bis in die Küche zurücklief. Gehorsam schenkte sie ihrem Herrn und seinem Gast aus einem irdenen Krug schäumendes Bier in die Hörner. Die beiden Männer tranken einander zu und vergaßen das Opfer für Thor nicht. Dann kehrte Freaware in ihre Küche zurück, um ein Nachtmahl zuzubereiten. Kurze Zeit später trug sie eine heiße Suppe mit geräuchertem Schaffleisch auf. Da war es Aris, als ob die Sklavin ihn heimlich beobachtete. Als er sie forschend ansah, schlug sie die Augen nieder.

Thorhall achtete stets darauf, daß seine Dienerin alle Getränke und Speisen vor seinen Augen kostete. Nun hob er die Schüssel an seine Lippen und schlürfte die würzige Brühe mit großem Behagen. »Wie gefällt dir das Weib?« fragte er beiläufig. »Ich raubte sie im vergangenen Sommer auf den Hebriden. Sie ist eine Tochter Jarl Roalds, den man den Rechtskundigen nennt. Du hast gewiß von ihm gehört.«

Aris nickte schweigend und wußte nicht, wen er mehr bedauern sollte: Frilla, die Erik dem Roten hatte zu Willen sein müssen, oder Freaware, die in dieser Wildnis das Lager des Waidmanns zu wärmen hatte.

Thorhall hob seinen Humpen. Höflich tat Aris dem Herrn des Hauses Bescheid. Der Waidmann leerte das silberumrandete Trinkhorn mit einem Zug, wischte sich Schaum aus dem struppigen Bart und fuhr fort: »Ich freite einst um dieses Weib. Aber ihr stolzer Vater weigerte sich, die Felle und Walroßzähne eines Wikingers und Waidmanns zu nehmen. So mußte er mir seine Tochter ohne Brautpreis überlassen, und zwei seiner Söhne dazu, die mich verfolgten. Ich schlug sie nieder und fesselte sie an die Ruderbänke. Freaware aber lehrte ich die Demut, die das Weib ziert.«

Mit herrischer Geste warf er dem Mädchen das Horn in den Schoß. »Nicht so faul!« befahl er barsch. »Am Hof deines Vaters durftest du Herrin spielen, hier aber bist du Magd!«

Im gleichen Moment ertönte tief unter dem Boden der Halle ein seltsames Grollen und Dröhnen, und es war Aris, als hörte er Ketten klirren. Der Waidmann aber schien nichts zu bemerken, denn in seinem dunklen Gesicht zeigte sich keine Regung.

Ängstlich hob Freaware das Horn auf und beeilte sich, es wieder mit braunem Bier zu füllen. Ihre Brust bebte, und ihre Hände zitterten so stark, daß sie ein paar Tropfen auf den Boden goß. Als Thorhall das sah, fuhr ein tiefes Knurren aus seiner Kehle, und roh trat er dem Mädchen in den Rücken. Mit einem wimmernden Schrei stürzte die Sklavin auf den gestampften Boden.

Aris wollte die Wut des Waidmanns besänftigen. »Du bist als Heerführer und Jäger weithin so berühmt, daß nur ein törichter Mann dir seine Tochter verweigern konnte; einer, der den Wert von Walroßzähnen nicht zu schätzen weiß und keine Vorstellung davon hat, wie gefährlich es sein muß, diesem Tier im geronnenen Meer nachzustellen. Werden Walrosse auf Grönland nicht auch viel größer als irgendwo sonst?«
Thorhall starrte den Jüngling an. Dann teilte plötzlich ein Lächeln seinen kohlschwarzen Bart, er lehnte sich ein wenig zurück und antwortete, ohne länger auf Freaware zu achten: »Nirgends leben größere Wale und Walrosse als an dieser Küste. Die einen schlagen mit Schwanzflossen breit wie Segel selbst große Schniggen entzwei. Unter ihrer Haut wächst eine Elle Speck, und in ihren Mäulern könnten leicht Ochsen verschwinden. Den anderen ragen Stoßzähne lang wie Schwerter aus dem Kiefer. Wehe dem Jäger, der ihnen im Wasser zu nahe gerät! Nur auf dem Eis ist ihnen beizukommen. Denn Walrosse werden nicht selten dreimal so groß und schwer wie Norwegens stärkste Elche!«
Während er so erzählte, glommen düstere Funken in seinen rotgeränderten Augen. Vorsichtig stahl sich Freaware aus der Nähe ihres Herrn und schlüpfte in die Küche, einen neuen Krug zu holen. Thorhall drehte das mächtige Haupt nach ihr, da rief Aris hastig: »Kaum zu glauben! Ich wünschte, ich könnte dieses Wild selbst einmal jagen!«
Thorhall lachte dröhnend. »Nichts leichter als das. Sobald Fahrtwind bläst, will ich nach Nordrsetur reisen. Du sollst mich begleiten! Ich brauche neues Tauwerk aus Walroßhaut, auch frischen Tran und Speck für den Winter. Im Frühjahr wollen wir dann zum Eriksfjord fahren und hören, wo man für einen Wiking wirbt.«
Wieder hallte nun ein unheimliches Rumpeln und Rasseln aus der Felsentiefe empor, als ob sich dort ein ungeheures Tier in Ketten winde.
»Was ist das?« fragte Aris beklommen.
»Was meinst du?« antwortete der dunkle Hüne.

»Dort unter uns!« sagte der junge Norweger und deutete auf den Boden. »Es klingt, als ränge dort der Fenriswolf mit Gleipnir, der kunstvollen Fessel der Gnome von Schwarzalbenheim!«
Der Waidmann horchte, jetzt aber drang kein Laut mehr hervor. »Deine Sinne täuschen dich.«
Aris schüttelte heftig den Kopf. »Ich habe es genau gehört.«
»Trink!« befahl Thorhall und reichte ihm sein Horn. »Nichts liegt mir ferner, als dich einen Lügner zu schelten. Doch läge dort wirklich der Schicksalswolf — das Gleipnirband ist aus Stoffen geschmiedet, die zu erkennen Ohren nicht taugen: der Lärm des Katzengangs, der Bartwuchs einer Frau, der Atem des Fischs . . .«
» . . . auch aus den Wurzeln des Berges, den Sehnen des Bären und des Vogels Speichel«, fiel der junge Norweger ein. »Ich kenne die Geschichte und weiß auch, wie Tyr seine Hand verlor! Doch wurde der grausige Wolf danach nicht auch noch mit der Gelgja gebunden, dem ehernen Tau, und an der Steinplatte Gjöll tief in die Erde versenkt, von dannen er zu Ragnarök hervorbrechen wird, den Göttervater zu verschlingen?«
Der Waidmann lauschte noch einmal, dann winkte er unwirsch ab. »Das hätte ich doch wohl längst merken müssen, wäre mein Haus an solcher Stelle erbaut. Trinke und spüle die Torheiten aus deinem Herzen!«
Danach erzählte der Waidmann weiter von den nördlichen Jagdgründen.
Freaware füllte die Hörner aufs neue, und die beiden Männer besiegelten ihre Pläne mit einem weiteren Trunk. Während Aris den Silberrand an seine Lippen führte, nahm er plötzlich einen üblen Gestank wahr. Verwundert blickte er auf und sah, wie Freaware eine Platte mit einer weißlichen Masse hereintrug.
»Haifischfleisch!« lobte der Waidmann. »Wohlschmeckenderes kann dir kein Kaiser oder König reichen! Kennst du den grönländischen Eishai? Sein Leib wird ein Jahr lang im Boden vergraben, ein zweites Jahr in der Luft aufgehängt . . .« Gierig schob er sich große Fleischfetzen in den Mund und schlang sie schmatzend hinab. Da mußte Aris an das Gerücht denken, daß der Waidmann in Wahrheit von einem Trollweib abstammte. Denn aus der Überlieferung weiß man, daß es vor allem die Unholde sind, die sich

besonders gern an Haifischen laben, die sie manchmal neun oder zwölf Jahre lang im Boden lagern lassen.

Wie Thorhall Aris von seinen Heerfahrten erzählt

Während der Waidmann mit vollem Mund kaute, würgte Aris nur wenige Bissen der scheußlichen Speise hinab. Ein Blick auf die junge Sklavin verriet ihm, daß sie vor dieser Mahlzeit ebenso großen Ekel empfand wie er selbst. Thorhall aber goß nun den Rest des Ältrunks fröhlich zu Boden und rief: »Jetzt den Wein!« Und wenig später empfing der Jüngling aus Freawares Hand einen silbernen Becher, aus dem wirklich der müd aufreizende Duft gekelterter Trauben emporstieg.
Begierig trank Aris den würzigen Saft und rief dann: »Du sprachst die Wahrheit, Thorhall — deine Tafel könnte selbst Hakon von Lade mit Neid erfüllen, und deine Gäste leben nicht schlechter als das Gefolge des Wogenwolfs in der Halle Hirsch!«
So zechten sie, bis der Mond unterging. Da Aris ihn dringend bat, berichtete Thorhall dabei von seinen zahllosen Fahrten und Kämpfen.
Nach vielen Bechern Wein sang Thorhall das alte Hamdirlied, in dem es heißt:

›Gut haben wir gekämpft:
Wir steh'n auf Gotenleichen,
aufrecht, ob schwertmüden,
Wie Aare im Gezweig;
Heldenruhm gewannen wir,
sterben heut' oder morgen:
Niemand sieht den Abend,
wenn die Norne sprach.‹

»Was aber«, fügte er nach einer Weile sinnend hinzu, »wird man mir auf den Holzstoß legen, daß ich es nach Walhall mitnehmen kann?« Seine blutunterlaufenen Augen glühten, als er seinen jungen Gast über den Rand seines Bechers anstarrte. »Ich habe dein

Leben gerettet, und das soll dein Dank sein, daß du mich nicht ohne Waffe verbrennen läßt, solltest du dereinst an meinem Scheiterhaufen stehen.«
»Das gelobe ich dir«, versicherte Aris eilig.
»Und achte darauf, daß die Flamme gut brennt!« mahnte der Waidmann. »Du weißt ja wohl: Je höher der Rauch des Totenfeuers brennt, desto mehr wird der Verbrannte auch in Walhall erhöht!«
Ein paar Lieder später ließ Thorhall den Kopf an die Brust sinken, und bald schallte sein lautes Schnarchen durch die geräumige Halle. Die Langfeuer brannten nieder. Dunkelheit breitete sich aus. Auch Aris fühlte, daß ihm der nahende Schlaf die Lider beschwerte. Er wollte sich schon zurücksinken lassen, da hörte er plötzlich ein Wispern dicht an seinem Ohr. Träge wandte er den Kopf und sah, daß Freaware neben ihm auf dem Holzsitz kniete.

Wie Freaware Aris um Hilfe bittet

»Nimm dein Schwert und schlage diesem Scheusal den Kopf ab!« raunte die Sklavin dem Norweger zu. »Dann will ich deine Frau werden, und du sollst nach meinem Vater Jarl auf den Hebriden werden!«
Aris fuhr ein wenig zurück: »Verlangst du im Ernst, daß ich ein solches Verbrechen begehe?«
»Ist es Mord, den Wolf zu erschlagen?« versetzte die junge Fürstentocher heftig. »Welche Untaten wögen schwerer als die des Waidmanns? Er raubte mich und machte meine Brüder zu seinen Ruderknechten! Gewiß brach das Herz meines Vaters schon längst, und meine Mutter weint sich die Augen aus.« Heftig schlang sie ihre weichen Arme um seinen Hals.
»Ich verdanke Thorhall mein Leben«, versetzte Aris unwillig.
»Aber du weißt nicht, was für ein grausames Schicksal mich hier erwartet«, sprach Freaware flehend. Grauen verzerrte ihr Gesicht, und Todesangst klang in ihrer Stimme. »Magog!« wisperte sie. »Hast du denn nichts gehört? Dort, in der Tiefe!« Voll atemloser

Furcht deutete sie auf den gestampften Boden. Aris lauschte angestrengt und wirklich war ihm, als höre er aus den Felsen wieder das Klirren geschmiedeter Ketten. Der Waidmann schien fest zu schlafen.

»Ich kann dir nicht helfen«, murmelte der Norweger bedauernd. »Das Gastrecht . . .«

»Dann gib mir dein Schwert — ich töte ihn selbst!« rief das Mädchen erregt und versuchte, ihm die Waffe zu entreißen.

Aris stieß Freaware erschrocken von sich, so daß sie die Stufen hinabfiel und auf die Erde stürzte. Da sprach Freaware mit blitzenden Augen:

»Trotz deiner Jugend bist du nicht besser als dieses schwarzbärtige Ungeheuer. Da ich nur eine Frau bin und mich gegen eure Gewalt nicht zu wehren vermag, sollen die gnädigen Götter euch richten, und du sollst nicht weniger Strafe erleiden als Thorhall selbst. Freya, Odins tränenschöne Gemahlin, sei meine Zeugin: Niemals sollst du Kinder auf deinen Knien wiegen und wenn du endlich tot bist, soll dein Andenken vergehen, als hättest du niemals gelebt!«

Stumm hörte Aris zu. Er war noch nie zuvor in seinem Leben verflucht worden und obwohl er die Verwünschung als sehr ungerecht empfand, sorgte er sich. Denn er fürchtete die Macht Freyas, gegen deren Willen kein Mann das Herz einer Frau zu gewinnen vermag. Da schallte plötzlich höhnisches Lachen an seine Ohren, und er erkannte, daß Thorhall keineswegs geschlafen, sondern die Geschehnisse zwischen halbgeschlossenen Lidern verfolgt hatte, um seinen Gast auf die Probe zu stellen.

»Du hattest Glück, Aris, daß du dich nicht zu einer solchen Torheit anstiften ließest.« Dann wandte er sich Freaware zu und knurrte böse: »Dich werde ich nicht schlagen, denn um deiner Schönheit willen wardst du geraubt; auch weiß ich eine Strafe, die schlimmer schmerzt: Deine Brüder sollen deine Tücke büßen!« Mit diesen Worten stieß er das weinende Mädchen in die Küche zurück und schob einen ehernen Riegel vor.

Wie Aris mit Thorhall dem Waidmann nach den nördlichen Jagdgründen fährt

Am nächsten Morgen erschienen die Knechte des Waidmanns. Sie führten die Sklaven in Ketten aus ihren Hütten und fesselten sie an die Ruderbänke der Schnigge. Der Norweger betrachtete aufmerksam ihre Gesichter und fand bald die beiden Söhne Jarl Roalds, Rolleif und Romund, heraus. Sie schienen kaum älter als Aris. Der Waidmann setzte sich ans Steuer und segelte den Schaumwolf aus dem Fjord.

Nach drei Tagen ankerten sie an einer Küste aus grauem Gestein, das wie ein Wald von gewaltigen Säulen geformt war. In der Ferne kalbten Gletscher donnernd ins eisblaue Wasser; der Schnee auf ihnen schimmerte so hell, daß Aris bald die Augen schmerzten. Es schien ihm, als seien sie nun endlich doch nach Jotenheim in das Reich der Eisriesen gelangt.

Thorhall sprang ans Ufer und befahl seinen Knechten, unter der Wand einer rötlichen Klippe ein Nachtlager vorzubereiten. Die schweigsamen Kerle schichteten Treibhölzer aufeinander und fachten ein großes Feuer an. Der Waidmann ergriff indes einen Jagdspeer, winkte Aris und schritt über knirschende Schollen auf einige Eisblöcke zu, zwischen denen das Atemloch eines Seehunds klaffte.

Vorsichtig knieten die Jäger hinter einem der riesigen Eisbrocken nieder. Thorhall zog eine Seehundpfote aus der Tasche und kratzte über die spiegelnde Oberfläche. Nach einer Weile erschien der Kopf eines Flossenfüßers, der einen Artgenossen in der Nähe glaubte. Wieder scharrte der Waidmann auf dem Eis hin und her und wog dabei schon den Speer in der Rechten. Als der neugierige Seehund endlich aus seinem Atemloch kletterte, sprang der schwarzbärtige Hüne hinter dem Eisklotz hervor und schleuderte seine Waffe mit solcher Treffsicherheit, daß sie dem Tier mitten durch den Leib fuhr.

Noch einen zweiten Seehund erlegte Thorhall auf diese Weise. Die Knechte zerteilten die Beute und garten das Fleisch zwischen erhitzten Steinen. Auch die Sklaven erhielten ihr Teil, aber die Ketten wurden ihnen nicht abgenommen.

Als sich alle gesättigt hatten, legten sie sich am Feuer nieder. Thorhall aber wickelte sich in einen Wolfspelz und suchte sich einen Schlafplatz abseits von seiner Mannschaft. Erst spät in der Nacht sank die schwache Sonne unter den westlichen Himmelsrand. Da war es Aris plötzlich, als ob er ein leises Klirren hörte. Vorsichtig spähte er um sich und sah, daß zwei der Rudersklaven ihrer Fesseln ledig waren: Rolleif und Romund, die Söhne des Hebridenjarls. In der Faust des älteren blinkte ein Dolch. Der jüngere hielt einen Stein umklammert. Gefolgt von Thorhalls Großknecht Drafdrik schlichen sie auf den Platz zu, an dem der Waidmann schlief.

Vom Kampf auf der Knechtskopfklippe

Verwirrt starrte Aris auf die drei Männer. Anfangs glaubte er zu träumen, so unwirklich leise bewegten sich die Gestalten über das lose Geröll. Es schien fast, als schlichen dort keine Menschen, sondern Wiedergänger umher. Schon kniete Rolleif neben dem Schlafenden nieder; sein Bruder Romund hob den scharfen Stein zum Schlag. Schnell sprang Aris auf die Beine und rief laut: »Gib acht, Thorhall! Die Jarlssöhne sind frei!«

Der Waidmann fuhr hoch wie ein Steinmarder, der über sich das Flügelrauschen des Schneefalken hört. Blitzend stieß Rolleifs Jagdmesser nieder, traf aber nicht Thorhalls Kehle, sondern nur seine Schulter. Rolleifs Bruder Romund schlug nach dem Schädel des Waidmanns, so daß rotes Blut über Stirn und Wangen des Getroffenen spritzte. Der verräterische Knecht aber warf sich mit bösem Knurren herum und starrte Aris zornig an. Die Augen des riesigen Mannes leuchteten gelb wie die eines Wolfs. Er hob eine hölzerne Keule und stürmte auf Aris zu.

Der Norweger zog sein Schwert, wich Drafdriks Hieb aus und führte selbst einen Stoß, konnte aber den Lederpanzer des Knechts nicht durchdringen. Einen Wimpernschlag später stand Thorhall auf beiden Beinen, die Axt in der Rechten. Die beiden Jünglinge von den Hebriden bedrängten ihn wie zwei Hetzhunde einen grimmigen Bären.

»Auf, ihr Männer!« schrie der Waidmann den schlafenden Knechten zu. »Verräter sind im Lager!«
Rolleif Roaldssohn versuchte nun, den verhaßten Gegner über den Rand der Klippe zu stoßen. Tief unter den Füßen der Kämpfenden wogte das nächtliche Meer. Immer wieder stach der Jarlssohn mit seinem Messer auf den schwarzen Hünen ein. Thorhall hielt den linken Arm schützend vor Hals und Gesicht. Romund ließ seinen Stein fallen, klammerte sich mit aller Kraft an die Rechte des Waidmanns und hinderte ihn auf diese Weise, das tödliche Beil zu schwingen.
Der schurkische Knecht führte wieder einen Hieb gegen Aris, und diesmal pfiff die geschnitzte Keule nur knapp am Kopf des Norwegers vorbei. Aris zielte nach Drafdriks Schenkel, und seine Klinge bohrte sich durch die rechte Wade des Gegners. Der ungeschlachte Schwarzbart brüllte auf vor Schmerz und Wut und sank auf die Knie. Sogleich sprang Aris hinzu und hieb dem Gefällten das Erz in den Nacken. Das Haupt des Besiegten löste sich vom Rumpf und rollte über den Rand des Felsens ins Meer. Seitdem heißt der Berg Knechtskopfklippe.
Die anderen Knechte hatten den Ruf ihres Herrn gehört und eilten mit ihren Jagdspeeren zu Hilfe. Die beiden Jarlssöhne sahen nun, daß sie ihr Leben nicht retten konnten. Mit dem Mut der Verzweiflung packten sie den Waidmann an Ärmel und Wams, um ihn mit sich in die Tiefe zu reißen. Mit glühenden Blicken stemmte der Waidmann sich gegen die stählernen Griffe. Einige Herzschläge lang schwankten die drei wie Betrunkene am Rand des Felsens entlang. Dann warf der Waidmann den Kopf zurück, und ein schreckliches Heulen drang aus seiner Kehle. Er ließ die Axt fallen, schloß die Rechte um den Hals des jüngeren Jarlssohns und stemmte ihn mit Berserkerkraft in die Luft. Verzweifelt schlug Romund mit beiden Fäusten auf den schwarzbärtigen Hünen ein. Das schweißüberströmte Gesicht des Jünglings färbte sich rot, und seine Augen traten vor Qual aus den Höhlen. Wieder erscholl das Wolfsgeheul aus dem Mund des Wikingers, und Aris erkannte, daß die Jarlssöhne den Waidmann trotz aller Tapferkeit niemals besiegen konnten.
Mit mächtigem Schwung schleuderte der Waidmann Romund

gegen die Felswand. Benommen löste der jüngere Jarlssohn den Griff und sank taumelnd zu Boden. Dann packte der Waidmann den älteren Bruder mit beiden Armen und drückte ihn an seine Brust, so wie ein zähnefletschender Schwarzbär den allzu verwegenen Jagdhund an seinem zottigen Busen zerquetscht.
Die Knechte sprangen hinzu und hielten Romund fest. Aris stand noch immer unbewegt und starrte mit offenem Mund auf die letzten Bilder des Kampfes. Rolleif Roaldssohn krallte die blutenden Finger in die schwarzen Haare des Hünen. Thorhall aber reckte sich nun zu seiner vollen Größe empor und bog den Kopf des Jünglings so weit nach hinten, daß Rolleifs Rückgrat knirschend zerbrach und der Jarlssohn entseelt zu Boden sank.
In wildem Triumph warf der Waidmann nun beide Arme zum Himmel. »Thor!« schrie er. »Nimm mein Opfer gnädig an!« Dann packte er den Toten, hob ihn wie ein Kind über den Kopf und schleuderte ihn mit mächtigem Schwung in die See.
Keuchend starrte Romund den Hünen an. Nicht Furcht, nur Haß stand in den Augen des Jünglings zu lesen, als er hervorstieß: »Du bist kein Mensch! Thursen sind deine Ahnen und deine Eltern müssen Trolle sein! Ach, warum haben die Asen uns nicht geholfen! Dir aber ist eines Tages das Schicksal aller Unholde aus Jotenheims Riesengeschlecht bestimmt. Magst du auch noch so schmeicheln und Thor Ergebenheit heucheln — einmal wird dich der Rotbart doch jagen, und dann zertrümmert sein Hammer dir den Trollschädel, du Ungeheuer!«
Thorhall achtete nicht auf den Jüngling, sondern trat zu dem kopflosen Leichnam des Knechts. »Drafdrik«, knurrte er voller Verachtung, »stumm kamst du zur Welt, deine Eltern setzten dich aus, ich rettete dich aus der Wildnis und mit Verrat lohntest du meine Güte! Dafür soll dein Leichnam ewig in der Kälte liegen!« Zitternd vor Zorn stieß der Hüne dann mit dem Fuß gegen den toten Leib, so daß Drafdriks Überreste in eine tiefe Felsspalte stürzten.
Danach trat Thorhall auf den besiegten Jarlssohn zu: »Starke Worte weißt du zu sprechen. Nun wollen wir dich wimmern hören wie ein Hündchen! Deiner Schwester will ich die Lippen vernähen, damit sie nie wieder einen von meinen Knechten zu solcher Untreue anstiften kann. Sie soll erbärmlich verhungern!«

Der Jüngling stieß einen furchtbaren Schrei aus und bäumte sich auf, doch die Knechte zwangen ihn zu Boden. Dann fuhr Thorhalls Axt dem Jarlssohn zum Blutaar zwischen die Schulterblätter.

Wie Thorhall Aris dankt

Als das Opfer geschehen war, wischte der Waidmann sein Beil am Gewand des Geschlachteten ab und hieß seine Knechte, den Leichnam zu dem seines Bruders ins Meer zu schleudern. Dann sagte Thorhall zu Aris:
»Ohne deinen Warnruf wäre ich wohl zu spät erwacht und hätte dem Mordstahl nicht ausweichen können. Sage mir, was du von mir als Belohnung erwartest!«
»Du schuldest mir nichts. Hast doch auch du mir das Leben gerettet, als der Waldgänger mich schächten wollte.«
»An den Krugsfjordklippen tat ich nur meine Pflicht«, entgegnete Thorhall. »Erik sandte mich aus, die Ächter zu töten.«
»Auch ich tat nicht mehr, als es das Gesetz befiehlt, das nicht nur dem Gastgeber, sondern auch dem Gast Pflichten aufbürdet«, erklärte Aris.
»Dennoch sollst du nicht zögern, mein Wohlwollen zu erproben. Ich stehe nicht gern in der Schuld eines andern!«
Nun sagte Aris: »Wenn du mir deine Großzügigkeit beweisen willst, so lege für mich bei Erik ein Wort ein. Ich möchte gern in das Gefolge des Roten eintreten und an seinem Fjord siedeln.«
Der Waidmann blickte ihn forschend an. »Das werde ich tun«, versprach er.
»Und wenn ich heirate«, fuhr Aris eifrig fort, »sollst du mein Ehrengast sein.«
»Warum ich?« fragte Thorhall mißtrauisch. »Warum nicht der Herjulfssohn, der dich nach Grönland brachte?«
»Bjarne hat sich beim Thing mit Erik verfeindet«, erklärte Aris und schilderte die Geschehnisse zu Gardar. »Ich glaube nicht, daß der Rote einen Gefolgsmann Herjulfs an seinem Fjord dulden würde. Wenn ich aber unter deinem Schutz stehe, wird mich Erik als Nachbar willkommen heißen.«

Der Waidmann nickte. »Du bist ein schlauer Bursche«, murmelte er. »Es soll geschehen, wie du willst. Nun aber ist es Zeit, noch ein wenig zu schlafen, ehe wir Walfisch und Walroß begegnen.« Er prüfte die Fesseln der Sklaven, wickelte sich in seinen Wolfspelz und schlief sofort ein.

Aris aber schaute noch lange zu den glitzernden Sternen des Iringswegs auf, wachgehalten durch die Erregung des Kampfes, mehr aber noch durch den verwegenen Plan, der sich in seinen Gedanken formte und seine träumenden Augen Frillas anmutiges Bild sehen ließ.

In den folgenden Tagen fuhren sie so weit nach Norden, bis ihnen Packeis den Weg versperrte. Dort öffnete sich ein Meeresbusen, dessen Ränder weiter voneinander entfernt schienen als die Küsten Jütlands und Agdes. Diesen Teil Nordrseturs nannte Thorhall die Jotenbucht. Dort hörten sie die ersten Walrosse röhren. Jagdlüstern sprang der Waidmann mit einem Spieß aus biegsamem Eschenholz auf das Eis, von Aris und drei Knechten gefolgt. Drei Walrosse tötete Thorhall.

Gefährlicher aber schien Aris die Jagd auf Wale weit draußen in der Jotenbucht. Dort steuerte Thorhall den Schaumwolf so nahe wie möglich an eine Herde von Hornwalen heran. Diese Meerestiere werden noch größer als Walrosse und tragen nur einen Stoßzahn, der ihnen aber lang wie ein Eschenspeer aus dem Maul wächst. Für einen Jäger, den diese furchtbare Waffe trifft, gibt es keine Rettung.

Die Grönländer schlugen klatschend die Hände gegeneinander, bis sich eines der jüngeren Tiere von dem Geräusch anlocken ließ. Als der Hornwal dicht an der Bordwand vorbeischwamm, stieß Thorhall ihm eine Harpune aus doppelt gehärtetem Stahl in die Flanke. Das verwundete Riesentier peitschte das Wasser mit seinem baumdicken Schwanz und tauchte. Zwei Stunden lang zog der Wal die Schnigge durch die Bucht. Dann sprang der Waidmann mit einem Schrei auf den Rücken des Ungeheuers und hieb mit dem Beil auf das Tier ein, bis es verendete. Solche Jagdwut hatte Aris noch niemals gesehen.

Abends zogen die Männer dem Wal am Ufer die Haut ab, zerteilten das Fleisch und kochten Tran aus der Speckschicht. Der Waid-

mann löste den kostbaren Stoßzahn aus dem Oberkiefer des Seeriesen und maß die Länge des Horns stolz mit Elle und Fingern. Auf der Heimfahrt jagten sie Seehunde und Sattelrobben. Die Sklaven mußten nun gegen die Strömung rudern.
Als sie das Schiff vor Trutzklipp auf die Walzen zogen, stand Freaware vor der Halle.
Mit bösem Lächeln trat Thorhall auf die schöne Jarlstocher zu und sagte: »Vergeblich spähst du nach deinen Brüdern; sie kommen nicht wieder. Du selbst hast ihnen den Tod geschickt, als du Drafdrik zum Verrat verführtest. Zur Strafe werde ich dir den Mund vernähen, so daß du dir wie einst Loki vor Hunger die Lippen zerreißen wirst!«
Da wandte sich Freaware schluchzend ab und lief in die Küche.
An diesem Abend zechte Thorhall besonders lange und laut. Am Morgen rief er nach Frühstück, erhielt jedoch keine Antwort. Fluchend erhob er sich und schob den Riegel zurück, fand aber die Küche leer. Zornig ergriff er das Ende der Kette und folgte ihr vor die Halle. Da sah er die junge Jarlstocher bis zum Hals im Eis eines Bottichs sitzen. Es war leicht zu erkennen, daß sie schon seit Stunden tot war.
In der Linken hielt Freaware noch die große Schöpfkelle, mit der sie nachts das Faß aufgefüllt hatte, ehe sie hineingestiegen war, um zu sterben. Schnee lag auf ihrem goldenen Haar, Eis bedeckte ihr Antlitz, und ihre Haut schimmerte weiß wie Kamillenblüten. Doch Thorhall packte den Bottich und warf ihn mit heftigem Schwung über den Rand der Klippe ins Meer.

Wie Thorhall sein Versprechen einlösen will

Im Winter fiel so viel Schnee, daß die Dächer der Hütten darunter verschwanden. Nur die Halle des Waidmanns ragte aus den weißen Wächten, die der Nordwind täglich höher auftürmte. So war man in dieser Zeit zum Müßiggang verdammt.
Sobald aber das Frühjahr kam, rüstete Thorhall den Schaumwolf und sagte zu Aris: »Jetzt will ich das Versprechen einlösen, das ich dir auf der Knechtskopfklippe gab.«

Sie segelten in den Eriksfjord und stiegen nach Steilhalde empor. Der Rote nahm sie freundlich auf. Als Thorhall Erik erklärte, zu welchem Zweck er kam, sah der Rote den Norweger forschend an: »Ich will es mir überlegen. Morgen erhältst du Bescheid.«
Danach aber nahm er Thorhall zur Seite und sagte: »Was tust du, Blutsbruder? Der Bursche ist gefährlich wie eine Kreuzotter! Es wäre besser, du hättest ihn in Nordrsetur ertränkt.«
Nun erzählte er dem erstaunten Hünen von den Geschichten des Mönchs und den anderen Geschehnissen, die sich seit ihrer letzten Begegnung ereignet hatten.
»Der Mönch wird sich hier wohl kaum noch einmal blicken lassen«, schloß er. »Wenn aber dieser Norweger hier nun überall von Wunderinseln im Westen erzählt . . .«
»Zum Henker!« fluchte der Waidmann. »Das hätte ich früher erfahren sollen. Nun bindet mich mein Wort! Ich kann nicht zulassen, daß dem Kerl etwas zustößt, ehe ich auf seiner Hochzeit gegastet habe.«
»Dann wollen wir dafür sorgen, daß du seinen Wunsch bald erfüllen kannst«, versetzte der Rote. »Hat der Bursche geheiratet, bist du von deiner Verpflichtung frei, und wir können handeln.«
»Er muß ja doch erst ein Weib finden!« knurrte Thorhall mißmutig.
»Er hat schon eins im Auge«, klärte ihn Erik auf. »Es ist das Friesenmädchen, das du mir einst zum Geschenk gemacht hast.«
Das dunkle Gesicht des Waidmanns färbte sich rot, als er das hörte. »So dürste ich doppelt nach seinem Blut!« knirschte er. »Jetzt fällt mir auch wieder ein, woher ich sein Gesicht kenne: In Brimun sah er dem Blutaar zu, und — bei allen Asen! Sein Blick war nicht der eines frommen Opferers, sondern der eines schwächlichen Knechtsgottanbeters, so daß ich ihn am liebsten mit den Mönchen erschlagen hätte. Doch er entkam mir. Das soll kein zweites Mal geschehen! Mein Beil wird sein Blut lecken, ehe er noch diesem Christenweib beiwohnen kann.«

Wie Aris um Frilla warb

Früh am nächsten Morgen bat Aris seinen Gastgeber um ein Boot und fuhr über den Fjord nach Gardar. Als er Frillas Hof erreichte, rieb er den Ring des Wogenwolfs mit einem Wolltuch so blank, wie er konnte. Dann schulterte er die beiden Walroßzähne, die er als seinen Anteil von Thorhall erhalten hatte, nahm ein Bündel schönster Jungrobbenfelle dazu und trat mit festen Schritten an die Tür. Der Verwalter Eyjolf, den Thorfinn Karlsefni dort eingesetzt hatte, erkannte Aris und eilte, die Hausfrau zu holen.
Frilla wunderte sich über den Besuch. Sie stieg in ihren Hochsitz und befahl dem Verwalter, Aris hereinzuführen. Vorsichtig trat der Jüngling in die Halle und sah die Hausfrau ehrerbietig an. Die junge Friesin trug ein Kleid aus meerblau gefärbter Wolle und ein silbernes Halsband, ein Ehrengeschenk Thorfinn Karlsefnis. Die Flut ihrer rotbraunen Haare fiel in weichen Wellen bis auf die schmalen Schultern hinab. Die Haut ihrer Wangen schimmerte wie Rosenblätter im Tau, und ihre Lippen leuchteten wie Mohnblüten auf dem Feld. Aris kam die Südländerin viel kleiner und zierlicher vor als die Töchter des Nordens. Das Gefühl, das er empfand, schnürte ihm den Hals wie mit einer ledernen Schlinge zu.
»Wer bist du und was führt dich zu mir?« fragte Frilla, als sie sah, daß ihr Gast zu sprechen zögerte. »Bringst du mir die ersehnte Freiheit oder soll ich aus deinem Mund eine weitere Unglücksbotschaft vernehmen? Wir stehen alle in Gottes Hand, und ich will klaglos ertragen, was immer er mir zugedacht hat.«
Aris räusperte sich. »Ja, ich war in Brimun«, gab er zur Antwort und wunderte sich über den fremden Klang seiner Stimme. Auch war ihm nun, als ob auf jedem Fleck seiner Haut Mücken, Fliegen und Ameisen säßen. »Aber ich wurde nicht ausgesandt, Lösegeld für dich zu bringen. Ich bin ein Wikinger wie jene, die damals Brimuns Mauern brachen, und nahm auch an der Heerfahrt teil, auf der du entführt worden bist.«
Schweratmend verstummte er. Schweiß rann ihm von der Stirn. Frilla starrte ihn an. Aris fuhr fort: »Der Seekönig Olof, den man den Wogenwolf nennt, lohnte mir meine Taten mit diesem Ring.«

Er zog das wertvolle Schmuckstück ab und warf es der jungen Frau in den Schoß.
Fassungslos blickte Frilla auf den goldenen Reif und brachte kein Wort heraus. Aris versuchte zu lächeln, aber sein Mund gehorchte ihm nicht, und er schnitt ein Gesicht wie ein hungriger Dachs. Er hustete, fuhr sich über das bärtige Kinn, zeigte dann auf sein Schwert und erklärte weiter: »Die Klinge Fußbeißer schenkte mir mein Vater; er siedelt als freier Bauer in Möre. Das liegt in der Mitte des Nordwegs, gleich hinter Lade, wo Jarl Hakon herrscht. Dorthin aber will ich nicht mehr zurückkehren, sondern hier leben.«
Frilla schwieg noch immer; alle Freundlichkeit war aus ihrem Blick verschwunden. Aris wischte sich den Schweiß von der Stirn, legte nun Walroßzähne und Robbenfelle vor Frillas Füße und erklärte: »Diese Dinge schenke ich dir und kann noch viel mehr davon holen. Du siehst, daß ich wohl in der Lage wäre, dich und dein Haus zu erhalten. Wenn du also einverstanden bist, werde ich zu Karlsefni segeln und ihm den Hof abkaufen. Dann will ich hier mit dir leben.« Die junge Friesin fuhr sich mit der Hand über die Augen, als plage sie ein schwerer Traum. »Abkaufen?« flüsterte sie ohne rechtes Verständnis. »Thorfinn Karlsefni ist es, der hier gebietet!«
»Aber das sage ich ja!« rief Aris aufgeregt. »Er wird mir die Bitte nicht abschlagen. Und wenn doch, so fordere ich ihn auf den Holm! Denn seit ich dich damals in Brimun sah, will ich keine andere zum Weibe.«
Er klappte den Mund zu, der nun endlich ausgesprochen hatte, was das Herz schon lange erfüllte. Erwartungsvoll blickte Aris nun auf die junge Frau. Frilla erhob sich. Auf ihren Wangen erschien die Farbe des Blutes, und mit vor Zorn bebender Stimme erwiderte sie: »Das also ist dein Begehr, du Teufel! Einst hast du meine Landsleute und Glaubensbrüder abgeschlachtet wie Vieh. Frauen und Kinder habt ihr gemordet. Und da glaubst du noch, du könntest dich mit mir in Ehre verbinden?«
»Ich war es doch nicht, der den Blutaar opferte«, rief Aris erschrocken. »Ich habe noch nie einen wehrlosen Menschen getötet, sondern gegen gewappnete Krieger gefochten und dabei mein eigenes Leben gewagt!«

»Satan!« schrie Frilla. »Hältst du mich für eine läufige Hündin, die sich in ihrer Brunst mit dem Wolf paart? Mein Leib und mein Leben sind Christus geweiht. Ihr aber habt mich entführt und entehrt, so daß ich jetzt wie eine Hure bin vor dem Herrn!«
»Aber du kannst doch nichts dafür«, suchte Aris sie zu besänftigen. »Meiner Liebe macht es nichts aus, daß du schon einen anderen ... Ich will deiner Tochter ein so guter Vater sein wie später meinen eigenen Kindern.«
Die junge Frau ballte die Fäuste. »Fort mit dir!« herrschte sie den Jüngling an. »Fahre zur Hölle, wo du hingehörst! Lieber will ich sterben, als dir oder deinesgleichen anzugehören!«
»Ich habe nichts getan, dessen ich mich zu schämen hätte«, entgegenete Aris trotzig. »Und auch dir soll niemand mehr ein Leid zufügen, wenn du meine Frau bist. Auch nicht der Mann, der dich in Brimun raubte. Denn er hat mir versprochen, auf unserer Hochzeit zu gasten. Und Erik will mich vielleicht in die Schar seiner Gefolgsleute ...«
Er kam nicht dazu, den Satz zu vollenden, denn Frilla sprach voller Verachtung zu ihm: »Mördern und Totschlägern schließt du dich an, um deine schändlichen Ziele bei mir zu erreichen?« Nun klang ihr Stimme wie dreifach gehärteter Stahl. Sie trat zu einer Truhe, hob eine rasselnde Kette heraus und rief: »Siehst du diese Fesseln? Mit ihr banden Wikinger mich einst an den Mast ihres Schiffes. Lieber läge ich wieder in Eisen, als daß ich nach deinem Willen handle. Aus meinen Augen, ehe ich dich bespeie, du niedriges Höllengeschöpf!« Sie trat mit dem Fuß gegen die Felle. »Fort und nimm diesen Unrat mit!«
Aris fing seinen goldenen Ring auf, der durch die Luft auf ihn zuflog, und schulterte seine Schätze. »Du wirst mich nicht wiedersehen«, sprach er.
Ohne sich noch einmal umzudrehen, verließ er den Hof. Die einen, die ihn dabei beobachteten, erzählten später, sein Gesicht sei so bleich wie das eines Toten gewesen. Andere behaupteten wiederum, er sei blutrot vor Scham ob dieser Kränkung davongestapft. Jedenfalls kehrte er nicht nach Steilhalde zurück, sondern lief über die Landenge bis zum Hof Einars und gab dem überraschten Bauern dort Walroßzähne und Robbenfelle gegen das

Versprechen, ihn auf der Stelle nach Herjulfsspitz bringen zu lassen. Am Abend des gleichen Tages, als Erik unruhig nach dem Boot Ausschau hielt, ruderte Aris schon mit Einars Söhnen und Knechten nach Süden, fest entschlossen, Grönland zu verlassen und nie mehr wiederzukehren.

2. Buch

A. d. 988–1000

Wie die Wikinger auf Grönland seßhaft wurden

Im Sommer sah Erik auf Steilhaldes saftigen Wiesen schmackhaften Sauerampfer wachsen, dazu strahlenblütige Schafgarben, gelbes Gänsefingerkraut und selbst das Hirtentäschlein mit seinen herzförmigen Schoten. Da sprach er zu Thorhild: »All diese Pflanzen fand ich hier früher nicht; sie kamen mit uns nach Grönland, in unseren Heuvorräten. Wie ihre Samen in der fremden Erde keimten und Grönland zu ihrer Heimat machten, so wollen auch wir hier Wurzeln schlagen und nicht mehr von diesem Land lassen, was auch geschieht. Mit Schweiß und Blut wollen wir düngen, mit Fleiß und Mut den Boden bereiten für starke Geschlechter, die einst aus diesen Fjorden hervorgehen sollen.«
Den Wikingern vom Eissturmvogel gefiel es auf der Forkeninsel nicht übel. Ihr Vieh gedieh, und sie mußten auf ihren Höfen nicht darben. Am tüchtigsten wirtschaftete der grindige Gorm; seine Kühe gaben mehr Milch und seine Schafe mehr Wolle als die Tiere aller anderen Seeschäumer an den zwei kleinen Fjorden.
Ulf Mädchenauge reiste im Frühjahr mit einem Kaufmann nach Norwegen. Dort ließ er sich für den Rest seiner friesischen Beute ein schnelles Nordlandboot mit sechs Ruderbänken bauen. Bereits im Sommer kehrte er zurück und ging mit Sven Stinkhals und Glum Goldbauch auf Walroßjagd. Ullr, der Herr der Jagd, war ihnen hold, und sie konnten zwei der Riesenrobben im Eis erlegen. Sie brachten die Schädel zur Forkeninsel und zeigten sie stolz den Gefährten. Dann lösten sie die Stoßzähne heraus und bestatteten die Überreste der Tiere in heiliger Erde, so wie es die Sitte seit uralten Zeiten gebietet.
Thorfinn Karlsefni segelte mit dem Mönch Tyrker ins Watten-

meer und setzte den Christdiener nachts in der Nähe von Brimun an Land. Denn der Kaufmann wußte nicht, ob die Friesen ihm seine Teilnahme an dem Überfall nachsehen würden, und wollte ihre christliche Gesinnung nicht auf die Probe stellen. Später fuhr Thorfinn nach Lundunaburg, um bei König Adelrad dem Unberatenen zu gasten.

Eriks Söhne

Im Herbst schenkte Thorhild dem Roten einen dritten Sohn. Erik nannte ihn Thorwald nach seinem Vater. Am dritten Tag trug der Rote den Säugling zum Wächterfelsen hinauf, hob ihn über den Fjord und sagte: »Dein Vater kam in Norwegen zur Welt und mußte seine Heimat verlassen. Dein Großvater starb in Island und liegt in fremder Erde — dort, wo deine Brüder das Licht der Sonne erblickten. Du aber sollst das Land deiner Geburt auf ewig besitzen, und dein Grab soll dort geschaufelt werden, wo deine Wiege stand.«
Eriks ältere Söhne Thorstein und Leif schossen auf wie junge Ebereschen. Ihr Vater blickte mit großer Freude auf sie und wollte nicht zugeben, daß irgend jemand schönere oder stärkere Söhne gezeugt haben könne als er.
Bei allem Stolz auf die Tüchtigkeit seiner Söhne vergaß Erik nie, daß Leif einmal fast ertrunken wäre. Darum setzte der Rote seinen jüngsten Sohn Thorwald, als dieser zwei Jahre alt war, in ein Boot, ruderte auf den Fjord hinaus, warf den Knaben über Bord und rief: »So haben die Ottern schwimmen gelernt!« Und wirklich wußte der kleine Thorwald sich nach dieser Probe bald besser als mancher Erwachsene über Wasser zu halten.

Wie Aris Abschied nimmt

Herjulfs kleiner Sohn Thorward dagegen zeigte sich zum Verdruß seines Vaters beim Ballspiel und Ringkampf nicht eben anstellig: Er lief nur langsam und kämpfte ohne rechte Kraft, so daß man

ihn bald heimlich Thorward Tatenlos nannte. Es kam so weit, daß Erik der Rote im Winter zu dem Waidmann sagte: »Damals beim Thing zu Gardar glaubte ich, meiner unehelichen Tochter durch die Verbindung mit Herjulfs Sohn nützen zu können. Jetzt aber scheint mir, als zöge Thorward den Vorteil daraus.« Denn Freydis entwickelte sich zu einem Mädchen von außergewöhnlicher Schönheit. Es mangelte ihr auch nicht an Stolz und Willensstärke, so daß ihre Mutter bald Mühe hatte, das Kind im Zaum zu halten. Frilla lebte zurückgezogen auf ihrem Hof. Söhne der größten Freibauern schielten nach ihrer Halle, wenn sie nach Gardar ritten, doch die Friesin zeigte sich selten und lud niemanden zu sich ein. Thorfinn Karlsefni besuchte sie jeden Sommer. Als er von der Werbung des Norwegers hörte, sagte der christliche Kaufmann: »Was für ein Brausekopf!«
Aris berichtete Herjulf und Bjarne, was er in Trutzklipp erlebt hatte; von dem Gespräch mit Frilla schwieg er. Als seine Rede auf die Inseln im Westmeer kam, wiegte Herjulf besorgt das Haupt. »Nahm Erik denn ernst, was Tyrker berichtete?« wollte er wissen. »Am Ende verbot er dem Mönch weiter von diesen Eiländern zu sprechen«, antwortete Aris.
»Er fürchtet wohl, daß seine Leute neugierig werden, wenn sie von diesen Küsten hören«, vermutete Bjarne. »Nun, armselig schienen mir die Gestade nicht, an die uns der Sturm damals blies. Wälder wuchsen so dicht wie die Vliese von Widdern, das Gras glänzte grün wie Smaragd, und in den Lüften wohnten Schwärme von Vögeln. Aber daß dort Weintrauben groß wie Äpfel wachsen, möchte ich füglich bezweifeln. Denn das Wetter in diesem Weltteil zeigte sich bei weitem nicht so mild wie etwa im Frankenreich oder am Rhein.«
»Wir wollen trotzdem froh sein, daß der Mönch fort ist«, murmelte Herjulf. »Du aber, Aris, sollst über Tyrkers Worte so sorgfältig schweigen wie über das, was ihr im Westmeer saht.«
Der Jüngling nickte: »Überdies will auch ich Grönland verlassen.«
So sehr sich Herjulf und Bjarne auch bemühten, sie konnten ihn nicht zurückhalten. Bald stieg er auf einen schwedischen Kauffahrer und segelte aus dem Fjord.
Thorhall der Waidmann suchte Aris an allen Küsten von Tara bis Truso, konnte ihn aber nicht aufspüren.

Aris heerte mit starken norwegischen Streifscharen an allen Küsten zwischen Süderland und den Scillyinseln; dem Waidmann begegnete er nicht. Es war eine Zeit großer Schicksale. Auf allen Inseln im Westen wimmelten Wikinger umher wie Ameisen auf süßem Brot. Bald griff die Unruhe auch auf die südlichen Strände des Wattenmeers über. Nordmännerscharen erschienen in Waleis, Rüstringen und den sieben Seelanden, und die Christen läuteten ihre Glocken.

Seekönig Olof war es bald leid, bei der ängelländischen Hatz immer Olaf und Sven den Vortritt lassen zu sollen, und spähte nach eigenem Wild. Da gedachte der Wogenwolf seines einstigen Raubzugs zur Weser und sagte: »Nun ist die Stunde gekommen, Brimun einen neuen Besuch abzustatten. Denn in den acht Jahren seit unserer letzten Schatzung haben sich dort die Truhen gewiß längst wieder gefüllt.«

Daraufhin fuhr Sigurd Silberzunge mit Aris und anderen Teilnehmern des ersten Überfalls als Späher in die Weser ein. Dort stellten sie fest, daß die Bürger von Brimun die Stadt noch stärker befestigt hatten. Auf dem Rückweg nahmen sie einen sächsischen Ritter gefangen. Als sie wieder zur Halle Hirsch kamen, sahen sie, daß noch ein weiteres Schiff zur Wikingerflotte gestoßen war. Die schwarze Schnigge des Waidmanns.

Von einer neuen Raubfahrt nach Brimun

Sigurd Silberzunge sah Aris von der Seite an und fragte: »Du hast wohl in Grönland nicht sehr viele Freunde gewonnen?«

»Nein«, erwiderte der Norweger. Sonst sagte er nichts.

»Also noch schlimmer«, murmelte Sigurd Silberzunge. »Du hast dich mit diesem Blutaaropferer angelegt!«

»Das ist meine Sache«, versetzte Aris.

Der Sagamann zuckte die Achseln und führte den gefesselten Ritter zu Seekönig Olofs Hochsitz. Der Wogenwolf hieß seine Späher willkommen und ließ ihnen Trinkhörner reichen. Der Waidmann starrte Aris düster entgegen und sprach mit haßerfüllter Stimme:

»Nun endlich hat Thor mein Bitten erhört, du Freier von Sklavenweibern! Für die Beleidigung, die du meinem Blutsbruder Erik zugefügt hast, fordere ich dich auf den Holm. Wenn du dich aber weigerst, so erkläre ich dich für einen Neiding und erschlage dich wie einen Hund!«
»Ich werde kommen«, gab Aris entschlossen zur Antwort.
Der Wogenwolf hob die Hand. »Wer mit mir fährt, muß Manns genug sein, seine Kämpfe selbst auszufechten. Ich wünsche aber, daß ihr damit bis nach unserer Fahrt wartet.«
Der Waidmann nickte mißmutig. Sein Mund war schmal wie eine Messerkerbe in Eibenholz.
Dann sprach der Seekönig zu dem Ritter. Mit dem Tode bedroht, willigte der Gefangene schließlich ein, das Nordmännerheer auf einem wenig bekannten Pfad durch das Moor von hinten an die Stadt heranzuführen. Er verlangte dafür aber nicht nur die Freiheit, sondern auch einen Preis in Gold. Der Wogenwolf stimmte zu und schloß: »Wenn du uns hintergehst, wirst du als erster sterben!«
Er ließ den Gefangenen auf eine mit Juwelen besetzte Bibel schwören, die Olof im Kloster Jona geraubt hatte. Danach wurde der Christ in eine Hütte geführt und streng bewacht. In der Halle aber höhnten die Wikinger nun mit noch größerer Verachtung über die Feigheit der Knechtsgottanbeter.
»Dennoch verbiete ich euch, auch diesmal in Brimun kleine Kinder zu spießen!« erklärte der Seekönig den Fahrtgenossen. »Denn das hat mir bei eurem letzten Raubhieb übel gefallen.«
»Das ist kein weiser Beschluß«, sagte der Waidmann darauf unzufrieden, »denn auch aus christlichen Säuglingen werden Männer.«
Als Aris auf seine Bank zurückkehrte, sah er Sven Stinkhals.
»Was treibt dich denn hierher?« fragte der Norweger grimmig. »Hatten die Fahrtgenossen endlich genug von deinem Gestank?«
»Man muß sich erst dreimal abwischen, ehe man andere putzen will«, höhnte der Dürre. »Ich fechte als Stevenhauptmann für Thorhall. Daher weiß ich auch, daß du nicht mehr lange zu leben hast. Schade, daß ich dir nicht selbst den Hals umdrehen darf!«
»Wenn der Herr zürnt, bellt auch sein Hund«, antwortete Aris gelassen. »Mir bangt nicht vor Thorhall und erst recht nicht vor dir!«

»Eine Rede ist kein Pfeil und ein Furz kein Donnerkeil!« spottete Sven. »Du hattest schon immer ein großes Maul. Schon damals vor acht Jahren, als dir der Rotz bis zu den Zehen hing.«
»Ich habe keine Lust, mit dir Neidreden aufzurechnen«, erwiderte Aris. »Denn wer kann gegen ein Fuder Mist anstinken!«
»Sehr lustig«, versetzte Stinkhals, »wer gern lacht, kitzelt sich selber am Ursch!«
Zwei Tage später segelte der Wogenwolf auf vertrauter Meeresbahn hinter dem Banner Bluthimmel nach Süden. Diesmal aber fuhren die Wikinger bei Tageslicht. Sie erachteten es als ein günstiges Zeichen, daß ein großer Keil Kraniche hoch in der Luft vor ihnen der Sonne entgegenschwebte.
Abends langte die Flotte in Friesland an. Wieder tötete Thorhall den Wachtposten an der Wesermündung. Dann ruderte das reisende Rudel eilig stromaufwärts und bog in die Lesum. Dort zogen die Wikinger ihre Schiffe aufs Ufer und ließen ein Drittel des Heeres zur Deckung zurück. Tausend Kämpen folgten dem sächsischen Ritter nun über unsichere Pfade ins Sumpfland.
Seekönig Olof hielt einen Strick in der Linken; das andere Ende war um den Hals des Sachsen geschlungen. Sigurd Silberzunge, Aris und die anderen Leibwachen hielten sich dicht hinter dem Wogenwolf. Thorhall und Sven folgten und ließen den Norweger nicht aus den Augen.
Nach einer guten Stunde ging der Mond unter, und nur noch das Licht der Sterne schien auf den gefahrvollen Weg. Das Sumpfland schien nicht trockener, sondern immer noch nasser zu werden. Um nicht auf trügerischen Grund zu geraten, gingen die Wikinger hintereinander. Der Sachse sah sich häufig um und wechselte einige Male die Richtung. Am Ende erschien es dem Seekönig, als ob der Ritter ihn von Brimun weglocken wolle. Grob packte er den Gefangenen an der Schulter. »Wohin führst du uns?« herrschte er ihn an. »Hier geht es ja mitten ins Moor!«
»Wir stehen gleich wieder auf festem Boden«, beruhigte ihn der Sachse und schritt munter weiter. Nach einer Weile war es den Wikingern wirklich so, als ob der Grund bald weniger schwankte. Da blieb der Ritter plötzlich stehen. »Wir sind am Ziel«, rief er über die Schulter zurück. »Dort hinter den Weiden beginnen Bri-

muns Befestigungen.« Der Seekönig kniff die Augen zusammen. Vor dem hellen Himmel hob sich hohes Mauerwerk ab. Wächter wandelten auf den Wällen.
»Du hast dein Versprechen gehalten«, sagte der Wogenwolf, »empfange den Preis des Verrats nun dort, wo dich Hel habe!« Damit zog er sein Schwert und stieß den Wehrlosen nieder.
Der Ritter sank röchelnd zu Boden. »Ja, dort sind die Mauern von Brimun«, stieß er hervor. »Aber ihr werdet sie niemals erreichen. Denn ihr steht mitten im Teufelsmoor!« Dann nahm er die letzten Kräfte zusammen und schrie: »Gebt acht! Die Wikinger kommen!«

Von der Schlacht im Teufelsmoor

Schnell sprang der Waidmann hinzu und hieb dem Ritter die Axt in den Schädel. Aber die sächsischen Wachen hatten den Ruf gehört. Rasch stiegen immer mehr Schwerbewaffnete auf die Wehrgänge und fingen an, mit Pfeilen nach den Wikingern zu schießen.
Seekönig Olof stieß seinen Schlachtruf aus und stürmte auf die Mauer zu. Doch schon nach wenigen Schritten sank er bis zu den Hüften in den Morast. Schnell zogen seine Männer ihn zurück auf festen Grund.
»Verfluchter Christenhund!« schrie der Wogenwolf in hellem Zorn. »Er hat uns in eine Falle gelockt!«
Einige Wikinger liefen durch das Pfeilgewitter nach vorn, aber auch sie scheiterten im Morast und retteten sich nur mit knapper Not aus den tückischen Wasserlöchern.
»Bei allen Trollen!« entfuhr es Sven Stinkhals, als er das sah. »Bei Regen ist nicht gut Heumachen!«
»Wir müssen fort!« rief der Waidmann. »Wenn es hell wird, sitzen wir wie Hühner auf der Stange!«
Der Wogenwolf schickte sogleich den Befehl durch die Reihen, daß alle Männer stehenbleiben und warten sollten, bis er an ihnen vorübergekommen sei. Dann tastete sich der König von Mann zu Mann über den gewundenen Pfad zurück. Doch als er den letzten

Wikinger erreicht hatte, konnte Olof noch immer kein trockenes Land erkennen. In der Ferne erklang Hufgetrappel. Dann scholl Schlachtenlärm von den Schiffen herüber.
»Das sind die sächsischen Ritter«, knurrte Thorhall. »Sie greifen die Flotte an.«
So sehr sich die Seeschäumer auch mühten, es gelang ihnen nicht, aus dem Moor zu finden, ehe der Tag angebrochen war. Darum stellten sie nun ihre Schilde zu einem Zaun zusammen.
Im Frühlicht sahen sie, daß die Schiffe verschwunden waren. Auf der trockenen Erde standen fünftausend Friesen und Sachsen.
»Teit der Trotzige wartet schon viel zu lange auf mich in Walhall«, lachte der Wogenwolf, zog sein Schwert, verließ die Schildburg und schritt dem Wald aus Lanzen und Hellebarden entgegen.
Thorhall legte sein Beil wie ein Holzfäller auf die Schulter und sagte: »Nun werde ich wohl bald erfahren, ob Erik Blutaxt wirklich noch höher gewachsen ist als ich.«
»Wohin der Hammel geht, dahin gehen auch die Schafe«, lachte Sven Stinkhals. »Aber wer gegen einen Backofen blasen will, muß ein großes Maul haben!«
Verdrossen sah Sigurd Silberzunge den Grönländer an. »Das scheint mir ein kleines Wort für eine große Tat«, schalt der Sagamann. Dann sprach er die Strophe:

»Südmanns Wort, die süßen
Schwüre — alles Tücke!
Trau'n wir trutzig nun dem
Schwerte, Walhalls Schlüssel!«

»Vor allem dürfen wir jetzt nicht den Kopf verlieren«, bemerkte der Dürre mit launiger Zweideutigkeit.
»Sehr lustig«, versetzte der Skalde mißmutig.
Hinter dem Seekönig an der Spitze des Eberrüssels folgten die tausend Wikinger. Mit Wutgebrüll stürzten sie sich auf den Feind, und lange Zeit wogte das Schlachtenglück hin und her. Olof Wogenwolf focht wie Odin beim Ragnarök, der Waidmann aber schlug drein wie Thor, und seine Streitaxt schnitt Brünne wie Wolle entzwei. Auch Sigurd Silberzunge stritt mit nicht erlah-

mender Hand. Diesen ruhmvollen Führern eiferten alle Seeschäumer nach, so daß sie sich trotz schwerer Verluste eine blutige Gasse zur Lesum schlagen konnten. Aber je weiter sie auf festen Grund gelangten, desto mehr sächsische Reiter stürzten sich auf sie. Da wurden Schilde zerschroten und Brünnen zerschlissen, Schwerter saugten an Hirnschalen, und ein Nordmann nach dem anderen sank in das rote Gras. Das letzte, was man vom Wogenwolf sah, war, wie der Seekönig in einer Traube von sechs oder sieben Sachsen unterging, den Namen Walvaters auf den blutschäumenden Lippen. Aris wurde von einer Streitkeule am Hinterschädel getroffen und verlor das Bewußtsein.

Als der Norweger wieder erwachte, lag er gefesselt auf einem Ochsenkarren, der durch die Straßen von Brimun rollte. Mit ihm waren zwei Dutzend Wikinger lebend in die Hände der Sachsen gefallen. Die anderen deckten die Walstatt und dienten den Raben und Füchsen zum Fraß. Das Blut der Gefallenen floß durch die Gräben bis in die Lesum, und noch viele Jahre später verbrannten die Bauern am Teufelsmoor roten Torf.

Brimuner Bürger spien den Gefangenen in die Gesichter und schütteten Kübel voll Kot über sie aus. Denn die Christen der Küste haßten die Nordmänner sehr.

Vor dem Dom stand ein hölzerner Galgen. Da wußten die Wikinger, welches Los ihnen zugedacht war. Aris schüttelte seinen schmerzenden Schädel, bis ihm das Blut aus den Augen lief, und sah nach bekannten Gesichtern unter den Mitgefangenen. Aber weder der Waidmann noch Sigurd oder Sven Stinkhals befanden sich unter den Überlebenden des großen Mordens im Moor. Nur einen einzigen Mann erkannte Aris, der aber war kein Wikinger, sondern ein Sachse und ritt neben dem Ochsenkarren einher. Fremdes und eigenes Blut flossen über seine schartige Rüstung, und ein Lächeln höchsten Triumphes lag auf seinen Zügen. Es war Dankbrand, Frillas Bruder.

Unter dem lauten Beifallsgeschrei der erregten Menge wurde der Leichnam des Wogenwolfs an das Stadttor genagelt, zur Belustigung derer, die einst vor ihm bangten. Dann zerrten kräftige Henkersknechte die Wikinger von dem Karren und schleppten sie auf das Blutgerüst. Die schwerverwundeten Nordleute konnten sich kaum auf den Beinen halten, aber keinem von ihnen kam ein Laut über die Lippen. Neben dem Scharfrichter stand ein kleiner Mann in christlicher Tracht, und nun war Aris nicht mehr sonderlich erstaunt, als er den Mönch Tyrker erkannte.

Wie die Wikinger unter dem Galgenbaum stehen

Mit geübten Griffen legte der Henker dem ersten Gefangenen die Hanfschlinge um den Hals. Tyrker sah den Todgeweihten aus seinen vorquellenden Augen an und sagte streng: »Bereue deine Sünden und bekenne dich zu Gott, so wird dir Vergebung zuteil!«
»Werdet ihr mich dann freilassen?« fragte der Wikinger, ein Schwede namens Gudbrand.
»Nein, du Teufelsbraten« erwiderte der Mönch. »Doch deiner Seele bleibt die Verdammnis erspart.«
»Lieber bei Hel als im Himmel der Feiglinge!« rief Gudbrand und stürzte sich selbst vom Gerüst.
So starben die Wikinger, einer nach dem anderen, und Tyrker wandte sich schließlich an den letzten, und das war Aris.
»Deine Gefährten schmoren jetzt allesamt in der Hölle«, sagte der Mönch. »Willst du ihnen dorthin folgen? Besinne dich! Gottes Gnade ist unermeßlich, und wer aus tiefstem Herzen bereut, dem wird eines Tages Verzeihung zuteil.«
»Ich bin ein einfacher Mann«, meinte Aris, »und deshalb wird mir der Met Walhalls gewiß besser munden als der rote Meßwein auf euren seligen Inseln!«
»Wie?« fragte der Mönch verblüfft und ergriff mit der Linken den Strick am Nacken des Norwegers. Dann stieß er einen überraschten Pfiff aus und sagte auf Nordisch: »Dich kenne ich doch! Hast du mir nicht auf Grönland das Leben gerettet?«
»Du schuldest mir nichts«, gab Aris zur Antwort. »Laß los, ich bin des Wartens müde!«
Tyrker winkte dem Grafensohn zu. Verwundert ritt Dankbrand zu ihm. »Was ist?« fragte er.
Der Mönch gab ihm ein Zeichen, die Stimme zu dämpfen. Dann beugte er sich vor und flüsterte ihm zu: »Ihr kennt doch das kluge

Wort: ›Wenn einer nützt, so nimmt man ihn vom Galgen!‹ Jetzt laßt uns danach handeln. Denn wenn wir unser Gelübde erfüllen wollen, muß dieser Mann am Leben bleiben.«

Von Tyrkers Plan

Drohend starrte Dankbrand den Wikinger an. Auf den Zügen des Grafensohns wetterleuchteten Wut und Haß im Wechsel mit Zorn und Enttäuschung darüber, daß er um das Vergnügen gebracht werden sollte, nun auch den letzten der Nordleute hängen zu sehen. Erst nach einer ganzen Weile rang Dankbrand seine Rachegelüste fürs erste nieder und gab seinen Knechten Befehl, Aris in die Burg von Brimun zu schaffen.
Die sächsischen Kriegsknechte schleppten Aris in den Kerker der Festung und ketteten ihn an eine steinerne Wand. Kurz darauf erschienen Dankbrand und Tyrker. Der Grafensohn drückte dem Wikinger gleich das Schwert an die Kehle und herrschte ihn an: »Beichte mir alles, was du von meiner Schwester weißt, und wage es nicht, mich zu belügen, wenn ich dir nicht auf der Stelle den Hals durchschneiden soll!«
»Tue, was dir gefällt!« erwiderte Aris trotzig.
»Laßt mich mit ihm sprechen«, schlug der Mönch vor. »Nordleuten bangt nicht vor dem Tod, das solltet Ihr doch schon wissen! Und diese Grönländer sind die Starrsinnigsten von allen.« Er rief die Wachen und befahl, die Ketten zu lösen. Dann ließ er Wein, Braten und Arznei bringen, wusch Aris eigenhändig das Blut von der Stirn, trug eine Salbe auf, verband die Wunde mit einem Tuch und erklärte am Ende:
»Diesen Dienst erwies ich dir nicht etwa, weil ich hoffe, dadurch deinen Sinn zu verändern. Ich weiß wohl, wie stolz ihr Wikinger seid und daß man euren Willen weder mit Verwünschungen noch mit Wohltaten erweicht.«
Aris nickte. »Du wählst deine Worte wohl und scheinst auch sonst sehr klug zu sein. Das merkte ich schon in Eriksfjord. Warum aber hast du das, was du dort dem Roten erzähltest, nicht auch Herjulf und Bjarne verraten, die doch viel freundlicher zu dir waren?«

»Das von den Weininseln, meinst du?« fragte Tyrker. »Ist dir das jetzt so wichtig? Es handelt sich doch wohl nur um Legenden ... Ich kam gar nicht auf den Gedanken, daß diese Geschichten für Herjulf, Bjarne oder Karlsefni von Wichtigkeit wären.«
»Bei uns im Norden spricht man nicht von fernen Wunderländern, wenn man nicht will, daß sogleich ganze Scharen landhungriger Seeschäumer auf ihre Schniggen steigen und Segel nach den neuen Stränden setzen. Was also führtest du im Schilde?«
»Gar nichts, du Dummbeutel!« schnaubte der Mönch. »Glaubt ihr Holzköpfe im Norden immer gleich alles, was man euch erzählt?«
»Willst du damit sagen, daß du uns betrogen hast?« fragte Aris, und zwischen seinen Brauen bildete sich eine steile Falte.
»Ein Mann Gottes darf doch nicht lügen!« entgegnete Tyrker. »Ob aber die alten Weisen, in deren Werken ich von diesen Weininseln las, wirklich die Wahrheit schrieben oder nur schwindelten, um sich bedeutend zu machen, das weiß ich nicht. Schließlich waren sie allesamt Heiden.«
»Das macht sie höchstens glaubwürdiger«, bemerkte Aris.
»Was redet ihr dauernd von Inseln und Märchen?« fuhr Dankbrand dazwischen. »Von Frilla will ich hören!« Mit bohrenden Blicken starrte er Aris an. Doch zwischen den schäumenden Wogen seines Zorns zeigte sich immer wieder der bleiche Strand seiner Sorge.
Der Norweger nickte. »Ich habe Grönland vor sieben Jahren verlassen und kehrte nie dorthin zurück«, gab er zur Antwort. »Aber da deine Schwester unter Thorfinn Karlsefnis Schutz steht, wird es niemand wagen, ihr etwas Böses anzutun — nicht einmal der Rote selbst.«
»Das sagte mir schon Karlsefni«, meinte der Mönch, »und seinem Wort ist wohl zu trauen. Leider habe ich ihn schon seit vielen Jahren nicht mehr gesehen. Nun aber schickt Gott dich zu uns, damit wir unser Gelübde erfüllen.«
Der kleine Mann verstummte und sah Aris forschend an. Dann fuhr er fort: »Darum will ich von dir wissen, ob du bereit bist, für uns ein Schiff nach Grönland zu steuern, wo wir Frilla befreien und den Samen des christlichen Glaubens aussäen wollen.«

Wie Dankbrand und Tyrker Aris zu ihrem Bundesgenossen gewinnen

Aris starrte den Kirchenmann an, als ob der von Sinnen wäre: »Seid ihr denn so begierig auf den Tod, daß ihr euch mit einem einzigen Schiff als Fremde ins Nordmeer wagen wollt? Was, wenn ihr auf Wikinger trefft?«

»Grausame Teufel!« knirschte der Ritter. »Vater und Mutter starben vor Gram über Frillas Verlust! Märtyrer schafft ihr, wohin ihr euch wendet . . .«

»So wißt ihr wenigstens, was euch im Norden erwartet«, gab Aris zur Antwort.

Da wandte sich der Mönch zu Aris und sprach: »Wir werden nichts Unbilliges von dir verlangen. Der Seekönig, dem du Treue gelobtest, ist tot. Wenn du bereit bist, uns Gefolgschaft zu schwören, wollen wir dein Leben schonen.«

Verblüfft sah Aris zu dem Ritter. Dankbrand nickte grimmig. »Gern erspare ich dir den Galgen nicht«, knurrte er, »aber ohne dich können wir kaum nach Grönland gelangen.«

»Warum bist du nicht schon längst mit Tyrker ins Eismeer gesegelt?« wunderte sich der Norweger.

»Hühnerkacke!« rief Tyrker erbost. »Bin ich etwa eine verdammte Schwimmratte? Mein Feld sind Schriften, nicht die See! Ich kenne weder Landmarken noch Steuersterne und bin daher leider nicht in der Lage, ein friesisches Schiff nach Norden zu führen. Sonst hätten wir euch an euren Eisküsten längst Mores gelehrt, das magst du mir glauben! Was also verlangst du für deine Hilfe?«

»Gebt mir mein Schwert Fußbeißer zurück«, antwortete Aris. »Außerdem soll Olof Seekönig nicht länger an eurem Stadttor hängen, sondern auf sauberem Holz verbrannt werden, wie es die Sitte gebietet.« Dann dachte er an sein Versprechen vor Trutzklipp und fügte hinzu: »Das gleiche soll auch für Thorhall den Waidmann gelten.«

»Niemals!« fuhr der Ritter auf.

»Es ist müßig, darüber zu reden«, erklärte der Mönch. »Dieser Satan ist im Moor versunken und niemand holt ihn wieder her-

auf. Aber den Seekönig sollst du bestatten dürfen, wie es der Brauch deines Volkes heischt.«
»Wenn ihr mir das gelobt«, erklärte Aris, »will ich euch helfen, die Christin aus Grönland zu holen. Denn es müßte ein schöner Baum sein, daran einen gelüstet zu hängen. Aber sobald Frilla auf eurem Schiff ist, bin ich frei.«
»Das gilt!« rief der Mönch schnell.
»Außerdem fordere ich für meine Dienste zwanzig Mark reinen Silbers. Wir müssen wohl noch ein paar andere Nordleute anwerben. Bedenkt: Ich wage mein Leben für euch!« fügte Aris hinzu.
»Ein Leben, das längst verwirkt ist«, knirschte der Ritter.
»Ist dir das zuviel Geld für deine Schwester?« lachte Aris.
Der Grafensohn preßte die Lippen zusammen. »Versuche aber nicht zu fliehen oder uns auf eine andere Weise zu hintergehen«, grollte er.
»Du hast mein Wort«, versicherte der Norweger.
»Ha!« machte Dankbrand. »Das Wort eines Wikingers!«
Die Christen leisteten nun einen Eid auf die Bibel, Aris aber schlug das Zeichen des Hammers und schwor bei Thor.
Danach brachte Tyrker den Wikinger in die Krankenstube. Dort pflegte er ihn, bis die Kopfwunde verheilt war. Da fiel schon Schnee. Aris bat den Mönch, ihn Lesen und Schreiben zu lehren, da er einmal selbst nachsehen wolle, was in den Büchern über die Weininseln stehe. Tyrker erklärte dem Norweger aber, diese Schriften könne nur verstehen, wer die alte Sprache der Christen von Romaburg lerne.

Von einem überraschenden Wiedersehen

Im Frühjahr bemannte Dankbrand ein Schiff mit dreißig ausgewählten Kriegsleuten, darunter zwölf friesischen Seefahrern und sechs sächsischen Rittern. Den Friesen war der Weg über das anglische Meer wohl vertraut. Da sie mit günstigen Winden segelten, sichteten sie schon nach drei Tagen die Stadt Süderland am Römerwall. Im Hafen lag eine Schnigge. Am Strand hatten Händler und Höker bunte Buden errichtet. Dazwischen lief eine geschäftige Menge umher, denn es war Markttag.

»Bleibt vom Ufer weg«, riet Aris. »Die Nordleute scheinen in Frieden gekommen, aber man weiß nie, wie schnell ihr Sinn sich ändert, wenn sie ein Friesenschiff erblicken. Ich werde mich nach ein paar tüchtigen Männern umsehen.«
»Ich komme mit!« knurrte Dankbrand mißtrauisch.
Sie ruderten im Beiboot an Land und drängten sich durch das Gewühl. Als sie an einem Haus mit geschnitzten Pfosten vorüberkamen, hörten sie plötzlich lautes Gepolter, gefolgt von nordischen Flüchen. Dann flog die Tür auf, und ein vierschrötiger Mann mit kahlem Schädel stolperte hervor. Ächzend stürzte er vor Dankbrand in den Kot. Der Ritter erstarrte. Aris grinste.
»Hier scheinen Nordländer zu verkehren«, stellte er fest.
Der Glatzkopf rappelte sich mühsam auf, drehte sich um und kehrte auf schwankenden Beinen in das bemalte Haus zurück. Darauf erschollen sogleich noch viel schlimmere Flüche. Dann barst die Tür entzwei, so daß die Späne wie Schneeflocken flogen. Erneut schlug der Kahlköpfige schwer in den Schlamm der Straße.
Unmutig blickte der Grafensohn auf seine bespritzten Beinkleider. Der Glatzkopf stellte sich langsam auf beide Füße.
»Was ist das für ein Gebäude?« fragte ihn Dankbrand.
Der Vierschrötige sah den Ritter achtungsvoll an und antwortete höflich: »Keins für so vornehme Leute wie Euch, edler Herr! Dies ist ein Haus der Huren und des Honigweins.«
»Dann sind wir hier richtig!« lachte Aris.
Dann meinte Dankbrand: »So laß doch endlich ab von deinem sündigen Vorhaben, Mann! Meide dieses Haus der bösen Begierden, in dem du zudem ja gar nicht willkommen scheinst!«
Der Vierschrötige starrte den Ritter an und spuckte Schlamm aus.
»Ich muß aber wieder hinein! Ich bin doch der Besitzer!«
»Und ein betrügerisches Rabenaas dazu!« tönte es aus dem Haus, und freudig erkannte Aris die Stimme des grindigen Gorm.
»Gorm!« rief der Norweger und trat an das zerbrochene Fenster. Dankbrand folgte ihm und starrte mit offenem Mund in das Innere des Hauses. Denn dort saßen drei Wikinger in vollen Waffen um ein gewaltiges Faß. Auf dem nach ängelländischer Sitte mit Kalmus und Binsen bestreuten Fußboden lagen die Reste einer

kräftigen Mahlzeit aus Bohnen, Speck, Salzfleisch, Rundbrot und Butter. Die verschwitzten Gesichter der Männer zeigten, daß sie schon manchen Trunk genossen hatten. Dem Ritter erschienen die wilden Gestalten wie Teufel aus einem Alptraum, Aris aber erkannte neben dem Grindigen sogleich Ulf Mädchenauge und den dicken Glum Goldbauch.

Im Haus des Honigweins

»Gorm!« rief Aris wieder. »Ulf! Und Glum! Gefährten! Was für eine Freude, euch wiederzusehen!«

Der Grindige erhob sich grunzend und wankte ihm wie ein Braunbär des hohen Gebirges entgegen. »Der Kerl hat Verstärkung geholt«, rief er über die Schulter zurück. Mit der Rechten hielt er sich am Fensterrahmen fest, mit der Linken griff er kampfdurstig zu.

»Bist du schon so betrunken, daß du einen alten Schwurbruder nicht wiedererkennst?« lachte der Norweger. »Ich bin Aris, der einst mit euch in Brimun heerte und auf Bjarne Herjulfssohns Schiff nach Grönland fuhr.«

»Waren diese Kerle damals etwa dabei?« fragte Dankbrand grimmig. Gorm starrte Aris verwundert an. Dann rülpste er schallend. Angewidert verzog der Ritter das Gesicht.

»Du etwa nicht?« fragte der Grindige grollend.

Dankbrand starrte den Wikinger zornbebend an und öffnete schon den Mund zu einer heftigen Antwort, da rief Aris hastig: »Doch doch! Und das ist nicht gelogen!«

»Wirklich?« fragte Gorm mißtrauisch und stützte sich schwer auf das Fensterbrett. »Dann soll er auch mit uns trinken!« Er hob ein großes Ochsenhorn und hielt es dem Ritter entgegen.

Dankbrand schnaubte zornig und griff nach dem Schwert. Schnell packte Aris den Fechtarm des Ritters. »Das sind Grönländer«, raunte er ihm zu. »Sie können uns sehr nützlich sein. Denke an deine Schwester!«

Dankbrand schob widerstrebend die Waffe in das Wehrgehenk zurück und griff nach dem Horn.

»Mit wem redest du denn da?« fragte Ulf Mädchenauge und spähte zum Fenster. Auch Glum Goldbauch hob den Kopf und stierte Aris mit trüben Blicken entgegen.
»Irgendwelche Kerle behaupten, uns von früher zu kennen«, gab der Grindige zurück.
»Dann will ich mir die Vögel mal näher ansehen«, meinte Ulf und stellte sich schwankend auf die Füße. Wüst hing ihm das helle Haar in die Stirn. Dann stieß er einen Schrei aus. »Aris! Wir glaubten dich längst tot!«
»Aris!« murmelte nun auch der Grindige. »Fast hätte ich dich nicht wiedererkannt.«
»Wie geht's euch?« fragte der Norweger glücklich.
Gorm grinste: »Es geht, wie man's treibt, sagte der Bauer und packte die Kuh beim Schwanz!«
Aris wandte sich lächelnd zur Tür. Dankbrand und der Kahlköpfige folgten ihm.
»Vorsicht!« mahnte der Wirt, »mit diesen Leuten ist nicht zu spaßen, und sie sind unberechenbar, mögen sie jetzt auch freundlich erscheinen.«
»Du machst mir Angst«, knurrte der Ritter.
Drinnen packte Gorm den Norweger mit beiden Pranken und drückte ihn an sich, bis Aris keuchte: »Du brichst mir ja alle Knochen im Leib!« Daraufhin hielt der Grindige den Gefährten auf Armeslänge von sich, musterte ihn von oben bis unten und spottete: »Siehst doch ganz kräftig aus! Aber dir fehlt wohl die rauhe Luft Grönlands. Die lauen Winde des Südens haben dich wohl aufgeweicht wie einen Lappen in der Lauge!«
Ulf Mädchenauge hieb dem Norweger mit aller Kraft auf die Schulter und sagte mit leuchtenden Augen: »Aris! Wer hätte gedacht, daß wir uns noch einmal wiedersehen!«
Glum Goldbauch glotzte die Gefährten an.
»Der Dicke hat noch gar nicht gemerkt, was los ist«, meinte Ulf. »Der ist schon wieder so voll, daß er die Jungfrau erschlagen und den Drachen heiraten würde.«
»Ich? Besoffen?« lallte Glum. »Von den paar Tropfen? Daß ich nicht lache!« Er fuhr mit der Kelle ins Faß und goß sich einen tüchtigen Schluck in den Mund.

»Das ist Aris, du Sumpfmolch!« rief Ulf. »Man könnte glauben, daß dir die Südsonne schon den letzten Rest deines Spatzengehirns ausgetrocknet hat, würdest du dieses nicht ständig so reichlich begießen!«

»Aris?« echote der Dicke. Dann endlich flog ein Ausdruck des Erkennens über seine aufgedunsenen Züge. Schwer wälzte er sich auf die Knie, stemmte sich mühselig hoch und torkelte dem Norweger entgegen. »Tatsächlich!« brüllte er. »An meine Brust, du alte Wogenratte!«

Die vier Wikinger zogen sich eine Weile lang hin und her. Dann ließen sie sich auf die Felle fallen. Der Wirt sah offenen Mundes zu. Dankbrand schob sich einen Schemel unter.

»Warum gab es denn Streit, daß ihr den Glatzkopf gleich das Fliegen lehren wolltet?« fragte Aris.

»Er lockte uns mit dem Versprechen herein, Kebsweiber anzuschaffen«, knurrte Glum, »dann aber verlangte er plötzlich, daß wir vorher baden. Hast du verstanden? Baden!«

»Aber das war doch nicht böse gemeint«, entschuldigte sich der Wirt. »Ich meinte doch nur, daß die Freude der Damen am Liebesspiel steigt, wenn ihre Bettgefährten nicht wie Schw . . . ich meine, wenn sie nicht stink . . . nicht so kräftig duften.«

Dankbrand rümpfte die Nase: »Wenn die Herren so wasserscheu sind, hilft vielleicht ein Fläschchen Rosenöl.«

»Ja, Herr!« nickte der Glatzkopf eifrig, »ich will es gleich holen!«

Von einem überraschenden Gast

Nachdem sie lange genug getrunken und gestritten hatten, erklärte Aris den Gefährten von seinem Plan. Die Mienen der Wikinger blieben zunächst abweisend wie die Eisküste Grönlands. Als Aris aber von Silber sprach, erwärmten sich die Gesichter der Nordleute trotz ihrer vorherigen verächtlichen Reden über das edle Metall, und der dicke Glum erklärte: »Fünf Mark für jeden, das wäre in Ängelland wohl nicht so leicht zu erbeuten. Und ob wir nun Dänengeld aus Lundunaburg nehmen oder diesem wackeren Ritter hier helfen, Lösegeld zu sparen — das Silber stammt doch stets von Christen.« Er zwinkerte Aris aufmunternd zu.

»Ich muß noch immer oft an Grönlands erstes Thing denken, damals zu Gardar«, murmelte Gorm, »und daran, wie uns der Rote dort seinen Willen aufzwingen wollte. Jetzt, meine ich, wäre wohl eine Gelegenheit, es ihm heimzuzahlen.«

»So denke ich auch«, stimmte Ulf zu.

Dankbrand packte Aris am Arm. »Diese Leute haben Brimun geplündert!« rief er.

»Ich auch«, sagte Aris. »Wir führten damals gegen euch nicht anders Krieg als ihr später gegen die Sorben und Obotriten. Hast du etwa vergessen, wie die Scharen deines Kaisers dort im Osten Warten und Weiler verbrannten, daß schwarzer Rauch bis Schweden trieb?«

»Nur weil die feigen Sklaven ständig vor uns wichen«, suchte der Ritter sich zu rechtfertigen. »Überdies sind sie allesamt Heiden!«

Die Wikinger lächelten. Dankbrands Augen blitzten. Erbost fügte er hinzu: »Auch euren Olaf Tryggvessohn, den ihr so hoch verehrt, sah ich dort fröhlich Kinder spießen! Erst spät bereute er die Greueltaten. Immerhin: das unterscheidet ihn von euch!«

»Du kennst Olaf Tryggvessohn?« fragte Ulf überrascht.

»Was wundert dich das?« versetzte der Ritter. »Ich schenkte ihm einen Schild . . .«

Fragend blickten die Grönländer zu Aris.

»Einen blauen, mit weißem Kreuz«, bestätigte der Norweger, der die Geschichte von Tyrker gehört hatte. »Olaf wollte den Schild kaufen, aber Dankbrand lehnte ab.«

»Das zeugt fürwahr von Großzügigkeit!« entfuhr es dem dicken Glum Goldbauch.

Dankbrand kratzte sich am Kinn. »Der Tryggvessohn zeigte sich nicht minder freigebig«, sagte er dann. »Er wog mir das Gewicht des Schildes in gebranntem Silber auf.«

»Ach so!« grinste Glum. »Da hast du ja doch noch ein gutes Geschäft gemacht.«

Der Wirt der Schenke kehrte zurück. »Verzeiht, ihr Herren«, bat er. »Doch unser Rosenöl war ausgegangen, ich mußte erst neues besorgen.» Vorsichtig reichte er Glum eine Phiole aus funkelndem Glas. »Bedient euch bitte«, setzte er höflich hinzu.

»Gern«, erwiderte Goldbauch, setzte das Fläschchen an und trank es mit einem Zug leer. Dem Wirt traten die Augen aus den Höhlen.
»Das war doch nicht zum Trinken, Herr!« zeterte er. »Wißt ihr denn nicht, was ein Duftwasser ist? Ich zahlte zwei Solidi dafür!«
»So etwas Teures lohnt nicht für Glum«, lachte Ulf, »der säuft doch sowieso alles, was flüssig ist. Außer Wasser natürlich.«
»Wie konnte ich das wissen?« beschwerte sich Glum. »Ich dachte, er gibt mir so etwas wie Branntwein zu kosten!«
Gorm mußte schmunzeln. Aris sah zu Dankbrand. Der Ritter schien sehr um seine Beherrschung zu kämpfen.
»Aber was soll ich denn nun den Mädchen . . .«, jammerte der Kahlköpfige.
»Die brauchen wir jetzt ohnehin nicht mehr«, brummte Gorm. »Denn jetzt geht's nicht zum Bettgefecht, sondern zum Schwerterreigen, und ich kann nicht sagen, daß mir das mißfällt!« Fragend sah er den Grafensohn an.
Der Ritter musterte seinen Schild, der nun ein paar tiefe Scharten aufwies, und sagte: »Dreinschlagen könnt ihr jedenfalls, und diese Fähigkeit scheint hier im Norden besonders von Nutzen zu sein. Aber ihr sollt einen heiligen Eid darauf leisten, daß ihr wirklich nicht zu den Gefolgsleuten dieses Teufels, des Waidmanns, gehört, den ich aus tiefster Seele hasse!«
»Das kannst du haben«, erklärte der grindige Gorm sogleich, »mit Thorhall habe ich nichts zu schaffen!«
»Ich erst recht nicht!« schloß sich Ulf Mädchenauge an.
»Aber ich!« ertönte da eine kräftige Stimme von der Tür her.
Die Wikinger fuhren herum. Vor ihnen stand Sven Stinkhals.
»Sven!« rief Glum Goldbauch entgeistert, »wo kommst du denn her, du alter Stinkmorchel? Wir trauerten schon um dich. Denn Aris erzählte uns, du seist im Teufelsmoor geblieben!«
»Das hoffte er wohl«, lachte Stinkhals. »Aber so schnell stirbt der Sohn Blutbrünnes nicht. Besser ehrlich gewichen als schändlich gefochten! Und ihr? Was habt ihr denn vor? Wollt ihr euch uns nicht anschließen?«
»Wohin soll der Wiking denn gehen?« fragte Gorm neugierig.
»Nach Lundunaburg!« meinte der Dürre munter. »Der Schaumwolf liegt im Hafen, ihr könnt gleich an Bord gehen.«

»Thorhalls Schiff?« wunderte sich Ulf Mädchenauge. »Hat er es dir vererbt?«
»Vererbt?« lachte Sven. »Der Waidmann ist so wenig tot wie ich.« Höhnisch funkelte er Aris an. »Er wartet bei Sven Gabelbart in Maldun auf mich und die neuen Gefolgsleute, die ich hier für ihn anwerben soll.« Er griff seine Axt fester. »Thorhall wird sich freuen zu hören, daß du noch lebst, Aris«, fügte er grimmig hinzu. »Nichts schmerzte ihn mehr, als von dreckigen Knechtsgottanbetern um seine Rache gebracht zu sein.«
»Wie konntet ihr nur entkommen?« staunte Glum Goldbauch. »Aris berichtete uns, daß die Brimuner fünfmal so viele Gewappnete zählten wie Wogenwolfs Schar!«
»Thorhall und ich verbargen uns unter einem Leichenhaufen im Moor«, berichtete Stinkhals. »In der Nacht schlichen wir an die Küste, nahmen einem Fischer das Boot fort und segelten stracks nach Jütland.« Spöttisch grinste er Aris an. »Du hast doch wohl nicht vergessen«, sagte er zu ihm, »daß Thorhall dich auf den Holm forderte. Wenn du nicht kommst, fahren wir zu dir nach Möre und pflanzen die Neidstange vor euer Haus!«

Wie Sven Verdacht schöpft

Dankbrand blickte von einem zum andern. »Wer ist dieser Kerl?« fragte er.
Aris gab Gorm ein Zeichen. Der Grindige brachte sich unauffällig hinter den Ritter.
»Dieser Mann«, erklärte der Norweger, »hört auf den Namen Sven Stinkhals und fährt als Stevenhauptmann Thorhalls des Waidmanns.«
»Also doch!« schrie Dankbrand erregt und riß sein Schwert aus der Scheide. Im gleichen Moment traf Gorm ihn mit der stumpfen Seite der Axt an der Schläfe. Besinnungslos sank der Ritter nieder. Der Grindige fing ihn auf und ließ ihn langsam zu Boden gleiten.
»Was wollte der denn?« rief Sven verblüfft. »Gehört ihm das Friesenschiff hier vor der Küste? Der Mann hat Mut, in diesen Zeiten so weit nach Norden zu segeln!«

Aris sagte: »Du kannst deinem Herrn bestellen, daß ich ihn bald in Maldun aufsuchen werde. Vorher habe ich noch etwas anderes zu erledigen, das keinen Aufschub duldet.«
»Ha!« machte Sven verächtlich, »das Lügenwort eines Neidings!«
»Aris sagt die Wahrheit«, erklärte Ulf Mädchenauge. »Wir legten das gleiche Versprechen ab.«
Sven schnaubte verächtlich. »Ihr haltet mich wohl für dumm«, sagte er. »Wer ist denn dieser Südländer, den ihr so plötzlich träumen schicktet?«
»Wir müssen gehen«, erklärte Aris statt einer Antwort. Gorm lud sich den bewußtlosen Ritter auf die breiten Schultern. Ulf und Glum folgten ihm. Sven sah ihnen lange nach.
Im Hafen lag der Schaumwolf neben der friesischen Schnigge.
»Was ist geschehen?« fragte der Mönch erschrocken, als die Wikinger neben das Friesenschiff ruderten.
»Dein Freund ist gestürzt«, antwortete Aris. »Zuvor warb er diese drei wackeren Seeschäumer an. Nun aber Leinen los!« Besorgt blickte er zu der schwarzen Schnigge mit dem Wolfsschädel am Vordersteven, deren Besatzung neugierig herüberstarrte.
»Die Ruder ins Wasser«, fügte Glum Goldbauch hinzu, »und zwar mit den dicken Enden zuerst!«
Die Wikinger packten selbst mit an. Ulf Mädchenauge steuerte das Schiff gegen den Wind an der Küste nach Süden.
»Wohin fahren wir?« fragte Tyrker. Aris erzählte ihm, daß Thorhall der Waidmann noch immer lebte. Der Christenmann stieß greuliche Flüche aus.
»Es ist noch nicht alles verloren«, tröstete ihn der Norweger. »Der Schaumwolf läuft schneller als dieses Schiff, aber vielleicht läßt Stinkhals sich irreführen.«
»Wer könnte den Teufel täuschen?« murrte der Mönch. »Aber die Heiligen haben auch ihr Pech. Ach, wenn Gott der Herr diesen dreimal verfluchten Höllenhund doch endlich in den tiefsten Schwefelsee schleudern würde!« Er zog einen Krug hervor und dämpfte seine Erregung mit einem guten Trunk.
Aris erzählte ihm nun von den Ereignissen in Süderland. Als der Mönch von der Schenke vernahm, fluchte er noch viel lauter: »Verdammt — ich hätte mitkommen sollen!«

»Es gab dort aber nur Bier und Met«, bemerkte Glum Goldbauch.
»Ach so!« machte Tyrker enttäuscht. »Na, trotzdem!« Durstig zog er einen zweiten Schluck Wein in die Kehle.
Als Süderland außer Sicht kam und der Schaumwolf sie nicht verfolgte, steuerte Ulf das Friesenboot auf die See hinaus und drehte nach Norden. Dankbrand erwachte und hielt sich den Schädel. Aris sagte zu ihm: »Ich denke, du leidest lieber den Schmerz einer Beule als die Enttäuschung einer vergeblichen Fahrt.« Er berichtete ihm, was geschehen war.
»Warum habt ihr mich und nicht diesen Kerl umgehauen?« fragte der Ritter erbost.
»Bist du noch nicht recht wach?« wunderte sich Aris. »Sven Stinkhals mag vielleicht manchmal ein wenig schwer von Begriff sein. Aber wenn er ein Stück Eisen gegen den Kopf kriegt, merkt er gleich, daß etwas faul ist, das kannst du mir glauben.«
»Dann habt ihr eurem einstigen Kumpan das Ziel unserer Reise also nicht verraten?« erkundigte sich Dankbrand.
»Natürlich nicht!« lachte Ulf Mädchenauge. »Wer leicht dem andern traut, dem schläft man bei der Braut!«
»Genau!« stimmte der dicke Glum zu. »Wer Gerste säen will, muß es den Hünen nicht erzählen!«
»Nicht den Hünen!« stöhnte Ulf, »den Hühnern!«
»Ihr habt richtig gehandelt«, gab der Ritter seufzend zu

Wie Aris Neuigkeiten von Grönland erfährt

Sie reisten mit raumem Wind, ruderten wenig und redeten viel. Da erfuhr Aris von den Gefährten, was in der Zwischenzeit auf Grönland geschehen war.
»Mehr als dreitausend Menschen leben schon in der Ostsiedlung«, meinte Ulf Mädchenauge, »achthundert wohnen an den Westfjorden. Einhundertzwanzig Freibauern kamen zum letzten Thing. Sie wählten Erik schon zum dritten Mal. Kein Hölde oder Herse in Norwegen kann sich an Macht mit dem Roten messen!«
»Und wie geht es seinem Sohn?« fragte Tyrker beiläufig.

»Leif?« lachte Ulf. »Es wird sich schon noch einmal lohnen, daß du ihm das Leben gerettet hast. Er ist jetzt zwölf und doch schon reich.«
»Ich half für Gottes Lohn«, erwiderte Tyrker heftig. »Was seid ihr nur für Menschen, daß ihr bei allem immer nur an das schnöde Geld denken müßt.« Er seufzte. »Aber wer den Teufel geladen hat, muß ihn auch fahren!« fügte er grimmig hinzu.
Danach kam das Gespräch auf die Glücklichen Inseln, und Dankbrand fragte: »Habt ihr auf euren zahlreichen Reisen in diesem Weltteil nicht auch einmal solche Strände gesehen?«
Die Grönländer blickten einander an. »Du meinst, mit wildwachsendem Wein?« wollte Ulf wissen.
»Mit Wein, Weizen, Wäldern und anderen Wohltaten der Schöpfung Gottes«, erklärte Dankbrand ungeduldig.
»Nein«, riefen die Seeschäumer wie aus einem Mund. Aris fügte hinzu: »Auch wenn wir manches Mal vom Wind weit nach Westen getrieben wurden — dort auf dem Meer war, so weit das Auge reichte, stets nur eine Wüste von Wasser zu sehen.«
»Da hört Ihr es«, sagte Dankbrand zu Tyrker. »Irland ist die westlichste Insel, und was von Sankt Brandan berichtet wird, gehört ins Reich der Fabel.«
»Ihr seid zu gutgläubig«, knurrte der Mönch und sah die Wikinger mißtrauisch an. »Diese Kerle hier lügen doch, daß die Schwarte kracht! Aber auch das werden wir herausfinden. Darauf könnt ihr Euch verlassen!«

Von der Tochter eines Thursen und warum ein Hengst zum Wallach wurde

In der Nacht fragte Aris Ulf: »Glaubst du, daß Stinkhals den Schwur hielt und nichts von den Inseln im Westmeer verriet? Auch nicht dem Waidmann?«
»Ja, das glaube ich«, gab Mädchenauge zur Antwort.
Am nächsten Abend erkundigte sich der Ritter nach dem Roten und besonders nach der Weise, in der Erik zu fechten pflegte. Gorm berichtete ihm: »Wenn du mit ihm ins Handgemenge

kommst, mußt du wissen, daß er das Schwert mit der Linken ebenso gut und sicher wie mit der Rechten zu führen vermag. Durch diesen Kniff hat der Rote schon manchen Gegner verwirrt. Im vergangenen Sommer kam ein Berserker nach Grönland und forderte die freien Bauern zu Zweikämpfen heraus. Drei Männer erschlug er am Hafgrimsfjord und nahm ihr Land in Besitz. Als Erik das hörte, ging er mit dem Odinskrieger auf den Holm. Ich sah es zwar nicht mit eigenen Augen, aber es soll ein schwerer Kampf gewesen sein. Die Axt des Wolfskriegers, erzählte man, drehte sich in der Luft so schnell wie Räder an einem rasenden Wagen. Und nun gib acht: Als Erik merkte, daß sein Schwert nicht durch die Brünne des Berserkers biß, schleuderte er es hoch in die Luft. Der Wolfskrieger sah staunend zu, da fing der Rote seine Waffe mit der Linken wieder auf und schlug dem Feind die Hand ab. Sie flog mit der Axt ins Gras und der Berserker verblutete.«

»Ich dachte, die Haut der Odinskrieger sei eisenfest?« staunte Aris.

»Nicht immer«, erklärte der grindige Gorm. »Nur im Moment der höchsten Kampfeswut. Dieser Zustand hält aber nur immer kurze Zeit an. Denke daran, falls du es jemals mit einem Berserker zu tun bekommst: Wenn er sein Wolfsgeheul ausstößt, kannst du nichts anderes tun, als dich decken. Wenn sein Blick aber wieder klar wird, dann stoße zu! Denn dann verlassen ihn die Odinskräfte, und er wird wieder so verwundbar wie ein gewöhnlicher Mensch.«

Danach kam die Rede auf Herjulfsspitz, und Ulf berichtete: »Du kannst dich gewiß noch erinnern, Aris, daß Erik und Herjulf ihre jüngsten Kinder verheiraten wollen. Es schmerzt mich, es sagen zu müssen, aber Thorward taugt leider nicht viel. Freydis aber wird ein Kernweib wie Skade, die Tochter des Thursen Thjazi, dessen Augen dort am Himmel leuchten.«

»Skade?« fragte der Ritter.

»Ein heidnisches Dämonenweib!« fuhr Tyrker dazwischen. »Nach dem Glauben dieser Götzenanbeter ritt sie zu nordischen Teufeln nach Asenheim, um Rache für den Tod ihres Vaters zu fordern. So weit ich es noch zusammenbekomme, sollte sie sich zum Trost unter all diesen Höllengeistern einen Ehemann auswählen. Sie

durfte ihnen dabei aber nicht in die Teufelsfratzen sehen. Daraufhin nahm sie den Dämon mit den schönsten Füßen. Es war aber nicht Baldur, wie sie gehofft hatte, sondern der Fischergötze Njörd. Eine lachhafte Geschichte . . .«
Mädchenauge lächelte spöttisch. »Du hast Glück, daß wir in Glaubensdingen nicht so empfindlich sind wie ihr Christen. Doch wie man diese Geschichte auch immer erzählt: Skade handelte wacker und ehrenhaft.«
»Erzähle mehr von Freydis!« forderte Dankbrand mit gepreßter Stimme. Ulf sagte:
»Es kommt auf Grönland öfter vor, daß sich Mädchen in einem bestimmten Alter nichts mehr von ihren Müttern sagen lassen wollen. Freydis aber bietet sogar ihrem Vater die Stirn, und der Rote scheint darauf auch noch stolz zu sein. Im vergangenen Sommer brachten die Söhne und Töchter der Freibauern ihre Pferde zum Thing, um sie dort beißen zu lassen. Freydis kam mit dem Hengst Bluthuf, Thorward mit dem Schimmel Silbermähne.«
»Und wer gewann?« fragte Aris.
»Silbermähne«, berichtete Ulf. »Freydis weinte vor Wut. Da schenkte ihr Thorward das siegreiche Pferd.«
»So ein Dummkopf«, schalt der dicke Glum. »Nicht Zucker, Zucht zähmt das Weib!«
»Du mußt es ja wissen!« spottete Gorm.
»Die Geschichte ist noch nicht zu Ende«, erklärte Mädchenauge. »Kaum befand sich Silbermähne in der Gewalt der Erikstocher, gab sie ihm einen neuen Namen: Tatenlos. Und am nächsten Tag ließ sie den armen Hengst zum Wallach machen.«
»Das ist ja ein wahres Teufelsweib!« entfuhr es dem Mönch. »Verzeiht, Herr Dankbrand«, fügte er dann schnell hinzu. »Ich vergaß: Sie ist ja Eure Nichte.«
Der Ritter aber biß sich auf die Lippen und schwieg.

Wie die Befreier nachts nach Gardar kamen

Danach erzählte Glum Goldbauch von Snorri Thorbrandssohn, dem einstigen Stevenhauptmann des Waidmanns. Er hatte sich mit Hafgrim vom Hafgrimsfjord verschwägert, fuhr aber immer noch jedes Jahr auf dem Wiking.

Als Grönlands gleißende Gletscher am Rand des Himmelsgewölbes glänzten, zeichnete Aris mit einem Stück Kreide die Ufer des Eriksfjord auf die Dollbordplanke, trug die Höfe Steilhalde und Gardar ein und erklärte den Sachsen und Friesen, wie sie vorgehen sollten, um Frilla zu befreien.

Dann rundeten sie das Rabenkliff, ließen den Herjulfsfjord zur Rechten liegen und hielten sich immer so weit vom Land entfernt, daß sie nur noch das Inlandeis erblickten. Am Abend des zweiten Tages umwickelten sie ihre Ruder mit Tüchern und sicherten alle metallenen Gegenstände an Bord, damit kein Geräusch die Fahrt vorzeitig verrate. Dann schwärzten die Wikinger, Sachsen und Friesen Gesichter und Hände, träufelten Wachs auf die Waffen und bogen in den Eriksfjord ein. Aris stand am Vordersteven, Ulf Mädchenauge saß am Steuer. Am Ufer ließen Gorm und Glum sich lautlos in die Wellen gleiten und schwammen vor dem Schiff her, bis sie Grund fanden. Dann stemmten sie sich gegen die Schnigge, damit sie nicht gegen die Klippen stieß, und drehten den Achtersteven zum Land.

Der Mond stand im ersten Viertel und goß nur schwaches Licht über das schlafende Gardar. Wolkenfetzen zogen vor zitternden Sternen vorüber. Ein leichter Wind kräuselte sanft die Wellen, und aus einem Weidengebüsch klang der Ruf eines schreckhaften Käuzchens.

»Los!« flüsterte Aris und watete ans Ufer. Dankbrand folgte ihm mit den Rittern. Die Friesen blieben mit Tyrker zurück, um das Schiff zu bewachen.

Geduckt hasteten Nord- und Südleute durch das feuchte Gras, das ihre Schritte wie ein wollener Teppich dämpfte. Vorsichtig drückte Gorm das schmale Gattertor auf. Ein knarrendes Geräusch erklang.

»Da seid ihr ja endlich«, hörten sie eine spöttische Stimme. »Wer die Geiß im Haus hat, dem kommt der Bock vor die Tür!« Aus der Tür des Gehöfts trat, von gewappneten Knechten umgeben, Erik der Rote.

Dankbrand und Aris faßten sich als erste. »Auf sie!« schrie der Ritter und sprang dem Roten mit blanker Klinge entgegen. Die sächsischen Ritter folgten ihm. Erz klirrte gegen Erz. Aris rief Gorm zu: »Zurück zu den Schiffen! Der Waidmann!«
Die Wikinger wandten sich um und eilten hinunter zum Strand. Aris lief an Erik vorbei zum Haus. In der Tür stand der Knecht Erp.
»Nun können wir endlich nachholen, was wir am Wächterfelsen versäumten«, freute sich Aris und schüttelte zornig den blinkenden Blutzweig in seiner Rechten.
»Damals rettete der Ragnarenkel dein armseliges Leben«, zischte Erp. »Heute aber wirst du mir nicht mehr entkommen!«
Sie tauschten einige Hiebe. Aris traf nur den Schild des Knechts. Erp schlug dem Norweger das Beil so hart vor die Brust, daß Aris taumelte und fast gestürzt wäre.
»Stark mit Worten, schwach mit Waffen!« höhnte der Knecht und setzte nach, um seinem Gegner den Todesstoß zu versetzen. Da stach ihm Aris von unten die Schwertspitze durch den Gaumen und antwortete: »Diesmal hast du den Mund zu weit aufgerissen.«
Erp sank röchelnd ins Gras und starb. Neben sich hörte Aris den Roten schelten: »Verdammter Narr! So leicht geht es gegen Norweger nicht!«
»Noch weniger gegen Sachsen!« rief Dankbrand und setzte dem Herrn von Steilhalde mit Schlägen zu, so daß Funken aus Eriks Schild sprangen.
Nun erklang auch an den Schiffen lautes Waffengedröhn.
»Zurück!« rief Glum Goldbauch vom Strand herauf. »Der Waidmann ist da!«
Die Sachsen kämpften mit großer Erbitterung, konnten die Krieger von Steilhalde aber nicht bezwingen. Ebensowenig vermochten die Nordleute die Angreifer zurückzudrängen. So wogte der Kampf hin und her. Keiner der Männer schonte sein Leben, am heftigsten aber fochten Erik und Dankbrand.
»Nun sollst du für alles büßen, was du meiner Schwester angetan hast!« rief der Ritter.

»Sie wird dir nicht danken!« lachte der Rote, um seinen Gegner zu reizen, »dazu hat sie es zu sehr genossen!«
»Hund!« schrie Dankbrand mit vor Wut verzerrter Stimme und schlug zwei tiefe Scharten in Eriks Schildrand.
Aris hieb einen zweiten Knecht nieder und stand plötzlich in der Halle. Auf dem Hochsitz gewahrte er Frilla. Sie trug ein kostbares Gewand aus purpurn gefärbtem Tuch mit silberner Borte. »Wage es nicht, mich anzutasten!« rief sie auf Nordisch. »Dieses Haus steht unter dem Schutz Thorfinn Karlsefnis, des Ragnarenkels!«
»Wir sind nicht gekommen zu rauben«, versetzte der Norweger, »sondern um dir die Freiheit zu bringen!«
Stumm starrte sie ihn an. Da fiel dem Norweger ein, daß sie ihn mit seinem rußgeschwärzten Gesicht nicht erkennen konnte. »Ich bin Aris«, sagte er. »Einst hast du mich fortgeschickt. Jetzt bin ich zurückgekommen. Mit deinem Bruder!«
»Dankbrand?« rief die junge Frau ungläubig.
»Er kämpft draußen mit dem Roten«, erklärte Aris. »Schnell! Auch der Waidmann ist da!«
Frilla erhob sich. »Welche Teufelei planst du diesmal?«
Aris sprang wie ein Luchs auf sie zu. Frilla schrie gellend um Hilfe. Mit beiden Händen klammerte sie sich an die geschnitzten Hochsitzsäulen.
Grob riß Aris die junge Frau fort. »Ich werde dir später alles erklären!«
»Nein!« keuchte Frilla verzweifelt. »Laß mich!«
Eyjolf, Thorfinn Karlsefnis Verwalter, stürzte herein. Auch er erkannte Aris nicht. Mit wütendem Knurren drang er auf den Norweger ein. Da ließ Aris seinen Schild fallen, schlug der jungen Frau gegen das Kinn und legte die Bewußtlose auf seine Schulter.
»Feiger Hund!« stieß Eyjolf zornig hervor, »mit einem Weib willst du dich decken?«
»So wie sie kam, geht sie nun wieder!« rief Aris mit grimmigem Lachen und schlug mit dem Schwert nach Eyjolf. Widerwillig wich der Knecht zur Seite. So gewann der Norweger glücklich die Tür.
Als Erik Frilla sah, zuckten seine Schwerthiebe noch schneller auf Dankbrand herab. Der Ritter blickte den Streichen des Roten

furchtlos entgegen und spähte immer wieder nach einer Lücke in Eriks Deckung.
»Zurück!« ertönte Glums Stimme. »Wir können uns nicht mehr halten!«
Aris sprang mit der Bewußtlosen den sanften Hügel hinab, so wie ein Fuchs mit einem erbeuteten Huhn durch das hohe Gras davonschnürt. Die Gefährten folgten ihm. Als letzter löste sich Dankbrand. »Wenn meine Schwester in Sicherheit ist, kehre ich wieder«, rief der Ritter dem Roten zu. »Dann will ich dich Reue für deine Untaten lehren!«
»Ihr sollt mir nicht entkommen!« knirschte Erik. »Grönland wird euer Grab!« Mit blitzendem Schwert eilte er den Fliehenden nach.

Wie der Waidmann versucht, die Flucht zu verhindern

Am Strand sah Aris den Schaumwolf neben dem Friesenschiff liegen und fand seine Fahrtgenossen in ein heftiges Gefecht mit den Knechten des Waidmanns verwickelt. Die friesischen Seeleute stießen mit langen Lanzen nach den Nordleuten. Ulf verteidigte den Achtersteven, Glum Goldbauch focht mit Sven Stinkhals. Es schien aber, als ob die beiden Wikinger nicht mit vollem Ernst gegeneinander kämpften. Anders der grindige Gorm, der sich den Schlägen des Waidmanns entgegenstemmte.
»Bist auch du unter die feigen Knechtsgottanbeter gegangen, Grindnase?« fragte der schwarze Hüne. »Von dir hätte ich es am wenigsten vermutet, daß du vor solchen Neidingen auf dem Bauch kriechst und dich wie ein Hund mit Wasser begießen läßt!«
»Ich opfere noch immer Thor«, versetzte Gorm zornig, »und niemand beugt meinen Nacken!«
Aris lief ins Wasser und hob die bewußtlose Frau auf die Planken. Ulf packte Frilla mit kräftiger Hand und zog sie unter die Ruderbänke. Der Norweger watete wieder an das Gestade und stürzte sich auf den Waidmann. »Nun hast du deinen Holmgang!» rief er ihm zu.
Thorhall fuhr herum. Dunkel glühten die Augen unter dem schwarzen Helm, und grollend kam die Antwort aus seiner Brust: »Noch in dieser Nacht fliegst du als Blutaar zu Thor!«

Wie die Wikinger auf dem Eriksfjord um ihr Leben rudern

»Kennst du diesen Kerl?« rief Erik und stürzte sich an der Spitze seiner Knechte auf Sachsen und Friesen.

»Das ist doch Aris, der um deine Christenkebse freite!« antwortete der Waidmann. »Jetzt hole ich mir seinen Kopf!«

Die Ritter und Krieger aus Brimun kletterten auf ihr Schiff und schossen mit Pfeilen nach den Verfolgern. Dankbrand verteidigte den Achtersteven, Mädchenauge ergriff das Steuer. Tyrker prügelte pausenlos mit seinem Holzkreuz auf die Angreifer ein. »Höllenknechte!« brüllte er heiser. »Donnerkerle! Unholde! Teufelsgezücht!«

»Aris! Gorm! Glum!« rief Ulf durch das Waffengeklirr. Die Wikinger warfen die Schilde auf ihre Schultern und sprangen ins Meer. Eriks Knechte zielten mit Speeren nach ihnen, aber die drei Gefährten zogen sich unverletzt über die Bordwand.

»Schlangenbrut!« brüllte der Mönch mit sich überschlagender Stimme. »Dreckskerle! Heckenschützen! Gesindel!«

»Aris!« schrie Erik. »Bringe mir Frilla zurück, sonst lasse ich euch allesamt wie Landstreicher entmannen!«

Die Knechte des Waidmanns schoben den Schaumwolf vom Ufer, sprangen hinein und schlugen die Ruder ins Wasser. Hinter einer Felsenspitze bog das Nordroß hervor.

»Aris!« schrie Erik wieder. »Gib Frilla heraus, dann wird euch nichts geschehen!«

Die junge Frau kam langsam wieder zu sich. Der Norweger preßte die Lippen zusammen.

»Du hast es gewagt, um meine Schwester zu werben?« fragte der Ritter zornig.

»Ei der Daus!« sagte Tyrker verblüfft. »So ein Schelm!«

Aris wischte sich Blut von der Stirn. Vor seinen Augen wallten rote Nebel. »Das ist schon lange her«, sagte er leise.

Drei Ritter und vier Friesen blieben tot am Ufer zurück, aber auch sechs von den Nordleuten näßten mit ihrem Blut den Strand. Die überlebenden Südländer, auch der Mönch, ruderten mit aller Kraft, doch Schaumwolf und Nordroß kamen rasch näher, denn sie waren zahlreicher bemannt als das friesische Schiff.

Im Osten bleichte schon der erste Schein des Tages Grönlands niedrigen Himmel. Thorhall stand am Vordersteven seiner Schnigge, die Axt in der Rechten. Blut troff von seiner Brünne; sein schwarzes Haar wehte im Wind wie die schwarzen Schwingen des Blutschwans. Eriks Schiff lag fast gleichauf. Unter dem Helmrand des Roten leuchtete es wie ein Schwelbrand. Mit hallender Stimme rief er ein drittes Mal: »Aris! Kehrt Frilla nach Gardar zurück, sollst du sie haben. Das schwöre ich bei Thor!«

Dankbrand zog sein Schwert und richtete es auf den Norweger.

»Sei kein Narr!« mahnte Aris. »Merkst du nicht, daß er uns nur gegeneinander aufbringen will?«

»Rudert, Leute!« schrie der dicke Glum.

Der Frühglanz des Tages schien auf Frillas blasses Gesicht. »Wo bin ich?« fragte sie und blickte sich suchend um. »Freydis! Meine Tochter!«

Aris senkte den Kopf. »Ich hatte keine Zeit, sie zu suchen«, gestand er.

»Das wäre wohl auch ziemlich sinnlos gewesen«, kam ihm Ulf zu Hilfe. »Erik hat seine Tochter gewiß nach Steilhalde gebracht, als ihm der Waidmann von uns erzählte!«

»Erik? Der Waidmann?« murmelte Frilla verständnislos. »Wer seid ihr?«

Dankbrand ließ die Waffe sinken und sah seine Schwester schmerzerfüllt an. »Erkennst du mich denn wirklich nicht?« seufzte er. »Ich bin es, Dankbrand, dein Bruder!«

»Dankbrand!« schluchzte die junge Frau, und ihre schönen Augen füllten sich mit Tränen.

»Ich habe immer gewußt, daß du eines Tages kommen würdest.«

Wie Frilla wählen muß

»Viele Jahre! Ach, so viele Jahre«, antwortete der Ritter weinend und strich seiner Schwester mit zitternden Fingern über das dunkle Haar. »Jetzt bringe ich dich heim.«

Glum schniefte ergriffen, schneuzte sich zwischen den Fingern und schrie die Seeleute an: »Wollt ihr wohl rudern, ihr Hostienlut-

scher!« Dann ließ er sich ächzend auf eine Bank fallen und stieß auch selbst ein Schlagholz durch die Riemenpforte. Gorm und Aris taten ihm gleich.
»Als Erik heute abend mit seinen Männern kam, behauptete er, draußen im Fjord seien Seeräuber gesichtet worden«, erzählte Frilla stockend.
»Der Waidmann, dieser gottlose Hund, erfuhr durch Sven Stinkhals in Ängelland von unserer Fahrt«, berichtete Dankbrand. »Er kennt die See nach Grönland besser und besitzt auch das schnellere Schiff.«
»Wenn wir es wenigstens bis zur Fjordmündung schafften«, meinte Ulf Mädchenauge. »Draußen liegt eine Nebelbank; vielleicht können wir ihnen doch noch entwischen.«
Wikinger, Sachsen und Friesen zogen so fest an den Hölzern, daß Blut unter ihren Fingernägeln hervorsprang, aber die Grönländer kamen immer näher. Drohend blitzten die Zähne im aufgerissenen Rachen des Schaumwolfs neben dem grinsenden Pferdeschädel an Eriks Nordroß.
Die Schiffe näherten sich nun der engsten Stelle des Fjords. Dort reichten die Reste von Eisschollen an beiden Ufern so weit in die Mitte des Wassers, daß zwischen ihnen nur eine enge Fahrtrinne blieb. Als das Friesenboot auf die Lücke zuglitt, lagen die Grönländer nur noch zwei oder drei Längen zurück.
Erik stand unter dem Rahsegel und hob den Bogen. »Gebt es auf!« schrie er. »Ich töte euch alle!«
»Noch habt ihr uns nicht!« schrie der Grindige. Das Ruderholz bog sich in seinen klobigen Fäusten.
Einen Herzschlag später fuhr ihm der Pfeil des Roten in den Hals. Blut spritzte über Gorms Lederwams. Gurgelnd griff er sich an die Kehle.
»Deus, in adiutorium nostrum intende«, rief Tyrker und rang verzweifelt die Hände. »Herr, eile uns zu Hilfe! Ja, bei allen Heiligen, hört mich denn keiner?«
»Sie werden euch alle ermorden!« schrie Frilla entsetzt. »Es ist wohl nicht der Wille des Herrn, daß ich fliehe. Laßt mich zurück und rettet euer Leben!«
»Niemals gebe ich zu, daß du diesem Satan noch einmal in die Hände fällst!« schrie Dankbrand. »Eher sterbe ich!«

»Ich will nicht, daß dein Blut für meine Freiheit fließt«, rief seine Schwester. »Mein Platz ist in Gardar bei meiner Tochter! Gott wird wissen, warum er es so fügte. Bete für mich!« Mit diesen Worten riß sie sich aus Dankbrands Armen, gerade als das Friesenschiff zwischen die Eisschollen fuhr.
Der Ritter sprang auf, doch ehe er seine Schwester zurückhalten konnte, sprang sie über die niedrige Bordwand ins Wasser.
»Frilla!« schrie Dankbrand. Er wollte sich gleichfalls ins Meer stürzen, aber drei sächsische Ritter eilten herbei und drückten den Grafensohn mit aller Macht auf die Planken.
»Verdammt!« schrie Tyrker in flammendem Zorn. »Diese Spitzbuben! Barbaren! Natterngeschmeiß!«
Aris aber rief: »Thor! Steh mir bei!« Dann schnellte er sich mit einem mächtigen Satz vom Schiff in die wogende Flut.

Wie Aris sein Glück mit dem Schwert suchte

Mit unverminderter Schnelligkeit glitt das Friesenschiff an den scharfen Kanten der Schollen vorüber und steuerte in das grönländische Meer. Schon wallten Nebelschwaden um den Bugspriet. Eriks Knechte hielten die Ruder gegen den Strom. Der Rote zog Frilla auf den Achtersteven. Eriks Verwalter Lodhött beugte sich über die Bordwand und packte Aris am Arm. Der Norweger ließ sich ein Stück emporhelfen. Als seine Füße auf den Rudern standen, stieß er den überraschten Großknecht zurück, sprang außenbords auf den runden Hölzern zum Heck und stürzte sich mit gezücktem Schwert auf den Roten.
»Nun soll das Erz über Frillas und meine Zukunft entscheiden«, rief er.
Erik ließ den Bogen fallen und zog blank. Sein Schwert hieß Adernwolf und stammte noch aus Jädern. Laut klang nun Stahl gegen Stahl.
Aris täuschte einen Querhieb an und stach nach Eriks Kehle. Der Rote wich dem Norweger mit großer Gewandtheit aus und zielte nach den Beinen des Gegners. Nur durch einen raschen Sprung entkam Aris der sausenden Klinge. Erik setzte entschlossen nach

und suchte, den Norweger ins Meer zu stoßen. Da legte Aris die Linke um den Achtersteven, schnellte sich mit einem Satz aus der Reichweite des Adernwolfs und schwang sich auf die andere Seite des Hecks.

»Du tanzt auf den Rudern wie ein Floh und hüpfst wie ein Heupferdchen«, knurrte der Rote, »nun wollen wir sehen, ob du auch fliegen kannst!«

»Hast du das Fechten auf deines Vaters Tenne erlernt?« spottete der Norweger, »so schwingt man bei uns in Möre Dreschflegel, aber nicht Schwerter!«

Der Rote schleuderte seine Waffe hoch in die Luft. Aris starrte der funkelnden Klinge nicht lange nach, sondern duckte sich schnell. Einen Wimpernschlag später fing Erik den Adernbeißer mit der Linken und schlug so heftig zu, daß der scharfe Stahl fast den Steven durchschnitt.

»Wer hat dir diesen Kniff verraten?« rief der Rote enttäuscht, »deine Freunde von der Forkeninsel?« Mit schwellenden Muskeln zog er am Griff; der Adernbeißer glitt aus dem starken Stamm wie ein heißes Messer aus Butter.

Nun folgten Eriks Hiebe einander wie die Hammerschläge eines Grobschmieds. Bald blutete Aris aus Wunden an Wange und Weiche. Die Kräfte begannen ihn zu verlassen; er taumelte und wäre fast ins Wasser gestürzt. Schließlich schlug ihm der Rote den Adernbeißer über den Kopf, so daß der Norweger mit einer klaffenden Stirnwunde niederstürzte.

Lodhött, der Großknecht, beugte sich zu dem Besiegten herab. »Er lebt noch«, stellte er fest.

»Dann nimm deine Axt!« befahl Erik.

Der Verwalter erhob sich, zog die Waffe aus dem Gürtel und schätzte den tödlichen Schlag ab, als gelte es, Holz zu hacken.

»Worauf wartest du?« rief der Rote ungeduldig.

Lodhött hob das Beil. »Halt!« ertönte da plötzlich eine helle Stimme. Verblüfft drehte Erik sich um.

»Halt!« rief Frilla noch einmal. »Du hast kein Recht, ihn zu töten!«

»Du willst das Leben dieses Frevlers retten?« staunte der Rote. »Du, eine Christin, sorgst dich um einen Wikinger, der zu Brimun deine Landsleute erschlug? Hast du den toten Bischof vergessen?«
»Den Blutaar schnitt dein Freund Thorhall«, versetzte die Friesin. »Gelten euch Thorsdienern keine Eide? Riefst du diesem Mann vorhin nicht zu, daß er um mich freien dürfe, wenn ich nach Gardar zurückkehre? Nun, hier bin ich!«
Erik starrte Frilla aus blutunterlaufenen Augen an. »Glaubst du im Ernst, daß ich diesen Hund nach allem, was er getan hat, noch einmal laufen lasse?« stieß er zornig hervor.
»Wenn du ihn umbringst, mußt du auch mich töten«, sagte die Friesin entschlossen. »Sonst werde ich allen Grönländern erzählen, daß du wie ein Neiding dein Wort brachst.«
Eriks Mund war schmal wie die Schnur einer Peitsche. »Das wirst du nicht wagen«, zischte er.
»Mein Herr heißt Thorfinn Karlsefni«, erinnerte Frilla ihn. »Wie willst du ihm meinen Tod erklären? Mein Bruder wird in Herjulfsspitz berichten, was hier geschah!«
»Er wird gar nicht so weit kommen«, entgegnete der Rote. »Der Waidmann segelt schnell!«
»Im Nebel?« fragte Frilla und trug Gelassenheit zur Schau. »Du schadest dir nur selber, wenn du im Blutgrimm handelst! Wer auch wird den Mörder einer wehrlosen Frau wieder zum Thingsprecher wählen?«
»Sie hat recht«, sagte Lodhött zu seinem Herrn. »Kühle deinen Zorn! Dann wollen wir in Ruhe überlegen, wie wir den Kerl beiseiteschaffen können, ohne deinen Eid zu verletzen.«
»Willst du diesen Norweger etwa heiraten?« staunte der Rote. »Schlug dein Haß auf seinem Arm in Liebe um?«
»Das ist eine Sache zwischen Aris und mir«, erwiderte Frilla abweisend.
»O nein!« schnaubte Erik grimmig. »Ich will es hören, jetzt und hier! Du, eine Christin und Nonne dazu, die ihrem Knechtsgott Keuschheit gelobte, willst mir weismachen, du seist bereit, diesen

Wikinger zum Mann zu nehmen? Das glaube ich erst, wenn du es schwörst — bei deiner heiligen Jungfrau!«
Frilla fuhr sich mit der Zunge über die Lippen. »Du bist es, der hier ein Versprechen zu erfüllen hat, nicht ich«, entgegnete sie.
Der Rote lachte grollend. »Glaubst du, ich lasse mich so leicht täuschen?« sagte er verächtlich. »Deinen Eid, hier und jetzt!«
Frilla schluckte und sah auf Aris hinab. Blut und Ruß verunstalteten das Gesicht des Norwegers, so daß es erschien, als habe ihn Hel aus ihrem blauschwarzen Leib geboren.
Erik lachte. »Erschlage ihn, Lodhött!« befahl er. »Thor wird mir nicht zürnen. Schließlich liegt es nun nicht mehr an mir, daß mein Versprechen unerfüllbar bleibt!«
Gehorsam hob der Großknecht die Axt.
»Nein«, sagte Frilla leise. »Was gilt ein Gelübde gegen ein Leben, was wiegt das Wort eines Menschen gegen Gottes Gebot? Nur Pharisäer folgen dem Buchstaben und mißachten die wahre Bedeutung. Ja, ich will diesen Mann heiraten, wenn ich ihn dadurch vor deiner Rache bewahren kann.«
»Das ist nicht dein Ernst!« rief der Rote zornig. Dann besann er sich und fügte hinzu: »Ich weiß wohl, daß eine Ehe für eine Christin nur gilt, wenn sie von einem geweihten Pfarrer geschlossen wurde!«
Frilla preßte die Lippen zusammen und wußte nicht mehr, was sie sagen sollte. Erik lachte höhnisch und fuhr fort:
»Wir haben den Zwerg mit den Glotzaugen alle gesehen! Schwörst du, diesen Kerl hier zu lieben, zu ehren und ihm gehorsam zu sein?« Er grinste. »Ihn auch zu küssen und kosen und ihm im Bett die Schenkel zu öffnen?«
Flammende Röte ergoß sich über das Antlitz der Friesin. Beschämt senkte sie den Blick. Da sah sie wieder auf den blutenden Norweger zu ihren Füßen; trotzig hob sie das Kinn und versetzte: »Ich will vor Gott die Frau dieses Mannes werden. Das schwöre ich bei der heiligen Jungfrau Maria!«
»Beim Höllenschlund Hels! Garms Geifer! Jormundgards Gift!« fluchte der Rote. »Das hat dir Loki gesagt!« Zornig stieß er das Schwert in die Scheide. »Zurück nach Gardar!« befahl er. »Mit Weibern streiten lohnt sich nicht. Wahrscheinlich hat dieser norwegische Hund ohnehin zum letzten Mal geschnappt.«

Sie trugen den bewußtlosen Wikinger in Frillas Haus. Mägde wuschen und verbanden Aris; er wachte nicht auf.
Erik fuhr über den Fjord nach Steilhalde. Voller Ungeduld wartete er dort auf die Rückkehr des Waidmanns. Niemand wagte, das Wort an ihn zu richten, so groß war sein Zorn.

Wie Bjarne eine Schuld einlöst

Die Wikinger, Sachsen und Friesen ruderten durch den dichten Nebel nach Süden, so schnell sie nur konnten. Dankbrand machte den sächsischen Rittern Vorwürfe, weil sie ihn an Bord zurückgehalten hatten; er hätte ihnen am liebsten befohlen, in den Eriksfjord zurückzufahren. Tyrker aber brachte ihn davon ab, indem er erklärte: »Es war nicht der Wille des Herrn, daß wir Frilla befreiten. Himmel noch mal, wir dürfen Gott nicht versuchen!«
Da fügte sich Dankbrand, sagte jedoch: »Es war nicht das letzte Mal, daß wir diesen heidnischen Hunden begegnet sind. Und so wie wir vor Brimun schließlich doch siegten, werden wir eines Tages auch auf Grönland die Stärkeren sein.«
Der Mönch murmelte gedankenvoll: »Du hast keinen Zweifel an deiner Bruderliebe gelassen. Ich war Frillas Beichtvater. Mit uns fahren noch andere brave Christen durch das geronnene Meer. Ein Heide aber war es, der zu deiner Schwester ins Wasser sprang. Bei allen Teufeln und Beelzebub obendrein! Unerforschlich sind die Wege des Herrn!«
Sie rundeten Herjulfsspitz, ohne den Waidmann zu sehen, und steuerten ihre Schnigge an den steinigen Strand. Glum und Ulf trugen den todwunden Gorm in einer Decke zur Halle.
»Was ist geschehen?« rief Bjarne Herjulfssohn.
»Frage den Mönch!« antwortete Mädchenauge und zeigte zum Schiff.
Verblüfft starrte Bjarne zum Strand. Sein Vater trat neben ihn und beschattete mit der Hand die Augen.
»Das ist Tyrker, wenn mich kein Kobold täuscht«, rief er verdutzt.
Sie begrüßten den Mönch und die Ritter und luden sie ein. Die Südländer setzten sich in den Hochsitz der Ehrengäste, die ande-

ren zu ihren Seiten. Mägde reichten schäumende Hörner. Dann erst durfte Tyrker berichten, was in Brimun und Gardar geschehen war. Er tat das mit vielen greulichen und abscheulichen Flüchen. Herjulf und seine Söhne hörten ihm schweigend zu. Dann sagte Bjarne zu seinem Vater: »Du weißt, Aris rettete mir einst das Leben. Nun ist es Zeit, die Schuld zu tilgen.«
»Handle, wie es unsere Ehre gebietet«, nickte Herjulf. »Ich will mit allem einverstanden sein, was du tust, um deinen Gefährten zu retten.«
Bjarne wappnete seine Knechte, stieg auf den Eissturmvogel und befahl, die Ruder ins Wasser zu tauchen. Glum Goldbauch und Ulf Mädchenauge fuhren mit.

Wie Erik Aris vermählen und Thorhall ihn töten will

Am nächsten Tag kehrte der Waidmann nach Steilhalde zurück. Als er erfuhr, daß Aris noch lebte, färbte sein Antlitz sich finster wie Wolken vor einem Sturm. »Warum riefst du auch so leichtsinnig Thors heiligen Namen an!« grollte er.
»Wir machen es so, wie wir es vor sechs Jahren planten, ehe dieser Hund uns entfloh«, tröstete Erik. »Sobald er wieder stehen kann, soll er Hochzeit feiern. So kannst auch du dein Gelübde erfüllen und bei ihm gasten. Oder hast du vielleicht vergessen, was du ihm auf der Knechtskopfklippe schworst? Selber leichtsinnig! Wenn seine Freunde betrunken sind, schleichst du in seine Kammer!«
»Lieber erschlüge ich ihn auf dem Holm«, knurrte Thorhall.
»Das geht jetzt nicht mehr!« erklärte der Rote. »Was würden die Freibauern von uns denken?«
»Du hättest nichts damit zu tun«, beharrte der Waidmann.
»Ich müßte den Holmgang verhindern, sonst würde jeder denken, daß ich mein Versprechen nicht einlösen will. Mein Wort darf nicht in Zweifel geraten. Nach der Hochzeit sagen wir, dieser Norweger habe dich mit Schmähreden gegen Thor gereizt. Dann wird man es für recht und billig halten, daß du ihn erschlugst.«
»Diese verfluchten Knechtsgottanbeter werden ihn wohl bewachen«, meinte der schwarze Hüne. »Aber ich kriege ihn doch!«

»Recht so!« lobte Erik. »Vielleicht werden wir dabei gleich auch noch diese Kerle aus Brimun los, vor allem den Mönch, der mir so angenehm wie eine Schmeißfliege ist!«
Thorhall löste die Finger vom Axtgriff und sagte: »Du hast recht. Es ist besser, wenn der Kopf dieses Norwegers auf eine Weise rollt, die Thor erfreut und nicht kränkt.«

Wie Bjarne mit Erik einen Handel abschließt

Wieder einen Tag später sahen sie den Eissturmvogel in den Fjord rudern.
Erik wappnete seine Knechte und stellte sich am Strand auf. Bjarne zog sein Schiff nicht auf die Walzen, sondern sprang allein ans Ufer und rief: »Ich will mit dir unter vier Augen reden, Erik!«
»Sei mein Gast!« erwiderte der Rote höflich und führte den Herjulfssohn in seine Halle.
Als sie allein waren, sagte Bjarne: »Ich schulde Aris ein Leben und will dir daher einen Handel vorschlagen.«
»Um mein Recht feilsche ich nicht«, versetzte der Rote, da er nun merkte, daß Bjarne nichts von der geplanten Hochzeit wußte. »Dein Freund brach mit seiner Raubschar den Landfrieden Grönlands. Nachts überfiel er Gardar wie ein gewöhnlicher Dieb . . .«
»Hör schon auf! Aris ist Seeschäumer wie du und ich!«
»Wenn ein Wikinger erwischt wird, winken ihm Axt oder Galgen«, fuhr der Rote ungerührt fort. »Auch wenn er nicht so ein ehrloser Bursche wäre wie dein norwegischer Freund! Weißt du nicht, was selbst dem Wogenwolf und seinen Leuten im vergangenen Jahr zu Brimun widerfuhr?«
»Dort handelte Aris, wie es einem Mann von Ehre gebührt«, stellte der Herjulfssohn fest. »Er trat nur deshalb in sächsische Dienste, weil ihm der Ritter versprach, Olaf ein würdiges Wikingergrab schaufeln zu lassen.«
»Was schert mich der Seekönig«, brummte Erik. »Er war wohl schon zu alt, daß er diesen knechtischen Friesen so leicht in die Falle ging.«

»Auch deinem Ziehbruder, dem Waidmann, wollte Aris diesen Dienst erweisen«, bemerkte Bjarne.
»Ja«, lachte Erik, »doch Thorhall war nicht so dumm, sich von ein paar sensenschwingenden Bauern fangen zu lassen.«
»Auf der Knechtskopfklippe hätten ihn die beiden Söhne des Jarls erwischt, wenn Aris ihn nicht gewarnt hätte«, erinnerte Bjarne.
»Ja, ja«, gab der Rote verdrießlich zu. »Was hat das mit dem Überfall auf Gardar zu tun?«
»Das war kein Raubzug«, sprach Bjarne mit Schärfe, »sondern der ehrenwerte Versuch eines Mannes, die entführte Schwester aus der Gefangenschaft zu befreien. Hättest du an seiner Stelle anders gehandelt?«
»Allerdings«, grinste Erik. »Ich hätte nicht so lange gewartet.«
Bjarne preßte die Lippen zusammen. »Nachdem du so vielen Neusiedlern Land verkaufen konntest, brauchst du Silber wohl nicht mehr so dringend wie einst«, sprach er.
»Du sagst es«, nickte Erik fröhlich. »Ich glaube nicht, daß du mir etwas zu bieten hättest, das mir mehr wert wäre als dieses Norwegers Blut!«
»Vielleicht doch«, sagte Bjarne.
»Was denn?« fragte der Rote. »Gold? Wein? Eine Christensklavin? Nein, das würde dein Vater kaum dulden.« Er schnitt ein Gesicht. »Thorhild übrigens auch nicht«, fügte er launig hinzu.
»Es handelt sich nicht um ein Mädchen, sondern um ein Märchen«, lächelte Bjarne.
Erik sah den Herjulfssohn staunend an. Dann begann er schallend zu lachen. »Ein Märchen?« rief er. »Bin ich ein kleines Kind?«
»Lasse es mich erst einmal erzählen«, schlug Bjarne vor. »Ich denke, du wirst es nicht langweilig finden. Es handelt von einigen Inseln im Westmeer.«

Von den Inseln im Westen

Eriks Gelächter ging unvermittelt in ein heftiges Husten über. »Inseln im Westen?« fragte er schließlich.
Nun berichtete ihm Bjarne, wie er bei seiner ersten Reise nach

Grönland vom Sturm nach Sonnenuntergang getrieben worden war und dort bewaldete Gestade gesehen hatte.
»Ich wußte es!« stieß der Rote hervor. »Warum hast du so lange geschwiegen?«
Bjarne lächelte flüchtig. »Aus dem gleichen Grund, aus dem jetzt auch du dieses Geheimnis für dich behalten wirst«, antwortete er.
»Ich verstehe«, knurrte Erik.
»Es liegt nun in deiner Hand, ob deine Leute und die anderen Freibauern von diesen Ländern erfahren«, sagte Bjarne ruhig.
»Ich will meinen Groll gegen deinen Freund vergessen«, entschied der Rote nach einer Weile, »aus Freundschaft zu dir und deiner Sippe. Leicht fällt mir das nicht! Hätte Frilla mich nicht gehindert, läge der Norweger längst erschlagen im Fjord.« Er berichtete, was sich nach dem nächtlichen Kampf zugetragen hatte.
»Die Christin hat Mut«, murmelte Bjarne.
»Sobald dein Freund genesen ist, wollen wir Hochzeit halten«, erklärte der Rote. »Der Mönch muß mit mir die Trauung vollziehen.«
»Und der Waidmann?« fragte der Herjulfssohn.
»Er wird in Frieden bei der Hochzeit gasten«, erklärte Erik. »Zuvor aber sollst du mir Blutgeld für die sechs Männer erlegen, die deine Seeschäumer in Gardar umgebracht haben.«
»Es fielen auch Sachsen und Friesen«, wandte Bjarne ein.
»Niemand bat sie zu kommen«, erwiderte Erik kühl.
Der Herjulfssohn seufzte. »Was verlangst du also?« fragte er.
»Silber besitze ich selbst genug«, sagte der Rote. »Dagegen mangelt es mir an einem guten Schiff. Das Nordroß ist schon zu alt — mein Vater fuhr auf ihm aus Jädern aus! Gib mir den Eissturmvogel! Dann werde ich den Sippen meiner Toten in deinem Namen dreißig Mark Silber zahlen.« Er lächelte grimmig. »Außerdem«, fügte er hinzu, »bin ich dann einigermaßen sicher, daß du nicht doch zu diesen Weinländern segelst.«
»Wer mit dem Wolf handelt, darf keinen Nachlaß erwarten«, meinte Bjarne und ließ sich seinen Unmut deutlich anmerken.
»Was ist ein Schiff gegen das Leben eines alten Gefährten?« grinste der Rote.

»Du brauchst nicht noch Säcke mit großen Worten zu füllen!« murrte der Herjulfssohn.
»Es empfiehlt sich eben, zeitig zu bedenken, wieviel Tote man bezahlen kann«, lachte Erik.
»Schwefel und Schwarz, Rot und Rauch!« entfuhr es Bjarne. »Ich brauche deine Belehrungen nicht! Du wirst das Schiff erst bekommen, wenn die Ehe wirklich vollzogen ist. Danach aber will ich nach Norwegen fahren und mir ein neues, größeres bauen lassen!«
»Ich werde dich nicht daran hindern!« lachte Erik, und sie besiegelten ihre Abmachung nun mit Eiden.
Der Waidmann runzelte zornig die Stirn, als er davon erfuhr. »Willst du diesen Hund nun etwa doch noch davonkommen lassen?« grollte er.
»Natürlich nicht!« erwiderte der Rote. »Sobald die Hochzeitsgäste betrunken genug sind, sollst du dein Blut an dem Norweger kühlen. Warte aber, bis das Brautpaar im Bett liegt! Nur dann kann ich Bjarne zwingen, mir den Eissturmvogel auszuliefern.« Er grinste. »Auf diese Weise halten wir beide unsere Schwüre«, fügte er launig hinzu. »Wie wollen wir unseren Glauben gegen die Knechtsgottanbeter verteidigen, wenn wir unsere eigenen Götter entehren!«
Der Waidmann schwieg eine Weile. »Du hast recht«, murrte er dann. »Die Weinländer müssen uns gehören. Und wenn wir nach Herjulfsspitz fahren und dort das ganze Geschlecht dieser Knechtsgottanbeter mit Stumpf und Stiel in ihrer Halle verbrennen! Lasse diese Hochzeitsfeier aber nicht zu lange dauern! Selten nur sitze ich mit Christen zusammen, denn man riecht nicht gern Weihrauch in Walhall.«
Hinter der Tür stand Thorhild. Leise stahl sie sich aus der Halle, stieg mit zwei Mägden in einen Kahn und ruderte über den Fjord nach Gardar.

Wie Thorhild Frilla vor dem Waidmann warnt

Frilla saß mit ihrer Tochter auf einer Bank vor der Halle und träumte in die Sonne. Als sie Thorhild kommen sah, schickte sie Freydis ins Haus und ging der Jörundstochter zum Gatter entgegen. Dort standen die beiden Frauen voreinander wie Goldklee und Glockenblume, Silberfichte und Schwarzföhre, Sonnenrose und Schattenherz.

»Deinetwegen brach mir mein Mann die Treue«, begann Thorhild. »Ich haßte dich dafür, obwohl du keine Schuld trugst. Nun aber müssen wir uns miteinander versöhnen. Denn Aris, den du im Fjord vor dem Tode bewahrtest, schwebt in großer Gefahr.« Sie erzählte der Friesin, was sie gehört hatte. Frillas blasses Gesicht wurde weiß wie ein gebleichtes Laken.

»Liebst du ihn?« fragte Thorhild.

»Ich hatte Mitleid mit ihm«, antwortete die Friesin und schilderte die Geschehnisse auf dem Nordroß. Dann fuhr sie fort: »Schon seit meiner Kindheit bin ich mit Christus verlobt und kann mein Herz keinem anderen öffnen.«

»Euer Gott muß mächtig sein!« staunte Thorhild. »Auch ich wollte mir die Liebe zu Erik einmal aus der Brust reißen, doch es gelang mir nicht. Denn eine Frau kann ohne Mann auf Dauer so wenig leben wie ein Blatt ohne Baum und eine Blume ohne Wurzel. Kennt ihr Christinnen denn nicht das Beben in der Brust beim Blick eines Mannes, den Hochflug des Herzens beim Druck seiner Hand, die Lust des Leibes bei seiner Umarmung?«

»Ich habe eine Brücke aus Gebeten über den Sumpf der Versuchung gebaut«, erwiderte Frilla. »So blieben meine Gedanken fromm. Mein Leib wurde befleckt, doch das geschah ohne meine Schuld. Dank der Gnade Gottes blieb meine Seele rein.«

»Du sollst mir noch mehr von deinem Christ erzählen«, sagte die Jörundstochter sinnend. »Nun aber wollen wir beraten, wie wir Erik und den Waidmann überlisten können.«

»Aris liegt noch immer ohne Bewußtsein«, erklärte Frilla. »Wenn wir ihn fortschaffen, brechen seine Wunden gewiß wieder auf.«

»Denke auch an dein Versprechen!« mahnte Thorhild.

»Wenn er wieder zu sich kommt, werde ich ihm alles erklären«, meinte Frilla. »Er wird dann gewiß nicht auf dieser Hochzeit bestehen.«

»Sage ihm lieber nichts!« rief Thorhild besorgt. »Du kennst nicht den Stolz der Männer! Wenn Aris erfährt, daß du ihn nur aus Mitleid heiraten wolltest, geht er gewiß sogleich mit seinem Schwert

nach Steilhalde! Nein — wenn wir ihn retten wollen, müssen wir ihn ebenso täuschen wie seine Feinde.«
Sie berieten nun lange, wie das am besten zu bewerkstelligen sei. Erik rief indessen seine vier Kinder zu sich. Thorstein war nun siebzehn Sommer alt, rothaarig und hochgewachsen wie sein Vater, aber nicht ganz so breit in den Schultern. Leif trug seine blonden Locken ebenso lang wie seine Mutter. Thorwald hatte braunes Haar und blaue Augen; er war kräftig und stets frohen Sinns. Freydis versprach eine Frau mit besonderen Eigenschaften zu werden, schön wie ihre Mutter, an Wildheit aber dem Vater gleich. Sie trug ihr Haar wie eine Flamme; ihre Haut war weiß wie Milch, ihr Mund aber rot wie Scharlach. Erik erzählte ihnen von Bjarne und den Inseln im Westmeer. »Das Weinland!« entfuhr es Leif. »Der Mönch hatte also recht! Gib uns dein Schiff!«
Der Rote schüttelte lächelnd den Kopf: »Ihr müßt euch noch eine Weile gedulden.« Von seinem Mordplan erzählte er nichts.
Zwei Tage später kam Aris wieder zu sich. Das Wundfieber ließ nach, und der Eiter versiegte. Frilla setze sich zu dem Norweger, trocknete ihm den Schweiß von der Stirn und sagte zu ihm: »Damals vor sechs Jahren wies ich deine Werbung ab. Nach deinem tapferen Kampf im Fjord aber kenne ich dich besser und will deine Frau werden, falls du das immer noch wünschst. Das habe ich auch zu Erik gesagt, und es soll nun auch keine Feindschaft mehr zwischen euch herrschen.«
Aris faßte froh nach ihrer Hand und sagte: »Seit ich dich damals in Brimun zum ersten Mal sah, liebe ich dich und werde dich immer lieben. Ach, durch wieviele Länder reiste ich, um dich zu vergessen! Nun wollen wir uns nie mehr trennen.«
Erschöpft schloß er die Augen. Frilla bemitleidete ihn sehr.
»Wir tun diesem armen Mann etwas sehr Böses an«, sagte sie am anderen Tag zu Thorhild. »Hätte ich ihm doch die Wahrheit gesagt!«
»Dann wäre er dem Tod geweiht«, antwortete die Jörundstochter.
»Trotzdem ist es eine Sünde. Ich, eine Nonne, gab ein Eheversprechen!«
»Anders konntest du ihn nicht retten«, beharrte Thorhild. »Nun werden wir bald sehen, ob dein Gott wirklich so gütig ist.«

Bjarne ließ seine Leute den Rückweg nach Herjulfsspitz kräftig rudern. Dann berichtete er seinem Vater und den Gästen von der bevorstehenden Hochzeit. Dankbrand nahm die Nachricht übel auf. Tyrker aber tröstete ihn: »Himmel und Hölle, es ist der Wille Gottes, der hier waltet! Wenn es deiner Schwester schon nicht beschieden sein soll, mit uns in die Heimat zurückzukehren, so wird sie nun doch vorerst sicher sein.«
Thorhall der Waidmann aber schärfte auf Steilhalde sein Beil und sagte dazu die Weise:

»Gerne bin ich Gast in
Gardars hoher Halle,
Wo der Braut ich widme
Wundensaft statt Wein!«

Von Brautlauf und Bier

Vier Wochen später trafen sich Grönlands Freibauern zum Thing. Vom Stein des Gesetzessprechers aus verkündete Erik den Frieden für alle Gäste der Hochzeit. Als sie eintrafen, saß Erik mit Thorhall dem Waidmann im Hochsitz. Herjulf, Bjarne, Dankbrand und Tyrker erhielten Ehrenplätze. Die Grönländer saßen getrennt von den Sachsen und Friesen.
Der Brautlauf führte mit Rücksicht auf den noch immer von seinen Wunden geschwächten Aris nur über eine kurze Strecke. Dann bat Erik mit hallender Stimme um Freyas Segen für das Hochzeitspaar. Nach ihm wickelte Tyrker seine Stola um die Hände der Eheleute. Die freien Bauern wunderten sich sehr, daß Erik diesen Christenbrauch in seiner Halle gestattete.
»Höllenhund!« drohte der Mönch dem Bräutigam funkelnden Auges. »Wenn ich von Frilla auch nur die geringste Klage höre, bete ich dir die Pest an den Hals!«
Nun aßen und tranken alle viel, und Thorhild wachte darüber, daß Bier und Met nicht versiegten. Ihr Sohn Leif trat zu dem Mönch und sagte: »Du hast mir vor Jahren das Leben gerettet und

warst eine Zeitlang mein Ziehvater. Jetzt kann ich dir endlich danken.«

»Hölle und Feuer!« antwortete Tyrker. »Du bist ein stattlicher junger Mann, und ich freue mich, daß du mich nicht vergessen hast. Habe mir deinetwegen fast den Hintern erfroren!«

Sven Stinkhals trat durch das Feuer zu seinen alten Gefährten. Dort saßen Ulf Mädchenauge, Glum Goldbauch und auch der grindige Gorm, der Eriks Pfeilschuß knapp überlebt hatte.

»Nun?« fragte der Dürre. »Seid ihr jetzt glücklich, ihr Christenfreunde?«

»Warum nicht!« antwortete Ulf und griff nach seinem Trinkhorn. »Von der Wiege bis zur Bahre sind die schönsten Lebensjahre!«

»Ja, ja«, grinste Sven. »Das fröhliche Brautpaar. Wie heißt es so schön: Kinder und Söhne kriegen sie, Rüben und Wurzeln graben sie . . .«

»Der Treue Band hält über Meer und Land«, sagte Ulf. »Aber dir wäre das wohl zu langweilig.«

»Ich bin geboren, das Schwert, nicht die Sense zu schwingen«, prahlte Sven Stinkhals, »und wenn ich einmal im Boden herumwühle, dann nur nach Gold und Silber!«

Das hörte Aris und sprach: »Mein Vater pflegte zu sagen: ›Graben und hacken macht rote Backen‹!«

»Ich kann auch reimen«, versetzte der Dürre. »Schinden und Schaben wird mitbegraben! Sterben muß jeder; wo bleibt da der Lohn der Mühe?«

So redeten, lachten und tranken die Hochzeitsgäste.

Thorhild und Frilla trieben die Mägde an auszuschenken, bis die Grönländer betrunken waren und einander lauthals versicherten, niemals ein schöneres Gelage erlebt zu haben. Nur der Waidmann hob selten das Horn; seine Augen glühten.

Als der Karlswagen Mitternacht zeigte, erhob sich Frilla und ließ sich von Aris zur Schlafkammer führen. Der Norweger sah mit zärtlichen Blicken auf seine Gemahlin. Die Friesin reichte ihm einen Becher und sagte: »Trink! Das wird dich stärken, so daß wir noch viel Freude aneinander haben können.«

In der Halle zechten die Gäste weiter und warfen fröhlich mit Knochen. Nach einer Weile standen die ersten Freibauern auf und

gingen zu ihren Zelten. Auch Dankbrand und Tyrker verließen mit Friesen und Sachsen das Fest, begleitet von Herjulf, Bjarne und den Wikingern von der Forkeninsel. Nur einige Schlafende blieben zurück; der eine lag quer auf dem anderen, so wie das arglistige Bier sie zu Boden gestreckt hatte.
Erik nickte dem Waidmann zu. Thorhall lächelte, so wie ein Wolf die Lefzen hochzieht. Schwarz wie der Schatten einer Krähenscharbe trat er durch die Reihen der Trunkenen und verschwand lautlos in dem dunklen Flur, der zu den Schlafkammern führte.
Die erste Tür fand Thorhall angelehnt. Vorsichtig drückte er sie auf und spähte in den getäfelten Raum, den das flackernde Licht einer Kerze erhellte.
»Kommst du endlich, du Mörder?« rief Frilla. »Ich wartete schon auf dich!«
Thorhall stieß ein böses Zischen aus. Die Friesin trug noch immer ihr Hochzeitsgewand. Sie schien keine Furcht zu empfinden. Das Brautbett war leer, der Norweger verschwunden.
Der Waidmann kniete zu Boden und leuchtete unter das Bett. Dann riß er die bestickten Vorhänge von den Wänden und stocherte mit der Axt in den wollenen Tüchern der Truhe.
»Wo steckt der Feigling?« knirschte er. »Wo kräht der Hahn, der sich von seiner Henne den Schild vorhalten ließ.«
»Aris ist nicht geflohen«, sagte die Friesin. »Ich habe ihn mit einem Schlaftrunk betäubt. Meine Mägde brachten ihn auf Bjarnes Schiff, das längst aus dem Fjord fuhr. Gehe zu deinem Freund Erik und sage ihm, daß der allwissende Gott sich nicht von Heiden überlisten läßt!«
Thorhall stieß schnaubend die Luft aus. Drohend hob er die Axt. Frilla hielt seinem zornigen Blick stand und fügte hinzu: »Ich weiß, daß du schon mehr als eine Frau getötet hast. Lasse dein Beil also niederfahren! Mir bangt vor deiner Wut ebensowenig wie vor dem Tod oder Teufel. Gott der Herr bestimmt meine Stunde, nicht du, der du nur Satans Werkzeug bist!«
»So klein und zierlich du scheinst«, rief Thorhall mit vor Haß verzerrter Stimme, »so sehr gleichst du doch der Riesin Hyrokian an Bosheit und Zauberstärke. Wer weiß, ob nicht ein Spuk mein Auge trügt und du in Wahrheit ein Trollweib bist, das die Gestalt

einer Menschenfrau annahm! Gewiß weilt der Norweger immer noch hier, und du verwirrst mich mit Blendwerk, so wie einst Svan die Verfolger seines Sohnes mit einem nebelspeienden Ziegenfell täuschte!« Suchend spähte er in alle Ecken und ließ seine Waffe durch die Luft sausen. »Zeige dich endlich, du Neiding!« rief er dazu.
»Törichter Heide!« spottete Filla. »Sieh doch erst einmal nach, ob noch alle Schiffe auf dem Strand liegen!«
Der Waidmann wandte sich um und eilte durch die Halle zur Tür. Erik sah ihm verwundert nach.
Am Strand schrie der Waidmann voller Zorn: »Weiber und ein Knechtsgott schützten dich vor mir. Aber wo du dich auch verkriechst, ich werde dich finden!« Noch am nächsten Tag war er so zornig, daß er einen seiner Knechte erschlug, nur weil dieser versehentlich auf den Schatten seines Herrn getreten war.

Wie Dankbrand, Tyrker und Aris nach Island fahren

Aris wachte erst in der Halle zu Herjulfsspitz wieder auf. Dankbrand sagte zu ihm: »Gräme dich nicht. Es gab keinen anderen Weg, dich zu retten.« Er erzählte dem Norweger, was in Gardar geschehen war. Aris hörte schweigend zu. Am Schluß sprach der Ritter: »Ich habe eingesehen, daß du doch kein so übler Kerl bist. Außerdem sind wir jetzt miteinander verschwägert, auch wenn Frilla nur meine Halbschwester ist: Meine Mutter stammte aus sächsischem Adel; nach ihrem Tod vermählte mein Vater sich mit einer friesischen Grafentochter. Ich hege keinen Groll mehr gegen dich, da du für mich und auch für meine Schwester dein Leben gewagt hast.«
»Warum hat sie mir das angetan?« flüsterte Aris traurig.
»Weil sie dich nicht anders retten konnte, du Dummkopf!« rief Bjarne bewegt.
Dankbrand nickte und sagte: »So gleichgültig warst du meiner Schwester denn doch nicht, daß sie zugeschaut hätte, wie dich der Rote erschlug. Denn es ist nicht Brauch bei Christen, einen Menschen tatenlos dem Tod zu überlassen.«

»Aus Mitleid handelte sie«, stöhnte Aris verzweifelt, »nicht aus Liebe!«
»Nimm dich zusammen!« sprach Dankbrand streng. »Frilla hat dich nie geliebt und wird dich niemals lieben. Sie ist eine Nonne!«
»Voller Geheimnisse ist euer Glaube«, staunte der Norweger, »daß ihr nach einem Keuschheitsgelübde auch noch ein Ehegelöbnis ablegen könnt!«
»Die Regel ist das nicht«, murmelte Tyrker bedrückt. »Aber in diesem Fall blieb uns nichts anderes übrig, als die Gesetze der Kirche ein wenig weitherziger auszulegen. Mir scheint überhaupt, daß ein Priester in diesen Nordländern nicht alles wörtlich befolgen darf, was in den päpstlichen Sendschreiben an die Missionen steht! Doch wenn das Wort des Herrn siegen soll, mögen die Grundsätze seiner Diener ruhig ein wenig leiden.«
Aris faßte sich: »Was wollt ihr nun tun?«
»Wir segeln nach Island«, klärte ihn Dankbrand auf. »Bjarne berichtete uns von zwei Zwillingsbrüdern, alten Gefährten von euch, aber bereits getauft.«
»Helge und Finnbogi«, murmelte Aris. »Sie haben christliche Irländerinnen gefreit.«
»Richtig«, ließ sich Herjulf vernehmen, »ihr Vater Kjartan Keilbart wohnt im Lachstal an der Breitfjordmündung. Dort findet ihr am ehesten Hilfe, wenn ihr den Eisländern von Gott künden wollt.«
Am nächsten Tag brachten sie Ulf, Gorm und Glum auf die Forkeninsel. Dankbrand gab den Wikingern soviel Silber, wie er ihnen in Süderland versprochen hatte. Dann fragte er Aris: »Willst du jetzt deinen Anteil oder fährst du mit uns nach Island?«
»Ich komme mit«, sagte Aris.
Als sie die Leinen lösten, schneite es schon. Sie fuhren mit starkem Schiebewind und erspähten schon bald die Gipfel des Schneeberggletschers. An der Mündung des Lachswasserflusses sahen sie den Doppelkiel der Kjartanssöhne. Neben der Schnigge lag ein prächtiger Drachen.

Dankbrand sandte einen Boten zu Kjartans Hof. Der Keilbart kam selbst, die Fremden willkommen zu heißen. Seine Söhne begleiteten ihn. Sie hatten ihren Pferden hölzerne Truger unter die Hufe geschnallt, damit sie nicht im Schnee versanken. Denn es war nun schon wieder spät im Jahr.

Kjartan erwies Tyrker viel Ehre und sagte »Vater« zu ihm. Stolz führte er die Gäste in seine Halle, an deren Ostwand ein Birkenkreuz prangte. Auf dem Ehrensitz sahen sie Thorir den Weitfahrer lagern.

»Ach, dir gehört der Drachen!« entfuhr es Aris.

»Sind wir uns denn schon einmal begegnet?« fragte der Weitfahrer.

»Vor acht Jahren im Borgfjord«, klärte Aris ihn auf. »Ich reiste damals mit Bjarne Herjulfssohn nach Grönland und weiß noch gut, was du von den zehn Jungfrauen unter den Wellen erzähltest. Hast du noch immer keine Christensklavin gefunden, die den Bann von dir nimmt?«

»Still!« sagte Thorir verlegen; die anderen lachten. Der Weitfahrer schnitt ein Gesicht und gestand: »Es war eine große Torheit von mir, daß ich glaubte, mit dem Allmächtigen feilschen zu können.« Dann aber lächelte er: »Jetzt bin ich selbst getauft. Wenn Gott will, werde ich eines Tages doch noch nach Grönland segeln. Und dann wirklich mit einer Christin an Bord, wie ich es mir damals vornahm.«

»Thorir ist auf die Freite gegangen«, erklärte Kjartan, »niemand anders als die schöne Gudrid ist es, um die er wirbt, die Tochter Thorbjörn Wifilssohns vom Warmquellenhang.«

Aris erinnerte sich an den Namen und fragte verwundert: »Thorbjörns Tochter ist Christin? War er nicht Herjulfs erbittertster Feind, als dieser hier vor acht Jahren den neuen Glauben annahm?«

»Du hast recht«, sagte der Keilbart. »Doch glücklicherweise verlieh Christ der Tochter einen milderen Sinn als dem verstockten Vater.« Er wies in Richtung des Schneeberggletschers. »Gudrid ist das schönste Mädchen, das je auf Island geboren wurde.«

Dann schilderte Dankbrand ihre Erlebnisse im Eriksfjord. Helge

Kjartanssohn sprach zu dem Ritter: »Jetzt erkenne ich dich wieder. Du fochtest zu Brimun mit Thorhall dem Waidmann! Heute sind wir Christen und wollen euch beistehen.«
»Das können wir gut brauchen!« rief Tyrker eifrig. »Denn wir wollen nun auf dieser Insel die Worte Christi befolgen, die lauten: Gehet hin und lehret alle Völker.«
»Wie lange seid ihr denn schon unterwegs?« wunderte sich der Weitfahrer. »Jarl Hakon, der Christenhasser, ist doch längst tot! Olaf Tryggvessohn heißt Norwegens neuer König, und er ist ein Christ geworden. Ich selbst empfing an seinem Hof die Taufe.«
Tyrker und Dankbrand staunten sehr, als sie das hörten. »Bei allen Aposteln!« entfuhr es dem Mönch. »Ist das wahr? Wie war das möglich?« Thorir stärkte sich mit einem Schluck aus dem goldumrandeten Stierhorn und erzählte: »König Olafs Bekehrung war ein großes Wunder. Ein Einsiedler vollbrachte es, auf den Scilly-Inseln an der Südwestspitze Ängellands.«
»Der Glaube konnte ihm so neu nicht sein«, zweifelte Dankbrand. »Ich selbst habe Olaf davon viele Male berichtet, schon vor Jahren, als wir uns im Wendenland trafen.«
»Du kennst den König?« fragte Thorir verblüfft. »Warum fuhrst du dann nicht nach Nidaros? Olaf hätte dir gewiß Schiffe und Mannschaft gegeben!«
»In Brimun wußten wir noch nicht, daß er Christ wurde«, antwortete der Ritter. »Als Heiden aber hätte ich ihn wohl schlecht bitten können, uns gegen seine Glaubensbrüder zu helfen.«
»Das hätte Olaf kaum gestört«, lächelte Thorir.
Müde fuhr sich Dankbrand über die Augen. »Wir vertrauten auf Gott. Mit Hilfe des Herrn wäre es uns leicht gelungen, Frilla aus den Händen dieser Heiden zu befreien. Gegen den Willen Gottes aber hätte selbst ein Olaf Tryggvessohn mit dreißig Drachen nichts ausrichten können.«
»Freilich, der Christ ist noch stärker als selbst der mächtigste König«, mußte Thorir nun zugeben.
»Der Allmächtige ließ unsere Fahrt scheitern, weil er wünscht, daß wir auf Island den Samen des Glaubens verstreuen«, sagte der Mönch.

»Wußtet ihr, daß Jarl Hakon in seiner Lüsternheit sogar den Frauen und Töchtern der Freibauern nachstellte?« erzählte Thorir nun. »Wenn ihm eine gefiel, ließ er sie von seinen Leuten auf offener Straße ergreifen und in seine Kammer schleppen. Männer, die ihre Frauen verteidigten, ließ er von seinen Bewaffneten niederhauen. Kein Wunder, daß das Volk den Blutjarl haßte! Davon erzählte ich dem Tryggvessohn in Dyfflin. Ich wußte, daß die wehrfähigen Männer in Scharen zu ihm überlaufen würden. Und so kam es dann auch. Hakon floh. Ein Knecht erdolchte den Jarl im Versteck unter einem Schweinestall. Olaf stieg auf den Thron und sagte, daß nun jeder Norweger Christ werden müsse. Ich tauchte als erster ins heilige Becken.«
Als Tyrker das gehört hatte, pries er die Macht seines Gottes in lauten Worten und ruhte nicht eher, bis alle mit ihm in ein Dankgebet einstimmten. Am nächsten Morgen begann der Mönch auf dem Isenstein das Wort des Christ zu verkünden.

Wie der Waidmann einen Strandhieb auf die Weißmännerinsel führt

Auf Steinhalde sagte Erik mißmutig zu Thorhall: »Die Ehe, die ich zu stiften gedachte, ist offenbar gültig, doch nicht vollzogen. Also brauche ich mit Bjarne einstweilen gar nicht über den Eissturmvogel zu reden. Ich habe keine Lust, mich auch noch unter die Traufe seiner Hohnreden zu stellen! Wir wollen so tun, als wäre nichts geschehen. Ich denke, daß wir diesen Norweger nicht zum letzten Mal sahen. Und wenn er wieder auftaucht, will ich schon dafür sorgen, daß er Frilla ins Bett kriegt, ob sie es will oder nicht!«
»Ich möchte nur wissen, wer unseren Plan verriet«, knurrte der Waidmann.
»Das kriegen wir schon noch heraus«, meinte der Rote. »Daß du mir diesen Aris nicht etwa erschlägst, wenn du ihn irgendwo triffst!«
Eriks Söhne baten ihren Vater, sie mit dem Nordroß nach den neuen Inseln segeln zu lassen, aber der Rote erwiderte: »Das Schiff ist schon zu alt für eine so weite Reise.«

»Warum läßt du dir nicht in Norwegen ein neues bauen?« fragte Leif.
»Weil dort jetzt ein Knechtsgottanbeter herrscht«, antwortete Erik grimmig, »der alle Asendiener foltern und umbringen läßt! Aber ihr werdet bald eine Schnigge bekommen.«
Freydis stritt immer häufiger mit ihrer Mutter, denn das Mädchen wollte nicht mehr zum Christengott beten, sondern zu Freya, nach der sie den Namen trug. »Wenn dein Christ so mächtig ist, wie du immer sagst«, höhnte sie, »warum mußt du dann noch immer als Gefangene hier sitzen? Mir soll nicht das gleiche geschehen!«
Thorhall der Waidmann segelte im nächsten Frühjahr nach Dyflin, denn ihm gelüstete wieder nach den Irländerinnen. Er steuerte den Schaumwolf zum Kloster der Heiligen Enda auf der Insel Aran, tötete viele Mönche und verschleppte drei junge Nonnen nach Trutzklipp. Niemand sah sie je wieder.

Wie heftig König Olaf die Norweger bekehrte

Im fünften Frühjahr seiner Nordlandreise fuhr Dankbrand mit Tyrker und Aris nach Norwegen, um König Olafs Hilfe gegen die Grönländer zu erbitten.
Als sie in den Sund von Nidaros segelten, sahen sie zu ihrer Verblüffung den Eissturmvogel an den Schiffswalzen liegen. Noch größer war ihr Erstaunen, als sie am Bug der Schnigge Bjarne Herjulfssohn erkannten.
»Bjarne!« rief Aris. »Was ist geschehen? Ist dein Vater etwa . . .?«
»Nein«, lächelte der Herjulfssohn. »Für diese Fahrt befreite er mich von meinem Gelübde. Denn ich reiste nach Norwegen, um mich von Bischof Sigurd taufen zu lassen. Du bist doch sicher auch schon längst Christ nach so langer Zeit mit diesen eifrigen Dienern der Kirche!«
»Nein«, erwiderte Aris. »Tyrker und Dankbrand wollten mich zwar schon oft bekehren, aber es ist einfach so, daß ich an gar nichts mehr glauben kann.«
»Das lasse den König nicht hören«, warnte ihn Bjarne. »Denn

Olaf hat geschworen, das Christentum überall am Nordweg zu verbreiten. Und er verfolgt dieses Ziel mit so hitzigem Eifer, daß mancher Mann dabei zu Schaden kam! In Tönsberg lud er wie einst Ingjald der Arglistige zehn Opfer in eine Halle und ließ sie darin verbrennen. Andere Diener der Asen band er auf Flutschären fest, so daß sie im steigenden Wasser ertranken — auch ihnen half Odin nicht. Dem Wikinger Eywind Backenspalter setzte der König ein Becken voll glühender Kohlen auf den entblößten Bauch. Dem Adelbauern Raud aus Halogaland sperrte er den Mund mit einem Stück Holz und ließ eine Otter hineinkriechen, die Raud von innen zerfraß! Die goldenen Tempel zu Lade brannte der König nieder. In Möre schlug er das silberne Standbild Thors mit seinem Stab zu Boden und ließ den tapfersten Bauern des Landes, Eisen-Skeggi, niederhauen. Ja, groß ist Christs Macht, und seine Diener müssen keine anderen Götter fürchten.«
»Hölle und Teufel, das ist ein König nach meinem Geschmack«, strahlte Tyrker. »Wir wollen ihm unsere Aufwartung machen.«
»Er jagt in den Bergen«, erklärte Bjarne, »und kehrt erst übermorgen zurück.«
Sie gingen zu der hohen Halle, die Olaf im Jahr zuvor an den Ufern des Flusses Nid hatte errichten lassen. Zwölf Stufen führten zum Eingang empor. Auf der geschnitzten Brustwehr schritten Greife, Kraniche und Bären einher. Vor der Tür warteten Bettler mit weißen Stäben aus geschältem Holz, dem Zeichen der Bedürftigkeit. Drinnen standen prächtig geschnitzte Stühle für sechzig Königsgefährten, dreißig Gäste und dreißig ständige Hausgenossen, dazu lange Bänke für tausend Gefolgsleute und noch einmal so viele Knechte. Vor dem Hochthron glänzten vergoldete Pfeiler; dort, wo sie den Dachbalken auf ihrem Knauf trugen, waren sie von buntem Flechtwerk umwunden. In die Wandtäfelungen waren Bilder aus der Christbibel geschnitzt. Der First lag so hoch, daß ein Drachenschiff hätte darunter hindurchfahren können.
Das Tageslicht drang durch nicht weniger als vierzehn Fenster, alle mit den durchscheinenden Häuten von Kälbern bespannt, so daß die Flammen der Langfeuer mit den Strahlen der Sonne zu wetteifern hatten. Staunend sahen Aris und die Grönländer sich um, denn einen so großen Raum hatten sie noch nie gesehen, nicht

einmal bei ihren Raubzügen durch die Kirchen und Klöster von Ängelland.
Unter den Gästen erblickten sie viele Isländer, darunter auch Gizur den Weißen. Die meisten trugen ihre Taufgewänder.
Am Abend, als sie ihre Schlafkammer aufsuchten, zog Aris Bjarne beiseite und fragte ihn: »Wolltest du nur einen Wunsch deines Vaters erfüllen oder denkst du wirklich, daß der Gekreuzigte mächtiger als der Rotbärtige ist?«
»Seit ich vom neuen Glauben vernahm«, erklärte der Herjulfssohn, »drang er jedes Jahr weiter nach Norden vor. Vorbei ist es dort nun mit den alten, grausamen Bräuchen. Gefangenen wird nicht länger der Rücken am Thorsstein zerbrochen, und in den Zweigen der Bäume hängen nun keine Leichen von Menschen, Pferden und Hunden mehr, mordgierigen Göttern zum Preis. Verstummt ist das Krächzen der Aasvögel an den Opferstätten und niemand bestreicht mehr der Asen Altäre mit Blut. Bald wird der neue Glaube auch Grönland erreichen.«

Von den Westinseln und was Bjarne von König Olaf erhofft

Dann berichtete er von dem Gespräch mit seinem Vater dreizehn Jahre zuvor in Herjulfsspitz und fügte hinzu: »Wie recht er hatte, weißt du ja wohl. Welcher Hof Grönlands ist schöner als unserer, welcher birgt größere Schätze? Mehr als zwei Dutzend Kauffahrer liefen vergangenes Jahr in den Herjulfsfjord ein. Wir schöpfen den Vorteil des Schiffsverkehrs ab wie die Hausfrau den Rahm von der Molke! Doch im vergangenen Herbst verriet uns Thorfinn Karlsefni, daß König Olaf beabsichtige, Norwegens Kaufleuten den Handel mit Heiden zu untersagen. Was würde dann wohl aus Herjulfsspitz? Von den wenigen Dänen und Schweden, die sich so weit nach Westen wagen, können wir kaum genug Gewinn erhoffen, uns gegen Erik mit seinen fetten Weiden zu halten — zumal der König mit seinen Nachbarn im Streit liegt und es vielleicht sogar bald einen neuen Krieg geben wird.«
»Und was ist mit den Weinländern?« wollte Aris wissen. »Warum nimmst du sie nicht in Besitz? Dorthin reicht keines Königs Arm!«

»Du hast ganz recht«, gab der Herjulfssohn zu, »und darin bin ich noch heute anderer Meinung als mein Vater: Wenn wir die Westinseln besiedeln, wird Grönland keineswegs veröden, sondern im Gegenteil weiter aufblühen. Liegt es doch zwischen Norwegen und der neuen Küste wie ein Trittstein zwischen den Ufern des Baches! Darüber werde ich mit König Olaf reden.«
»Du willst dieses Geheimnis mit ihm teilen?« rief Aris überrascht.
»Wenn ich das nächste Mal zu den Westinseln fahre«, erklärte Bjarne, »möchte ich mit einer Flotte segeln, mit Männern, Frauen, Kindern, Saatgut und Vieh — so wie sie einst Erik nach Grönland führte. Dazu brauche ich Olafs Hilfe.«
»Warum suchst du dir nicht auf Grönland oder Island Gefolgschaft?« wollte Aris wissen.
»Sei nicht närrisch!« erwiderte der Herjulfssohn. »Was würden dort die Asenanbeter dazu sagen? Die neue Küste muß dem Christ gehören.« Er beugte sich vor und fügte ein wenig leiser hinzu: »Du weißt doch noch, was dieser sprechende Felsen uns damals zurief! Heute glaube ich, daß uns das neue Land nur deshalb verwehrt bleiben sollte, weil wir damals noch nicht an den wahren Gott glaubten.«

Wie Aris heimkehrt und seinen Vater wiedersieht

Am nächsten Morgen nahm Aris Abschied von Bjarne, Dankbrand und Tyrker und ritt nach dem Hof seines Vaters in Möre. Bard der Braune stand in der Tür, die Axt auf der Schulter. Sein ältester Sohn Asgrim lehnte auf einem Jagdspieß; der jüngere, Asmund, hielt einen Pfeil auf der Sehne. Sie waren allesamt gute Christen und stets vor Wikingern auf der Hut.
Aris lächelte, schleuderte seinem Vater das Schwert vor die Füße und sagte: »Da bin ich nun wieder.«
Der Alte bückte sich, fuhr mit dem Daumen über den Griff der Erbwaffe, erkannte sie und daran auch den Sohn: »Du warst lange fort!«
»Du bist erwachsen geworden, Bruder«, bemerkte Asgrim.
Asmund fügte hinzu: »Deinen Narben zufolge hast du gewiß viel zu erzählen.«

Drei Abende lang mußte Aris von seinen Abenteuern berichten. Er schilderte alle Länder, die er bereist hatte, nur von Frilla sagte er nichts.

Von König Olaf und seinen schottischen Schnelläufern

König Olaf erlegte in diesen Tagen zwölf Hirsche und achtzehn Bären, denn er war ein gewaltiger Jäger. Außerdem verfügte er über tüchtige Treiber. Seine besten Jagdhelfer stammten aus Schottland: Er hatte sie auf einer Wikingfahrt gefangengenommen, hielt sie aber nicht wie Hörige, sondern wie freie Gefolgsleute. Es waren ein Mann und eine Frau: Er hieß Haki, sie Hekja. Bei der Jagd trugen sie gewöhnlich ein Gewand, das sie Kjafal nannten. Es war an den Seiten offen und ärmellos, zwischen den Beinen zusammengeknöpft und von einer Schlinge gehalten. In dieser seltsamen Kleidung eilten sie schneller als Hirsche durch Wald und Gebüsch. Olaf sorgte gut für sie, aber heimkehren ließ er die schottischen Schnelläufer nicht.

In bester Laune trabte der König mit der reichen Jagdbeute durch die Furt des Flusses Nid zu seiner Halle. Sein Apfelschimmel war mit vergoldetem Zaumzeug geschmückt und trug Goldfäden in der geflochtenen Mähne. In seiner Rechten schwenkte der Tryggvessohn einen Lauch zum Zeichen seiner Königswürde. An seiner Seite ritt Bischof Sigurd, der mit dem Langbogen trefflich zu schießen vermochte. Er bat Tyrker gleich, ihm von der Mission auf Island zu berichten. Als der Mönch in gewohnter Weise erzählte, tadelte ihn der Bischof viele Male wegen seiner Flüche. Darum fühlte sich Tyrker fortan in Sigurds Gesellschaft sehr unwohl und mied den Bischof, so gut er konnte.

Dankbrand aber wurde von König Olaf wie ein Bruder begrüßt und mit Ehren bewirtet.

Der König war ein Mann hohen Wuchses und besaß doppelte Manneskräfte. Wenn er unter seinen Fahnen stritt, fing er Wurfspieße und Pfeile im Flug auf, mit der linken Hand so gut wie mit der rechten, und sandte sie mit beiden Händen gleichzeitig zurück. Im Zweikampf hielt ihm keiner stand, und man sagte, daß

er mit seinem Schwert einen Mühlstein bis zum Auge durchhauen konnte.
Olaf war vor allen Männern heiter und sehr geneigt zum Scherzen. Deshalb hatte er an seinem Hof allerhand Spielleute, Harfner, Geiger und Fiedler. Freigebig und reich schenkend kannte man ihn und wenn man zu dieser Zeit auch im ganzen Norden herumgesucht hätte, wäre es doch nicht gelungen, noch einen zweiten so tüchtigen und rüstigen Mann zu finden.

Von des Königs Zorn und Dankbrands Enttäuschung

Als König Olaf von den Anschlägen der Asenanbeter auf Dankbrand erfuhr, geriet er sogleich in große Wut und ließ alle ungetauften Isländer verhaften. Sie wurden gebunden und in den Kerker geworfen. Daraufhin sandte Bjarne einen Boten nach Möre, um Aris zu warnen. Dankbrand trug dem Herrscher nun seine Bitte vor und erklärte, zwei oder drei Drachen würden genügen, den Eriksfjord zu verheeren und Frilla zu befreien. Olaf hörte aufmerksam zu und nickte einige Male. Am Ende sagte er:
»Ich wundere mich, daß du nicht schon früher zu mir kamst. Ich will dir gern beistehen. Aber du mußt dich noch eine Weile gedulden. Erik und Svein, Jarl Hakons Söhne, sind nach Schweden gefahren und hetzen dort jeden Tag gegen mich. Ohnehin scheint mir mein Namensvetter, der Schoßkönig, nicht sehr gewogen, seit ich seiner Mutter Sigrid der Stolzen den Handschuh in das Gesicht schlug und sie eine heidnische Hündin nannte!«
Er erheiterte sich an der Erinnerung und fuhr fort: »Darum seht ihr auf Norwegens Werften in diesen Wochen so viele rührige Hände. Ehe Erik und Svein nicht tot sind, kann ich kein Schiff entbehren!«
Als Bjarne davon erfuhr, sagte er zu dem Ritter: »Christ oder nicht, Könige denken stets nur an den eigenen Vorteil. Und welche Schätze kann Olaf auf Grönland gewinnen? Vielleicht kann ich ihm aber einen Köder vorwerfen, nach dem er wie ein Karpfen schnappt! Denn ich besitze ein Geheimnis, das ihn neugierig machen wird. Daraus wirst auch du dann deinen Vorteil ziehen.«

»Ein Geheimnis?« rief Dankbrand verblüfft. Tyrker fragte neugierig: »Willst du es uns denn nicht verraten, du verdammter Teufelskerl?«
»Du kennst es schon«, gab der Herjulfssohn lächelnd zur Anwort, »du weißt es nur noch nicht.«
Der Mönch sah ihn staunend an. »Das verstehe ich nicht.«
»Erinnerst du dich, daß du dem Roten auf Steilhalde einmal von fernen Weininseln erzähltest?« fragte Bjarne. »Es gibt sie wirklich. Vor dreizehn Jahren schon fand ich sie. Doch mußte ich meinem Vater damals geloben, zu niemandem davon zu sprechen.«
»Aber das ist ja . . .!« rief Tyrker verdutzt. »Ich wußte es! Dankbrand! Ich sagte es Euch. Bei allen Teufeln der Hölle!«
Am nächsten Morgen trat Bjarne in seinem weißen Taufkleid zu Olaf und Bischof Sigurd und sagte: »Was würde der Gekreuzigte uns wohl höher anrechnen, als wenn wir das Banner des Kreuzes auch in den Hallen von Upsala aufpflanzten!«
»Da hast du recht«, antwortete Olaf.
»Aber Olaf Schoßkönig unterhält viele wohlgewappnete Krieger und Schiffe«, fuhr der Herjulfssohn fort. »Groß sind seine Schätze, da seine Vorfahren viele Jahre lang aus dem Reichtum Holmgards, Känugards und der anderen Handelsstädte im Osten schöpften. Das Gardareich gleicht einem Garten Eden, mit Miklagard als dem Baum der Versuchung darin! In unermeßlichen Strömen fließt Silber von dort auf den breiten Strömen nach Norden und bleibt im Schwedenreich hängen.«
»Du verrätst mir nichts Neues«, knurrte der König, »wenig Freude bereitet mir deine Rede!«
»Schweden suhlt sich wie ein fettes Schwein in der Kleie«, fügte Bjarne hinzu, »Norwegen aber liegt wie ein Heringsgerippe im Meer.«
Mit einem Ruck schob Olaf den Teller von sich, so daß Knochen über den Tisch rollten. »Heraus mit dem, was du sagen willst!«
»Norwegens Seefahrer sind nicht etwa weniger unternehmend als die der Schweden«, beeilte sich Bjarne zu erklären. »Im Gegenteil! Wer wagte sich länger hinaus auf das Meer, wer stieß weiter in das ewige Eis vor als die Schiffsleute vom Nordweg? Doch leider fanden sie kein fruchtbares Gardareich und kein sonnendurchglühtes

Serkland, sondern nur karge, unwirtliche Küsten: Schafinseln und Orkaden, Island und Grönland . . .«
»Du brauchst dich dessen nicht zu schämen«, versetzte Olaf stirnrunzelnd. »Ihr tut da draußen, was ihr könnt. Aber besonders verlockend erscheinen mir eure Eilande in der Tat nicht. Ja, wenn dort ein paar wärmere Küsten lägen, die man entdecken, bejagen, vielleicht sogar besiedeln könnte!«
»Länder mit großen Wäldern, zum Beispiel«, pflichtete Bjarne bei.
»Voll mit großen Elchen und Hirschen!« stimmte Olaf begierig zu. »Mit saftigen Wiesen bedeckt, auf denen Kühe fett werden. Mit warmen Sommern und milden Wintern wie in der Normannei. Ja, das wäre etwas, das sich wohl zu erforschen lohnte.«
»Wenn du das ernst meinst, kannst du gleich damit beginnen«, sagte Bjarne und schilderte dem überraschten Tryggvessohn nun seine Abenteuer im Westmeer.
Der König hörte voll Verwunderung zu, und auch der Bischof staunte mit jedem Satz mehr. Am Ende reichte Olaf dem Grönländer sein mit Gold eingefaßtes Trinkhorn und sagte: »Der Wogenwolf rühmte dich nicht zu Unrecht! Ich will deine Fahrt ins Königsbuch eintragen lassen, so wie Ottars Reise ins Bjarmameer für alle Zeit in den Chroniken König Alfreds von Ängelland steht. Aber warum fuhrst du nicht inzwischen schon längst ein zweites oder drittes Mal nach den Westinseln? Warum auch bliebst du nicht länger dort? Ich hätte zumindest die Küstengegend erkundet! Du scheinst nicht besonders neugierig zu sein.«
Bjarne dachte an den sprechenden Felsen und beschloß, von diesem Wunder zu schweigen. Denn König Olaf verabscheute jede Art von Spuk oder Zauber und pflegte alle Hexenmeister, die er in seine Gewalt bekam, auf Trollschären ertränken zu lassen. Statt dessen sagte der Herjulfssohn: »Hätten wir an diesem Ufer nur einen oder zwei Tage verloren, wären wir später ins Packeis geraten und gar nicht mehr wiedergekehrt. Dann könnte ich jetzt nicht hier sitzen und deinen Belehrungen lauschen.«
»Schon gut«, besänftigte ihn der König. »Du bist als besonnener Seemann bekannt und hast wohl gehandelt.«
»Danach mußte ich meinem Vater versprechen, nicht mehr auszu-

segeln, so lange er lebte«, berichtete Bjarne. »Meine Gefährten verpflichtete ich durch einen Eid zum Schweigen.«
»Das war klug«, lobte Olaf. »Sonst hätte sich wohl der verfluchte Jarl Hakon mit dem Ruhm deiner Entdeckung geschmückt.«
»Mein Schiff ist wohl gerüstet, ein zweites Mal in das Westmeer zu segeln«, erklärte Bjarne vorsichtig. »Gern würde ich dazu Siedler anwerben. Noch bindet mich mein Gelübde. Schreibst du aber meinem Vater und schickst Dankbrand und Tyrker mit mir, so läßt sich Herjulf vielleicht umstimmen. Außerdem könnten wir Dankbrands Schwester befreien und wohl auch manchen Asenanbeter taufen.«
Der König dachte lange nach und sagte schließlich: »Ich muß diesen Sommer ins Wendenland fahren. Die Verwandten meiner verstorbenen Frau warten auf mich. Vielleicht gelingt es mir, mit ihnen einen Bund gegen Schweden zu schmieden. Dankbrand und Tyrker sollen mich dorthin begleiten. Denn bei den slawischen Völkern gibt es stets viel zu bekehren. Wenn du jedoch im nächsten Frühjahr wieder nach Nidaros kommst, will ich dir drei Drachen geben. Damit mögt ihr im Eriksfjord heeren, wie ihr wollt. Danach aber sollt ihr nach diesen Westlanden segeln und sie für Gott den Herrn und für mich in Besitz nehmen.«

Wie Sigurd Silberzunge eine Spottstrophe auf Bjarne singt

Bjarne freute sich und sagte: »Das wird die Schweden kränken, wenn diese Länder im Westen wirklich so reich sind und es ihnen nichts mehr nutzt, dir den Ostweg zu versperren!«
»Ich sandte ihnen kürzlich einen Boten«, berichtete der Tryggvessohn, »er kehrte vor zwei Stunden zurück. Du kennst ihn: Sigurd Silberzunge.«
»Der Skalde?« staunte der Herjulfssohn, »Aris erzählte mir, er sei im Teufelsmoor untergegangen!«
»Sigurd hatte Glück und konnte sich bis zur Küste durchschlagen«, klärte ihn Olaf auf. »Wer ist denn dieser Aris?«
»Ein Freund«, antwortete Bjarne vorsichtig, »ein braver und tüchtiger Mann.«

»Ein Christ doch wohl?« ließ sich der Bischof vernehmen. Ehe der Herjulfssohn antworten konnte, ging die Tür auf, und Silberzunge trat ein. Die Männer begrüßten einander. Dann schilderte König Olaf dem Skalden, was Bjarne ihm von den Westinseln erzählt hatte. Sigurd lachte und sang die Weise:

»Ruhig steht am Ruder
Ruhmvoll Grönlands Muhme,
Nagt an ihren Nägeln.
Neugier plagt sie nicht.«

Der Herjulfssohn wurde zornig und rief: »Wo Herren sind, sind auch Narren! Wieviele von deinen Gefolgsleuten brachtest du aus dem Teufelsmoor wieder nach Hause?«
»Bjarne hat recht«, sagte der König streng. »Sein Handeln verdient keinen Spott.«
»Wer spottet denn?« fragte der Skalde launig und schnitt wie von ungefähr an einem Stück Käse herum, bis es wie ein Anker geformt war. Dann drückte er mit dem Messer auf dem Käse herum und erklärte spöttisch: »Ein bißchen weich, aber wohl stark genug, das Schiff des Herjulfssohn festzuhalten, wenn neue Länder winken.«
Bjarne sprang auf, doch der König hielt ihn zurück und sagte zornig zu seinem Sänger: »Deine Zunge ist schnell und giftig wie eine Viper — gib acht, daß ihr Biß nicht dir selbst am meisten schadet!«
»Wäre ich an Bjarnes Stelle gewesen«, rief Sigurd heftig, »würden diese Wunderinseln nicht mehr herrenlos im Westmeer liegen. Dann hätte mein Fuß sie längst für dich erobert!«
»Wenn du schon wieder so begierig nach Reisen bist«, antwortete König Olaf mit Schärfe, »sollst du mit Bjarne nach Grönland fahren und dort mit den Asenanbetern reden. Befiehl ihnen in meinem Namen, daß sie sich Christ unterwerfen sollen!«
»Denkst du, ich habe Angst vor diesen Talgteufeln?« rief der Skalde trotzig. »Sage nur, wann wir abfahren sollen!«
»Morgen!« schrie der König, erzürnt über Sigurds Verstocktheit. Sigurd Silberzunge bemannte seine Schnigge Eiseber. Am näch-

sten Morgen kehrte Aris zurück und wollte seinen Augen nicht glauben. »Sigurd!« rief er. »Ich dachte, du liegst im Moor!«
»Das glaubte ich auch von dir, Junge!« Begeistert hieben die beiden Männer einander auf die Schultern.
»Ihr seid wohl . . .«, murmelte Bjarne, als er das sah. Er wartete eine Weile, dann zog er Aris zur Seite. »Es wird wohl am besten sein, wenn du hier verschwindest und mit uns nach Grönland fährst«, sagte er. »Du kannst bei mir gasten, so lange du willst.«
»Du rätst mir, was mein Herz schon lange verlangt«, rief der Norweger und löste als erster die Leinen. Da konnte jeder sehen, daß er Frilla nicht vergessen hatte.

Wie Sigurds Botschaft von den Grönländern aufgenommen wird

Auf den Hebriden mußten Bjarne und Sigurd zwei Wochen lang auf Fahrtwind warten. Sie erreichten Grönland am letzten Tag des Saatmonats. Herjulf ließ den Skalden zum Ehrensitz führen und lauschte mit Freuden den Versen des Sängers. Als Sigurd schlafen gegangen war, berichtete Bjarne von seinem Gespräch mit König Olaf und sagte: »Es ist nun höchste Zeit, daß du mich von meinem Eid entbindest und mich endlich nach den Westinseln segeln läßt.«
»Ich will darüber nachdenken«, antwortete der Alte.
»Das hast du mir schon mehr als einmal versprochen«, rief Bjarne mißmutig. »Deinen jüngeren Sohn nennt man schon Thorward Tatenlos; ich will nicht Bjarne Ofenhocker heißen!«
Herjulf biß sich auf die Lippen und erwiderte: »Wenn du je wieder nach diesen Westinseln fährst, wirst du womöglich für immer dort bleiben. Mir wäre lieber, wenn das erst nach meinem Tod geschähe. Mindestens aber sollst du warten, bis dein Bruder Thorward geheiratet hat.«
Bjarne gab keine Antwort. Es war ihm aber leicht anzumerken, daß er mit dem Ausgang dieses Gesprächs übel zufrieden war.
Die Grönländer wappneten nun ihre Gefolgsleute und segelten mit Sigurd Silberzunge zum Thing. Dort erbat Erik für den

Königsboten Gehör. Der Skalde überbrachte den Grönländern die Grüße seines Herrn, erzählte vom christlichen Glauben und schloß: »Das aber ist Olafs Wille, daß auch ihr die Taufe nehmen sollt. Denn der König wünscht, daß der ganze Norden ein Leib sei mit ihm als Seele darin. Dann wird er euch seine Gunst gewähren. Weigert ihr euch aber, so trifft euch sein Zorn, und ihr habt euch die Folgen selber zuzuschreiben!«
Den freien Bauern mißfiel diese Rede sehr und Ketil Schiefnase rief: »Olaf herrscht in Norwegen, nicht in Grönland. Uns befiehlt niemand, wen wir anbeten sollen! Wenn er uns seinen Willen aber mit Gewalt aufzwingen möchte, wird er in unseren Fjorden mehr Wasser schlucken als bei seiner Taufe!«
Sigurd riß das Schwert heraus, doch Erik sprang schnell dazwischen und sagte: »Wir wollen das Gastrecht nicht brechen, das einem Königsboten gebührt, auch wenn seine Worte uns ungewohnt klangen. Vor unserer Antwort wollen wir miteinander beraten. Und es wird wohl jeder verstehen, daß daran nur teilnehmen kann, wer noch wie wir den Asen anhängt.«

Wie Erik dem Skalden eine schlaue Antwort gibt

Der Rote bat die Freibauern in seine Hütte und sagte: »König Olaf ist zu mächtig, als daß wir ihn kränken dürften. Wer soll uns beistehen, wenn er sich wirklich entschließt, mit einer Flotte von zwanzig oder gar dreißig Drachen nach Grönland zu fahren? Ich habe wohl gehört, was für ein wagemutiger und unternehmender Mann er ist. Auch könnte er seinen Kaufleuten den Handel mit uns verbieten.«
Die Grönländer sahen den Roten mißmutig an. Einar vom Einarsfjord sagte: »Du wirst allmählich alt, Erik! Auf Island erschlugst du Männer für geringere Worte, als wir sie jetzt aus dem Mund dieses Königstrommlers vernahmen!«
»Da hast du recht«, antwortete Erik mit grimmigem Lächeln, »und ich werde diesem Hund sein Gebell gewiß nicht vergessen. Laßt uns aber nicht vorschnell handeln. Heerfahrer wie Olaf leben meist nicht lange. Verfolgen ihn nicht auch gewaltige Feinde

wie Schwedens Schoßkönig Olaf? Auch habe ich gehört, daß Sigrid die Stolze im vergangenen Jahr Dänemarks König Gabelbart heiratete, um den Tryggvessohn desto sicherer zu verderben. Wer weiß, wie lange sich dieser Christenhund noch auf Norwegens Thron räkelt! Vielleicht fährt Thors Hammer schon bald auf ihn herab. Bis dahin wollen wir warten und vorsichtig sein. Ich werde diesem Schandmaul von einem Sänger sagen, daß wir über seine Worte noch länger nachdenken müssen.«
Er kniff ein Auge zu und schloß: »Zur Zeit kann sich ohnehin keiner von uns taufen lassen, denn auf Grönland lebt kein geweihter Priester. Wir werden schon dafür sorgen, daß das noch eine Weile so bleibt!«
Nun lachten die anderen Bauern, nickten einander zu und Ketil Schiefnase sprach: »Wenn wir einen König bräuchten, Erik, könnten wir keinen klügeren wählen als dich!«
Am nächsten Tag gab Erik vom Stein des Gesetzessprechers aus Grönlands Antwort bekannt. Sigurd Silberzunge sagte zu Bjarne: »An einem Priester soll es nicht fehlen, das werden die Schlauköpfe schon noch merken.«
Am Abend kam Thorhall aus Nordrsetur. Erik ging ihm zum Strand entgegen und berichtete ihm. Als er von Aris erzählte, wetterte es wie mit Schneeschauern über das dunkle Antlitz des Waidmanns. Er griff nach der Axt in seinem Gürtel und grollte mit heiserer Stimme: »Diesmal soll mir der Kerl nicht wieder entkommen!«
»Sei kein Narr!« ermahnte ihn Erik. »Ich brauche Bjarnes Schiff! Außerdem reist er mit dem Königsboten; sein Tod könnte Olaf zum Anlaß dienen, gegen uns auszufahren.«
»Ich fürchte keinen Christenhund, sei er auch König oder Kaiser«, knurrte der schwarze Hüne.
»Deine Stunde kommt bald«, versprach Erik. »Bis dahin laß Aris in Frieden!« Er lächelte höhnisch. »Bjarne ist Christ geworden«, fuhr er fort. »Herjulf und seine Söhne wollen wohl mit Olafs Hilfe noch mehr Macht und Einfluß auf Grönland gewinnen! Vielleicht hat Bjarne dem König auch schon von den Inseln im Westmeer erzählt.«
»Dann will ich gleich fahren und dieses Wunderland suchen«,

sprach Thorhall grimmig. »Mein Stevenhauptmann weigert sich zwar, mir den Weg zu zeigen, weil er Bjarne einst einen Eid leistete. Aber ich werde die neue Küste auch ohne ihn finden. Der Knechtsgottglaube rückt immer weiter nach Norden. Sogar auf Island ließen sich schon viele Leute taufen, und nicht nur Schwächlinge, sondern auch Männer wie Gizur der Weiße und Thorgest der Schädelbrecher! Wir sollten Bjarne und die anderen Kerle erschlagen — Unkraut bespricht man nicht, sondern man reißt es heraus! Die Westinseln sollen Thor, nicht diesem feigen Christ gehören!«
»Aber eben aus diesem Grund müssen wir Aris am Leben lassen«, drängte der Rote. »Nichts gegen deinen Schaumwolf, aber Bjarnes Schiff ist nun einmal das beste. Darum will ich versuchen, Aris zu überreden, daß er nach Gardar kommt.«
»Wende getrost deine Kniffe an«, versetzte Thorhall. »Wenn mir mit Thors Hilfe glückt, was ich mir vorgenommen habe, wird mich auch dieser Christenkönig nicht an meiner Rache hindern. Noch keiner wachte wieder auf, wenn meine Axt ihn küßte!«
Damit wandte er sich um und fuhr noch in der Nacht auf seinem Schaumwolf aus dem Fjord.

Wie Erik Aris nach Gardar lädt

Am Morgen besuchte Erik Herjulf in seiner Halle: »Aus deinem Sohn Thorward ist ein wackerer Jüngling geworden, so daß er im Herbst mit Freydis vermählt werden sollte, wie wir es vor zwölf Jahren geboten.«
»Das wäre auch mein Wunsch«, entgegnete Thorward erfreut.
»Wir waren nicht immer einer Gesinnung, Herjulf«, fuhr der Rote fort. »Doch trennte uns niemals das Schwert. Es ist mein größter Wunsch, daß sich daran nichts ändert.«
»So denke ich auch«, antwortete der Alte und war auf der Hut.
»Gewiß hast du gehört, daß es vor Jahren einmal zu einem Streit zwischen uns und einem deiner Gastfreunde kam«, sprach Erik weiter. »Er heißt . . .« Angestrengt zog er die Stirn in Falten.
»Aris?« fragte Bjarne.

»Jaja, ganz recht!« erklärte der Rote. »Bei Thor, mein Gedächtnis gleicht einem zerschlissenen Hafersack! Nun, ich komme, um dir zu sagen, daß ich keinen Haß mehr gegen den Mann empfinde. Ich wollte ihn nur nicht als Ziehvater meiner Tochter.«
»Aris hegte nie Feindschaft gegen dich«, meinte Bjarne. »Übrigens auch nicht gegen Thorhall. Auf der Knechtskopfklippe rettete er dem Waidmann sogar das Leben.«
Aris wurde rot. »Jeder andere hätte an meiner Stelle genauso gehandelt.«
»Du bist ein mutiger Mann«, lobte Erik. »Auch deshalb wünsche ich, daß uns kein Hader mehr entzweit. Ich biete dir meinen Frieden an und auch den Frieden Thorhalls, mit dem ich gestern sprach.«
»Der Waidmann war hier?« rief Aris überrascht.
»Bei Thor, mein Schwurbruder hätte wohl nicht so freundlich mit dir gesprochen!« meinte der Rote. »Aber er überließ mir die Entscheidung. Ich will, daß du nach Gardar ziehst und dort endlich mit deiner Frau zusammenlebst.«
Verblüfft sah Aris Herjulf an. Nach einer Weile antwortete der Alte: »Wir werden darüber beraten.«
Der Rote nickte ihnen zu, erhob sich und kehrte in seine Hütte zurück. Dort fand er Freydis.
»Gut, daß du da bist«, sagte er gleich. »Dieser Norweger, Aris, wird bald zu euch nach Gardar kommen und eine Weile bei euch wohnen. Bezwinge deinen Stolz und entbiete ihm ein fröhliches Willkommen! Ich möchte, daß er sich wohlfühlt. Erweise auch deiner Mutter mehr Liebe als sonst! Ich will in nächster Zeit nichts von Zank und Hader hören.«
In Bjarnes Hütte meinte Sigurd Silberzunge indessen: »Ihr müßt von Sinnen sein! Der Kerl ist verschlagen wie ein Luchs!«
»Aris soll selbst entscheiden«, schlug Bjarne vor. Von seiner Abmachung mit Erik über den Eissturmvogel sagte er nichts.
»Ich sehne mich nach keinem anderen Ort der Welt«, murmelte Aris.
»Nun habt ihr es alle gehört«, rief Bjarne. »Halte die Augen offen! Vielleicht erfährst du etwas, das für uns von Nutzen sein kann.«
Aris wanderte über die Landenge nach dem Hof Gardar. Frilla

geleitete ihn auf den Hochsitz des Hausherrn, füllte mit eigenen Händen ein Trinkhorn und reichte es ihrem Gemahl.
»Was damals zwischen uns geschah, tut mir von Herzen leid. Du bist gewiß kein schlechter Mensch und hattest es nicht verdient, so hinters Licht geführt zu werden.«
»Du brauchst dich nicht zu entschuldigen«, wehrte Aris ab. »Ich verdanke dir mein Leben.«
Frilla rief nach Braten und Kuchen. Während sie aßen, ließ sie sich von Island und Nidaros erzählen. Am Ende erklärte sie freundlich: »Thorfinn Karlsefni lobte dich sehr, als er von deinem Kampf mit Erik erfuhr. Er trug mir auf, stets gut für dich zu sorgen, solltest du je wiederkehren.«
»Ich bin kein anspruchsvoller Mensch«, erwiderte Aris, »und erwarte nicht mehr als die Sitte.«
Frilla war nun dreißig Jahre alt und steckte schon die ersten grauen Strähnen an den Schläfen auf. Doch ihre Lippen waren noch fest, ihre Wangen noch glatt und in ihrer voll erblühten Schönheit erschien sie Aris begehrenswerter als je zuvor. Nach einem verlegenen Hüsteln fügte er eilig hinzu: »Natürlich nur, soweit es auch deinen Wünschen entspricht.«
Ein Ausdruck von Traurigkeit zeigte sich nun auf Frillas Antlitz und leise erwiderte sie: »Eines kann ich dir auch jetzt nicht geben. Nicht, weil du einst raubend und mordend durch meine Heimatstadt zogst. Erst recht nicht, weil du ein Nordmann bist. Auch deshalb nicht, weil du noch immer nicht an den wahren Gott glaubst. Sondern weil ich, wie du wohl weißt, zur Nonne geweiht bin und mein Gelübde nicht brechen darf. Mit Leib und Seele gehöre ich Christ allein.«
»Was für ein grausamer Gott!« entfuhr es Aris, »der seine Macht dazu mißbraucht, Menschen um ihr Glück zu bringen!«
Frilla wollte ihn trösten, aber der Norweger sagte heftig: »Jedes Wort aus deinem Mund vertieft die Wunden in meinem Herzen.«
Er trank nun unmäßig Met, und als der Vorrat verbraucht war, rief er nach Bier. Die Mägde brachten ihm Kanne um Kanne. Als die Talglichter angesteckt wurden, zog sich Frilla zurück. Aris zechte weiter, denn nichts gleicht der Verzweiflung eines Mannes, dessen Liebe nicht erwidert wird.

Als der Karlswagen Mitternacht anzeigte, war Aris stärker betrunken als jemals zuvor. Frillas Antlitz erschien vor seinem inneren Auge und Sehnsucht nach ihrer Umarmung erfüllte sein Herz. Immer wieder grübelte er darüber nach, ob sie, vielleicht mit Hilfe des Mönchs, von ihrem Gott geschieden werden könne.
Später kamen ihm Skaldenverse in den Sinn, die davon erzählten, wie man spröde Frauen verführt, kühle erhitzt und keusche zu lustvollen macht. Stets war in diesen Liedern die Rede von würzigem Wein und werbendem Wort, von Lachen und Scherzen, auch von verstohlenen Winken und Fingerzeigen, von Blicken, vom Lächeln der Lippen und Locken des Lids, aber auch vom munteren Spiel der Verstellung und vom Erwecken der Eifersucht. Ebenso dachte Aris an viele kleine Geschenke, mit denen Männer die Herzen der Frauen bestürmen, auch an heimliche Gesten, doppeldeutige Worte und allerlei andere Anspielungen, von denen die Skalden oft so beredt sangen. Aber es fiel ihm kein Vers ein, der die Verführung einer Christennonne beschrieb.
Nach solchen Gedanken stieg in Aris Unwillen auf und er versuchte, Frilla aus seinem Sinn zu vertreiben, indem er sich die Gesichter seiner alten Gefährten vor Augen rief. Mit hallender Stimme sang er dazu seine liebsten Schlachtenlieder. Zum Schluß stimmte er in seiner Enttäuschung Frilla zum Trotz das fröhliche alte Seeschäumerlied an, das mit den Zeilen ausklingt:

»Schlagtot! Schlagtot! Der Steven
Stößt steil gen Feindes Strand.
Blut schäumt wie Bier im Bottich,
Brau'n wir mit Feuers Brand!
Kiel dann und Knochen krachen.
Kühl keuscher Weiber Kuß!
Schwer aber Silbers Schätze!
Schlagtot! hallt Wikings Gruß!«

Diese Verse sang er dreimal mit immer lauterer Stimme. Dann stieg ihm das Bier in den Beinen empor. Mit Mühe kletterte er vom Hochsitz herab und wankte in die Kammer. Dort goß er sich die letzte Kanne in die Kehle. Doch das Feuer seiner Leidenschaft

ließ sich auch jetzt nicht löschen und als er auf dem Bett lag, sah er in der Schwärze der Dunkelheit wieder Frillas Gesicht vor sich. »Verfluchter Christengott!« schrie er. »Verdammter Dieb! Stelle dich mir auf dem Holm, dann werden wir sehen, ob du mehr Liebe verdient hast als ich!«
Der Gekreuzigte gab jedoch keine Antwort. Aris schlief endlich ein, und bald erblickte sein träumendes Auge Frilla in noch viel schönerer Gestalt. Denn nun war ihm plötzlich, als sei die schöne Friesin in seine Kammer getreten, von Mitleid, doch auch von eigenem Sehnen getrieben.

Von Wikingerliebe in dunkler Nacht

Staunend sah Aris, wie sie im Schein einer kleinen Kerze an sein Nachtlager trat. Frillas kastanienbraunes Haar fiel in reichen Wellen auf die schmalen Schultern. Ihre makellose Stirn schimmerte weiß wie Milch und ihre feinen Nasenflügel bebten wie die Weiche der Hündin, die vor ihrem Jäger steht. Zwischen sanft gerundeten Wangen lächelte scheu ein Mund, der schweigend Süße verhieß, mit Lippen, die sich zu öffnen versprachen. Ein dünnes Nachtkleid aus edlem Tuch umhüllte den schlanken Körper. Der Stoff glitt vom bloßen Ansatz des Busens in verspielten Schwüngen bis zu den zierlichen Lenden, und Aris fühlte in sich die Erregung aufsteigen wie ein Gewitter an einem schwülen Sommertag. Er richtete sich auf, um Frilla an den Händen zu ergreifen und an sich zu ziehen, doch seine Augen sahen nur finstere Schwärze. »Nur ein Traum!« lallte er trunken und traurig, »nur ein Traum!« Er sank in seine Felle zurück und versuchte wieder zu schlafen, da fühlte er plötzlich den Hauch warmen Atems an seiner Achsel, und eine zarte Hand strich sacht über seine erhitzte Stirn.
»Laß mich in Ruhe!« murmelte er. »Du kannst mich nicht noch einmal täuschen!«
Statt einer Antwort fuhr nun eine feuchte Zunge in sein Ohr. »Was . . .!« rief Aris, da legte sich eine weiche Hand auf seinen Mund. Als er sie fortschob und »Frilla!« sagte, preßten sich zwei weiche Lippen auf die seinen, und eine Zunge, die herrlicher

schmeckte als Wein, stieß zwischen seinen Zähnen hindurch. Nach einer ganzen Weile endete der Kuß und eine erregte Stimme wisperte in sein Ohr: »Still! Nun werden wir Mann und Frau sein!«
Wie tosende Wasserfälle stürzten nun die Empfindungen über Aris herein. Er fühlte ihre kühle Hand an seine Lenden gleiten, ihre nackte Brust drängte sich wie ein junger Vogel in seine Hand und das seidene Haar ihrer Hüfte streifte wie Samt seine Knie. Sein Blut raste durch seine Schläfen wie Sturmwind durch einen hohlen Stamm. Wieder tauschten sie Küsse, und seine bebenden Finger erforschten jeden Winkel ihres Leibes. Dann wand sie sich schlangengleich auf seinen Körper. Ein lustvolles Stöhnen drang von ihren Lippen.
»Frilla!« seufzte er glücklich. »Wie eine Göttin bete ich dich an und folge dir selbst in den Tod. Alles will ich für dich aufgeben und alles für dich tun, was immer du verlangst!«
Sie lachte leise und antwortete: »Wie schön, dich so glücklich zu sehen, Aris! Wie gern höre ich deinen Schwur! Du sollst auch bald erfahren, was ich von dir wünsche. Wenn du aber wirklich nur Frilla und keine andere begehrst, solltest du jetzt deine Hand von mir nehmen. Denn ich bin Freydis!«

Vom Preis des Schweigens

Am nächsten Morgen wachte Aris erst auf, als die Sonne dem Gipfel des Tagbogens nahte. Die Erinnerung an die vergangene Nacht schmeckte ihm wie ein Kübel Jauche. Ohne Frühstück verließ er den Hof und wanderte zum Strand. Ein frischer Wind bewegte die Zweige der Weiden. Flache Wellen plätscherten, doch ihr ewiggleiches Lied tröstete Aris nicht. Er setzte sich auf einen Felsen und starrte blicklos auf den blauen Fjord. Da hörte er hinter sich plötzlich ein helles Lachen, und eine fröhliche Stimme rief: »Endlich ausgeschlafen? Ich warte schon auf dich!«
Seufzend wandte Aris sich um. »Ich hoffte schon, alles wäre nur ein Traum gewesen.«
Lächelnd stieg Freydis von einer sanften Düne zu ihm herab. Der

Wind spielte mit ihrem blauen Kleid, und Aris konnte nicht anders, als die frische Schönheit der Erikstochter zu bewundern. Als sie seine Blicke bemerkte, drehte sie sich keck in den Hüften.
»Bist du sehr böse mit mir?« fragte sie launig.
»Es tut mir leid. Ich war betrunken ... Ich wußte nicht, daß du es warst ...«
»Jetzt müßte ich wohl gekränkt sein!« lachte Freydis. Ihre blauen Augen funkelten spöttisch. »Das klingt ganz anders als die Süßigkeiten, die du heute nacht in mein Ohr keuchtest!«
»Ich sagte doch, ich hatte zuviel getrunken!« wehrte sich Aris. »Ich wollte es nicht, glaube mir!«
»Mag sein, daß dein Geist schon schläfrig war«, neckte sie ihn, »dein Körper aber fühlte sich noch sehr wach an.«
»Deiner auch!« gab Aris verärgert zurück. »Soviel weiß ich jedenfalls noch, daß ich nicht dein erster Mann war!«
Wenn er sie dadurch zu treffen gehofft hatte, mußte er nun enttäuscht sein, denn die Erikstochter lachte und erwiderte: »So betrunken warst du also nicht! Aber dir kann ich es jetzt ja sagen: Wenn Grönländerinnen mit zwölf Jahren heiratsfähig werden, war ich schon mit elf eine Frau. Doch wem ich das danke, wirst du niemals erfahren!«
»So hast du genauso gegen die Sitte verstoßen wie ich«, versetzte Aris in neuer Hoffnung. »Außerdem bist du keineswegs schuldlos an dem, was zwischen uns geschah.«
»Das wird dich nicht retten, wenn ich zu meinem Vater gehe«, erwiderte Freydis spöttisch. »Vergiß nicht, daß du mein Stiefvater bist. Du weißt wohl, wie man mit Männern verfährt, die ihre Töchter mißbrauchen.«
Aris schwieg. Freydis fügte hinzu: »Und was wird erst deine geliebte Frilla sagen, wenn sie erfährt, daß du mit mir Unzucht triebst?«
»Was willst du also?« stieß Aris mühsam hervor.
»Es wird dich weder Geld noch Ehre kosten«, erklärte Freydis mit sanfter Stimme. »Du sollst meinem Vater nur sagen, daß du deine Ehe endlich vollzogst.«
Überrascht starrte Aris sie an. »Warum?« fragte er.
Freydis seufzte. »Ich liebe meinen Vater sehr«, erklärte sie. »Aber

seit vielen Jahren ist seine Ehe unglücklich. Und ich bin daran schuld!«
»Du?« fragte Aris verblüfft.
»Ja«, sagte Freydis. »Ich bin es doch, die Thorhild stets an meines Vaters Treuebruch erinnert! Darum darf ich auch nicht auf Steilhalde wohnen.« Sie ballte die Fäuste und fügte mit blitzenden Augen hinzu: »Aber das wird sich bald ändern!«
»Das ist doch schon so lange her!« staunte Aris. »Dein Bruder Thorwald, nach dir geboren, bezeugt die Versöhnung deines Vaters mit seiner Frau. Und selbst wenn es nicht so wäre, könnte Erik dir doch keine Schuld an seinem Fehler geben!«
»Solange meine Mutter allein lebt, gibt Thorhild ihr Mißtrauen niemals auf!« rief Freydis zornig. »Darum wollte mein Vater so gern, daß du in Gardar wohnst.«
»Aber ich kann doch nicht nach Steilhalde gehen und dort lauthals verkünden, daß ich mit Frilla schlief!« wehrte sich Aris.
»Mein Vater wird kommen und dich fragen«, sagte die Erikstochter. »Antworte ihm, wie ich es dir auftrug! Dann wird niemand von unserer Nacht erfahren.«
Aris preßte die Lippen zusammen. »Ich habe wohl keine andere Wahl.«
»Nein«, sprach Freydis mit harter Stimme. »Entweder du lügst oder Frilla wird dich ihr Leben lang hassen.«

Wie Aris Erik und Bjarne belügt

Dann eilte die Erikstochter zu ihrem Vater. »Ich weiß etwas«, sagte sie. »Aber ehe ich es dir verrate, will ich, daß du mir einen Wunsch erfüllst.«
»Oho!« lachte Erik. »Du willst mit deinem Vater handeln?«
Schmeichelnd schlang Freydis die Arme um seinen Hals. »Es ist nichts Unbilliges«, bettelte sie.
»Also gut!« antwortete der Rote.
»Bjarnes Schiff gehört dir«, erklärte Freydis stolz. »Aris kam heute früh aus Frillas Kammer.«
»So schnell ging das?« rief Erik überrascht. Er hielt seine Tochter

auf Armeslänge vom Leib und blickte sie forschend an. »Hast du es selbst gesehen?«

»Frage Aris doch selbst«, lächelte Freydis. »Er wird es gewiß nicht leugnen — stolz, wie ihr Männer nun einmal auf eure Erfolge bei Frauen seid!«

Der Rote warf den Kopf zurück und lachte schallend. »Und was verlangst du nun?« wollte er wissen.

»Ich will«, bat seine Tochter, »daß du mir erlaubst, künftig bei dir auf Steilhalde zu wohnen.«

»Du weißt doch, daß das nicht allein in meiner Macht liegt«, wehrte Erik ab. »Thorhild . . .«

»Lasse mich mit ihr reden«, bat seine Tochter.

Der Rote zuckte die Achseln. »Es wird nicht viel dabei herauskommen.«

»Außerdem«, fügte Freydis schnell hinzu, »sollst du den Vorteil, den du aus meiner Nachricht ziehst, mit mir teilen. Denn ohne Grund hast du mir damals beim Thing gewiß nicht befohlen, Aris freundlich entgegenzutreten.«

Erik lachte wieder. »Du bist mir die Richtige! Ich bin stolz auf dich!«

Freydis lächelte. Ihr Gesicht glühte.

Der Rote erzählte seiner Tochter nun von seiner Abmachung mit Bjarne und schloß: »Ich will mit dem Eissturmvogel nach den Westinseln fahren. Du bist noch zu jung für eine solche Reise. Aber wenn ich zurückgekehrt bin, schenke ich dir das Schiff.«

»Lieber käme ich mit dir«, erwiderte Freydis. »Dann wärst du nicht allein.«

»Darum brauchst du dich nicht zu sorgen«, lächelte Erik.

»Nein?« rief Freydis unmutig. »Wer ist es, der dich an meiner Stelle begleiten darf? Thorstein?«

Der Rote schüttelte lachend den Kopf. »Thorstein ist mein Erbe. Falls ich nicht zurückkehre, wird er Grönlands neuer Thingsprecher sein. Bliebe Thorstein aber mit mir auf See, so sähe das anders aus. Leif ist nur ein Zweitgeborener.« Er lächelte. »Allerdings ein tüchtiger Bursche«, fügte er hinzu. »Ja, ich glaube, ich werde Leif mit nach den Westinseln nehmen.«

»Das wird Thorstein bitter schmecken«, wandte seine Tochter ein.

»Ich werde ihm einen eigenen Hof am Eriksfjord schenken«, meinte ihr Vater munter. »Dann ist er schon jetzt sein eigener Herr; das wird ihm gefallen. Auf diese Weise wird auch sein Ansehen unter den Freibauern weiter steigen.«
Danach fuhr Erik zu dem Fjord nach Gardar. Als Aris ihn kommen sah, ging er ihm ein Stück entgegen.
»Wie geht es dir, Aris?« rief ihm der Rote leutselig zu. »Hast du dich schon ein wenig eingelebt?«
»Ich bin zufrieden«, antwortete der Norweger.
Erik legte Aris den Arm um die Schultern und zog ihn mit sich zum Strand. Er sprach erst von Gardars guten Böden und seinen fruchtbaren Ernten, dann auch vom Wetter und daß der Winter in diesem Jahr wohl etwas strenger als sonst ausfallen werde. An einem Felsen blieb er stehen und sagte: »Verüble es mir nicht, daß ich dir nun eine Frage stelle, die vielleicht ein wenig unschicklich klingt. Es ist aber so, daß ich mit meiner Frau nicht wie früher in Eintracht zusammensein kann, da sie mir immer noch wegen Frilla mißtraut. Sie wäre endgültig beruhigt, wenn ich ihr sagen könnte, daß Frillas Ehe mit dir nicht nur zum Schein besteht.«
»Es geht dich zwar nichts an«, murmelte Aris, »aber wir sind nicht anders verheiratet als alle anderen Eheleute auf Grönland auch.«
»Wirklich?« rief Erik begeistert und hieb dem Norweger auf die Schulter. »Du weißt nicht, wie sehr mich das freut.«
Am nächsten Morgen sandte er einen Boten nach Herjulfsspitz. Aris wunderte sich sehr, als Bjarne einige Tage später mit dem Eissturmvogel vor Gardar erschien.
»Ist es wahr, daß du mit Frilla die Ehe vollzogst?« wollte der Herjulfssohn wissen.
»An den Geschehnissen in meiner Schlafkammer scheint ganz Grönland Anteil zu nehmen«, erwiderte Aris ein wenig verstimmt. »Aber wenn ich es schon Erik sagte, will ich es auch dir nicht verschweigen. Ja!«
»Nun, das kann man dir wohl kaum übelnehmen«, meinte Bjarne, ließ den verblüfften Norweger stehen und stieg wieder auf sein Schiff. Erstaunt sah Aris den Herjulfssohn dann nach Steilhalde rudern.

Wie Aris die List des Roten endlich durchschaut

Eriks Sohn Thorstein war wenig zufrieden und sagte zu seinem Vater: »Mit mir teilst du die Pflichten, mit Leif aber den Ruhm!«

»Du sollst als nächster ausfahren«, versprach Erik ihm, »dann aber nicht mit mir, sondern allein und zum Klang deines eigenen Namens.«

Einige Tage später ritt der Rote wieder zu Aris und fragte ihn: »Willst du mit mir nach den Westländern segeln? Bjarne selbst verriet mir euer Geheimnis. Du bist ihm deshalb nicht länger verpflichtet.«

»Dennoch werde ich dir nicht den Weg zu den Westinseln zeigen«, antwortete der Norweger.

»Du machst einen großen Fehler«, meinte der Rote. »Aber ich werde das neue Land auch ohne dich finden.« Er ließ nun gleich zur Ausfahrt rüsten.

Am nächsten Tag lief ein Walroßjäger aus Birka in den Eriksfjord ein. Da trug Aris seine Seeschäumertruhe auf das Schiff des Schweden und segelte fort, ohne Frilla Lebwohl zu sagen. In Herjulfsspitz ließ er sich absetzen, berichtete Bjarne von Eriks Plänen und sagte: »Ich glaube, ich weiß jetzt, wie er an dein Schiff kam. Lieber wäre ich tot!«

»Ich werde im Herbst mit Thorfinn Karlsefni nach Norwegen segeln und mir ein neues Schiff bauen lassen«, tröstete ihn Bjarne, »eines, das noch schneller und sicherer segelt als selbst der Eissturmvogel.«

»Aber wenn Erik vorher die Westinseln findet!« rief Aris.

»Wie denn?« fragte der Herjulfssohn. »Ulf, Gorm und Glum werden ihn ebensowenig führen wie du. Auch Sven Stinkhals steht noch zu seinem Eid! Sonst aber lebt, soweit ich weiß, keiner mehr von den Männern, die einst mit uns nach dem Westen verschlagen wurden.« Nachdenklich musterte er den Norweger und fragte dann: »Warum willst du deine Frau denn so schnell wieder verlassen?«

Da wurde es Aris kalt und heiß. Seufzend gab er zur Antwort: »Wie könnte ich mich eines Glücks erfreuen, das meinen Freunden zum Schaden gereicht!«

Bjarne erwiderte: »Dann sollst du mit mir nach Nidaros und danach auch zu den Westinseln fahren, so wie wir es einander vor dreizehn Jahren gelobten.«
»Nein«, sagte Aris, »nicht nach Norwegen, wo alle, die sich nicht Christ unterwerfen, eingesperrt und gefoltert werden! Lasse mich auf den Hebriden zurück. Dort kann ich ein Schiff nach Ängelland finden, wo man allezeit Wikinger wirbt.«

Von Worten, die belauscht wurden

Frilla wunderte sich sehr über die plötzliche Abfahrt des Norwegers. Argwöhnisch fragte sie Freydis, ob sie sich einen Grund dafür vorstellen könne. Da lächelte ihre Tochter höhnisch und antwortete: »Du mißtraust mir wohl, weil ich jünger und schöner bin als du! Darum will ich nun nicht mehr länger bei dir wohnen, sondern zu meinem Vater nach Steilhalde ziehen. Ich gehöre auf des Thingsprechers Hof, nicht in eine Halle von Knechtsgottanbetern!«
Frilla entgegnete: »Thorhild wird dich wohl kaum unter ihrem Dach dulden!«
»Das lasse meine Sorge sein!« rief Freydis mit blitzenden Augen. Noch am gleichen Tag befahl sie ihren Mägden, ihre Habe in ein Boot zu laden und sie über den Fjord zu rudern.
Thorhild staunte sehr, als die Erikstochter plötzlich in die Halle trat. »Als Gast bist du uns stets willkommen«, sagte sie. »Aber wohnen wirst du hier nicht. Ich habe nicht vergessen, was du damals zu mir sagtest.«
»Auch du sagtest etwas, an das ich mich gut erinnere«, antwortete Freydis, »und zwar damals, als Aris verwundet zu Gardar lag. Ich stand an der Tür und konnte gut hören, wie du Frilla den Plan meines Vaters verrietst! Nur deshalb konnte sie ihren Buhlen retten!«
»Sprich nicht so!« rief die Jörundstochter zornig. »Frilla ist eine fromme Frau, der nicht nach den Freuden des Fleisches gelüstet.«
»Hast du nicht gehört, wie Aris überall mit Frillas Liebe prahlt?« lachte Freydis höhnisch. »Was muß man denn noch alles tun, um ein christliches Keuschheitsgelübde zu brechen?«
So mußte Thorhild dulden, daß Freydis bei ihr wohnte.

Wie Erik der Rote seinen Schatz vergräbt

Vierunddreißig Männer wollten Erik und Leif auf die Reise folgen, unter ihnen auch Eywind, der Erbe Einars vom Einarsfjord, und Ketil Schiefnases jüngster Sohn Kalf. Die Grönländer trugen große Lebensmittelvorräte an Bord. Denn der Sommer verlor schon an Kraft, und der Rote wollte auf den Westinseln überwintern. Am Morgen der Ausfahrt lud Erik seine Schatztruhe auf den starken Hengst Bluthuf, stieg in den Sattel des Schimmels Reifmähne und ritt hangaufwärts davon. Niemand durfte ihm folgen. Am Himmel ballten sich dunkle Wolken zusammen. Die Knechte von Steilhalde schafften eilig die letzten Heustapel in die Schober. Unter der weißen Mauer des Inlandeises fand Erik eine Senke mit kleinen Weidenbüschen. Von der Mitte der Mulde aus sah man Steilspitz, Firnhorn und Blaumantelgletscher wie die Zähne eines Kamms zum Himmelsrand steigen. Nach Süden zu lagen die Enden von Eriks-, Einars- und Hrafnsfjord wie die Zinken der Forke nebeneinander, so daß der Ort leicht wiederzufinden sein mußte. Erik hob eine tiefe Grube aus, legte die Truhe hinein und deckte sie mit Erde zu.

Danach verwischte er alle Spuren, ritt mit den beiden Pferden noch eine Weile durch das Birkenkratt und kehrte zu seinem Hof zurück. Tief unter sich sah er seine Leute Fässer mit Wasser an Bord rollen. Die schwärzliche Gewitterwand rückte rasch näher. Bald zuckten die ersten Blitze hervor. Einer schlug so nahe neben Erik in eine Weide, daß es krachte, als risse plötzlich die Erde entzwei. Reifmähne wieherte laut und stieg auf den Hinterbeinen empor. Eriks Sattelgurt riß, und der Rote stürzte schwer auf die Felsen.

Als er wieder zu sich kam, rauschte heftiger Regen herab. Kleine Rinnsale strömten plätschernd über Eriks rechtes Bein. Er sah sofort, daß es gebrochen war. Dann senkte sich Finsternis über ihn.

Von Leifs Ausfahrt und einem Zauberlied

Als Erik bis zum Abend nicht heimgekehrt war, suchten seine Söhne und Knechte mit Fackeln das Gebirge bis zum Gletscher ab. Thorwald war es, der den Bewußtlosen in dem Birkenwäldchen fand. Er legte ihn auf Bluthufs Rücken und führte die Pferde vorsichtig ins Tal.

Auf Steilhalde zogen Thorstein und Leif das gebrochene Bein ihres Vaters mit Zangen gerade und banden es zwischen zwei Holzstangen fest. Dann renkten sie Eriks ausgekugelten Arm wieder ein. Blut sickerte aus dem Mund des Roten, denn eine zersplitterte Rippe hatte sich durch seine Lunge gebohrt.

Am nächsten Morgen rief Erik nach seiner Frau und sagte: »Thor hat mich dafür bestraft, daß ich so mißtrauisch war und mein Silber nicht in deiner Obhut lassen wollte. Mein Glück geht zur Neige. Nun sollen unsere Söhne erproben, ob die Götter ihnen gewogen sind.«

Er zeichnete eine Stelle auf, an der sein Schatz vergraben lag, und bat Thorhild, das Silber ins Haus zurückschaffen zu lassen. Dann sagte er zu Thorstein, Leif und Thorwald: »Der Gott, der mir einst Grönland gab, will nicht, daß ich noch andere Küsten suche.«

»Dann werde ich segeln, Vater!« rief Thorstein begierig.

Der Rote schüttelte den Kopf. »Ich habe vielleicht nicht mehr lange zu leben. Wenn ich sterbe, will ich, daß du aus meiner Hand das Erbe empfängst. Ich habe Leif nicht ohne Grund für diese Reise ausgewählt.«

»Gib mir dein Glück mit«, bat Leif.

»Wenn du die Westinseln finden willst, wirst du eigenes Heil brauchen«, antwortete der Rote. »Komme bald wieder! Bevor ich sterbe, will ich noch sehen, wie groß die Weintrauben dort wirklich sind!«

Am nächsten Tag löste Leif die Leinen des Eissturmvogels und segelte mit seinen Fahrtgenossen aus dem Fjord. Von Süden her schäumte ihnen die starke Strömung entgegen und sie mußten hart rudern. Hinter Rabenkliff aber erhob sich ein heftiger Westwind und trieb die Schnigge nach Osten. Dann schnob aus dem

Reich der Reifriesen ein Schneesturm hervor. Sechs Tage lang fuhren die Grönländer ohne Sicht. Am siebten erblickten sie die zerklüfteten Bergspitzen einer kahlen Felseninsel. Sie steuerten eine Weile am Ufer entlang, konnten aber keine Siedlung entdecken, weder eine bewohnte noch eine verlassene.
»Völlig menschenleer«, murmelte Eywind Einarssohn. »Ob das die Westinseln sind?«
»An Bjarnes Küste wächst Hochwald«, erklärte Leif, »hier aber sieht man nicht einen einzigen Baum. Ich glaube eher, daß wir in den Piktensund geraten sind.«
An einem kleinen Wasserlauf zogen sie den Steven auf den steinigen Strand und füllten die Fässer auf. Da hörten sie plötzlich ein seltsames Lied. Es schien von nah und doch von fern zu kommen, vom Land und zugleich von der See her, vom Himmel und ebenso aus der Rinde der Erde. Es klang wie das Weinen von Winden, die ihre ewige Wanderschaft durch alle Winkel der Erde betrauern, aber auch wie das Jauchzen der Vögel, die ihre Freiheit zwischen den Wolken bejubeln. Mancher Ton schallte fröhlich wie heller Gesang auf dem Fest, mancher auch leidvoll wie schluchzende Klage bei einer Totenfeier. Keiner von den Grönländern konnte sagen, ob diese Laute aus einem menschlichen Mund stammten.
Tosend zerbrachen grünschillernde Wogen an der gewaltigen Felsenmauer des Inselgestades, aber das helle Lied übertönte sogar das donnernde Brausen der Brandung.
Steil strebten steinerne Stützen und Säulen aus der schäumenden See empor. Auf den zahllosen Vorsprüngen des grauen Gesteins, in seinen Sprüngen und Spalten, auch auf allen Simsen und Spitzen schwatzten Schwärme von Seevögeln aller Art: Der rotschnäbelige Lund hockte neben der pechköpfigen Trottellumme, der weißgesichtige Krabbentaucher teilte Riß und Rille mit der nachtdunklen Krähenscharbe und der gelbfüßige Eissturmvogel nistete als Nachbar des schwarzbraunen Tordalks. Dazwischen flatterten Mantel-, Silber-, Herings- und Dreizehenmöwen wie große Schneeflocken umher. Als Könige dieser kalten Klüfte thronten die Geiervögel des Eislands, die man auch Riesenalken nennt, auf allen Gipfeln und Graten. Mit ihren schwarzen Armschwingen

sahen sie aus wie Trolle einer zauberischen Nacht, entlarvt durch das göttliche Sonnenlicht.
Suchend spähten die Grönländer über die farngrünen Felsflanken in die Höhe. Dicht unterhalb des Gipfels sahen sie plötzlich eine von weißen Gewändern umhüllte Gestalt.
»Ein Trollweib!« entfuhr es Kalf Ketilssohn. »Schnell, laßt uns von hier verschwinden!«
Er packte Leif am Arm, aber der Erikssohn schien ihn nicht zu hören. Mit weit aufgerissenen Augen starrte der junge Grönländer auf die Erscheinung. Eine seltsame Sehnsucht spiegelte sich auf seinen Zügen.
Kalf rüttelte den Erikssohn mit aller Kraft. »Wach auf!« schrie er. »Sie will dich verhexen!«
Leif schrak auf wie aus einem Traum. »Ach was!« rief er. »Bin ich ein kleines Kind? Was wird man zu Hause über uns sagen, wenn wir dieses Rätsel ungelöst lassen?« Tatendurstig tastete er nach seinem Schwert. »Wartet hier!« befahl er und schritt den Hügel hinan. Erstaunt sahen ihm die Gefährten nach. Es schien ihnen, als bewegten Leifs Füße sich wie an Schnüren gezogen.
Bäche stäubten an den blanken, buckligen Bergwänden nieder, dichte Büschel von Mondraute, Natternzunge und anderem Farnkraut benetzend. Wollgras, Krähenbeere und Glockenheide beugten sich unter den Schritten des Erikssohns. Bald war er zwischen den wirren Felstrümmern verschwunden. Gelb leuchtete die Goldrute auf dem grauen Granitstein, Steinbrech, Bärlapp und Zwergweidenpolster drangen, vom Wind geschoren, über die zackigen Felsränder und Flechtenkrusten in grünen, roten und gelben Farben zogen sich über die Steinwildnis hin wie eine Drachenhaut.
Nach einer Weile tauchte Leif wieder auf, nun schon hoch über dem Strand. Die merkwürdige Gestalt schien ihn zu erwarten; sie hob die Arme und winkte ihm zu. Und Leif verschwand für die Gefährten. Er folgte der Erscheinung in eine Höhle. Dann konnte er bald Tag von Traum nicht mehr unterscheiden. Er hatte wunderliche Gesichter und die Wirklichkeit war gewichen.

Ein Ring für einen Bauernhof und ein anderer für eine Braut

Als der christliche Kaufmann Thorfinn Karlsefni im Kornerntemonat wieder nach Herjulfsspitz kam und dort von den Geschehnissen hörte, sagte er staunend zu Aris: »Ich hätte deine Liebe zu Frilla für größer gehalten und kann nicht verstehen, warum du sie wieder verlassen willst. Stört es dich vielleicht, daß Gardar nicht dir gehört? Dann will ich dir den Hof gern verkaufen.«
Aris dankte ihm und reichte ihm als Preis den kostbaren Ring, den er einst in der Wesermündung von Seekönig Olof erhalten hatte. »Ich bitte dich, Frilla auch künftig deinen Schutz zu gewähren«, sagte der Norweger. »Denn ich plane lange Reisen.«
Nun erzählte Bjarne dem Kaufmann von den Westinseln. Thorfinn Karlsefni nickte. »Ich hörte davon schon in Nidaros. Man spricht dort aber leider nicht sehr gut von eurer Fahrt. Sigurd Silberzunge, dieses Schandmaul, dichtete sogar Spottverse auf dich.«
»Ich werde ihm die Musik schon austreiben«, knurrte der Herjulfssohn. »Denn wenn es meinem Vater recht ist, will ich diesen Herbst mit dir nach Norwegen fahren.«
Herjulf sah seinen Sohn traurig an. Tiefe Falten furchten seine Stirn, und sein Gesicht trübte sich wie der Spiegel des Weihers im Regen. Lange Zeit schwieg er. Dann sagte er schließlich: »Da Leif schon nach Westen absegelte, kann ich dir die Fahrt nun wohl nicht mehr länger verwehren. Reise also nach Nidaros und lasse dir dort das Schiff bauen, das dich nach diesen fernen Wunderländern trägt! Ich weiß, daß daraus weder dir noch mir etwas Gutes erwachsen wird.«
»Sorge dich nicht«, bat Bjarne. »Ich fand von dieser Küste zu dir, als ich noch nicht einmal wußte, wo Grönland lag. Jetzt aber kenne ich das Meer, und die Fahrt wird mir keine größeren Schwierigkeiten bereiten als eine Reise nach Island.«
»Der mächtige Christ möge von seinem Himmelthron aus seine schützenden Hände über dich breiten«, sagte der Alte. »Aber wenn ich dich schon nicht zurückhalten kann, sollst du mir doch wenigstens einen Wunsch erfüllen, den ich seit langem in meinem Herzen hege. Als ich damals Island verließ, wurde meinem alten Freund Kjartan Keilbart die Tochter geboren, die jetzt wohl längst

zum Weib erblühte. Wenn sie dir gefällt, sollst du um sie werben, damit statt des Sohnes vielleicht eine Tochter mein einsames Alter teilt!«

»Aber ich bin doch auch bei dir, Vater!« rief der junge Thorward eifrig.

»Ja, aber wie lange noch?« fragte der Alte. »Wenn du mit Freydis verheiratet bist, wirst du einen eigenen Hof bewirtschaften wollen.«

»Ich werde mir das Mädchen ansehen«, versprach Bjarne.

Der Herjulfssohn, Aris und die Wikinger von der Forkeninsel segelten nun mit Thorfinn Karlsefni nach Nordrsetur, um einen Eisbären als Geschenk für König Olaf zu fangen. Sie wollten das Tier lebend nach Nidaros schaffen, damit der Herrscher es dort jagen und erlegen konnte. Dann nahmen sie Abschied von Herjulf und Thorward und segelten aus dem Fjord. Der Wind wehte ihnen so günstig, daß sie die Strecke vom Rabenkliff bis zum Breitfjord in nur drei Tagen zurücklegten.

Kjartan führte die Gäste zum Ehrenhochsitz und ließ ihnen dort von seiner Tochter Jorun aufwarten. Sie war wie eine Esche gewachsen, frisch wie Quellwasser und hurtig im Handeln, dabei sanft wie Sommerwind und freundlich wie ein Frühlingsmorgen. Ihre hellen Locken rankten sich wie ein Kranz aus Baldursblumen um ihr liebliches Antlitz. Ihr Blick war frei, aber nicht frech, ihre Sprache offen, aber nicht keck, ihr Lachen fröhlich, doch fraulich und so voller Wärme und Mut, daß Bjarne an ihr bald Gefallen fand. Gern nahm er immer wieder das gefüllte Horn aus Joruns Hand und trank mehr als gewöhnlich.

Am nächsten Morgen zog ihn der Keilbart zur Seite und sagte: »Ich habe wohl gemerkt, daß du ein Auge auf meine Tochter hast, und mir scheint auch, daß deine Werbung ihr willkommen wäre.«

»Jorun könnte jedes Mannes Herz gewinnen«, antwortete Bjarne ehrlich.

»Dann zögere nicht zu lange«, riet Kjartan lächelnd. »Der Jüngste bist du nicht mehr.«

Sogleich ging Bjarne zu Jorun, zog einen Ring vom Finger, reichte ihn ihr und sagte: »Wenn du so fühlst wie ich, will ich dich freien, sobald ich von König Olaf zurückgekehrt bin.«

Jorun führte den Schmuck an die Lippen und antwortete: »Ich werde warten.«
Am nächsten Morgen konnte jeder in der Halle sehen, wie Bjarne und die schöne Jorun miteinander standen. Kjartan, seine Söhne Helge und Finnbogi und auch ihre irländischen Ehefrauen Melkorka und Emer tranken den beiden viele Male zu. Nur Aris teilte ihre Fröhlichkeit nicht.
Zwei Tage später segelten die Grönländer mit steifem Nordwind nach den Hebriden und gasteten dort bei Arnor.
Der Skalde staunte sehr, als er von den Ereignissen auf Grönland erfuhr. Aris bat ihn, auf seinem Hof bleiben zu dürfen, bis sich ein Schiff nach Ängelland fände. Die anderen fuhren nach Norwegen weiter. Wieder wehte günstiger Wind. Eine Woche später legten sie in der Nidmündung an.
Als sie in die Königshalle traten, trafen sie Tyrker. »Zu spät!« stieß der Mönch hervor und rollte betrübt die Augen. »Himmel und Hölle!«
»Was sagst du da?« wunderte sich der Herjulfssohn. »Ursprünglich wollte ich doch erst im Frühjahr wiederkehren! Aber dein einstiger Ziehsohn Leif ist schon nach Westen gesegelt. Wir müssen uns sputen, sonst gewinnt Eriks Sippe das neue Land. Wo steckt der Ritter?«
»Das ist es ja, bei allen bösen Geistern!« rief Tyrker. »Dankbrand, dieser Narr, tappte dem Teufel in die Falle. Noch heute soll der Bischof ihm das Sakrament der Letzten Ölung spenden.«

Von einer Sünde des Fleisches, einem unstatthaften Antrag und einem Zweikampf

Der Mönch führte Thorfinn und Bjarne zur Krankenstube. Dankbrand lag mit geschlossenen Augen unter wollenen Decken. Ein blutgetränkter Verband umwand seine Stirn. Nur sanft noch hob ein schwaches Atmen seine breite Brust. Neben ihm kauerte ein junges Mädchen mit Augen so tief wie Bergseen und pechschwarzen Locken. Sie weinte und tupfte dem Ritter mit einem leinenen Tuch den Schweiß von der Stirn.

»Wie geht es ihm, Derdriu?« fragte Tyrker leise.
»Ach Herr«, seufzte die Irländerin, »das Fieber steigt immer weiter; ich weiß nicht mehr, was ich noch tun soll.«
Tränen glitzerten auf ihren blassen Wangen. Tröstend strich ihr der Mönch übers Haar.
»Was ist geschehen?« flüsterte Bjarne.
»Später«, antwortete der Mönch, kniete nieder und betete mit der Irländerin in den Worten des Urzeit-Sehers Jesaja: »Er hat unsere Wunden auf sich genommen und unser Siechtum getragen.« Danach wiederholten sie aus dem Evangelienlied des Skalden Johannes: »Die Krankheit führt nicht zu Hel, sondern sie dient der Verherrlichung des Allvaters.« Bei diesen Versen versiegten die Tränen der jungen Irländerin, und auch auf Tyrkers steiler Stirn zeigte sich neue Zuversicht. Da staunten die Grönländer sehr, denn in ihren Herzen wurzelte der neue Glaube längst nicht so tief.
Sie ließen den todwunden Ritter in Derdrius Obhut zurück und suchten sich einen Winkel, in dem sie nicht belauscht werden konnten. Dort sagte Tyrker: »Wie oft schon beschwor ich Dankbrand, die Irländerin vor Gott zu seiner Ehegemahlin zu nehmen! Aber er weigerte sich, denn er wollte nicht Hochzeit feiern, solange seine Schwester noch ihrer Befreiung harrte. Aber als ein anderer Mann Blicke auf Derdriu warf, raste Dankbrand vor Eifersucht und handelte nicht mehr nach Sitte und Gesetz, sondern nach Mutwillen, Stolz und Zorn!«
»Wer war denn sein Nebenbuhler?« wollte der christliche Kaufmann wissen. »Ein Heide?«
Tyrker schüttelte heftig den Kopf. »Schön wär's gewesen!« knurrte er. »Doch dieser Kerl war natürlich gleichfalls ein edler und hochwohlgeborener Christ, ein Verwandter des Kaisers sogar, ein ganz vornehmer Ritter, vorzüglich bemittelt, klug, höflich, gebildet — und geil wie ein Biberursch. Er hieß Bodo und stammte aus Aachen.«
»Stammte?« murmelte Bjarne. »Heißt das . . .?«
»Ja!« stieß der Mönch erbost hervor. »Er ist tot, schmort schon längst in der Hölle. Recht so! Kaiser Otto der Junge hatte ihn zu König Olaf gesandt, um einen Missionsvertrag vorzubereiten.

Sozusagen als Geisel seiner freundschaftlichen Absicht. Herr Bodo traf im vergangenen Monat hier ein. Ihr könnt euch ja wohl denken, wie sich der König über diesen Gast freute! Denn konnte ihm in seiner schwierigen Lage zwischen Schweden und Dänemark etwas Günstigeres geschehen, als einen so mächtigen Mann wie den Kaiser zum Verbündeten zu gewinnen?«

»Und was hat Derdriu damit zu tun?« fragte Karlsefni.

»Es genügte schon, daß sie beim Abendmahl den Schleier löste. Sobald Herr Bodo ihr Antlitz sah, entbrannte er in sündiger Leidenschaft, in geschlechtlicher Gier! Die Geilheit packte ihn so heftig, daß er sich erkühnte, Dankbrand Geld für das Mädchen zu bieten«, schalt er. »Er wollte kaufen, was er auf ehrliche Weise nicht erwerben zu können meinte!«

»Das war in der Tat nicht recht christlich«, sagte Bjarne.

Der Mönch starrte ihn an. »Wen meinst du jetzt?« wollte er wissen.

»Diesen Ritter Bodo natürlich«, beeilte sich Bjarne zu versichern.

»Das kann man wohl sagen!« rief Tyrker zornig. »Denkt nun aber nicht, daß sich Herr Dankbrand christlicher verhielt! Statt den Kaiservertreter mit Hinweis auf die Gebote Moses zurechtzuweisen und ihm zu frommer Buße zu raten, schmetterte er ihm die Faust ins Gesicht, so daß Blut aus Herrn Bodos Nase troff.«

»Nun ja«, meinte Bjarne verständnisvoll. »Ein Mann kann schon mal die Beherrschung verlieren . . .«

»Wohin so etwas führt, wirst du gleich erfahren«, fuhr Tyrker tadelnd fort. »Herr Bodo schäumte natürlich vor Wut und forderte Dankbrand zum Zweikampf. Er war nämlich ein berühmter Kämpe, müßt ihr wissen! Sie schlugen sich draußen im Fjord auf einer Insel, die schon in der Heidenzeit zu solchen Holmgängen diente. Ich kriegte nur soviel heraus, daß es ein ziemlich blutiger Kampf war. Herr Dankbrand schien schon besiegt, da stieß er Herrn Bodo mit letzter Kraft das Schwert von unten ins Gedärm — ob dank der Gnade Gottes oder mit Satans Hilfe, vermag ich nicht zu entscheiden. König Olaf jedenfalls raste vor Wut, als er davon vernahm. Dankbrand kann von Glück sagen, daß er dabei selbst schwer verletzt wurde. Sonst hätte ihn der König im ersten Zorn vielleicht gleich an den Galgen gehängt.«

»Wenn das so ist«, seufzte Bjarne, »wird es wohl nicht so schnell etwas werden mit unserer Westländerreise! Dabei haben wir keine Zeit zu verlieren.« Er berichtete Tyrker von der Ausfahrt des Erikssohns und fuhr fort: »Ich sah diese Küste als erster. Darum gebührt mir die Herrschaft dort, sollte selbst Leif noch vor mir den Fuß auf das neue Land setzen.«

»Ich glaube nicht, daß Olaf seinen Zorn so rasch wieder vergißt«, zweifelte Tyrker. »Du wirst wohl ohne uns fahren müssen.«

»Das werden wir noch sehen«, erwiderte der Herjulfssohn.

Zusammen begaben sie sich nun zum König. Unter dem Hochsitz saß Sigurd Silberzunge.

»Sieh an«, rief der Skalde munter, »die neugierigen Erforscher der Westinseln sind wieder da!«

»Du kannst ja beim nächsten Mal mitkommen und uns zeigen, wie man es macht«, grinste Bjarne, doch seine Augen lachten nicht mit.

Sie grüßten den König voll Ehrerbietung. Olaf ließ ihnen Trinkhörner reichen. Danach trugen Knechte den Käfig mit dem Eisbären herein. Da leuchteten die Augen des Königs. Er befahl, das Tier nicht mehr zu füttern, damit es recht wild werde.

Danach erzählte der Herjulfssohn von Leif. Das edle Gesicht des Tryggvessohns verdüsterte sich: »Mit euch Grönländern hat man nur Scherereien. Das Schlimmste ist, daß eure Frechheiten jetzt schon auf andere abfärben!«

»Was können wir für Dankbrands Unbeherrschtheit?« wehrte sich Bjarne. »Für seine Totschläge auf der Eisinsel lobtest du ihn!«

»Da hat er recht«, bemerkte Thorfinn Karlsefni.

Neben dem König saß Bischof Sigurd. Der höchste Christdiener des Nordwegs runzelte voller Unmut die Stirn: »Es ist ein großer Unterschied, ob man einen Diener Gottes erschlägt oder nur einen Heiden, das solltet ihr wohl wissen!«

»Beruhigt Euch, ehrwürdiger Vater!« beschwichtigte ihn der König. »Dieser Mann hat nichts mit Dankbrands Verfehlung zu schaffen. Eher müßte man Eurem Knecht Tyrker vorwerfen, daß er die Seele seines Beichtkinds nicht mit der gebührenden Achtsamkeit hütete! Ich sagte Bjarne Hilfe zu, und dabei soll es bleiben.«

»Königswort gilt!« rief der Herjulfssohn voller Freude.
»Aber ich stelle eine Bedingung«, fuhr Olaf fort. »Ehe du in deine Heimat zurückkehrst und nach den Westinseln fährst, sollst du mir im Frühjahr mit deinen Leuten ins Wendenland folgen. Je besser du mir dort deine Treue beweist, desto mehr Drachen will ich dir leihen.«
Bjarne sah den König nachdenklich an. Dann nickte er. »Ich werde deine Prüfungen bestehen.«
Da lächelte Olaf, streifte zum Zeichen seines besonderen Wohlwollens einen silbernen Ring von seinem Finger und reichte ihn dem Grönländer:
»Nimm diesen Schmuck als Unterpfand meines Versprechens! Wenn du an dieser neuen Küste landest, sollte du dort in meinem Namen herrschen. Dann wird der Ring bezeugen, daß du mein Vogt im Westen bist.«
Als sie entlassen waren, pries Thorfinn Karlsefni das Glück seines Freundes: »Ich glaube, ich werde dir bald in das neue Land folgen, um zu sehen, wie es durch deine Tüchtigkeit blüht!«
»Noch bin ich nicht dort«, erwiderte der Herjulfssohn. »Und über diesen Zug ins Wendenland wird wohl noch mehr Zeit vergehen!«
»Dafür besitzt du die Unterstützung des Königs!« rief der christliche Kaufmann. »Wer kann es da noch wagen, dir das neue Land streitig zu machen?«
Sie gingen zu Thorberg Borkenhauer, dem berühmtesten Bootsbauer Norwegens, und besprachen mit ihm das Schiff, das Bjarne auf Kiel gelegt wünschte. Der Baumeister verpflichtete sich, die Schnigge bis zur Saatzeit fertigzustellen. »Sie wird nicht schlechter fahren als der Eissturmvogel«, versprach er.
»Hoffentlich«, antwortete der Herjulfssohn. »Denn wenn Leif als Seemann so tüchtig ist wie sein Vater, wird es auf dem Westmeer noch manches Wettsegeln zwischen uns geben.« Nachdenklich schüttelte er den Kopf. »Wer weiß, vielleicht ist der Kerl schon auf meinen Inseln gelandet, hat das Land mit Feuer umschritten und ihm einen Namen gegeben! Ich würde manches geben, wenn ich ihn jetzt sehen könnte!«

Wie Leif in falschen Verdacht geriet

Als Leif nach langer Zeit in der Höhle wieder zu sich kam, fragte er sich, ob die Seherin Thorgunna und die Götter, die er gesehen hatte, Traum oder Wirklichkeit waren. Er sah die schlafende Thorgunna neben sich. Da stand er auf und schritt langsam aus der Höhle.

Die Sonne stand schon hoch am Himmel. Ein kühler Wind zerrte und zupfte an seinen Kleidern. Suchend spähte er zum Strand. Der Eissturmvogel war verschwunden.

Rasch lief der Erikssohn ein Stück zurück, aber er konnte den Eingang der Höhle nicht finden. Da wußte er nicht mehr, ob er nur geträumt hatte. Er kletterte auf den Gipfel des Berges und hielt nach allen Richtungen Ausschau. Fern im Osten stieg Rauch in die Höhe. Die Schwaden quollen aus kleinen Erdhäusern, die eine zerklüftete Förde umstanden.

Der Erikssohn überlegte nicht lange, sondern stieg auf der Landseite des Berges ins Tal. Nach einigen Stunden begegnete er einem Bauern mit einem Pferdegespann. Er blieb stehen und fragte höflich: »Hattest du eine gute Ernte? Ich bin hier fremd. Wie heißt die Siedlung dort drüben?«

Der Landmann sah Leif verblüfft an, schüttelte mit dem Kopf und ging seiner Wege.

Verwundert sah ihm der Erikssohn nach. Dann zuckte er mit den Achseln und wanderte weiter.

Nach einer Weile durchquerte er eine sumpfige Senke. Dahinter zogen zwei Ochsen eine Pflugschar durch lehmige Erde. Ein Knecht mit kurzgeschorenen Haaren und schwarzem Bart trieb die Tiere voran.

»Wo bin ich hier?« staunte Leif. »Pflügt ihr im Herbst und erntet im Frühjahr?«

Der Leibeigene gab keine Antwort, sondern griff nach dem Beil in seinem Gürtel.

»Du brauchst dich nicht vor mir zu fürchten!« rief Leif und hob lächelnd die Hände. »Ich bin kein Wikinger!«

Der Hörige ließ seine Waffe nicht sinken, sondern blieb kampfbereit stehen, bis der Erikssohn weiterging.

Am Abend gelangte Leif an ein großes Gehöft, das wie ein Herrensitz auf einer Anhöhe lag. Er trat an das Gatter und rief, doch er erhielt keine Antwort. Da ein Gewitter aufzog, trat er schließlich ungeladen in die Halle und fand sie leer. Die kunstvoll geschnitzten und reich mit Gold verzierten Hochsäulen zeigten ihm, daß der Hof wohl einem Jarl oder Hersen gehörte. Bescheiden setzte der Erikssohn sich auf die Gesindebank, wärmte sich an dem blakenden Feuer und wartete auf die Rückkehr des Hausherrn.
Als es dunkel wurde, hörte Leif plötzlich Stimmengewirr. Dann traten Männer und Frauen in fremdartigen Gewändern ein. Die Kleider waren aus härener Wolle gewirkt und tropften vor Nässe. Sie wurden nicht von Gürteln, sondern von ehernen Ketten gehalten. Schweigend gingen die Heimkehrer an Leif vorüber. Nach ihnen erschien ein graubärtiger Krieger in rostigen Waffen. Gebeugt schritt er zu seinem Sitz.
Leif erhob sich, um dem Hausherrn nach guter Sitte Namen und Herkunft zu nennen, aber der Alte hob abwehrend die Hand. Ein zorniges Zischen drang zwischen seinen Zähnen hervor.
Verwundert ließ Leif sich wieder auf seinen Sitz sinken. Der alte Krieger sprach mit brüchiger Stimme ein langes Gebet. Da erkannte der Erikssohn, daß er sich unter Christendienern befand.
Als das Gemurmel verstummt war, winkte der Graubart den Gast zu sich, musterte ihn streng und fragte mit grollender Stimme: »Wer bist du? Und was fällt dir ein, dich ohne meine Erlaubnis in meine Halle zu setzen?«
Der Erikssohn antwortete verwundert: »Wo im Norden ist es Brauch, daß Gäste bei schlechtem Wetter vor der Tür warten müssen, bis der Gastgeber erscheint?«
»Sage mir, wie du heißt!« befahl der Alte.
Leif biß sich auf die Lippen. »Ich bin Leif, Sohn Erik Thorwaldssohns, des Thingsprechers zu Grönland«, erklärte er. »Nun aber will ich auch deinen Namen erfahren!«
Statt einer Antwort ertönte nun ein feindseliges Fauchen aus dem verzerrten Mund des grauen Kriegers. Die Knechte und Mägde starrten Leif an, als sei ihnen ein Troll oder Teufel erschienen.

Verstohlen tastete der Erikssohn nach seinem Schwert. Der Graubart herrschte ihn an: »Hüte dich, hier zur Waffe zu greifen! Du bist nicht unter deinesgleichen! Da ich dich nicht hindern konnte, in mein Haus zu treten, gebührt dir das Recht des Gastes, auch wenn ich dich hasse. Brich das Gesetz, und ich werde dich mit Freuden hängen!«
»Niemand sprach je solche Worte zu mir«, versetzte Leif scharf. »Wer bist du, daß du trotz deines Alters die Sitte nicht kennst?«
»Schweig!« fuhr ihn der Krieger an. »Du weißt nicht, was du redest!«
Der Erikssohn öffnete schon den Mund zu einer noch heftigeren Entgegnung. Doch da er allein war, beherrschte er sich und ließ das Schwert stecken. »Ein seltsames Land«, meinte er, »da schöne Frauen in Höhlen hausen, Bauern im Herbstmonat pflügen und Gäste wie Diebe behandelt werden!«
Der graue Krieger beugte sich lauernd vor. »Du stiegst auf den Berg?« fragte er.
»Ich glaube, ich hatte dort eine Erscheinung«, erklärte der Erikssohn vorsichtig. »Mehr ist davon nicht zu berichten.«
Der Alte lehnte sich wieder zurück. »Sieh zu, daß dein Aufenthalt kurz bleibt«, stieß er grimmig hervor. »Speise und Trank sollst du erhalten. Mehr nicht!«
Eine uralte, weißhaarige Magd reichte Leif Brot und Wasser. Hungrig verzehrte der Erikssohn das karge Mahl. Auch die anderen aßen nichts anderes, nicht einmal der Hausherr selbst. Während es in anderen Hallen zur Abendzeit stets fröhlich zuging, herrschte in dieser nur dumpfe Trauer.
Erst spät gingen Gastgeber und Gefolgsleute in ihre Kammern. Leif bettete sich auf eine Bank, da sah er die alte Magd das Feuer aufschüren. Da sich sonst niemand in der Halle befand, sagte der Erikssohn zu der weißhaarigen Frau: »Warum dient ihr diesem grausamen Gott, wenn er euch so unglücklich macht?«
Auf dem von zahllosen Runzeln bedeckten Gesicht der Alten zeigte sich eine seltsame Mischung aus Furcht und Haß. »Mörder!« antwortete sie. »Danke Gott, daß wir dich nicht wie einen Hund erschlugen!«
»Ich bin kein Seeschäumer«, erklärte Leif ruhig. »Auch weilte ich noch nie auf dieser Insel.«

Die Magd sah ihn mit unverhohlenem Abscheu an. »Selbst wenn das so wäre«, murmelte sie, »dann waren es doch deine Freunde, die uns soviel Leid brachten!«
»Was geschah denn hier?« forschte Leif.
»Einst stand hier ein blühender Hof«, antwortete die Alte kummervoll. »Unser edler Jarl sorgte so gut für uns, daß es war, als ob wir einem König dienten. Zwei Söhne wuchsen ihm wie Ebereschen heran, zwei Töchter blühten wie Rosen! Doch dann . . .«
Ihre Stimme erstarb. Sie wischte sich die Tränen aus den welken Augen. »Der Satan selbst kam übers Meer«, fuhr sie dann stockend fort. »Nachts brach die teuflische Horde in unsere Halle.«
Die Schrecken des Überfalls spiegelten sich noch einmal auf ihrem verzerrten Gesicht. »Der Hof brannte lichterloh . . .«, flüsterte sie. »Tapfere Männer erschlagen . . . Die Tochter unseres Grundherrn geraubt . . . Ihre Brüder kehrten nicht zurück . . .«
Leif spürte, wie sich seine Nackenhaare sträubten. »Wann war das?« fragte er und zog in Gedanken ein brennendes Scheit aus dem Feuer.
»Vor fünfzehn Jahren schon«, seufzte die Magd. »Seither beten wir jeden Tag zu Christus um die Wiederkehr der Verlorenen . . .«
»Willst du für einen neuen Überfall kundschaften?« tönte es barsch von der Tür her.
Leif fuhr herum. Mit klirrenden Ketten kehrte der graue Krieger zurück. »Spähst wohl nach Beute für die verfluchten Wölfe der See?« rief er zornig und zog sein Schwert. »Willst ihnen jetzt wohl das Zeichen geben?«
»Du irrst dich«, rief der Erikssohn schnell und warf das brennende Holzstück in die Feuergrube zurück. »Ich kam in Frieden!«
»Wo liegt denn dein Schiff?« rief der Alte erbost. »Wo lagern deine Gefährten?«
»Das wüßte ich selbst gern«, erwiderte Leif. »Gestern verschwanden sie plötzlich, und . . .«
»Lüge!« schrie der Jarl. »Seit letzten Herbst sahen unsere Wachen kein einziges Schiff mehr an unseren Küsten!«
»Seit Herbst?« wiederholte der Erikssohn staunend. »Welche Jahreszeit herrscht hier denn jetzt?«

»Willst du mich verhöhnen?« schrie der alte Krieger. »Das Früh jahr ist angebrochen — Windzeit, Wolfszeit, Wikingerzeit!« Mit erhobener Waffe drang er auf den Grönländer ein.
Leif riß sein Schwert heraus. »Das ist unmöglich!« rief er. Der Alte blieb plötzlich stehen und drehte lauschend den Kopf.
Hörnerschall ertönte. Dann hallte der Schreckensruf: »Wikinger!« über den Hof.

Von einem nächtlichen Kampf mit einem seltsamen Ende

Wut und Haß verzerrten die Züge des Alten. Rachsucht glomm in seinen Augen. »Hund!« knirschte er. »Ich wußte es!«
»Du wirst gleich sehen, daß du dich täuschst!« rief der Erikssohn. »Schnell, sammle deine Knechte!« Mit einem Sprung gewann er die Tür und stürzte hinaus in die Dunkelheit.
»Stehe, du Mörder!« schrie der Graue in heller Wut und folgte dem Grönländer, konnte ihn aber nicht einholen.
Leichtfüßig eilte Leif zwischen Vorratshaus, Ställen und Schobern zum Gatter. Der Jahreszähler lag hinter schwarzen Wolken verborgen, so daß die Sicht kaum zehn Schritte weit reichte. Von allen Seiten strömten Knechte mit Spießen, Stangen, Dreschflegeln und Forken zusammen. Da stürmten auch schon die ersten Seeschäumer mit lautem Schlachtgebrüll auf sie zu.
»Bleibt zusammen!« mahnte Leif mit lauter Stimme und traf den vordersten Angreifer mit einem Schräghieb so glücklich am Hals, daß der bärtige Kopf des Wikingers polternd zu Boden rollte.
Ein zweiter Nordmann sprang mit einem mächtigen Satz über den steinernen Zaun und schlug sein breites Beil in den Schild des Grauen. Der Alte hielt dem wuchtigen Hieb aber stand und stach dem Wikinger geschickt das Schwert durch die Kehle.
Schwerter und Beile zuckten nun nieder wie Blitze eines Gewitters. Der Lärm der Waffen hallte laut wie das Tosen von Wasserfällen, die sich von hoher Klippe schäumend ins Meer ergießen. Der Jarl und sein Gast schlugen noch andere Angreifer nieder. Auch die Knechte fochten mit großer Tapferkeit. Aber bald konnten sie den schwerterfahrenen Seeschäumern doch nicht mehr standhal-

ten. Schließlich eilten sie in die Halle, um sich darin zu verschanzen. Leif und der graue Krieger standen an der Tür und hieben nach Wikingern, die immer wieder aus der Dunkelheit sprangen und brennendes Reisig an die Wände warfen.
Andere Seeschäumer plünderten schon. Ungehindert drangen die dunklen, raubtierhaften Gestalten in die Gebäude des Gehöfts. In den Ställen brüllte das Vieh unter tödlichen Streichen. Flammen schlugen aus den Heuschobern.
»Wer ist euer Anführer?« brüllte Leif. »Kämpfe mit mir, wenn du kein Neiding bist!«
»Der Hund kläfft am lautesten vor seiner Hütte!« antwortete eine höhnische Stimme. Zwischen den glühenden Feuerbränden ragte eine finstere Riesengestalt empor.
Der Jarl begann am ganzen Leib zu zittern. »Das ist er!« stieß er hervor. »Das ist der Teufel, der meine Kinder raubte!« Mit einem lauten Schrei hob er sein Schwert. Da fuhr ihm ein Pfeil in den Hals.
»Feigling!« schrie der Erikssohn und sprang auf die düstere Thursengestalt zu.
»Aber das ist ja Leif!« hörte der Erikssohn einen verblüfften Wikinger rufen. Der Mond rollte hinter den Wolken hervor. Sein Schein strahlte auf das narbenbedeckte Gesicht des Waidmanns.
»Was tust du denn hier?« fragte Thorhall verdutzt. »Dein Vater sagte mir, du seist im Herbst nach dem Westmeer gesegelt!«

Von Leifs Wiedersehen mit dem Waidmann

»Wie kommst du denn hierher?« staunte Leif. »Narrt mich ein Albenspuk, täuschen mich Koboldsgestalten? Wo bin ich hier denn überhaupt?«
»Auf den Hebriden!« antwortete der Waidmann und ließ sein Beil sinken. »Weißt du denn nicht, bei wem du gastest? Das ist Jarl Roald, ein Knechtsgottanbeter!« Er lächelte grimmig. »Man nennt ihn den Rechtskundigen. Was treibst du hier eigentlich?« knurrte er böse. »Vier meiner Männer liegen erschlagen im Garten! Wenn Sven dich nicht erkannt hätte . . .«

Jetzt erst gewahrte Leif den Stevenhauptmann des Schaumwolfs. Sven Stinkhals grinste breit. Blut troff von seiner Brünne.
Der graue Jarl blickte mit schmerzlicher Miene zu Leif. »Dann gehörst du also doch zu diesen Leuten«, stöhnte er verwirrt.
Leif sah dem Waidmann fest ins Auge. »Ich bin Gast dieses Mannes«, erklärte er. »Wenn du ihn erschlagen willst, mußt du erst mich töten.«
Thorhall lachte höhnisch. »Wen kümmert es, ob ein alter Mann lebt oder stirbt?« fragte er. »Seine Tochter komme ich holen!«
»Die suchst du vergeblich!« röchelte der graue Krieger.
Der Waidmann musterte Leif und murmelte mißmutig: »Dein Vater hätte dir öfter den Hintern versohlen sollen. Dann würdest du nicht auf den Gedanken kommen, seinem Schwurbruder den Spaß zu verderben!«
Die Flammen schlugen immer höher aus dem brennenden Gebälk. Ihr Prasseln und Knistern erfüllte die Luft. Dicke Rauchschwaden trieben im Schein des himmlischen Nachtblinks davon.
»Wo sind deine Leute?« wollte Thorhall wissen.
»Sie werden gleich hier sein«, erwiderte Leif. »Es ist besser, wenn du verschwindest!«
Zornig trat der Waidmann auf ihn zu. »So spricht nicht einmal dein Vater zu mir!« knurrte er. Seine Augen glommen wie Kohlen.
Plötzlich erklang vom Strand ein doppelter Hornstoß herauf.
»Hel soll euch holen!« fluchte Thorhall.
»Zurück zum Schiff!« schrie Sven Stinkhals. »Wir werden angegriffen!«
Die Seemänner rafften die Beute zusammen und eilten aus dem zerstörten Gehöft.
»Du hast noch einmal Glück gehabt«, sagte der Waidmann zu dem Jarl. »Aber ich komme wieder!« Er gab Leif einen langen Blick. Dann wandte er sich um. Der Mond verschwand wieder im schwarzen Gewölk. Einen Augenblick später hatte die Finsternis den schwarzen Hünen verschluckt.
Die Knechte des grauen Kriegers eilten zu den Ställen, das noch lebende Vieh aus den Feuern zu retten. Mägde trugen den Jarl in die Halle. Leif zog ihm den Pfeil aus der Wunde. Vom Meer drang lauter Waffenlärm herauf.

»Wer mag das sein?« fragte der Erikssohn.
»Ich weiß es nicht«, keuchte der graue Krieger. »Vielleicht ist es Arnor, der Skalde. Er pflegt mich um diese Zeit zu besuchen. Besser, du eilst ihm zu Hilfe!«
Der Erikssohn nickte, erhob sich und hastete durch die Dunkelheit zum Strand. Ein heftiger Wind ließ die Wogen weiß schäumen. Auf den Wellen schaukelten zwei Schiffe. Sven Stinkhals stand am Steven des Schaumwolfs. Der Waidmann hielt das Steuer. Die schwerbeladene Schnigge schlingerte, so daß Wasser über die Dollbordplanke spritzte. Die Mannschaft stemmte sich in die Ruder. Einige Wikinger schossen mit Pfeilen nach den Männern, die am Strand hinter dem Schaumwolf herliefen.
»Zurück!« rief eine Stimme den Verfolgern nach. »Es hat keinen Zweck, sie sind schon zu weit! Ach, wären wir doch mehr Leute!«
Auf einer Düne standen zwei Männer. Leif trat auf sie zu. »Ist hier Arnor, der Skalde?« fragte er.
Die Angesprochenen wandten sich um. »Das bin ich«, antwortete der kleinere. »Aber ich kenne dich nicht!«
»Ich bin Leif, Sohn Eriks des Thingsprechers auf Grönland«, sagte der Nordmann. Das bleiche Nachtgestirn trat von neuem hervor, und Leif blickte in ein weißbärtiges Gesicht, das ihn verwundert ansah.
»Du lebst noch?« entfuhr es dem Skalden.
»Das ist tatsächlich Leif!« rief der andere Krieger. »Kennst du mich nicht mehr? Ich bin es, Aris!«
»Aris!« murmelte der Erikssohn. »Das wird ja immer verwunderlicher!«
»Wie geht es Jarl Roald?« fragte Arnor. »Lebt er noch?«
»Ein Pfeil traf ihn am Hals«, antwortete Leif. »Er wird es überstehen.«
»Christus sei Dank!« seufzte Arnor.
Die Männer, die den Schaumwolf verfolgt hatte, kehrten zurück. »Leif!« riefen sie, als sie wiederkamen. Leif starrte sie an, als traue er seinen Augen nicht.
»Eywind!« schrie der Erikssohn begeistert. »Und Kalf!« Heftig drückte er die Gefährten an sich. »Wo habt ihr gesteckt, ihr verfressenen Störche?« brüllte er fröhlich.

»Wer waren diese Kerle?« fragte Eywind Einarssohn. »Hast du sie erkannt?«
»Du etwa nicht?« erwiderte Leif. »Das war doch Thorhall!«
»Der Waidmann?« entfuhr es Aris. »Bei allen Trollen!« Er kniff die Augen zusammen und spähte nach dem Schiff, das nun im vollen Glanz des Mondes lag. »Tatsächlich«, murmelte er. »Es ist der Schaumwolf! Hat Thorhall etwa das Mädchen . . .?« Verlegen verstummte er.
»Was weißt du darüber?« forschte Leif.
»Vor vielen Jahren gastete ich einmal bei Thorhall auf Trutzklipp«, erzählte der Norweger mit belegter Stimme. »Dort sah ich eine Frau, die der Waidmann einst einem Hebridenjarl raubte. Es war wohl dieser Hof, von dem sie entführt wurde!«
»Vor fünfzehn Jahren«, nickte Leif, »so berichtete es mir eine Magd. Zwei Brüder der Unglücklichen folgten Thorhall ins Eismeer, aber sie kehrten niemals zurück.«
Eywind Einarssohn, Kalf Ketilssohn und die anderen Grönländer blickten gespannt vom einen zum anderen. Arnor fuhr sich mit blutender Hand über die Stirn und murmelte: »Also der Waidmann war es, der unseren Jarl damals überfiel! Und nach Grönland verschleppte er seine Opfer! Das hatte ich nicht gewußt.« Er musterte Aris mit bohrenden Blicken. »Was kannst du uns noch sagen?« fragte er.
»Die beiden Brüder wurden von Thorhall erschlagen«, murmelte der Norweger bedrückt. »Auf einem Felsen, den man Knechtskopfklippe nennt, auf der Fahrt nach Nordrsetur.« Er erzählte, was sich damals ereignet hatte. Stockend berichtete er auch von Freawares Tod.
»Dieser Teufel!« stieß Arnor hervor. Sein Gesicht war aschfahl; er zitterte vor Zorn. »Und jetzt wollte er seine niedrigen Lüste wohl auch an Roalds jüngerer Tochter stillen!«
»Wißt ihr, wo sich das Mädchen aufhält?« fragte Leif.
»Seit jenem Überfall ist sie nicht mehr bei Sinnen«, erklärte der Skalde. »Sie lebt irgendwo in den Bergen mit ein paar Schafen.« Er biß sich auf die Lippen. »Hirten sehen sie manchmal vor einer Höhle«, fuhr er fort. »Sie dient dort oben den Asen und treibt Wahrsagerei.« Er schüttelte sich. »Jarl Roalds Tochter eine

Wölwa«, rief er schaudernd. »O Christ, wann endlich befreist du Thorgunna von ihrem Wahn!«

Wie Leif von der List seines Vaters erfährt

Als der Name der Jarlstochter fiel, konnte Leif sein Staunen nicht länger verbergen. »Thorgunna!« rief er. »So also fügt sich alles zusammen!«

»Was meinst du denn damit?« fragte Kalf Ketilssohn besorgt.

Der Skalde Arnor blickte den Erikssohn forschend an. »Woher kennst du Thorgunna?« wollte er wissen.

»Und wo warst du eigentlich so lange?« wunderte sich Eywind Einarssohn.

Leif sah die Freunde der Reihe nach an. Während seine Lippen die ersten Worte formten, erschien das liebliche Antlitz der jungen Priesterin vor seinem inneren Auge. »Ich sah sie auf dem Berg«, sagte der Erikssohn. »Sie war die Frau, die mich in diese Höhle lockte!«

Er berichtete den Gefährten, was er in der Göttergrotte gesehen und erlebt hatte. Von Thorgunnas Liebe schwieg er jedoch.

»Sie hat dich verhext!« rief Aris, »mit einem Saft, der die Zeit schwinden macht. Wußte nicht auch Gunnhild die Zauberkundige einen solchen Vergessenheitstrank zu brauen? Aus kräftiger Erde, eiskaltem Meerwasser und Eberblut, dargereicht in einem Horn voller Runen?«

»So weilte ich wirklich sechs Monde lang in diesem Fels?« staunte Leif.

Eywind berichtete nun, wie er mit Kalf und den anderen auf dem Geiervogelberg lange nach der verzauberten Höhle gesucht, aber sie nicht gefunden hatte. »Vom Gipfel aus sahen wir diese Siedlung«, erzählte er, »und fuhren dorthin, um Rat und Hilfe zu finden. Aber Jarl Roald trat uns gewappnet entgegen und schickte uns mit vielen bösen Worten fort. Wir wollten uns nicht mit ihm schlagen, bevor wir wußten, was mit dir geschehen war. Also segelten wir am Ufer entlang und gelangten zu Arnor. Der Skalde nahm uns freundlich auf und lud uns ein, im Winter bei ihm zu gasten.«

Arnor lächelte: »Nach der Schneeschmelze ruderten wir zu Roald. Ich wollte ihn fragen, ob er vielleicht inzwischen etwas von dir gehört habe. Am Ufer sahen wir das Wikingerschiff und hörten dann auch gleich den Waffenlärm.«
»Wenn Thorgunna wirklich Jarl Roalds Tochter ist«, meinte Leif, »dürfen wir sie nicht im Unklaren darüber lassen, daß ihre Geschwister niemals zurückkehren werden.«
Die Grönländer blickten einander an. »Ja«, murmelte Aris verlegen. »Dem Jarl aber werde ich das selbst sagen müssen.«
»Und dann verschwindest du besser von hier«, riet Leif.
Arnor nickte. »Aber solange du mein Gast bist, will ich dich schützen.«
»Du kannst mit uns fahren, Aris«, sagte der Erikssohn.
»Wie edelmütig!« antwortete der Norweger ärgerlich. »Ich handelte nach dem Gastrecht! Auch zog ich keinen Nutzen aus meiner Tat. Der Waidmann haßt und verfolgt mich. Du aber, Leif, darfst mich am wenigsten verachten, da du der Sohn eines Vaters bist, der weder Erpressung noch Mord scheut!«
»Das erkläre mir!« rief Leif und riß sein Schwert aus der Scheide. Schnell sprang Arnor dazwischen.
»Das will ich gern tun«, versetzte Aris und erzählte, wie Erik an Bjarnes Eissturmvogel gekommen war. »Nur um mich vor Eriks Mordanschlägen zu schützen, stimmte der Herjulfssohn dem Verkauf zu«, schloß er. »Auf Tücke gründet sich deine Fahrt, Leif! Hinterlist füllt dein Segel, Trug treibt dein Ruder, fremdes Eigentum hilft dir, fremde Habe zu stehlen!«
Von seiner eigenen Lüge aber, zu der ihn Freydis gezwungen hatte, schwieg Aris.
Leif war bleich wie der Tod. »Das habe ich nicht gewußt.« Dann wandte er sich um und schritt zum Hof zurück.
Den ganzen Abend sprach er kein Wort.
Am nächsten Tag traten Arnor, Leif und Aris an das Krankenlager des Jarls, und der Norweger schilderte ihm den Tod seiner Kinder.
Die Augen des Alten loderten. »Das sollst du mir büßen!«
»Aris ist mein Gastfreund«, erklärte Arnor.
Leif sagte: »Ich verstehe deinen Zorn, Jarl Roald. Niemand bestreitet dir das Recht, das Blut deiner Söhne und Tochter an Aris zu

rächen. Ich aber bitte dich um sein Leben. Er soll mit mir fahren und nie wieder nach den Hebriden zurückkehren.«

»Nein!« wehrte der Norweger ab. »Ich werde dich ebensowenig zu den Westinseln bringen wie deinen Vater!«

»Ich weiß wohl, was ihr Bjarne schwort«, erwiderte Leif, »und ich habe zudem durch dich nun manches erfahren, was mir bislang verborgen geblieben war. Aber es ist noch nicht zu spät, unser Ansehen zu retten. Darum wollen wir jetzt nicht nach den Westinseln segeln, sondern nach Nidaros zu Bjarne. Dort werde ich ihm das Schiff zurückgeben, das mein Vater ihm ablistete.« Er seufzte. »Ach, gern sähe ich die neuen Länder«, meinte er traurig, »aber der Ruhm ist nichts wert, den man mit seiner Ehre bezahlt.«

»Nach Nidaros?« rief Aris überrascht. »Dort legen sie Asenanbeter in Fesseln!«

»Wenn es dein Wunsch ist, Leif«, erklärte Arnor, »werde ich dich zu König Olaf geleiten und ihm berichten, wie du hier halfst, grausame Wikinger abzuwehren.« Er lächelte flüchtig. »Der Tryggvessohn wird gegenüber Männern, die meine Gastfreunde sind, keine Gewalt anwenden«, fügte er hinzu.

Als Kalf Ketilssohn von Leifs Beschluß erfuhr, sagte er ärgerlich: »Nach neuen Ländern versprachst du zu steuern, nicht nach Norwegen, das unsere Ahnen einst um ihrer Freiheit willen verließen! Was zwischen deinem Vater und Bjarne Herjulfssohn vorfiel, ist nicht deine Sache!«

»Ich will nicht Nutznießer von List und Falschheit sein«, versetzte der Erikssohn heftig.

Schon am nächsten Morgen segelte Leif nach Osten. Arnor folgte ihm auf seinem Mastbaumhengst.

Am Geiervogelberg lenkte der junge Grönländer seinen Steven durch die abweisende Brandung, schnürte ein Bündel, hieß seine Gefährten warten und stieg allein zum Gipfel empor. Die Seevögel brüteten jetzt. Sie empfingen den Eindringling mit lautem Kreischen. Tausende der geflügelten Tiere stiegen wie schwarze Schatten von ihren Nistplätzen auf und stürzten dem Jüngling mit stoßenden Krallen und hackenden Schnäbeln entgegen. Leif ließ sich jedoch nicht erschrecken, sondern zog mutig sein Schwert. Da wichen die fliegenden Wächter zurück.

Als der Erikssohn fast schon den Gipfel erreicht hatte, öffnete sich hinter einer vom Wind verkrüppelten Kiefer plötzlich der Eingang der Asenhöhle und Thorgunna trat hervor.
Lange stand sie schweigend vor ihm, und er vermochte den Ausdruck auf ihrem Gesicht nicht zu deuten. Dann reichte sie ihm den goldenen Becher und sagte:

»Schworst Treue mir,
Schlichst dennoch fort.
Schicksals Spruch zwang deine
Schritte zurück.«

Leif lehnte den Trunk ab und antwortete: »Ich habe dir nicht die Ehe versprochen. Du selbst begingst schnöden Betrug, da du mir einen Saft reichtest, der mich die Zeit vergessen ließ. Aber ich komme nicht, mit dir zu rechten, sondern um dir zu künden, was deinen Geschwistern geschah.«
In Thorgunnas Augen glitzerten Tränen. Leise erwiderte sie:

»Walvater lud die
Wackeren zu sich nach
Walhall. Mein Herz
Wußte es längst.«

Der Erikssohn nickte verlegen und erzählte, was Aris berichtet hatte. Dann forderte Thorgunna, sie mitzunehmen.
»Wo denkst du hin!« rief Leif erschrocken. »Ich kann doch eine Frau aus so vornehmer Sippe nicht wie eine Kriegsgeraubte an Bord nehmen, noch dazu ohne Wissen ihres Vaters!«
Thorgunna krallte ihre schlanken Finger in sein Gewand, doch der Erikssohn löste ihren Griff und versetzte: »Jarl Roald wird es kaum einerlei sein, ob du mit einem Fremden die Heimat verläßt, mögt ihr auch im Moment entzweit sein! Was, wenn er Mannschaft sammelt und uns mit Schiffen nachjagt? Meine Besatzung ist klein. Auch zog ich nicht aus, Kriege zu führen, sondern um neues Land zu erforschen.«
Die junge Frau trat einen Schritt zurück und musterte den jungen

Grönländer mit blitzenden Augen. Die Röte des Zorns floß auf ihre Wangen und voller Verachtung erwiderte sie:

»Dünkst du dich redlich?
Doch bleib' ich nicht einsam,
Da ich nun trage
Dein Kind in mir!«

»Du gehst mit einem Kind?« fragte Erik verblüfft. »Aber . . .« Mißtrauisch schielte er auf Thorgunnas Leib. Die junge Frau sagte bitter:

»Vater wirst du,
Verführer, untreuer!
Verachtung trifft den, der
Verantwortung scheut!«

»Du hast mich verhext!« wehrte sich Leif und geriet nun gleichfalls in Zorn. »Erst verzaubertest du mich mit einem Lied, dann mit einem Trank, dann mit deiner Berührung. Schlafend tat ich, was ich wachend wohl vermieden hätte. Denn ich fuhr nicht in fremde Länder, um mich dort an edlen Jungfrauen zu vergehen. Dennoch bin ich bereit, mich zu dem Kind zu bekennen. Mitnehmen aber kann ich dich nicht. Denn ich weiß nicht, was geschieht, wenn ich bei den Christdienern lande.« Er machte ein sorgenvolles Gesicht: »Noch viel weniger könnte ich dort für die Sicherheit einer Wölwa sorgen.«
Eilig öffnete er sein Bündel und reichte Thorgunna Geschenke: einen goldenen Fingerring, einen Mantel aus grönländischer Wolle und einen Gürtel aus Walroßzahn. »Schicke mir den Knaben, sobald er entwöhnt ist«, bat er. »Er soll es stets gut bei mir haben.«

Wie Leif einen Ring und einen Priester für Grönland erhielt

Leif fuhr nun mit Arnor nach Norwegen ab und lief sechs Segeltage später in der Nidmündung ein. Das geschah im fünfzehnten Jahr nach Bjarne Herjulfssohns Westfahrt, zu jener Zeit, da die

Christen den Weltuntergang erwarteten, weil seit der Geburt ihres Gottes tausend Jahre vergangen waren.

In Nidaros ging Leif mit Arnor und Aris zu Bjarne, der sie erstaunt begrüßte, und erzählte ihm, was sich auf Grönland und den Hebriden ereignet hatte. Dabei erfuhr Aris, daß auch die Wikinger von der Forkeninsel, Glum Goldbauch, der grindige Gnom und Ulf Mädchenauge nach Norwegen gekommen waren, um mit König Olaf zu den Wenden zu fahren. Bis zur Ausreise der Flotte hatten sie sich aber einem Jagdzug nach Halogaland angeschlossen.

Danach sagte Leif zu Bjarne: »Ich gebe dir den Eissturmvogel zurück. Außerdem wünsche ich mir, daß der Streit unserer Sippen nicht auch uns entzweit und wir einander nicht wegen der Vergangenheit gram sind.«

Der Herjulfssohn antwortete erfreut: »Ich sehe, daß du ein wohlverständiger Mann bist. Das Schiff nehme ich aber nicht zurück. Denn wenn dein Vater davon erfährt, wird er in Zorn geraten, und dann bricht neuer Hader hervor. Denke daran, daß mein Bruder Thorward bald deine Schwester Freydis heiraten soll! Er liebt sie über die Maßen und würde es sich gewiß sehr zu Herzen nehmen, wenn Erik die Hochzeit verböte.«

Leif nickte und erwiderte: »Ich will tun, was ich nur kann, damit dein Bruder meine Schwester bekommt und mit ihr glücklich ist, so lange er lebt.«

Dieses Versprechen sollte ihn eines Tages aber noch sehr gereuen. Sie einigten sich darauf, daß Leif für den Eissturmvogel vierzig Mark Silber geben sollte. Das war die Summe, die Bjarne dem Schiffsbauer Thorberg Borkenhauer zu zahlen hatte. Daraufhin sagte der Herjulfssohn:

»Ich weiß, wie sehr du dich nach den Westinseln sehnst. König Olaf ernannte mich zu seinem Vogt in diesen neuen Ländern, und du sollst mir dann dort willkommen sein. Es wäre aber besser, wenn du dich taufen ließest.«

Danach erzählte er von der Warnung des sprechenden Felsens und schloß: »Die Westinseln sollen dem Christ gehören, damit nicht Glaubenskriege auch dort die Menschen gegeneinander aufbringen.«

»Du hast recht«, erwiderte Leif. »Schon lange fällt es mir schwer, Göttern gehorsam zu bleiben, die soviel Blut für sich fordern. Denn welche Welt versprechen sie uns? Wo die Asen in den Herzen der Menschen wohnen, herrschen stets Zank und Streit.«
»Nun ja«, bemerkte Bjarne trocken, »das ist bei den Christusdienern nicht anders.«
Der Herjulfssohn berichtete nun von Dankbrands schwerer Verwundung. »Ich glaube aber«, endete er, »daß der Ritter bald höher in Olafs Gunst stehen wird als zuvor.«
Arnor geleitete Leif vor den König und schilderte den Kampf auf den Hebriden in farbigen Versen. Die Augen der Hofleute leuchteten, denn seit der Christglaube am Nordweg Einzug gehalten hatte, rosteten dort die Schwerter. Sigurd Silberzunge seufzte, so daß es jeder in der Halle hören konnte:

»Waidwerks Glück, wie wahr ist's,
Weckt nur lange Weile.
Wer die Walstatt kennt,
Wünscht sich stärk'res Wild!«

Der König sah seinen Skalden streng an und grollte: »Vielleicht darfst du früher zum Schwerterspiel schreiten, als du jetzt ahnst! Dann aber sollst du nicht mehr selbstsüchtig nur zur eigenen Ehre fechten, sondern zum Ruhm unseres himmlischen Herrn!«
»Mir gleich, wenn es sich nur lohnt!« brummte der Skalde. Für diese Worte mußte er ein Strafhorn leeren. Er löste die Aufgabe aber mit großer Ausdauer und viele Norweger gaben ihm dabei freiwillig das Geleit.
»Thorhall!« murmelte Olaf indessen. »Ich kenne ihn wohl, den verfluchten Troll! Fuhr er doch mit dem Gabelbart viele Male gegen die christlichen Länder! Ach, wenn der Christ doch geben wollte, daß ich dem Waidmann noch einmal begegne! Dann soll ihn niemand mehr fürchten!«
Von seinen eigenen Raubfahrten aber schwieg der König, und es erinnerte ihn auch niemand daran.
Dann reichte Olaf dem Erikssohn einen goldenen Ring: »Du bist ein wackerer Jüngling, der wohl unter meine Hofleute paßte!«

»Wenn deine Gabe an diese Bedingung geknüpft ist, darf ich sie nicht annehmen«, erwiderte Leif. »Denn ich muß so schnell wie möglich nach Grönland zurück, wo sich mein Vater um mich sorgt. Wenn er überhaupt noch lebt! Ich will nicht, daß er oder meine Brüder ausfahren und nach mir suchen — vielleicht gar noch auf dem Nordroß, dessen Planken schon faulen!«
»Das trifft sich gut«, antwortete der König. »Ich denke schon lange darüber nach, wie ich Tyrker nach Grönland schaffe. Denn uns steht Krieg bevor und ich kann weder Drachen noch Schniggen entbehren.«
Düster blickte er zu seiner hohen Gemahlin hinüber, denn tags zuvor hatte Thyri unter heißen Tränen zu ihm gesagt: »Wäre ich im Wendenland geblieben, so besäße ich jetzt ein stattliches Eigentum, so wie es einer Königin wohl geziemt.« Daran mußte Olaf nun denken.
Schließlich wandte er sich wieder Leif zu: »Sobald du getauft bist, sollst du den Mönch mit dir in deine Heimat nehmen. Die Grönländer werden sich wundern, wie schnell ihr Wunsch nach einem geweihten Priester erfüllt wird.«
Sigurd Silberzunge aber reimte die Verse:

»Neues Land den Normann
Nach dem Westen lockte.
Nun vom Osten nimmt er
Neuen Gott als Beute.«

Der König sah seinen Skalden stirnrunzelnd an, doch Sigurd fragte unschuldig: »Bedeutet der Glaube an Christ nicht für jeden Getauften einen größeren Gewinn als Gut, Geld oder ferne Gestade?«
Leif nahm den Ring an und wurde Hofmann des Königs. Mit dem Erikssohn ließen sich auch seine Gefolgsleute taufen. Nur Aris und Kalf Ketilssohn sagten, daß sie weder an Thor noch an Christ glauben könnten und deshalb nur auf ihre eigene Kraft vertrauten. Das gefiel Olaf gar übel. Die beiden Ungetauften gelobten dem König jedoch, Tyrker in Grönland als treue Gefährten zu schützen. Da mäßigte der König seinen Grimm.

Wie Bjarne mit Leif unter die Rasensoden schritt

Aris ritt nach Möre. Dort erfuhr er, daß sein Vater an einer Seuche gestorben war. Asgrim und Asmund baten den Bruder, bei ihnen auf dem Hof zu bleiben. Aris aber antwortete: »Das Wikingerblut brennt viel zu heiß in meinen Adern, als daß ihr lange Freude an mir haben würdet.«

Darüber jedoch, was ihn wirklich nach Grönland zurückzog, sagte er nichts.

Bjarne fand solchen Gefallen an Leif, daß er eines Morgens mit dem Erikssohn auf eine Waldwiese schritt, um nach altem Brauch Blutsbrüderschaft mit ihm zu schließen. Sie schworen einander Freundschaft bis zum Tod und gelobten, einander zu rächen, als ob sie von der gleichen Mutter geboren wären. Zum Zeugnis des Eids ließen sie ihre Lebenssäfte zusammenrinnen.

Dankbrand aber beschloß, seiner sündhaften Liebe zu Derdriu für alle Zeit zu entsagen, und ließ sich von Bischof Sigurd zum Priester weihen.

Von einem fröhlichen Wiedersehen und wie König Olaf Leif sein Glück schenkt

Der König lud Bjarne und Leif auf die Jagd. Sie spießten stattliche Elche, Bären und Wildochsen in großer Zahl. Der Erikssohn staunte sehr über den Reichtum an wehrhaftem Wild in Norwegens Wäldern. Am meisten aber bewunderte er die Ausdauer der beiden schottischen Schnelläufer Haki und Hekja, die selbst die kräftigsten Hirsche im Sprung überholten.

Am Tag vor Leifs Ausfahrt lud Olaf die Grönländer in seine Halle. Er ließ ihnen schäumende Hörner reichen und mahnte sie, stets treu für Christ einzustehen, koste es sie auch das Leben. Wenn er im nächsten Jahr nachkomme, wolle er ihren Mut belohnen. Jeden Tropfen vergossenen Blutes jedoch werde er an den Asenanbetern rächen.

Leif sagte darauf, es werde wohl niemand wagen, sich dem Willen des Königs zu widersetzen, auch sein Vater nicht. Wenn aber Erik

angegriffen würde, werde er, Leif, seinem Vater und seinen Brüdern beistehen, auch wenn er inzwischen Christ sei.
Der König erklärte, das müsse dann wohl so sein. Er wolle es den Grönländern selbst überlassen, wie sie das Kreuz an ihrer Küste aufpflanzten. Nur stehen müsse es dort, wenn er im Frühjahr erscheine.
»Mindestens bei mir wirst du es finden«, versprach Leif. »Mehr sage ich nicht, denn ich bin kein Kuckuck, von dem es heißt: So laut sein Ruf auch schallt, verschwindet er doch bald!«
Am Abend kehrten die Wikinger aus Halogaland zurück, wo sie Walrosse gejagt hatten. Aris begrüßte sie mit großem Gebrüll. Auch Tyrker kam hinzu. Glum hatte sich die Gedärme verkühlt und eilte danach gleich zum Abtritt. Ulf Mädchenauge und der grindige Gorm ließen sich indessen von den Ereignissen erzählen und staunten sehr.
»Du willst dich wirklich noch einmal nach Grönland wagen?« fragte Gorm den Mönch.
»So ist es«, erwiderte Tyrker mit Würde. »Gott schickt uns Priester ja als seine treuesten Streiter immer wieder dorthin, wo Mord und Gewalttat, Unzucht, Laster und Völlerei herrschen . . .«
»Darf man da mitkommen?« fragte Glum, der in diesem Moment wieder eintrat, begierig.
»Er spricht von Grönland, du Tölpel!« lachte Ulf.
»Ach so«, brummte Goldbauch enttäuscht. »Wie langweilig!«
»Es wird bestimmt unterhaltsam«, widersprach Mädchenauge. »Denn Tyrker will zu Gardar eine Kirche bauen!«
»Eine Kirche?« wiederholte der Dicke verblüfft. »Mit Kreuz und Altar, Weihrauch und Bänken, Ewigem Licht und Weihwasser?«
»Weihwasser vielleicht nicht«, prahlte Gorm, »denn das wäre ständig gefroren.«
Nach mancherlei Kurzweil wurde es spät. Da sagte König Olaf zu Leif:
»Wenn du dem Christ auch künftig so tüchtig dienst wie bisher, werde ich dir bald gleichfalls ein hohes Amt anvertrauen. Und damit du auch jetzt nicht mit leeren Händen davonsegeln mußt, schenke ich dir meine beiden schottischen Läufer. Denn ich habe wohl gesehen, wie du ihre Schnelligkeit bestauntest.«

»Mit keiner anderen Gabe konntest du mir eine größere Freude machen«, rief der Erikssohn mit glänzenden Augen.
»Es wird gewiß keine leichte Aufgabe sein, den Christglauben in deiner Heimat einzuführen«, erklärte der König freundlich. »Aber ich wüßte keinen Mann, der besser dafür geeignet wäre, und du wirst Glück dabei haben.«
»Das wird nur dann so sein«, antwortete Leif artig, »wenn du mir dein Heil mit auf den Weg gibst.«
»So sei es«, sprach Olaf. Da jubelten alle Grönländer laut, denn das Glück König Olafs galt als sehr mächtig. Auch Bjarne freute sich für seinen Schwurbruder und sagte: »Dir steht gewiß noch Großes bevor.«
Am nächsten Morgen ließ der Erikssohn die beiden Schotten auf sein Schiff bringen und steuerte mit der Sonne nach Westen. Fünfunddreißig Männer befanden sich nun an Bord. Tyrker saß neben Leif an der Sonnenbordplanke, Aris stand am Vordersteven. Olafs Glück begleitete sie, den König aber hatte es seitdem verlassen.

Wie die Grönländer in einen Sturm geraten

Wie in jedem Frühjahr wehten auch dieses Jahr heftige östliche Winde. Der Erikssohn reiste mit vollem Segel, so daß sie schon eine Woche nach ihrer Ausfahrt, am ersten Tyrstag des Eiermonats, die Schafinseln sahen. Deshalb vertrauten die Grönländer Leifs Glück bald immer mehr.
Tyrker litt sehr unter Wind und Wogen und klagte beständig, sein Magen schwebe ihm wie eine Wolke im Bauch. Das steilstirnige Gesicht des Mönchs glänzte grün wie die Borke der Bäume zur Nordseite hin, und alles, was er aß, fraßen nach ihm die Fische. Leif steuerte nun in die Richtung, in der sie Island vermuteten. Tang trieb im Meer, und eine Herde von Weißwalen schwamm neben ihnen. Das schien den Grönländern ein günstiges Zeichen. Als sie am Himmelsrand schon die silberne Krone des Wasserferners erspähten, frischte der Wind weiter auf und sprang plötzlich um. Die See rollte rauher, die Wogen schäumten noch steiler als

vorher, und Tyrker fragte unruhig: »Hölle! Was soll das? Woher weht dieser verdammte Wind jetzt?«
Bleifarbener Dunst verdeckte die Sonne. Leif zog den Sonnenstein seines Vaters hervor. »Aus Nordost«, stellte er fest.
Bald brauste der Sturm so heftig über das Meer, daß er selbst die Grönländer bedenklich stimmte. Am Abend befahl Leif den Fahrtgenossen, sich mit Stricken an die Ruderbänke zu binden. Sturzseen rollten über das Dollbord, und wenig später wallten die ersten Meerzäune heran und benetzten mit ihren eisgrauen Häuptern die Sterne. Die gewaltigen Wellen schleuderten das Schiff wie einen Ball in die Luft, ließen es auf ihren Rücken reiten wie ein kleines Kind auf der Kruppe des schnaubenden Hengstes und stürzten es dann hinab wie einen Kiefernzapfen in einen Wildbach. So hoch warfen sich Trollwellen empor, daß sie sich oft mit den Wolken vermischten.
Wenn eine solche Donnerwoge vorübergezogen war, stürzten alle Männer mit Fässern, Schüsseln und Helmen zum Frachtraum und schöpften Wasser. Der Mönch aber fluchte dann jedesmal in immer schlimmerer Weise. Sein Vorrat an Scheltworten schien unerschöpflich.
Sieben Tage lang tanzte der Eissturmvogel über das endlose Meer. Mal erwies sich der eine, mal der andere Wind als der stärkere, so daß die Grönländer fast jede Stunde in eine andere Richtung fuhren. Dichte Wolken hüllten den Himmel ein. Die wandernden Schneewehen des aufgepeitschten Meeres türmten sich immer noch höher, aber die Schaumschwestern zeigten sich nicht. Auch bildeten sich keine Blutwogen. Tyrker aber betete oft, meist etwa so: »Heiliger Gott im Himmel, Herr, inniggeliebter Jesus, laß uns nicht absaufen, verdammt nochmal! Oh du Hort aller Gnade, wer wüßte nicht um deine Wunderkraft? Himmel und Erde beugen sich deinem Befehl, denn du hast sie ja in deiner Allmacht erschaffen. Dann wirst du ja wohl noch in der Lage sein, diesen dreimal verfluchten Wind abzustellen, zum Donner! Oh Himmelsherrscher, Gott Sabaoth, Jesus, ihr Heiligen alle, das ist ja nicht zum Aushalten!«
Die Grönländer staunten über die Kraft seiner Worte, denn diese Art von Gebet hatten sie noch nie gehört. Aber am achten Tag

flaute der Sturm tatsächlich ab. Leif löste die Stricke. Die Männer schöpften das Wasser aus, zündeten ein Feuer an und bereiteten sich die erste warme Mahlzeit. Während sie eine Brühe aus Pökelfleisch schlürften, sprach Aris sinnend:
»Ich glaube zwar nicht an Götter, doch wenn es sie wirklich gibt, so scheint mir Christ doch um vieles stärker als Thor. Denn dieser Sturm peitschte höhere Meerzäune auf als selbst sein Bruder, der uns damals mit Bjarne nach Westen trieb.«
»Christs Gnade ist noch größer als du meinst«, erwiderte Leif und spähte zum Himmelsrand. »Denn wenn mich kein Spukbild täuscht, ähnelt unsere Reise eurer damaligen Sturmfahrt nicht nur in Umständen und Dauer, sondern führte uns auch zum gleichen Ziel. Denn dort hebt sich Land aus den Wellen, und ich will nicht meines Vaters Sohn sein, wenn das nicht die Westinseln sind.«

Von Sonnenhunden und dem Steinplattenland

Sie hielten auf die Küste zu und warteten, wie sich das Wetter entwickeln würde. Bald zerstoben die schwarzen Wolken, das Weltdach färbte sich wieder blau und der große Glutspender, die Sonne, strahlte wärmend vom Himmel. Fröhlich hoben die Grönländer dem grellen Himmelslicht die Gesichter entgegen.
Der Wind blies wieder aus Nordost, so daß sie nicht zu rudern brauchten. Langsam schwamm die Schnigge auf die fremde Küste zu. Polternd brachen sich Brandungswellen zwischen geborstenen Felsblöcken. Hinter den Klippen begann ein ödes, baumloses Land. In der Ferne schimmerten Gletscher wie weiße Wolken, es war kühl. Große Steinplatten bedeckten weithin das unwirtliche Gestade. Ein Seeadler schwebte über dem Schiff und stieß schrille Schreie aus.
Fröstelnd zog Tyrker den Wollmantel um seine Schultern. »Beim Feuer der Hölle, das muß Thule sein«, vermutete er. »Was für eine ungemütliche Gegend! Pytheas hatte recht. Verdammt, verdammt! Das nördliche Ende der Welt! Was in drei Teufels Namen sollen wir hier? Aber Dein Wille geschehe.«
Leif holte die silberne Peilscheibe aus seiner Tasche und richtete

sie auf das Tagesgestirn. Schweigend warteten alle, bis er die Messungen ausgeführt hatte. Nach einer Stunde stellte Leif fest: »Du irrst dich, mein lieber Ziehvater. Diese Küste liegt zwar dicht unter dem Leitstern, aber auf keinen Fall nördlich von Grönland. Die Sonne steht nicht einen Strich niedriger am Himmel, als an den Fjorden zwischen Ost- und Westsiedlung. Das würde bedeuten, daß wir uns westlich von unserer Heimat befinden. Dort, wo Bjarne neues Land sah.«
Forschend blickte er Aris an. Der Norweger ließ die Augen langsam über die wirren Felsblöcke schweifen, aber den sprechenden Stein fand er nicht. »Ich weiß nicht recht«, murmelte er nach einer Weile.
Leif ließ Anker werfen und stieg in das Schleppboot. Aris, Tyrker, Eywind und die beiden Schotten folgten ihm.
»Mirabile in aequitate«, betete der Mönch, während die anderen ruderten. »Du vollbringst erstaunliche Taten, Du Gott unseres Heils, Du Zuversicht aller Enden der Erde und der fernsten Gestade! Lasse uns jetzt nicht im Stich, sonst sind wir aufgeschmissen, und der Teufel lacht sich ins Fäustchen!«
Als das Boot auf Kies knirschte, sprang Leif mit einem mächtigen Satz auf die neue Erde. Wasser spritzte, der Erikssohn strauchelte, stolperte über einen Stein und stürzte mit ausgebreiteten Armen der Länge nach auf den Strand.
Rasch wateten Haki und Hekja ans Ufer und hoben Leif auf. Der Erikssohn lachte und zeigte auf den Abdruck im nassen Sand. »Nicht nur mit meinen Füßen«, rief er fröhlich, »sondern mit meinem ganzen Körper nehme ich von der neuen Küste Besitz!«
Aris und Eywind schoben das Boot an den Strand und banden es an einem Felsen fest. Dann sammelten sie getrocknetes Treibholz. Bald prasselte ein wärmendes Feuer auf dem flachen Gestade. Leif spähte immer wieder zu den Bergen. Die beiden schottischen Schnelläufer sahen ihn fragend an. Schließlich nickte der Erikssohn. »Seht, was ihr findet!« sagte er. »Seid aber bis zum Abend wieder da!«
Haki und Hekja rafften die Langmäntel mit versilberten Schließen, prüften den sicheren Sitz ihrer Waffen und eilten wie Wölfe davon.

»Uns ist es in diesem Land nicht so ergangen wie Bjarne«, sprach Leif zufrieden, »denn wir haben es betreten!«
Eine Stunde vor Sonnenuntergang kehrten die beiden Schotten zurück. Haki trug ein Rentiergeweih, das um vieles größer war als die Stangen grönländischer Rene. Der Erikssohn rief erfreut: »An jagdbarem Wild herrscht hier offenbar kein Mangel.«
Der Schnelläufer rollte die Augen, drehte den Kopf viele Male, deutete auf seine Füße und stieß dabei seltsame Worte in seiner Heimatsprache hervor.
»Sie liefen sehr weit«, erklärte Leif mit gedämpfter Begeisterung, »und sahen dabei nur wenige Tiere.«
Danach zog Hekja eine Handvoll Körner aus ihrer Tasche und reichte sie dem Erikssohn. Leif hielt das Getreide begierig vors Auge. »Strandhafer«, murmelte er dann enttäuscht. »Hier wächst weder Weizen noch Wein. Es ist ja auch viel zu kalt.«
»Dann laß uns nach Hause fahren«, drängte Aris.
Der Erikssohn schüttelte heftig den Kopf. »Ihr saht damals nicht nur an einer, sondern an zwei Stellen Land«, sagte er. »Zwei Tage südlich von hier müssen Wälder wachsen. Dorthin wollen wir segeln. Vorher will ich dieser Küste aber einen Namen geben.«
»Sankt-Thomas-Land«, schlug Tyrker vor. »Heute ist der Tag des Apostels, der dritte des Monats Junius.«
»Wenn ich mich recht entsinne, war Thomas der ungläubigste unter Christs Gefolgsleuten«, erwiderte Leif. »Das dünkt mich kein gutes Vorzeichen.«
»Dein Vater würde es Riesentierküste nennen«, meinte Aris.
»Ich will nicht mit Jägern, sondern mit Siedlern ausfahren«, entgegnete der Erikssohn. »Diesem unwirtlichen Gestade gebührt ein ehrlicher Name. Es soll darum Helluland, Flachsteinland, heißen. Wir wollen niemanden darüber im Unklaren lassen, daß diese Gegend recht ungastlich ist und hier nicht einmal gutes Gras wächst.«
Sie ruderten zum Eissturmvogel zurück, nahmen das Beiboot in Schlepp und fuhren nach Süden.
Es war aber nicht das letzte Mal, daß Grönländer nach Flachsteinland kamen, und es sollten dort noch seltsame Dinge geschehen.

Der Nordost blies auch noch in den nächsten Tagen. Leif ließ das Segel schrägstellen. So kam das Schiff rasch voran. Die Küsten bewaldeten sich bald dichter. Die Steinplatten blieben allmählich zurück. Statt ihrer dehnten sich breite Flächen von Sand, weiß wie Mehl, zwischen Land und Meer aus. Das Ufer fiel sanft ab, gerade so wie am Limfjord.

»Erinnerst du dich an Landmarken?« fragte Leif.

Aris schüttelte den Kopf. »Als wir mit Bjarne hierher kamen«, sagte er, »trieben fünffingrige Ahornblätter im Meer. Hier aber wachsen nur Föhren und Fichten. Nein, wir müssen weiter nach Süden fahren.«

Von dem furchterregenden Ruf aus der Rinde der Erde, der ihn und seine Fahrtgenossen damals erschreckt hatte, schwieg Aris.

Am vierten Tag steuerte der Erikssohn den Eissturmvogel in eine geschützte Bucht und hieß seine Leute treibende Hölzer auffischen. Sie fanden jedoch nur abgebrochene Äste von Kiefern und Tannen.

Durch flache Brandung ruderten sie das Schleppboot an den steinigen Strand. Dort schickte Leif wieder die Schnelläufer aus.

Ungeduldig warteten sie fast den ganzen Nachmittag auf die Rückkehr der Schotten. Schließlich hielt es Leif nicht länger aus und sagte: »Steuermann hin oder her, ich habe keine Lust, immer untätig herumzusitzen, während andere meine Länder erforschen!« Er schob ein Beil in seinen Gürtel und lief in den Wald. Aris und Kalf Ketilssohn schulterten Spieße und folgten ihm. Aus einem düsteren Tannendickicht scholl ihnen plötzlich lautes Gebrüll entgegen, und vor ihren staunenden Augen erhob sich der größte Bär, den sie jemals gesehen hatten. Das zottige Untier übertraf selbst die braunen Giganten der Nordweggebirge. Seine gebogenen Reißzähne ragten länger als menschliche Daumen, und mit seinen Krallen vermochte es wohl selbst eherne Brünnen in Stücke zu reißen.

So wie ein Windstoß die glimmende Glut unter rußiger Asche entfacht, erwachte nun in den Grönländern die Jagdlust. Leif schwang sein Beil, stürmte dem Bären entgegen und traf zweimal den breiten Schädel. Grollend schlug der Waldriese mit seinen furchtbaren Pranken nach ihm, aber der Erikssohn wich geschickt aus. Kalf sprang zur Rechten Leifs auf das Tier zu und stach ihm den Speer in die Schulter. Als sich der Bär mit dröhnendem Grollen nach dem neuen Gegner wandte, trieb Aris ihm die Stoßlanze in die Weiche. Auf diese Weise brachten die drei Jäger ihre Beute gemeinsam zu Fall.

Rasch sprachen Aris und Kalf nach uraltem Brauch einen Segen für die Seele des Raubtiers, damit sie Ruhe finde und nicht rachsüchtig wiederkehre. Leif wandte sich dabei ab und steckte sich die Finger in die Ohren.

Danach brachen sie den Bären auf, schnitten ihm die besten Stücke heraus und hieben die Tatzen ab.

Während sie das schmackhafte Fleisch auf dem Feuer brieten, tadelte Tyrker den Erikssohn: »Potztausend, leichtsinniger Kerl, das hätte dich das Leben kosten können! Himmeldonnerwetter! Und ausgerechnet mit diesen beiden unverbesserlichen Götzendienern wagst du dich auf Jagd! Ich hoffe, diese Heiden haben nicht wieder herumgehext oder sonst etwas getan, was deiner Seele schaden könnte!«

»Ich habe nichts dergleichen gesehen oder gehört«, erwiderte Leif ehrlich.

Tyrker warf Aris und Kalf einen schrägen Blick zu. »Saftköpfe!« grummelte er. »Schelme! Gottlose Wichte!«

Die Nordleute blinzelten einander zu. Der Braten schmeckte ihnen nun doppelt gut. Der Ketilssohn brachte davon auch zum Schiff.

Diesmal kehrten die Schnelläufer erst kurz vor Einbruch der Dunkelheit aus den Wäldern zurück. Haki trug das prachtvolle Gehörn eines Rothirschs mit sechzehn Enden. Leif freute sich und lobte: »Hier wächst ein wahrhaft königliches Wild, an dem wohl noch so mancher Waidmann seine Freude haben wird.«

Danach griff Hekja in ihre Tasche und brachte erneut eine Handvoll Körner zum Vorschein. Sie sahen wie kleine Perlen aus und stammten von einem Getreide, das den Grönländern gänzlich unbekannt war.

Mißtrauisch beroch Leif den seltsamen Fund. Die schottische Magd

wies auf das Meer, zeigte dann auf den Strand, holte eine weitere Handvoll aus ihrer Tasche, schob sie in den Mund und begann zu kauen. Dabei verdrehte sie fröhlich die haselnußbraunen Augen, um Leif zu zeigen, wie gut ihr die Speise schmeckte.
Daraufhin kostete auch der Erikssohn von den fremdartigen Früchten, spie die Körner aber schon nach kurzer Zeit wieder aus und sagte: »Auch dieser seltsame Wasserweizen wird wohl nur wenige Siedler locken. Wir müssen weiter! Dieses Land aber soll Markland heißen, weil es so viele Bäume besitzt.« Denn ›Mark‹ heißt in der nordischen Sprache ›Wald‹.
Auch nach Markland kamen noch andere Grönländer. Davon ist später noch zu berichten.

Von süßem Tau, dem Jarl Moses und einem Meer, das sich wie eine Schüssel leert

Sie segelten weiter nach Süden. Die Küste wich schnell zurück und geriet außer Sicht. Leif beriet sich mit Aris. Dann beschloß der Erikssohn, den Kurs zu ändern. Fortan fuhr er nicht mehr nach Südosten, sondern steuerte mit gerader Rahe nach Westen. Die Sonne stand über der linken Brandplanke. Abends leuchteten Thjazis Augen über dem Vordersteven.
Am nächsten Tag gerieten sie in dichten Nebel. Der Wind schlief fast völlig ein und eine starke Strömung trieb das Schiff zurück. Leif ließ die Fahrtgenossen rudern. Als die weißlichen Schwaden endlich verflogen, sichteten sie wieder Land. Bald merkten sie aber, daß sie nur eine Insel vor sich hatten. Leif hielt es deshalb für ungefährlich, endlich alle Fahrtgenossen ans Ufer zu lassen. Denn die Seereise dauerte nun schon sehr lange.
Fröhlich lagerten sich die Grönländer auf dem sandigen Strand. Sie zündeten zwei große Feuer an und stärkten sich mit Speckklößen in heißer Brühe. Nachts stellten sie Wachen aus und hüllten sich in ihre Fellsäcke. Am nächsten Morgen stieg Leif mit Aris und Tyrker auf einen Berg. Im Süden sahen sie hinter einer Lagune einen grünen Streifen bewaldeten Landes.

Sie setzten sich ins Gras, um sich zu besprechen. Dabei benetzten sie ihre Hände mit Tau.
»Wir sollten so schnell wie möglich in diesen Sund segeln«, meinte Leif. »Dort droht vom Wetter wenig Gefahr. Auch scheint es mir hier schon viel wärmer zu sein. Erkennst du das Land endlich wieder?«
»Wo siehst du die Ahornbäume?« antwortete Aris. »Über das Wetter kann ich nichts sagen. Damals war schon fast Winter.«
»Und was meinst du, lieber Ziehvater?« wollte Leif wissen. »Steht in den Schriften der Alten etwas von einer Insel wie dieser?«
Der kleine Mönch wiegte das Haupt und fuhr sich nachdenklich mit der Hand durch den Bart. Plötzlich nahm sein Gesicht den Ausdruck höchster Verwunderung an. Erst verblüfft, dann verzückt leckte er an seinen Händen und rief dabei: »Hol's der Teufel! Ein Wunder! Bei allen geschwänzten Geistern der Hölle — Manna!«
Leif und Aris starrten ihn an, als ob er den Verstand verloren hätte. Dann berührten auch sie ihre Handflächen vorsichtig mit den Zungen. Der Tau schmeckte süß wie Honig.
»Ein Wunder!« rief der kleine Mann aufgeregt. »Da bleibt euch die Spucke weg, was? Sakrament! Der Herr sendet uns ein Zeichen!«
»Meinst du wirklich?« staunte Leif.
»Wie kannst du als Christ daran zweifeln?« schimpfte Tyrker. »Heiliger Strohsack! Hast du vergessen, daß der allmächtige Gott einst auch die Israeliten nach ihrem Auszug aus Ägypten mit dieser himmlischen Nahrung speiste? Am Morgen lag Tau rund um das Lager, so steht es bei Moses, er war weiß wie Koriandersamen und schmeckte wie Honigkuchen. Zagt nicht! Auch uns gilt die Gnade des Herrn!«
»Koriandersamen kenne ich nicht«, brummte Aris, »auch scheint dieser Saft mir keineswegs weiß, sondern durchscheinend wie ganz gewöhnlicher Tau. Aber süß schmeckt er, das muß ich zugeben. So etwas kostete ich noch nie.«
Immer wieder streiften sie über die Gräser und leckten sich alle Finger. »Herr!« rief Tyrker inbrünstig. »Wenn wir hier unseren Sinai fanden, so lasse uns auch bald in ein Gelobtes Land gelangen. Dir zur ewigen Ehre! Kruzifix noch einmal!«

Sie kehrten zu ihren Gefährten zurück.
Leif ließ die Schnigge beladen und segelte in den Sund. Das Land erhob sich nur wenige Ellen über das Meer. Auch leuchteten dahinter keine Gletscher. Der Wind ließ nach, und Ebbe setzte ein. Die starke Strömung zog das Schiff vom Ufer fort, so daß sie hart rudern mußten. Aris rief Leif vom Vordersteven aus zu, wie er zwischen den Untiefen steuern solle. Der Spiegel der See sank aber so schnell, daß der Kiel des Eissturmvogels weit vor dem Ufer auf Grund geriet.
Der Erikssohn warf das Ruder herum und hieß seine Männer, sich mit aller Kraft in die Riemen zu legen, aber es war schon zu spät. Noch ehe sie Ladung leichtern konnten, saß das Schiff mitten im Meer auf einer Sandbank fest.
Die Planken des Eissturmvogels ächzten, als die schwere Schnigge im Sand versank. Das Meer lief aus wie eine schräge Schüssel. Überall hoben sich Höcker vom Meeresboden, als wälze sich eine Walherde durch die seichte See. Am Ende ließen die weichenden Wellen nur ein paar Pfützen zurück und Aris mußte an Tyrkers Bericht von der Insel Atlantis denken.

Wie Leif, als die Christen den Weltuntergang erwarten, eine neue Welt findet

»Potzblitz!« rief der Mönch. »Was ist denn das? Sind wir etwa im Wattenmeer? Welcher Geisterspuk führt uns hier an der Nase herum?« Dabei bekreuzigte er sich wieder viele Male.
Leif rief den Männern zu: »Das Wasser kommt bald wieder. Dann bringen wir das Schiff an Land. Zuvor wollen wir die Umgebung erkunden. Einladender kann ich mir eine neue Küste kaum vorstellen, als daß wir sie nun sogar zu Fuß erreichen können. Das scheint mir ein günstiges Zeichen.«
Er nahm seine Axt und sprang über Bord, so daß der Schlamm spritzte. Haki und Hekja folgten ihm mit schußbereiten Bogen. Hinter ihm stapften auch Aris und Tyrker durch den schlüpfrigen Schlick der flachen Fischgründe.
Das Festland lag ziemlich weit entfernt. Aris blieb bei dem

Mönch, der unablässig vor sich hin schimpfte. Wohl eine Stunde lang wanderten sie durch den tiefen Morast des Meeres. Als sie keuchend das trockene Ufer erreichten, waren Leif und seine schottischen Schnelläufer längst in den Wäldern verschwunden. Am Meeresrand wogten Strandroggenfelder im Wind. Auf dem Gestade rauschten nur niedrige Fichten, aber auf einem langgezogenen Bergrücken in der Ferne wuchs ein Forst riesiger Föhren. Steine und Klippen bedeckten den Strand. Tiefer im Land ragten flache Felsen aus dem feuchten Boden empor.

Dazwischen breiteten sich Moos und Moore aus. An manchen Stellen leuchtete der Waldgrund gelbweiß wie zerschlagene Vogeleier.

»Rentiermoos«, erklärte Aris dem Mönch.

In dem niedrigen Bodenbewuchs erkannte der Norweger zahlreiche Tierpfade. Schwarzbär und Luchs, Marder und Stänker, auch Fuchs und Hase, Otter, Biber und Wasserratte hatten dort ihre Spuren in die weiche Erde gedrückt. Daneben entdeckte Aris aber auch Trittsiegel von Waldbewohnern, wie er sie nie zuvor gesehen hatte, weder am Nordweg noch auf der Eisinsel oder in Grönland, ja nicht einmal in Finnland, wo doch mehr rätselhafte Wesen hausen als in allen anderen Ländern der Welt.

Aris packte den Spieß fester und schritt schneller aus, konnte jedoch weder Leif noch die beiden Schnelläufer finden. Nach einer Weile schimmerte Licht zwischen den Stämmen. Einige Herzschläge später trat der Norweger an das abschüssige Ufer eines tiefblauen Sees. Schilf bekränzte den Rand des Gewässers. Hinter den Wasserpflanzen breiteten sich grüne Mulden und Matten aus. Voller Freude genoß Aris den würzigen Duft der fruchtbaren Erde.

»Schön, nicht wahr?« sagte eine Stimme neben ihm.

Aris fuhr herum. Hinter einem mannshohen Felsen trat Leif hervor. Polternd brach der Mönch hinter dem Norweger durch das Gehölz. Mit hervorquellenden Augen glotzte er auf den See.

»Hier werden wir bleiben«, entschied der Erikssohn. »Seht ihr die kleine Bucht? Dort strömt ein Fluß aus, tief und breit genug, unser Schiff zu tragen. Wenn die Flut kommt und den Eissturmvogel befreit, rudert hierher!« Er deutete auf eine grasbewachsene

Landspitze im Sonnenaufgang. »Dort wollen wir unsere Zelte aufschlagen«, erklärte er und schickte Aris zurück, die Gefährten zu holen.
Er selbst wanderte nun mit Tyrker am Ufer entlang. Der Mönch bat ihn, das Gewässer ›Siloah‹ zu nennen, nach einem heiligen See, der in der Vorzeit die Krieger von Jorsalaheim mit Trinkwasser versorgte. Der Fluß aber solle Arnon heißen wie jener Strom, den die Israeliten unter ihrem Jarl Josua bei der Landnahme überschritten, damals, als ihnen der Herse der Amoriter das Gastrecht bestritt. Leif lächelte und versprach, er wolle darüber nachdenken. Erst müsse aber ein Name für das neue Land gewählt sein.
In den durchscheinenden Fluten schwammen Forellen von solcher Größe, daß sie den Lachsen Grönlands glichen. Auf dem Kies des Seegrunds krochen Krebse zwischen verlockenden Muscheln umher. Scharben, Alke, Eis- und Eiderenten tauchten nach fetten Fischen. Auch Lummen und Möwen erfüllten die Lüfte mit ihrem Geschrei. Hoch über diesem gewöhnlichen Vogelvolk klafterten Weißkopfseeadler die mächtigen Schwingen. Fast mit jedem Schritt stießen Leif und Tyrker auf versteckte Nester im Ried. Zwischen Seeufer und Wald wuchsen Stachelbeersträucher so hoch wie Bäume. Auch Rotbeerbüsche wucherten dort und viele andere fruchttragende Gewächse.
Aris eilte zu der Lagune zurück. Bald hob das Meer sich wieder. Die Grönländer bemannten das Schleppboot und fuhren zur Küste. Als sie Leifs Befehl vernahmen, segelten sie zur Flußmündung und ruderten den Eissturmvogel in den See. Die Reichtümer des Landes erstaunten sie sehr. Die Wärme der Sommersonne brannte auf ihrer Haut und ihnen war, als führen sie durch den lichten Eibenhain des Asen Ullr, durch Friggs festlichen Feensaal oder gar durch Allvaters göttlichen Garten.
So geschah es, daß in diesem tausendsten Jahr, da viele Christen den Untergang der alten Erde erwarteten, Leif Erikssohn eine neue Welt fand.

Von windgesätem Weizen und wie Tyrker plötzlich verschwindet

An Leifs Landzunge warfen die Grönländer Anker, trugen ihre Fellsäcke von Bord und schlugen Zelte auf. Der Erikssohn lief indessen am Ufer entlang und wartete ungeduldig, was ihm die schottischen Schnelläufer mitbringen würden.

Diesmal war es schon dunkel, als Haki und Hekja zurückkehrten. Der Jagdknecht trug einen Lachs auf der Schulter, wie man ihn wohl im ganzen Norden noch nie gesehen hatte. Der Fisch war ebenso groß und schwer wie ein zehnjähriger Knabe.

»Das nenne ich einen Lachs«, lobte Leif.

Hekja gab dem Erikssohn wieder Körner zu kauen. Jetzt aber spie Leif die Gabe nicht aus, sondern staunte: »Tatsächlich! Das ist Getreide, wie es im Südland nicht besser wächst.«

Die schottische Magd vollführte nun die Bewegung des Pflügens, schüttelte dann den Kopf und blies in ihre Handflächen.

»Weizen, vom Wind gesät«, erklärte der Erikssohn. »Es ist wie in deiner Geschichte, mein lieber Ziehvater!«

»Donner, Blitz und Hagelschlag!« rief der Mönch. »Plinius hatte recht, der alte Heide! Wer hätte das gedacht! Jetzt fehlt nur noch der Wein.«

»Ich bin gespannt, welche Überraschungen dieses Land uns noch bereithält«, fuhr Leif fort.

»Wir wollen hier überwintern, damit wir erfahren, wie kalt es wird, wann das Gras welkt, wieviel Schnee fällt und ob er lange liegenbleibt. Das alles müssen wir wissen, wenn wir mit Vieh und Siedlern wiederkehren.«

Die Grönländer fällten Ahornbäume, hieben tragfähige Balken zurecht, spalteten Stämme zu Brettern und trieben Stützpfosten tief in den Boden. Grassoden deckten das Dach der Hütte. Dann zogen sie ihr Schiff auf Walzen. Leif fischte mit den beiden Schotten und fing soviele Lachse, daß sich alle jeden Tag an frischem Fleisch satt essen konnten.

Als der Bau stand, sagte der Erikssohn zu seinen Fahrtgenossen: »Wir wollen uns nun in zwei Hälften teilen, die abwechselnd das Land erforschen. Wenn die eine auszieht, bleibt die andere hier

und bewacht das Schiff. Am Abend müssen alle zurückgekehrt sein.« So taten sie.
Auch Leif zog nicht jeden Tag aus, sondern blieb mit seiner Schar in der Hütte, wenn die anderen an der Reihe waren. Damit waren alle zufrieden.
Die Grönländer streiften weit durch den Wald, jagten Rentiere, Hirsche und Bären und fällten gewaltige Bäume aus schön gezeichnetem Holz, das sie Masur nannten. Andere zogen am Meeresufer entlang, fingen Kabeljau zwischen den Klippen und suchten die Wurfplätze der Sattelrobben auf. Weit draußen im Meer erblickten sie Tümmler, Weißwale und sogar Walrosse, die niemand je an so milder Küste gesehen hatte. Auch Seehunde und viele andere Robben tummelten sich in den salzigen Fluten. Je weiter die Sonne fortschritt, desto wärmer wurde es, so daß die Grönländer nachts ohne Decken schliefen.
Jeden Abend versammelten sich die Männer am Lagerfeuer und berichteten, was sie entdeckt hatten. Am sechsten Abend aber fehlte einer von ihnen. Es war Tyrker.

Wie Leif dem neuen Land den Namen gibt

Leif machte seinen Männern schwere Vorwürfe und fragte alle, die mit dem Mönch umhergeschweift waren, nach Tyrker aus. Doch weder Aris noch Eywind, Kalf Ketilssohn oder einer der anderen konnte sich erinnern, den kleinen Mann im Wald gesehen zu haben. Da riß Erikssohn einen brennenden Ast aus der Feuergrube und lief laut rufend im Wald umher. Die Grönländer taten es ihm gleich, aber es kam keine Antwort.
In schwerer Sorge verbrachte Leif die Nacht.
Am nächsten Morgen schickte der Erikssohn die beiden schottischen Schnelläufer aus. Haki und Hekja bewaffneten sich mit langen Spießen, denn sie fürchteten, daß der Mönch von einem Bären angefallen worden sei. Leif folgte ihnen mit ernster Miene in den dunklen Wald. Aris suchte indessen das sumpfige Seeufer südlich der Leifshütte ab. Einar forschte am östlichen, Kalf am westlichen Meeresstrand nach dem Mönch.

Um die Mittagsstunde kreuzte der Erikssohn tief im Forst die Spur eines schwarzen Bären. Erschrocken zog er das Beil aus dem Gürtel, schickte ein Stoßgebet zum Christ und ging der Fährte nach. Bald sah er, daß der Bär offenbar einen Mann verfolgte. Leif erkannte, daß die Tritte dem kurzen Schritt seines Ziehvaters entsprachen.
Nun brach der Erikssohn ohne Rücksicht durch das Dickicht. Mit riesigen Sätzen sprang er über Bäche und Wasserläufe, hetzte steile, von Farn überwucherte Hänge hinauf und trampelte Erlen- und Dornenbüsche nieder, nicht achtend, daß Äste und Zweige sein Hemd zerrissen. »Ziehvater«, schrie er immer wieder, »wo in Christs Namen steckst du?«
In einer moosigen Senke sah er, daß eine Elchspur die Fährte traf. Groß war seine Erleichterung, als er bemerkte, daß der Schwarzbär an dieser Stelle offenbar dem großen Hirsch nachgesetzt hatte. Auf einer sanft gerundeten Hügelkuppe erblickte Leif Büsche, wie er sie nie zuvor gesehen hatte. Hinter ihren grünen Blättern raschelte es. Der Erikssohn hob das Beil und trat vorsichtig auf die fremdartigen Sträucher zu. Da wurden die Zweige plötzlich zur Seite gedrückt und der Mönch trat heraus.
Keuchend blieb Leif stehen, das Beil schlagbereit in der Rechten. Seine Brust hob und senkte sich wie der Blasebalg eines Schmieds. Pfeifend drang der Atem aus seinen Lungen. Als sich der Erikssohn wieder ein wenig erholt hatte, sagte er: »Was fällt dir ein, Ziehvater! Wenn du dich nur erleichtern wolltest, hättest du dich doch nicht so weit von unserer Hütte entfernen müssen!«
Dann bedachte er das Gesagte und fügte hinzu: »Ich meine, was trieb dich denn an diesen Ort?«
Tyrker grinste Leif fröhlich entgegen und trat langsam auf ihn zu. Dabei wankte er ein wenig und bewegte sich, als ob er keine Gewalt mehr über seine Füße besäße.
»Was ist?« rief der Erikssohn voller Sorge. »Bist du verletzt?«
Das glückliche Lächeln auf Tyrkers Gesicht verstärkte sich noch. Er rieb sich den Bauch, rollte die Augen und schmatzte genießerisch mit den Lippen. Dabei redete er viele unverständliche Worte.
Hinter dem Mönch knackten Zweige.

»Vorsicht!« schrie der Erikssohn und sprang auf Tyrker zu, um ihn zu beschützen. Da traten zu Leifs großem Erstaunen auch die beiden schottischen Schnelläufer aus dem Dickicht. Sie hatten Ranken um ihre Hälse gewunden und trugen merkwürdige Früchte.

»Was ist das?« wollte Leif wissen. »Was habt ihr da gefunden? Ich laufe mir die Lunge aus dem Leib und ihr sammelt seltene Pflanzen!«

Der Mönch blieb vor dem Grönländer stehen und tätschelte ihm liebevoll die Wange. »Vinum!« strahlte er. »Du verdammter Glückspilz! Vinum!«

Leif starrte ihn verständnislos an. Tyrker drehte wieder die Augen zum Himmel, leckte sich die Lippen, fletschte die Zähne, lallte und ließ dann einige Male den Kopf auf die hagere Brust sinken. Dann sah er den Erikssohn voller Genugtuung an und sagte mit der Miene eines Mannes, der Wichtiges zu verkünden hat, auf Nordisch: »Ja, zum Donnerwetter, begreifst du denn immer noch nicht? Hölle und Schwefel! Mach doch die Augen auf! Ich mußte nicht viel weiter laufen als ihr, um endlich zu finden, was du schon so lange erhoffst: Hier ist es, wo der wilde Wein wächst!«

»Wein?« staunte Leif. »So sieht Wein aus?«

»Ei du Schelm!« rief der Mönch belustigt, riß eine Traube ab und gab sie dem Erikssohn zu kosten. »Dachtest du, dieses Gottesgebräu tropft schon fertig von Bäumen, so daß man nur Fässer hinstellen müßte?«

Neugierig zerdrückte Leif die reifen Beeren mit Zähnen und Zunge und ließ den süßen Saft in seinen Schlund rinnen.

»Nun ja«, meinte Tyrker. »Du als Grönländer konntest Weinranken wohl kaum erkennen. Ich aber lebte lange in einem Land, dem es weder an Weinreben noch an Weinbeeren mangelte, bei allen tanzenden Teufeln!« Er lächelte wieder. »Deshalb spielte ich dir den Betrunkenen vor. Die Schotten merkten übrigens sofort, was ich ihnen sagen wollte, als ich vor ihnen herumtorkelte.«

Haki und Hekja grinsten breit und schoben sich schmatzend Beeren in ihre Münder.

Leif suchte sich einen Baumstrunk und setzte sich nieder. »Dem Christ sei Dank!« seufzte er. »Da war ein Bär . . .« Vorwurfsvoll

sah er den Ziehvater an. »Doch dieser Fund war die Sorge wohl wert.« Verlegen zwinkerte er mit den Augen, aus denen Tränen der Erleichterung zu dringen drohten.
Tyrker und die beiden Schnelläufer ließen sich neben ihm nieder. Eine Weile lang schwiegen alle. Dann räusperte sich der Erikssohn und sagte:
»Wir haben die Weininseln also gefunden, von denen du uns vor so langer Zeit erzähltest, lieber Ziehvater. Nun will ich dir sagen, daß ich seit jener Stunde in Steilhanghof kein zweites Ziel mit solcher Sehnsucht verfolgte. In all diesen Jahren konnte ich kaum an etwas anderes denken als an diese Wunderländer, wo der Wind Weizen sät und wilder Wein wächst. Nun hat der Christ meine Schritte wirklich an diese seelige Küste gelenkt. Dafür werde ich ihm immer danken. Jetzt will ich dem neuen Land einen Namen geben. Vinum, sagtest du? Ist das in der Christensprache das Wort für Wein? So soll denn dieses neue Land fortan für alle Zeiten den Namen Vinland tragen.«

3. Buch

A. d. 1000–1004

Wie Leif Runen schlägt und Tyrker Wein macht

Leif, Tyrker und die Schotten kehrten zum See zurück und zeigten den Fahrtgenossen den Fund. Alle freuten sich darüber. Auch der Name Vinland gefiel den Grönländern sehr. Sie fanden aber, daß ein so fruchtbares Land noch einen Beinamen verdiene. Darum nannten sie es fortan Vinland das Gute.

Am anderen Tag nahm der Erikssohn Axt und Meißel, stieg vor der Hütte auf einen doppelmannshohen Findling und schlug Runen in das graue Gestein, bis dort zu lesen stand: »Leif Erikssohn betrat dieses Land als erster und gab ihm den Namen Vinland.«

Tyrker verlor keine Zeit, sondern zog schon früh am Morgen mit einigen Fahrtgenossen wieder in den Wald und brachte so viele Weintrauben zurück, wie sie nur schleppen konnten. Dann füllte er die Früchte in einen Bottich, zog seine Stiefel aus und trat mit allen Anzeichen höchsten Vergnügens auf den saftigen Beeren herum. Der seltsame Tanz trieb ihm alsbald den Schweiß auf die Stirn. Hilfsbereit löste auch Aris die Riemen und wollte zu dem Mönch in den Bottich steigen. Aber mit einem Blick auf die Füße des Wikingers wies der kleine Mann die angebotene Hilfe zurück und sagte barsch: »Schockschwerenot! Auf diesen göttlichen Früchten darf nicht jeder Bauer plump wie ein Ochse herumtrampeln, sondern ein darin geübter Meister muß sie ganz zärtlich zwischen den Zehen zerquetschen.«

Danach schöpfte Tyrker den Traubensaft in ein Faß und behandelte ihn auf allerlei geheimnisvolle Weise, worüber er den Grönländern aber nichts verriet. Dieser Vorgang nahm viele Tage in Anspruch. Anfangs sahen die Nordleute neugierig zu. Bald aber

ließ ihr Wissensdrang nach, und sie wandten sich wieder ihren Arbeiten zu.
Der Mönch indes verlor keineswegs die Geduld, sondern er schien die Dauer der Weinbereitung sogar noch zu genießen, denn oft spitzte er die Lippen und pfiff ein fröhliches Liedchen.
Als einige Wochen vergangen waren, beobachtete Leif, daß Tyrker in der Hütte von der dunklen Flüssigkeit kostete. Dabei verzog der kleine Mann das Gesicht, rollte mit den vorstehenden Augen und murmelte Sätze wie »Seltsamer Fuchsgeschmack . . . ein Malvasier wird das wohl kaum«, und »von dieser Sorte ahnte Plinius nichts.« Je mehr er aber trank, desto zufriedener schien er mit dem Ergebnis seiner Künste und er begann bald, immer größere Mengen in seinen Becher zu schütten. Dabei rötete sich seine Nase, sein Blick umflorte sich, und mit fröhlicher Stimme sang er eine Weise, die aber nicht wie ein Christenchoral klang, sondern eher wie ein schneidiges Kriegslied.
»Nun, ist dein Rebensaft fertig?« erkundigte sich Leif.
Der Mönch fuhr erschrocken zusammen. »Ach, du bist's«, sagte er dann. »Was schleichst du denn hier so herum? Fast hätte ich diese kostbare Gabe verschüttet!« Er rülpste verhalten. »Und das wäre eine große Sünde gewesen, nachdem dieses holde Getränk Gott dem Herrn geweiht und für die heilige Messe bestimmt ist.«
»Und wie schmeckt es?« wollte der Erikssohn wissen.
»Nun, nach so vielen Jahren im Norden ist man natürlich nicht mehr sonderlich verwöhnt«, antwortete Tyrker. »Zudem hat dieses schauerliche Gesöff, das ihr als Bier bezeichnet, meinen Gaumen ganz und gar verätzt. Aber das kann ich doch sagen: So wohlschmeckend wie der Apianerwein, dessen Trauben die Bienen von Avellino für süßer als selbst Blütennektar halten, wird dieser Saft nicht. Und den Falerner, den schon Horaz, Tibull und Vergil besangen, dürfte er auch nicht erreichen. Er kommt jedoch dem Wein der Phlegräischen Felder erfreulich nahe: Trocken, frisch, ein wenig bitter — aber er löscht den Durst!«
Nach dieser Erklärung schüttete er sich wieder einen gewaltigen Schluck in den Schlund, wobei sein steilstirniges Gesicht verträumte Züge annahm.
»Laß mich auch einmal kosten«, bat Leif.

Der Mönch hob abwehrend die Linke. »Das ist doch Meßwein!«
»Und ich bin Christ«, drängte der Erikssohn.
»Ach ja«, murmelte Tyrker. »Das hatte ich ganz vergessen!«
Widerstrebend reichte er dem jungen Grönländer das wohlgefüllte Gefäß. Leif setzte an und leerte es mit einem Zug bis zur Hälfte.
»Bist du von Sinnen?« schrie der Mönch. »Ei, du Sumpfhuhn! So etwas Edles säuft man doch nicht wie Wasser hinunter!« Mit beiden Händen suchte er, Leif den Becher wieder zu entreißen. »Barbar!« schimpfte er. »Schluckspecht! Gierschlund! Tunichtgut!«
»Entschuldigung«, brummte der Erikssohn etwas verlegen. »Das wußte ich nicht. Bei uns im Norden steht der Schluck für den Mann.«
»Bei Bier mag das zuträglich sein«, rief Tyrker, »nicht aber bei Wein!« Ärgerlich setzte er den Humpen an die Lippen und leerte die zweite Hälfte, ohne abzusetzen.
»Das war auch nicht, was man nippen nennt«, murrte Leif.
»Ich bin schließlich Priester!« versetzte der Mönch. »Und wenn ich trinke, trinke ich zur höheren Ehre des Herrn.« Genüßlich mit der Zunge schnalzend schenkte er sich nach.
Am Abend saß Tyrker im letzten Licht vor der Hütte und hob seinen Humpen sehr viele Male der untergehenden Sonne entgegen. Dabei sang er immer lautere Lieder aus seiner Heimat. Obwohl keiner von den Grönländern die deutsche Sprache verstand, schien es ihnen doch, als hüpfe die Zunge des kleinen Mannes wie ein Einbeiniger ohne Krücken durch den Wald seiner Worte. Leif wartete eine Weile, dann ließ er ein Faß Bier hinausrollen, denn er erkannte, daß der Mönch selbst im Zustand der Trunkenheit nicht daran dachte, den Wein zu teilen.
Gleich einem glühenden Kohlenstück sank nun die Sonne über den Wipfeln des Waldes und färbte den Himmel im Westen blutrot. Schweigend betrachteten die Fahrtgenossen das prächtige Schauspiel. Plötzlich verstummte Tyrker. Heftig zwinkerte er mit den Augen und rieb sich die Lider. Dann starrte er mißtrauisch in seinen Becher, hob endlich wieder den Kopf, stieß einen Laut der Verwunderung aus und zeigte nach Norden.
»Seht nur!« rief er. »Heiliger Bimbam! Seht!«

Von der Nordlichtkrone und von alten Zeiten

Als die Grönländer seinem ausgestreckten Arm folgten, sahen sie, daß sich dort plötzlich ein weißer Bogen von blendendem Licht aus dem Erdboden hob. Von seiner glitzernden Sehne schossen in rascher Folge gleißende Pfeile zum Leitstern empor. Zwischen den funkelnden Geschossen formten sich fliegende Flächen aus farbiger Luft zu Dächern und Brücken, Türmen und Segeln, Wänden und Wehrgängen von schier unglaublicher Größe. Die Erscheinungen wechselten ständig ihre Gestalt, als seien sie aus Wolken, Wind und fließendem Wasser erschaffen. Es war, als zeige die Nacht gleich einem Zauberspiegel die wirren Bilder eines unfaßbaren Traums, die sich aber tausendmal schneller bewegten als alle denkbaren Spukgestalten. Auf und ab schwebten die seltsamen Zeichen, trennten und vereinten sich, tauchten unter und wieder auf, schwammen hinauf und sanken hinab, verschwanden und erschienen von neuem, so daß es erschien, als zündeten zauberkundige Zwerge das Sternenzelt an.

Über den wechselnden, wankenden, wabernden Schleiern bündelten sich bleiche Lichtfinger zu einer blitzenden Krone, neben der alle Sterne verblaßten, so wie das Langfeuer eines Jarls die Talglichter von Knechten überstrahlt.

Staunend starrte der Mönch auf das Wunder und murmelte ergriffen: »Heiland! So etwas Schönes! Das ist wirklich was!«

»Die Nordlichtkrone«, erklärte Leif stolz. »Bei euch im Süden kennt man dies seltene Himmelszeichen wohl nicht.«

»Was? Bilde dir nur nichts ein!« erwiderte Tyrker. »Schon Aristoteles schilderte ihren Glanz in seiner Meteorologica. Er schrieb, das Nordlicht ähnele manchmal dem Leuchten entzündeten Strohs auf dem Feld, manchmal auch einem Feuerbrand oder einer Fackel, dann wieder brennenden Balken, Tonnen oder Höhlen.«

»Aristoteles?« fragte Aris. »Klingt wie ein Name aus Miklagard.«

»Gar nicht mal schlecht geraten für so eine Schafsnase!« rief der Mönch fröhlich. »Er war tatsächlich Grieche. Und Lehrer Alexanders des Großen, der bis zum Land der Serer zog, vor anderthalbtausend Jahren.«

»Von dem habe ich schon gehört!« rief der Norweger eifrig.
»Das dachte ich mir, du Kinderschreck!« meinte Tyrker gemütlich.
»Weißt wohl auch über Cäsar, Attila und all die anderen Totschläger gut Bescheid!«
Aris verstummte verlegen.
»Ha!« machte Tyrker. »Getroffen! Hast du aber auch schon mal von Kaiser Augustus gehört? Als dieser Herrscher sterben sollte, brannte der ganze Himmel.«
»Das war der Kaiser von Romaburg, in dessen Zeit Christ auf die Welt kam«, erläuterte Leif.
Kalf Ketilssohn warf Aris einen spöttischen Blick zu.
»Zur Zeit des Kaisers Tiberius«, fuhr der Mönch vom Wein befeuert fort, »glaubte man einmal sogar, daß Roms Hafen Ostia in Flammen stünde, so hell strahlte in diesen Tagen das Nordlicht. Auch Tacitus, ein . . . nun, ihr würdet wohl sagen ein Skalde aus Romaburg, schrieb, daß man im Norden oft ein leuchtendes Haupt am Himmel sehe. Damit kann er wohl nur das Nordlicht gemeint haben. Pytheas, Seneca, Plutarch — sie alle berichteten von dieser Erscheinung. Und auch später wurden viele Nordlichter im Süden beobachtet: Im Jahre 629 des Herrn erblickten die Franken am Himmel ein brennendes Schwert; es hieß, Gott wolle mit diesem Zeichen alle Gläubigen zum Kampf gegen die Mohamedaner mahnen. Anno Domini 752 sahen die Langobarden von Westen her eine feurige Kugel auf sich zurollen — wenige Jahre später wurde ihr Reich von den Franken vernichtet.«
»Du weißt viel von der alten Zeit, lieber Ziehvater«, sprach Leif bewundernd. »Deine Klugheit übertrifft jedes Maß.«
Kalf zwinkerte Aris höhnisch zu. Tyrker legte die Stirn in Falten und fuhr fort: »Aber bei allen stinkenden Teufelsgestalten des Höllenpfuhls — ich glaube nicht, daß dieses Zeichen Gutes bedeutet. Denn immer, wenn sich der Himmel derart verfärbte, herrschte bald Krieg. Heerscharen zogen gegeneinander, Menschen mußten zu Tausenden sterben. Das Nordlicht scheint auf Satans Feste! Als der Himmel zuletzt so brannte, starb Kaiser Otto. Das war vor siebenundzwanzig Jahren, und damals kam viel Unglück über das Reich. Pest und Schwefel! Nun, wir werden wohl bald

wissen, was Christus seinen Gläubigen mit diesem Himmelsbrand künden will.« Das Nordlicht bedeutete aber, daß Christ in diesem tausendsten Jahr seit seiner Menschwerdung drei große Schlachten gegen Thor und die Asen schlug: Erst im Westmännerland, dann auf der Eisinsel und zuletzt vor Svolder im Wendelmeer.

Von Gespenstern, Wiedergängern und einem entschlossenen Mann

Als Erik der Rote erfuhr, daß die Christen auf Island gesiegt hatten, schickte er Boten auf die Eisinsel und ließ den Gefährten von einst und auch allen anderen Asenanbetern bestellen, daß sie zu ihm nach Grönland kommen sollten. Thorbrand Wifilssohn vom Warmquellenhang, Thorbrand der Alte vom Schwanenfjord und sein Sohn Thorleif Kimbi beschlossen, der Einladung Folge zu leisten. Thorleif Kimbi galt für noch stärker und grausamer als seine älteren Brüder.

Einer von Eriks ältesten Freunden war Thorgils Thordssohn, der sich schon in jungen Jahren einen Ruf unter den tüchtigsten Männern Islands erworben hatte. Die ihn kannten, berichteten von ihm, daß er schön, mannhaft und verständig aussah, stark, nicht langsam in seinen Beschlüssen und niemals müde in Mannesproben war. Mit sechzehn Jahren fuhr Thorgils nach Norwegen aus, da er sich mit seinem Stiefvater schlecht vertrug. Damals herrschte Harald Graumantel, der Sohn Erik Blutaxts, in Lade. Er nahm den jungen Isländer freundlich auf und lud ihn im Winter zu Spiel und Gelage ein. Danach kehrte Thorgils nach Island zurück und machte sich dort durch manche Mannestat einen Namen.

Später fuhr der Thordssohn wieder nach Norwegen. Damals herrschte Jarl Hakon in Lade. Erik der Rote gastete fort. Er und Thorgils fanden großen Gefallen aneinander und wurden die besten Freunde. Als sie sich trennten, um auf verschiedenen Meeren zu wikingern, gelobten sie, einander nicht zu vergessen, und betranken den Schwur mit Vollbechern.

Als Thorgils nach dem Thing die Botschaft Eriks des Roten

erhielt, kaufte er in der Schlickbucht ein Schiff und brachte seinen Besitz an Bord. Mit ihm fuhren seine Frau Thorey, die damals mit einem Kind ging, sein schon erwachsener Sohn Thorleif, einige Verwandte und zwölf Knechte.

Jostein von der Kalbshöhe, ein reicher Bauer aus dem Südwesten Islands, schloß sich Thorgils mit Familie und Gesinde an.

Ehe sie ausfuhren, mußten sie viele Tage auf Fahrtwind warten. In dieser Zeit fehlte es nicht an warnenden Vorzeichen. Thorgils war jedoch kein Mann, der sich leicht von seinen Plänen abbringen ließ. Als seine Frau warnend bemerkte, daß die Folgen dieser Reise nicht vorauszusehen seien, antwortete er barsch: »Erik, den ich schon zwanzig Jahre nicht mehr sah, lud mich ein — also fahre ich und werde auf Grönland siedeln. Du aber magst hierbleiben, wenn du willst.«

Thorey erwiderte, daß sie ihn begleiten wolle, auch wenn sie in Grönland mehr Unglück als Glück erwarte.

Es kam wie sie befürchtet hatte. Thorgils geriet in die Treibeisfelder, und seine Reise gestaltete sich so, daß die meisten Männer, die davon erfuhren, noch nach Jahren nur mit Schaudern davon sprachen. Darüber ist später noch zu berichten.

Von Olaf und Thyri

Zu dieser Zeit fuhr König Olaf mit seiner Flotte ins Wendelmeer. Er wollte im Reidgotenland das Krongut seiner Gemahlin Thyri einziehen und zugleich mit König Buresleif einen weiteren Waffenbund gegen die Dänen und Schweden schließen.

Der Tryggvessohn führte die stärkste Flotte, die Norwegen jemals verließ. In ihr schwammen drei Drachen, wie sie seitdem nie wieder gebaut wurden.

Der erste hieß Kranich, besaß dreißig Schiffsräume und war sehr hoch, aber nicht besonders breit. Der zweite wurde Wurm genannt und war noch ein gutes Stück größer. Er trug einst Raud von Halogaland, dem Olafs Otter die Weichen zerfraß. Der Vordersteven glänzte an beiden Seiten von Gold. Der dritte Drache aber hieß Langwurm und trug vierunddreißig Ruderbänke. Kopf

und Schwanz gleißten golden. Geschnitzte Bilder von Tieren verzierten das Schanzwerk des Vorderstevens mit einem goldenen Schild, Glanzmond genannt.
Elf große Kriegsdrachen bildeten den Kern der Flotte. Neben ihnen schwammen fünfzig Schniggen und kleinere Schiffe. Nur Männer, die wenigstens zwanzig und höchstens sechzig Jahre alt waren, durften dem König auf diese Fahrt folgen. Die Alten aber, die der Flotte vom hohen Ufer aus nachblickten, meinten stolz, nie zuvor habe Norwegens Heldenkraft herrlicher geblüht als an diesem Tag. Bjarne Herjulfssohn und Sigurd Silberzunge segelten aber auf eigenen Schiffen hinter dem Langwurm.

Von einem Verräter und zwei Königen, die sich mit einem dritten schlagen wollen

König Buresleif von Wendland empfing den Tryggvessohn mit großen Ehren und erklärte sich bereit, alle Ansprüche zu erfüllen, die Thyri an ihn stellte. Das gefiel dem Norweger wohl. Er gastete bei Buresleif und traf dabei viele Freunde und Waffengefährten aus alten Tagen.
Darüber gelangte bald Kunde an Gabelbarts Hof. Dort saß der Dänenkönig in einer Halle mit Säulen und Vorhängen an den Wänden, in die waren Hirsche und Rehe aus Gold und Silber gewirkt. Die Füße setzte Sven Gabelbart auf bunte Steine, die so geschliffen waren, daß sie beständig leuchteten, als ob Wasser über sie flösse. Sechs Feuer brannten im Hof, an denen Schweine gewendet wurden, und alle Gäste genossen das Wohlleben sehr.
Da sagte Sigrid die Stolze zu ihrem Gemahl: »Nun streunt dieser Hund schon wieder vor deiner Haustür herum! Willst du ihn nun nicht endlich erschlagen?«
Der Dänenkönig gab keine Antwort, denn er kannte Olafs Kraft und die Kriegstüchtigkeit der Norweger von vielen gemeinsamen Fahrten nach Ängellands Küsten. Sigrid aber rief zornig: »Wie verächtlich darf dich dieser brünstige Eber noch behandeln? Jede Nacht liegt er bei deiner Schwester und hat doch nicht im entferntesten daran gedacht, dich um Thyris Hand zu fragen. Deine Vor-

fahren hätten eine derartige Frechheit nicht schweigend geduldet!«

Da stieß der König heftig mit dem Fuß auf, und Sigrid verstummte. Sie wußte aber, daß ihr Pfeil im Ziel stak.

Am nächsten Morgen sandte der Gabelbart Boten zu seinem Stiefsohn Olaf von Schweden und teilte dem Schoßkönig mit, daß der Tryggvessohn wieder im Wendenland weile. »Und wenn du nicht warten willst, bis er so mächtig wird, daß er uns beide zugleich vernichtet«, schloß die Botschaft des Dänen, »so eile mit deinen Schiffen zu mir!«

Der Schwedenkönig zögerte nicht lange, denn Jarl Hakons Sohn Erik trieb ihn gewaltig an. »Laß uns die Aare Odins, die Möwen der Wunden und Wespen des Schlachtfelds mit Christenfleisch letzen«, rief er ihm über das Langfeuer zu, »ziehe deine Meereshengste von den Walzen und führe uns zum Waffenthing!« Denn Erik liebte die Sprache der Skalden sehr.

Der Gabelbart hatte inzwischen den Jarl der Jomswikinger, Sigwald, insgeheim als Kundschafter nach dem Reidgotenland geschickt. Sigwald segelte an König Buresleifs Hof und beteuerte dort dem Tryggvessohn seine unverbrüchliche Freundschaft. Der Jomsjarl war mit Astrid vermählt, der jüngsten Tochter des Wendenkönigs, und dadurch gleichfalls Olafs Schwager.

Als der Tryggvessohn mit seiner Flotte heimkehren wollte, hielt ihn der listige Sigwald mit vielen Vorwänden zurück und sandte unbemerkt Boten nach Dänemark. Durch geheime Briefe befahl der Gabelbart darauf dem Jarl, Olaf zur Mündung des Svolder zu führen, der bei der Insel Rügen ins Wendelmeer fließt.

Bald darauf drangen Gerüchte an König Buresleifs Hof, daß die Dänen Olaf am Ostweg auflauern wollten. Doch Jarl Sigwald beruhigte seinen Schwager: »Glaubst du etwa, der Gabelbart würde es wagen, dich mit dem Dänenheer allein zur Schlacht zu stellen? Er kennt deine Klinge so gut wie deine Kämpen! Wenn du aber argwöhnst, daß wirklich irgendwo ein Angriff auf dich unterwegs sei, so will ich dir Gefolgschaft leisten und deine Flotte mit elf wohlbemannten Schiffen verstärken.«

Das nahm der König an. Denn obwohl die Jomswikinger vierzehn Jahre zuvor von Jarl Hakon so schwer geschlagen worden waren, galten sie doch noch immer als besonders tapfere Krieger. Einige Tage später wehte günstiger Wind nach Norden. König Olaf ließ die Anker lichten und zur Abfahrt blasen. Die Norweger zogen die Segel auf. Da sagte Jarl Sigwald zum König: »Du führst große Schiffe, und diese Wasser sind reich an gefährlichen Klippen. Aber wenn du in meinem Kielwasser segelst, wird keiner von deinen Drachen Schaden erleiden. Denn ich kenne den Sund wie den Schoß meiner Frau.«

Olaf lachte und war es zufrieden. Arglos fuhr er hinter Jarl Sigwald her, bis sie die Mündung des Svolder erreichten.

Dort standen die Könige Schwedens und Dänemarks auf einem Holm und sahen die Norwegerflotte nahen. Als ein besonders großes Segel am Himmelsrand auftauchte, sagte der Schoßkönig eifrig: »Das muß der Langwurm sein! Bei allen Asen, nie sah ich ein schöneres Schiff! Drauf! Wer es erobert, dem falle es zur Beute!«

Jarl Erik kniff prüfend die Augen zusammen und erklärte: »Das ist der Kranich.«

Die beiden Herrscher sahen ihn zweifelnd an. Bald schob sich das nächste Schiff aus dem Sonnenglast. Sven Gabelbart rieb sich die Augen und rief: »Du hattest recht, Erik. Dieser Drache ist noch viel größer. Auf keinem anderen werden wir deinen und unseren Todfeind finden.«

»Auch du irrst dich«, antwortete der junge Jarl. »Das ist der Wurm, der einst meinem Freund Raud von Halogaland gehörte.«

Sven Gabelbart sah Erik spöttisch an und meinte: »Ich glaube, du willst dich gar nicht schlagen! Es wird eine große Schande für uns sein, wenn wir hier mit solcher Übermacht liegen und Olaf uns dennoch entkommt!«

Der Jarl erwiderte ruhig: »Du wirst schon noch sehen, daß ich vor Olaf nicht zage. Noch ehe die Sonne versinkt, soll sein Blut von meiner Axtschneide tropfen.«

Nun segelten vier große Schiffe heran. Das letzte erhob sich so hoch aus dem Wasser wie eine felsige Insel und glänzte vor Gold. Da brauchte der Jarl nichts mehr zu erklären, denn alle erkannten den Langwurm sofort.

Erik aber sagte nun, so daß es jeder hören konnte: »Hätte auch König Olaf nicht mehr Schiffe als diesen Drachen allein, so könn-

test du, Sven, ihm mit deinen Dänen den Langwurm doch niemals wegnehmen.«
Der Gabelbart ergrimmte und ließ nun sogleich zum Angriff blasen. Es sollte sich aber bald zeigen, daß das edle Wild zwar gestellt, jedoch noch längst nicht erlegt war.

Was die Norweger und die Grönländer von ihren Gegnern halten

Als der verräterische Jarl Sigwald die Schiffe der Dänen und Schweden erspähte, hieß er seine Jomswikinger zur Küste rudern. Olafs Onkel Thorkel Dydrill zog darauf sofort den Warnwimpel am Mast des Kranichs empor und befahl, Schlachtsignale zu blasen. Seine Drachen ließ er treiben. Neben ihm schaukelte Bjarne Herjulfssohns neue Schnigge in der sanften Dünung.
»Schweden, Got-, Est- und Kurländer«, ließ der dicke Glum Goldbauch vernehmen, als er die Wimpel der feindlichen Schiffe betrachtete, »dazu Dänen aus Jüt- und Seeland, Schonen und selbst aus Kurland!«
»Manchmal«, tönte die tiefe Stimme des grindigen Gorm über die stillen Wasser, »hat man als Wikinger das Gefühl, daß man die ganze Welt gegen sich hat. Nun ja — dann und wann muß es Kurzweil geben, sagte der Bauer und kitzelte seine Frau mit der Mistgabel.«
Der König trug den blauen Schild mit dem weißen Kreuz, Dankbrands Geschenk, dazu einen goldbeschlagenen Helm, eine vergoldete Brünne und ein rotes Wams. Er überragte die anderen Männer, so wie ein stattlicher Eichbaum aus einem Hain von Wacholderbüschen hervorsticht. Nur Kolbjörn, sein Marschall, kam Olaf an Größe gleich und trug auch so herrliche Waffen. Die Panzer der beiden Männer gleißten im strahlenden Sonnenlicht. Kolbjörn zupfte den König am Ärmel und zeigte auf die feindliche Flotte, die aus der Bucht ruderte. »Der Gabelbart hält genau auf uns zu«, sagte er.
»Vor dem fürchte ich mich nicht«, antwortete Olaf geringschätzig. »Die Dänen haben keinen Schneid. Wer ist denn das rechts?«

Der Marschall kniff die Augen zusammen. »Das sind die Schweden. Mit dem Schoßkönig an der Spitze.«
»Die wären besser zu Hause geblieben«, spottete Olaf. »Da könnten sie in Ruhe ihre Opferschalen lecken, diese heidnischen Hunde! Wem aber gehören die Schiffe dort auf der Backbordseite?«
Kolbjörn sah seinen Herrn ein wenig merkwürdig an: »Das ist Jarl Erik mit seinen Leuten.«
»So«, sagte der König. »Nun, der hat in der Tat einen triftigen Grund, gegen uns anzugehen. Von dieser Schar haben wir wohl erbitterten Kampf zu erwarten. Denn das sind Norweger wie wir.«
In einiger Entfernung neben dem Langwurm stand Bjarne Herjulfssohn auf der Sonnenbordplanke und zählte die feindlichen Schiffe. »Mindestens dreißig Drachen und wohl mehr als hundert Schniggen«, stellte er fest. Dann deutete er nach vorn.
Die Grönländer sagten nichts mehr. Denn neben Jarl Eriks Bartschiff schwamm, von heftig schlagenden Rudern getrieben, eine schwarze Schnigge auf sie zu. Am Mast stand die düstere Riesengestalt des Waidmanns.

Vom Angriff des Gabelbarts auf den Langwurm

Als erster lenkte der Gabelbart sein Königsschiff gegen den Langwurm. Als die Dänen in Schußweite kamen, ließen die Norweger ihre gefiederten Pfeile hinüberfliegen, und eine Wolke von Wundwespen hüllte den Gabelbart ein. Aber der König wankte in diesem Wirbel der Weitwaffen nicht etwa wie eine Weide im Wind, sondern er stand mit erhobenem Schild fest wie ein Fels, der selbst dem härtesten Hagelschlag trotzt.
Auf dem Hauptdeck, gleich hinter König Olaf, stand Dankbrand von Brimun in eherner Brünne. Das silberne Kreuz des Hofkaplans funkelte auf seiner breiten Brust. Kolbjörn der Marschall deckte die Linke des Herrschers. Sigurd Silberzunge die Rechte. Bischof Sigurd schoß mit dem Langbogen.
Der Gabelbart führte Dänemarks größten Drachen, doch seine

Stevenschanze reichte bei weitem nicht zu der des Langwurms hinauf, so daß der König von unten kämpfen mußte. Das verdroß ihn sehr. Zornig stach er mit einem langen Spieß nach den Norwegern.
Da ließ Thorkel Dydrill, der Onkel des Königs, von Wurm und Kranich Anker und Enterhaken herabwerfen, um das Schiff des Gabelbarts festzuhalten und von drei Seiten zugleich anzugreifen. Da sah König Sven ein, daß Jarl Erik recht hatte: Gegen Olafs drei große Drachen konnten die Dänen allein nichts ausrichten. Fluchend stieß der Gabelbart seinen Steven ab und ließ seine Männer rückwärts rudern. Nur mit Mühe bekamen die Krieger ihr Schiff wieder frei.
»Wohin so eilig, Sven?« höhnte der Tryggvessohn. »Plagt dich ein Grimmen in den Gedärmen?«
»Den sind wir los«, freute sich Dankbrand. Blut tropfte aus einer Pfeilwunde an seinem Ellenbogen.
»Ja«, sprach Sigurd Silberzunge besorgt und ließ das Schwert sinken. »Aber dort kommt schon der Herr der Schweden, der jetzt wohl als nächster sein Glück gegen unseres Königs Heil in die Waagschale werfen will.«

Vom Kampf der beiden Olafs

Die Schweden waren zuvor meerwärts gegen die Norweger angefahren, so wie sich die Wölfe des Waldes auf weidende Schafe stürzen. Doch die Krieger des Tryggvessohns schmiegten sich nicht etwa furchtsam unter die Ruderbänke, sondern schleuderten Speere und Steine gegen die Mannen vom Ostweg, und hier wie dort fand mancher tapfere Kämpe ein nasses Grab im Wendelmeer.
Am heftigsten fochten die Grönländer. Bjarne Herjulfssohn schwang seine Axt so leicht durch die Luft, als hielte er nur dürres Reisig; aber sein Erz zerhieb Helme und Panzerhemden, so wie eine scharfe Schere Leinstoff durchschneidet.
Dennoch wäre die Schnigge des Herjulfssohns der Übermacht wohl bald zum Opfer gefallen, denn an dieser Stelle der Schlacht

traf jeder Norweger auf vier Schweden. Darum bekam der Schoßkönig bald viele Schiffe des Tryggvessohns in die Hand. Die Ostweger räumten die Schniggen leer, schlugen die Verwundeten tot und stießen die Leichen ins Wasser.

Am Ende drangen Upsalakrieger, Gauten und Esten von beiden Bordwänden zugleich auf die Grönländer ein.

»Nun heißt es wohl Abschied nehmen«, rief Bjarne seinen Fahrtgenossen zu und spaltete dem vordersten Angreifer mit einem kunstreichen Hieb den Schädel. Rot troff es von der Brünne des Herjulfssohnes, doch es war schwedisches Blut.

In diesem Augenblick sah der Schoßkönig die Dänen rückwärts rudern. Da sagte er zu seinem Stevenhauptmann Erling Eberzahn: »Laßt diese Talgfresser! Wir kümmern uns später um sie. Dort drüben wartet ein edleres Wild!«

Gehorsam drehte Erling den Steven und hielt auf den Langwurm zu. Die Bogenschützen des Tryggvessohns ließen die Sehnen surren, aber die Schweden schickten Blutbienen zurück, durch deren Stiche so mancher Norweger Laune und Leben verlor.

Olaf Schoßkönigs Hauptschiff war ein wenig höher gebaut als der Drache des Dänenkönigs. Dennoch lag auch das schwedische Schanzdeck noch ein gutes Stück unter dem Hauptplatz des Langwurms.

»Aufgepaßt, Leute!« dröhnte die Stimme des Tryggvessohns durch den Schlachtenlärm. »Jetzt kommen Wichte aus Upsala, uns in die Waden zu beißen!«

Der Schoßkönig reckte sich unter der Bordwand des Langwurms empor und schrie: »Trägt deine Meermähre den Hals auch noch so hoch, ich werde dich schon aus dem Sattel ziehen, du Sohn eines Zwergenkönigs!«

»Ich glaube wohl, daß Höhe dir Gnom etwas unheimlich ist«, spottete der Tryggvessohn. »Euch Flachländern wird ja schon schwindelig, wenn ihr auf einem Bärenfell steht.«

»Hast du die Frechheit als Sklave gelernt?« höhnte der Schwede. »Wenn ich dich erst erwische, sollst du auch vor mir buckeln wie damals vor diesem estländischen Bauern, deinem einstigen Herren!«

»Komme herauf!« schrie der Norweger, »damit die Faust, die einst die Mutter strafte, auch den Sohn züchtigen kann!«

Da verlor der Schoßkönig die Lust an weiteren Neidreden. Brüllend vor Wut hieb er mit seinem Schwert auf die Norweger ein. Der Onkel König Olafs ließ wieder Anker und Enterhaken hinabschleudern. Die Norweger zogen die schwedischen Schiffe unter die Bordwand des Wurms und des Kranichs und überschütteten die Schiffe von oben mit Spießen und Wurfgeschossen. Als auch der schwedische Königsdrache in Bedrängnis geriet, schrie Erling Eberzahn den Mannen zu, sie sollten rückwärts rudern. So mußte Olaf Schoßkönig vor dem Tryggvessohn nicht weniger schmählich weichen wie zuvor der Gabelbart. Der Schwede vergoß darüber heiße Tränen des Zorns.
Doch an der Landseite hatte Jarl Erik sein Bartschiff an eine Schnigge am äußersten Flügel der Norwegerflotte gelegt. Beile blitzten, Gere glänzten, Schwerter schimmerten in der Sonnenglast, als nun der Landsmann gegen den Landsmann Sturmscheite schleuderte und den Wundensäger schwang. Dröhnend hallte der Hagel der Hiebe gegen das Flechtwerk der Schilde, so daß es klang wie Asenfahrt durch den Gewitterhimmel.

Als Olaf Tryggvessohn das Getümmel sah, sprach er zu Bischof Sigurd: »Nun lege den Bogen beiseite und ziehe die Bibel hervor! Jetzt stürmen die Norweger gegen uns, und wenn nicht ein Wunder geschieht, gasten wir noch heute in Christs hoher Halle.«

Von Jarl Eriks Sturm auf den Langwurm

Jarl Erik und die norwegischen Asenanbeter fochten mit großer Erbitterung gegen die christlichen Kämpen des Tryggvessohns. Diese aber schlugen nicht weniger heftig zurück, denn wenn die einen in dieser Schlacht die Heimat wiedergewinnen wollten, mochten die anderen sie nicht verlieren.
Der Hakonsohn maß sieben Fuß vom Scheitel bis zum Schuh. Seine braune Lederbrünne war von Wundensaft verschmiert, denn schon beim ersten Angriff hatte ein Pfeil seinen Nacken geritzt. Doch Jarl Erik hielt sich nicht auf, die Verletzung verbinden zu lassen, sondern er ließ seinen Lebenssaft strömen, als flösse

er aus einem unerschöpflichen Quell, und schlug statt dessen lieber seinerseits Blutbrunnen in die Leiber der Feinde.
Noch grausiger war Thorhall der Waidmann anzusehen, der sich mit blinkendem Beil eine blutige Bahn durch Norwegens Heerbäume brach. Unter seinem schwarzen Helm funkelten Augen wie Lichter des Wolfs, ein heiseres Knurren drang aus seiner Kehle, und seine doppelschneidige Trollwaffe wirbelte wie Thors Hammer durch die Luft, hier einen Arm, dort eine Schulter zerhauend. Nie verfehlte sie ihr Ziel.
Bjarne Herjulfssohn und die anderen Grönländer hielten den Feinden immer noch stand. Viele andere Schiffe des Tryggvessohns aber waren schon Dänen und Schweden zum Opfer gefallen.
Als Jarl Erik die Schnigge erobert hatte, trennte er die Trossen durch und ließ sie treiben. Dann griff er gleich das nächste Schiff an. Wieder wogte der eherne Reigen eine Weile lang hin und her. Dann fuhren die Schiffe der Dänen und Schweden hinzu und schossen Pfeile auf die Krieger des Tryggvessohns ab. Auf diese Weise wurde auch die zweite Schnigge bald erobert.
Wie zwei rasende Gletscherbären sprangen der Jarl und der Waidmann nun auf die Planken des dritten Norwegerschiffs und setzten ihre blutige Arbeit fort. Da grauste es den Kämpen des Königs und manchem von ihnen war plötzlich zumute, als wären Thor und Tyr selbst aus Asgard herabgestiegen, um sich an allen Gefolgsleuten Christs zu rächen.
Die Norweger von den kleineren Schiffen flüchteten nun auf die Drachen. Jarl Erik aber hieb jede Schnigge los, wenn er sie gewonnen hatte, und ließ keinen der Besiegten am Leben. Die Dänen und Schweden ruderten wieder auf Schußweite an den Langwurm heran und schickten Schwärme von stählernen Stechfliegen ab.
»Zum König!« schrie Kolbjörn den Grönländern zu. »Schnell! Hier entscheidet sich die Schlacht!«
Bjarne sah ein, daß er seine Schnigge nicht retten konnte. »Lebwohl, du schönes Schiff«, murmelte er. Dann sprang er mit seinen Fahrtgenossen auf das benachbarte Fahrzeug, warf ein paar überraschte Schweden ins Meer und schaffte es glücklich, sich mit allen Männern zum Kranich durchzuschlagen. Dort stellte Thorkel Dydrill die Grönländer am Vordersteven auf.

Olaf Schoßkönig und Sven Gabelbart griffen den Langwurm nun gemeinsam an. Jarl Erik berannte indessen den Wurm. Auf der anderen Seite brandete die Wikingerschar des Waidmanns gegen den Kranich und dort war es dann, wo Grönländer gegen Grönländer kämpften. Da fiel der Königsonkel, und Bjarne mußte mit seinen Männern auf den Langwurm ausweichen.
In wildem Triumph zerhieb der Waidmann die Taue des Kranichs und stieß den stolzen Drachen fort. Jarl Erik tat das gleiche mit dem Wurm. Dann prallte sein Bartschiff endlich gegen des Tryggvessohns Königsdrachen.
Als erster erzwang sich Thorhall der Waidmann den Weg auf den Drachen. Sein Stevenhauptmann Sven Stinkhals folgte dicht auf. Die sich den Angreifern aber entgegenstemmten, waren Bjarne Herjulfssohn und Ulf Mädchenauge, Glum Goldbauch und der grindige Gorm.
Als Glum Goldbauch die neuen Angreifer erkannte, rief er dem grindigen Gorm lachend zu: »Jetzt geht es zu Ende, Gefährte. Den Ger aus der Faust des Waidmanns fürchte ich nicht, wie aber wollen wir dem Gifthauch aus dem Maul dieser Bohnenstange entgehen?«
Gorm grinste und antwortete: »Wir machen uns eben auch eine Freude, sagte der Bauer zu seiner Frau, als sie ihn bei der Magd im Bette traf.«
Unter mancherlei Neidreden drangen die beiden Wikinger nun aufeinander ein, und so oft Stinkhals das Kampfbrett des Goldbauchs traf, so oft schlug Glum auch gegen Svens Schildbuckel. Die Fahrtgenossen des Waidmanns rannten gegen den grindigen Gorm und Ulf Mädchenauge an und drängten sie bald bis zum Mast zurück. Thorhall aber schleuderte einen Ger gegen den Herjulfssohn und schrie. »Mit einem Gruß vom roten Erik! Schnitze dir einen neuen Eissturmvogel daraus!«
Der Grönländer duckte sich unter dem schweren Geschoß, schüttelte einen Eschenspeer in der Faust und sandte ihn mit wohlgezieltem Wurf dem Waidmann entgegen. »Uns wächst genügend Holz in Herjulfsspitz«, rief er dazu, »und wir bedürfen keiner milden Gaben.«
»Deine Bescheidenheit wird meinen Großmut nicht dämpfen«,

brüllte Thorhall und schlug mit seinem zweischneidigen Beil gegen Bjarnes Rundschild. »Man soll mir nicht Geiz nachsagen dürfen!«
Bei jedem zweiten Wort traf seine Trollwaffe die Wehr des Gegners. Aber der Herjulfssohn zagte nicht, sondern antwortete mit seiner Axt, und seine Schläge fielen so dicht, daß Thorhall nicht weiter vordringen konnte.
Auf der anderen Seite focht Sven Stinkhals noch immer gegen Glum Goldbauch, dessen Bewegungen nun aber langsamer wurden.
Da sprang Stinkhals plötzlich vor und stach Glum mit einem schnellen Stoß in das rechte Auge.
Blut spritzte aus der Wunde. Goldbauch stieß einen Schrei aus. Glum wich nun aber nicht zurück, wie Sven es wohl erwartet hatte, sondern blieb trotz seiner Schmerzen stehen und zielte mit einem Querhieb nach den Füßen des Feindes. Dabei traf er den überraschten Gegner so glücklich über den ehernen Beinschienen, daß er ihm den linken Unterschenkel abschlug. Mit lautem Gebrüll stürzte Stinkhals zu Boden.
Svens Fahrtgenossen hielten die Schilde über den Stevenhauptmann und schafften den Schwerverletzten zum Schaumwolf.
Als Thorhall den Fall seines besten Gefolgsmanns sah, verdoppelte er seine Anstrengungen. Bjarne wehrte sich aber mit großer Tapferkeit und wich keinen Schritt zurück. Beide Wikinger bluteten längst aus zahlreichen Wunden.
Ulf Mädchenauge und der grindige Gorm hatten den Schanzplatz am Mast längst freigeben müssen, hielten aber den Achtersteven. Die Übermacht der Angreifer drängte die Verteidiger immer weiter zurück. Viele Norweger wurden im Kampf von Bord gestoßen und stürzten ins Wasser. Zwischen den Drachenschiffen fuhren Schweden und Dänen in Booten umher und schlugen mit Beilen und Schwertern auf die Ertrinkenden ein.
»Unser Schiff brennt!« schrie Ulf.
Bjarne fuhr herum. Riesige Flammen schlugen aus dem Rumpf seiner Schnigge. »Ach!« seufzte der Herjulfssohn. »Du wirst mich nicht mehr zu meinen Westinseln tragen!«
In diesem Moment schlug der Waidmann zu. Die scharfgeschlif-

fene Schneide des Beils schnitt durch den Panzerärmel des Grönländers und trennte ihm die Rechte ab.
In einem breiten Strom quoll Blut aus der Wunde. Fassungslos starrte Bjarne auf seine Hand, die vor seinen Füßen auf den Planken lag, den Axtgriff noch immer umklammernd.
»Und jetzt rollt dein Kopf!« jubelte Thorhall mit bösem Lachen und sprang wie ein Wolf auf den Wehrlosen zu.
Regungslos stand der Herjulfssohn vor seinem Gegner; an Flucht dachte er nicht. Doch als der Waidmann zum Todeshieb ausholte, scholl plötzlich ein lauter Schrei durch die Luft. Einen Wimpernschlag später flog Ulf Mädchenauge an einem Tau vom Hintersteven heran, prallte gegen Bjarne und riß ihn mit sich in die blutig schäumende See.

Wie Thorhall und Dankbrand Worte und Waffen erproben

»Auch recht«, knurrte der Waidmann grimmig und spähte über die Bordwand. »Paßt gut auf, falls sie noch einmal auftauchen!« schrie er den Dänen in den Booten zu. Dann warf er sich an der Spitze seiner Gefolgsleute gegen Glum Goldbauch und den grindigen Gorm. Die beiden Wikinger konnten nicht länger standhalten. Im letzten Moment retteten sie sich auf den Achtersteven.
»Hinterher!« schrie Thorhall in wildem Kampfzorn. »Raub gewinnt selten der ruhende Wolf, noch der Schläfer die Schlacht!«
»Wer zugrundegehen soll, wird vorher stolz!« antwortete eine grimmige Stimme von oben, und der Waidmann erkannte Dankbrand von Brimun.
Da freute der Wikinger sich wie ein schwarzer Schwertwal, wenn er auf einer sonnigen Sandbank einen schlummernden Seehund erspäht. Mit wirbelndem Beil hieb er sich eine Bahn durch die Königstreuen.
»So wenig wie das Kreuz einst deine Schwester beschützte, wird es dich vor Thors Rache retten«, schrie er dem Ritter entgegen.
Nun war es, als ob im starken Unwetter Eichbaum gegen Eichbaum krachte. Ein Schauer von Schlägen traf Thorhalls Schild. Der Wikinger wehrte die Streiche ab und schlug seinerseits mit

Macht gegen Dankbrands Deckung, so daß tausend Funken zugleich aus dem Erz stoben.
Mit großem Geschick zielte Dankbrand nach dem Helm des Waidmanns und hieb ihm ein Stück von der Krempe.
Wild schlug dieser zurück und traf so hart auf den Schildbuckel seines Gegners, daß dessen Wehr in der Mitte zerbarst.
Schnell wandte sich Dankbrand und hob einen neuen Schild auf.
Thorhall setzte nach, doch der Ritter drängte den Wikinger wieder zurück und schrie im glühenden Eifer des Glaubens. »Siebenmal fällt der Gerechte und steht wieder auf. Doch die Frevler stürzen ins Unglück!«
»Der ängstliche Mann meint ewig zu leben, meidet er den Männerkampf«, schnaubte der Waidmann und ließ einen Sturzregen schwerster Streiche auf Dankbrands Wappnung niedergehen.
»Der Christ verreckte am Kreuz!« schrie der Waidmann mit wildem Lachen. »Thor aber lebt! Stumpf mache ich den Stahl der Feinde, nicht beißt ihr Waffen noch Wehr!«
Er warf den Kopf zurück, und ein gräßliches Wolfsgeheul drang aus seiner Kehle. Dann ließ er seinen Schild fallen und schritt mit erhobenem Beil auf den Christdiener zu.
Als Dankbrand den Odinszauber erkannte, riß er das Kreuz von seiner Brust und rief: »An diesem heiligen Holz wird dein Teufelszauber vergehen, du verfluchter Sohn der Hölle!«
Thorhall gab keine Antwort, und es war, als ob er nichts mehr hörte und auch nicht mehr wie ein Mensch sprechen könne. Mit blutunterlaufenen Augen starrte er seinen Feind an. Dann sauste sein Beil durch die Luft, und das Kreuz sank in Splittern zu Boden.
»Satan!« schrie der Ritter und schlug mit seinem Schwert nach dem Berserker. Tief drang die Waffe durch die Panzerringe in die Weiche des Waidmanns, aber kein Tropfen Blut drang aus der Wunde. Verblüfft starrte Dankbrand die blitzende Klinge an. Unaufhaltsam schritt Thorhall auf den Ritter zu, und seine Axt sauste wie eine Peitschenschnur durch die Luft.
»Vade Satana!« schrie der Ritter erneut und warf sich nach vorn. Wieder trieb er den Stahl seiner Waffe durch die schwarze Brünne. Der Wolfskrieger stieß ein grausiges Gebrüll aus. Rasend schwang

er die doppelschneidige Waffe. Ehe Dankbrand zurückweichen konnte, schnitt der scharfe Stahl in seinen Nacken, so tief, daß er die Wirbel durchtrennte und das Haupt des tapferen Ritters polternd auf die Planken rollte.
»Fluch über dich, du heidnischer Hund und Diener von Höllengeistern!« schrie König Olaf, als er das sah. Die Norweger packte das Grausen, und sie zogen sich vor dem eisenfesten Berserker zurück, so wie die Widder vor einem tobenden Wildochsen weichen. Die Fahrtgenossen des Waidmanns scharten sich schnell um ihren Herrn und deckten ihn mit ihren Schilden. Allmählich klärte sich der trübe Blick des Wikingers, der Odinszauber verließ ihn, und triumphierend blickte er auf den gefällten Gegner hinab. »Fahre nun hin zu Hel, von Hunden zerfleischt!« rief er dem Toten höhnisch nach. »Deine Seele aber sinke zur Hölle!«

Von König Olafs Untergang

Der Waidmann war nach dem Kampf mit Dankbrand so durstig, daß er in sein Schiff kletterte und dort mit seinem Helm das Blut schöpfte, das sich im Kielraum des Schaumwolfs gesammelt hatte. Mit Grausen sahen die Christen zu, wie der schwarze Hüne den roten Mordschweiß mit großen Zügen trank.
Auf dem Langwurm fochten die Feinde nun vier gegen einen. Grimmig wie Eber des Waldes stemmten sich Gorm der Grindige und Glum Goldbauch mit Olafs letzten Kämpen der Übermacht entgegen. Aber trotz tapfersten Widerstands wurden sie Schritt für Schritt zurückgedrängt, so wie wohl auch uralte Baumriesen schließlich den schwellenden Fluten des Wildbachs erliegen.
Olaf Tryggvessohns Streiche zuckten herab wie Blitze eines Gewitters. Nun gossen auch fast alle anderen Kämpen des Königs ihr Blut in den Sund. Denn da jetzt eine riesige Menge von Feinden den Langwurm erklomm und nur noch wenige Helden den Herrscher umringten, konnten sich selbst die Kühnsten der Königsmannen nicht mehr lange wehren. Da reckte sich Olaf noch einmal zu seiner herrlichen Größe hervor, rief laut Christs Rache auf seine Feinde herab und stürzte sich in seiner glänzen-

den Rüstung vom Achtersteven hinab. So verlosch der hellste Stern am Nordhimmel seit Harald Schönhaar im Wendelmeer.

»Thor!« schrie der Waidmann triumphierend, als er das sah, »groß ist dein Sieg!«

Auf der Landseite aber sprang gleichzeitig mit seinem Herrn auch Kolbjörn der Marschall in die rotschimmernden Fluten.

Als König Olaf auf das Wasser schlug, griffen Dänen und Schweden aus ihren Booten nach ihm, um ihn zu fangen und vor Jarl Erik zu schleppen. Aber der Tryggvessohn warf seinen Schild über sich und sank schnell unter Wasser. Kolbjörn der Marschall jedoch stieß im Sprung seinen Schild unter sich, um sich gegen die Speere zu schützen, die von den tiefer liegenden Schniggen nach ihm geschleudert wurden. Deshalb ging er nicht gleich unter und wurde gefangengenommen.

Nun erst glaubte Sigwald, der Jarl der Jomswikinger, daß das Glück des Königs gebrochen sei. Laut rief er seinen Männern zu: »Auf nun, damit es nicht heißt, wir hätten den ganzen Tag ohne Tanz verträumt!«

Zehn seiner Schiffe ruderten darauf mit schäumenden Bugwellen in die Schlacht.

Auf dem elften Schiff des Jarls aber befahl Sigwalds Gemahlin Astrid, König Buresleifs jüngste Tochter, den Steven an dem großen Drachen vorbei und auf das offene Meer zu richten.

Die Männer, die Kolbjörn den Marschall gepackt hielten, glaubten, sie hätten den König in ihrer Gewalt und führten den Gefangenen sogleich vor Jarl Erik. Als der Sohn Hakons den tapferen Marschall erkannte, schenkte er ihm das Leben.

In diesem Augenblick sprangen die letzten Fahrtgenossen des Tryggvessohns von Bord des Langwurms. Mit ihnen sanken auch Gorm der Grindige und Glum Goldbauch in die aufgewühlte See.

Jarl Erik aber erbeutete alle Schätze des Königs und machte sich bereit, Olafs Erbe auf dem Thron Norwegens anzutreten.

Von zischenden Hohlwunden, weißen Herzfasern und eines tapferen Skalden Tod

Viele verwundete Dänen, Schweden und Norweger wurden nach der Schlacht in einer großen Hütte gesammelt, die auf dem Holm im Svolder stand. Sechs Frauen pflegten dort die Schwerverletzten. Sie schienten gebrochene Glieder, banden zerhauene Arme und Beine ab, nähten klaffende Hieb- und Stichwunden, breiteten Kräuterbrei darüber und deckten weiche Wolle auf zerstochene Augenhöhlen. In ehernen Kesseln kochten sie Lauch und gaben davon den Verletzten zu essen. Dann rochen sie an den Wunden, ob Zwiebelduft aus ihnen drang. Auf diese Weise stellten sie fest, wie tief die Verletzungen reichten.

Da die Norweger trotz ihrer Unterzahl so erbittert gekämpft hatten, reichte die Zahl der Wundweiber bei weitem nicht aus. Darum suchte der Gabelbart aus seinem Heer zwölf Männer mit besonders weichen Händen aus und schickte sie zu Hilfe.

Sven Stinkhals lag gleich an der Tür. Ein fester Lederriemen schlang sich um seinen linken Schenkel, damit sein Leben nicht fortbluten konnte. Neugierig blickte der dürre Grönländer im Kreis, ob er nicht ein bekanntes Gesicht erspähen könne. Da trat Sigurd Silberzunge neben ihm ein. Ein Pfeil ragte aus der linken Brust des Skalden.

»Da kommt wieder so ein Königssklave!« höhnte einer der Dänen. »Was heulen diese Knechtsgottanbeter doch über ihre Wunden!« Sigurd sagte nichts, sondern setzte sich zu einem der Weiber, die Wasser wärmten und Wunden wuschen. Im Schein des Feuers blitzte an seinem Arm ein Goldreif auf, ein Ehrengeschenk des Königs.

Gierig streckte der Däne die Hand aus. »Gib mir den Schmuck!« forderte er, »ich ziehe dir dafür den Pfeil raus.«

Er hatte den Satz kaum beendet, da fuhr ein Kurzschwert schnell wie ein Blitz aus Sigurds Gewand. Einen Wimpernschlag später lag die abgehauene Rechte des Dänen auf dem gestampften Boden. Sven Stinkhals lachte darüber und sagte: »Von den schwerverletzten Norwegern hier hörte ich keinen Laut, außer daß es ab und zu in ihren Hohlwunden zischt; aber dafür können sie nichts. Du

aber jammerst, obwohl du doch nur eine kleine Wunde empfingst!«
Sigurd setzte sich wieder ans Feuer. Eines der Weiber versuchte, den Pfeilschaft zu fassen, aber die Wunde war ziemlich verschwollen, und die Finger der Frau glitten immer wieder ab.
»Schneid ein, bis du zupacken kannst!« befahl der Skalde.
Das Wundenweib nahm ein Messer und tat wie ihm geheißen. Dabei stellten sie fest, daß der Pfeil mit einem Widerhaken im Fleisch saß.
»Eine Zange her!« rief Silberzunge.
Die Frau gehorchte, konnte den Schaft aber auch mit dem Eisengerät nicht herausziehen.
Ungeduldig nahm Sigurd ihr darauf die Zange fort und riß sich den Pfeil mit einem Ruck aus der Wunde. Da sah Sven Stinkhals, daß der Norweger dem Tod geweiht war. Denn an den ehernen Widerhaken hingen rote und weiße Herzfasern.
»Sieh her!« rief der Skalde, als er den Blick des Grönländers bemerkte. »So gut hat unser König seine Mannen ernährt!«
»Kennst du mich nicht mehr?« fragte Stinkhals. »Zweimal zogen wir gegen Brimun! Ich bin Sven, Bersi Blutbrünnes Sohn!«
Der Norweger starrte ihn an. »Das ist lange her!« murmelte er. »Ich kann nichts mehr sehen.« Er streifte sich den Goldring vom Arm, reichte ihn der Frau und sagte: »Nimm das für deine Mühe! Ich gehe jetzt zu dem, der ihn mir gab.«
»In Walhall sehen wir uns wieder, Skalde«, sprach Stinkhals in die Stille. »Du warst ein tapferer Mann.«
»In der Tat«, versetzte eine wohlbekannte Stimme, »und wären wir nicht so wenige gewesen, hätten wir wohl auch im Leben gewonnen.«
Verblüfft fuhr der Wikinger herum. Auf der anderen Seite des eisernen Kessels erkannte er im Feuerschein das bleiche Gesicht des Herjulfssohns.

Vom Groll des Waidmanns und warum Sven Stinkhals zum Bogen greift

»Bjarne!« rief Sven überrascht. »Ich dachte, du weilst schon in Walhall! Wie hast du es bis zu dieser Hütte geschafft?«
»Ulf stieß mich ins Wasser, band mir das Handgelenk ab und schwamm dann mit mir ans Ufer«, berichtete der Herjulfssohn. »Die Dänen und Schweden bemerkten uns nicht.« Das Leinen am Stumpf seines rechten Arms war von Blut durchtränkt.
»Ulf!« entfuhr es dem Dürren. »Wo steckt er jetzt?«
»Bei den Gefangenen«, erwiderte Bjarne.
»Er opferte seine Freiheit, um mich zu retten. Denn ohne mich hätte er vielleicht fliehen können. Dann wäre ich im Wasser verblutet.«
»Und Glum? Und Gorm?« fragte Sven.
»Tot«, antwortete der Herjulfssohn. »Ich hörte vorhin von einem verwundeten Norweger, daß sie mit den Letzten von Bord sprangen. Beide bluteten stark. Wenn sie noch lebten, hätten sie schon längst an Land gelangen müssen.«
Schweigend sahen sie eine Weile zu, wie die Wundweiber ihr Werk verrichteten.
»Tot«, murmelte Stinkhals dann. »Nun ist es mit dem Christentum in Norwegen vorbei.«
»Einen zweiten König wie Olaf wird dieses Land wohl nicht finden«, gab Bjarne zu.
Wieder schwiegen sie lange. Dann hustete Stinkhals und sagte: »Auch wenn wir auf verschiedenen Seiten kämpften, sollst du doch wissen, daß ich keinen Groll gegen dich hege.«
»Auch ich trage dir nichts nach, Sven«, antwortete der Herjulfssohn. »Denn solange die Meere wallen, steht es jedem Wikinger frei, sich seine Fahrtgenossen selbst zu wählen. Du hast dich für den Waidmann entschieden.«
Der Dürre nickte. »Bei allen Trollen!« brummte er. »Glum und Gorm tot! Ich bin froh, daß wenigstens du noch lebst.«
In diesem Moment vernahmen sie schwere Schritte und Eisengeklirr. Dann verdüsterte eine dunkle Riesengestalt den Lichtschein der Tür.

»Thorhall!« rief Sven. »Ist es zu Ende? Haben wir gute Beute gemacht?«
»Gold und Silber in Fülle!« lachte der schwarze Hüne. »Jetzt kommt es aber erst einmal darauf an, daß wir möglichst viele von diesen Knechtsgottanbetern erschlagen, ehe der Jarl sie in seinem törichten Großmut alle begnadigt! Ich werde diese feige Brut ausrotten, ob es dem Hakonssohn paßt oder nicht. Hier halten sich doch gewiß auch ein paar von diesen Hunden versteckt!«
»Die Schlacht ist vorüber«, suchte ihn Sven zu beschwichtigen. »Das Töten lohnt jetzt nicht mehr! Wir laden uns nur Bluträcher auf den Hals, wenn wir jetzt Wehr- und Waffenlose umbringen.«
»Was ist mit dir?« wunderte sich der Waidmann. »Nur der tote Feind kann dir nicht schaden!«
»Die Christen haben wacker gekämpft«, wandte der Dürre ein.
»Wirst wohl allmählich weich!« höhnte Thorhall. »Genug geschwatzt, der Jarl wird gleich erscheinen.« Er zog die Luft ein. »Wo habt ihr euch versteckt?« rief er. »Gebt euch zu erkennen, ihr feigen Hunde.«
»Wem sollte vor einem kläffenden Köter bange sein?« sagte Bjarne und schritt dem Waidmann mit blitzenden Augen entgegen. »So wenig wie die Verbrechen deiner Vorfahren wird man auch deine eigenen Neidingstaten rühmen, du Troll und Sohn von Teufeln!«
»Du lebst noch?« knirschte Thorhall. »Welcher Kobold zog dich aus der Flut? War es Ulf? Das soll er büßen! Du aber fahre zu Hel und sage ihr, daß ich dir noch viele Knechtsgottanbeter nachschicken werde!«
Mit diesen Worten hob er sein Beil, doch ehe er zuschlagen konnte, fuhr dicht vor seiner Brust ein Pfeil in den Stützbalken. Zitternd blieb das Geschoß in dem dunklen Holz stecken.
»Was . . . ?« brüllte der Waidmann und fuhr herum.
Sven Stinkhals saß auf seinem Lager und hielt schon die nächste Wundwespe bereit. »Ich werde nicht zusehen, wie du mordest«, sprach er mit harter Stimme. »Denn ich will meine Ehre behalten. Bjarne ist, wie du weißt, mein alter Fahrtgenosse. Komme ihm also nicht näher, wenn du nicht meine Treffkunst erproben willst!«

»Du wagst es, dich gegen mich zu erheben?« knirschte der Waidmann in flammendem Zorn. »Hund, der du die Hand deines Herrn beißt!«
»Du bist nicht mein Herr«, antwortete Sven Stinkhals ruhig, »und ich bin nicht dein Knecht. Wir sind Fahrtgenossen mit gleichen Rechten. Ich folge keinem Anführer, der die Sitte nicht achtet und das Gesetz bricht, das für alle Nordleute gilt, ob sie Thor oder Christ opfern!«
»Wohlgesprochen!« meinte eine kräftige Stimme von draußen. Einen Augenblick später trat Jarl Erik in die Hütte. Streng sah er Thorhall an und sagte: »Sven Gabelbart und König Olaf von Schweden wünschen wie ich, daß nun kein Blut mehr vergossen wird. Das gilt auch für dich! Auch wenn du zu den Tapfersten zähltest, bindet dich unser Befehl. Der Krieg ist aus, nun herrsche Frieden! Versöhne dich also mit deinen einstigen Gegnern! Wer mir den Treueid schwört, soll in mein Heer eintreten und dort die gleiche Stellung wie alle anderen erhalten.«
»Du machst einen großen Fehler!« knurrte der Waidmann böse. Seine blutunterlaufenen Augen glommen wie ferne Herdfeuer in der Nacht. »Schmeißfliegen zertritt man, und Wanzen zerquetscht man, damit sie sich nicht vermehren!«
Dabei begann er am ganzen Leib heftig zu zittern. Einen Moment lang sah es so aus, als wolle er sich in seiner Wut auf den jungen Jarl stürzen.
Schnell eilten Eriks Leibwachen mit blanken Schwertern zu ihrem Herrn. Da ließ der schwarze Hüne die blutige Trollwaffe sinken und knirschte: »Thor wird euch strafen! Du aber, Stinkhals, bist nicht mehr mein Stevenhauptmann!«
Zornesrot drängte er sich zwischen den Wachen hindurch, stieß die Norweger grob beiseite und trat aus der Hütte.
»Es scheint, daß ich nun ein Schiff für die Heimreise brauche!« sagte Sven munter.
»Wenn ich noch eins besäße«, seufzte Bjarne, »müßtest du jetzt mit mir fahren.«
»Tretet in mein Gefolge ein!« schlug Jarl Erik vor. »Ihr Grönlän-

der habt euch viel Ehre erworben. Ich kann solche Kämpen wohl brauchen! Du, Bjarne, wirst schnell lernen, mit der Linken zu fechten. Dir, Sven, will ich einen Fuß anpassen lassen, der dir einen ebenso guten Stand verschafft wie ehemals der aus Fleisch und Knochen. Gewiß werdet ihr euch bald auch wieder eine schöne Schnigge erwerben!«

Der Herjulfssohn dankte und antwortete: »Mein Eid galt nicht nur König Olaf, sondern auch dem Christ. Darum kann ich keinem Herrn huldigen, der den Asen anhängt.«

Die Sieger errichteten große Scheiterhaufen für die Gefallenen. Da die Leichname Gorms und Glums nicht an Land gespült wurden, schnitzte Ulf Mädchenauge zwei Runenstäbe für die Gefährten und warf sie in die lodernde Glut. Bjarne sprach einen Totensegen und schlug das Kreuzeszeichen dazu. Deshalb verhöhnten die Asenanbeter ihn sehr, aber der Herjulfssohn tat, als höre er nichts.

Was nach der Svolderschlacht geschah

Nach seinem Streit mit Jarl Erik blieb Thorhall der Waidmann zwei Wochen lang verschwunden. Niemand wußte, ob er Wunden seines Leibes oder seines Stolzes pflegte. Danach setzte er den jungen Thorbrand Snorrisohns als Stevenhauptmann ein. Auf diese Weise erhielt der Jüngling den Platz, auf dem einst sein Vater gestanden hatte.

Thorhall segelte fort, ohne Abschied von den Königen zu nehmen. Als der Schaumwolf aus der Flußmündung fuhr, sagte der Gabelbart zu dem Schweden: »Schade um diesen Kämpen, mag er auch manchmal unbeherrscht sein! Niemand dient den Asen treuer als er.«

Jarl Erik reiste auf dem Langwurm im Kielwasser Olaf Schoßkönigs nach Upsala. Bjarne, Ulf und viele Gefangene mußten ihm folgen, wurden aber gut gehalten. Sven Stinkhals sorgte von seinem Beuteanteil für die Gefährten und ließ es ihnen an nichts fehlen. Dennoch durchlebten die Grönländer trübe Tage, denn sie trauerten sehr um den Grindigen und um Goldbauch. Dadurch

war es ihnen noch schwerer als sonst, ihren Feinden zu verzeihen oder sie gar zu lieben, wie es der Christ gebot.
König Sven Gabelbart fuhr mit seiner Flotte nach Ängelland, um wieder Dänengeld einzutreiben. Viele tapfere Lundunaburger forderten König Adelrad auf, diesmal dem Landesfeind endlich mit blanker Klinge entgegenzutreten. Der Unberatene aber wollte keinen Krieg wagen. Lieber ließ er die wehrlosen Bauern schröpfen und blieb in seiner sicheren Festung.
Thorhall der Waidmann aber lenkte den Schaumwolf nach den Hebriden. Denn er gedachte, seine Wut durch einen neuen Wikingzug gegen Jarl Roald den Rechtskundigen zu lindern. Dann zog es ihn zu Erik nach Steilhalde und er berichtete von allen Kämpfen.
Erik bat Thorhall, bei ihm zu gasten, aber den Waidmann zog es nach Trutzklipp. Noch am gleichen Tag segelte er aus dem Fjord.

Wie Erik seine Tochter in das Brautlinnen befiehlt

Danach ruderte der Rote über den Fjord nach Gardar, berichtete Frilla vom Tod ihres Bruders und schloß: »Er war mein Feind, aber ein tapferer Mann.«
Frilla weinte lange. Dann aber faßte sie sich und sagte: »Soviel wir Christen auch leiden müssen, im Himmel werden wir dafür belohnt.«
»Wenn du willst, sorge ich dafür, daß dich einer der Kaufleute nun nach Brimun zurückbringt«, schlug Erik vor.
Aber Frilla schüttelte den Kopf: »Wenn der Herr wollte, daß ich in meine Heimat zurückkehre, hätte er dann wohl meine Befreiung verhindert und nun sogar meinen Bruder, den einzigen Menschen, auf den ich hoffen konnte, zu sich genommen? Nein — hier liegt meine Bestimmung, und hier muß ich bleiben, bis mir Gott etwas anderes aufträgt.«
Über diesen starken Glauben staunte der Rote sehr. Sodann kehrte er nach Steinhalde zurück.
Abends sandte der Rote nach seiner Tochter, stieg mit ihr zum Wachtfelsen empor, schickte den Posten fort und sagte:

»Es ist nun an der Zeit, daß du dich nicht länger zierst und endlich heiratest, so wie ich es Thorwalds Vater vor vierzehn Jahren versprach.«
»Ich wünschte, du hättest mich einem besseren Mann verlobt als diesem Neiding!« antwortete Freydis. »Aber selbst dann würde ich lieber ledig bleiben und als Kampfjungfrau in den Dienst der Asen treten, die jetzt jede Hand brauchen!«
»In dir fließt mein Blut!« lachte Erik. »Aber als Frau sollst du Krieger zur Welt bringen und nicht selbst Kriege führen. Bleiche also dein Brautlinnen, Tochter, damit ich bald Enkel wiege! Im Saatmonat feiern wir deine Hochzeit.«
»Gib mir ein Schiff wie deinem Sohn Leif!« rief Freydis trotzig. »Dann wirst du bald sehen, daß ich nicht weniger tauge!«
Nach langem Hin- und Herreden verhärtete sich Eriks Blick, und seine Lippen wurden schmal. »Genug!« grollte er mit einer Stimme, die keinen Widerspruch duldete. »Ich versprach dir ein Schiff. Fahre dann, wohin es dich gelüstet, mit oder ohne Thorward — mir ist es gleich! Aber du wirst mit ihm Brautlauf trinken, ehe die Vögel die nächste Saat picken!«
Da senkte Freydis den Kopf. Erik aber sandte Boten im Land herum und lud für das nächste Frühjahr zur Hochzeitsfeier nach Steilhang.

Tyrker erzählt von Gog und Magog und von einem Unheil

Als der unheimliche Bluthimmel langsam wieder verblaßte, saßen Leif und seine Leute noch lange vor ihrer Hütte. Keiner wußte etwas zu sagen. So tranken sie schweigend und hingen ihren Gedanken nach, die bei den meisten wohl der fernen Heimat galten, bei anderen auch den Ereignissen auf der anderen Seite des Meeres.
»Vinland«, seufzte Tyrker schließlich. »Insel der Seligen, glückliche neue Welt! Wenn hier keine Menschen wohnen, kennt das Land auch keinen Krieg, weder Haß noch Hader, Mord nicht noch andere Missetaten. Denn Tiere sündigen nicht. Nur der Mensch ist zum Verbrechen fähig, er, den Gott nach seinem Ebenbild schuf!«

»Zu einer Hand gehört eine Waffe«, murmelte Aris, »das ist nun einmal des Mannes Los. Was erscheint dir daran verbrecherisch, wenn man sich und die Seinen schützt!«
»Ich rede nicht von Verteidigung, du Dummian!« versetzte der Mönch und rollte erbost die Augen, »sondern von heimtückischem, gemeinem Gemetzel, begangen an Wehrlosen, nur weil sie anderen Stamms oder Glaubens waren! Wieviele Unschuldige hingen geschlachtet zu Upsala im Hain des Frey, des verfluchten Schweinedämonen? Die Ingwäonen ertränkten Gefangene zu Ehren der Höllenfürstin Nerthus, wie uns schon Tacitus schildert. Und Strabo bezeugt die Schreckenstaten der Kimbern nach der Arausioschlacht: Barfüßige, grauhaarige, mit Kränzen geschmückte Weiber in leinenen Mänteln und ehernen Gürteln schnitten den römischen Kriegsgefangenen die Kehlen durch, um aus ihrem Blut zu weissagen. Brrr! Schlächter! Rohlinge! Teufelsgenossen!« Er stärkte sich mit einem kräftigen Schluck.
»Ingwäonen?« murrte Kalf Ketilssohn. »Kimbern? Wovon redest du? Bei uns im Norden leben keine Völker dieser Namen.«
»Heute nicht mehr, dem Himmel sei Dank!« erwiderte Tyrker. »Diese Mordbrenner und Blutsäufer schmoren längst in Teufels Bratofen!« Wieder tat er einen guten Zug. Ein linder Wind wehte.
»Auch aus früherer Zeit sind mir diese Stämme nicht bekannt«, meinte Leif zweifelnd. »Ich weiß nur, daß die Heruler vor vielen Jahren nach Süden fuhren und dort mächtig heerten. Vor der Schlacht pflegten sie auf den schlagenden Rudern zu tanzen. Und natürlich hörte wohl jeder auch von den Rugiern, meinen Ahnen, die mit ihrem Heer sogar den Romaweg fuhren.«
Der Mönch sah den Jüngling scheel an und knurrte: »Das waren durchaus nicht die einzigen Nordvölker, die in den Tagen der Alten über die friedlichen Südländer herfielen! Nach den Kimbern brachen die Haruder aus der dänischen Mark und folgten dem Sueben Ariovist in den Krieg gegen Cäsar. Bastarner und Burgunder, Goten und Gepiden, Langobarden und Wandalen flogen wie Hornissenschwärme über den Ostweg.« Und der Mönch erzählte weiter von Asen und Cäsaren, Nornen und Parzen, Walhall und dem Kolosseum zu Rom, von Atlantis und einem neuen Garten Eden. Zum Schluß rief er mit beflügelter Zunge:

»Ja, Leif: Ich bin überzeugt davon, daß du einen vierten Erdteil entdeckt hast, den ein Atlantisches Meer von Europa trennt. Denn wenn Christ ein neues Reich aufrichten will, sollte sich er, der Sohn des Weltschöpfers, dann mit ein paar Inseln begnügen? Nie und Nimmer! Gewiß ließ er einen neuen, unberührten, jungfräulichen Erdteil aus dem Meer tauchen, den keines verdammten Heiden gottlose Unzucht schänden soll! Ein neues Eden soll hier wachsen«, fuhr Tyrker mit erhobener Stimme fort. »Ein Hort der Freiheit und des Friedens, des Glaubens und der Gerechtigkeit, der Menschlichkeit und der Nächstenliebe. Wir aber sind wie einst die Söhne Israels auserkoren, dieses zweite Gelobte Land zu besiedeln. Adam ward einst aus Gottes Garten vertrieben — uns aber legte der Herr ein neues Paradies zu Füßen. Gebt acht, daß uns die Schlange nicht wieder verführt! Denn wenn das geschieht, werden auch hier Mord und Totschlag herrschen, werden Haß, Unzucht, Lüge und alle anderen Sünden einziehen und die Menschen in Schuld stürzen. Dann gerät auch die neue Welt wieder zum alten irdischen Jammertal, und der Teufel wird triumphieren.«

Wie Tyrker die Grönländer ausschilt

Danach ließ Tyrker den Kopf auf die Brust sinken und begann laut zu schnarchen. Die Grönländer trugen den Mönch in die Hütte und betteten ihn auf die Lagerstatt. Kalf Ketilssohn raunte Aris zu: »Ich werde es schon noch dahin bringen, daß seine heilige Salbe bald ranzig riecht.«

Am nächsten Morgen erwachte der Mönch als Letzter. Leif hackte Holz vor der Hütte, als Tyrker sich ins Freie schleppte. Der kleine Mann sah noch schlimmer aus als nach dem Sturm auf dem Meer, wo er so emsig die Fische gefüttert hatte.

»Ach, du bist das«, ächzte der Mönch und betastete sich mit schmerzlicher Miene die Schläfen. »Ich dachte, hier schlagen tausend Teufel auf Trommeln!«

Leif ließ die Axt ruhen. »Geht es dir nicht gut?« erkundigte er sich. Stöhnend wie ein Schwerkranker sank Tyrker auf den glei-

chen Platz nieder, auf dem er nachts zuvor noch wie ein König gethront hatte. »Willst Du mich verspotten?« würgte er mühsam hervor. »Beim Herrn der Hölle! In meinem ganzen Leben fühlte ich mich noch nicht so schlecht!«
»Verzeihe mir, lieber Ziehvater«, bat der Erikssohn lächelnd. »Das wußte ich nicht. Sonst hätte ich ganz bestimmt nicht schon so früh am Morgen . . . « Er legte das Beil auf den Balken. Dürres Laub raschelte nieder.
»Aufhören!« jammerte Tyrker. »Heulende Höllenbrut! Das halte ich nicht länger aus!«
»Aber wir tun doch gar nichts«, entgegnete Leif.
»Bei allen neunschwänzigen Teufeln!« stöhnte der Mönch vorwurfsvoll. »Hörst du denn nicht, wie die Blätter zu Boden krachen?«
Die Grönländer wechselten besorgte Blicke. »Der Wein wirkt wohl nachhaltiger, als wir ahnten«, murmelte der Erikssohn.
»Die Trauben waren ja auch viel größer als damals die Krähenbeeren«, bemerkte Kalf Ketilssohn launig.
»Was meinst du damit?« fragte der Mönch mit mißtrauischer Miene. »Beerenwein, pah! Der taugt doch nur für alte Weiber!«
»Die Mägde, die dir bei deiner Gastung auf Steilhang zur Hand gingen, schienen noch ziemlich lebhaft«, lächelte Kalf. »So sagt jedenfalls mein Vater. Ich war damals ja noch zu klein, um zu ahnen, was du in deiner Kammer triebst!«
»Lüge!« schrie Tyrker erbost. »Üble Nachrede! Verleumdung! Bei allen hunderttausend Höllengeistern, das nimmst du sofort zurück! Schnapphahn! Erbschleicher! Raffzahn! Sittenstrolch!« Vor Aufregung sprühte er Speichel, so daß die Grönländer ein wenig zurückwichen.
»Kalf scherzt doch nur«, rief Leif beschwichtigend.
»Lumpensäcke!« wütete Tyrker weiter, als er die grinsenden Gesichter sah. »Natterngezücht! Ottern und Schlottern! Geschmeiß! Und das mir! Einem getreuen Diener des Herrn!«
»Wenn unsere Väter auf ihren Wikingzügen nachts unangemeldet in christliche Klöster drangen«, lachte Kalf schadenfroh, »sahen sie wohl mehr als einmal wackere Mönche mit geraffter Kutte aus Zellen von Nonnen entweichen!«

»Erstunken und erlogen!« brüllte der Mönch. »Unreifer Lümmel! Ich werde dich mit Prügeln lausen! Mißgeburt! Erzgauner! Zechpreller! Lumpenhund!« Er deutete auf seinen Finger, an dem ein funkelnder Saphir prangte. »Durch meine Frömmigkeit und diesen Stein bin ich gegen Fleischeslust gefeit«, schrie er. »Im Gegensatz zu dir, du Witwenschänder! Lüstling! Hurenbock! Sodomit!«
»Beruhige dich, lieber Ziehvater«, rief Leif und schützte sich mit dem Ärmel, »du spuckst ja mehr, als du redest!«
»Ach«, schrie Tyrker, »ich armer Mann! Fern der Heimat, umgeben von Bauerntölpeln, wehrlos den dummen Späßen hirnloser Kraftmenschen ausgeliefert. Oh, welches Martyrium des feingebildeten Geistes! Ihr dreckigen Lumpensäcke! Ach, wenn ihr doch wenigstens ein Fünkchen Herzensadel besäßet, einen Rest von Rücksicht auf einen alten, kranken Mann! Aber nein, nur Hohn und Spott triefen von euren Mäulern wie aus einem Stankhaus, ihr Hundsknochen! Laffen! Lügensäcke!«
Dabei schwang er sein Holzkreuz, so daß die Grönländer weiter zurücktraten. Leif sagte hastig: »Nicht doch, erzürne dich nicht! Niemand will sich über dich lustig machen!«
»Nein?« brüllte Tyrker im höchsten Zorn. »Dann sieh dich nur einmal um, wie deine Gefährten, diese vermaledeiten Rübenköpfe, sich die Bäuche halten! Diese dreimal verfluchten Schurken und Topfschlecker!«
Leif blickte Kalf beschwörend an. »Nun sag doch endlich was«, bat er ihn.
Der Ketilssohn verbeugte sich artig und erklärte mit ernster Stimme: »Vergib mir, edler Mönch! Ich wollte dich nicht verhöhnen, sondern im Gegenteil meiner Bewunderung für dich Ausdruck verleihen. Denn nur selten konnte ein Mann die Herzen grönländischer Mägde erobern, der so erbärmlich klein und häßlich war wie du.«

Wie die Wikinger in Vinland überwintern

Aris konnte nun nicht mehr anders, als laut herauszuplatzen. Eywind Einarssohn prustete in die vorgehaltene Hand. Auch die anderen christlichen Grönländer mußten die letzte Zurückhal-

tung aufgeben. Sogar Leifs Mundwinkel zuckten, doch er behielt sich in der Gewalt und rief streng: »Genug jetzt! Hör auf damit, Kalf, sonst wirst du deine Neidreden noch einmal bereuen!«
Tyrker bebte vor Zorn, sagte aber nichts mehr. Es waren aber nur seine Kräfte erschöpft und nicht etwa auch sein Vorrat an Flüchen.
Der Erikssohn reichte ihm einen frischen Trunk kalten Wassers. Und so, wie sich die Fahrtgenossen nachts zuvor über den Weindurst des Mönchs gewundert hatten, staunten sie jetzt über Tyrkers Lust an unverfälschtem Quell.
»Ich weiß, daß die Christenpriester den Wein mit Wasser zu mischen pflegen«, bemerkte Aris, »doch dachte ich bisher, das müsse stets vor dem Trinken geschehen und nicht erst danach!«
Am Abend feierten die Grönländer die erste Messe zu Vinland mit Wein. Alle Christen durften von dem Rebensaft kosten und lobten ihren Gott sehr. Da schlich sich auch Kalf in die Reihe und spitzte gierig den Mund. Doch Tyrker riß ihm den Kelch von den Lippen und schimpfte: »Du nicht, verfluchter Schuft! Das ist das Blut Christi und nur für Getaufte bestimmt, nicht für verdammte Trollköpfe und Menschenfresser, wie du einer bist!«
Der vinländische Winter setzte viel später ein als der grönländische und erwies sich zudem als so mild, daß bis zum Frostmonat kein Schnee fiel. Die Bäume entlaubten sich, aber das Gras welkte kaum. Auch wurden Tag und Nacht nicht so verschieden lang wie in Leifs Heimat.
Der Erikssohn nützte die Zeit zu zahlreichen Messungen. Am Jahreskurztag stellte er fest, daß die Sonne im Dagmal auf- und im Eykt unterging. Ihr Himmelsbogen geriet dadurch um vieles höher als auf Grönland. Verwundert trug Leif die Marken auf seiner Peilscheibe ein und rechnete viele Male. Dann sagte er zu den Fahrtgenossen: »Es ist kaum zu glauben, aber nach allem, was mich mein Vater lehrte, liegt unsere Hütte noch südlicher als selbst das Weißmännerland. Denn solche Himmelswinkel gelten sonst nur für den Fesselfjord im Frankenreich.«
Erst nach dem Julfest, im Wintermonat, bildete sich Eis auf dem See. Die Grönländer schlugen Löcher hinein und fingen Fische mit Ködern, so daß sie auch in der kältesten Zeit stets frisches

Fleisch essen konnten. In den Wald zogen sie nicht mehr, denn dort wimmelte es nun von Wölfen, und alles jagdbare Wild war nach Süden gewichen. Der Fluß aber fror den ganzen Winter nicht zu.

Von Davids Durst und andere Wundergeschichten

Die Grönländer saßen nun jeden Tag viele Stunden an ihrem Langfeuer und tauschten Geschichten. Am farbigsten fabelte wie stets der Mönch, und so bestritt Tyrker den größten Teil der Unterhaltung. Am liebsten berichtete er von den vielen Wundern des Christ, von Brotvermehrung und Krankenheilung, vom Weinzauber und vom Wasserwandeln.

Doch auch die Kriegstaten der alten Helden kamen dabei nicht zu kurz.

Besonders gern lauschten die Grönländer den Sagen von König David und seinen Gefolgsleuten, die mannhaft wie Wikinger fochten.

Die Grönländer folgten diesen Erzählungen mit großem Eifer, und Tyrker mußte sie oft wiederholen. Am liebsten aber hörten Leif und seine Gefährten die Sage von Davids Durst: In der Festung von Bethlehem, in der später der Christ auf die Welt kam, lag einst ein starker Posten der Riesen. Darum konnte der König nicht hinein. Die Sonne brannte sehr heiß, wie es in den Südländern nicht selten vorkommt. David sehnte sich sehr nach einem Trunk. Da drangen drei seiner tapfersten Helden heimlich in das Lager der Feinde, schöpften Wasser aus einem Brunnen und brachten es in ihren Helmen zum König. David goß es aber als Trankopfer für seinen Gott in den Sand und sagte: »Das sei ferne von mir, daß ich das trinke. Denn ist es nicht wie ein Blutopfer jener Männer, die unter Lebensgefahr dorthin gegangen sind?«

Den Grönländern gefielen diese Worte sehr. Sie meinten, daß David durch diesen Verzicht den gleichen Adel bewiesen habe wie seine Mannen zuvor durch ihr Wagnis.

Noch mit vielen Wundergeschichten versetzte Tyrker die Fahrtgenossen in Spannung und Staunen. Einmal erzählte er ihnen, die

Seehunde nördlicher Meere seien in Wahrheit die einst vom Christgott verzauberten Krieger des Pharao von Ägypten, die bei der Hatz auf die Israelsöhne im Roten Meer von einer Flutwelle überrascht wurden. Da es nun um Tiere ihrer heimatlichen Gewässer ging, glaubten die Grönländer, dem kleinen Mönch das Feld nicht ohne Kampf überlassen zu dürfen, und suchten ihn ihrerseits durch allerlei Seltsames zu verblüffen.
Doch war es den Grönländern auf keine Weise möglich, Tyrker auch nur ein einziges Mal einen Ausruf des Erstaunens zu entlocken, und sie bewunderten seine Weisheit sehr.

Vom Streit um die Thorseiche

Einige Tage später saßen Leif und Aris im Schein der Wintersonne vor ihrer Hütte und fertigten nach Art der Finnen Speere mit Widerhaken für die Robbenjagd an. Plötzlich erscholl vom Waldrand her lautes Gebrüll, und Kalf Ketilssohn brach durch das dichte Gehölz. Schweiß stand auf der Stirn des jungen Grönländers. Sein lautes Keuchen verriet, daß er wohl mindestens eine Meile weit durch den Wald gehetzt worden war. In seiner Rechten blinkte ein Beil.
Leif wunderte sich, denn es war nicht Kalfs Art, bewaffnet vor einem Gegner zu fliehen, sei es Mensch oder Tier. Einige Herzschläge später jedoch erkannten die Grönländer, daß ihr Gefährte von dem gefährlichsten aller Feinde verfolgt wurde, von einem Wesen, das noch schrecklicher erschien als selbst die grausigsten Unholde aus Ymirs Zeugung, und dieses Wesen war niemand anders als Tyrker.
Aus den vorquellenden Augen des Mönchs flammten Blitze, und sein langes Haar wehte im Wind wie die eisblauen Locken Hels. Wie eine Keule schwang Tyrker sein hölzernes Kreuz durch die Luft und kreischte in höchster Stimmlage: »Wenn ich dich endlich erwische, du heidnischer Teufelsdiener! Bleib stehen, damit ich dir den Götzenglauben aus dem Leib prügle, Spottgeburt Satans! Waldluder! Baalspfaffe!«
»Hilf mir, Leif!« heulte der Ketilssohn voller Wut, »sonst muß ich diesen Kerl noch erschlagen!«

»Ha!« tobte Tyrker hinter ihm und drosch mit dem Kreuz auf den jungen Grönländer ein. »Der Herr des Himmels führt meinen Arm! Frechmaul! Giftmischer! Götzenknecht!«
Erschrocken sprang der Erikssohn auf die Füße und packte Kalf am Kittel. »Was fällt dir ein, meinem Ziehvater zu drohen?« herrschte er ihn an.
»Ich ihm?« schnaufte der Ketilssohn. »Bist du verrückt? Er mir! Siehst du das nicht? Der Kerl ist ja gemeingefährlich!«
Aris packte den Mönch. Dabei bekam er Tyrkers Holzkreuz schmerzhaft am Kopf zu spüren. Schnell schob er den kleinen Mann auf Armeslänge von sich.
»Laß mich los, du Teufelspilz!« schalt der Mönch heftig. »Blitz und Donner! Ich werde euch Lumpenhunde schon lehren, Gottes Garten mit sündigem Götzenkult zu verunreinigen!«
Heftig versuchte er sich loszureißen, aber Aris hielt ihn eisern fest, auch wenn das Holzkreuz oft seinen Arm traf. Kalf hatte sich inzwischen hinter Leif in Sicherheit gebracht.
»Beruhige dich doch, lieber Ziehvater«, bat der Erikssohn. »Was erzürnt dich denn so?«
Der kleine Mann rang nach Atem. »Bei allen hunderttausend heulenden und jaulenden Höllenhunden!« stieß er hervor. »Habe ich euch nicht gesagt, daß dieses Paradies nicht durch heidnischen Zauber beschmutzt werden darf? Ei, ihr Sumpfottern, Lästerer und Gewaltmenschen! Im finsteren Wald betreibt ihr das schaurige Handwerk eures Heidentums, aber der Herr sieht es doch! Gottlose Buben!«
»Warum sprichst du eigentlich andauernd in der Mehrzahl?« wunderte sich Leif und blickte fragend zu Aris.
»Falsch gedacht!« lachte der Norweger. »Ich diene weder dem Christ noch den Asen.«
»Ha!« machte Tyrker. »Und warum hinderst du mich dann, diese Mißgeburt für ihre Sünden zu strafen?«
Aris ließ ihn los, achtete aber darauf, daß Tyrker nicht gleich wieder auf Kalf eindringen konnte.
»Der Kerl ist von Sinnen«, erklärte der Ketilssohn. »Da ihr euch bis auf Aris allesamt dem Christ zugeschworen habt, wollte ich darauf Rücksicht nehmen und betete abseits zu Thor. Tief im

Wald entdeckte ich eine Eiche, wie sie dem Donnerer gebührt. Ich kerbte Runen in ihre Rinde. Dieser tückische Wicht muß mich dabei verfolgt und beobachtet haben. Denn kaum begann ich dem Rotbart ein Preislied zu singen, da sprang dieser Gnom geifernd aus dem Gebüsch und schlug mit seinem lächerlichen Holzkreuz auf mich ein!« Er entblößte grimmig die Zähne. »Am liebsten hätte ich ihm mit der Axt den Scheitel gezogen«, fügte er zornig hinzu. »Aber das hätte unserer Freundschaft, Leif, wohl geschadet, und das wollte ich nicht. Sage deinem Ziehvater aber, er soll mich in Ruhe lassen, wenn er nach Grönland zurückkehren will!«
»Kalf hat recht«, sagte Aris. »Ein freier Mann muß seine Götter selbst wählen dürfen! Als wir ausfuhren, betetest du noch zu den Asen. Willst du nun einen Fahrtgenossen hindern zu tun, was dir vor kurzem selbst noch gefiel?«
»Blitz und Hagelschlag!« eiferte der kleine Mönch. »Ich bin der Hirte dieser verdammten Herde und werde nicht zulassen, daß meine Lämmer unter die Wölfe geraten. Hier nicht und auch nicht woanders, zum Donner!«
»Wir sind keine Lämmer!« brüllte Kalf.
Leif blickte von einem zum andern. Dann entschied er: »Uns darfst du in Gottesfragen befehlen, Ziehvater — nicht aber denen, die noch zu den Asen beten. Ich will keinen Glaubensstreit an dieser Küste!«
»Hölle und Teufel!« wütete Tyrker. »Dann bist du also bereit zu dulden, daß in diesem Land dem Satan geopfert wird? Hast du vergessen, was mit König Ahab geschah, als er dem Baal in Israel einen Tempel errichten ließ? Dafür leckten Hunde des Königs Blut und Dirnen wuschen sich darin im Teich von Samaria!«
Leif schüttelte langsam den Kopf. »Gott verzeihe mir«, sagte er.
Tyrker starrte den einstigen Ziehsohn an. »Wo der Zaun am niedrigsten ist, dort springt der Teufel hinüber. Du sahst am Himmel die Krone der neuen Welt, doch tragen wirst du sie nicht.«
Er nahm Leif die Axt aus der Hand und lief in den Wald. Niemand hielt ihn auf.
»Dieser verflixte Feuerkopf kann ja wohl kaum alle Eichen von Vinland umhauen«, murmelte Kalf. »Der Kampf zwischen Christ und Thor wird nicht von Holzfällern entschieden.«

»Hüte dich trotzdem vor Tyrker«, mahnte der Erikssohn. »Ich will wie einst Bjarne alle Männer heil nach Grönland zurückbringen. Wenn Gott aber will, daß ich einen Gefährten verliere, würde ich keinen anderen tiefer betrauern als ihn.«

Wie die Wikinger Vinland nach einer lauten Predigt wieder verlassen

Am ersten Odinstag des letzten Wintermonats jagten sie Seehunde, zogen ihnen die Felle ab, trockneten Speck und kochten Tran. Mit Öl aus dem Fett der Tiere tränkten sie das Schleppboot, denn sie hatten an treibenden Pfählen Bohrwürmer entdeckt.
Danach zog Leif mit Tyrker und zwölf Gefährten zu den Weinstöcken in den Wald. Dort hieben sie Ranken und Reben ab, soviel sie zu tragen vermochten. Mit den Weinstöcken beluden sie das Beiboot, damit sie in Grönland beweisen konnten, daß sie die Wunderinseln gefunden hatten.
Am Tyrstag der folgenden Woche fällten sie Bäume verschiedenster Art, vor allem Stämme aus Maserholz, und rollten sie auf die Planken der Schnigge. Auch Weizen, fremdartige Beeren und viele andere Früchte füllten sie in den Frachtraum des Eissturmvogels, bis sie von allen Schätzen des Landes an Bord hatten.
Am Abend vor der Abfahrt schien Aris noch stiller als sonst und saß lange allein vor der Hütte. Nach einer Weile kam Leif heraus, ließ sich neben dem Norweger nieder und sagte: »Ich glaube, ich weiß, woran du jetzt denkst. Du warst mir auf dieser Fahrt ein treuer Gefährte, und ich bin für deine Hilfe von Herzen dankbar. Da Bjarne und ich Blutsbrüder sind, möchte ich nun, daß du mich ebenso als deinen Freund betrachtest wie ihn. Und wenn wir wieder in Grönland anlangen, will ich dir gegen alle beistehen, die dich verfolgen.«
»Auch gegen deinen Vater?« fragte der Norweger.
Der Erikssohn preßte die Lippen zusammen. »Auch mein Vater soll dir kein Unrecht zufügen«, sagte er dann entschlossen. »Ich will alles tun, damit ihr euch versöhnt.«
Aris dankte ihm und erwiderte: »Nun sehe ich, daß du es wirklich

ernst meinst. Aber ich wäre auf jeden Fall nach Gardar zurückgekehrt, um dort entweder zu leben oder zu sterben.«
Am nächsten Morgen feierten sie eine Messe. Tyrker betete laut: »Herr, Du ewiger und allmächtiger Gott, der Du Himmel und Erde erschufst, auch Land und Meer, Pflanzen und Tiere und endlich uns Menschen! Sieh gnädig auf uns herab und strafe uns nicht zu sehr für unsere Schuld!«
Dann blickte der Mönch die Fahrtgenossen streng an und fuhr fort: »Vergib vor allem diesen Sündern hier, deren Glaubensfeuer nur blakt und nicht brennt, deren frommer Eifer nicht loht, sondern nur laue Luft verbreitet, deren Liebe zu Dir nicht glüht, sondern nur schwächlich glimmt, und die Deine Feinde nicht streng, sondern schlapp wie zahnlose Hunde verfolgen! Ei, ihr nachlässigen Spitzbuben, das wird euch eines Tages noch gereuen! Ich aber werde dennoch für euch beten. Gott! Vergib diesen Kerlen, denn sie wissen nicht, was überhaupt los ist, bei der heiligen Dreifaltigkeit! Führe uns nicht in Versuchung, sondern bitteschön recht schnell nach Grönland zurück! Denn Dein ist das Reich und die Kraft und die Herrlichkeit in Ewigkeit. Halleluja!«
»Amen«, murmelten die Grönländer dumpf und waren froh, daß die Predigt vorbei war.
Eywind Einarssohn, der dem Mönch ministrierte, mischte nach christlicher Sitte die Reste des Weins mit Wasser und reichte Tyrker den Trank. Feierlich hob der Mönch den Kelch, schlug mit der Rechten ein Kreuz darüber und nahm einen kräftigen Schluck. Danach blickte er Eywind tadelnd an und raunte ihm zu: »Mehr Wein, du Nasenrammel!«
Der Einarssohn zuckte die Achseln: »Nichts mehr da!«
Darauf ging die Messe sehr schnell zu Ende. Sorgfältig verriegelte Leif die Hütte. Dann stiegen die Grönländer auf ihr Schiff, lösten die Leinen, ruderten auf dem Fluß in die Lagune und an der Manna-Insel vorüber ins Meer. Dort setzten sie Segel nach Norden.
Zwei Tage lang fuhren sie an der Küste entlang. Obwohl nur schwacher Wind blies, kamen sie schnell voran, denn eine starke Strömung trieb das Schiff. Anfangs freuten sie sich, doch bald begannen die Wirbel ihnen unheimlich zu werden, denn nie

zuvor waren sie in so starken Strudeln gefahren. Als sie in der Ferne schon wieder den weißen, in der rastlosen Mühle des Meeres gemahlenen Sand schimmern sahen, schäumte die See plötzlich wie ein Wildbach. Zu Leifs Überraschung tauchte auf der Steuerbordseite eine bewaldete Küste auf.
»Das muß eine Insel sein«, rief der Erikssohn. »Als wir herkamen, lag sie wohl hinter der Nebelbank.«
Leif steuerte auf das Land zu, aber die Wasserwirbel hielten die Schnigge wie Vogelleim fest. Flutschären tauchten auf. Tosend brandeten Brecher gegen gefährliche Klippen und der Erikssohn erkannte, daß ihnen eine zweite, noch stärkere Strömung aus dem offenen Meer entgegenrollte. Die Strudel schäumten nun wie ein Mahlstrom im Kreis. Laut rief der Erikssohn die Fahrtgenossen an die Ruder. Mit aller Kraft schlugen die Grönländer ihre Hölzer ins Wasser. Im gleichen Augenblick frischte der Wind weiter auf, und wie ein Fuhrwerk von hohem Berg immer schneller herabrollt, schoß nun das Schiff auf die Meerenge zu. Auf der linken Seite erstreckten sich lange Strände aus Sand, der war von der Mühle des Meeres so fein zerrieben, daß er weiß schimmerte wie frisches Mehl.
»Teufel und Dämonen!« rief Tyrker, als er das sah. »Hier will uns der Herr wohl alle miteinander absaufen lassen. Betet und rudert! Rudert und betet, ihr räudigen Böcke, sonst sind wir verloren!«
Doch Leif steuerte das Schiff geschickt zwischen den gischtenden Brandungswellen hindurch und erreichte sicher das offene Meer. Dort trug er alle Landmarken auf seiner Peilscheibe ein. Die Meerenge nannte er Mühlensund und sagte voraus, daß die Küste Grönlands in vier Tagen auftauchen werde.
Es wehte ein linder Westwind. Die Schnigge schaukelte auf einer sanften Dünung über die See, als führe sie nicht durch Rans feindliches Reich, sondern nur über einen friedlichen Weiher. Und wirklich erstrahlten am vierten Morgen die Gletscher Grönlands am Ostrand des Himmelsgewölbes. Kurz darauf tauchten die Vorberge auf. Da lobten die Gefährten Leifs Glück und freuten sich sehr.

Leif lächelte. Dann kniff er die Augen zusammen und drehte den Steven nordwärts.
»Was ist?« fragte Kalf beunruhigt. »Warum steuerst du plötzlich so sehr unter dem Wind?«
»Seht ihr denn nichts?« erwiderte der Erikssohn und zeigte nach vorn.
Angestrengt starrten alle voraus. Verwundert schüttelte Kalf den Kopf. »Nur Wellen«, murmelte er, »aber nichts, was des Aufhebens wert wäre.«
»Dort liegt entweder ein Schiff oder eine Schäre«, erklärte Leif. Die anderen hielten von neuem Ausschau. Nach einer Weile erkannten sie, was der Erikssohn meinte.
»Es ist eine Klippe«, stellte Aris fest. »Was ist besonderes daran?«
»Daß Menschen darauf stehen«, antwortete Leif.
»Du hast Augen wie ein Luchs«, sprach Aris bewundernd. »Ja, jetzt sehe ich es auch. Es könnten Schiffbrüchige sein. Aber Vorsicht!«
Eilig erzählte er dem Erikssohn von seiner ersten Fahrt mit dem Eissturmvogel, als Svart Stahlschädels Wikinger auf den Hebriden versucht hatten, sie in die Falle zu locken.
»Wir werden so nahe wie möglich an der Schäre ankern«, kündigte Leif an. »Denn wenn diese Leute in Not sind, müssen wir ihnen helfen. Sie zählen höchstens fünfzehn Köpfe, wir aber sind fünfunddreißig und wohlbewaffnet.«
Zehn Schiffslängen vor der Klippe drehten die Grönländer bei, legten das Segel nieder und hielten den Eissturmvogel mit ihren Rudern in sicherem Abstand.
»Wer ist euer Anführer?« rief Leif hinüber.
»Thorir heiße ich«, antwortete ein hochgewachsener Mann. »Norweger bin ich, wohne aber in Island.«
Tyrker erkannte die Stimme sogleich. »Der Weitfahrer!« staunte er.
»Und ihr?« fragte Thorir. »Euer Schiff kommt mir bekannt vor.«
»Das ist der Eissturmvogel«, rief der Erikssohn.
»Aber du bist nicht Bjarne!« scholl es zurück.

»Nein — Leif!« erwiderte der junge Grönländer.
»Etwa der Sohn Eriks des Roten?« wunderte sich der Weitfahrer.
»Genau der«, versetzte Leif. »Macht euch bereit. Wir kommen mit dem Schleppboot.«
»Thorir!« rief der Mönch. »Kennst du mich nicht mehr? Ich bin es, Tyrker!«
»Was . . .?« antwortete der Weitfahrer verblüfft. »Wie kommst du denn mit einem Sohn des Roten zusammen?«
»Ich bin auch hier!« schrie Aris.
»Jetzt verstehe ich gar nichts mehr«, erklärte Thorir entgeistert.
Die Grönländer luden die Weinstöcke aus dem Boot, ruderten zu der Schäre und brachten die Schiffbrüchigen auf die Schnigge. Unter den Geretteten war auch eine junge Frau von außerordentlicher Schönheit.
»Das ist Gudrid, Thorbjörn Wifilssohns Tochter«, erklärte der Weitfahrer. »Ich heirate sie im Herbst.«
»Thorbjörn Wifilssohns Tochter?« sagte Leif. »Er half einst meinem Vater! Er wird sich freuen, euch auf Steilhalde bewirten zu können.«
Thorir und Gudrid dankten ihm. Es gelang den Grönländern, fast die gesamte Habe der Gestrandeten zu bergen. Nur einige Klafter Bauholz und die von den Wogen schon ziemlich zerschlagenen Reste des Schiffswracks blieben auf der Klippe zurück.
So kehrte Leif von seiner Vinlandreise mit einer Christin zurück.

Wie Leif einen Eid zu Bjarnes Befreiung leistet

Leif steuerte auf den Eriksfjord zu. Thorir erzählte indessen, er sei zwei Tage zuvor in dichten Nebel geraten und auf der Schäre gestrandet. Vier Männer seien ertrunken. »Es ist wie verhext«, knurrte er, »dreimal in fünfzehn Jahren steuerte ich diese Küste an, jedesmal wies sie mich ab. Einmal warf mich ein Sturm zurück, dann schloß mich Treibeis ein, mitten im Sommer, und jetzt kracht mein Kiel im Nebel auf diese Klippe!«
»Und das, obwohl eine Christin an Bord war«, bemerkte Aris.
»Du hast recht«, grollte der Weitfahrer. »Meine künftige Frau!

Deshalb war ich ja auch so sicher, daß ich es diesmal schaffen würde.«
Nachdenklich sah er Leif an. »Hoffentlich haftet mein Pech nun nicht auch an dir«, brummte er.
»Darum brauchst du dir keine Sorgen zu machen«, erklärte Aris. »Leif folgt das Glück auf dem Fuß; sein Heil wird stärker als dein Übel sein.« Er berichtete von der Vinlandreise. Der Weitfahrer staunte bei jedem Wort mehr und rief schließlich: »Jetzt werde ich mir wohl einen anderen Beinamen suchen müssen.«
Tyrker fand großes Wohlgefallen an Gudrid und fragte sie über den Glauben auf Island aus. Dadurch erfuhren Leif und seine Fahrtgenossen vom Sieg des Christ beim Allmännerthing, aber auch von der Rache der Asen in der Schlacht bei Svolder. Da hatte nun jeder zu trauern: Tyrker betete für Dankbrands Seele, Aris sprach einen Totensegen für Gorm und Glum. Leif aber sagte: »Wenn König Olaf nun auch auf dem Grund des Wendelmeeres liegt, so soll sein Wort doch gültig bleiben, und ich werde nicht eher rasten, bis das Gesetz Gottes auch in Grönland gilt. Dann fahre ich nach Norwegen. Ehe mein Blutsbruder Bjarne nicht befreit ist, will ich Vinland nicht wiedersehen.«

Von einer Hochzeit mit überraschenden Gästen

An diesem Morgen, dem ersten Sonntag des Lämmermonats, legte Erik der Rote auf Steilhalde die Hand seiner Tochter in die Thorwald Herjulfssohns und rief Wör an, die Göttin aller Verträge und Liebesschwüre. Freydis trug ein Kleid aus Serkländischer Seide mit purpurnem Obergewand; große Goldsonnen waren darauf gestickt. Wohlgefällig schaute der Rote auf die junge Braut. Dann befahl er mit hallender Stimme:

»Bringt den Hammer
Die Braut zu weih'n!
Legt den Zermalmer
Der Maid in den Schoß!«

Helge und Snorri, die Thorbrandssöhne, trugen darauf den heili gen Hammer aus Eriks Thorstempel auf einem Kissen herein. Der Rote ergriff das geweihte Gerät, schwang es hoch durch die Luft und fuhr fort:

»Mit Wörs Wort weih' ich
Euch zu Mann und Weib!«

Am Ende sprach er den Hochzeitssegen und goß ein Opfer für Freya aus.
Danach feierte er mit seinen Gästen aus Herjulfsspitz und vielen anderen Fjorden ein Fest, und sie betranken die Hochzeit mit großem Gepränge. Dabei wurde viel geredet und oft gelacht. Von der Svolderschlacht aber sprach niemand, da man den Frieden nicht gefährden wollte.
Herjulf der Alte saß im Ehrenhochsitz. Erik sagte zu ihm: »Nun sind unsere Sippen endlich durch das Blut miteinander verbunden. Darum soll nie wieder Streit oder Unfrieden zwischen uns herrschen.«
»Das ist auch mein Wunsch«, antwortete Herjulf ehrlich und fügte hinzu: »Noch schöner aber wäre es, wenn uns nicht nur Verwandtschaft, sondern auch ein gemeinsamer Glaube vereinte.«
»Dann wirst du deinem Christ abschwören müssen«, lachte der Rote. »Denn es wird niemals geschehen, daß ich den Asen die Treue breche.«
Auf der anderen Seite des Feuers trank Thorhall der Waidmann mit Thorbjörn Wifilssohn, dem Vater der schönen Gudrid, und Thorbrand dem Alten vom Schwanenfjord. Die beiden Bauern berichteten von ihren neuen Höfen auf Grönland und zeigten sich mit ihren Böden zufrieden.
Einar vom Einarsfjord und Ketil Schiefnase aßen mit Herjulfs Bruder Lodin Schlachtfleisch aus einer Schüssel. Man sah ihnen die Sorge um ihre Söhne an. Lodin tröstete sie nach christlicher Weise mit Beispielen aus der Bibel und meinte, daß die jungen Leute mit Leif gewiß bald wieder zurückkehren würden.
»Hoffentlich hast du recht«, brummte Ketil Schiefnase und schlürfte geräuschvoll Hochzeitsbier aus seinem Horn. »Mich

wundert, daß ausgerechnet du dich zuversichtlich zeigst, nachdem du wohl mehr tote Seefahrer sahst als wir alle zusammen!«
Lodin fuhr zu dieser Zeit nämlich jeden Sommer an Grönlands Ostküste entlang, um dort Tote aus den zahlreichen Schiffbrüchen zu bergen. Er brachte sie nach Herjulfsspitz, um sie dort in geweihter Erde zu bestatten. Darum wurde er nun auch Leichen-Lodin genannt.
Thorhild Jörundstochter saß mit der Friesin Frilla und Thorgerd von Herjulfsspitz im Hochsitz der Hausfrau. Sie redeten über Maria, die Mutter des Christ. »Wenn wirklich einmal ein Priester nach Grönland kommt«, sagte die Jörundstochter, »will ich mich taufen lassen, und es ist mir gleich, was Erik dazu sagt.«
Thorbrands Sohn Snorri, der einstige Stevenhauptmann des Waidmanns, zechte mit Helge und Finnbogi, den Kjartanssöhnen. Sie sprachen viel über ihre früheren Wikingfahrten, und die gemeinsam bestandenen Gefahren von einst vereinten die Männer mehr, als der Glaube sie trennte.
Melkorka und Emer, die irländischen Ehefrauen der Kjartanssöhne, saßen mit ihrer Schwägerin Jorun zusammen und trösteten sie, daß Bjarne gewiß schon bald aus der Gefangenschaft heimkehren werde. »Thorfinn Karlsefni wird sich bestimmt seiner annehmen«, sagte Melkorka, »und einem Nachfahren Ragnar Lodenhoses wird Jarl Erik gern gefällig sein.«
Eriks Söhne Thorstein und Thorwald teilten Bank und Trank mit Thorbrand Snorrisohn, dem jungen Stevenhauptmann des Waidmanns, und lauschten dessen Berichten von Fahrten und Taten.
Als sie das Horn vom Wachtfelsen hörten, eilte Erik als erster hinaus. Alle anderen drängten ihm nach.
»Es ist der Eissturmvogel!« rief der Rote.
»Dann bist du glücklicher als ich«, murmelte der alte Herjulf.
Erik lief zum Strand. »Leif!« schrie er über das Wasser.
»Vater!« kam die Antwort, und der Rote seufzte erleichtert.
»Eywind!« rief Einar vom Einarsfjord.
»Kalf!« brüllte Ketil Schiefnase noch lauter.
Als ihre Söhne antworteten, schlugen die Männer einander erfreut auf die Schultern.
Kurz darauf knirschte der Kiel der Schnigge auf den steinigen

Strand. Thorbjörn Wifilssohn sagte entgeistert: »Das sind doch Gudrid und Thorir!«
Da verdüsterte sich auf einmal das Gesicht des Roten, und er grollte: »Noch einen anderen erkenne ich jetzt, und den hätte ich lieber niemals wiedergesehen. Das hätte ich nicht gedacht, daß es einmal mein eigener Sohn sein würde, der einen Pfaffen nach Grönland bringt.«

Wie Tyrker Vinland in leuchtenden Farben schildert

Leif und seine Gefährten zeigten den Grönländern nun die Weinstöcke und Weizenähren, auch das Maserholz und die seltsamen Früchte Vinlands und erzählten, was sie in den zwei Jahren seit ihrer Ausfahrt erlebt hatten. Alle Zuhörer staunten sehr; die einen lobten den Christ, die anderen aber die Asen.
Zum Schluß sagte Aris: »Leif hat Bjarne übertroffen. Denn dein Sohn, Herjulf, kehrte mit allen Fahrtgenossen zurück. Deiner jedoch, Erik, brachte sogar noch mehr Männer nach Hause, als er mitgenommen hatte.«
Leif sah seinen Vater an und sagte: »Ich will, daß du meinem Freund Frieden gewährst und dich mit ihm aussöhnst.«
»Das tue ich gern«, antwortete Erik und reichte Aris die Hand. »Allein schon wegen seiner Worte, die den Grönländern gewiß noch lange in Erinnerung bleiben werden.«
Der Waidmann sah vom Hügel aus zu. In seinen Augen glomm ein düsterer Funke.
Erik führte die Heimkehrer in seine Halle. Dort labten sie sich an fettem Fleisch und kühlem Bier. Danach mußte Leif das neue Land in allen Einzelheiten beschreiben, und er entledigte sich dieser Aufgabe sehr gewandt. Als er geendet hatte, riefen ihm alle Freibauern lautes Lob zu, und Einar vom Einarsfjord sagte, er solle in Zukunft Leif der Glückliche heißen. Erik aber brummte mißmutig, das Glück seines Sohnes gleiche sich mit dem Unglück wieder aus, daß Leif den schädlichen Menschen wieder nach Grönland zurückgebracht habe.
»Wein, Weizen, Holz«, ließ sich dann Eriks jüngster Sohn Thor-

wald vernehmen. »Wie sieht es denn mit Gold und Silber aus?«
»Nach solchen Schätzen suchten wir nicht«, antwortete Leif. »Es gab Wichtigeres zu tun.«
»Für Bauern vielleicht, nicht aber für Wikinger«, knurrte der Waidmann verächtlich.
»Und ihr saht wirklich keinen Menschen dort?« wollte Thorwald als nächstes wissen. »Wie tief seid ihr denn in den Wald gedrungen?«
»Ungefähr einen halben Tagsmarsch«, erklärte Leif.
»Nicht weiter?« wunderte sich sein Bruder.
»Mir hat es gereicht, daß mein alter Ziehvater einmal ganz plötzlich verschwand«, versetzte Leif. »Wenn wir mit Siedlern nach Vinland fahren, ist für Erkundungen immer noch Zeit.«
»Ich denke, wir sollten das neue Land zuvor erst noch genauer erforschen«, meinte Thorwald und sah seinen Vater an, »jetzt bin ich an der Reihe!«
Der Rote schwieg eine Weile. Dann seufzte er und nickte. »Also gut«, sagte er. »Wenn die Fahrt nach Vinland wirklich so wenig gefährlich ist, wie Leif sagt, sollst du das Nordroß haben.«
»Endlich!« rief Thorwald froh. Dann sah er zu seinem ältesten Bruder Thorstein und meinte: »Ich hoffe, du nimmst mir mein Glück nicht übel.«
»Wie?« machte Thorstein. »Nein, nein. Fahre nur!«
Darüber wunderte Leif sich nicht wenig.
»Ja, Thorstein hat keine Zeit mehr, sich in der Fremde herumzutreiben«, lachte Erik. »Er soll im nächsten Jahr zum neuen Thingsprecher Grönlands gewählt werden, damit ich endlich ein bißchen mehr Ruhe finde!«
»Das freut mich!« rief Leif dem Bruder zu. »Es ist eine hohe Ehre, in so jungen Jahren schon auf dem Gesetzesfelsen zu stehen.«
»Ja, ja«, meinte Thorstein. Dabei ruhten seine Augen auf der schönen Gudrid.
Danach fragte Erik, ob die neue Küste wirklich den Wunderländern entspräche, von denen Tyrker auf Steilhang einst so viel gefabelt habe. Der kleine Mann rollte die Augen und rief:
»Gefabelt? Ha! Bei Noah, dem ersten Winzer, so große Trauben sah ich noch nie! Alles war ganz genau wie in der frommen Bran-

danuslegende. Gewaltige Buchen wachsen in Vinland, umschlungen von wuchernden Ranken. Der Efeu fällt wie ein grüner Schleier bis zu den Wurzeln. Riesige Eichen und hochstämmige Platanen säumen die Ufer der Flüsse. Tief in der Walddüsternis leuchten weißstämmige Birken und Föhren mit silbernen Nadeln. Lichtgrüne Lärchen wechseln mit rostfarbenen Blutbuchen. Ginstersträuche und Hecken von Rotdorn wachsen in Fülle, aus Rainweiden lugen des Geißblatts duftende Blütentrauben hervor, und unter dem Dickicht grüner Farnkräuter leuchten des Sauerdorns rote Beeren. Schwäne, Wildgänse und Scharen von Enten bevölkern den See. Seine Wasser wimmeln von Fischen, und in den Wäldern steht jagbares Wild von solcher Größe, wie es nirgends seinesgleichen findet. Ja, meine Freunde: Gott hat uns in einen neuen Garten Eden geführt.«

»Die Westinseln sind Thors Eigentum, Pfäfflein«, grollte der Waidmann. »Er war es, der dort mit der Midgardschlange rang — kein anderer Gott wagte sich so weit hinaus!«

»Schweige von diesem Dämon, du Mörder!« rief Tyrker zornig und alle Vorsicht vergessend.

Thorhall sprang auf ihn zu, doch Leif stellte sich dem Wikinger in den Weg.

»Wage es nicht noch einmal!« knirschte der Waidmann wütend. »Auf den Hebriden schonte ich dich, aber ein zweites Mal kommst du mir nicht so leicht davon!«

Schnell trat Erik zwischen die Streitenden. »Keinen Unfrieden auf diesem Fest!« mahnte er.

»Ich habe es satt, daß diese feigen Knechtsgottanbeter sich immer hinter deinem Sohn verstecken!« stieß Thorhall haßerfüllt hervor. »Wie paßt das zu einem Thorsdiener?«

»Ich diene nicht mehr dem Rotbart«, erwiderte Leif mit fester Stimme.

Der Waidmann sah ihn verwundert an. Erik schien wie zu Stein erstarrt. Mühsam formte sein schmaler Mund Worte. »Soll das heißen . . . ?« fragte er.

»Ja«, sagte Leif. »Bei König Olaf Tryggvessohn nahm ich die Taufe und alle Gefährten, bis auf Kalf und Aris, mit mir. Wir sind nun Gefolgsleute Christs.«

Von neuem Streit zwischen Christen und Asenanbetern

Unter den Leuten Eriks entstand eine große Unruhe, als sie das hörten. Waffen blitzten, und einen Moment lang sah es so aus, als wollten Christen und Asenanbeter gleich aufeinander einschlagen. Dann übertönte die Stimme des Roten den Lärm, und alle anderen verstummten. Erik maß seinen Sohn mit blitzenden Augen und sagte: »Nun wurdest also auch du zum Verräter an unseren Göttern und unserer Sippe! Darum sollst du nicht länger auf Steilhalde wohnen. Dein Erbteil zahle ich dir aus. Der Eissturmvogel aber sei nun mein Hochzeitsgeschenk an deine Schwester Freydis und ihren Mann.«

»Das Schiff gehört dir nicht mehr«, erwiderte Leif. Auf dem Gesicht des Jünglings leuchteten blutrote Flecken. Seine Fahrtgenossen scharten sich um ihn.

»Was soll das heißen?« schrie Erik.

Leif sah ihn furchtlos an und antwortete: »Soll ich das hier vor allen erklären? Aris berichtete mir auf den Hebriden von der Abmachung mit Bjarne. Da fuhr ich nach Norwegen und gab das Schiff zurück. Der Herjulfssohn wollte es aber nicht nehmen. Darum kaufte ich es ihm für vierzig Mark Silber ab.«

»Das war recht gehandelt«, ließ sich der alte Herjulf vernehmen.

»Danach«, fuhr Leif fort, »trat ich mit Bjarne unter die Soden, so daß wir nun Blutsbrüder sind.«

»Gib mir das Schiff oder du sollst nicht mehr mein Bruder sein!« rief Freydis heftig. Tränen des Zorns schossen ihr in die Augen. Erik sah seinen Sohn durchdringend an, doch Leif hielt dem Blick stand. Da sagte der Rote: »Es scheint, du hast in der Fremde verlernt, deinen Vater zu fürchten!«

»Ich fürchte niemanden«, gab Leif zur Antwort, »auch nicht deine Götzen! Deshalb gelobte ich dem König auch, dafür zu sorgen, daß sich das Evangelium bei uns auf Grönland ausbreiten kann. Auch wenn der Tryggvessohn starb — ich lebe und werde den Schwur erfüllen. Du stammst aus der alten Zeit, Vater, uns aber strahlt eine neue! Meinen Schritt lenkst nicht du, sondern der Christ allein.«

Thorhall trat zu Leif, doch Erik hielt seinen Schwurbruder fest.

»Lasse mich los!« stieß der Waidmann zornbebend hervor. »Ich will diesen frechen Knaben Achtung vor Älteren lehren!«
Thorbrand der Alte und seine Söhne folgten ihm. Herjulf, sein Bruder Lodin der Starke und die Kjartanssöhne eilten zu Leif. Tyrker hob sein hölzernes Kreuz. Da sprang Aris zwischen den Streitenden auf eine Bank.
»Besinnt euch!« rief er. »Welcher Glaube gebietet dem Vater, das Blut des Sohnes zu vergießen? Und welcher Gott wäre so grausam zu dulden, daß ein Sohn seinen Vater erschlägt?«
Er wies auf Thorbjörn Wifilssohn, der unschlüssig auf seiner Bank saß und fügte hinzu: »Auch dieser Mann dient den Asen in Treue. Haßt er deshalb etwa seine Tochter, die schon vor Jahren die Taufe nahm, als sie noch bei ihren Zieheltern wohnte?«
»Das war vor langer Zeit«, murmelte Thorbjörn. »Damals wußten wir nicht, welche Gefahr der neue Glaube für unsere Freiheit bedeutet!«
»Denkt an die Worte des Thingsprechers Thorgeir in der Allmännerschlucht!« rief Helge Kjartanssohn beschwörend. »Wer das Gesetz zerreißt, zerreißt den Frieden!«
»Das sagt der Verräter nur, weil ihn die Knechtsgottanbeter mit einem halben Hundert Silber bestachen!« schrie Thorbrand der Alte erbost.
Darüber entstand nun ein großer Tumult. Endlich erhob Erik wieder die Stimme. »Der Streit um den Glauben soll unsere Hochzeit nicht länger stören«, entschied der Rote. »Auch darf ein Zwist in meiner Familie nicht das ganze Land in Unfrieden stürzen! Wir wollen nun nicht mehr darüber reden. Bald schon, im Weidemonat, sammeln wir uns in Gardar wieder zum Thing. Dann ist Zeit, zu entscheiden!«
Darauf beruhigten sich die Männer und ließen die Waffen sinken. Thorhall der Waidmann aber sprach lange kein Wort mehr.

Wie Aris Frilla wiedersieht

Am Abend zechten die Gäste zweimännig, jeweils ein Mann und eine Frau aus einem Humpen, solange die Paare reichten. Die

übriggebliebenen Männer tranken nach Wikingerart unter sich; Würfel und Brettspiele schafften Kurzweil. Thorhild Jörundstochter sorgte dafür, daß Aris und Frilla zusammenkamen. Die Friesin reichte dem Norweger zuerst das Horn und sagte: »Aris! Wie bin ich froh, daß du gesund zurückgekehrt bist! Denn mich schlug das Gewissen, weil ich dich heiratete, ohne dir eine Frau sein zu können. Ach, und du gabst mir nicht einmal Zeit, dich um Verzeihung zu bitten!«
Der Norweger senkte den Kopf und erwiderte leise: »Du hast mir das Leben gerettet und trägst keine Schuld an meinem Kummer. Ich habe mir das alles selbst zuzuschreiben. Niemals hätte ich hoffen dürfen, daß du mich, einen Wikinger, deinem Gott vorziehen würdest!«
Dabei erschien auf seinem Gesicht ein Ausdruck von Reue, die aber einer ganz anderen Schuld galt. Denn nicht weit von ihnen saß Freydis und als ihre Blicke sich kreuzten, las er Unwillen und Erstaunen in den Augen der Erikstochter.
Schnell wandte sich Aris wieder der Friesin zu, räusperte sich und fuhr fort: »Darum will ich dich nun nicht mehr länger bedrängen. Erik mag unsere Ehe jetzt endlich für ungültig erklären.«
Frilla sah ihn forschend an. »Aber das geht nun nicht mehr«, sagte sie und Aris war, als errötete sie.
»Ich werde Erik sagen«, erklärte der Norweger beschämt, »daß ich damals log und unsere Ehe niemals vollzogen wurde.«
Die Blicke der Erikstochter brannten auf ihm; er wagte nicht, den Kopf nach ihr zu wenden.
»Das verlange ich nicht«, sagte Frilla sanft. »Ich weiß wohl, wie leicht sich Mannesstolz kränkt! Für einen Christen kommt es allein auf das an, was er selbst weiß.«
Aris seufzte erleichtert. »Ich werde nie wieder so etwas behaupten«, versprach er dankbar. »Du weißt wohl auch, daß Thorfinn Karlsefni mir vor zwei Jahren den Hof zu Gardar verkaufte. Ich zahlte mit dem Ring, den ich einst in Brimun erwarb. Der Gewinn aus jener Wikingfahrt, die dir soviel Leid brachte, möge nun auch etwas Gutes bewirken: Ich schenke dir den Hof, damit du, wenn du schon in der Fremde weilst, so doch wenigstens auf deinem eigenen Land wohnen kannst.«

Die dunklen Augen der Friesin füllten sich langsam mit Tränen »Aris«, seufzte sie. »Fändest du doch die Kraft zum Glauben! Ach, so viele Male betete ich für deine Seele! Und auch für meine. Denn seit uns Tyrker traute, führen in meiner Brust zwei Gelöbnisse gegeneinander Krieg! Unsere Ehe wurde vor Gott geschlossen, und was der Herr verbindet, darf der Mensch nicht trennen. Darum will ich, daß du mit mir auf Gardar wohnst. Bis zu dem Tag, an dem wir wissen, welches meiner Gelübde gültig sein soll und welches nicht, will ich dir in allen Dingen außer dem einen eine so gute Frau sein, wie ich nur kann.«
Nun flossen alle Gefühle, die Aris zuvor aus seiner Brust gedrängt hatte, mit der Gewalt einer Springflut über den Deich seiner Einsamkeit in sein verödetes Herz zurück. Schäumend brandete sein Blut gegen die Kammern seines Gemüts, daß er schon glaubte, das Schloß seiner Seele müsse zerspringen. Mit zitternder Hand reichte er Frilla das Horn.
»Ist dir nicht wohl?« fragte Frilla besorgt.
»Ich brauche nur ein wenig frische Luft«, antwortete Aris. »Ich komme gleich wieder.«
Er wandte sich zum Strand, setzte sich auf eine Klippe und starrte über den nächtlichen Fjord. Auf dem anderen Ufer beschien der Mond die Dächer von Gardar. Aris seufzte tief, und ein nie gekanntes Gemisch aus Freude und Wehmut beschwerte seinen verwirrten Sinn.
Da hörte er plötzlich Stimmen. Im nächsten Moment erkannte er Erik und Thorhall. Die beiden Männer stiegen den Hang hinab, um ungestört und ohne Zeugen zu beraten.

Wie Aris ein geheimnisvolles Gespräch belauscht

»Hoffentlich mußt du es nicht eines Tages bitter bereuen, daß du mit diesen Hunden heute nicht endlich Schluß gemacht hast«, sprach Thorhall vorwurfsvoll. »Hättest du diese verdammten Knechtsgottanbeter doch nur erschlagen, da du sie auf Steilhalde in der Gewalt hattest wie Schlangen in einem Sack!«
»Wie hätte ich so etwas tun können«, entgegnete Erik. »Bei der

Hochzeit meiner eigenen Tochter! Nachdem ich als Thingsprecher allen Gästen Frieden gelobt hatte!«
Der Waidmann stieß ein verächtliches Zischen aus. »Auch Ingjald von Schweden leistete einst seinen Gästen heilige Eide«, versetzte er, »und ließ die Gegner dann in seiner Halle verbrennen. König wird, wer andere weinen macht, nicht wer selbst Tränen vergießt!«
»König?« seufzte der Rote. »Ach, mir ist wohl keine Krone bestimmt! Ja, es gab eine Zeit, da ich hoffte . . . Doch die Nornen spinnen den Faden; wer weiß, ob Skuld nicht bald die Schere zückt! Nein, lieber Schwurbruder — mir wird man keinen Fürstenmantel mehr umlegen. Aber vielleicht steigt einer meiner Söhne auf einen Thron, und ich sitze, wenn schon nicht als König, so doch als Königsvater in Walhall.«
»Deine Söhne?« murrte der Waidmann. »Leif gewiß nicht, dieser Verräter! Wäre er nicht von deinem Blut, hätte ich ihn auf den Hebriden erschlagen wie einen tollen Hund!«
»Gedenke deiner eigenen Familie, bevor du meine schmähst!« rief Erik unmutig.
»Magog stammt aus Jarnsaxas Geschlecht!« rief Thorhall grimmig. »Thor liebt ihn! Messe ihn nicht nach menschlichem Maß!«
Aris lauschte atemlos. Einen Augenblick lang glaubte er schon, die beiden Männer würden zu den Waffen greifen. Dann trat der Rote einen Schritt zurück und brummte beschwichtigend: »Ich wollte weder dich noch deinen Bruder kränken. Aber seit meinem Sturz kann ich weder fahren noch fechten wie einst. Wer soll meine Sippe beschützen, wenn ich Herjulf und die anderen Christen erschlage und danach Bluträcher aus Island erscheinen, Thorgest der Schädelbrecher vielleicht oder Kjartan Keilbart, der Bjarne schon als seinen Schwiegersohn sieht? Nein, Thorhall — mit roher Gewalt erreichen wir nichts mehr; diese Zeit ist vorbei.«
»Da bin ich anderer Meinung«, knurrte der schwarze Hüne und klopfte mit der Rechten auf den Griff seiner Axt.
»Willst du nicht doch noch bleiben?« fragte der Rote.
»Nein«, erwiderte Thorhall unwirsch. »Es macht mir keine Freude, mit diesen Hunden zu tafeln. Und nun noch mit diesem

Pfaffen! Hätte ich ihm doch damals in Brimun auch gleich den Blutaar in die dürren Rippen geschnitten! Wenn du nur endlich einsehen würdest, daß dein Warten nur unseren Feinden hilft! Nicht die Absicht, die Tat gestaltet das Schicksal; nicht der Kopf, die Hand sät und erntet; nicht Erwägungen, sondern Entschlüsse entscheiden. Der Zauderer zähmt kein scheuendes Roß. Noch sind wir Asenanbeter in der Überzahl. Kehrt aber Bjarne mit seinen Wikingern zurück, kann es hier werden wie auf Island!«
Böse funkelten seine blutunterlaufenen Augen. »Dann aber werde ich Magog freilassen«, fügte er zornig hinzu, »mit der Kraft Thors, die in ihm wohnt. Denn dann ist mir gleich, was mit diesem Land und seinen Menschen geschieht!«
»Nein!« rief Erik hastig. »Alles, nur das nicht! Denn wenn dein Bruder einmal freikommt, bändigt ihn niemand mehr!«
»Wenn die Welt der Asen stirbt«, antwortete der Waidmann, »soll auch die Erde der Menschen vergehen. Ohne Asgard kein Midgard! Dann soll Ragnarök dämmern und Muspelheims Lohe die Erde verschlingen, dem Christ zum Hohn!«
»Wenn dieser letzte Tag anbricht, wird Magog nur eines von vielen Schrecknissen sein«, murmelte Erik. »Bis dahin halte ihn zurück, ich bitte dich! Noch besser wäre es, wenn du ihn endlich aus Grönland fortbrächtest, nach dem Isenstein, Ängelland oder Erin. Ohnehin scheint er in letzter Zeit immer gieriger nach Frauen!«
»Dafür brauchst du ja nicht zu sorgen«, entgegnete Thorhall verärgert, »ich aber tauge noch ganz gut zum Segeln und Streiten.« Er blickte prüfend zum Himmel.
»Wohin geht deine Fahrt?« fragte Erik.
»Wieder in das Weißmännerland«, sagte Thorhall mit bösem Lachen. »Bei meinem letzten Besuch sah ich dort ein paar junge Christröschen, die mittlerweile wohl aufgeblüht sind. Soll ich dir auch eine pflücken?«
»Nein«, wehrte der Rote ab. »Thorhild . . . Ich kann mir Feindschaft mit ihrer Sippe jetzt am allerwenigsten leisten!«
Thorhall schnaubte höhnisch. »Nun weißt du, warum ich dir abriet zu heiraten«, sagte er. »Lebewohl!«
Er pfiff seinen Männern. Gehorsam wie große Hunde eilten

Trutzklipps Seeschäumer den steilen Hügel herab, schoben die schwarze Schnigge ins Wasser und ruderten mit ihrem Herrn in die Dunkelheit fort.
Erik sah dem Schaumwolf lange nach. Dann ließ er sich ächzend auf einen Stein nieder. Aris wagte nicht, sich zu rühren.
»Magog!« murmelte der Rote. »Nein, das darf nicht geschehen!« Er schwieg und schaute zu, wie sich die Himmelslichter langsam um den Leitstern drehten. Hell gleißten die funkelnden Eisflüsse Wan und Wil unter dem riesigen Rachen des Fenriswolfs und die Fülle ihrer Funken schien größer als selbst die Menge der Mücken zum Ende des Sommers. Ein leichter Wind kräuselte die flachen Wellen des Fjords; geschäftig plätschernd brachen sie sich an den Klippen des bergigen Ufers. Der salzige Brodem der See vermischte sich mit dem würzigen Duft der Wiesen zu einem schweren, kraftvollen Dunst wie aus einer schwitzenden Achselhöhle der Erde.
Aris verharrte regungslos in seiner Mulde. Denn er wußte nicht, was geschehen würde, wenn Erik bemerkte, daß das Geheimnis um Thorhalls Bruder belauscht worden war.
Nach einer ganzen Weile erhob sich Erik seufzend und wandte sich wieder zu seinem Hof. Aris machte sich bereit, dem Roten in einigem Abstand zu folgen. Da ertönten plötzlich Ruderschläge auf dem Wasser.
Verblüfft blieb Erik stehen und spähte auf den Fjord hinunter. Aus der Finsternis schob sich ein Schiff in das Licht der Sterne.
»Thorhall!« rief der Rote verdutzt. »Hast du es dir doch anders überlegt?«
»Ich bin es!« antwortete die kräftige Stimme des christlichen Kaufmanns Thorfinn Karlsefni. »Kommen wir noch zur Hochzeit zurecht, Erik? Hier steht Bjarne Herjulfssohn, der seinem Bruder zutrinken möchte!«
»Und nicht nur er!« brüllte eine fröhliche Stimme.
»Durstig genug sind wir!« fügte eine andere hinzu.
Da fuhr Aris die Freude in die Brust, so wie geschmolzenes Erz aus der Esse des Schmieds in eine irdene Gußform rinnt. Denn die Stimmen gehörten niemand anders als den beiden totgeglaubten Gefährten, dem dicken Glum Goldbauch und dem grindigen Gorm.

Von einem fröhlichen Wiedersehen

Der Steven des Salomoschimmels stieß sachte gegen den Strand. Karlsefnis Männer sprangen ins seichte Wasser und banden den Drachen an einem Felsen fest. Erik begrüßte den christlichen Kaufmann und auch Bjarne herzlich und sagte zu dem Herjulfssohn: »Ich habe von deiner Tapferkeit in der Svolderschlacht und von deinem Unglück vernommen.«

Bjarne trug die Axt so im Gürtel, daß er sie mit der Linken herausziehen konnte. »Es war meine eigene Schuld«, gab er zur Antwort. »Ich achtete zu sehr auf mein Schiff und zu wenig auf Thorhalls Trollwaffe!«

»Immerhin lebst du«, versetzte der Rote. »Ich kenne nicht viele, die mit dem Waidmann die Klingen kreuzten und hinterher noch selbst davon erzählen konnten.«

»Ist er bei dir?« fragte Thorfinn Karlsefni und tastete nach dem Griff seines Schwertes.

»Thorhall hat unser Fest schon verlassen«, beruhigte Erik ihn. »Ohnehin gilt hier der Blutbann.«

Er legte Karlsefni und Bjarne je einen Arm um die Schultern und führte sie den steilen Hügel empor. Die Seeleute des Ragnarenkels folgten in einigem Abstand. Aris wartete, bis Gorm und Glum in der Finsternis an ihm vorüberschritten. Dann stürzte er sich mit Gebrüll auf sie.

»He!« machte Gorm überrascht. »Ein tollwütiger Wiedehopf!«

Glum Goldbauch rief: »Ja, drischt mich denn ein Nachtmahr? Das ist ja Aris, die alte Seeratte!«

Erfreut zerrten die Gefährten einander hin und her, bis sie fast in den Fjord gerollt wären.

»Ihr verlotterten Sumpfeulen«, lachte der Norweger. »Wo habt ihr euch so lange herumgetrieben? Faule Eier schwimmen immer oben! Jeder auf Grönland denkt, ihr wärt im Wendelmeer abgesoffen, welches Schicksal ihr zweifellos auch verdient hättet, ihr alten Schurken und Schürzenjäger!«

Der dicke Glum sagte schnaufend: »Recht hast du, Freund; doch haben wir uns diesmal nicht unter Blusen vergessen, sondern unter Röcken verkrochen! Astrid von Wendland rettete uns. Als

sie am Langwurm vorüberfuhr, sprangen wir vom Heck, zogen im Wasser die Rüstungen aus und tauchten dann bis zum Drachen der Fürstin. Eine feine Frau! Sie versteckte uns in ihrer Hochsitzlade und brachte uns zu ihrem Vater.«
»Habe ich es nicht immer gesagt?« rief Gorm fröhlich. »Auf wendische Weiber ist eben Verlaß!«
Danach berichtete Glum, wie König Buresleif sie als Gäste bewillkommnet hatte. An seinem Hof hatten sie auch erfahren, daß Bjarne und Ulf Mädchenauge in Gefangenschaft geraten waren. Einige Wochen später kam Thorfinn Karlsefni nach Wendland.
»Als der Ragnarenkel von unseren Freunden hörte«, erzählte der Dicke, »fuhr er sogleich mit uns nach Lade und löste sie bei Jarl Erik aus.«
»Und wo steckt Ulf?« wollte Aris wissen.
»Prüft noch die Taue«, meinte der Grindige. »Pflichtbewußt wie immer.«
Müde stapfte Mädchenauge den Hügel hinan. Aris sah ihm lächelnd entgegen. Dann aber schwand die Fröhlichkeit aus dem Gesicht des Norwegers. Voller Unmut runzelte er die Stirn und fragte: »Kommt da nicht auch Sven Stinkhals?«
»Lange nicht mehr gesehen, was?« grinste der dicke Glum. »Sven kehrt in den Schoß unserer ehrenwerten Seeschäumersippe zurück.« Er erzählte, wie der Dürre nach der Svolderschlacht Bjarnes Leben gerettet hatte. Da vergaß Aris seinen Grimm und lief den Gefährten entgegen.
»He, Ulf!« rief er von weitem, »Sven! Alter Stinkmorchel!«
Einige Herzschläge später führte er mit den beiden Wikingern einen zweiten Reigentanz auf, der nicht weniger heftig geriet als der erste mit Glum und Gorm.
»Beruhige dich«, ächzte Ulf nach einer Weile. »Du erdrückst uns ja noch!«
»Manche Leute zeigen eben gern, daß sie berühmte Seefahrer kennen«, spottete Sven. »Vor allem, wenn sie zu Hause bequem auf dem Strohsack lagen, während andere in den Krieg zogen.«
»Dafür war ich in Vinland«, wehrte sich Aris.
Glum rief von oben: »Beeilt euch gefälligst! Der Hunger wühlt wie ein Wolf in meinen Eingeweiden!«

»Vinland?« fragte Sven Stinkhals verblüfft. »Wo liegt denn das?« Auch Ulf Mädchenauge sah den Gefährten verwundert an.
»Ihr kennt es«, erklärte Aris. »So heißen die Inseln im Westmeer. Leif Erikssohn gab ihnen diesen Namen.«
»Bei allen Trollen«, knurrte Sven Stinkhals. »Wie kam das denn? Das wird Bjarne kränken!«
Neugierig stiegen Glum und Gorm den Hügel wieder ein Stück herab. Aris berichtete von Leifs Reise.
»Zum Henker!« schimpfte Sven aufgebracht, »nun ist also geschehen, wovor ich Bjarne damals warnte. Hätte er nur auf mich gehört! Jetzt kostet ihn seine Halbherzigkeit den Entdeckerruhm! Und ausgerechnet ein Sohn des Roten macht ihm das neue Land streitig!«
»Ich denke, wir werden bald wieder dorthin fahren«, sagte Aris, »dann aber mit dem Herjulfssohn.«
»Die Seefahrt hängt mir zum Halse heraus«, murrte Glum.
»Wie wird es wohl nun zwischen Bjarne und Leif werden?« murmelte Ulf Mädchenauge nachdenklich.
»Wenn wir noch lange herumstehen, werden wir das nie erfahren«, sagte der Dicke. »Auf, Gefährten! Bier und Braten warten auf uns. Und beim Schmaus auf gewärmten Bänken redet es sich auch besser als hier auf offener Warte, wo einem nichts als kalte Luft in die Kehle dringt.«

Wie Leif Vinland mit Bjarne teilen will

Als der Herjulfssohn in Eriks Halle trat, brandete ihm lauter Jubel entgegen. Viele Grönländer sprangen auf und warfen dabei polternd Tische und Bänke beiseite. Lange drückte Bjarne die sehnigen Hände seine Vaters. Dann trank er dem Brautpaar zu und setzte sich mit dem christlichen Kaufmann Karlsefni zu seinen Männern. Erik der Rote rief Herjulf mit dröhnender Stimme zu: »Dies ist ein seltsamer Tag, Freund, von dem man bei uns wohl noch lange reden wird. Nun ist das Glück gerecht zwischen uns verteilt. Erst kehrte mein Sohn heim, jetzt weilt auch Bjarne wieder unter uns. Wir wollen den Göttern unseren Dank bezeugen.«

Mit diesen Worten goß er ein reichliches Trankopfer in die Flammen. Die Christen aber schlugen das Kreuz über ihren Hörnern. Danach berichtete Bjarne, wie sie auf Herjulfsspitz von der Hochzeit erfahren und sogleich Segel nach Steilhang gesetzt hatten. Dann nickte er dem Mönch zu und sagte: »Bald wirst du auch Derdriu wiedersehen. Sie möchte Dankbrands Sohn unter Christen aufwachsen sehen. Leider vertrug das Kind die Überfahrt schlecht. Wir ließen es darum mit seiner Mutter auf unserem Hof zurück.«

Nun hatten alle einander viel zu erzählen und es wurde ein Fest, wie man es auf Grönland schon lange nicht mehr gefeiert hatte. Thorstein, Eriks ältester Sohn, saß bei Thorir dem Weitfahrer und der schönen Gudrid. Ihre Gespräche handelten von Fahrten in ferne Länder, doch aus den Blicken des Erikssohns war zu erraten, daß ihn ganz andere Träume bewegten.

Thorhild Jörundstochter sagte, und jeder konnte es hören, daß sie nach Herjulfs Frau Thorgerd und Frilla die dritte Getaufte auf Grönland sein wolle. Tyrker freute sich darüber sehr und versprach, sie schon am nächsten Tag im Glauben zu unterrichten. Erik der Rote erklärte jedoch, darüber müsse wohl erst noch einmal gesprochen werden; mehr wolle er an einem solchen Abend nicht sagen.

Bjarne berichtete von seinen Erlebnissen nach der Svolderschlacht und daß ihm Jarl Erik zum Abschied den weißen Schild geschenkt habe, den König Olaf einst im Wendenland von Dankbrand erhalten hatte.

Leif schilderte Bjarne Vinland in allen Einzelheiten und schloß: »Auch wenn König Olaf tot ist, will ich mein Wort halten. Auf Grönland soll Tyrker die Botschaft des Christ jedem künden, der sie zu hören begehrt. Vinland aber wollen wir zwischen uns teilen. Denn wenn ich die Westländer auch als erster erforschte, hast du sie doch entdeckt. Daher ist es mein Wunsch, daß wir so bald wie möglich miteinander dorthin fahren.«

Der Herjulfssohn dankte ihm und erwiderte: »Erst einmal brauche ich ein neues Schiff. Auch möchte ich meinem Vater nicht schon wieder Sorge bereiten. Und außerdem . . . nun, du weißt ja, wie ich zu Kjartan Keilbarts Tochter stehe.«

»Dann gibt es auf Grönland wohl bald eine weitere Hochzeit zu feiern?« rief Leif erfreut. »Auch ich kann nicht gleich wieder ausfahren. Erst soll der Glaube auf Grönland siegen! Sonst kehren wir eines Tages vielleicht aus Vinland zurück und finden den Waidmann als Thingsprecher vor.«
»Das möge der Herr im Himmel verhüten!« entfuhr es Bjarne. »Es ist schon schlimm genug, daß dein Vater . . .« Verlegen verstummte er. Leif nickte betrübt. »Als er erfuhr, daß ich mich taufen ließ, forderte er mich auf, Steilhalde zu verlassen«, sagte er.
»Ziehe zu uns nach Herjulfsspitz«, schlug Bjarne vor.
Der Erikssohn schüttelte heftig den Kopf. »An diesem Fjord rettete Tyrker mein Leben«, murmelte er. »Bald muß ich vielleicht das seine schützen.«
»Will dein Vater den Mönch ermorden?« fragte Bjarne erschrocken.
»Ich weiß nicht«, antwortete Leif. »Möglich wäre es. Wenn er mir schon so zürnt — welchen Haß muß er dann gegen den Mann empfinden, der mich taufte? Und was wird mein Vater sagen, wenn er erfährt, daß wir zu Gardar Grönlands erste Kirche erbauen wollen? Wie wird sein Grimm wachsen, wenn er von seiner Halle aus jeden Tag unserem Bau zusehen muß? Und erst der Waidmann! Nein, Herjulf — mein Platz ist hier. Ich will auf Tyrker achten — du aber hüte deines Bruders Seele!«

Von der Treue der Frauen

Die Wikinger von der Forkeninsel holten den Vorsprung der anderen Gäste im Trinken schnell auf. Scherzworte flogen über die Feuer, Männer maßen sich in derben Neidstrophen und es wurde viel gelacht. Vorsichtig schielte Aris zu Frilla, die ihm freundlich zulächelte.
Beim dritten Rundgang der Hörner sagte der Norweger: »Diesen Tag werde ich niemals vergessen, Gefährten, und ich kann mich nicht erinnern, daß die Sonne jemals einen schöneren beschien.«
»Wo siehst du denn Sonne, du Saufbold?« lachte der grindige Gorm. »Draußen herrscht doch stockfinstere Nacht!«

»Ich meinte das auch nicht so wörtlich«, wehrte sich Aris, »son dern im übertragenen Sinne!«
»Ach so«, sagte Gorm.
Und fröhliches Gelächter lief durch die Halle und das Hochzeits bier schäumte in den Hörnern. Haki und Hekja legten scharfe Schwerter auf den gestampften Boden und sprangen mit bloßen Füßen über den blitzenden Klingen im Kreis. Alle bewunderten diesen berühmten rasenden Tanz Kaledoniens und lobten die schottischen Schnelläufer sehr. Nur Thorward Tatenlos starrte unlustig in sein halbleeres Gefäß.
»Das ist nicht die Laune, die einem Bräutigam ziemt«, meinte Ulf Mädchenauge nachdenklich.
»Wie wird Thorward erst die Stirn runzeln«, lachte Sven Stinkhals, »wenn er heute nacht entdeckt, daß sein Fohlen schon geritten ward!«
»Eriks Tochter?« zweifelte Glum. »Wer hätte das wagen sollen!«
»Ich weiß nicht«, grinste Stinkhals. »Aber nach allem, was man so hört, kennt Freydis schon lange den Dolch, der einer Jungfrau die ersten vier Lettern abtrennt.«
»Halte endlich den Schnabel!« rief Ulf ärgerlich. »Es schickt sich nicht, so über ein unbescholtenes Mädchen zu lästern, du alter Schweinigel!«
»Unbescholten?« spottete Sven. »Wir wollen froh sein, wenn Freydis unserem armen Thorward nicht auch das Glied verhext wie damals Königin Gunnhild, Blutaxts giftvertraute Gemahlin, dem untreuen Hrut! Zu viele wackere Männer mußten auf Island sterben, nur weil dieses Trollweib nicht wollte, daß ihr Geliebter mit einer anderen Frau die Ehe vollzog. Wer weiß, vielleicht gebraucht diese Braut hier den gleichen Zauber, um den Gemahl loszuwerden und statt dessen einen Liebhaber zu erfreuen!«
»Glied verhexen! Dummes Zeug!« versetzte Ulf Mädchenauge verärgert. »Heidnischer Aberglaube! Du solltest dich schämen, unter erwachsenen Männern solche Ammenmärchen zu verbreiten!«
Aris aber dachte an sein Gespräch mit Freydis zu Gardar und schwieg.
Bjarne beobachtete seinen Bruder lange, setzte sich schließlich zu ihm und hob freundlich das Horn. »Nun bist du eher verheiratet

als ich«, meinte er lächelnd. »Gewiß wirst du auch gewinnen, wenn es darum geht, wer den anderen zuerst zum Onkel macht.«
»Was kann ich dafür, daß du dich so viele Jahre in fremden Ländern herumtriebst?« versetzte Thorward mürrisch. »Aber unser Vater vergibt dir ja immer recht schnell!«
»Ich will mich bessern«, seufzte Bjarne.
»Das hast du schon mehr als einmal versprochen«, entgegnete Thorward. »Doch deine Schwüre verhallen so schnell wie der Kehrreim des Kuckucks!« Zornig starrte er den Bruder an. »Dennoch zieht dich unser Vater mir immer noch vor. Dich behandelt er wie einen Fürsten, mich aber wie einen Knecht!« brach es aus ihm heraus. »Wärst du doch in Norwegen geblieben, wo du dich offenbar wohler fühlst als bei uns auf Grönland!«
»Ich war viel unterwegs«, gab Bjarne zu, »darum heiße ich nun aber auch nicht Thorward Tatenlos, du Ofenhocker! Meine Hand gab ich hin für die Ehre unserer Sippe, während du wohl die Mägde beim Feuer küßtest! Du bist zu Hause herumgesessen wie deines Vaters Tochter!«
»Ich tat stets meine Sohnespflicht«, erwiderte Thorward hitzig. Seine Lippen waren dünn wie Zwirnsfäden.
»Nun, jetzt bin ich ja wieder zu Hause«, sagte Bjarne. »Fahre nun du einmal aus! Denn wenn du erst einen eigenen Hof bewirtschaften mußt, ist es für Abenteuer zu spät.«
»Ich werde tun, was ich will«, antwortete Thorward hochmütig. Bjarne legte ihm sanft die Hand auf die Schulter. »Ich kann verstehen, daß dir der Sinn jetzt nach mehr Häuslichkeit steht«, sagte er lächelnd. »Deine Frau wird dir gewiß viele wackere Söhne schenken.«
»Was geht dich das an?« rief Thorward und schüttelte den Griff des Bruders ab. »Ich brauche weder Rat noch Trost!«
Als der Karlswagen Mitternacht zeigte, verließ Freydis die Halle. Schmunzelnd sahen die Gäste, wie Thorward sein Trinkhorn leerte. Herjulf warf seinem Sohn ermunternde Blicke zu.
»Wenn man den Bräutigam zur Braut treiben muß, ist die Liebe nicht groß«, höhnte Stinkhals, als er das sah.
»Ach was«, machte Ulf ärgerlich. »Der ist doch nur ein wenig schüchtern. Warst du denn nie jung?«

»Ich bin es noch heute«, behauptete Sven.
»Ausgerechnet du«, lachte Glum Goldbauch. »Bei dir regt sich doch schon lange nichts mehr. Wie heißt es so schön? Liegt Reif auf den Bergen, ist es kalt im Saal!«
»Im Tal, du Spatzenhirn«, verbesserte Ulf.
Nach einer Weile erhob sich Thorward und folgte seiner jungen Frau. Als er in das Schlafgemach trat, konnte er sie aber nicht finden.
»Freydis?« rief er und leuchtete mit der Kerze in die Ecken der Kammer. »Wo steckst du?«
Statt einer Anwort vernahm er ein leises Winseln. Verblüfft blickte er zum Brautbett. Dann stieß er einen Schrei aus und schleuderte in heller Wut sein kostbares Trinkhorn zu Boden. Denn auf dem Lager ruhte ihm zum Hohn eine gefesselte Hündin.

Von einer Brautnacht ohne Liebe

Wut und Enttäuschung rollten wie eine Sturmwoge durch Thorwards Brust. In flammendem Zorn riß er sein Schwert aus der Scheide und hieb wie rasend auf das wehrlose Tier ein. Erst nach einer ganzen Weile hielt er endlich inne und starrte auf den blutigen Kadaver. Ein leises Lachen erklang an der Tür.
Thorward fuhr herum. Freydis blickte ihm spöttisch entgegen.
»Wacker verstehst du zu fechten, mein edler Gemahl«, höhnte sie. »Gewiß wirst du dein Schwert noch oft mit Hundeblut tränken, du tapferer Held!«
Der junge Mann war bleich wie der Tod. »Warum hast du mir das angetan?« stieß er hervor.
»Ich glaubte, das Tier würde gut zu dir passen«, versetzte die Erikstochter mit blitzenden Augen. »Denn du bist ja selbst wie ein Hund — einer, der nur immer kläfft!«
»Was verlangst du von mir?« rief Thorward. »Soll ich etwa meine Sippe verraten? Unsere Väter und Brüder sind nun miteinander verschwägert!«
»So wenig Adler Frieden mit Schlangen schließen und Wölfe

Freundschaft mit Ratten pflegen, so wenig wird sich meine Sippe jemals mit deiner verbünden«, antwortete Freydis. »Und solange Feuer und Wasser einander Feind bleiben, werden wir Diener der Asen die feigen Knechtsgottanbeter verachten.«
»Aber ich opfere dem Rotbärtigen doch!« rief Thorward, »zu ihm betete ich, als dein Vater uns mit dem Hammer traute!«
Er griff nach ihrem Arm, aber die Erikstochter stieß ihn zurück und rief: »Wage es nicht, du Sohn eines Asenfeinds! Nur um das Wort meines Vaters zu halten, leistete ich diesen Eheschwur. Deine Frau aber kann ich nur sein, wenn du ein Mann bist!«
»Ich werde es dir beweisen!« rief Thorward hitzig. »Du gehörst mir und mußt gehorchen!«
Freydis lachte höhnisch. »Willst du mich mit dem Schwert zwingen?« spottete sie. »Mir wirst du niemals befehlen, Thorward Tatenlos!«
»Nenne mich nicht so!« schrie der Herjulfssohn zornig. »Ich werde dir schon noch zeigen, was ich vermag!«
»Wann?« fragte Freydis. »Wenn alle Grönländer zum neuen Glauben übergetreten sind? Wenn mein Vater tot ist und seine Söhne sich selbst entehrt haben? Wenn Steilhalde verödet liegt und auf den Höhen die Kreuze der Knechtsgottanbeter herrschen? Ich werde nicht zulassen, daß deine Sippe über die meine siegt!«
»Wenn du das fürchtest«, erwiderte Thorward trotzig, »solltest du dich nicht so herrisch gebärden. Wer weiß, ob du nicht bald von meiner Sippe Gnade abhängst! Vergiß nicht — du bist ein Weib, zum Kosen bestimmt, nicht zum Kampf! Wo aber willst du Frau sein, wenn nicht bei deinem Mann?«
»Narr!« versetzte die Erikstochter. »Glaubst du denn wirklich, ich bräuchte dich dazu? Der mich die Liebe lehrte, ist tausendmal besser als du!«
Alles Blut wich aus Thorwards Wangen, als er das hörte. »Das sage ich deinem Vater!« schrie er, Tränen ohnmächtigen Zorns in den Augen. »Er wird dich von seinem Hof jagen! Dann wirst du froh sein, wenn ich dir verzeihe! Auf den Knien wirst du mich anflehen, du Dirne!«
Die Erikstochter lachte noch lauter. Dann blickte sie ihren Mann lange an, und ihre Augen leuchteten wie die Tiefen der See. Lang-

sam ließ sie den Mantel von den Schultern gleiten. Der Schein des Talglichts schimmerte auf ihrer weißen Haut.
»Du wirst vor mir knien, nicht ich vor dir«, sagte sie leise. »Und du wirst es gern tun. Nichts wird dir größeres Vergnügen bereiten, denn du bist zum Sklaven geboren. Ich aber werde deine Herrin sein!«
Gebannt starrte Thorward auf die Rundung ihrer Brüste, fuhr sich mit der Zunge über die Lippen und murmelte schließlich: »Ich will alles tun, was du verlangst.«
Die Erikstochter lächelte sanft. »Das weiß ich«, erwiderte sie und zog den leichten Stoff wieder über ihre Blöße. »Zuerst wirst du uns einen Hof in der Westsiedlung kaufen. Dort will ich mit dir wohnen — fern von deiner Sippe und all diesen Neidingen, die ihre Götter verrieten! Um deines Ansehens willen soll niemand erfahren, was heute geschah. Schaffe den Hund fort! Ich bleibe mit dir in dieser Kammer. Zusammen schlafen aber werden wir erst dann, wenn du deiner Sippe abgeschworen hast — nicht nur mit Worten, sondern mit der Tat.«

Wie Thorhild sich von Erik und Leif trennt

Als die letzten Gäste zu ihren Zelten gingen, führte Erik Thorhild in ihre Kammer und sagte: »Solange du meine Frau bist, verbiete ich dir, die Taufe zu nehmen. Ich bin ein Gode. Wie könnte ich mit dir noch länger verkehren, wenn du dich mit Gebeten zu diesem Knechtsgott besudelst?«
Die Jörundstochter antwortete: »Wenn es das ist, das dir am meisten Sorge bereitet, so weiß ich einen Weg, der deinen Götzen gewiß gefällt. Denn von heute an werde ich nicht mehr mit dir zusammensein.«
Mit diesen Worten drückte sie den Verblüfften zur Tür hinaus und schob schnell den Riegel vor. Dem Roten blieb nichts anderes übrig, als in die Halle zurückzukehren, wo er vom Hochzeitsbier trank, bis die Sonne aufging.
Am Morgen fuhr Tyrker mit allen Christen singend und betend über den Fjord nach Gardar. Dort stellten sie ein großes Zelt auf.

In einer Quelle taufte der Mönch viele Männer und Frauen. Auch einige Freibauern folgten dem Zug.
Wenig später kam Leif mit seinen Fahrtgenossen aus der Halle.
»Wohin willst du?« fragte Erik.
»Zu Thorirs Schäre«, erklärte sein Sohn. »Wir holen sein Holz. Der Weitfahrer hat es für unsere Kirche gestiftet.«
»Du hast dich also gegen mich entschieden«, rief der Rote blitzenden Auges.
»Nicht gegen dich, Vater«, antwortete Leif, »nur gegen deine Götter.«
»Dann gehe!« schrie Erik unbeherrscht. »Was ich dir zugedacht hatte, soll nun dein Bruder Thorwald erhalten.«
»Ich brauche nichts von dir«, entgegnete Leif. »Vergrabe deine Schätze, wo du willst — mich kümmert dein Silber nicht!«
Erik starrte ihn an. Seine Lippen zuckten, doch er brachte kein Wort heraus. Leif aber drehte sich um und schritt den Hügel hinab zu seinem Schiff.
Lange Zeit blieb der Rote stumm. »Thor!« sagte er dann. »Ist das dein Dank für meine Treue?«
Zur Mittagszeit verließ ihn auch Thorhild. Mit ihren Mägden ruderte sie über den Fjord nach Gardar. Frilla begrüßte die Jörundstochter mit großer Herzlichkeit und führte sie zu Tyrker.
Der Mönch begann sein Bekehrungswerk. Bald gasteten alle Freibauern der Ostsiedlung bis auf Erik und Ketil Schiefnase im Zelt des Christ.
Der Mönch rief die Worte des Evangeliums mit solcher Urgewalt aus, daß viele seiner Zuhörer augenblicklich erklärten, sie wollten sich von Erik nicht länger abhalten lassen, den neuen Glauben anzunehmen. Freudig hieß Tyrker sie daraufhin in die Quelle tauchen und sammelte Christen ein wie ein Hirte am Abend Schafe.
Leif barg das kostbare Bauholz auf Thorirs Klippe und brachte es auf Frillas Hof.
Erik sah von Steilhalde aus zu, wie die Kirche in die Höhe wuchs. Jeden Tag opferte er in seinem Tempel und bat Thor, den Bau durch einen Blitz zu zerschmettern. Aber am Himmel erschien kein Wölkchen. Die Bauern sagten darauf, Christ sei wohl doch stärker als Thor. Noch vor dem Thing ließen sich fast alle Grönländer in der Ostsiedlung taufen.

Im Weidemonat stieg Erik auf den Gesetzesfelsen. Er maß die Runde mit zornigen Blicken und rief den Versammelten zu: »Thors Blitze werden schon bald den Knechtsgottpriester zerschmettern, der euch mit schönen Worten verführte! Walvaters Raben werden sein Fleisch fressen, Garm sein Gebein und Hel sein Hirn! Nicht anders aber soll es auch euch ergehen, wenn ihr euch jetzt nicht besinnt und zu den Asen zurückkehrt!«
Da erhob sich Herjulf der Alte und antwortete mit lauter Stimme: »Mit deinen Teufeln und Höllengeistern jagst du hier niemandem Angst ein. Denn wir glauben an einen Gott, der nicht haßt, sondern liebt, nicht nur bestraft, sondern verzeiht, nicht nur Gewalt, sondern auch Güte kennt; einen, der tröstet, nicht droht und der am Weltende siegen wird, nicht untergehen!«
»Mönchslügen!« schrie der Rote in flammender Wut. »Wann sahst du denn diesen Gott, mit dessen Wundertaten dieser verfluchte südländische Gnom euch die Ohren volltönt? Ich aber spreche mit Odin und Thor, mit Frey und seiner Schwester Freyja, mit dem weißen Heimdall, dem Sohn von neun Müttern, und mit Tyr, dem Kühnen, und noch vielen anderen herrlichen Gottheiten, die bei jedem Opferfest aus Asgard in meinen Tempel herabstiegen!«
»Sagst du!« erwiderte Herjulf. »Von uns war nie jemand dabei!«
»Glaubt ihr diesem Zwerg etwa mehr als mir?« eiferte Erik. »War er es denn, der sich vor sechzehn Jahren auf schwankendem Kiel in unbekannte Fernen wagte? War er es, der Grönland entdeckte und euch dorthin zum Siedeln lud? War er es etwa, der seither als Thingsprecher euer Gesetz vortrug? Nein — ich war es, euer Anführer und treuer Helfer. Seht euch doch einmal um! War es gelogen, als ich euch schilderte, wie hier der fruchtbarkeitsspendende Frey das Gras vor Fett strotzen läßt? Betrog ich euch etwa, als ich euch sagte, wie warm hier die schönrädrige, immerglühende Sol scheint, die hehre Gemahlin des Glanzes? War das die Unwahrheit, Herjulf?«
Funkelnden Blickes sah er auf seinen Feind. Herjulf nickte und antwortete: »Alles, was du uns versprachst, traf ein.«

»Da hört ihr es!« rief Erik. »Aber nicht als eine künftige Hütte für feige Knechte erforschte ich Grönland, sondern als prächtiges Heim freier Bauern! Nicht das verachtete Sklavendenken besiegter und unterworfener Männer sollte hier herrschen, sondern der Stolz der Starken, nicht Angst vor fremden Göttern, sondern Ehrfurcht vor unseren heimischen Asen!«
»Recht hast du«, entgegnete Herjulf darauf. »Frei sind wir, frei wollen wir bleiben — aber nicht nur in der Wahl des Gesetzes, sondern genauso in unserer Glaubensentscheidung! Wäre es etwa gut und gerecht, wenn sich freie Männer vorschreiben lassen müßten, welchen Gott sie sich wählen sollen? Nein, das ziemt sich höchstens für Knechte. Diesen aber stelltest du es stets frei, zu wem sie beten wollten. Und uns, ihre Herren, willst du zwingen? Wo galt im Norden je auf Dauer ein Gesetz, das dem Volkswillen widersprach? Sieh dich doch einmal um! Klein scheint mir die Schar der Heiden, die dir noch folgen — auf jeden von ihnen kommen zehn von uns, die Christen sind und es bleiben wollen.«
»So hättest du dich früher nicht mit mir zu streiten erdreistet«, knirschte der Rote. »Erst jetzt, da ich alt und durch meinen Sturz verkrüppelt bin, wagst du große Worte! Doch Thor bedarf nicht meines Arms, um dich zu züchtigen, Neiding!«
Bjarne sprang auf und griff zum Schwert, doch sein Vater hielt ihn zurück. »Ruhig«, mahnte er. »Merkst du denn nicht, daß der alte Fuchs uns nur dazu verleiten will, den Thingfrieden zu brechen?«
Bjarne preßte die Lippen zusammen und setzte sich wieder. Herjulf aber sagte:
»Wäre ich ein Neiding, so wärst du eines Neidings Vater. Wie willst du freie Bauern zu etwas zwingen, wozu du nicht einmal deinen eigenen Sohn bewegen konntest? Ja, Erik, du bist alt geworden — alt wie deine Götter. Darum kannst du auch nicht mehr länger Thingsprecher sein. Christ siegte auf Island. Auch in Norwegen, der alten Heimat unserer Väter, darf heute jedermann beten, zu wem er will. Nicht anders ist es in Dänemark und selbst in Schweden. Da sollen wir, die wir für unsere Freiheit am weitesten fuhren, uns noch unterdrücken lassen? Nein! Du hattest recht, als du uns an dein Verdienst erinnertest, Erik — dir danken wir die Freiheit, die wir jetzt gegen dich verteidigen müssen.

Damit du aber siehst, daß wir nur deine Götter, nicht deine Sippe verachten, soll dein Sohn Thorstein der neue Thingsprecher sein, wenn er gelobt, uns Christen die gleichen Freiheiten wie in Norwegen einzuräumen.«
Nun sprangen alle Freibauern auf und riefen Herjulf laut ihr Lob zu. Erik sah Ketil Schiefnase an, der aber schüttelte langsam den Kopf und zuckte hilflos die Achseln.
Da sah Erik ein, daß er den neuen Glauben nicht mehr verbieten konnte. Laut verfluchte er alle Verräter der Asen und schleuderte seinen Stab von den Felsen herab. Dann ruderte er über den Fjord nach Steilhalde zurück, um seinen Berg nicht mehr zu verlassen.
Die Freibauern wählten Thorstein und einigten sich darauf, daß sie es mit dem Glauben so halten wollten wie die Isländer. An allen Fjorden der Ostsiedlung sollte fortan der Christ angebetet werden. Über die Westsiedlung aber, wo der Waidmann wohnte, faßten die Thingmänner vorsichtshalber noch keinen Beschluß.
Thorhild Jörundstochter wurde in der neuen Kirche als erste getauft und nannte sich fortan Thjodhild — ›Kämpferin für das Volk‹. Denn sie wollte ihr Leben fortan der Bekehrung der Asenanbeter weihen. Frilla von Friesland stand ihr als Taufpatin bei. Das Gotteshaus aber wurde Thjodhildskirche genannt.
Das verdroß Erik noch mehr. »Thor!« knirschte er. »Gib mir meine Jugend zurück, damit ich herabsteige und dieses Christengeschmeiß im Meer ersäufe!«
Aber sein Gott antwortete nicht.
Als alle Freibauern bis auf Erik, Thorbrand den Alten und seine Söhne, Thorbjörn Wifilssohn und Ketil Schiefnase getauft waren, wollte Tyrker auch an die anderen Fjorde reisen. Leif lieh ihm dazu den Eissturmvogel.
Als erstes nahm sich Tyrker die Forkeninsel vor. »Denn deinen alten Seeschäumern sitzt der Satan am tiefsten in den schwarzen Seelen«, erklärte er Bjarne. Daraufhin sagte der Herjulfssohn seinem Vater, daß er den Mönch begleiten wolle. Denn man könne nicht sicher sein, ob Tyrker bei den Wikingern die rechten Worte wählen werde.

Als ersten suchten sie Glum Goldbauch auf. Als sie an seine Tür klopften, öffnete eine hagere Frau mit scharfer gebogener Nase. »Was wollt ihr?« fuhr sie die Besucher an.
Tyrker sah feierlich zu ihr auf und sagte salbungsvoll: »Gute Frau! Ich bin gekommen, um Gottes Wort zu verkünden. Ich will Laster und Sünde, Dummheit und Faulheit, Trunksucht und Völlerei bekämpfen . . .«
Die Dürre drehte sich um. »Es ist für dich, Glum!« rief sie ins Innere. Als sie Goldbauchs gesamtes Gesinde ins Wasser getaucht hatten, segelten sie zu Gorm. Schon von weitem sahen sie den Grindigen am Ufer stehen. Mit groben Scheltworten überschüttete er einen Knecht. »Halte ein!« rief Tyrker, sprang schnell auf den Strand und stellte sich vor den erbosten Wikinger. »Es gibt eine bessere Art der Belehrung als dieses Fluchen!«
»Wirklich?« fragte Gorm und sah den Mönch verwundert an. Dann leuchtete sein Gesicht auf, er holte aus und drosch dem Knecht die Faust so gewaltig gegen den Kiefer, daß der Mann wie vom Blitz getroffen zu Boden stürzte.
»Du hattest recht«, rief der Grindige fröhlich und rieb sich die Knöchel, »das wird er sich besser merken als meine Worte!«
Am schwierigsten gestaltete sich die Bekehrung bei Sven Stinkhals, der seinen alten Hof wieder betrieb. Denn der getreue Glum hatte den Gefährten gleich nach Tyrkers Abreise durch einen Boten gewarnt. Als der Mönch mit Bjarne in Svens Halle trat, lag der Dürre auf einem Krankenlager, bis zum Hals in Decken gehüllt. Ein fürchterlicher Gestank ging von ihm aus.
»Puh!« machte der Mönch und hustete. »Je schmutziger die Lache, desto wohler fühlt sich der Frosch! Was fehlt dir denn, lieber Gefährte?«
»Kommt nicht näher«, röchelte Sven. »Segelt fort, so schnell ihr könnt! Die Seuche . . .«
Tyrker sah sich voller Abscheu um. »Nun ja«, bemerkte er. »Wo Saufen eine Ehre ist, da ist das Speien keine Schande.« Rasch zündete er seinen silbernen Weihrauchkessel an. Weißliche Schwaden drangen durch den düsteren Raum.

»Weiche, Satanas!« schrie der Mönch.
»Verschwindet!« heulte Sven. »Ich bin schon halb verfault! Riecht ihr denn nichts? Euch soll es nicht auch noch erwischen!«
»Unser Leben liegt in der Hand des Herrn«, rief Tyrker furchtlos und schwenkte heftig den Weihrauchkessel. Bjarne spähte mittlerweile mißtrauisch in die Küche. Auf einem Tisch fand er zahllose Zwiebelschalen, auch Rettich, Käse, Knoblauch und abgestandenes Bier.
»Darin besteht also deine Krankheit, du alter Halunke«, lachte der Herjulfssohn. »Mit dem Gestank deines Mundes willst du den Christ vor dir schrecken! Doch wie sollte Gottes Nase stören, was er selbst erschuf?« Fröhlich biß er in ein Stück Ziegenkäse.
»Ich brauche keinen neuen Glauben!« rief Sven erbost und warf die Decken zurück. »Mir reicht der alte!«
»Willst du denn auch noch den Rest deines sündhaften Lebens im Dunkel des Aberglaubens verbringen, du Saufaus?« mahnte ihn Tyrker. »Nein, das lasse ich nicht zu!«
»Was heißt hier sündhaft?« wehrte sich Stinkhals.
»Das kann ich dir sagen«, donnerte Tyrker. »Alle sieben Todsünden stehen auf deiner Stirn! Habgier! Wollust! Zorn! Völlerei! Neid! Faulheit! Stolz!«
»Falsch!« rief Sven triumphierend. »Stolz bin ich nicht!«
»Nun ja«, lachte Bjarne. »Sechs von sieben ist auch nicht schlecht.«
So wurde auch Sven Stinkhals getauft, und dies schien den christlichen Grönländern eine besonders löbliche Leistung.
In diesem Sommer grünte die Erde wie früher. Im Herbst zogen Heringe in großen Schwärmen die Küste aufwärts und das Korn wuchs überall, wo es gesät worden war, so daß die Hungersnot endlich ein Ende nahm.

Wie Leif seinem Bruder die Peilscheibe und manchen guten Rat gibt

Leif kaufte ein großes Gehöft. Sein Bruder Thorwald zog zu ihm, schob das Nordroß auf die Schiffswalzen und begann eifrig, morsche Planken auszuwechseln.

»Willst du nicht lieber mit dem Eissturmvogel segeln?« fragte Leif, als er das sah. »Ich leihe dir das Schiff.«
Thorwald schüttelte lächelnd den Kopf. »Ich will auf eigenem Kiel nach Vinland fahren«, gab er zur Antwort, »genau wie du.«
Leif gab ihm seine Peilscheibe, ließ ihn die Marken übertragen und erklärte dann: »Ich wählte die kürzeste Strecke nach Hause, über die offene See, denn der Wind stand günstig. Auch sahen wir jede Nacht die Sterne. Nun will ich dir etwas verraten: Als wir Vinlands Küste verließen, strebte sie beständig nach Norden. Daher denke ich, daß der Weg von unserem Strand nach jenem um so kürzer wird, je weiter nördlich du das Meer überquerst.«
Thorwald überlegte, dann nickte er. »Gut«, sagte er. »Ich werde nach Nordrsetur segeln und dann nach Westen steuern.« Er grinste. »Danke«, meinte er. »Es trübt den Entdeckerruhm, wenn man nur in seines Bruders Kielwasser daherkommt.«
Leif schnitt ein Gesicht. »Ruhm gönne ich dir, soviel du begehrst«, brummte er, »aber vor allem wünsche ich mir, daß du gesund und wohlbehalten zurückkehrst. Ich könnte besser schlafen, wenn du dich vorher taufen ließest. Denn die Macht des Gekreuzigten reicht über alle Meere und auch im Westen verspürte ich sie viele Male. Dem Christ allein verdanke ich mein Glück!«
Thorwald sah seinen Bruder nachdenklich an und erwiderte: »Selbst wenn es so wäre — zöge auch ich jetzt das Taufkleid an, bräche unserem Vater das Herz; du weißt wohl, wie er an mir hängt, seit ihr Älteren aus dem Haus gingt! Aber ich bin ja noch nicht einmal sicher, ob der Christglaube der richtige ist. Ich halte es eher wie dein Freund Aris, der gar keinen Gott anbetet und nur auf sich selbst vertraut. Christ oder Thor — was wären sie ohne uns Menschen?«
»Hüte dich vor solchem Hochmut!« rief Leif besorgt. »Der Mensch ist nichts ohne Götter! Denkst du, Sterbliche hätten diese Welt schaffen können? Wie viele Hände bräuchtest du wohl, um einen Berg aufzutürmen wie den Wasserferner auf Island? Wie viele Hände wären wohl nötig, alle die Seen auszuheben und die starken Ströme zu graben, die der Allmächtige mit einem Nicken des Hauptes erschuf?«

»Ich will mich nicht streiten«, lächelte Thorwald. »Und wenn es dir Freude macht: Da außer Aris und mir nur Christen auf dem Nordroß fahren, ließ ich ein Kreuz in das Segel malen. Ich werde es aber erst aufrollen lassen, wenn Vater uns nicht mehr sehen kann.« Sinnend spähte er über die Landenge nach Steilhanghof. »Außerdem werde ich mich seiner Bitte beugen und mit dem Waidmann ausfahren«, fuhr er fort, »er auf dem Schaumwolf, ich auf dem Nordroß, sobald die Saatzeit beginnt.«
»Nehmt euch in acht«, riet Leif eindringlich. »Thorhall haßt alle Christen!«
»Mit einem Sohn seines Schwurbruders wird er sich schon nicht anlegen«, meinte Thorwald leichthin. »Außerdem ist er ja auch nicht jünger als Vater. Ich habe jedenfalls keine Angst vor dem Kerl.«
»Traue ihm nicht«, riet Leif eindringlich. »Je älter der Wolf, desto gefährlicher! Ich werde Aris bitten, dich zu begleiten. Er lebt zwar ohne Gott, aber er kennt den Waidmann gut — und auch die Küste, die du suchst. Auch meine schottischen Schnelläufer sollen mit dir fahren. Halte sie stets zu deinen Seiten; sie sind die einzigen, die dich auch im Wald vor der Tücke des Waidmanns beschützen können. Ich aber werde hier warten, bis du zurückgekehrt bist.«

Was Tyrker Aris und Frilla rät

Mit Leifs Rückkehr aus Vinland begann eine Zeit großer Veränderungen. Die Nornen schnitten manche Fäden ab und steckten neue an die Spindeln. Christ siegte und Thor schwieg.
Eriks Frau, die jetzt Thjodhild hieß, baute sich neben der Kirche ein kleines Haus und wohnte darin mit ihren einheimischen Mägden. Ihren irländischen Knechten schenkte sie nach Christensitte die Freiheit und ließ sie in ihre Heimat zurückkehren.
Frilla von Friesland nahm Derdriu und deren Sohn, ihren Neffen, bei sich auf. Der Knabe hieß Advenatus. Er glich seinem toten Vater sowohl in der Kraft der kleinen Fäuste als auch im Feuer des Wesens.

»Am Fohlen erkennt man das Pferd«, lobte Tyrker den Kleinen. Aris arbeitete von früh bis spät und der Hof blühte auf. Daran fand Frilla großes Wohlgefallen. Um so mehr bedrückte sie, daß ihr Mann unglücklich sein mußte. In ihrer Not vertraute sie sich schließlich dem Mönch an.
Tyrker runzelte die steile Stirn. »Aber ich dachte, das sei längst geregelt?« wunderte er sich. »Sagte nicht Aris selbst damals, daß . . .?«
»Das war gelogen«, rief Frilla schnell. »Bis heute brach ich mein Gelübde nicht!«
»Wie?« staunte der Mönch. »Und warum log der Kerl, in drei Teufels Namen? Bjarne hatte den Schaden davon!«
»Und Christ den Nutzen«, entgegnete Frilla. »Denn wäre Leif nicht ausgefahren und mit soviel Ansehen wiedergekehrt, stünde hier jetzt wohl kaum eine Kirche.«
»Da hast du recht«, gab der Mönch zu. »Aber das konnte Aris doch nicht ahnen!«
Am anderen Tag sprach er mit dem Norweger.
»Was geht dich meine Ehe an?« murrte Aris.
»Ich will nur wissen, warum du damals geschwindelt hast«, sagte der Mönch.
»Welcher Mann gibt gern zu, daß er nicht zu seiner Frau in die Kammer darf?« versetzte der Norweger.
»Das verstehe ich«, seufzte Tyrker. »Wir wollen fortan darüber schweigen.«
Aris biß sich auf die Lippen.
»Ist noch etwas?« erkundigte sich Tyrker freundlich.
»Ja«, sagte Aris zögernd. »Dürfen Nonnen den Schleier ablegen, wenn sie fühlen, daß sie ihrem Gelübde nicht mehr gerecht werden können?«
Tyrker nickte. »Ja, das kommt vor«, antwortete er. »Es müßte aber schon ein Bischof . . . Du weißt ja nicht einmal, ob Frilla das will!«
»Weißt du das denn nicht?« fragte Aris hoffnungsvoll.
»Bei allen Teufeln!« fauchte Tyrker. »Soll ich eine Nonne mit einem Heiden verkuppeln?« Zornig stapfte er davon.
Zu Frilla sagte er später: »Der Kerl ist immer noch genauso in dich verliebt wie damals, als er zu dir in den Fjord sprang.«

Die Friesin senkte den Kopf. »Ich weiß«, flüsterte sie.
Der Mönch sah sie mitleidig an. »Vielleicht gefällt es Gott in seiner Güte, euch eines Tages einen Weg zu weisen«, brummte er. »Das kann aber erst dann geschehen, wenn Aris endlich sein Heidentum ablegt, der sture Hammel! Bis dahin hüte dich vor sündigen Gedanken! Der Teufel lauert überall — besonders hier in den Schneeländern, wo die Menschen ihren Bergen gleichen: außen Eis, innen jedoch das heißeste Feuer!«

Von einem Grab im Flutbereich, alten Schmeißfliegen und jungen Nonnen

Einar vom Einarsfjord starb und Eywind erbte den Hof. Daraufhin ritt Einars jüngster Sohn Eystein, der sich mit seinem Bruder schlecht verstand, zu Thorwald Erikssohn und sagte, daß er sich der nächsten Vinlandfahrt anschließen wolle.
Auf Herjulfsspitz starb Thorgerd, Bjarnes und Thorwards Mutter. Sie war schon sehr alt. Herjulf begrub sie im Flutbereich, dort wo die wogende See den grünen Wasen berührt. Unter Asenanbetern galt es als schimpflich, so nahe am Wasser bestattet zu werden. Thorgerd aber hatte es so gewünscht, denn sie wollte dem Christ auf diese Weise ihre Demut beweisen.
Bjarne fuhr mit den Kjartanssöhnen zum Lachswassertal und heiratete die sanfte Jorun. Arnor der Hebridenskalde gastete bei der Hochzeit und berichtete, daß Jarl Erik und sein Bruder Svein die Taufe genommen hätten. Seitdem, so sagte er, herrschte in ganz Norwegen Freiheit des Glaubens für jedermann und Christen würden nicht länger verfolgt. Auch Dänemarks König Sven Gabelbart war bekehrt und unterstützte die Christpriester eifrig. Das schien allen eine sehr gute Nachricht. Nur der Keilbart zeigte sich wenig zufrieden und tadelte: »Das heißt, daß in Norwegen auch noch immer den Asen geopfert wird. Wenn ich die Bibel richtig verstehe, nimmt Vater Gott es sehr übel, wenn seine Kinder Götzenanbeter in ihrer Mitte dulden! Haben wir deshalb nicht hier auf Island nun endlich auch Pferdeopfer und Kindsaussetzung verboten, obwohl der Thingsprecher diese Sünden

ursprünglich weiter gestatten wollte? Fisch oder Fleisch — die Norweger werden sich einmal entscheiden müssen, wie ihr Grönländer auch.«
»Mit den alten Männern stirbt der vorige Glaube von selbst«, sagte Bjarne beschwichtigend.
»Alte Schmeißfliegen fallen im Herbst zu Boden«, versetzte Kjartan, »im Frühjahr aber kommen stets neue und werden nicht weniger lästig als ihre Ahnen! Wir sind nun von einer Sippe, Bjarne. Meine Söhne und ich werden deinem Vater und dir gegen Erik beistehen. Doch denke nicht, daß euer Kampf zu Ende ist, wenn der Rote endlich zur Hölle fährt! Solange der Waidmann und Eriks Tochter Freydis leben, wird weder auf Grönland noch auf euren Westinseln Frieden einziehen.«
Als der dicke Glum von der Hochzeit hörte, rief er erfreut: »Jetzt hat unser Bjarne endlich auch wieder einmal Glück. Wie sagt man so schön — besser die Hand verloren als die Braut!«
»Das gibt doch gar keinen Sinn«, berichtigte ihn Ulf Mädchenauge. »Das Sprichwort heißt: Besser die Hand verloren als die Haut!«
»Meins fand ich irgendwie passender«, murrte Goldbauch.
»Jetzt ist es für Bjarne vorbei mit der Wikingfahrt«, bemerkte Sven Stinkhals. »Denn wo die Ziege angebunden ist, dort muß sie grasen!«
»Das hat auch seine Vorteile«, meinte Ulf. »Denn was man im Haus hat, braucht man draußen nicht zu suchen.«
»Es müssen ja nicht alle gleich heiraten, die mal zusammen gähnen«, spottete Sven.
»Du bist doch bloß neidisch«, lachte Gorm.
»Ha!« machte Sven Stinkhals erbost. »Es schwätzt keiner gescheiter als er ist und es ist selten ein Wald ohne Gimpel! Wer getadelt sein will, muß heiraten — wer gelobt sein will, muß sterben!« Und damit hatte er das letzte Wort.
Thorhall der Waidmann fuhr wieder nach Irland und stürmte dort zum zweiten Mal über die Mauern des Klosters auf der Weißmännerinsel. Vergebens hielten die betenden Mönche ihm ihre Kreuze entgegen. Vergebens auch wehrten Bauern und Knechte sich mit ihren Keulen und Schwertern. Als der Morgen graute, lag

der Schaumwolf schwer von Schätzen in der See. Kostbares Kirchengerät und prachtvolle Meßgewänder, silberbeschlagene Truhen mit Gold und farbig bestickte Wandbehänge füllten den Frachtraum der schwarzen Schnigge mit dem grinsenden Wolfshaupt am Steven. Am meisten aber trauerten die Beraubten um die zwölf blutjungen Nonnen, die der Waidmann nun einem schrecklichen Schicksal entgegenschleppte.

Von Krähenbeeren und wie Thorstein Erikssohn die alten Götter aufgibt

Nach seiner Hochzeit fuhr Bjarne mit Jorun nach Norwegen, um sich ein neues Schiff bauen zu lassen. Jarl Erik nahm den Herjulfssohn gastlich auf und bat ihn erneut, in den Kreis seiner Hofleute einzutreten. Da der Herrscher nun den Christenglauben angenommen hatte, beschloß Bjarne, bis zum nächsten Herbst in Nidaros zu bleiben. Der Jarl teilte manchen Trunk mit dem Grönländer und fragte ihn oft über Vinland aus.

Helge und Finnbogi, die Kjartanssöhne, segelten unterdessen nach Holmgard und handelten dort Seide für Pelze ein. Ihr Vater gastete indessen bei König Adelrad dem Unberatenen zu Lundunaburg.

Vor dem ersten Schneefall sammelten Frillas Mägde auf Tyrkers Geheiß fleißig Krähenbeeren und legten davon große Vorräte an. Der Mönch braute davon einen Trank, kostete, schüttelte sich und sagte: »Nun ja. Ich bin von Vinlands Wein verwöhnt. Aber besser eine Laus im Kraut als gar kein Fleisch.«

Auch die Wikinger tranken davon und sprachen dem vergorenen Saft so tüchtig zu, daß Tyrker am Ende die Kammer verschloß und knurrte: »Es mußte ja so kommen. Wenn der Abt zum Glase greift, so greifen die Mönche zum Kruge!«

»Seit wann bis du Abt?« fragte Glum, der den Sinn des Sprichworts nicht verstand.

Die anderen Wikinger lachten und der grindige Gorm höhnte: »Kopfarbeit strengt an, sagte der Ochse, als er den Pflug zog.«

Zum Julfest kamen Christen aus allen Fjorden Grönlands nach

Gardar, um in der Kirche die Geburt ihres Gottes zu feiern. Auch die Wikinger von der Forkeninsel fanden sich ein. Sie gasteten bei Aris und gedachten der vorigen Zeiten.
Thorstein Erikssohn gab Thorir dem Weitfahrer Land in der Nachbarschaft seines Hofes. Auch Gudrids Vater Thorbjörn Wifilssohn siedelte sich dort an. Die drei Männer wurden Freunde und lebten einträchtig nebeneinander.
Im Winter erkrankte der Weitfahrer aber an einer Seuche. Sein Gesicht verfärbte sich schwarz und er litt große Schmerzen.
»Lasse mich zu Gardar in geweihter Erde begraben«, bat er seine Frau, »vielleicht fällt es dem Christ dann leichter, mir meinen Unglauben zu verzeihen.«
Tyrker erlaubte Gudrid, ihren Gemahl am Rand des kleinen Kirchhofs von Gardar in heilige Erde zu betten und sprach einen Totensegen über Thorirs Grab. Auch sechs Fahrtgenossen des Norwegers erlagen der Krankheit. Die Überlebenden ließen sich eilig taufen.
Danach lebte Gudrid die Schöne eine Weile lang als Witwe auf ihrem Hof. Thorstein wartete bis zum Goimonat. Dann ritt er zu seiner Nachbarin und sagte: »Allein wird es für dich nun schwer werden. Auch sehe ich, daß du mit einem Kind gehst. Ich möchte dich gern heiraten und werde Thorirs Sohn ein guter Vater sein.«
Gudrid besprach die Werbung mit ihrem Vater. Der Wifilssohn riet seiner Tochter dringend zu. Daraufhin sagte Gudrid zu Thorstein: »Ich brachte dem armen Thorir kein Glück und fürchte, es wird dir nicht anders ergehen. Denn wie können sich die Geschicke von Menschen dauerhaft miteinander verflechten, wenn sie von feindlichen Göttern gelenkt werden? Du dienst den Asen, ich aber dem Christ und werde nie von ihm lassen.«
Thorstein sah sie in ihrer Schönheit an und antwortete: »Wenn es dein Wunsch ist, will ich mich taufen lassen, auch wenn mein Vater mir das nicht verzeihen wird.«
Noch am gleichen Tag ruderte er nach Gardar und ließ sich von Tyrker im Glauben unterrichten. Als Erik davon erfuhr, befahl er seinen Knechten, von seinen Söhnen nur noch Thorwald zu ihm in die Halle zu lassen. Die anderen beiden, so sagte er, wolle er nie wieder sehen.

Thorstein heiratete Gudrid und lebte mit ihr auf seinem Hof. Dort schenkte sie einem Knaben das Leben und nannte ihn Ulfhedin.

Thorwald Erikssohn fährt nach Vinland

Im Lämmermonat schob Thorwald Erikssohn das Nordroß von den Schiffswalzen. Dreißig Männer wollten mit ihm nach Vinland segeln.
Leif zählte dem Bruder noch einmal alle Landmarken auf, nach denen er steuern sollte.
»Sorge dich nicht zu sehr«, lächelte Thorwald. »Auch du kamst auf deiner ersten Fahrt gleich an die entferntesten Strände und kehrtest doch heil und gesund zurück. Warum sollte mir nicht das gleiche gelingen?«
»Dir vertraue ich«, sagte Leif, »aber dem Waidmann nicht! Auch mißfällt es mir sehr, daß dieser blutrünstige Heide bald wissen wird, wo Vinland liegt.«
Als die Äcker angesät waren, nahm Aris Abschied von Frilla. Da sagte die Friesin traurig: »Ich kann dir nicht böse sein, denn mit welchem Recht dürfte ich dich zurückhalten? Dennoch will ich dir sagen, daß ich dich sehr vermissen werde. Denn wenn wir auch ein seltsames Ehepaar sind, so mag ich dich doch von Herzen gern.«
»Dein Gott will es so, wie es ist«, gab Aris zur Antwort.
»Hadere nicht mit Christus«, seufzte Frilla. Er hat mich nicht zu dem Gelübde gezwungen, das mich an ihn bindet.«
»In der alten Zeit«, sagte Aris, »liebte ein König in Norwegen ein schönes Mädchen aus Finnland. Seine Gefolgsleute aber sagten, heiraten dürfe er es nicht. Denn alle Finnenweiber seien Zauberinnen und großes Unglück werde über das Volk kommen, wenn eine solche Hexe Königin werde. Da stieg der Fürst auf einen Hügel, ließ sich herabrollen und sagte dann, er habe sich aus seinem Königtum gewälzt.«
»Das ist eine wundersame Geschichte«, seufzte Frilla. »Aber was zählt eine Krone gegen den Schlüssel zum Paradies! Willst du, daß

ich in ewiger Verdammnis ende?« Sie schlug die Hände vor das Gesicht und eilte hinaus.

Erik saß auf dem Wachtfelsen Steilhangs und sah dem Nordroß nach, bis es hinter den steilen Hügeln am Ufer verschwunden war.

Die Grönländer segelten mit rauhem Wind nach Norden und fuhren drei Tage später in den Weißdorschfjord ein. Dort, am südlichsten Rand der Westsiedlung, wohnte Thorstein der Schwarze, Eriks alter Fahrtgenosse. Thorwald und seine Gefolgsleute gasteten bei ihm und warteten auf den Waidmann.

Der schwarze Hüne erschien früh am Morgen mit zwanzig Fahrtgenossen auf Thorsteins Hof. Als er die Christen erblickte, fragte er den Erikssohn: »Konntest du in der Ostsiedlung denn keine anständigen Männer finden, so daß du mit diesem Verrätergesindel ausfahren mußtest?«

Die Christen wurden zornig und wollten zu ihren Waffen greifen. Thorwald hielt sie jedoch zurück und antwortete dem schwarzen Hünen: »Keine Neidreden, Thorhall, wenn du nicht willst, daß ich ohne dich reise! Ich versprach meinem Vater, auf deinen Rat zu hören, aber ich werde nicht zulassen, daß du meine Fahrtgenossen schmähst! Und damit du auch gleich erfährst, wie hoch ich Gefolgsleute achte: Ich habe ihnen erlaubt, das Zeichen ihres Gottes auf mein Segel zu malen. Morgen bei unserer Ausfahrt siehst du das Kreuz!«

Das dunkle Gesicht des Waidmanns verdüsterte sich noch mehr, als er das hörte. »Wenn der Wolf altert, werden die Welpen frech«, knurrte er. »Wehe aber, beißt der Graue doch noch einmal zu!«

Sie berieten nun über ihre Fahrt und kamen überein, zur Jotenbucht zu segeln und dort nach Westen zu steuern. Auf der Reise kamen sie an der Krugsfjordheide vorbei. Thorhall rief Aris vom Schaumwolf aus zu: »Hätte sich Geirröd, der dumme Ächter, damals nicht von mir aufspüren lassen, bleichten dort jetzt deine Knochen am Strand!« Aris gab keine Antwort. Als sie jedoch am nächsten Tag unter der Knechtskopfklippe vorübersegelten, schrie er zum Schaumwolf hinüber: »Hätte ich damals hier besser geschlafen, läge dein Schädel jetzt in diesen Wellen!«

In der Jotenbucht fingen sie einen Hornwal. Das dünkte ihnen ein günstiges Vorzeichen. Sie wendeten nun die Steven nach Westen und fuhren über die offene See.

Von den Streifzügen der Wikinger durch das Steinplattenland

Am zweiten Tag rührte ein heftiger Wind das landumschlingende Weltmeer auf. Der Tangwald fing an zu wogen und gischtende Wasserberge schäumten empor. Wolken verhüllten den Helmglanz der Sonne. Kalt schlugen die Himmelstränen den Grönländern in die Gesichter. Aris schlug vor, das Segel zu bergen, und Thorwald folgte dem Rat. Der Schaumwolf aber schoß mit gestrafftem Stoff am Nordroß vorbei.

»Feiglinge!« schrie Thorhall, »dieses Tuch ist für die Windfahrt gewoben, nicht als Schattenspender in heißer Sonne!«

Sorgenvoll spähte Aris zum Weltdach, denn er erwartete dort nun jeden Moment schwarze Sturmwolken aufziehen zu sehen. Doch diesmal hielten die himmlischen Zwerge den hallenden Hauch zurück. Ehe der Glanz des Tages verlosch, sah Aris Land in der Ferne.

»Leif hatte recht«, rief er froh. »Im Norden kommt man viel schneller über das Meer.«

»Ist das dort Helluland?« fragte Thorwald begierig.

Der Norweger nickte. »Man kann schon die Steinplatten sehen«, erwiderte er.

Gletscher gleißten in nebliger Ferne. Von ihren eisigen Zungen erstreckte sich kahles, nur spärlich bewachsenes Land bis zur Küste. An einer Klippe wartete der Waidmann. Die Grönländer warfen Anker und trugen ihre Fellsäcke an Land. Bald flackerten die Flammen eines wärmenden Feuers empor.

»Kalt ist es hier«, grollte der schwarze Hüne. »Unwirtliches Land! Kaum Jagdwild, nur Vögel. Hoffentlich prahlte dein Bruder nicht nur, als er uns von wildem Wein erzählte!«

»Den wirst du noch früh genug kosten«, versetzte Thorwald unmutig.

Thorwald und Aris streiften nach Norden, der Waidmann wählte

den Süden, die schottischen Schnelläufer stießen nach Westen vor. Thorbrand Snorrissohn, der junge Stevenhauptmann des Schaumwolfs, und Eystein Einarssohn blieben mit weiteren Männern als Wache zurück.
Als die Sonne sank, kehrte der Erikssohn um. Sie hatten bis dahin nur ein Rudel Rentiere in weiter Ferne erspäht.
Haki und Hekja kamen bei Einbruch der Dunkelheit wieder ins Lager. Der Schotte trug drei Schneehasen an einer Schnur, seine Frau brachte schwarzglänzende Beeren herbei. Gestenreich schilderten beide ihre Begegnung mit einer großen Wildochsenherde, die an einem kleinen Fluß purpurnen Steinbrech ästen.
Der Waidmann aber humpelte erst kurz vor Mitternacht zwischen den steinernen Platten hervor und setzte sich mit so zorniger Miene ans Feuer, daß niemand ihn nach den Ergebnissen seiner Erkundung zu fragen wagte.
Später raunte Kalf Aris zu, der schwarze Hüne habe auf einem Hügel einen stattlichen Hirsch verfolgt, sei dabei in ein Fuchsloch getreten und böse gestürzt. Darum, so flüsterte Kalf, glaube der Waidmann nun, daß sie nicht nach Vinland, sondern nach Jotenheim geraten wären.
Thorwald und Thorhall beschlossen, drei Wochen an der kahlen Küste zu lagern und das Land in seiner Länge und Breite genau zu erforschen.
Der Waidmann nahm abwechselnd Kalf Ketilssohn und seinen jungen Stevenhauptmann Thorbrand auf diese Streifzüge mit. Der Erikssohn ließ sich von Aris und Eystein begleiten. Sie wanderten bis an den Fuß der Gletschergebirge im Westen. Dabei erblickten sie viele Wunder.

Wie der Waidmann mit einem Elch ringt

Über die Gletscherberge drangen die Grönländer nicht hinaus, denn deren westliche Abhänge gingen in eine endlose Einöde über. Breite Ströme wanden sich durch eine Ebene, die bis zum Himmelsrand reichte.
»Kaltsteppe wie in Bjarmaland«, sagte der Waidmann zu Thor-

wald. »Hier können sich keine Siedler halten. Insofern hatte dein Bruder recht. Hoffentlich gilt das auch für den Rest seiner Worte!«

Darauf bemannten sie ihre Schiffe und segelten südwärts davon. Von dem Meermännlein sagte der Erikssohn nichts.

Am Morgen schlug der Wind um. Die Grönländer legten die Segel nieder und ruderten. Sechs Tage lang fuhren sie an einer kahlen, felsenreichen Küste nach Süden. Gewissenhaft trug Thorwald alle Berge und Landvorsprünge auf seiner Peilscheibe ein.

Nach einer Woche wich das Gestade plötzlich nach Westen zurück. Die Grönländer warfen Anker und wateten an das baumlose Ufer. Thorwald, Aris und der Waidmann stiegen auf einen Berg. Vom Gipfel aus sahen sie, daß sich ein riesiger Fjord in das Helluland schob. Hinter der Sonne blinkten die weißen Häupter anderer Steinriesen, auf die sie nun zusteuerten. Im klaren Wasser tummelten sich viele wehrhafte Riesenrobben; deshalb nannte Thorwald diesen Meeresarm ›Walroßfjord‹.

Zwei Tage später querten die Schiffe einen weiteren Fjord, an dessen Ufer zahllose Bären entlangliefen. Dort wuchsen auch schon winzige Weiden und vom Wind verkrüppelte Zwergbirken. Thorhall und Thorwald kletterten auf eine Klippe. Zum Sonnenuntergang hin sahen sie eine braune, breitwellige Landschaft. Dunkle Torfmoore lagen am Himmelsrand, vom frischen Grün jungen Grases umgeben. Moose färbten die grauen Felsplatten bunt.

Als der Waidmann in der Ferne einen äsenden Elch sah, erwachte sogleich die Jadglust in ihm. »Wir wollen uns einen Braten besorgen«, sagte er zu dem Erikssohn, »Stockfisch und Dörrfleisch hängen mir schon zum Halse heraus!« Mit diesen Worten schulterte er einen Speer, winkte seinem Stevenhauptmann und stapfte ihm durch das zerzauste Buschwerk voran.

Schon nach kurzer Zeit kreuzten sie die Fährte des mächtigen Schauflers. Vorsichtig spähte Thorhall durch die grünen Zweige. Der Elchbulle stand hundert Schritte entfernt in einer moosigen Mulde.

Thorhall prüfte den Wind und schlich sich dann näher heran, bis

er ein kleines Weidengestrüpp erreichte. Der Elch hob den Kopf und witterte mißtrauisch in die Runde. Der Waidmann lehnte den Speer an den dünnen Stamm und fuhr mit den Händen durch die schlanken Äste, so daß es klang, als ob sich dort ein Schaufler den Weg durch das Buschwerk bahnte. Dabei hustete er wie ein Elch. Der Bulle spähte aus kleinen Augen nach dem vermeintlichen Nebenbuhler. Dann stieg das gewaltige Tier aus der Senke und stapfte auf den Weidenstrauch zu. Wieder scharrte Thorhall an den grünen Sprossen und stieß ein kehliges Keuchen aus.
Wenige Herzschläge später erreichte der Elch das Buschwerk und senkte den Kopf mit den mächtigen Schaufeln. Da sprang der Waidmann aus seinem Versteck und stieß dem Tier die Waffe durch den Nacken.
Der riesige Bulle ging jedoch nicht gleich zu Boden, wie Thorhall es wohl erwartet hatte, sondern stürzte sich schnaufend auf seine Feinde. In höchster Not ließ der Waidmann den Speer los und packte mit beiden Händen die mächtigen Schaufeln, um nicht durch die Luft geschleudert und von den scharfen Hufen zertrampelt zu werden.
»Schläfst du?« schrie er seinem Stevenhauptmann zu. »Das Beil!«
Der junge Thorbrand erwachte aus seiner Erstarrung, riß die Axt aus dem Gürtel und schlug sie dem tobenden Elch ins Genick. Knirschend zerbrachen die Wirbel und das schwere Tier sank tot zu Boden.
Ächzend kam Thorhall auf die Füße.
»So einen riesigen Elch sah ich noch nie«, stieß Thorbrand mühsam hervor.
Der Waidmann schritt stolz seine Jagdbeute ab. Dann zog er den Speer aus der Wunde und brach den Bullen auf. Schwer mit einer frischen Elchkeule beladen kehrten die Männer ins Lager zurück. Das Fleisch erwies sich als schmackhaft und zart, als ob das gewaltige Tier nicht älter als zwei oder drei Jahre gewesen wäre. Darüber staunten die Grönländer sehr. Alle, auch die Christen, schmausten mit großem Genuß.

Was die Wikinger im Wunderwald erlebten

In der Nacht hielt der Erikssohn wieder die Peilscheibe gegen den Himmel. Dann sagte er, daß sie in vier Tagen Marklands Mitte erreichen würden, wenn sie von nun an wie sein Bruder Leif dem Stab Petri nachsegelten. So nennen die Christen das Himmelsbild, in dem die Asenanbeter seit jeher den göttlichen Kraftgürtel Thors erblicken. Über diesen Sternnamen erhob sich ein heftiger Streit. Am Ende meinte Thorwald, daß sie sich besser trennen sollten. Der Waidmann entgegnete aber, er wolle bei dem Erikssohn bleiben, denn das habe er dem Roten auf den in Opferblut getauchten heiligen Ring Thors geschworen.
Sie ließen nun die kahle Küste hinter sich und steuerten über die offene See nach Südosten. Robben und Seeotter folgten den Schiffen zu vorgelagerten Inseln. Danach gab eine Grindwalherde den Grönländern eine Weile das Geleit. Der Wind stand günstig und eine starke Strömung trug große Eisschollen von Norden herab. Am dritten Abend sichteten sie wieder Land. Zu Thorwalds Enttäuschung standen darauf keine Bäume, sondern nur niedrige Sträucher. Als sie jedoch an der Küste entlangsegelten, hoben sich bald die ersten Kiefern aus dem sumpfigen Boden. Bald verdichteten sich die vereinzelten Bäume zu einem Wald, der die Küste bedeckte, so weit der Blick reichte.
Am Meeresufer wuchsen niedrige Föhren. Weiter im Inneren fanden die Fahrtgenossen weiße Tannen mit eirunden Zapfen und kräftig duftendem Harz. Zwischen ihnen wuchsen merkwürdige Sprossenfichten. Die Grönländer schlugen Äste ab und errichteten in einer Senke ihr Lager. Auf dem Boden wuchsen nur harte Gräser und rauhe Seggen, die saures Heu liefern.
»Auch hier ist es, wie Leif berichtete«, stellte der Erikssohn fest.
»Hoffentlich sagte dein Bruder auch über das Wild die Wahrheit«, rief der Waidmann jagdlustig, schulterte Axt und Spieß und schritt in den Wald. Thorwald, Aris, die beiden Schotten und der junge Stevenhauptmann folgten ihm. Sie blieben sechs Tage lang draußen und sahen in dieser Zeit viel seltsames Wild, darunter auch einen gewaltigen schwarzen Bären.

»Wie ein Tier aus Thursenland«, murmelte Thorbrand und blickte sich um, als erwarte er jeden Moment eine Horde kampfdurstiger Riesen aus dem Gehölz hervorbrechen zu sehen.
»Ist das ein Bär, wie Leif ihn erlegte?« wollte der Waidmann wissen.
Aris nickte. »Vorsicht!« mahnte er.
Thorhall schnaubte verächtlich. »Was sich von solchen Flaumbärten bezwingen ließ, reizt einen rechten Jäger nicht«, höhnte er und ließ das Tier entkommen.
Sie durchstreiften den Wald nach der Länge und Breite und konnten sein Ende nicht finden. Immer wieder kletterte der junge Thorbrand auf eine der flatterästigen Fichten und hielt in luftiger Höhe Ausschau. Aber das Meer der wogenden Wipfel erstreckte sich bis zum Himmelsrand, so daß es war, als ob sie durch die grenzenlosen Urwälder Kaltschwedens wanderten. Darum nannten sie den Forst Wunderwald.
Auch viele andere Tiere erreichten oft schier unglaubliche Größe: Haki schoß mit seinem Bogen einen Marder von mehr als zwei Fuß Länge. Hekja fing ein armlanges Wasserwiesel. Thorhall tötete einen Vielfraß, der ein Rentier gerissen hatte. Der Erikssohn erlegte einen riesigen Otter mit dunklem Fell.
»Wer hier Fallen aufstellt, wird bald reich«, meinte Thorwald erfreut.
»Dein Vater dachte bei seinen Fernreisen stets wie ein König und nicht wie ein Krämer«, höhnte darauf der Waidmann.
Sie sahen auch riesige, graue Wölfe, die scheu vor den Männern wichen.
»Zum Glück scheinen die Odinshunde hier nicht besonders mutig«, spottete nun der Erikssohn, »fressen wohl lieber faulendes Aas als frisches Fleisch!«
»Im Sommer finden sie hier leichtere Beute«, versetzte Thorhall ärgerlich. »Doch warte bis zum Winter! Dann wirst du sehen, daß Walvaters Walddurchwanderer auch Menschenfleisch zu schätzen wissen und deine Waffen nicht scheuen!«
Nach ihrer Rückkehr ins Lager fand Thorwald Erikssohn an einer Bucht südlich von ihrem Ankerplatz eine verlassene Feuerstelle.

Sofort kehrte er mit der Nachricht zu seinen Gefährten zurück und hieß sie sich wappnen. Der Waidmann fuhr mit dem Daumen über die Schneide seiner Axt und knurrte: »Also ist dieses Land doch bewohnt! Dein Bruder hätte die Augen besser aufmachen sollen!«
»Vielleicht waren es Jäger, die inzwischen weiterzogen«, vermutete Kalf Ketilssohn, »wie die Skrälinge auf Grönland.«
Die Fahrtgenossen folgten dem Erikssohn zu dem verlassenen Lagerplatz und stocherten in der Asche umher. Aris stieg auf einen Felsen, blickte prüfend über die Steinplatten und sagte dann zu Kalf: »Fällt dir nichts auf? Das ist die Bucht, in der wir damals mit Leif ankerten. Nun kann es nicht mehr weit nach Vinland sein.«
Thorwald freute sich sehr über diese Entdeckung, und Eystein Einarssohn schichtete auf einem Felsen flache Steine zu einem Kreuz auf, das weithin zu sehen war. Da kletterte der Waidmann auf eine Klippe, die Eysteins Mal überragte, und kerbte dort das Zeichen des heiligen Hammers in das Gestein. Darüber empörten sich die Christen sehr.

Von dem Wundertier aus der Höhle der Hexenhengste

Auf dem Rückweg kamen die Grönländer an einer großen Erdhöhle vorüber, vor der sie viele Wolfsspuren entdeckten. Sogleich ließ sich der Erikssohn auf die Knie, stocherte mit seinem Speer in der schwärzlichen Öffnung umher und sagte zu Thorhall: »Nun wollen wir sehen, ob sich die zottigen Hexenhengste wenigstens zu wehren wissen, wenn der Feind in ihre Wohnung dringt!«
Der Waidmann sah ihm mißmutig zu. Nach einer Weile verlor er die Geduld und grollte: »Hör endlich auf damit, du Narr! Der Bau ist leer!«
»Woher willst du das wissen?« lachte Thorwald. »Gewiß schlummern Welpen in dieser Höhle und warten, bis ihre Eltern von der Jagd wiederkehren.«
»Unsinn!« schnaubte der schwarze Hüne. »Hier hat keine Wölfin geworfen. Außerdem sind die Spuren schon Wochen alt!«

»Ich höre aber etwas«, entgegnete der Erikssohn eigensinnig und spähte neugierig in den Schacht.
Haki und Hekja klopften dem Erikssohn auf die Schulter. Als er sie fragend ansah, schüttelten die beiden Schotten warnend die Köpfe.
»Keine Angst, ich gebe schon acht«, lachte Thorwald. »Welpen haben keine scharfen Zähne.« Vorsichtig schob er die Rechte tiefer in die Erdröhre.
Hekja ballte die Faust und spreizte blitzschnell die Finger.
»Ein Igel?« wunderte sich der Erikssohn. »Vor dem Stachelwams brauche ich mich wohl erst recht nicht zu fürchten!«
»Haki und Hekja stießen bei unserer letzten Fahrt vielleicht auf Tiere, die wir nicht kennen«, gab Aris zu bedenken.
»Vielleicht auch auf Kobolde«, spottete Thorwald. »Auf Gnome, Alben und Zwerge!«
Er hatte kaum geendet, da stieß er einen lauten Schrei aus und riß den Arm aus der Höhle. Scharfe Spitzen stachen wie Dolche durch seine Hand; Blut tropfte zu Boden.
Blitzschnell warf sich der Waidmann vor dem Bau nieder und stieß seinen Speer in die Öffnung. Ein schrilles Quieken ertönte. Haki und Hekja packten den Erikssohn, der in rasendem Schmerz umherhüpfte, und drückten ihn nieder. Sofort versuchten die Schotten, die Stacheln auszuziehen, doch Widerhaken hielten die Borsten in Thorwalds Fleisch fest. Daher blieb Hekja nichts anderes übrig, als die Hand aufzuschneiden.
Inzwischen zog der Waidmann den Speer aus dem Eingang der Höhle und förderte ein äußerst seltsames Wesen zutage. Das Tier glich einem Igel, maß aber fast drei Fuß.
Der Waidmann drehte das Wundergeschöpf vorsichtig auf den Rücken und untersuchte das Maul. »Igel haben spitze Zähne«, murmelte er, »dieses Gebiß gleicht dagegen eher dem eines Schweins. Seht ihr den Schwanz? Wie eine Dornenkeule!«
Haki und Hekja brachen die seltsame Jagdbeute auf, garten das Fleisch und verspeisten es mit allen Anzeichen höchsten Genusses. Nur ungern teilten sie den schmackhaften Braten mit den anderen. Da sagte der Erikssohn griesgrämig: »Du hattest recht, Aris. Und nun kann ich mir auch denken, warum diese Schotten

Leif damals nichts von dem Stachler erzählten — sie wollten diese Leckerei wohl für sich allein!«
Sie brachen das Lager ab und segelten weiter. Thorwalds Hand eiterte, und der Erikssohn litt große Schmerzen. Am zweiten Tag nahm Aris das Steuer. Thorwald saß neben ihm auf der Bank. Heftiger Wind und die starke Stömung trieben die Schniggen der Sonne entgegen. Doch der Erikssohn vermochte sich über das günstige Wetter nicht recht zu freuen, sondern haderte mit seinem Schicksal und sagte: »Nun weiß ich, daß mein Glück nicht mit dem Heil meines Bruders wetteifern kann. Leif tötete einen Bären und blieb unverletzt, mir aber schlug ein Igel so tiefe Wunden, daß ich nun nicht einmal mehr mein Schiff steuern kann.«
»An diesen Stichen wirst du sicher nicht sterben«, sprach Aris tröstend.
»Denkt an Sigurd, den tapferen Jarl der Orkaden!« mahnte Eystein Einarssohn. »Erlag er nicht einer viel kleineren Wunde? Nach einem Sieg über den Häuptling Melbrigdus von Kaledonien band er das Haupt des Getöteten an seinen Steigbügelriemen, den Schotten zum Hohn. Aber beim Reiten stieß er mit der Wade an einen vorstehenden Zahn des Besiegten, erlitt einen winzigen Riß und starb eine Woche später. Sein ganzer Körper war schwarz. So hatte der Schotte ihn noch im Tod überwunden!«
»Sigurd hätte sich das vergiftete Bein eben rechtzeitig abhauen lassen sollen«, entgegnete Aris.
»Dann rätst du mir wohl auch, die Hand abzuschneiden?« eiferte Thorwald. »Soll ich als verachteter Krüppel nach Grönland zurückkehren, von einem Tier verunstaltet, das nicht größer war als ein dreckiger Dachs?«
Aris zuckte die Achseln. »Lieber fünf Finger als das ganze Leben«, erwiderte er. »Auch Bjarne besitzt seit der Svolderschlacht nur noch eine Hand. Ich habe aber nicht den Eindruck, daß deshalb etwa irgend jemand auf Grönland mit dem Herjulfssohn seinen Mutwillen treiben dürfte!«
Schweißtropfen perlten von Thorwalds Stirn. »Der Teufel steckte das verdammte Stachelvieh in diese Höhle!« stieß er hervor. »Ich werde niemals nach Grönland zurückkehren!«

»Das Fieber zehrt an deinem Mut«, suchte Aris ihn zu beruhigen. »Wenn du erst wieder gesund bist, wirst du über solche Todesahnungen lachen!«
»Glaubst du etwa, ich bin nicht mehr ganz bei Trost?« rief der Erikssohn hitzig. »Ich weiß noch sehr wohl, wovon ich spreche.«
»Das denken alle Kranken«, meinte Eystein mit sanfter Stimme.
»Ich bin euer Anführer!« schrie Thorwald zornig. »Redet nicht mit mir wie mit einem Kind!«

Wie Thorwald Erikssohn in großen Zorn geriet

Nach zwei Tagen ließen Thorwalds Schmerzen nach. Der Erikssohn riß den Verband ab, kühlte die Hand im salzigen Seewasser und packte wieder das Steuer. So waren alle mit der Fahrt sehr zufrieden, bis plötzlich Nebel aufkam und die Schiffe mit dichten Schleiern umhüllte.
Der Wind schlief fast völlig ein. Dennoch ergriffen bald immer höhere Wellen das Schiff. Vergeblich hielt Aris nach Landmarken Ausschau. Wann immer Thorwald das Nordroß näher zum Ufer steuerte, tauchten gefährliche Klippen zwischen den schäumenden Wogen hervor. Der Waidmann warf Aris ein langes Tau zu. Auf zusammengebundenen Schniggen ruderten die Grönländer ohne Sicht nach Südosten.
Der Nebel hielt drei Tage lang vor. Tags war keine Sonne, nachts kein Gestirn zu sehen. Wenn sie die Ruder einzogen, hörten sie stets Brandungswellen an ihrer Steuerbordseite. Als die grauen Schwaden sich allmählich auflösten, stießen sie auf das grüne Gestade eines sich weithin erstreckenden Waldlands, zwischen dessen Fichten und Föhren nun auch viele prächtige Laubbäume wuchsen.
In einer kleinen Bucht fischten die Fahrtgenossen wie einst Leifs Leute fünffingrige Blätter aus dem stillen Wasser. Aber die flache Förde war nicht von sanften Stränden umrundet, sondern von steilen Klippen umsäumt. Da erinnerte sich Aris und sagte: »Irgend etwas stimmt hier nicht, Thorwald. Dieses Ufer sieht nicht aus wie Vinland, sondern wie jenes Gestade, das Bjarne einst entdeckte. Dort steht der sprechende Fels!«

Überrascht starrte der Erikssohn auf den Schädelfels mit den düsteren Augenhöhlen und auf die anderen von der Brandung bespülten Klippen, die wie versteinerte Zwerge aussahen. Dann hob er seine Peilscheibe zur Sonne und maß viele Male die Himmelswinkel. Am Ende sagte er: »Wir wären schlechte Entdecker, wenn wir uns von Zauberspuk ins Bockshorn jagen ließen! Wir wollen hier lagern, bis wir wissen, wo wir uns befinden.«
Die Grönländer schafften die Fellsäcke an das Gestade und zündeten am Waldrand ein Feuer an. Am nächsten Morgen zog der Waidmann mit den schottischen Schnelläufern in den Wald. Thorwald blieb bei den Schiffen und maß jeden Morgen und Abend Dagmal und Eykt. Am zweiten Tag erklärte er schließlich: »Wir sind nicht weniger weit nach Süden gefahren als Leif — es sei denn, mein Bruder gab mir falsche Marken!«
»Leif steuerte nach Südwesten«, erwiderte Aris, »wir aber sind bis zuletzt stets südostwärts gefahren.«
»Der Wind weht viel weniger warm als in Vinland«, pflichtete Kalf Ketilssohn bei. »In diesem Wald wirst du weder Wein noch Weizen finden.«
Wütend schleuderte Thorwald die Peilscheibe auf den Boden. »Vielleicht sind wir wirklich woanders gelandet als mein hehrer Bruder«, schrie er, »dann aber stehe ich wenigstens auf einem Land, das ich selbst entdeckte! Dessen Brandungsgürtel ich als erster durchbrach und dem ich als erster die Kielmarke in den Sand ritzte!«
»Niemand betrat dieses Ufer vor dir«, antwortete Aris. »Der Entdecker aber heißt Bjarne.«
»Bjarne! Leif!« stieß der Erikssohn zornig hervor, »der eine zu faul, den Fuß auf das Land zu setzen, der andere zu feige, es recht zu erforschen — dafür soll ihnen der gesamte Ruhm gehören? Nein, das wäre nicht gerecht!«
Die Grönländer sahen einander betreten an und schwiegen. Es sollte sich aber herausstellen, daß sich Thorwald Erikssohn stärker mit Vinland verband als Bjarne und Leif, und dies auf eine sehr eigentümliche und überraschende Weise.

Drei Tage später kehrte der Waidmann mit den Schnelläufern aus dem Wald zurück. Er trug eine saftige Hirschkeule auf der Schulter, doch sein Gesicht verriet wenig Freude, als er zu Thorwald sagte: »Entweder hat dich dein Bruder belogen oder du bist zu dumm, eine Peilscheibe zu lesen! Das hier kann unmöglich Vinland sein, und wenn du mir in deinem törichten Mißtrauen weiter Leifs Marken verheimlichst, werden wir es wohl nie finden!«

Haki und Hekja schilderten, sie seien einen Tagesmarsch westlich auf hohe Berge geklettert und hätten dort in der Ferne ein weites Wasser gesehen. Sie könnten aber nicht sagen, ob sie das Meer oder nur einen großen See erspäht hatten.

»Vielleicht ist Vinland kleiner, als ihr damals glaubtet«, sagte der Erikssohn zu Aris. »Ihr drangt ja niemals weiter als einen Tagesmarsch in den Wald.«

»An unserem See ragten keine so hohen Berge empor«, wandte der Norweger ein.

»Was soll das närrische Gerede!« fauchte der Waidmann. »Wo wächst hier Weizen, wo wilder Wein? Du hast dich verirrt, Thorwald! Gib mir endlich die Peilscheibe, damit ich sehe, wo der Fehler liegt!«

»Das könnte dir so passen!« versetzte der Erikssohn. »Damit du allein fortsegeln und noch vor uns nach Vinland kommen kannst!«

»Wenn wir bisher auch nach Südosten fuhren«, hoffte Eystein Einarssohn, »so biegt die Küste vielleicht schon bald nach Westen um!«

»Ich glaube eher, daß wir in diesem Nebel eine Durchfahrt verfehlten«, vermutete Aris. »Dort, wo die Wellen schäumten wie einst im Mühlensund.«

»Drehen wir um und fahren wir an der Küste zurück«, schlug der schwarze Hüne vor. »Auch auf Leifs Reise herrschte dort schlechte Sicht!«

Aris nickte. Der Erikssohn aber rief zornig: »Ich führe die Fahrt, so ist es vereinbart! Wir rudern weiter nach Süden. Vinland liegt in einem warmen Meer, nicht in einem kalten!«

»Aber der Waidmann hat recht«, widersprach Aris.
»Dann fahre mit ihm!« schrie Thorwald. »Ich brauche deine Hilfe nicht!«
Nach diesem Streit verzehrten sie schweigend ihr Mahl. Der schwarze Hüne lächelte Aris höhnisch an. In der Nacht schlich er zum Lager des Norwegers und weckte ihn.
»Was willst du?« fragte Aris verblüfft.
»Dieser Grünschnabel führt uns noch alle ins Verderben«, sagte der Waidmann. »Vinland liegt im Westen von hier, das weißt du so gut wie ich!«
»Ich habe meine Meinung dazu schon gesagt«, versetzte der Norweger. »Aber Thorwalds Wort gilt nun einmal.«
»Nur, solange er und niemand anders Leifs Eintragungen auf der Peilscheibe kennt«, knurrte der Schwarze böse. »Hätte Leif die Marken mir oder wenigstens seinem eigenen Vater anvertraut, hätte ich euch schon längst sicher nach Vinland gebracht!«
Aris sah Thorhall mißtrauisch an.
Der Waidmann beugte sich ein wenig vor. Düstere Glut glomm hinter seinen zusammengekniffenen Augen. »Thorwald vertraut dir«, flüsterte er. »Du könntest dir die Peilscheibe borgen und sie mir für kurze Zeit geben.«
»Schworst du Erik nicht, seinem Sohn beizustehen?« versetzte Aris. »Nun willst du Vater und Sohn zugleich hintergehen!«
»Dummkopf!« knurrte der schwarze Hüne. »Unverbesserlicher Narr! Heißt es nicht helfen, wenn ich versuche, das Leben dieses Narren zu retten, notfalls auch gegen seinen Willen?«
»Ich werde Thorwald jedenfalls nicht bestehlen«, erklärte Aris fest.
Thorhall stieß ein zorniges Zischen aus und bleckte die Zähne wie eine zum Biß bereite Schlange. Vorsichtig tastete Aris nach seiner Axt. Da sagte der Waidmann: »Du Tölpel! Wenn ich dich töten wollte, wie oft hätte ich dir auf dieser Reise dann schon den Kopf herunterhauen können? Glaubst du denn, Thorwald oder ein anderer von deinen Fahrtgenossen könnte mich daran hindern? Aber ich will keinen Unfrieden auf dieser Reise; sie ist schon schwierig genug. Denn es ist unsere Pflicht, dieses Land Thor zu erobern. Das kann nur geschehen, wenn alle zusammenstehen, die den alten Göttern dienen.«

Aris schüttelte den Kopf.»Ich glaube weder an Thor noch an Christ«, erwiderte er, »sondern nur an meine eigene Kraft.«
»Das wird eines Tages nicht mehr genügen«, grollte der schwarze Hüne. »Dann aber überlege gut! Denn dann wird dein Leben von dem Gott abhängen, den du dir erwählst.«

Von Vögeln, Eichhörnchen mit Flügeln und anderen seltsamen Wesen am Wunderstrand

Am nächsten Morgen luden die Grönländer ihre Fahrhabe wieder ein und segelten weiter. Die Stimmung unter ihnen war sehr schlecht. Die einen sorgten sich, weil sie glaubten, daß Thorwald sie in die Irre führe. Die anderen waren beunruhigt, weil der Erikssohn trotz der späten Jahreszeit noch keinen Platz zum Überwintern gefunden hatte. Das Laub der Wälder glühte und die Luft roch nach Schnee.
Am Nachmittag rundeten sie ein windumtostes Vorgebirge. Dahinter bog sich der Strand plötzlich nach Westen. Thorwald blickte triumphierend zum Schaumwolf. Nun steuerte er endlich den gleichen Kurs, dem einst auch Leif gefolgt war. Die Grönländer aus der Ostsiedlung erklärten, daß sich die Starrköpfigkeit des Erikssohns nun zum Vorteil ausgewirkt habe und sie bald in Vinland ankommen würden. Die Männer aus der Westsiedlung aber schwiegen. Und so weit die Schiffe in den nächsten Tagen segelten, das Felsgestade änderte sein feindliches Aussehen nicht. Überall drohten zerklüftete Klippen und schroffe Schären. Starke Strömungen trieben die Schniggen ständig vom Ufer fort, so daß die Fahrtgenossen viel zu rudern hatten. Jeden zweiten Tag gingen sie an Land und erkundeten die Wälder, doch nirgends sahen sie Weinranken wachsen.
Statt dessen fanden die Grönländer auch hier viele seltsame Tiere: Zwischen den Baumwipfeln flatterten Spechte mit goldenen Flügeln umher. Auch einen Schwirrvogel mit roter Kehle erblickten sie, der so winzig war, daß sie ihn erst für eine Hummel hielten. Durch das Unterholz wanderten riesige Hähne, denen rote Hautlappen von den Schnäbeln hingen. Der Waidmann schoß einen

stattlichen Hirsch mit weißem Schwanzwedel. Sie stöberten auch einen kleinen Bären mit schwarzer Gesichtsmaske auf, der jeden Brocken seiner Beute mit flinken Händen im Wasser wusch. Am meisten wunderten sich die Grönländer über ein Eichhörnchen, das zwischen Vorder- und Hinterläufen eine dünne Flughaut aufspannte und fünfzig Schritte weit durch die Luft flog, so wie ein Rochen auf breiten Flossen durchs Wasser zu schweben scheint. Einmal kehrten Haki und Hekja erst spät zurück und erzählten, sie hätten auf einer Grasebene in der Ferne Gebilde erspäht, die wie irländische Erdhäuser ausahen. Beim Näherkommen hätten sie festgestellt, daß die seltsamen Bauwerke nicht von Menschen, sondern von Bibern bewohnt wurden. Diese Tiere schienen tüchtiger und geschickter als alle ihre Verwandten in der alten Welt. Denn ihr Damm erreichte eine Höhe von fast zwei Manneslängen und eine Länge von tausend Schritt.
Über diese und noch manche andere Entdeckung staunten die Grönländer sehr. Ebenso wunderten sie sich aber, weil diese Küste auch nach so vielen Fahrtagen noch immer kein Ende nahm. Deshalb gab Thorwald Erikssohn dem Gestade den Namen ›Wunderstrand‹.

Wie die Wikinger vom Winter gefangengenommen wurden

Nach acht Tagen sagte der Waidmann zu Thorwald: »Nun gibst du wohl endlich zu, daß du dich verirrt hast. Dein Bruder segelte in nur zwei Tagen von Markland nach Vinland, wir aber sind schon eine Woche unterwegs und weder Wind noch Wasser werden wärmer. Kehren wir um, ehe es zu spät ist und uns vielleicht gar noch Treibeis überrascht!«
Der Erikssohn sah den schwarzen Hünen mißmutig an und erwiderte: »Vielleicht haben wir den Mühlensund wirklich verfehlt. Aber in diesem Fall wären wir jetzt auf der anderen Seite der Insel, die Leif auf seiner Rückfahrt sah. Deshalb sollten wir solange weitersegeln, bis wir die Spitze des Eilands umrunden. Auf diese Weise kommen wir schneller nach Grönland, als wenn wir jetzt den ganzen Weg gegen Wind und Strömung zurückrudern.«

Das schien den meisten Grönländern vernünftig. Der Waidmann aber ging zornig fort.

Am nächsten Vormittag fuhren sie an einem kleinen Fjord vorüber, dessen Strand sich so sanft zum Meer neigte, daß sie die Schiffe hinaufziehen konnten. Das Wasser wimmelte von Fischen. Vor der Bucht lag eine Insel mit weißen Felsen. Die Fluten strömten mit großer Gewalt aus dem kleinen Meeresarm. Deshalb nannte Thorwald ihn Stromfjord und die Insel Strominsel.

In der Nacht peitschte ein heftiger Sturm die zerrissene Küste. Als sich die Wimpern des Tages öffneten, reckten die meisten Bäume nur noch kahle Äste gegen den Himmel. Dann fiel Schnee. Eisschollen trieben ans Ufer.

Grimmig starrte der Waidmann auf das gerinnende Meer. Thorwald tat, als ob er die Blicke des Hünen nicht bemerkte, ließ das steifgefrorene Segel aufziehen und setzte die Südfahrt fort. Doch schon am Nachmittag sichteten sie auch zur Linken Land.

»Noch eine Insel«, murmelte der Erikssohn hoffnungsvoll.

Es schneite weiter und immer mehr Eis bedrängte die Schniggen. Da erkannte Aris, daß sie auf eine Flußmündung zusteuerten.

»Umdrehen!« schrie der Waidmann im gleichen Moment. »Wir sind in einem Fjord, der jeden Moment zufrieren kann!«

Thorwald riß das Steuer herum und schickte alle Fahrtgenossen auf die Ruderbänke. Noch schneller wendete der Schaumwolf. Wind und Strömung trieben den Schiffen immer größere Schollen entgegen. Krachend schlugen die Eisblöcke gegen die Planken. Die Grönländer ruderten die ganze Nacht, bis sie den Stromfjord erreichten. Dort fällten sie noch in der Dunkelheit Bäume und legten die Stämme als Schiffswalzen auf den Strand. Auf diese Weise gelang es ihnen gerade noch, die Schniggen vor dem Eis zu retten. Denn schon am nächsten Tag fror der Fjord zu und Treibeis bedeckte die Meeresküste, so daß sie nun Gefangene des Winters waren.

Wie die Grönländer große Not leiden

Die Fahrtgenossen erbauten zwei Hütten und trugen ihre Habe hinein. Thorwald wohnte mit seinen Leuten am Waldrand, der Waidmann auf einem Hügel. Schnee deckte die Erde zu. Aris und Eystein schlugen Löcher ins Eis und fingen Fische. Thorhall ging mit Kalf Ketilssohn auf die Jagd. Aber der Wald erwies sich als arm an Wild.

Im Widdermonat waren die Essensvorräte verbraucht. Es wurde so kalt, daß sie die Eisdecke auf dem Stromfjord nicht mehr durchhauen konnten. Aris, Eystein und einige andere Männer trugen deshalb ihr Schleppboot zum Rand des Meeres und fischten dort. Die Fänge reichten eben aus, die Grönländer vor dem Hungertod zu bewahren.

Im Frostmonat fiel soviel Schnee, daß der Waidmann nicht mehr in den Wald gehen konnte und mit seinen Leuten ebenfalls von getrocknetem Fisch leben mußte. Nur selten gelang es ihm, wenigstens einen Schneehasen oder ein Rebhuhn zu schießen. Auch den schottischen Jägern erging es nicht besser.

Da die Grönländer so große Not litten, machte sich Thorwald Vorwürfe und meinte, so wie sein Bruder der Glückliche geheißen werde, solle man ihn künftig den Unglücklichen nennen. Da sagte Aris:

»Denke an Islands Entdecker! Der Erste, Gardar von Schweden überwinterte an der Nordküste und nannte das neue Land Gardarsholm. Was blieb davon? Der zweite, Haddod aus Norwegen, gab der Insel den Namen Schneeland, und auch dieser verging. Der dritte aber, Floki aus Jädern, der auf der Insel wohl nicht weniger mit Eis zu kämpfen hatte als wir hier, nannte sie Island, und dieser Name blieb.«

Da hellte sich Thorwalds finstere Miene auf, er trug wieder Landmarken ein und benannte Buchten und Berge.

Aber es wurde ein sehr harter Winter, und zur Julzeit befanden die Grönländer sich in einer bedrohlichen Lage. Einige Männer wurden so schwach, daß sie kaum noch vor die Hütte gehen und selbst leichte Arbeiten nicht mehr verrichten konnten. Frierend lagen sie in ihren Fellsäcken und kauten Rinde. Da rief Thorwald

Aris, Eystein und die beiden Schotten. Sie trugen ihr Schleppboot zum Rand des Eises und fuhren zur Strominsel. Doch auch auf den weißen Klippen war nichts Eßbares zu entdecken.
»Nun will ich etwas tun, das mir mein Bruder Leif riet, ehe ich ausfuhr«, sagte Thorwald, sank auf die Knie und bat den Christ, sie aus der Not zu retten.
Aber der Südländergott sandte ihm kein Zeichen, und es war, als habe er das Gebet gar nicht gehört.
Entmutigt kehrte der Erikssohn zu seiner Hütte zurück. Zwei seiner Männer mußten gestützt werden. Nur Aris, Eystein und Thorwald selbst fühlten sich noch in der Lage, Holz zu hacken. Sie nahmen Beile und stiegen den Hügel hinauf.
Als sie an der Hütte der Westsiedler vorübergingen, hielt sie Kalf Ketilssohn an. »Habt ihr den Waidmann gesehen?« fragte er voller Sorge. »Er ist seit gestern spurlos verschwunden!«

Thorhalls verwunderliches Tun auf einer Felsenklippe

Thorwald sah den Ketilssohn betroffen an. »Hat er nicht gesagt, wohin er wollte?« fragte er.
Kalf schüttelte besorgt den Kopf.
»Warten wir bis zum Abend«, entschied er Erikssohn. »Wenn er bis dahin nicht zurückgekehrt ist, wollen wir ihn suchen.«
Sie legten einen Vorrat von Feuerholz an, damit die kranken Fahrtgenossen nicht frieren mußten. Der Waidmann kam nicht.
Am Morgen bewaffneten sich Thorwald, Aris, Eystein und die beiden Schotten mit Bogen, Jagdspeeren und Schwertern, drangen in den Hochwald ein und durchsuchten ihn bis an den Fuß eines Berges. Sie fanden aber keine Spur von dem Vermißten.
Den nächsten Tag streiften Thorwald, Aris und Eystein am Strand des Stromfjords bis zum offenen Wasser umher. Aber auch dort konnten sie nicht die Spur eines Menschen entdecken.
Eystein war nun schon sehr entkräftet und mußte oft rasten.
Am dritten Tag fuhren sie mit dem Schleppboot nach Norden. Thorwald und Aris ruderten die ganze Zeit. Eine Stunde nach ihrer Abfahrt fanden sie frische Fußspuren am Strand.

Schnell banden sie das Boot an einen Felsen und stiegen an Land. Die Fährte führte einen steilen Berg empor. Auf dem Gipfel wuchsen drei Eichen.
Mühsam kletterten die Gefährten an den vereisten Felsflanken empor. Der schmale Steig wand sich wie die Spur einer Schlange. Keuchend klomm Aris als erster auf die sanft gerundete Kuppe und blieb verwundert stehen.
»Was ist?« rief Thorwald hinter ihm, schob den Norweger zur Seite und spähte über die felsige Fläche. Was er dort sah, ließ ihn verblüfft verstummen.
Als letzter drängte sich Eystein zwischen den Fahrtgenossen hindurch und sank erschöpft in die Knie. Staunend starrte er auf das Bild, das sich ihm bot.
Unter der größten Eiche lag der Waidmann, das dunkle Gesicht zu den niedrigen Wolken gewandt. Mit weit aufgerissenen Augen starrte er in den grauen Himmel und stieß viele unverständliche Worte hervor.
»Was ist mit ihm?« flüsterte Eystein entsetzt. »Hat ihm der Hunger den Verstand geraubt?«
»Ich weiß es nicht«, antwortete Thorwald, »so etwas sah ich noch nie!«
Eine ganze Weile standen die Fahrtgenossen auf der runden Kuppe. Ein eisiger Luftstrom zerrte an ihren Kleidern, und bald begann es wieder zu schneien.
Nun stieß der Hüne laute Rufe aus, als wolle er den Wind übertönen. Dabei rollte er die Augen, sperrte Mund und Nase auf und zuckte mit Händen und Füßen. Schnee fiel in dichten Flocken herab und legte sich wie ein Mantel aus weißer Wolle über den alten Wikinger.
Schweigend warteten die Gefährten und ihnen war, als stünde die Zeit plötzlich still. Die mächtigen Eichen wankten unter der Wucht des aufkommenden Sturms. Das Pfeifen der Lüfte schwoll an zu einem furchteinflößenden Lied, und am Ende schien der Boden unter ihren Füßen zu beben. Bleich klammerte Eystein sich an einen Felsen. Thorwald blickte sich um, als fürchte er höllische Geister aus den Tiefen auffahren zu sehen. Aris aber stand unbewegt und wartete, bis der Waidmann aus seiner Verzückung erwachte.

Als es zu dämmern begann, schwieg der schwarze Hüne, wischte sich Schnee vom Gesicht und erhob sich.
»Thorhall!« rief der Erikssohn. »Was ist mit dir? Bist du krank?«
Der Waidmann fuhr herum. Seine kohlschwarzen Augen funkelten. »Das geht euch gar nichts an«, erwiderte er barsch.
Thorwald atmete auf. »Du scheinst ganz der alte«, meinte er erleichtert. »Aber warum hast du uns nicht gesagt, wohin du gehst? Wir suchen dich schon seit drei Tagen!«
»Bin ich ein kleines Kind, das einer Amme bedarf?« fragte der Waidmann unwillig.
»Es konnte dir ja etwas zugestoßen sein«, versetzte Thorwald verstimmt. »Wie Bjarne und Leif will auch ich alle Männer, die mit mir ausfuhren, heil und gesund nach Grönland zurückbringen!«
»Lerne erst einmal, auf dich selbst aufzupassen, du Naseweis«, knurrte der schwarze Hüne, hob sein Beil auf und trat auf sie zu.
Ärgerlich biß sich der Erikssohn auf die Lippen. »Gewiß bist du der unter uns, um den man sich am wenigsten sorgen muß«, gab er zu. »Denn niemand kennt die Wälder und Einöden in allen Weltteilen besser als du. Trotzdem wäre ich froh, wenn du nun mit uns ins Lager zurückkehren würdest.«
»Wenn du weiter nichts willst«, sagte der Waidmann und kräuselte spöttisch die Lippen.
Sie kletterten von der Klippe und stiegen ins Schleppboot. Als sie zur Strominsel kamen, kreisten Möwen über dem Strand. Der schwarze Hüne beschattete mit der Hand die Augen und sagte: »Jetzt hat die Not endlich ein Ende!«

Von einem Wal und welcher Gott ihn sandte

Nun sahen auch die Gefährten auf dem Gestade einen gestrandeten Wal. Das Tier war wohl erst kurz zuvor an Land getrieben, denn sein Fleisch schien noch frisch und fest.
»So einen Fisch sah ich noch nie«, murmelte Aris.
»Sieht aus wie ein Grindwal«, meinte Eystein.
»Unsinn!« widersprach Thorwald. »Der Grind hat schwarze Haut und wird längst nicht so groß!«

»Wie lange wollt ihr noch schwatzen?« rief der Waidmann und hieb sein Beil in den Speck, so daß rotes Blut hervorsprang. »Bis ihr euch einigt, sind die Gefährten verhungert!«
Die anderen halfen ihm und schnitten soviel Speck und Fleisch aus dem riesigen Körper, wie das Boot zu fassen vermochte. Aris blieb auf der Insel zurück, bewachte den Fund und hielt die gefräßigen Möwen fern. Er zündete sich ein Feuer an und aß soviel leckeren Braten, daß sein Bart bald vor Fett glänzte.
Am Morgen kehrten die Grönländer mit beiden Schleppbooten wieder und luden den Rest des Wals ein. Sie trugen die Beute zu ihren Hütten und bald labten alle sich an schierem Fett und frischem Fleisch. Da herrschte große Freude, und Eystein Einarssohn sagte: »Nun laßt uns alle dem Christ von Herzen danken, daß er uns diese prächtige Beute sandte.«
Der Waidmann stand vor seiner Hütte und lachte laut. »Glaubt ihr wirklich, daß es ein Knechtsgott war, der diesen Wal stranden ließ?« rief er höhnisch. »Narren! Thor half uns, weil ich auf hoher Klippe ein Lied zu seiner Ehre sang! Ja, der Rotbart ist zuverlässiger als euer Gekreuzigter! Selten ließ er mich im Stich.«

Von neuem Streit unter den Wikingern

Laut wie Hörnerschall hallte das Hohngelächter des Waidmanns nun in den Ohren der erschrockenen Christen, und ihnen war, als würden sie vom Satan selbst verhöhnt. Da sprang der Erikssohn auf und rief mit blitzenden Augen: »Eher will ich hier Hungers sterben als Speise von deinem Dämonen genießen, verfluchter Heide! Fort mit dem Teufelstier!« Mit diesen Worten schleuderte er ein Stück Braten, an dem er eben noch gierig gebissen hatte, ins Feuer. Auch Thorwalds Fahrtgenossen aßen nicht weiter; sie packten was von dem Wal noch übrig war, und warfen die Reste über die Klippen hinab.
Der Waidmann wurde weiß vor Wut. »So also dankt ihr dem Rotbärtigen seine Güte«, grollte er. »Das soll das letzte Mal gewesen sein, daß euch Verrätern die Hand zur Versöhnung gereicht wurde.«

»So schlecht und böse wie deine Gedanken sind wohl auch deine Götter!« schrie Thorwald darauf in flammendem Zorn. »Darum will ich nun geloben, daß ich mich taufen lassen werde, wenn der Christ die Gefährten und mich gesund nach Vinland zurückbringt.«
»Dann kann der Schwur, den ich deinem Vater leistete, nicht länger gelten!« knirschte der schwarze Hüne. »Denn ein Verräter wie du verdient keine Treue. Verhungere hier! Ich will, sobald das Eis bricht, allein nach den Westinseln segeln.«
»Fahre nur«, versetzte der Erikssohn. »Der Christ wird uns Nahrung schicken, sobald du nur aus unserer Nähe bist.«
Die Grönländer aus der Westsiedlung stiegen die Felsen hinunter, sammelten das von den Christen verschmähte Fleisch wieder ein, reinigten es im Meer und legten es vor ihrer Hütte in den Schnee. Jeden Tag schmausten die Fahrtgenossen des Waidmanns mit vollen Backen und kamen auf diese Weise bald wieder zu Kräften. Den Männern des Erikssohns aber ging es immer schlechter. In ständig wachsender Verzweiflung, die aber niemals seine große Tüchtigkeit beeinträchtigte, ruderte Thorwald jeden Morgen mit Aris aufs Meer. In ihren Netzen fing sich aber immer nur eben so viel, daß keiner von den Grönländern verhungern mußte.
Immer wieder beteten Thorwald und seine Gefährten in diesen Tagen zum Christ und legten allerlei Gelübde ab, aber kein Himmelszeichen tröstete sie, und jeden Morgen goß der Waidmann seinen Spott wie Unrat über sie aus.
Aris aber schlich jede Nacht auf den Hügel, nahm sich von dem gefrorenen Walfleisch und briet es heimlich in einem Versteck tief im Wald. Denn er wollte bei Kräften bleiben für den Fall, daß es mit den Männern vom Schaumwolf zum Kampf kam.
Einige Tage später besserte sich das Wetter. Der Schwarze Hüne zog wieder in den Wald und schleppte allerlei Wildbret herbei. Jeden Abend saß er mit seinen Fahrtgenossen vor seiner Hütte. Und während der Duft gebratenen Fleischs zum Strand zog, rief der Waidmann höhnisch hinunter: »Köstlich mundet, was der Rotbärtige seinen Getreuen zukommen läßt!«
Am ersten Tag des Einmonats brach das Eis endlich auf. Thorhall und seine Wikinger schoben den Schaumwolf von den Schiffswal-

zen und brachten ihre Fahrhabe an Bord. Danach segelte er am Wunderstrand entlang nach Norden und ließ den Erikssohn in der Fremde zurück.
Thorwald betete den ganzen Tag. Kurz vor Einbruch der Dämmerung zeigte sich plötzlich eine weiße Wolke am Himmel. Als sie näherschwebte, erkannten die Grönländer Schwärme von Seevögeln. Kreischend ließen die Tiere sich auf den Klippen der Strominsel nieder, legten Eier und begannen zu brüten.
Einige Tage später ruderten Thorwald und Aris zu dem kahlen Eiland. Da lagen so viele Eier am Strand, daß die Männer kaum wußten, wohin sie ihre Füße setzen sollten. Sie sammelten soviel ein, wie sie in ihren Körben zu tragen vermochten, und brachten die Beute zu ihren kranken Gefährten. Von dieser Nahrung wurden die Grönländer innerhalb weniger Tage wieder stark und gesund. Thorwald dankte dem Christ von ganzem Herzen dafür und sagte zu ihm: »Leif hatte recht; es gibt keine Hoffnung ohne deine Hilfe und auch kein Glück, das nicht von dir kommt. Das werde ich nicht vergessen.«

Warum Thorwald Erikssohn seiner Insel den Namen Honigholm gab

Die eisigen Klammern des Meeres lösten sich unter den warmen Winden des Frühlings rasch auf, und die Wogen der See rollten wieder schäumend über die steinigen Strände. Die Grönländer sprachen über die weitere Fahrt und Aris meinte: »Schon im letzten Herbst erklärte ich euch, daß der Waidmann recht hat: Wir müssen zurück nach Norden und dann durch den Mühlensund segeln, wenn wir Vinland nicht verfehlen wollen.«
»Ich habe keine Lust, hinter diesem schwarzen Trollsohn herzufahren«, murrte Thorwald. »Wenn wir dem alten Kurs folgen, können wir unser Ziel vielleicht sogar noch vor ihm erreichen.«
»Wer weiß, wie weit sich diese Insel erstreckt«, sprach Aris zweifelnd. »Denke daran, wie lange ein Schiff braucht, um Erin oder gar Ängelland zu umrunden! Was auch, wenn wir uns wieder verirren?«

»Christ rettete uns vor dem Hunger«, erwiderte der Erikssohn, »gewiß weist er uns hier den rechten Weg.«
Sie brachen das Lager ab, trugen ihre Fellsäcke in den Frachtraum und segelten fort.
Nach einiger Zeit erblickten sie wieder das gegenüberliegende Ufer des Fjords, in dem sie fast vom Eis überrascht worden wären. Sie folgten der anderen Küste nach Norden. Zwei Tage später umschifften sie ein Vorgebirge. Zu ihrer Enttäuschung bog das Gestade dahinter jedoch nicht nach Süden, sondern nach Osten. Sie fanden das flache Land schön und bewaldet. Der grüne Wall hoher Bäume begann nur wenige Schritte hinter der Flutlinie. Überall hoben sich felsige Inseln aus den schäumenden Wellen des Meeres, zahlreich wie die Schären vor der Mündung des Mälarsees. Einige Male wichen die Strände nach Süden, doch jedesmal nur für wenige Meilen. Darunter litt die Stimmung der Fahrtgenossen. Thorwald verlor jedoch weder Geduld noch Glauben. Sorgfältig trug der Erikssohn jede neue Landmarke auf seiner Peilscheibe ein. Er maß auch Stern- und Sonnenwinkel und stellte dabei fest, daß sie sich fast genau im Süden des Rabenkliffs befinden mußten.
Jeden zweiten Tag erforschten sie die Wälder und es schien ihnen, als ob das Land langsam besser würde. Das Gras war saftiger als auf Grönland, aber die Früchte Vinlands fanden sie nicht. Auch die schottischen Schnelläufer brachten von ihren Streifzügen weder Wein noch Weizen zurück.
Zweimal fuhren die Grönländer in große Fjorde und verloren viel Zeit, ehe sie wieder herausfanden. So kam es, daß schon der Sommer nahte, ehe sie endlich den östlichsten Punkt ihrer Reise erreichten. Dort erwies sich, daß Thorwald mit seiner Vermutung recht hatte. Denn von nun an führte die Küste nach Westen, so daß sie im Eier- und Weidemonat morgens stets mit der Sonne im Rücken fuhren.
Zweimal stieg Thorwald mit Aris und den beiden Schotten auf hohe Berge. Da sahen sie, daß das Land bis zum Himmelsrand reichte und auch im Innern von dichtem Wald bewachsen war. Sie steuerten in viele Flüsse und fanden dort andere seltsame Vögel: Blaue Reiher und Häher, goldene Amseln und große, schieferfarbene Tauben, die zu Zehntausenden in den Baumwipfeln saßen.

Das Wetter war mild. Tang trieb im Meer, und in den flachen Buchten wimmelte es vor Quallen. Walrosse, Robben und andere Tiere des Nordens sahen die Grönländer aber nur selten.
Am zweiten Tag des Heumonats bog die Küste wieder nach Norden. An dieser Stelle erhob sich ein Berg, der ihnen höher als alle anderen schien. Thorwald und seine Gefährten benötigten zwei volle Tage, um ihn zu ersteigen. Auf den duftenden Wiesen wuchsen zahllose bunte Blumen. Bienen summten überall. Oben spähten sie eine Weile lang in die Ferne. Dann sagte Aris: »Nun steht fest, daß dieses Land eine Insel ist. Darum brauchen wir nun wohl nicht wieder nordwärts zu segeln. Wenn wir Kurs nach Westen nehmen, kommen wir sicherlich bald nach Vinland.«
Thorwald aber bestimmte: »Jetzt kommt es auf einige Wochen mehr oder weniger auch nicht mehr an. Den Waidmann holen wir ohnehin nicht mehr ein. Laßt uns also diese Küste erst genau erforschen! Ich will der Insel den Namen Honigholm geben. Denn dieses Land habe ich selbst entdeckt, und darum schmeckt mir seine Luft süßer als selbst die Speise der Bienen.«

Von der Mühle des Meeres

Aris kratzte sich am Kinn und erklärte: »Ja, es ist eine Insel und kein Teil von Vinland. Dennoch kannst du nicht als Entdecker gelten, denn Bjarne stieß schon vor siebzehn Jahren auf dieses Land.«
»Doch er betrat es nicht und gab ihm auch keinen Namen«, frohlockte Thorwald. »Darum liegt dieses Recht nun bei mir.«
Vergnügt lenkte er sein Schiff an einer felsenreichen, von vielen Fjorden zerrissenen Küste nach Norden. Dabei bemerkten die Grönländer bald, daß ihnen eine starke Strömung entgegenwallte. Auch an der Westküste Honigholms drangen sie oft in die Wälder ein. Nach sieben Tagen hob Thorwald die Peilscheibe gegen den Himmelsrand und sagte: »Seht ihr die Berge dort? Es sind dieselben, die wir vergangenes Jahr vom Stromfjord aus sahen.«
Auf der Weiterfahrt ließ der Erikssohn alle Buchten absuchen, doch vom Waidmann fand sich keine Spur. »Thorhall segelte wohl

ohne Rast an dieser Küste entlang, um auf jeden Fall vor uns nach Vinland zu kommen«, vermutete Thorwald darauf.
»Wenn ihm nicht etwas zugestoßen ist«, meinte Aris.
Die Strömung stemmte sich ihnen nun immer stärker entgegen. Bald schlingerte das Nordroß in schäumenden Wellenwirbeln, und Thorwald befahl seine Fahrtgenossen auf die Ruderbänke. Der Wind frischte auf, und Wolkenfetzen zogen in rasender Eile über den niedrigen Himmel. Kurze Zeit später schlugen die schweren Tropfen eines Gewitters auf sie herab. Heulend erhob sich der Ästewolf, und ein mächtiger Meeresbrand brach über den Vordersteven.
Schnell bargen Aris und Eystein das Segel. Die anderen hieben die Hölzer noch heftiger in das zerwühlte Wasser. Der mächtige Weltfluß wand sich brüllend unter den Streichen der Wetterpeitsche. Weiß gischteten die Schaumgebirge, als der Meißel des Sturms immer tiefere Täler zwischen sie schlug. In weiter Ferne erklangen erst ein dumpfes Grollen, dann aber ein hallendes Donnern und schließlich ein schreckliches Tosen. Das Nordroß stob auf den Wogen davon wie das Spreublättchen einer Löwenzahnblüte vor dem blasenden Mund eines Kindes. Die Planken der Schnigge ächzten wie unter Schmerzen, und ihr Kiel knarrte wie der Balken eines Dachs unter der Last schweren Schnees.
»Laßt uns den Sturm am Strand abwarten!« schrie Eystein.
»Zu spät!« rief Thorwald zurück. Mit schwellenden Muskeln drängte er das wild springende Nordroß noch weiter hinaus auf die kochende See.
Immer höher wallte das Weltschlangenwasser. Der wilde Himmelswolf riß große Flocken aus dem Flackerschaum und schleuderte sie den Grönländern in die Gesichter. Das Salz der See brannte in den Augen der Männer, und der Strom der Lüfte brandete so hart gegen ihre Münder, so daß sie kaum Atem zu schöpfen vermochten.
»Seht!« schrie Aris und zeigte nach Westen. »Die weißen Strände! Wir fahren im Mühlensund!«
Schon stach hinter den haltlos flatternden Schleiern der Wolken drohend ein Vorgebirge hervor. Steil wie ein Drachenschiffsteven spaltete es die Strömung. Wirbel drehten sich wie gewaltige Räder

aus Wasser und zogen die Schnigge mit sich, so wie ein rasendes Roß einen spielenden Knaben davonzerrt, legt er sich auch noch so fest in die Zügel. Aris rief dem Erikssohn zu, der Wut des Wassers nicht zu wehren und an das westliche Ufer zu steuern, wo Leif einst die Durchfahrt geglückt war. Doch Thorwald schüttelte heftig den Kopf und blieb an Honigholms Küste. Wirklich schien sich dort ein Weg zu öffnen, denn der Druck der Wogen ließ ein wenig nach, und bald war die Meerenge überwunden.
Dahinter aber trafen die Wellen mit doppelter Wucht auf das Schiff. Felsen und Flutschären tauchten auf, so daß es war, als führen sie durch die Stromschnellen des Tanakvisl. Zweimal berührte das Nordroß mit seinen hölzernen Rippen die Klippen, kam aber ohne Schaden davon. Beim dritten Mal drang ein schreckliches Knirschen an die Ohren der Männer und krachend zerbarst der Kiel. Der zornige Mahlstrom zerschlug wie mit Fäusten die Planken. Der Mast brach und riesige Brandungswogen spülten Fässer und Fahrhabe in die See. Verzweifelt klammerten sich die Männer an ihre Ruder. Spanten, Kniehölzer und Streben hielten das Schiff noch notdürftig zusammen. Der Erikssohn ließ das Steuer nicht los, obwohl seine Schnigge schon bis zur Auerbordplanke im Wasser lag. Mit letzter Kraft schleppte sich das waidwunde Nordroß ans Ufer und wälzte sich dort wie ein sterbender Wal an den Strand.

Von einer Weissagung und einer Herausforderung

In dieser Zeit fuhr Thorward mit Freydis zu seinem Vater. Herjulf begrüßte seinen Sohn und Schwiegertochter mit großer Freude, denn seit Thorgerds Tod und Bjarnes Abreise nach Norwegen war ihm recht einsam. Frohgemut führte er seine Gäste zum Ehrenhochsitz, reichte ihnen frisch gebrautes Bier und fragte sie nach ihrem Leben in der Westsiedlung aus.
Thorward berichtete, er habe mit seinen Knechten ganz in der Nähe Thorsteins des Schwarzen Land gerodet. Im Frühjahr wolle er nach Nidaros reisen, um sich dort wie Bjarne eine seetüchtige Schnigge bauen zu lassen. »Denn den Eissturmvogel, den Erik uns

versprach, werden wir ja doch niemals erhalten«, sagte der Herjulfssohn, »und ich gedenke nicht, Vinland den anderen jungen Grönländern zu überlassen. Mir gebührt ja wohl ein Anteil an der Küste, die mein Bruder fand!«

Herjulf freute sich sehr über diese Worte und meinte: »Die Ehe tut dir offenbar gut, denn jetzt gleichst du Bjarne viel mehr als früher.«

Doch wie es oft unter Menschen geschieht, die nicht genug miteinander sprechen, drang das, was den Mund des Vaters als Lob verließ, als Tadel in des Sohnes Ohr und Thorward erwiderte blitzenden Auges: »Willst du mich demütigen, daß du Bjarne noch immer als leuchtendes Vorbild preist? Immer wieder läßt er dich im Stich!«

»Auch du hast mich verlassen«, antwortete Herjulf.

»Aber aus einem anderen Grund!« eiferte Thorward. »Ich heiratete, wie du selbst es mir schon vor Jahren bestimmtest! Bjarne aber kümmerte sich nie um deine Wünsche, sondern tat stets nur das, was er wollte.«

»Dein Bruder brachte Glanz über unser altes Geschlecht«, sagte der Alte. »Aber ich will nicht ungerecht sein. Er ist ja auch viel älter als du. Dir bleibt genügend Zeit, ihm nachzueifern!«

»Mehr traust du mir nicht zu?« rief sein Sohn unbeherrscht. »Nicht einholen, sondern übertreffen werde ich deinen Liebling, das wirst du noch sehen! Dann wird man meinen Namen vor seinem aussprechen, auch wenn dir das vielleicht mißfällt.«

»Ist es denn Christenart, daß Väter eigensinnige Söhne den gehorsamen vorziehen?« fragte Freydis.

»Thorward diente unserer Sippe stets in großer Treue«, gab Herjulf zu. »Bjarne aber verdanken wir den frischen Ruhm, der uns hier auf Grönland einen Platz unter den ersten Geschlechtern sichert. So wie einst Ingolf unter den Landnehmern Islands . . .«

»Ruhm?« unterbrach ihn Freydis mit höhnischem Lachen. »Weißt du nicht, wie man in Norwegen über den Mann spottet, der neues Land fand und nicht betrat?«

Das wettergegerbte Gesicht des alten Freibauern färbte sich dunkel. »Bjarne handelte, wie es sich für den vernünftigen Seefahrer ziemt«, gab er zur Antwort. »Nur deshalb brachte er alle Gefährten heil nach Grönland zurück.«

»Auch wenn es auf Besonnenheit ankommt, gebührt Thorward der größere Verdienst!« rief Freydis. »Denn er blieb dir als Stütze, während Bjarne sich nur in der Welt herumtrieb. Darum müßte eigentlich Thorward den Hof erben!«

Herjulf schüttelte langsam den Kopf: »Thorward kann hier nur Herr werden, wenn Bjarne vor ihm und kinderlos stirbt«, erwiderte er. »Das wißt ihr genau!«

»Du wärst nicht der erste, der einen ungehorsamen Sohn verstieß!« rief Freydis heftig. »Mein Vater Erik zögerte jedenfalls nicht, Thorstein und Leif aus seiner Halle zu weisen, da sie ihm die Treue brachen!«

»Niemals werde ich Bjarne enterben«, erklärte Herjulf entschieden. »Besser wäre es, würdet ihr selbst endlich Nachwuchs zustandebringen, nachdem ihr nun schon zwei Jahre verheiratet seid!«

»Das hätte ich nicht von dir gedacht, Vater«, stieß Thorward heftig hervor, »daß du selbst an meiner Männlichkeit zweifelst!«

»Wie viele Enkel schenkte dir Bjarne?« fragte Freydis erbost. »Warum wirfst du dem Jüngeren vor, was auch dem Älteren noch nicht gelang?«

»Ich wollte Thorward nicht tadeln«, versetzte der Alte, »denn ich weiß ja nicht, wen die Schuld trifft: ihn oder dich!«

Freydis wurde bleich wie der Tod und ihre Lippen begannen zu zittern. Sie sah ihren Mann an und sagte mit tonloser Stimme: »Läßt du es zu, daß mich dein Vater so schmäht?«

»Das nimmst du zurück!« schrie Thorward den Alten an. Nie zuvor hatte er so zu seinem Vater gesprochen.

»Das ist mein Hof«, antwortete Herjulf mit weißen Lippen, »und hier gilt mein Wort!«

»Und nach dir wohl Bjarnes«, sprach Thorward bitter.

»Ganz recht!« rief Herjulf. »Er ist und bleibt mein Erbe, was auch geschieht!« Mit einer heftigen Bewegung riß er den Blutglanz aus der Silberscheide. Der Feuerschein spiegelte sich auf dem Kreuzknauf. »Hebe niemals die Hand gegen deinen Bruder!« herrschte er seinen Sohn an. »Wenn du dich gegen deine Sippe stellst, wird dieses Schwert dich strafen!«

»Ich bin es leid zuzusehen, wie Thorward um den Lohn seiner Treue betrogen wird!« rief Freydis mit flammenden Blicken.

»Immer nur sprichst du von Bjarne! Sein Wunsch zählt bei dir — Thorward mag schweigen! Wer Bjarne lobt, dem öffnest du dein Herz. Wer aber die Wahrheit sagt, dem willst du den Mund verbieten!«
»Ich behandelte dich stets mit Achtung«, sagte der alte Freibauer fest.
»Lüge!« schrie Freydis in höchster Erregung. »Selbst Bjarnes Seeschäumern, niedrigen und geringen Männern, hast du größere Ehren erwiesen als mir! Um ihre fetten Bäuche zu füllen, schwammst du sogar durch die nächtliche See nach deinem Schafwerder!«
»Wenn das alles ist, was du von mir begehrst«, erwiderte Herjulf unmutig, »so will ich auch dir einen Hammel holen!«
»Laß nur, Vater«, suchte Thorward ihn zu beschwichtigen. »Es genügt doch, wenn du einen Knecht mit dem Ruderboot nach dem Holm schickst.«
»Du bist alt, Herjulf«, fügte Freydis hinzu, »ich will nicht schuld sein, wenn dir etwas zustößt.«
»Ich werde es dir schon zeigen, daß ich noch schwimmen kann«, versetzte der alte Freibauer unwillig.
»Dann warte wenigstens bis morgen«, bat ihn sein Sohn. »Es wird schon dunkel!«
»Wir könnten ja gleichfalls ein Feuer anzünden«, schlug Freydis vor. »Natürlich nur, wenn dein Vater nicht doch schon zu müde ist und ein Nickerchen vorzieht!«
Herjulf hob die Hand, wie um seine Schwiegertochter zu schlagen. An seiner Schläfe zuckte die böse Rune des Zorns. »Du sollst deinen Willen haben«, grollte er, »aber danach wirst du von Bjarne schweigen, solange du auf meinem Hof weilst! Denn ich will nicht länger dulden, daß sein Name von dir beschmutzt wird, und ebensowenig der meine.«

Von einer Mannesprobe und der Verführungskunst einer Frau

Nun hieß Herjulf drei seiner Knechte Brennholz aus dem Schuppen holen und nach der kleinen Landzunge tragen, die der Schafweide gegenüberlag. Es war eine finstere, mond- und sternenlose Nacht. Vater und Sohn entzündeten Fackeln und stiegen zum Strand hinunter. Freydis folgte ihnen. Die Luft war selbst für einen Abend im Heumonat äußerst mild, und ein lauer Wind wehte über die Wasser des Fjords.

Schweigend wanderten sie am Ufer entlang, bis das Licht der Halle hinter dem Vorgebirge verschwand. An einer Klippe schichteten die Knechte das Holz auf und steckten es in Brand. Herjulf streifte sein Obergewand ab und stieg in das kühle Wasser. Ohne ein weiteres Wort stieß er sich vom Ufer ab und schwamm mit kräftigen Armzügen durch die leise plätschernden Wellen. Sein graues Haar schimmerte wie eine Wollflocke auf schwarzem Öl. Bald war er in der Dunkelheit verschwunden.

»Was steht ihr hier noch herum?« fuhr Freydis die Knechte an. »Plagt euch die Neugier stärker als der Fleiß?«

Die Männer wandten sich verlegen ab und kehrten zum Hof zurück. Thorward legte unterdessen Holz nach.

»Wie lange schwamm dein Vater für Bjarnes Seeschäumer?« wollte die Erikstochter wissen.

»Ungefähr anderthalb Stunden«, antwortete der Herjulfssohn. »Warum?«

»Weil wir uns dann beeilen müssen«, sprach Freydis sanft.

»Beeilen?« staunte ihr Mann. »Womit denn?«

»Mit der Erfüllung meines Versprechens«, lächelte die Erikstochter und ließ ihren Umhang zu Boden fallen. »Weißt du nicht mehr? Was glaubst du, warum ich die Knechte fortschickte?«

Thorward starrte sie an und schluckte. »Du meinst . . .?« murmelte er verblüfft.

»Heute abend«, sprach Freydis sanft, »standst du zum ersten Mal wirklich auf meiner Seite. Du nahmst mich in Schutz, als dein Vater mich schmähte — nie zuvor wagtest du, ihm Widerworte zu geben! Nun weiß ich, daß du ein Mann bist und mich wirklich liebst. Darum will ich jetzt tun, was ich dir in der Nacht unserer Hochzeit gelobte.«

Thorward schwieg. Die Erikstochter löste das Band, das ihr Kleid am Busen zusammenhielt. Langsam glitt der kostbare Stoff zu Boden. Da hielt es den Herjulfssohn nicht; er raffte den Umhang auf und folgte seiner Frau in den Schatten der Nacht.

»Freydis!« murmelte er, als er die Hände in ihren Haaren vergrub. »Wie lange mußte ich auf dich warten! Ich werde dich nie enttäuschen und alles tun, um dich glücklich zu machen.«

»Das tust du schon jetzt«, flüsterte die Erikstochter aus rauher Kehle, so daß Thorward stolz auf seine Männlichkeit wurde, »darum werden du und ich diesen Tag niemals vergessen.«

Lange Zeit lagen sie miteinander, denn der Herjulfssohn war trunken nach Zärtlichkeit seiner Frau und wollte nicht von ihr lassen. Die Erikstochter aber erfüllte ihrem jungen Gemahl in dieser Nacht alle Freuden, die eine Frau einem Mann zu gewähren vermag. Und während sie seinen Kopf an ihren Busen bettete und die Liebkosungen seiner Lippen spürte, blickte sie in das flackernde Feuer, das allmählich verglomm.

Herjulf schwamm von den Flammen fort, so lange er sie über der Achsel erspähen konnte. Als sie verloschen, war er schon sehr weit draußen. Durch den wechselnden Wind verlor er die Richtung und schwamm in immer tieferes Wasser. Er war sehr stark, doch selbst ein Jüngerer hätte nicht eine ganze Nacht lang im kalten Meer Grönlands schwimmen können.

Als ihn die Kräfte verließen, empfahl Herjulf seine Seele dem Christ, verfluchte Freydis, vergab aber seinem Sohn. Dann hörte er auf zu schwimmen und sank in die Tiefe.

So starb Herjulf Bardssohn, der einer der besten Männer auf Grönland war, und niemand außer Freydis empfand Freude über seinen Tod.

Als der Morgen graute, schreckte Thorward auf, löste sich aus den weichen Armen, die ihn noch immer umschlangen, und sagte erschrocken: »Das Feuer! Vater! Er müßte doch längst zurückgekehrt sein!«

Freydis tat, als ob sie gleichfalls verwirrt sei, und antwortete: »Was ist geschehen?«

»Das Feuer ist niedergebrannt!« rief ihr Mann entsetzt. »Ich weiß nicht, wie lange schon! Vielleicht fand er deshalb nicht zurück! Schnell, wir müssen ihn suchen!«
Keuchend stieg er das Vorgebirge empor und starrte auf das von der Morgenkühle bewegte Wasser des Fjords, konnte jedoch keinen Schwimmer entdecken. Als er voll schrecklicher Ahnungen wieder zum Strand kam, sah er, daß Freydis die restlichen Scheite angesteckt hatte.
»Was tust du da?« fragte er. »Jetzt ist es zu spät! Schnell, zum Hof! Wir müssen Hilfe holen!«
»Das werden wir tun, sobald alles Holz zu Asche verbrannt ist«, antwortete die Erikstochter. »Denn sonst wird bald jeder auf Grönland wissen, wie schlecht du das Feuer gehütet hast, von dem das Leben deines Vaters abhing.«
Bleich sank der Herjulfssohn auf einen Stein. »Du hast recht«, flüsterte er entsetzt. »Es ist meine Schuld!«
Sie warteten, bis das Feuer verglüht war. Dann hasteten sie nach Herjulfsspitz und riefen die Knechte. Eilig bemannten sie das Ruderboot und fuhren zur Schafsinsel. Auch die Ufer des Fjords suchten sie ab, konnten den Alten aber nicht finden.
Am Abend saß Thorward stumm in der Halle. Freydis sandte indessen Boten zu allen umliegenden Gehöften. Denn sie wollte sicher sein, daß der Alte sich nicht doch noch gerettet hatte. Sie war erst beruhigt, als sie drei Tage später erfuhr, daß Herjulfs Leiche auf der Forkeninsel angetrieben worden war. Thorward aber sagte darauf erleichtert: »Nun wird der Alte mir nicht mehr drohen.«
Er suchte überall nach dem Schwert Blutglanz, konnte es aber nicht finden.
Ulf Mädchenauge brachte den Toten mit seinem Schiff zum Hof. Dort wurde Herjulf neben seiner Frau Thorgerd auf christliche Weise begraben. Tyrker kam aus Gardar und sprach den Totensegen. Auch Thorstein und seine Frau Gudrid, ihr Vater Thorbjörn Wifilssohn, Leif, Frilla, Derdriu und viele andere getaufte Grönländer nahmen an der Beerdigung teil. Thorward und Freydis zeigten am Grab große Trauer. Sven Stinkhals aber raunte den Gefährten zu, er sei gespannt, was Bjarne sagen werde, wenn er

erfuhr, wer seinen alten Vater dazu bewogen hatte, nachts in den Fjord zu schwimmen.
Einige Wochen nach der Leichenfeier sprach Thorward zu Freydis: »Wir wollen hierbleiben, bis mein Onkel Lodin von der Ostküste zurückkehrt, damit der Hof nicht herunterkommt.«
»Was schert dich ein Haus, das dir nicht gehört?« fragte die Erikstochter unwillig. »Am Weißdorschfjord wächst unser Weizen, du Narr! In Herjulfsspitz will ich erst wohnen, wenn dein Bruder tot ist und du endlich erbst, was dir zusteht. Dann wollen wir an beiden Enden Grönlands beginnen, die Kreuze des Knechtsgotts niederzureißen und diese Küste wieder den Asen zu weihen.«

Wie Freydis ihrem Vater und ihrem Mann eine Freude bereitet

Thorward und Freydis fuhren mit Leif zum Eriksfjord. Auch Frilla und Tyrker reisten auf dem Schiff. Dabei entdeckte die Erikstochter den großen Saphir am Finger des Mönchs und spottete: »Weit habt ihr Christenpriester es gebracht, daß ihr euch nun mit Gold und Edelsteinen schmücken könnt, während euer Gott noch in einer Erdhöhle zur Welt kam und in einer Krippe schlief!«
»Ich trage diesen Ring nicht zur Zierde«, versetzte Tyrker mit Würde, »sondern nur wegen des schützenden Zaubers, der ihm innewohnt. Denn dieser blaue Stein vertreibt die Wollust, die schlimmste aller Versuchungen Satans.«
Freydis lachte hell und schüttelte übermütig die rotblonden Locken. »So ewas Närrisches!« höhnte sie. »Nordische Männer pflegen mit solchen Kostbarkeiten die Liebe zu locken, nicht zu verscheuchen!«
Leif setzte Schwester und Schwager vor Steilhalde ab. Erik wartete auf dem Hügel. Heftig drückte er seine Tochter an die breite Brust und murmelte: »Endlich! Ich fühlte mich schon wie ein verdorrter Strunk, an dem jeder achtlos vorüberwandert. Seit Thorwald ausfuhr, freute ich mich nur selten.«
Zu Thorward Herjulfssohn sagte der Rote: »Jeder weiß, daß dein Vater und ich nicht immer Freunde waren. Früher fochten wir manchen Streit aus. Heute aber dauert mich sein Tod und ich wünschte, er würde noch leben.«

Thorward schwieg verlegen. Freydis aber rief: »Mir tut es nicht leid um Herjulf. Wenn es doch allen Verrätern der Asen bald so erginge!«
»Hast du etwas mit seinem Tod zu tun?« fragte Erik mißtrauisch.
»Antworte du ihm«, rief Freydis ihrem Mann ärgerlich zu. »Mein Vater will mich nun genauso ungerecht behandeln wie einst dich der deine!«
»Deine Tochter trägt keine Schuld an diesem Unglück«, sagte der junge Grönländer schnell. »Mein Vater überschätzte wohl seine Kräfte, denn er war schon alt.«
Erik sah seinen Schwiegersohn unter zottigen Brauen an. »Auch wenn dein Vater den Göttern schon lange abschwor, opferte ich um seinetwillen den Asen. Denn Herjulf stammte aus altem Geschlecht und zählte zu Grönlands edelsten Männern. Wehrhaft war er wie nur irgendeiner, tüchtig als Bauer und schlau dazu! Wenn ich mir bei der Landnahme damals den fruchtbarsten Platz sicherte, suchte er sich den einträglichsten aus, das muß man ihm lassen. Und auch noch in anderer Weise übertraf er mich, denn sein ältester Sohn Bjarne folgte am Ende doch wieder dem Gott des Vaters, während mein Erbe Thorstein den Asenglauben verließ. Ach, Thorstein! Leif! Wie habt ihr mich enttäuscht! Und Thorwald fort! Du allein, Freydis, bist mir geblieben.«
»Aber du lebst«, tröstete ihn seine Tochter, »und anders als Herjulf sollst du dich nun auch darüber freuen dürfen, daß dein Geschlecht fortdauern wird. Denn ich gehe mit einem Kind.«
»Ist das wahr?« rief Erik erfreut, und sein Gesicht leuchtete auf wie eine düstere Felswand im Schein der Morgensonne. »Seit wann weißt du es?«
Auch Thorward sah Freydis überrascht an.
»Es kommt im nächsten Saatmonat zur Welt«, antwortete die junge Frau stolz, »vielleicht an deinem Geburtstag, Vater. Dann wirst du sehen, daß deine Götter uns nicht verlassen haben. Glaube mir: Bald geht die Zeit der Prüfung vorüber. Dann fahren all die feigen Knechtsgottanbeter zu Hel!«
»Ich wünschte, deine Worte gingen bald in Erfüllung«, seufzte der Rote, »doch glaube ich, daß ich diesen Sieg nicht mehr erleben werde. Nachts wird mir selbst im Sommer klamm, die Kälte

kriecht von meinen Beinen bis ins Herz und drückt mir die Brust wie mit einer ehernen Kette zusammen, so daß ich oft kaum noch zu atmen vermag. Auch darin war Herjulf glücklicher, als ich es sein werde! Denn er starb, wenn auch nicht auf der Walstatt, so doch in einem ehrenvollen Kampf mit den Töchtern Rans, während ich hier lebendig auf knechtischem Stroh verfaule!«

»Ich werde hierbleiben und dich wärmen, Vater«, versprach Freydis.

»Du fährst mit deinem Mann«, wies Erik sie lächelnd zurecht, »denn so kalt mein Blut ist, so heiß scheint mir das seine, und ich weiß nicht, was schlimmer plagt!«

Da lachten alle drei und tranken einander fröhlich zu. Später opferten sie im Tempel der Asen. Da brach Thorward sein Taufgelübde, betete zu dem Gott seines Namens und schwor ihm, daß sein Hof am Weißdorschfjord fortan Thorsklippe heißen solle. Erik lobte ihn und sagte befriedigt: »Nun weiß ich, daß meine Enkel so aufwachsen werden, wie es Männern des Nordens geziemt.«

Einige Tage später stiegen Thorward und Freydis auf einen norwegischen Kauffahrer und segelten nach der Westsiedlung. Als sie abgereist waren, betete Erik zu Thor und sagte: »Donnerer, Herrscher von Thrudheim, der starken Burg, Herr des heiligen Hammers, Träger des Kraftgürtels und der ehernen Handschuhe, unbesiegbarer Beschützer Asgards und Midgards, Feind und Töter der Riesen! Schütze meinen Sohn Thorwald an der fremden Küste! Vergelte ihm nicht den Verrat, den seine Brüder begingen, und strafe ihn nicht für meine Schwäche! Denn wenn ich es auch nicht verhindern konnte, daß zwei meiner Söhne dir die Treue brachen, der eine aus Ehrgeiz, der andere wohl aus Leidenschaft zu einem Weib, so führte ich heute doch einen Abtrünnigen wieder an deinen Altar. Mein Enkel aber wird deinen Namen preisen und nicht den des Christ.«

Von der Quallenbucht, Schneegänsen mit roten Backen und dem Berg Kielspitz

Der Jüngling, dem Eriks Fürsprache galt, lag zu dieser Zeit durchnäßt auf den Knien und betete nicht zu dem Rotbärtigen, sondern zu dem gekreuzigten Gott, und es war ein Gebet des Dankes. Denn wie durch ein Wunder hatten sich alle Gefährten heil auf den Strand retten können und danach auch noch das Wrack in Sicherheit gebracht.

Die Schiffbrüchigen trugen ihre Fellsäcke unter die Klippen, zündeten ein Feuer an und warteten, bis der Sturm abflaute. Dann untersuchten Thorwald und Aris den Kiel. Der Norweger sagte: »Das wird ein schweres Stück Arbeit! Aber hier wächst gutes Holz, und ich glaube, daß sich das Nordroß wieder instandsetzen läßt. Aber erst müssen wir einen Platz suchen, an dem wir überwintern können.«

Darauf stiegen sie mit den schottischen Schnelläufern über das Vorgebirge. Auf der anderen Seite fanden sie eine kleine Bucht, deren flachen Strand zahllose Felsbuckel säumten. Ein lichter Wald wuchs bis ans Ufer. Dichtes Gras dämpfte die Schritte, und die bunten Büsche trugen wohlschmeckende Beeren. Im Schilf fanden sie viele Vogelnester. Auf den Dünen wiegte sich Strandhafer und im seichten Wasser wimmelte es vor Quallen. Darum nannte Thorwald die Förde Quallenbucht und beschloß, dort zu bleiben.

Die Grönländer fällten Erlen und Ebereschen und errichteten eine große Halle, in der alle einunddreißig Fahrtgenossen Platz fanden. Im Boden hoben sie Feuergrube, Glutkammer und drei Kochmulden aus. Dann kehrten sie zu dem Wrack zurück, lösten Steven und Spanten vom Kiel und trugen sie einzeln über das Vorgebirge. Das war eine große Anstrengung für alle.

Aris fällte eine hohe Waldeiche und hieb mit der Axt einen Kiel aus dem Stamm. Andere spalteten indessen einen weiteren Eichbaum mit ehernen Keilen und schnitzten Planken aus Brettern. Kielschwein, Mast und Decksbalken hatten den Schiffbruch unversehrt überstanden. Es fehlte jedoch an eisernen Klammern und Nägeln, denn diese waren im Meer versunken. Nur der Amboß wurde gefunden.

Thorwald zog unterdessen mit Haki und Hekja in den Wald und sammelte Vorräte für den Winter. Dabei schoß die Schottin frühmorgens ganz in der Nähe der Halle eine fette Schneegans mit rotem Kopf. Daraus schlossen die Grönländer, daß an der Quallenbucht Sumpferz zu finden sein müsse. Dieses Metall ist unter dem Rasen nur schwer zu entdecken. Wenn Gänse aber Gras fressen und dabei Eisen an ihre Federn gelangt, rostet es in der Luft und färbt ihre Backen rot.

Eystein verstand viel von Erz und stieß bald auf eine Stelle, wo es in Menge lag. Daraufhin baute der Einarssohn einen Kohlenmeiler und eine Schmiede. Die Schmelzgrube legte er mit Steinen aus und füllte die Lücken mit Ton.

Bis zum ersten Schneefall sammelte Eystein einen Vorrat von Holzkohle an. Dann zermalmte er Erzklumpen, röstete sie über einem Feuer, schaufelte sie in die Schmiede und mischte Holzkohle darunter. Danach steckte er die Grube in Brand und trat auf den Blasebalg, bis das Erz schmolz. Am Ende hob er den Eisenklumpen mit einer Zange aus der Grube, hämmerte die letzte Schlacke heraus und härtete das Metall im Wasser. Auf diese Weise gewann Eystein bald so viel Eisen, daß sie damit alle verlorenen Klammern und Nägel des Schiffs ersetzen konnten.

Zum Julfest fiel wieder sehr viel Schnee, aber wegen der starken Strömungen fror die Quallenbucht nicht zu. Thorwald fuhr jeden Tag mit dem Schleppboot hinaus und fing Fische. Darum blieben die Fahrtgenossen bei Kräften.

Schon im Goimonat schmolz die weiße Wolle des Winters. Nun paßten die Grönländer den neuen Kiel in die Laschung von Vorder- und Hintersteven. Eystein trieb Eisennägel hindurch und schlug die Spitzen auf einer Unterlegscheibe platt. Auch die neuen Planken befestigte er auf diese Weise. Andere schwelten Fichtenholz und strichen Pech auf kleine Tierhäute. Damit dichteten sie die Lücken zwischen den Hölzern ab. Zum Schluß fügten sie Bodenspanten und Kniehölzer ein, verschalten den Rumpf und sicherten ihn an vielen Stellen zusätzlich mit Eisenklammern.

»Sieht fast aus wie Dankbrands Eisenkorb«, lachte Aris. »In diesem Blecheimer können wir die Heimfahrt wohl wagen!«

»Nicht so eilig«, erwiderte Thorwald. »Wir segelten nach Vinland aus und haben es noch nicht gefunden.«
»Willst du nach diesem Schiffbruch etwa weiter in die Fremde fahren?« rief Eystein. »Das hieße Gott versuchen!«
»Der Christ hat uns wohl kaum aus diesem Sturm gerettet, damit wir danach an einer anderen Küste ertrinken«, versetzte der Erikssohn. »Meinem Bruder Leif warf ich vor, Vinland nicht genug erforscht zu haben — nun soll ich selbst nach Hause zurückkehren, ohne wenigstens eine einzige Weinbeere gefunden zu haben? Ich will nicht zum Gespött aller Grönländer werden!«
Dagegen wandten die Fahrtgenossen nun nichts mehr ein. Sie verschlossen die Hütte, schoben das Schiff ins Wasser und segelten bei gutem Wetter südwärts. Den abgebrochenen Kiel aber ließ Thorwald auf eine Landzunge stellen, so daß er weithin zu sehen war, und sagte: »Dieses Holz wird künftig jedem Seefahrer sagen, daß er dem Mühlensund naht, und ihm die Durchfahrt nach Vinland weisen. Das Vorgebirge aber soll fortan Kielspitz heißen.«

Von drei Fellbooten und was die Fahrtgenossen darunter fanden

Thorwald segelte südwärts zurück durch den Mühlensund, und die Strömung trug ihn so sanft wie ein satter Wallach den Reiter. Auf der Steuerbordseite leuchteten Leifs weiße Mehlsände. Sie ließen den Honigholm links ins Meer sinken und fuhren die Küste entlang. Eystein und die anderen Grönländer warteten voller Ungeduld darauf, endlich nach der Leifshütte zu kommen. Thorwald ließ sich jedoch nicht zur Eile drängen, sondern steuerte weiterhin in jeden Fjord und trug wieder viele Landmarken auf seiner Peilscheibe ein. Auch blieb er seiner Gewohnheit treu, jeden dritten Tag am Ufer zu verbringen und mit den schottischen Schnelläufern tief in das Innere der weiten Wälder vorzustoßen. Aris und Eystein ruderten indessen mit dem Schleppboot in die Flußmündungen. Wein und Weizen fand keiner von ihnen, nirgends aber fehlte es an jagdbarem Wild und schmackhaften Früchten.
Die Schätze des Landes mehrten sich, je weiter sie nach Südwesten

fuhren, so wie Norwegens Ackerboden besser wird, wenn man vom Halogaland nach Möre segelt. In den blauen Fluten tummelten sich viele Wale und Meerschweine. Auf flachen Sandbänken sonnten sich zahllose Robben, und in den Flüssen schwammen größere Lachse als selbst in Norwegens namhaften Strömen. Bären bevölkerten Felsen an seichten Stellen und fischten sich mit flinken Tatzen ihre Mahlzeiten aus den silberglänzenden Wassern. Seeadler schwebten zwischen den Wolken, Hirsche so hoch wie Elche durchzogen das Dickicht. Es fehlte auch nicht an allerlei schmackhaften Strich- und Strandvögeln, die sich so leicht schießen ließen, daß der Erikssohn sagte: »So war es wohl im Hain von Edenburg, ehe die Midgardschlange die Ahnfrau Eva mit dem verbotenen Apfel verführte.«
Am zweiten Tag des Heumonats fanden sie einen Fjord, der ihnen schöner und fruchtbarer als alle anderen schien. Dort schob Thorwald die Schiffsbrücke auf eine Klippe und sprang als erster auf das Geröll des Strandes. Weiche Matten von fetten Gräsern breiteten sich über sanfte Hänge. Überall wuchsen duftende Blumen und würzige Kräuter. Runde Felsblöcke lagen in den saftigen Wiesen wie graue Ochsen, die durch das grüne Wasser eines Froschtümpels waten. Thorwald befühlte einen der Steine und meinte, daß die rauhe Oberfläche so warm wie die Haut eines Menschen sei.
Hinter den Hügeln begann lichter Wald aus Birken und Buchen, Eichen und Erlen. Auf sanften Höhenzügen im Osten schwankten hochstämmige Föhren. Der Erikssohn ließ seine Blicke mit großem Wohlgefallen über die Küste schweifen und meinte am Ende: »So lieblich wie dieses Vorgebirge wünsche ich mir meine Heimat, und wenn es kommt, wie ich es plane, will ich hier eines Tages selbst siedeln.« Darum nannte er die kleine Landzunge Thorwaldsspitz und den Meeresarm Thorwaldsfjord.
Er hatte die Namen kaum ausgesprochen, da kniff er plötzlich die Augen zu und spähte zu einer sandigen Bucht im Inneren der schmalen Förde. »Was sind das dort denn für seltsame Höcker?« wunderte er sich.
»Sehen aus wie drei vom Meer rundgeschliffene Felsen«, murmelte Aris unsicher.

Thorwald blickte ihn ein wenig merkwürdig an. »So tief im Fjord?« fragte er, »so weit hinter der Brandungslinie?«
»Laß uns weitersegeln«, drängte der Norweger. »Nach Vinland ist noch ein langer Weg. Und wenn wir hier ein drittes Mal überwintern, wird sich dein Vater gewiß noch größere Sorgen machen! Auch wissen wir nicht, wo der Waidmann steckt.«
»Wem nützt eine Forschungsreise, die nur das Bekannte bestätigt und alle Rätsel ungelöst läßt?« anwortete der Erikssohn. »Ich bin nicht so weit gefahren, um dann zuhause auf Fragen schweigen zu müssen wie Bjarne!«
Mit diesen Worten steckte er sich eine Axt in den Gürtel, schulterte einen Jagdspieß und ging auf die seltsamen Felsen zu. Aris, Eystein und fünfzehn Männer folgten ihm.
Als sie rund zweihundert Schritte von den sonderbaren Steinen entfernt waren, blieb der Erikssohn plötzlich stehen. »Vorsicht!« raunte er den Gefährten zu, »das sind keine Felsblöcke, sondern Boote!«
»Aber wem gehören sie?« fragte Aris flüsternd.
»Ich weiß es nicht«, erwiderte Thorwald leise.
Vorsichtig schlichen sie auf die drei Fahrzeuge zu. Je näher sie kamen, desto fremdartiger erschienen sie ihnen.
Hinter einer flachen Sanddüne beratschlagten sie erneut. »Es sind Fellboote«, sagte Aris, »wie sie die Finnen fahren. Der Waidmann versteht sich gewiß nicht schlechter auf diese Kunst als Bjarmen oder Quänen! Vielleicht erlitt er ebenfalls Schiffbruch und baute sich dann solche Kähne aus Tierhaut!«
»Und jetzt halten diese Schlafmützen wohl ein Nickerchen unter den Booten«, gluckste Eystein. »Sollen wir ihnen mal einen Schrecken einjagen?«
Thorwald lächelte. »Die werden Augen machen«, meinte er und lief auf die Boote zu. Aris und die anderen blieben dicht bei ihm.
Lautlos umzingelten sie das vorderste Fahrzeug. Es maß zwölf Schritt in der Länge.
Grinsend beugte sich Eystein herab und winkte den anderen. Langsam schoben die Grönländer ihre Hände zwischen den Sand und den Bootsrand. Dann stießen sie einen schrillen Schrei aus, hoben den leichten Rumpf hoch und schleuderten ihn zur Seite.

»Aufwachen, ihr Schnarchsäcke!« rief Eystein, doch er verstummte gleich wieder. Denn unter dem Fahrzeug lagen drei Männer, wie sie die Fahrtgenossen nie zuvor gesehen hatten.
Im ersten Moment erschien es den Grönländern, als ob die Fremden Tiere seien, denn sie fletschten die Zähne wie Wölfe, rollten die Augen und stießen knurrende Laute aus. Dann sprangen die Waldwesen auf und schwangen steinerne Äxte. Da erkannten die Grönländer, daß sie Menschen vor sich hatten.
Unter den beiden anderen Booten stürzten noch sechs Vinlandmänner hervor. Aus ihren Kehlen erschallte ein gellendes Geheul, so daß es den Grönländern war, als drängten Teufel aus der Christenhölle auf sie ein.

Von einem blutigen Kampf und einem Mann mit drei Rabenfedern

»Vorsicht!« schrie Thorwald und duckte sich unter dem sausenden Hieb einer steinernen Streitkeule. Aris riß sein Schwert aus der Scheide und trennte dem vordersten Angreifer mit einem schnellen Streich das Haupt vom Rumpf. Da blieben die Waldmenschen stehen. Erschrocken blickten sie auf die funkelnde Waffe des Norwegers.
Einige Augenblicke starrten Vin- und Grönländer einander ins Auge. Die Waldleute trugen Mäntel aus Rentierfellen und Kleider aus Robbenhäuten, bemalt mit Bildern von allerlei Tieren in roten, braunen und schwarzen Erdfarben. Ihre Gürtel waren aus roten und schwarzen Schnüren geflochten, die ledernen Stiefel besaßen Sohlen aus Seehundsfell. Von den Hälsen der Vinländer hingen Ketten aus Luchszähnen und bunten Steinen. Ihr Haar glänzte schwarz wie das der Finnen, ihre Gesichter aber leuchteten rot wie Feuer, und keiner von ihnen trug einen Bart.
»Surts Söhne!« entfuhr es Aris.
»Höllendämonen!« keuchte Eystein Einarssohn.

Noch immer blickten die Fremden aus aufgerissenen Augen auf den schimmernden Stahl in der Faust des Norwegers. Daran merkten die Grönländer, daß die Waldleute Eisen nicht kannten.

Das verlieh den Christen neuen Mut. Thorwald rief: »Vorwärts, Männer!« und drang mit erhobener Axt auf die Vinländer ein. Einer der Fremden stach mit einem hölzernen Speer nach Aris, aber der Norweger wich geschickt aus und stieß dem roten Mann die Klinge durch den Leib. Mit einem Schrei sank der Waldmensch zu Boden und hauchte röchelnd sein Leben aus.
Ein anderer Vinländer sprang Eystein an und rang mit ihm, aber der Einarssohn stach ihn mit seinem Dolch nieder. Zwei Fahrtgenossen wurden jedoch von steinernen Keulen getroffen und sanken bewußtlos zu Boden. Freilich öffneten sie bald wieder die Augen. Wen aber die Streiche der Grönländer trafen, der wachte nicht wieder auf, denn das scharfe Eisen schnitt durch Fell und Fleisch.
Darum waren die Waldleute trotz aller Tapferkeit den Nordleuten nicht gewachsen. Sieben von ihnen blieben tot auf der Erde liegen. Die beiden letzten schlugen sich mutig durch die Schar ihrer Gegner, sprangen leichtfüßig die Flanke des Berges empor und liefen auf den dunklen Waldrand zu. Der vordere trug drei Rabenfedern auf dem Haupt.
»Haki! Hekja!« rief Thorwald.
Die Schotten rissen Pfeile aus ihren Köchern, legten sie auf und ließen sie von den Sehnen schwirren. Hekjas Geschoß traf den hinteren Vinländer zwischen die Schulterblätter. Mit einem halberstickten Schrei stürzte der rotgesichtige Mann in das kniehohe Gras. Hakis Pfeil aber fuhr dicht an dem anderen Krieger vorüber und blieb zitternd in einem Erlenstamm stecken. Der Vinländer mit den drei Rabenfedern setzte in mächtigem Sprung über einen Dornbusch und verschwand im dunklen Dickicht.
»Hinterher!« befahl Thorwald den Schnelläufern. »Laßt ihn nicht entkommen! Sonst haben wir vielleicht bald ein ganzes Heer auf dem Hals.«
Haki und Hekja eilten flink wie Hirsche den Hang hinauf und folgten dem flüchtenden Waldmenschen in den Forst, der sich bis auf den Kamm des Vorgebirges erstreckte.
Die Grönländer untersuchten inzwischen die Boote und fanden sie kunstvoll aus Birkenhölzern und Rentierhäuten gefertigt. Die Fahrzeuge schienen seetüchtig zu sein. Jedes bot drei Männern

mit voller Jagdausrüstung Platz. Die Lanzen der Vinlandbewohner besaßen scharfkantige Spitzen aus grauem Schiefergestein. Zum Erstaunen der Grönländer kehrten Haki und Hekja erst spät aus dem Wald zurück. Sie atmeten so heftig, so daß jeder sehen konnte, wie schnell sie gelaufen waren.
»Ihr habt ziemlich lange gebraucht«, meinte Thorwald.
Haki nickte bekümmert. Schweiß rann über sein braunes Gesicht.
»Wo habt ihr ihn denn erwischt?« fragte der Erikssohn.
Hekja rief ein paar kaledonische Worte, ballte die Fäuste und zeigte dann leere Handflächen vor.

Wie Thorwald im Traum vor den Vinländern gewarnt wird

Verblüfft blickten die Fahrtgenossen einander an. »Er ist euch entkommen?« staunte Eystein. »Das hätte ich nicht gedacht, daß es Menschen gibt, die euch davonlaufen können.«
Haki schnitt ein Gesicht. Dann zeigte er auf das Vorgebirge, deutete auf die toten Vinländer und spreizte viele Male die Finger.
»Das dachte ich mir«, murmelte Thorwald besorgt. »Wie viele sind es?«
Der Schnelläufer winkte den Grönländern, ihm zu folgen. Rasch kletterten sie den Steilhang empor. Hekja blieb bei den Verletzten zurück.
Vom Gipfelgrat aus konnten die Gefährten weit in den Fjord blicken. Dort mündete ein Fluß in den Meeresarm. Am Ufer standen runde Gebilde, die wie Wohnbauten aussahen.
»Hütten?« fragte der Erikssohn zweifelnd. »Oder wieder nur Biberburgen?«
Haki schüttelte heftig den Kopf und zeigte auf seine Pfeilspitze.
»Dann wird es Zeit, daß wir verschwinden«, meine Aris. »Diese Vinländer sind tapfere Krieger und scheinen sich nicht zu fürchten. Wenn sie schon in der Unterzahl so wacker fochten, wie werden sie uns dann wohl bedrängen, wenn sie erst in der Übermacht sind?«
»Ach was«, meinte Eystein, den der schnelle Aufstieg erschöpft hatte, und ließ sich schweratmend auf einen Felsblock sinken.

»Diesen Waldteufeln haben wir Achtung vor Eisen gelehrt! Laßt uns ein wenig ausruhen. Wir sehen ja, wenn sich dort unten etwas tut.«

Auch die anderen Männer schienen müde vom Kämpfen und Klettern. Darum entschied Thorwald: »Also gut. Rasten wir hier!«

Haki und Aris aber stiegen gleich wieder zum Strand hinab.

Die Grönländer lagerten sich in der Sonne und genossen die Strahlen des Himmelslichts. Ein süßer Duft schwebte über den Gräsern, und nach und nach sanken die Fahrtgenossen in tiefen Schlaf.

Thorwald träumte, er läge auf sandiger Düne an südlichem Meer. Goldene Äpfel wuchsen am grünen Gestade. Schöne, schwarzhaarige Jungfrauen füllten die schmackhaften Früchte in Körbe. Dabei sangen sie eine fremdartige Weise, die klang so süß, daß den Erikssohn ein Gefühl überkam, wie er es nie zuvor empfunden hatte. Ihm war, als ob er gleichzeitig Freude und Kummer verspürte, im selben Atemzug jauchzte und klagte, in gleichen Herzschlags Spanne jubelte und litt. Selbst das bewegte Meer schien sich unter den köstlichen Klängen zu glätten, denn seine Wellen zogen träge wie geschmolzenes Silber dahin. Tränen trübten Thorwalds Blick, und er wußte nicht, daß er sie weinte. Da teilten sich plötzlich die gläsernen Fluten, und das Meermännlein tauchte hervor.

»Wache auf, Thorwald, mit allen deinen Gefährten!« rief das Wunderwesen laut. »Geh auf dein Schiff mit allen deinen Gefährten und fahre so schnell wie möglich vom Lande weg!«

Der Erikssohn sah sich verwundert um, denn er war allein und sah keine Gefährten bei sich. Dann erwachte er und merkte, daß er geträumt hatte. Ringsum schlummerten die Fahrtgenossen. Thorwald setzte sich auf, rieb sich die Augen und kletterte auf einen Felsen, um nach den Hütten der Rotgesichter zu spähen. Da sah er, daß es in der Flußmündung von Hausbooten wimmelte. Viele hundert rotgesichtige Krieger ruderten auf den Fjord hinaus. Auch sie waren sämtlich bartlos. Das Dröhnen ihrer Trommeln klang in Thorwalds Ohren.

»Auf, Leute!« schrie der Erikssohn. »Die Vinländer kommen! Sie scheinen unsere Waffen doch nicht zu scheuen!«
Die Fahrtgenossen sprangen erschrocken empor und starrten auf das feindliche Heer.
»Thorwald!« rief eine Stimme aus dem Wald. »Was ist mit euch? Hört ihr die Trommeln nicht?«
Es war Aris. Keuchend stand der Norweger zwischen den schlanken Fichtenstämmen und stützte sich schwer auf einen vom Blitz zerschmetterten Strunk.
»Wo sind die Schotten?« rief der Erikssohn.
»Schon auf dem Schiff«, gab Aris zur Antwort. »Nun los! Wenn diese Rotgesichter uns im Wald erwischen, hilft kein Gebet mehr!«
Thorwald warf ihm einen strafenden Blick zu. Dann sammelte der Erikssohn seine Schar. So wie die Hirsche vor dem Lärm der Treiber durch das Dickicht brechen, hetzten die Grönländer zum Strand hinab und sprangen in das schwankende Nordroß.
»Schilde an die Schanzen!« befahl Thorwald mit lauter Stimme. »Pfeilsicherung rundherum!« Die Grönländer stellten die Schutzwehr auf und ruderten in das offene Wasser. Die feindlichen Boote kamen rasch näher. Vinländer mit langen Bogen und Lanzen saßen darin.
»Verdammt«, knurrte Thorwald. »Wir hätten die acht Männer nicht töten dürfen!«
»Was hätten wir anderes tun sollen?« murrte Eystein. »Uns selbst erschlagen lassen? Sie griffen zuerst zu den Waffen — wir wehrten uns nur!«
»Aber warum?« fragte Thorwald. »Wir haben ihnen doch nichts getan!«
»Was würdest du denn tun, wenn du auf Grönland friedlich unter deinem Boot schlafen und plötzlich mit lautem Gebrüll aufgeweckt werden würdest?« spottete Aris. »Du würdest das wohl kaum für einen Scherz halten, zumal wenn es sich um Fremde handelte, deren Sprache du nicht verstehst!«
»Vielleicht fuhr auch der Waidmann in diesen Fjord«, vermutete

Eystein. »In diesem Fall bräuchten wir uns über Feindseligkeiten wohl kaum zu wundern!«

»Wir wollen jedenfalls nichts tun, was die Wut der Vinländer noch steigert«, befahl der Erikssohn. »Vielleicht können wir uns mit ihnen verständigen, Blutgeld für die Erschlagenen zahlen und uns mit den Angehörigen aussöhnen. Denn es ist schwierig, an einer Küste zu siedeln, an der die Kriegsfahne weht.«

Haki und Hekja ließen die Bogen sinken. Die anderen starrten Thorwald verwundert an.

»Was meinst du damit?« fragte Eystein erregt. »Sollen wir uns etwa abschlachten lassen?«

»Wir wollen uns so gut wie möglich verteidigen«, beschied ihn der Erikssohn, »angreifen aber werden wir nicht.«

Im nächsten Moment flog ein Schwarm von Kampfwespen gegen das Schiff der Nordleute. Die meisten Geschosse blieben in den Schilden stecken; nur wenige drangen durch Lücken der Brustwehr an Deck. Auch diese Waffen trugen scharfe Spitzen aus grauem Schiefergestein. Sie waren zudem mit Federn fremdartiger Vögel versehen, so daß sie trefflich die Lüfte durchstachen.

Als die Vinländer nur noch wenige Bootslängen von der Schnigge entfernt waren, schleuderten sie unter lautem Kriegsgeschrei ihre Lanzen. Die Grönländer blieben jedoch in Deckung und antworteten ihren Gegnern nicht. Wenn eins der Hausboote so nahe kam, daß Krieger hätten aufentern können, schoben die Nordleute schnell Ruderstangen zwischen den Schilden hervor und stießen das feindliche Fahrzeug zurück. Insgesamt zählte das Heer der Vinländer mehr als dreihundert Krieger in achtzig Fellbooten.

Als die Rotköpfe merkten, daß die Fremden nicht zurückschossen, schienen sie darüber sehr erstaunt. Auf einen lauten Schrei hin ruderten sie außer Pfeilschußweite und beratschlagten.

»Jemand verletzt?« fragte Thorwald.

Aris blickte prüfend auf die Mannschaft. »Nein, alles wohlauf!«

Der Erikssohn seufzte erleichtert. »Nun siehst du, daß Beten doch etwas hilft.«

Dann befahl er die Gefährten auf die Ruderbänke und steuerte das Nordroß langsam aus dem Fjord.

Die Vinländer warteten eine Weile und folgten den Grönländern

dann in einigem Abstand. Als die Schnigge das offene Meer erreichte, blieben die Boote zurück.
Aris nickte Thorwald zu. »Das war klug«, lobte er.
»Wir wollen den Rotköpfigen nun ein wenig Zeit zum Nachdenken lassen«, meinte der Erikssohn.
Die Grönländer segelten eine Stunde lang südwärts zu einer Klippe, warfen dort Anker und stellten Wachen aus.
Am nächsten Morgen schwammen die Grönländer auf einer schwachen Strömung wieder nach Norden und bogen vorsichtig in den Fjord der Vinländer ein. Langsam fuhren sie in der Mitte des Wassers dahin. Aufmerksam beobachteten sie das dicht bewaldete Ufer, konnten aber lange Zeit kein lebendes Wesen entdecken. Nach einer ganzen Weile jedoch gewahrten sie auf einer Sandbank plötzlich eine Bewegung. Als sie näher kamen, sahen sie dort ein Walroß in der Sonne liegen.
So wie ein Kind den Antrieb zum Spielen verspürt, wenn es nur einen Ball rollen sieht, erwachte jetzt Jagdlust in Thorwald. Er steuerte seine Schnigge der kleinen Insel entgegen und rief den Fahrtgenossen zu: »Speck und Spaß für unsere Speere!«
»Laß den Einfüßer lieber in Frieden!« rief Aris besorgt. »Wir werden die Vinländer wohl kaum als Freunde gewinnen, wenn wir vor ihrer Haustür das kostbarste Jagdwild abstechen!«
»Ach was!« rief der Erikssohn munter. »Dann sehen die Rotköpfe wenigstens, daß wir unsere Waffen wohl zu handhaben wissen und gestern nicht aus Feigheit, sondern aus christlicher Friedfertigkeit hinter den Schilden blieben.«
Eystein Einarssohn stellte sich an den Vordersteven und schüttelte einen schweren Jagdspieß in der klobigen Faust. Die Riesenrobbe schien die Ankömmlinge aber in keiner Weise zu fürchten, denn sie blieb gelassen auf dem weichen Sand liegen.
»Sehr scheu scheinen die Einfüßer nicht zu sein«, wunderte sich Eystein.
»Die Vinländer wagen es wohl nicht, Walrosse zu jagen«, versetzte Thorwald, »darum fühlt sich der Speckhals vor Menschen sicher.«
Das Nordroß schwamm nun schon so nahe an der Sandbank, daß Eystein bereits zum Stoß ausholte. Da fuhr auf einmal Leben in den gewaltigen Leib des Einfüßers. Ein Zittern ließ die dicke

Schwarte erbeben. Der mächtige Schädel mit den beiden spitzen Hauern hob sich, dann auch der Nacken und ein Teil des Rückens, und zu ihrem Entsetzen sahen die Fahrtgenossen, wie der riesige Rumpf der Robbe der Länge nach auseinanderriß. Das Walroß zerplatzte wie eine Schweinsblase, in die zuviel Wasser gefüllt wird: Brust, Bauch und Schwanz blieben auf dem Boden liegen, Rücken und Flanken aber wurden davongeschleudert. Unter der schwarzen Haut schimmerte es plötzlich rot, und im gleichen Moment flog ein Pfeil auf das Schiff zu. Nun erst erkannten die Grönländer, daß der Einfüßer nur eine Hülle war, in deren Schutz sich ein Vinländer verborgen hatte. Es war der Krieger mit den drei Rabenfedern.

Die Grönländer duckten sich unter die Schildwehr. »Das habe ich geahnt«, grollte Aris. »Ist jemand getroffen?«

Thorwald gab keine Antwort. Alles Blut war aus seinem Antlitz gewichen. Selbst seine Lippen hatten die Farbe verloren.

»Was ist mit dir?« rief Eystein erschrocken.

Der Erikssohn stieß einen tiefen Seufzer aus, ließ das Ruder los und sank in den Steuersitz. Aus seiner linken Brust ragte der Vinländerpfeil.

»Thorwald!« schrie Eystein und stürzte auf den Gefährten zu.

Abwehrend hob der Erikssohn die Hände. »Laßt mich!« befahl er. Schweiß tropfte von seiner Stirn. Langsam bog er die Finger um den gefiederten Schaft.

»Vorsicht!« rief der Schmied. »Vielleicht sind Widerhaken an dem Pfeil!«

Aris stieß einen zornigen Schrei aus und sprang in das seichte Wasser. Der Vinländer warf die Reste der Robbe beiseite, hetzte durch den schmalen Meeresarm an das steinige Ufer und warf sich in ein Dickicht.

Die Nordleute eilten ihm nach wie hungrige Wölfe. Brüllend brachen sie zwischen gelbblühenden Dornsträuchern und roten Buchen hindurch, konnten den rotgesichtigen Krieger aber nicht einholen. Einige Male tauchte der Vinländer weit vor seinen Verfolgern auf. Zuletzt sahen sie ihn wieder zum Ufer und in eine Bucht laufen. Dann war er plötzlich verschwunden.

»Zurück zum Schiff!« befahl Aris enttäuscht.

Thorwald hatte inzwischen die zitternde Faust um den Pfeilschaft geschlossen. Er holte tief Luft. Dann biß er die Zähne zusammen und riß das Geschoß aus der Wunde.
An der Steinspitze hingen rote und weiße Fasern.
Erschüttert starrten die Grönländer ihren Anführer an. Der Erikssohn blickte verblüfft auf den Pfeil. Zur Verwunderung der Gefährten erschien plötzlich ein Lächeln auf seinen blassen Zügen.
»Fett ist an meinen Därmen«, sprach Thorwald leise. »Ein nahrhaftes Land haben wir erreicht. Aber wir werden wohl schwerlich Nutzen davon haben.«
»Du wirst leben!« rief Eystein verzweifelt, obwohl er sah, daß Blut aus der Wunde sprudelte wie Wasser aus einem Quell.
»Nein«, sagte Thorwald leise. »Der Pfeil war gut gezielt. Zwischen Schiffs- und Schildrand flog er mir in die Seite. Jetzt erst verstehe ich die Warnung vor dem Raben. Männer, die so zu schießen verstehen, werden wohl noch vielen anderen Nordleuten zu schaffen machen. Hört nun meinen Befehl! Ihr sollt euch so schnell wie möglich zur Heimfahrt rüsten. Gebt Aris meine Peilscheibe! Er soll euer Anführer sein.«
»Ich bin kein Christ«, sagte der Norweger.
»Du sollst auch nur steuern, nicht beten«, antwortete der Erikssohn. »Mich aber begrabt auf dem Vorgebirge, das mir so geeignet für eine Ansiedlung erschien. Es mag sein, daß mir etwas Wahres in den Mund kam, als ich sagte, ich würde dort einmal wohnen. Dem künftigen Besitzer dieses Landes soll wohl ein stärkerer Glaube innewohnen als es der meine war. Wenn ich aber im Leben schwach war, so will ich dem Christ meine Treue wenigstens im Tod beweisen. Darum sollt ihr mir Kreuze zu Häupten und Füßen setzen und diesen Berg künftig Kreuzspitz nennen.«
Damit schloß er die Augen und hauchte sein Leben aus.
Thorwald Eriksson war ein mutiger Jäger und tüchtiger Seefahrer, wenn auch manchmal heftig und unbesonnen. Manche seiner Fahrtgenossen sagten später, ihm habe nur Leifs Glück gefehlt, sonst hätte er seinen Bruder vielleicht sogar übertroffen. Er war der erste Grönländer, der in Vinland starb, aber es sollte ihm noch mancher folgen.

4. Buch

A. d. 1004–1009

Das Grab auf Kreuzspitz

Als Aris zurückkehrte, war Thorwald tot. Die Grönländer zimmerten einen Sarg, legten den Leichnam hinein und trugen ihn auf das Vorgebirge. Dabei behielten sie die Hütten der Vinländer im Fjordinnern sorgsam im Auge. Aber die Rotgesichtigen schienen keinen weiteren Angriff zu planen, denn ihre Siedlung lag in tiefster Ruhe.

Auf dem Gipfel hoben die Fahrtgenossen eine Grube aus und ließen den Erikssohn in die Tiefe. Dann baten sie Aris, zu Thorwalds Gedenken zu sprechen.

»Ich bin kein Christ«, sagte Aris wieder.

»Dennoch bestimmte dich Thorwald zu unserem Anführer«, drängte Eystein der Schmied. »Darum kommt diese Aufgabe dir zu.«

Darauf breitete Aris auf dem windumtosten Gipfel die Arme aus, pries Thorwalds Taten und sagte am Schluß, da ihm nicht anderes mehr einfiel, die Worte des Havamal auf:

»Der Handlose hütet,
Der Hinkende reitet,
Tapfer der Taube kämpft.
Blind ist besser
Als verbrannt zu sein.
Nichts taugt mehr, wer tot.«

Das erschien den Christen aber zu traurig und Eystein sagte: »Hel darf die Toten nicht ewig behalten! Siegte der Christ nicht über alle drei greulichen Kinder des bösen Loki, auch über die Mid-

gardschlange und den Fenriswolf? Am Tag des göttlichen Allthing wird Thorwald wieder zum Leben erweckt und mit uns vor Allvaters Hochsitz treten.«
»Ich kann keine Freude bei dem Gedanken empfinden, daß dieser edle Mann als Wiedergänger umherwandeln soll«, murmelte Aris, »als graues Gespenst, den gleichen Männern zu schaden, denen der lebende Thorwald ein so guter Gefährte war! Wir sollten ihm mit dem Axtrücken die Beine brechen, wie es bei unseren Vätern Sitte war.«
Eystein drängte ihn fort und sagte: »Nein, das wäre nicht Christenart. Du bist ja noch schlimmer, als ich dachte!«
»Beruhige dich«, sagte Aris. »Tote fühlen keinen Schmerz.« Aber er trat doch vom Grab zurück, denn auch den anderen Grönländern gefiel die alte Sitte nun nicht mehr, die Aris noch immer so nützlich erschien.
Die Christen beteten nun einen Totensegen. Danach wiederholte Eystein Einarssohn einen tröstenden Satz seines Gottes aus den Liedern des alten Christskalden Johannes: »Wer sich an meinem Wort festhält, wird Hel auf ewig nicht schauen.«
Dann hieb der Schmied mit seinem Beil zwei goße Balken zurecht, nagelte sie zu einem Kreuz zusammen und pflanzte das Zeichen des Christ zu Häupten des toten Erikssohns auf, so daß es aus großer Entfernung zu sehen war.
Zum Schluß sangen die Christen ein Lied, das Tyrker sie auf Grönland gelehrt hatte. Es ging so:

»Gott der Gott
Rettet Rechtschaffene
Selbst noch nach dem Sterben.
Mit seiner Macht
Hindert er Hels
Krallen und Klauen
Uns zu umschlingen,
Lenkt uns zum Licht.«

Aris beobachtete inzwischen besorgt die Vinländersiedlung und blickte auch immer wieder hinaus auf das schäumende Meer. Der

Wind frischte weiter auf; die Stämme der Föhren knarrten, und ihre Wipfel schwankten wie reife Ähren. Immer höhere Wogen brandeten gegen das flache Gestade des Fjords, brachen sich an den Schären und sprühten silberglänzende Gischt über die Klippen. Tief unter den Grönländern stampfte das Nordroß unruhig auf dem trügerischen Wassergrund umher; die Männer, die es bewachten, lösten die Halteseile und ruderten das Schiff ein wenig vom Ufer fort. Dann stieß Aris einen warnenden Ruf aus; die Grönländer hörten auf zu beten und spähten nach Süden.
Dort bog mit heftig flatterndem Tuch eine schwarze Schnigge vom offenen Meer in die schützende Förde.
»So segelt nur der Waidmann«, murmelte Eystein der Schmied und blickte Aris von der Seite an. »Nun werden wir sehen, wie wir ohne Thorwald mit diesem Troll fertigwerden.«

Von der Rache des Waidmanns

Der Schaumwolf flog wie ein riesiger Rabe über die weißen Häupter der Wogen. Aris befahl, schnell das Grab zuzuschaufeln, ordnete seine Schar und stieg eilends zum Ufer des Meeres hinab. Als sie den Waldrand erreichten, ruderten ihre Fahrtgenossen das Nordroß zum Strand und schoben die Schiffsbrücke auf eine Klippe. Hastig bemannten die Grönländer von der Ostsiedlung ihr Fahrzeug und bargen sich kampfbereit hinter die Schilde.
»Was ist mit euch?« wunderte sich der Waidmann, als er das sah. »Ist euch im Winter der Verstand erfroren, daß ihr mich nicht mehr erkennt?«
»Wir wissen wohl, wer du bist«, schrie Eystein Einarssohn hinüber, »gerade deshalb sind wir ja auf der Hut!«
»Hat dich dein Herr bestellt zu bellen?« höhnte der schwarze Hüne. »Gebt lieber auf diese dreckigen Rotköpfe acht, die da drinnen im Fjord hausen! So schwächlich diese Kerle auch scheinen, sie schießen und treffen genauso gut wie die Finnen und wenn du nicht aufpaßt, stechen sie dir ein Loch in den aufgeblasenen Wanst! Wo steckt Thorwald?«

Die Grönländer schwiegen betreten. Dann sagte Aris: »Thorwald ist tot; sein Leichnam liegt dort oben auf Kreuzspitz.«
Er berichtete Thorhall, was geschehen war. Das dunkle Gesicht des Waidmanns färbte sich bei jedem Wort finsterer. Als Aris endete, stieß der schwarze Hüne hervor: »Worauf wartet ihr noch? Bei Thor, wir wollen diesen Vinländern ihre Tücke vergelten. Auf! Laßt uns das dreckige Mordgesindel in seinen Hütten verbrennen, Hel zur Freude und Garm zum Fraß!«
Sein junger Stevenhauptmann Thorbrand Snorrissohn packte kampflüstern einen schweren Spieß und stellte sich an das drohende Wolfshaupt, bereit, den Angriff zu führen. Die anderen Krieger aus der Westsiedlung legten mit unverhohlener Vorfreude ihre Waffen zurecht. Der Waidmann blickte prüfend zum Himmel und sagte: »Es wird gleich dunkel. Legt Brände bereit! Wir wollen Thorwald ein Totenfeuer widmen, dessen Schein hell wie Walhalls Goldglanz glüht!«
»Nein«, sagte Aris entschlossen.
»Wie?« machte der schwarze Hüne verblüfft. »Hast du hier auch etwas zu sagen?«
»Thorwald ließ uns schwören, mit den Vinländern Frieden zu halten«, rief Eystein. »Wir töteten acht, sie einen.«
»Doch dieser eine war mehr wert als ihr alle zusammen, ihr feigen Hunde«, grollte der Waidmann. »Gebt Platz! Ich fahre allein in den Fjord und haue diese Skrälinge in Stücke!«
»Das wirst du nicht tun«, versetzte Aris und hob einen Speer. »Thorwalds Befehl hindert dich wie uns. Er war der Anführer dieser Fahrt, auch wenn ihr euch von uns trenntet. Denke an deinen Schwur!«
»Bist du endlich auch Knechtsgottanbeter geworden, daß du vergoßenes Blut so leicht vergißt?« höhnte der Waidmann. »Ich wußte stets, daß dir an der Achtung ehrlicher Männer weniger liegt als an der Gunst deiner friesischen Hure, bei Thor!«
»Warum rufst du so oft deinen Gott an, wenn du doch nicht bereit bist, zu halten, was du in seinem Namen schworst?« versetzte Aris zornig. »Dein Schwatzen klingt hohl wie der Kessel, unter dem sich der Rotbart einst vor Hymir Thursen barg!«
»Thorwald war der Sohn meines Blutsbruders!« rief der Waid-

mann voller Wut. »Soll ich mit ungetränkter Axt vor seinen Vater treten?«
»Thorwald war Christ«, antwortete Aris. »Siehst du nicht das Kreuz? Du kannst nichts mehr tun. Sehen wir also zu, daß wir unsere Männer heil nach Grönland zurückbringen! Um Vinland gegen solche Feinde zu erobern, brauchen wir wohl eine größere Flotte als diese beiden Schiffe!«
Der schwarze Hüne spie verächtlich aus. Dann ließ er den Kriegsruf erschallen und steuerte den Schaumwolf in den Fjord. Da blieb Aris nichts anderes übrig, als ihm zu folgen. Der Norweger befahl seinen Fahrtgenossen jedoch, erst in den Kampf einzugreifen, wenn die Gefahr bestand, daß die Schiffe verlorengingen.

Von des Waidmanns Rachezug und seiner Vinlandreise

Der Waidmann sprang als erster an Land und schleuderte eine brennende Fackel in die vorderste Hütte. Bald brannten die armseligen Behausungen lichterloh. Die Waffen schlagfertig erhoben, warteten die Grönländer auf die feindlichen Krieger, die sie in den kleinen Hütten glaubten, aber kein Feldgeschrei erklang, und es flog auch kein Pfeil aus den Flammen hervor. Aris sah vom Nordroß aus zu. »Die Vinländer sind fort«, sagte er zu Eystein Einarssohn. »Das ist keine Siedlung, sondern nur ein Jagdlager.«
Als alle Hütten zerstört waren und sich in den Trümmern nicht ein einziger Leichnam fand, hieb der schwarze Hüne in rasendem Zorn sein Beil in die wenigen Hautboote, die noch am Strand lagen. Dann kehrte er auf den Schaumwolf zurück.
»Neidinge!« schrie er in den schweigenden Wald. »Ich werde euch finden!«
Er steuerte noch tiefer in den Fjord, bis er die Flußmündung erreichte. Danach suchte er auch die Buchten in der Umgebung ab, konnte aber nirgends Spuren von Vinländern entdecken. Am Abend lagerten sie vor einer Klippe, die wie ein zerbrochener Katzenkiefer geformt war. Aris berichtete Thorhall von den Ereignissen ihrer Fahrt und schloß: »Thorwald meinte, du hättest diese Fellboote gebaut und lägst vielleicht mit deinen Fahrtgenos-

sen schlafend darunter. Als er erkannte, daß sie Vinländern gehörten, war es zu spät. Sie stürzten sich wie die Trolle auf uns, und wenn wir sie nicht getötet hätten, wären wir selbst ihre Opfer geworden, denn für Verständigung blieb uns keine Zeit. Bist du vielleicht schon vor uns hier herumgefahren?«

Der Waidmann nickte grimmig. »Ich sah auf See ein Boot«, berichtete er, »verfolgte es und erschlug drei von diesen Rotköpfen. Aber dann segelte ich weiter.« Er preßte die Lippen zusammen. »Ich bin schuld an Thorwalds Tod«, grollte er. »Wäre ich vor ihm in diese Förde gefahren, hätte keiner von diesen Skrälingen noch einen Pfeil auf ihn abschießen können! Aber ich wollte so schnell wie möglich nach Vinland.«

»Niemand sieht den Abend, wenn die Norne sprach«, sagte Aris.

Der schwarze Hüne sah ihn ein wenig merkwürdig an. »Aus dir werde ich nicht recht schlau«, brummte er. »Lebst mit Christen und redest von Nornen!«

»Für mich sind alle Götterbilder Holz«, erwiderte der Norweger knapp, »so wie auch die Kreuze.«

Schweigend blickten sie eine Weile auf den nächtlichen Fjord. Das Wachfeuer warf seinen flackernden Schein auf gefährlich gezackte Felsen.

»Und?« fragte Eystein schließlich begierig. »Hast du das Weinland gesehen?«

Der dunkle Riese starrte reglos ins Feuer. »Nein«, gab er nach einiger Zeit zur Antwort. »Wohl fanden wir die Küste, an der Leif damals entlanggesegelt sein muß. Sie führte geradewegs nach Südwesten, immer den Augen Thjazis entgegen. Der Wind stand günstig, doch eine starke Strömung rollte uns entgegen, und wir mußten viele Tage lang rudern.«

»Auch ließen die Gezeiten das Meer immer stärker schwinden und schwellen«, fügte der junge Thorbrand ein. »Einmal betrug der Unterschied zwischen Ebbe und Flut mehr als drei Manneslängen, wie man es sonst nur in Ängelland findet.«

Der Waidmann nickte. »Deshalb vermutete ich schon bald, daß wir in einen Fluß geraten seien«, fuhr er fort. »Aber so oft wir auch ankerten und von hohen Hügeln aus Umschau hielten,

konnten wir doch kein gegenüberliegendes Ufer entdecken. Dann kam das Eis und schloß uns ein.«
Er berichtete nun von einem harten Winter in einem Hügelland mit lichten Kiefernwäldern und wenig Wild. Als die gläserne Decke brach und in tausend gewaltigen Schollen davontrieb, war Thorhall weiter nach Südwesten gefahren. Die Strömung drückte aber immer stärker gegen den Vordersteven des Schaumwolfs und schließlich schöpften sie Süßwasser. »Aber noch immer konnten wir kein anderes Flußufer sehen«, erzählte der Waidmann, »selbst von den höchsten Gipfeln nicht.« Die Pflanzen und Tiere hätten noch immer genau denen Marklands geglichen, und weder Wein noch Weizen wuchsen an diesem seltsamen Strom. Erst zwei Wochen später verengte sich das gewaltige Flußbett. Daraufhin überquerten sie den Strom und untersuchten auch das jenseitige Gestade. Darüber wurde es Sommer. »Da beschloß ich, nach Osten zurückzusegeln und nach euch zu suchen«, endete Thorhall, »und wahrlich, Aris, du hast recht: die Nornen haben es so gefügt, daß ich zu spät bei euch eintraf. Sonst würde Thorwald noch leben! Thor! Ein Christ tränkte als erster dein neues Land mit seinem Blut, doch er war eines wackeren Vaters Sohn.«
»Was hast du nun vor?« wollte Aris wissen. »Kommst du mit uns?«
Der schwarze Hühne sah ihn nachdenklich an. Dann lauschte er und deutete mit einem Nicken auf die nachtdunkle See. »Ich werde wohl nicht gleich nach Grönland zurückkehren«, sagte er, »und ihr auch nicht.«
Überrascht drehte Aris den Kopf. Da hörte auch er das dumpfe Grollen in der Ferne, das anzeigte, daß Eisschollen von Norden kamen und den Mühlensund versperrten.

Wie die Vinlandfahrer heimkehren

Im Sommer jenes Jahres hatte Freydis einen gesunden Knaben zur Welt gebracht und ihn nach ihrem Großvater Thorwald genannt. Thorleif Kimbi vom Schwanenfjord, der jüngste und stärkste der drei Thorbrandssöhne, wurde später zum Ziehvater des Jungen bestellt.

Im Herbst träumte Erik, daß sich sein heiliger Bär die linke Pranke zwischen die spitzen Zähne schob und sie knirschend entzweibiß; danach zermalmte das Raubtier die blutende Pfote zwischen den kräftigen Kiefern und verspeiste sie mit behaglichem Brummen, so als ob es nicht Schmerz, sondern größten Genuß empfände. Da erwachte der Rote und grübelte bis zum Morgen über das seltsame Traumbild nach, konnte aber den Sinn nicht entdecken.

Als es Frühling wurde, klomm Erik jeden Morgen bei Sonnenaufgang zum Wächterfelsen empor und blickte den ganzen Tag lang unverwandt auf seinen Fjord. Viele Schiffe segelten ein und aus, aber das Nordroß war nicht darunter. Abends erschienen die letzten Knechte, die ihrem Herrn noch immer die Treue hielten, und führten den Roten wieder nach Steilhalde hinab. Denn Erik konnte nur noch schlecht gehen, und die vielen Brüche und Narben von Stürzen und Schlachten schmerzten ihn sehr. Sein welliges Haar loderte nicht mehr rot wie die Lohe des Feuers, sondern blinkte nur noch blaß wie Morgenlicht auf Eis, denn er war alt geworden.

Die Augen des Herrn von Steilhalde aber spähten noch scharf wie die eines Schneefalken, und so entdeckte er das Schiff, das am dritten Tag des Saatmonats in den Eriksfjord schwamm, schon in weiter Ferne.

»Dort kommt das Nordroß gefahren! Und auch der Schaumwolf kehrt zurück!« schrie er voll überschäumender Freude.

Thorstein und Leif waren gerade bei Erik angelangt und blickten verwundert auf die beiden Schiffe, die nun mit schwellenden Segeln in den Eriksfjord bogen.

Stolz blickte Erik auf seine Söhne herab, und seine blauen Augen funkelten im Triumph. Dann eilte er zum Strand, die Heimkehrenden zu begrüßen.

Leif wollte den Alten aufhalten, aber Thorstein hielt ihn zurück und raunte ihm zu: »Warte, bis wir wissen, welche Kunde zu uns kommt.«

Sie folgten nun ihrem Vater in einigem Abstand zum Strand. Dort sahen sie den Roten mit dem Waidmann stehen. Blicklos sah Erik in den Morgenwind, doch keine Träne rann aus seinem Auge.

Die Brüder blieben stehen. Aris erkannte sie und kam mit hängenden Schultern auf sie zu.
Eine Weile später traten Thorstein und Leif leise zu ihrem Vater. Der Ältere legte ihm tröstend die Hand auf die Schultern und sagte: »Wenn du willst, kehre ich zu dir nach Steilhalde zurück, ob es dem Christ gefällt oder nicht.«
»Auch wenn uns manches entzweit, bleiben wir doch deine Söhne.«
Erik gab ihnen keine Antwort; es war, als höre und sähe er sie nicht. Auch wehrte er sich nicht, sondern stand stumm wie ein Standbild seiner geliebten Asen. Stunde um Stunde starrte er in die Ferne, während die Vinlandfahrer nun ihre Habe ausluden und an Land schafften. Erst am Nachmittag gelang es dem Waidmann, seinen Schwurbruder vom Strand in die Halle zu führen.
Aris gab Leif die Peilscheibe mit Thorwalds Eintragungen und ging nach Gardar. Dort schenkte er Frilla ein kleines Kreuz, das er mit einem Dolch aus vinländischem Maserholz geschnitzt hatte, räusperte sich und sagte: »Das war eine lange Reise.«
»Ja«, antwortete die Friesin und reichte ihm freundlich den Willkommenstrunk, »ich bin von Herzen froh, daß du gesund zurückgekehrt bist. Ebenso freue ich mich auch über deine Gabe, denn sie bezeugt deine Achtung vor meinem Glauben. Noch glücklicher aber wäre ich, könntest du auch meine Liebe zu Christus teilen.«
Da wurde es Aris schwer ums Herz und er erwiderte traurig: »Ach, das wird wohl niemals geschehen, und zur Lüge tauge ich nicht.«
Das alles geschah in jenem Jahr, da König Sven Gabelbart von Dänemark das Christentum annahm. Kaiser Heinrich stieß in das Wendenland vor und zwang König Buresleif zu Kniefall und Lehenseid. König Malcolm von Alban schob Schottlands Südgrenze zum Fluß Tuidi vor, und in anderen Teilen der Welt wurden noch viele weitere Waffentaten getan.
Fast alle Grönländer, die bis dahin noch den alten Göttern die Treue gehalten hatten, gaben den Glauben an sie auf. Einige sagten wie Ketil Schiefnase, daß sie fortan nur noch auf ihre eigenen Kräfte vertrauen wollten. Die meisten aber fuhren nach Gardar

und ließen sich von Tyrker taufen. Auch Thorbjörn Wifilssohn, der Vater der schönen Gudrid, trat zum Christentum über und alle seine Hausgenossen mit ihm. Thorbrand der Alte vom Schwanenfjord und seine Söhne jedoch veräußerten ihre Höfe und kauften sich vom Erlös neues Land an einem Meeresarm der Westsiedlung, den sie wiederum Schwanenfjord nannten.

Wie mit einem Horn eine Freundschaft zerbrach

Erik sprach einen Monat lang mit niemandem außer dem Waidmann. Keiner der Knechte von Steilhalde wagte es in dieser Zeit, ein Wort an den Roten zu richten. Jede Nacht saßen die beiden Schwurbrüder vor flackerndem Feuer in einsamer Halle und tranken aus Hörnern, die niemals leer wurden. Wenn die Bediensteten neues Bier brachten oder Holz nachlegten, schwiegen die beiden Männer, bis sie wieder allein waren. Darum verbarg sich eines Nachts ein junger Knecht mit Namen Kol hinter einem Vorhang und blieb dort bis zum Morgen, denn er hoffte, etwas zu erfahren, was für ihn vielleicht von Wert sein mochte. Da hörte er, wie Erik zu Thorhall sagte:

»Wer diente den Asen treuer als ich? Wer hütete besser ihr Erbe, traute beständiger ihrem Trost, glaubte fester an ihre Macht? Weib und Kinder verließen mich; selbst Thorwald, mein liebster und letzter Erbe, entfremdete sich von mir und meinen Göttern. Schwer sind die Prüfungen, die mir das Schicksal auferlegt, und immer, wenn ich neue Hoffnung schöpfte, suchte mich alsbald bitterste Enttäuschung heim.«

»Gräme dich nicht«, erwiderte Thorhall, »mögen uns auch noch so viele Stürme umtosen, am Ende gehört den Standhaften der Sieg. So wird es auch in diesem Glaubensstreit sein, in dem Thor unsere Treue prüft. Bald schon wird der Rotbärtige wieder den Hammer schwingen. Dann wehe all denen, die ihn verrieten!«

»Nie zuvor ließ Thor zu, daß man ihn schmähte«, klagte Erik. »Warum schweigt er jetzt? Fast ist es, als hätten diese verfluchten Knechtsgottanbeter recht und unsere Asen wären wirklich machtlos gegen ihren Christ.«

»Zweifelst nun etwa auch du an den Göttern?« fuhr der Waidmann auf. »Bist nun auch du bereit, dich zu schmiegen und zu biegen, dich zu ducken und zu fügen, weil Thor vom Schlachtenglück verlassen scheint? Dann wärst du wahrlich ein schlechter Gode und erbärmlich wie Thorgeir, der damals beim Thing in Islands Allmännerschlucht seinen Glauben für Silber verschacherte!«

»Das sagst du mir, der ich den Asen größere Opfer brachte als jeder andere Grönländer?« rief der Rote hitzig. »Sippe und Söhne verlor ich um ihretwillen, die alten Freunde flohen von meinem Hof, und nicht einmal der heilige Bär hielt mir die Treue! Sieh dich doch einmal um! Wüst die Halle, leer der Hof, niemand mehr trinkt mit mir, nur du!«

»Wenn dir meine Gesellschaft nicht mehr behagt, brauchst du es nur zu sagen«, murrte der Waidmann verdrossen. »Was soll mir dein Klagen um Weib und Söhne — du trauerst um etwas, das ich nie besaß!«

»Umso weniger kannst du ahnen, was ihr Verlust bedeutet«, seufzte Erik. »Manchmal denke ich gar, es wäre besser, zu diesem Hund von einem Priester zu rudern und dort ins Wasser zu tauchen, wenn ich dadurch mein Weib und meine Söhne wiedergewänne.«

Thorhall starrte ihn an und erwiderte mit gepreßter Stimme: »Willst du wirklich den Hohn ertragen, der über dich hereinbrechen wird, wenn dieser häßliche Zwerg dir Salz zu kauen gibt wie einem alten Ochsen? Denke nur, wie diese feigen Knechtsgottanbeter über uns spotten werden! Jubeln werden sie und frohlocken, daß es ihnen gelang, selbst dich, der Asen höchsten Eichbaum, zu fällen!«

»Sie jubeln ohnedies«, murmelte Erik, »seit mein Tempel in Trümmer fiel, ich weiß nicht durch welchen Gottes Hand.«

»So strafen die Asen den Zweifelnden!« grollte der Waidmann. »Fordere sie nicht noch einmal heraus! Denn die Zeit ist nicht mehr fern, da tobt Thor wie ein Wildfeuer über die Welt!«

»Aber wann?« rief der Rote. »Grönland ist schon zur Hälfte verloren; bald werden wohl auch Christen in der Westsiedlung wohnen . . .«

»Nicht, so lange ich lebe!« stieß der schwarze Hüne mit vor Haß verzerrter Stimme hervor.
». . .und auch über Vinland stehen schon Kreuze«, fuhr Erik fort. »Selbst du konntest das nicht verhindern.«
»Es war dein Sohn, der das tat«, knurrte Thorhall böse. »Schiebe mir nicht deine Schuld daran zu! Hättest du deine Söhne früher besser gezüchtigt, würden sie es wohl kaum gewagt haben, ihren Vaterglauben zu verlassen und ihrem Erzeuger selbst mit der blanken Waffe entgegenzutreten!«
Darüber stritten sie eine Weile, und auf diese Art erfuhr Kol in seinem Versteck, was sich zwischen Erik, Thorstein und Leif auf dem Wachtfelsen zugetragen hatte.
Am Schluß rief der Rote hitzig: »Selbst wenn ich wirklich Christ werden wollte, hättest du nicht das mindeste Recht, dich in meine Entscheidung zu mengen! Noch bin ich ein freier Mann und entscheide selbst, wohin mein Weg führt! Auch sollst du niemals vergessen, daß ich der Ältere bin und mein Vater Thorwald dein Ziehvater war, ohne den du wohl jämmerlich hättest verhungern müssen!«
»Wir mischten unser Blut unter den Soden«, entgegnete Thorhall zornig. »Das solltest du niemals vegessen!«
»Ja, wir sind Schwurbrüder«, grollte Erik. »Aber auch du wirst mir nicht sagen, was ich zu tun und zu lassen habe! Wenn ich nach Gardar gehen und dort ins Wasser tauchen will, wird mich niemand aufhalten, auch du nicht!«
Da schleuderte Thorhall sein Trinkhorn so heftig zu Boden, daß es klirrend in tausend Stücke zerbrach, und rief in heller Wut: »Wenn du das tust, kannst du nicht länger mein Schwurbruder sein! Ja, jetzt jubeln die Christen und freuen sich. Aber bald werden sie weinen und wehklagen. Dafür will ich sorgen, und dann sollst du sehen, daß die alten Götter noch leben!«

Wie Thorstein beschließt, den Leichnam seines Bruders aus Vinland zu holen

Am Morgen lief Kol zu Thorstein und berichtete ihm, was er auf Steilhalde erlauscht hatte, denn er hoffte, viel Silber zu gewinnen, wenn er die Christen vor dem Waidmann warnte. Der Erikssohn aber maß den Knecht voller Verachtung und sagte: »Wenn ich auch mit meinem Vater uneinig bin, verdient er es doch nicht, von seinen Bediensteten auf solche Weise getäuscht und hintergangen zu werden. Du sollst dich jedenfalls vor keinem Menschen mehr mit deinem Wissen brüsten.«

Dann hob er die Axt und hieb sie dem Lauscher ins Hirn.

Später ritt Thorstein zu Leif und berichtete ihm von den Worten des Waidmanns. Leif sah den Bruder bedenklich an und meinte, es sei wohl besser, Tyrker zu warnen. Darauf begaben sie sich zu dem Mönch und besprachen die Sache mit ihm. Tyrker zeigte sich aber bei weitem nicht so beunruhigt, wie sie erwartet hatten, sondern sagte: »Wo Gott spricht, muß Satan schweigen, und vor den Erzengeln flüchten die Teufel. Denkt nur an Raphael im Buche Tobit! Im fernsten Ägypten fesselte er den Dämon Asmodi. Wir vertrauen auf Gott!« Die beiden Brüder wechselten besorgte Blicke und Thorstein antwortete: »Das Buch ist eine andere Waffe als das Beil; vom einen fließt Tinte, vom anderen aber Blut.«

»Ach ja«, meinte der Mönch ungerührt, »das hätte ich ja fast vergessen: Mein ist die Rache, spricht der Herr. Du kamst ihm zuvor, indem du den Knecht erschlugst. Dafür sollst du nun zehn Vaterunser beten.«

Das war für Thorstein eine harte Prüfung.

Danach sprachen sie über den toten Thorwald und Leif sagte: »Eigentlich wollte ich nicht wieder nach Vinland segeln, ehe Bjarne zurückkehrt. Nun aber werde ich wohl doch ausfahren müssen. Denn es wäre nicht recht, ließen wir unseren Bruder in ungeweihter Erde auf den Jüngsten Tag warten.«

»Er soll zu Gardar begraben werden«, stimmte Thorstein zu. »Aber nicht du wirst ihn zurückholen, sondern ich. Denn ich bin der Ältere von uns beiden.«

»Aber du hast Frau und Kind«, wandte Leif ein.

»Sei unbesorgt: Gudrid soll mit mir fahren — schon dem Weitfahrer brachte die Kraft ihres Glaubens Glück, und du rettetest ihn vor der Klippe, obwohl ihn Gott doch eigentlich gar nicht nach Grönland gelangen lassen wollte! So vermag Gudrid wohl auch den Zorn zu lindern, den der Herr gegen uns hegt, weil wir den Vater auf heidnische Weise einhügelten. Auf diese Weise wird sie die erste Christin sein, die nach Vinland gelangt. Unser Sohn aber soll bei dir bleiben, bis wir zurückgekehrt sind.«
Damit war Leif einverstanden, riet seinem Bruder jedoch: »Nimm Aris mit. Und hüte dich vor diesen Rotköpfen!«

Von Eriks Bär und einem seltsamen Boot

Zu dieser Zeit berichteten Eriks Knechte ihrem Herrn, daß der entlaufene Bär zwei Schafe gerissen habe. Da sagte der Rote: »Er wenigstens wehrt sich noch.« Er befahl den Hirten, das heilige Tier gewähren zu lassen, selbst wenn es die ganze Herde zerfleische.
Kurz darauf raubte der riesige Bär auch auf den Weiden der christlichen Bauern am Eriksfjord. Die Geschädigten kamen zu Thorstein, erhoben Klage und verlangten, er solle das Tier endlich töten.
»Warum zieht ihr nicht selbst aus?« wollte der Erikssohn wissen. Die Antwort war, daß die Christen sich vor der Rache des Roten fürchteten.
»Und daran tut ihr gut«, meinte Thorstein. »Auch ich will mich nicht an dem Tier vergreifen, das meinem Vater heilig ist. Denn was sonst blieb ihm noch? Aber ich werde euch jeden Schaden ersetzen, der euch durch seine Tatzen entsteht.«
Damit waren die Kläger zufrieden.
Kurz darauf fuhr ein seltsamer Kahn in den Fjord, wie ihn die meisten Grönländer noch nie gesehen hatten. Er besaß keine Planken, sondern war mit zusammengenähten Fellen bespannt.
»So sehen die Hautboote der Vinländer aus!« sagte Leif zu Thorstein. Gemeinsam beobachteten sie, wie das merkwürdige Fahrzeug zum Steilhanghof steuerte.
Auch Erik hatte den Kahn längst erspäht und stieg zum Strand

hinunter. Dort sah er einen hochgewachsenen, silberhaarigen Mann, dem mehrere andere folgten. Sie waren Isländer und schienen ziemlich erschöpft. Auch ein kleines Kind befand sich bei ihnen.

»Endlich!« sagte der Fremde und band das Boot an Haltefelsen fest. Erik sah ihm eine Weile zu. Dann räusperte er sich.

Der Silberhaarige fuhr herum und blickte dem Herrn von Steilhalde aufmerksam ins Gesicht. Dann lächelte er höflich und fragte: »Bist du nicht Erik der Rote, Grönlands Gründer und Gesetzeskünder?«

»Thingsprecher ist mein Sohn Thorstein«, brummte der Alte unwirsch. »Wer aber bist du?«

»Erik!« murmelte der Fremde. »Viel Zeit verging, seit wir uns zuletzt sahen, und um ein Haar hätte ich dich nicht wiedererkannt. Ich bin es, Thorgils, dein alter Freund aus fröhlichen Tagen!«

Die Geschichte einer Unglücksfahrt in das grönländische Treibeis

Erik starrte den alten Gefährten ungläubig an. Dann lachte er und rief: »Thorgils! Das Silber, das du einst in Lade als Wiking mit den Händen scheffeln wolltest, trägst du jetzt auf deinem Haupt!«

»Und du?« fragte der Isländer. »Einst wolltest du dir ein Reich erobern und darin als König herrschen — nun scheint dich schon die Verantwortung für einen Bauernhof tief zu beugen!«

Die Männer umarmten einander. Der Rote zeigte große Freude über den Besuch, sein Gast aber blieb ernst und recht schweigsam. Erik führte die Isländer in seine Halle, geleitete Thorgils zum Ehrenhochsitz, ließ Trinkhörner reichen und fragte dann: »Wo hast du Frau und Knechte gelassen? Es bedarf vieler fleißiger Hände, hier einen Hof zu errichten.«

Nun verfinsterte sich die Miene seines Gastes noch mehr und mit gepreßter Stimme gab Thorgils zur Antwort: »Meine Frau ist tot. Grönland geriet ihr zum Verderben, so wie sie es ahnte.«

»Was ist geschehen?« fragte der Rote erschrocken.

»Du warst mir stets ein treuer Freund«, erwiderte Thorgils mit düster umwölkter Stirn, »doch dein Rat, in diese Öde zu ziehen, brachte mir wenig Glück. Viele Meere befuhr ich, doch nie sah ich ein so menschenfeindliches Land wie das deine.«
Danach erzählte der Isländer, wie er nach seiner Ausfahrt vom Sturm an Grönlands Küste geworfen wurde und dort Schiffbruch erlitt. »Zwar konnten alle sich retten und auch das Vieh an Land bringen«, berichtete er, »aber die Tiere verhungerten bald, denn dort liegt ja nur Eis auf den Felsen!« Auch das Beiboot blieb heil, aber der Fischfang gab wenig her. Eine Weile, so schilderte Thorgils, hätten sie von ihren Mehlvorräten gelebt. Auch ein paar Seehunde konnten sie fangen. Für den Winter erbauten sie eine Hütte aus Treibholz; darin gebar Thorey zum Julfest ihren Sohn Thorfinn. Da sie zu dieser Zeit aber schon nichts mehr zu essen hatten, sei Thorey nach ihrer Niederkunft nicht mehr zu Kräften gekommen und habe die ganze Zeit über im Bett bleiben müssen. Gespannt hörte Erik dem Freund zu, und mit jeder neuen schrecklichen Nachricht zuckte es wie ein Wetterleuchten über das Antlitz des Roten. Am ersten Tag des Monats Thorri wurden zwei Männer wahnsinnig, liefen hinaus und starben. Danach erkrankte Jostein von der Kalbshöhe an einer Seuche und ging mit seiner ganzen Familie und allen Knechten elend zugrunde. Im Goimonat gingen die Toten als Gespenster um. Darauf ließ Thorgils alle Leichen auf einem Holzstoß verbrennen.
Den Sommer über versuchten sie, mit dem Boot wegzufahren, aber das Eis ließ sie nicht durch. So sammelten sie Nahrung für den zweiten Winter. Nun starb die Schwester eines der Fahrtgenossen. Er begrub sie unter seinem eigenen Bett, und sie kehrte nicht zurück.
Im Frühling schickte Thorgils seine Knechte auf Fischfang. Dann stieg er mit seinem erwachsenen Sohn und den Gefährten auf einen Gletscher, um zu sehen, ob das Eis endlich bräche. Als sie in die Hütte zurückkehrten, fand Thorgils seine Frau tot in ihrem Blut. Die Knechte hatten sie ermordet und dann das Boot mit allen Nahrungsmitteln gestohlen.
Der kleine Thorfinn saugte noch immer an der erkalteten Brust seiner Mutter. Thorgils nahm seinen Sohn auf den Arm, schnitt

sich die Brustwarzen auf und ließ den Kleinen das Blut trinken Dadurch überlebte das Kind, und Thorgils konnte es aufziehen. Die Isländer fingen einige Robben und bauten sich aus den Häuten nach finnischer Weise ein Fellboot. Damit fuhr Thorgils hinaus. An einem Eisloch entdeckte er einen kleinen Grindwal, der angeschwemmt worden war. Zwei häßliche Frauen mit strähnigen schwarzen Haaren, schrägen Augen und platten Nasen machten sich an dem Tier zu schaffen und banden Fleischstücke zu Bündeln zusammen. »Es waren Trollweiber«, berichtete Thorgils, »ich lief hinzu und schlug mit dem Schwert nach ihnen. Eine traf ich so gut, daß ihre Hand auf das Eis fiel. Darauf liefen die Trollweiber schreiend fort. Ich band den Wal an mein Boot. So hatten wir für eine Weile wieder zu essen.«
Später fand Thorgils auch das Ei einer Mantelmöwe, schlug es auf und gab es seinem kleinen Sohn zu trinken.
Sie fuhren nun an Gletschern und steilen Klippen vorüber. Eines Abends zogen sie das Boot aufs Land und schliefen in ihrem Zelt. Am nächsten Morgen war das Fahrzeug verschwunden. Sie suchten es überall, konnten es aber nicht finden. Daher mußten sie bleiben, wo sie waren. Einige Tage später hörten sie plötzlich frühmorgens eine laute Stimme, die sie ermahnte, zu ihrem Boot zu gehen. Verwundert liefen sie aus dem Zelt; da lag das Fahrzeug am Strand. Zwei Frauen standen daneben. In der Nähe war ein Bär ins Eis gebrochen. Thorgils lief hin, erstach das Tier und hielt es an den Ohren fest, damit es nicht versank. »Als die Gefährten mir die Last abnahmen«, erzählte er, »blickte ich mich nach den Frauen um, aber sie waren verschwunden.«
Daraufhin ruderten sie immer weiter am Ufer entlang und stießen nach manchen weiteren Wundern und Traumgesichtern auf einen Ächter, der ihnen den Weg um das Rabenkliff nach der Ostsiedlung wies. »Drei Jahre lang hielt uns das Eis fest«, schloß Thorgils seine Erzählung, »und nun will ich so bald wie möglich nach Island zurückkehren. Denn ein Mann kann nicht Freund werden mit einem Land, das ihm soviel Unglück beschied.«
»Aber du bliebst am Leben«, sprach Erik tröstend, »Thor vergalt dir die Treue, die du ihm zeigtest, als du trotz allen Leids deinen neugeborenen Sohn nach ihm nanntest. Gewiß war es der Rotbär-

tige, der dich zu den beiden Trollweibern und ihrer Beute führte. Er wird auch die anderen Unholdinnen, die euer Boot stahlen, zurückgetrieben und den Bär ins Eis gezerrt haben.«
Thorgils sah ihn mit erhobenen Brauen an. Dann stieß der Isländer ein höhnisches Zischen aus und versetzte: »Soll das etwa heißen, daß ihr in dieser Einöde immer noch an die alten Holzgötzen glaubt? An diesen windigen Gevatter Augenklappe mit dem achtbeinigen Gaul oder den trunkenen Hammerschwinger, der grölend hinter fliegenden Böcken einherkarrt? Ich weiß, ihr wohnt hinter dem Eise, aber das hätte ich doch nicht gedacht, daß ihr noch immer nichts vom Christ wißt.«

Wie der Wikinger Thorgils mit dem Gott Thor kämpfte

»Wir kennen diesen Gott wohl«, erwiderte der Rote mit schmalen Lippen, »und nun bin ich es, der sich wundern muß, da offenbar auch du den alten Göttern die Treue brachst.«
»Da hast du schon recht«, erklärte der Isländer. »Schon lange vor meiner Ausfahrt ließ ich mich taufen. Wußtest du das denn nicht? Nein, natürlich nicht — sonst hättest du mich wohl kaum eingeladen.«
»Nicht einmal meine Söhne dürfen Steilhalde betreten, seit sie zum Christ überliefen«, entgegnete Erik finster. »Dir aber gab ich Gastrecht, und darum sollst du nun bleiben dürfen, so lange es dir gefällt. Das aber will ich dir sagen, daß es die Undankbarkeit ist, die ich am meisten verachte, ob sie nun Göttern gilt oder Menschen.«
»So denke auch ich«, antwortete Thorgils grimmig. »Darum will ich deine Wohltaten nun mit Wahrheiten vergelten: Nicht Thor, sondern allein dem Christ verdanke ich meine Rettung. Der Rotbärtige aber setzte alles daran, mich zu vernichten.«
»Wie kannst du so sicher sein?« fragte Erik. »Sprachst du denn mit ihm?«
»Ja, das tat ich!« rief der Isländer zornig. »Und nicht nur einmal! Stets drohte er, mich zu vernichten.«
Dann berichtete Thorgils, daß Thor ihm gleich nach der Taufe im

Traum erschienen sei und mit finsterem Gesicht zu ihm gesagt habe: »Du hast dich übel gegen mich benommen. Aber ich werde dich dafür strafen!« Er habe, so sagte Thorgils, geantwortet, daß Gott der Herr ihm beistehen werde. Als er am nächsten Morgen erwacht sei, habe er seinen besten Masteber tot im Stall liegen sehen. Er habe daraufhin allen verboten, vom Fleisch des Tieres zu essen, und den Kadaver bei einigen verfallenen Häusern vergraben.

In der nächsten Nacht sei ihm Thor von neuem erschienen und habe zu ihm gesagt: »Ebenso leicht wie deinen Eber kann ich auch dich erwürgen!« Thorgils sei aber standhaft geblieben. Am Morgen habe er dann einen seiner Ochsen verendet gefunden.

»In der dritten Nacht wachte ich bei meinem Vieh«, erzählte der Isländer weiter, »da fuhr dieser Dämon auf mich herab. Ich rang mit ihm, und wir stürzten zu Boden. Er konnte mich aber nicht bezwingen, denn ich betete während des Kampfes ständig zu dem Christ. Da raste Thor schließlich blitzeschleudernd davon.«

»Das soll einer glauben, daß du mit dem Stärksten der Asen rangst und noch lebst?« rief der Rote höhnisch. »Du weißt wohl Traum nicht mehr von Wirklichkeit zu trennen! Wäre Thor wirklich zu dir herabgestiegen, hätte der Gott dich wie eine Wanze zerquetscht!«

»Und doch war es so«, beharrte Thorgils. »Am nächsten Morgen konnten alle die blauen Flecken an meinem Leib sehen.«

»Du wirst dich in der Dunkelheit am Bettpfosten gestoßen haben«, spottete Erik, »als du vom Bier umnebelt hinauswanktest, um deine Notdurft zu verrichten!«

Die Knechte von Steilhalde lachten laut.

Der Isländer öffnete schon den Mund zu einer heftigen Antwort, da kam plötzlich sein kleiner Sohn in die Halle und plapperte in kindlicher Weise: »Draußen ist ein schöner großer Hund!«

»Bleibe lieber bei uns«, meinte Thorgils, hob den Kleinen auf sein Knie und berichtete weiter:

»Auch vor unserer Abfahrt erschien mir Thor und sagte: ›Du hast dir eine Reise vorgenommen, aber sie wird sehr beschwerlich werden.‹ Er sah dabei ziemlich zornig aus und drohte, es werde uns allen übel ergehen, wenn wir nicht zum Asenglauben zurückkehrten.«

»Diese Weissagung ging nicht fehl«, meinte der Rote nun ohne jedes Bedauern. »Wenn Thor es nicht war, der euch rettete, so war er es wohl, der euch verdarb!«
»Dir scheint das Wesen deiner Götter gleich, wenn sich nur ihre Macht beweist«, erwiderte Thorgils und ließ seinen zappelnden Sohn vom Knie rutschen. »Nun, dieser Kraftmeier von einem Dämon bot mir reichen Lohn, falls ich wieder zu ihm zurückkehren würde. Ich sagte ihm aber, daß meine Fahrt so vonstatten gehen werde, wie der allmächtige Christ es wolle.« Thor habe ihm darauf gedroht, er werde das Schiff auf steile Klippen werfen, dort, wo die Brandung am heftigsten gegen die Felsen schlage: »In solchem Wogendrang sollst du sein und niemals mehr herauskommen können, wenn du dich nicht mir zuwendest.« Er habe dem Rotbärtigen aber zur Antwort gegeben: »Fort mit dir, du häßlicher Teufel! Der wird mir helfen, der uns alle durch sein Blut erlöste.«
Eriks Gesicht verdüsterte sich immer mehr, als er das hörte, und mit gepreßter Stimme sprach er: »Große Worte gebrauchtest du gegenüber dem Gott unserer Väter, und deine drei Jahre im Eis scheinen mir keine zu schwere Buße dafür!«
Thorgils setzte blitzenden Auges das Horn ab, da kam der kleine Thorfinn wieder hereingelaufen und sagte: »Vater, der schöne große Hund will mit mir spielen!«
»Kümmere dich nicht um ihn«, mahnte der Isländer und zog den Knaben an sich. »Laufe nicht mehr hinaus!« Dann wandte er sich wieder seinem Gastgeber zu und fuhr fort:
»Als der Fahrtwind abflaute und wir lange Zeit auf dem Meer umhertrieben, kam der Rotbärtige wieder und fragte mich höhnisch, ob es mir jetzt nicht genauso ergehe, wie er es mir versprochen habe.« Er habe sich, sagte Thorgils weiter, aber nicht einschüchtern lassen und nun auch seinen Knechten, die zum Teil noch immer Asenanbeter waren, verboten, Thor anzurufen. Am Schluß habe er sogar einen Ochsen, den er vor Jahren einmal dem Gott geweiht habe, ins Meer geworfen, obwohl sie damals schon Hunger gelitten hätten. »Das muß den alten Feuerbart ziemlich enttäuscht haben«, fuhr Thorgils munter fort, »denn in den nächsten drei Jahren auf Grönland ließ er uns in Ruhe. Erst kurz bevor

wir zu dem Ächter kamen, breitete Thor noch einmal seine Bosheit über uns aus. Er ließ uns so dürsten, daß meine Männer schon ihren Harn mit Meerwasser mischten und trinken wollten. Ich nahm ihnen aber die Schöpfkelle fort und verfluchte den Götzen — im gleichen Moment flog ein häßlicher Alk, der auf dem Mastbaum gesessen hatte, laut kreischend davon. Auch das . . .«
Er verstummte und lauschte. Dann hörten auch die anderen den Knaben vor der Halle in heller Todesnot schreien. Zugleich ertönte ein lautes, zorniges Brüllen.
Erschrocken sprangen alle auf. Thorgils und Erik eilten als erste hinaus.
Der kleine Thorfinn lag blutend auf dem lehmigen Boden des Hofs. Über dem Kind aber kauerte mit gierig gefletschten Zähnen ein gewaltiger Bär.

Von Thorgils und dem Bären

Als Thorgils seinen kleinen Sohn blutig auf der Erde sah, wartete er nicht, bis man ihm einen Jagdspieß brachte, sondern griff das rasende Raubtier mit seinem Schwert an. Der riesige Bär ließ seine Beute liegen, stellte sich grollend auf die Hinterbeine und hieb mit den Pranken nach seinem Gegner. Der Isländer lief um das Ungeheuer herum. Auf diese Weise gelang es ihm, den Bären von seinem Sohn fortzulocken. Rasch eilte sein ältester Sohn Thorleif hinzu, hob den kleinen Bruder auf und brachte ihn in die Halle. Dort erkannten die Isländer, daß der Knabe nur leicht verletzt war.
Erik rief seinen Knechten zu, das Tier davonzutreiben. Die Männer von Steilhalde holten Spieße und Stühle und schritten dem schnaubenden Riesen entgegen. Der Bär wich ein wenig zurück, so daß es erschien, als ob er sich nun nach mißlungenem Raubzug davonmachen wolle. Das aber mochte Thorgils nicht zugeben. Zornig sprang er vor, schlug zu und traf das Tier an der Schulter. Der Bär fauchte zornig und griff mit den Pranken nach Thorgils, aber der Isländer sprang schnell zurück.
»Nicht!« schrie Erik. »Halte ein, Thorgils!«

Der Isländer hörte nicht auf seinen Gastgeber, sondern drang mutig weiter gegen das Raubtier vor. Der Bär stieß ein wütendes Brüllen aus und stürzte sich auf den Gegner, aber Thorgils tauchte flink unter den haschenden Tatzen hindurch.

»Hör auf damit!« brüllte Erik. »Es ist doch keine Gefahr mehr!«

»Der soll keine kleinen Kinder mehr anfallen!« rief der Isländer rachedurstig und schlug so hart zu, daß sein Stahl die halbe Schnauze des Bären fortnahm.

Der Tierriese stieß einen schrecklichen Schrei aus; Blut quoll aus seinem Rachen, und wie blind hieb er mit den Klauen um sich. Erik sprang hinter Thorgils und suchte ihn festzuhalten. Aber der Isländer stieß den Roten zur Seite, schwang die blitzende Klinge hoch über den Kopf und hieb sie dem Bären mit solcher Kraft zwischen die Ohren, daß er ihm den Schädel bis zum Kiefer spaltete und das Raubtier tot zu Boden sank.

Mit einem Triumphschrei stellte Thorgils den Fuß auf den Leichnam. Dann sah er verwundert zu Erik. »Was bist du so grau im Gesicht?« fragte er. »Sahst wohl schon lange keinen Kampf mehr? Mein Sohn war in Gefahr, nicht deiner! Doch sollen nun auch deine Herden ihren Vorteil von meinem Sieg haben.«

Der Rote gab keine Antwort, sondern drehte sich um und ging fort. Seine Knechte wechselten scheue Blicke, wagten aber nicht, etwas zu sagen. Denn jeder von ihnen kannte den Bären, der ihrem Herrn heilig war und nun tot vor seinem Tempel lag.

Wie Erik der Rote seinen letzten Kampf kämpfte

Durch diese Tat wurde Thorgils nun auch in Grönland berühmt. Denn viele Christen sagten, der Isländer habe sie von dem letzten heidnischen Fluch befreit. Alle Viehzüchter erklärten sich auch bereit, Thorgils den Bärenzoll zu entrichten, auf den jeder Anspruch hat, der ein solches Raubtier erlegt.

Nach dem Kampf schnitt der Isländer dem toten Tier Tatzen und Schinken ab und befahl seinen Leuten, das Fleisch zu braten. Erik konnte dem Gast dieses Recht nicht verwehren, nahm aber an dem Mahl nicht teil und weilte einige Tage lang nicht in der Halle.

Noch am gleichen Abend befahl der Rote den Knechten, die Reste des heiligen Bären auf den Hügel zu tragen und dort zu vergraben. In der Nacht hörten die Dienstboten ihren Herrn dort lange zu dem toten Tier sprechen und dabei seufzen: »Du gingst mir voraus; bald werde ich dir folgen. Mit meinen Söhnen verlor ich die Zukunft, mit dir aber meine Vergangenheit.«

Von diesem Tag an herrschte zwischen Erik und Thorgils keine Freundschaft mehr.

Die Isländer wären am liebsten gleich abgereist, aber das Wetter war sehr schlecht. Dadurch wurden auch drei norwegische Kaufleute mit ihren Schiffen im Fjord festgehalten. Da sie noch Asenanbeter waren, lud sie der Rote ein, bei ihm zu gasten. Die Händler schienen den Isländern trotz ihres Glaubens verständige Männer.

Kurz darauf ließ sich eine Bande von Ächtern auf einigen Inseln der Ostsiedlung nieder und fügte den Bauern durch Raubzüge viel Schaden zu. Als Thorgils davon hörte, sagte er zu Erik: »Nun bietet sich mir endlich eine Gelegenheit, Grönland zu verlassen, ohne in deiner Schuld zu bleiben. Weil meine Leute und ich bei dir gasteten, will ich dir und deinen Landsleuten dieses Gesindel vom Hals schaffen.«

Er wappnete sich und seine Gefolgsleute, überraschte die Räuber in ihren Hütten und räucherte sie dort mit Feuerbränden aus. Die meisten Ächter fielen. Einige entkamen dem Brand, wurden jedoch anschließend niedergehauen. Auch die ungetreuen Knechte, die seine Frau ermordet hatten, spürte Thorgils auf. Diese aber erschlug er nicht, sondern er verkaufte sie, denn er brauchte Geld, um nach Island zurückzukehren, und mochte sich nichts leihen.

Durch diese Taten hatte Thorgils neuerlich Ruhm und Ehre gewonnen. Auch war er wieder so reich wie vor seinem Schiffbruch. Er fuhr nach Steilhalde, um Erik zu zeigen, wieviel er gewonnen hatte. Aber die Knechte sagten ihm, ihr Herr sei tags zuvor zum Inlandeis hinaufgestiegen. Eriks Söhne seien bereits auf der Suche nach ihm.

Thorstein und Leif ritten gleich zu dem Birkenkratt, in dem ihr Vater einst seine Schätze vergraben hatte. Hoch über dem Meer

entdeckten sie ihn. Der Rote saß mit dem Rücken an eine Felswand gelehnt und starrte blicklos auf seinen Fjord.
Die Söhne stiegen ab und setzten sich neben dem Toten ins Gras. Im weiten Umkreis waren alle Halme zerknickt, als ob sich dort ein schwerer Kampf ereignet hätte. Es waren jedoch keine Fußspuren zu entdecken. Über dem Land lag ein Geruch wie von saurer Butter. Da sagte Thorstein mit ehrfürchtigem Schauder: »Wie Jakob einst mit Gottes Engel rang, so kämpfte unser Vater hier wohl mit seinem Schicksal. Einsam starb er, wie ein in die Enge getriebener Wolf. Nun will ich, daß er wenigstens im Tod noch einmal siegt.«

Von Erik im Hügel

Thorstein und Leif brachten ihren Vater nach Steilhalde und legten ihn dort auf sein Bett. Scheu wichen Mägde und Knechte zurück, denn als Asenanbeter fürchteten sie nun Böses von den beiden Brüdern. Thorstein beruhigte das Gesinde jedoch und sagte: »Auch wenn unser Vater wohl oft recht zornig über uns sprach, sind Leif und ich weder schlechte Menschen noch schlechte Söhne. Erik war der erste, der Grönland besiedelte. Darum soll er nun auch als letzter hier so begraben werden, wie es die alte Sitte gebot. Bereitet ihn nun also für die Einhügelung vor!«
Daraufhin eilten die Mägde, kämmten ihren toten Herrn und hüllten ihn in seine kostbarsten Festgewänder. Über Strümpfe aus mit Gold durchwirkter Wolle zogen sie Stiefel aus Korduanleder mit goldenen Sporen; ein Gürtel aus Walroßzahn hielt Hosen aus feinstem Rentierleder. Das reich mit Perlen bestickte Wams deckte ein Mantel aus blauer Wolle mit einem Besatz aus Hermelinfellen. Auf dem Haupt trug der Tote eine Kappe aus Goldstoff und Zobelfell. Dann gürtete Thorstein den Leichnam mit dem langen Schwert, das Erik im Leben stets so trefflich geführt hatte, und schob ihm einen silbernen Dolch in den Bund. So legten sie ihn auf einen Schild und trugen ihn auf den Sippenhügel.
Auf dem Berg, wo der Blick weithin über die Fjorde reichte, sta-

chen die Knechte Spaten in den steinigen Boden, schachteten eine Grube aus und stützten die Wände mit Flechtwerk. Sie arbeiteten die ganze Nacht durch, denn Thorstein und Leif trieben sie unablässig an.

Als das Grab fertig war, legten die Mägde allerlei Speisen hinein: Brot, Butter, Käse, getrockneten Klippfisch, aber auch geräuchertes Fleisch, frische Molke, eingedickte Milch und viele Krüge Bier. Thorstein und Leif setzten ihren Vater auf eine gepolsterte Bank, stützten ihn mit Kissen und drückten ihm das kostbare Trinkhorn in die starren Finger. Dann führten sie einen Hund heran, schnitten ihn mit dem Schwert in zwei Teile und warfen ihn in das Grab. Anschließend jagten sie zwei weiße Pferde solange im Kreis herum, bis die verängstigten Tiere vor Schweiß troffen, und stießen ihnen dann ihre Dolche in die Kehlen. Zwei Ochsen wurden mit Spießen niedergestochen und ebenfalls ins Grab geworfen. Danach schlachteten die Brüder einen Hahn und eine Henne und warfen sie hinterher.

Zum Schluß schütteten sie alles Silber aus Eriks Schatz in den lehmigen Schacht. Die Mägde und Knechte sprachen dabei viele Gebete und Zauberworte.

Thorstein aber sagte bewegt zu seinem Vater: »Wenn du schon nicht als König starbst, sollst du doch wenigstens wie ein König begraben sein, nicht liegend wie ein gewöhnlicher Mann, sondern sitzend wie Karl der Große und Harald Schönhaar, wie auch Harald Blauzahn und so viele andere mächtige Herrscher. Wache nun hier über dein Geschlecht!«

Dann deckten sie Matten über das Grab, schaufelten es zu und türmten Erde darauf, bis sich über Erik ein weithin sichtbarer Hügel erhob.

Lange standen die Brüder schweigend vor dem doppelmannshohen Grabmal.

Sie blieben drei Tage lang auf dem Gipfel. Ihre Knechte brachten ihnen Speise und Trank. Thorstein und Leif aßen aber wenig und vergaßen nicht, den Geschlechtergeistern zu opfern. Dabei sagte Thorstein: »Wir wollen das Werk des Vaters fortsetzen.«

»Wir wollen in allem so handeln, wie er es von uns erwartete«, stimmte Leif zu, »nur nicht, was Gott und Grönlands Freiheit betrifft. Denn mit Erik starb auch der alte Glaube — diese Totenfeier soll unser letzter Rückfall in heidnische Bräuche gewesen sein! Zu Königen aber taugen wir nicht, denn du wie ich sind Menschen, die lieber unter Freien leben als unter Knechten.«

Während sie auf dem Hügel saßen, fuhr Tyrker mit den Christen von Gardar über den Fjord nach Steilhalde. Sie brachen Eriks Tempel auf und stießen alle Götterbilder um. Thor wollte nicht weichen, da holte der Mönch eine starke Keule und gab dem Rotbärtigen so starke Hiebe, daß er schließlich polternd zu Boden fiel. Dann legte Tyrker dem besiegten Gott einen Strick um den Hals und zog ihn ins Freie. Dort schlugen alle Christdiener mit Äxten so lange auf das Götterbild ein, bis es in handliche Scheite zerhauen auf der bloßen Erde lag. Fröhlich entflammten die Christen darauf ein Feuer und warteten, bis alles Holz zu Asche verbrannt war.

Als das Feuer verlosch, ließ Tyrker einen großen Tiegel Fett herbeischaffen, vermengte es mit der Asche zu einem Brei, warf ihn den Hunden vor und sagte: »So ist es recht, daß Hunde den Thor fressen, und so sollen auch alle anderen Götter zugrunde gehen, die unserem Herrn Christus noch immer trotzen.«

Es waren aber noch nicht alle Thorsdiener tot.

Am dritten Tag stiegen Thorstein und Leif wieder zum Hof hinunter. Sie schenkten allen Knechten und Mägden die Freiheit, befahlen ihnen aber, von Grönland fortzusegeln und über alle Geschehnisse bei dem Begräbnis zu schweigen. Die Dienstboten waren darüber von Herzen froh, denn sie hatten gefürchtet, von den beiden Brüdern niedergehauen zu werden, damit kein Außenstehender erfuhr, daß Eriks Schatz in dem Hügel lag.

Nach dem Erbmahl zog Thorstein mit seiner Frau nach Steilhalde. Auch Eriks Witwe Thorhild, die sich nun Thjodhild nannte, kehrte auf den Hof zurück und wohnte dort bis an ihr Lebensende. In der Westsiedlung aber wählten die Asenanbeter Thorhall den Waidmann zum neuen Goden von Grönland. Er schwor, Tyrkers Frevel blutig zu rächen.

Von einem Streit über geistliche Dinge und einer strengen Buße

Als Frilla erfuhr, daß Aris wieder nach Vinland segeln sollte, ging sie zu Tyrker und sagte: »Wenn mir in meinem Leben auch viel Böses geschah, fühlte ich mich doch stets glücklich, eine Magd des Herrn sein zu dürfen. Nun aber kann ich nicht mehr länger Freude an meinem Gelübde empfinden. Denn das Unrecht, das ich Aris zufüge, bedrückt mich jeden Tag mehr. Wenn es aber nun schon einmal sein muß, daß ich den einen oder den anderen Eid breche, will ich, daß fortan gilt, was ich bei meiner Hochzeit gelobte.«

»Das ist eine schwere Entscheidung«, meinte der Mönch, »und ich weiß nicht, was ich dir raten soll.«

»Nicht deinen Rat suche ich, sondern deine Hilfe«, versetzte die Friesin. »Entbinde mich von dem Gelübde, das ich als Kind gab, und lasse mich fortan als Frau leben nach dem Bund, den du selbst hier mit deiner Priesterstola knüpftest!«

»Solches zu tun, bin ich nicht befugt, meine Tochter«, gab Tyrker zur Antwort. »Das kann nur ein Bischof.«

»Aber hier waltet kein Kirchenfürst!« rief Frilla voller Unmut, »wir sind allein und auf uns gestellt. Darf nicht auch eine Mutter selbst ihr Kind taufen, wenn die Gefahr besteht, daß es stirbt, ehe ein Priester zur Hand ist?«

»Ein solcher Notfall besteht hier wohl nicht«, versetzte der Mönch. »Beherrsche dein Gefühl, Weib, wie es Christenweise ist! Lasse dich nicht von den Gelüsten deines sündhaften Leibes verleiten, wenn du nicht das Heil deiner Seele verspielen willst!«

Nun packte die Friesin ihn am Gewand, schüttelte ihn hin und her und rief voller Zorn: »Das sagst du, der du schon jeder von meinen Mägden nachgestellt hast? Heuchler! Gleisner! Verlogener Schelm!«

»Potztausend Hollerstauden, was erlaubst du dir, Weib?« wehrte sich der steilstirnige Mann, und seine Augen quollen noch stärker hervor als sonst. »Nimm deine Finger von meinen geweihten Gewändern! Bei allen hunderttausend heulenden Höllenhunden, du reißt mir ja gleich den Rock entzwei!«

»Um so besser!« stieß Frilla zornig hervor und fuhr fort, den frommen Mann wie einen nassen Sack zu beuteln, »dann brauchst du deinen sündigen Wanst nicht mehr selbst zu entblößen, um ihn gebührend zu geißeln, du schamloser Schürzenjäger!«

»Hölle und Teufel!« schrie Tyrker. »Welcher Dämon ist in dich gefahren, daß du es wagst, so mit deinem geistlichen Vater zu reden?«

»Das ist die geziemende Sprache für dich«, rief die Friesin. Auf ihrer glatten Stirn flammte das Feuer des Zorns, und ihre Augen schossen Blitze. »Wirf deine eigenen Sünden nicht anderen vor, du liederlicher Weiberheld! Das ist ein guter Prediger, der seine eigenen Lehren befolgt. Denn Worte sind Zwerge, Beispiele aber Riesen!«

Nun sah der Mönch ein, daß der Streit ihm selbst zum größeren Schaden gereichen konnte, denn vor der Kirche wandelten zahlreiche Christen umher. Darum dämpfte er seine Stimme, blickte sein Beichtkind beschwörend an und raunte ihr zu: »Nicht so laut, Tochter! Es ist nun einmal so, daß man zur Tugend nur schleicht, zur Sünde aber eilt. Ach, auch ich bin nur ein schwacher Mensch. Aber ich büßte schwer!«

»Ha!« machte Frilla. »Späte Reu ist selten treu und wo der Herr seine Kirche hat, hat der Teufel seine Kapelle!«

»Still!« mahnte Tyrker und spähte besorgt zur Tür. »Ich will ja für dich tun, was ich kann! Aber die Gesetze der Kirche . . . Als dein Beichtvater von Jugend auf kann ich doch nicht gut zulassen, daß nun auch du dich in Sünde verstrickst . . . Hier im Kampf gegen die Heiden brauchen wir den Beistand des Herrn noch dringender als in der Heimat. Wahnsinn wär's, wollten wir jetzt den erzürnen, der allein uns am Leben erhält!«

»Wenn du mich von meinem Gelübde entpflichtest«, erklärte Frilla, »werde ich Aris wenigstens einmal zu dir in den Gottesdienst bringen. Alles andere soll dann der Kraft deiner Predigt überlassen sein.«

»Viel Hoffnung habe ich nicht«, brummte Tyrker. »Wenn ich bisher von Christus sprach, zeigte der Kerl sich stets so taub wie eine Nuß. Dennoch will ich es gern immer wieder versuchen. Bei Samuel und allen anderen Propheten, irgendwann hört doch selbst der dümmste Ochse des Hirten Horn! Aber wir wollen es uns nicht zu leicht machen. Ehe du aus deinem Orden wieder in den weltlichen Stand trittst, sollst du vier Wochen lang fasten und jeden Tag acht Stunden beten. Wer predigt, muß auch Amen sagen! So magst du dem Herrn beweisen, daß deine Frömmigkeit auch fürderhin nicht nachlassen wird. Vor Aris aber wollen wir schweigen, bis du dein Ziel erreicht hast.«

Nach diesen Worten segnete er sein Beichtkind und wandte den Kopf schnuppernd zur Küche, denn von dort drang nun der Duft eines köstlichen Bratens herein. Da sagte Frilla: »Fasten werden wir gemeinsam, Vater, und auch beide beten, so lange es dir beliebt. Denn ich brauche Gottes Verständnis, um nicht zu fehlen — du aber bedarfst der Vergebung, da du dich schon ausgiebig in der Sünde suhltest!«

Sie kamen nun überein, daß zwei Fastenwochen und eine Stunde Gebet genügen sollten und verabredeten den Beginn für den kommenden Morgen. Denn der Mönch erklärte, daß dazu noch verschiedene Vorbereitungen geistlicher Art vonnöten seien.

Frilla eilte nun froh nach Hause. Aris wunderte sich nicht wenig, als ihn die Friesin neckend am Ohr zupfte und fröhlich Bier mit ihm trank. Tyrker aber verbrachte den restlichen Tag bei Tische.

Von Thorsteins Ausfahrt und frommen Versen

Leif half inzwischen seinem Bruder, den Eissturmvogel zu bemannen, gab ihm die Peilscheibe und sagte: »Falls ihr nicht wiederkehrt, will ich euren kleinen Ulfhedin bei mir aufziehen wie meinen eigenen Sohn und ihn in alle Rechte einsetzen, die ihm gebühren.«

»Nichts anderes erwarte ich von dir«, sagte Thorstein dankbar. »Denn wenn wir uns früher auch manches Mal nicht sonderlich gut verstanden, sind wir doch Äste vom gleichen Holz.«

Aris nahm von Frilla Abschied, die ihn gar nicht fortlassen mochte und seufzte: »Ach, wie oft willst du dich denn noch in diese gefährlichen Westländer wagen? Bedeute ich dir denn so wenig, daß du es bei mir gar nicht aushalten kannst?«

»An keinen anderen Ort der Welt sehne ich mich wie nach diesem hier«, antwortete Aris ehrlich. »Aber ich kann es Thorstein nicht abschlagen, wenn er mich um Hilfe bittet.«
»So tue denn, was du tun mußt«, seufzte Frilla. Mehr sagte sie nicht. Denn von ihrer Abmachung mit Tyrker wollte sie ihrem Mann erst berichten, wenn sie von ihrem Gelübde entbunden war.
Thorstein segelte mit seiner Frau Gudrid und fünfundzwanzig Gefolgsleuten aus dem Fjord. Er hatte seine Fahrtgenossen nach ihrer Kraft und Größe gewählt. Sie zählten zu Grönlands waffentüchtigsten Söhnen. Auch die beiden schottischen Schnelläufer reisten mit ihm. Bis auf Aris waren nur Christen an Bord. Leifs Ratschlag folgend fuhren sie nordwärts, kamen bei raumem Wind an der Westsiedlung vorüber und sahen schon wenige Tage danach an Backbord die kalbenden Gletscher Nordrseturs. Dort wandte Thorstein den Steven der Sonne nach und steuerte auf das offene Meer. Doch sobald die eisige Kälte hinter dem Heck des Eissturmvogels der See versank, wallten plötzlich weißliche Nebelschwaden zwischen den Wogen empor und hüllten das Schiff wie in Wolle.
»Das habe ich befürchtet«, knurrte Thorstein. »Der Teufel treibt sein Spiel mit uns.« Dabei blickten die Grönländer hoffnungsvoll auf ihr Segel, in das sie vor ihrer Ausfahrt das Zeichen ihres Gottes gestickt hatten. Aber das Tuch bewegte sich nicht, und kein Wind erhob sich, die schier undurchdringlichen Schwaden fortzuwehen.
Am nächsten Tag wußten sie nicht mehr, wo sie waren. Immer wieder schauten die Fahrtgenossen bange auf das schlaffe Segel, aber die Lüfte regten sich nicht, und auch nach einem beschwörenden Lied brach der Himmelsglanz nicht hervor. So mußte Thorstein Peilscheibe und Sonnenstein wieder zur Seite legen. In der Nacht funkelte ihnen kein einziger Stern, und so angestrengt sie in die Dunkelheit lauschten, sie hörten weder Brandungsrauschen noch Vogelgeschrei. Da wurde den Christen unheimlich zumute, und sie erinnerten sich der schaurigen Geschichten von Jotenheim, die sie einst auf den Knien ihrer Großeltern vernommen hatten. Als sie nun scheu darüber sprachen, tadelte Thorstein sie und sagte streng:

»Hat Tyrker euch nicht gelehrt, daß Kleinmut stets ins Verderben führt, der feste Glaube aber ins Glück? Die verzagten Gefolgsleute Mosis irrten bis zu ihrem Tod in der Wüste umher, Jarl Josua aber eroberte Jerichoburg allein mit dem Schall seiner Hörner!«
Am dritten Morgen sprach Gudrid die Strophe:

»Wünschst du, daß auf Wassers Wüste
Wir noch weiter weglos wandern,
Weltherr, so gescheh' dein Wille!
Weisheit ist nur dir zu eigen.«

Noch immer schliefen alle Winde, und die Luft stand still wie Wasser in einer Schüssel. Doch um die Mittagszeit fühlten die Männer plötzlich einen sanften Hauch vom Himmel herabstreichen. Das linde Wehen wuchs nach einer Weile zu einem ganz leichten Wind, die Taue des Masts begannen zu beben, und schließlich wölbte sich auch das Segel wie das Wams eines Mannes, der tief Atem schöpft. Bald kräftigte sich die Brise immer mehr, und Thorstein drehte ihr froh den Achtersteven der Schnigge entgegen. Die Wellen kräuselten sich, doch die Nebelschleier blieben.
»Das ist seltsam«, meinte Aris besorgt. »Wer weiß, wohin dieser Wind uns nun trägt!«
Thorstein und Gudrid gaben ihm zur Antwort, daß sie beschlossen hätten, ihr Schicksal ganz in die Hände des Christ zu legen. So fuhren sie nun, nicht wissend wohin, und waren dabei guter Dinge.

Von einer Irrfahrt zum Reich des Feuerriesen

Fast eine Woche lang reisten sie mit dem Wind, ehe die Nebel sich lichteten und eine wiedererstarkte Sonne endlich die Schlacht gegen Dunst und Dämpfe gewann. Nun richteten erst Thorstein und danach Aris die Peilscheibe auf das Tagesgestirn und beide kamen zu der Überzeugung, daß sie sich weit im Süden befinden mußten.

Aris riet nun, nach Westen zu segeln, um so vielleicht auf Vinlands Küste zu treffen und dort am Strand entlang bis nach Kreuzspitz zu segeln. Plötzlich aber erhoben sich so starke Böen, daß sie den Mast umlegen mußten und auch nicht daran zu denken war, gegen die Wogen zu rudern. Daher beschloß der Erikssohn, das Schiff mit dem Sturm nach Süden zu steuern. An der Farbe des Wassers und an dem Tang, der im Meer trieb, erkannte Aris, daß sie sich in der Nähe von Island befanden. Kurz vor Einbruch der Dunkelheit sahen sie zwischen den Wolken ein helleres Gebilde glänzen, das sie für den Gipfel des Schneeberggletschers am Breitfjord hielten. Aber die Faust des Frostriesen stieß sie so grob an der Küste vorüber, daß sie nicht landen konnten, und am nächsten Morgen war die eisige Kuppe wieder ihren Blicken entrückt.

Sie trieben nun viele Tage fern jeder Landmarke auf dem Eismeer umher und wußten nicht, wo sie fuhren. Einige meinten, daß sie nun bald auf die Orkaden oder auf die Schafinseln stoßen müßten. Andere waren dagegen der Meinung, daß sie sich viel weiter westlich befänden und sie vielleicht nur noch wenige Rudertage von Vinland trennten. Aris aber spähte mit bedenklicher Miene in die Wellen und sagte zu Thorstein, daß er weder die Strömungen noch die Farben in diesem Fahrwasser wiedererkenne. Tang und Treibholz aber deuteten darauf hin, daß sie sich nun in der Nähe des Westmännerlandes befanden.

Wirklich kreisten am anderen Tag einige Vögel über dem Schiff, die man an Erins Küsten antrifft, darunter auch solche, die einst den Druiden und anderen alten Zauberern heilig waren. Haki und Hekja deuteten aufgeregt auf die gefiederten Boten des Landes, zwitscherten wie sie und ahmten ihre Flügelschläge nach. Da mußten die Grönländer lachen, und neue Zuversicht kehrte ein.

Als der Sturm abflaute, schlug Aris vor, das Segel schräg zu stellen und nach Osten zu segeln, um in Erin Frischwasser aufzunehmen. Thorstein und Gudrid glaubten jedoch, daß sie ihr Gott in seiner Güte geradewegs auf das Land zutreiben würde. Deshalb weigerten sie sich, den Kurs zu ändern, den ihnen der Himmelsatem vorzuschreiben schien. Darauf wurden die Wasser, auf denen sie fuhren, bald immer wärmer, auch schwammen bald immer mehr

Fische und Pflanzen im Wasser, und die Sonne schien heiß wie nie. Denn es war Hochsommer, und nie zuvor hatten sie so südliche Meere befahren.

Nach einer weiteren Woche wurde das Wasser knapp. Nun litten die Fahrtgenossen noch schlimmer unter der Hitze und warteten jeden Tag, daß der Wind endlich umschlug. Aber der Halmebieger trieb sie unablässig nach Süden und immer weiter auf die offene See hinaus. Das erkannten sie daran, daß nur noch wenige Äste im Wasser schwammen. Da sagte Aris, wenn er auch nicht mehr an die Asenlehre glaube, so scheine ihm eins doch nicht falsch, nämlich daß dort im Süden Muspelheim liege, die Burg des Feuerriesen Surt. Und wenn die Hitze stetig so weiter steige wie bisher, meinte der Norweger, werde das Meerwasser wohl bald sieden wie Wasser in einem Topf auf dem Herd, und ihre eisernen Schiffsnägel könnten schmelzen, als seien sie nur aus Kerzenwachs.

Thorstein erwiderte ungeduldig, er wolle von solchem Aberglauben nichts hören. Die schöne Gudrid aber lächelte Aris freundlich an und erklärte, was ihr Gott sie auf Erden erdulden lasse, werde er ihnen im Himmel lohnen. Da konnte es Aris sich nicht mehr verkneifen zu sagen, daß sie wohl bald Gelegenheit haben würden, den Sold ihres Glaubens von ihrem Christ einzufordern, denn in den Fässern befinde sich nur noch Wasser für zehn Tage. Diese Bemerkung trug ihm von Thorstein einen scharfen Tadel ein.

Da die Grönländer nun solche Not litten, nahmen Haki und Hekja ein Fuder Getreide und ein Faß Butter, mengten Mehl und Fett zusammen, kneteten die klebrige Masse und gaben sie allen Männern zu essen. Als die Fahrtgenossen die seltsame Speise genossen, merkten sie zu ihrer großen Verblüffung, daß der Teig ihren Gaumen wie Eisstücke kühlte und ihr Durst schwand, wenn sie davon aßen. Da fühlten sie sich gerettet und dankten dem Christ. Die Schotten aber nannten die Speise Minthak.

Von Fischen, die wie Vögel flogen und anderen Wundern der Sonnensee

Viele Wunder sahen Thorstein und seine Gefährten auf dieser Reise, darunter Sterne so hell wie Blitze und Fische, die Vögeln gleich über den Wellen dahinflogen, so daß die Grönländer ihren Augen kaum trauten. Das Südmeer war warm wie Suppe, und die Sonne brannte so stark, daß den Fahrtgenossen bald rote Hautfetzen von Stirn und Schultern hingen. Die Hitze lastete immer stärker über der See, und schimmernde Schleier durchwallten die Luft wie Schlieren von Öl klares Wasser. Obwohl die Fahrtgenossen immer stärker unter Durst litten, teilte Thorstein jeden Tag weniger zu trinken aus. Bald begannen deshalb manche Männer zu fiebern und Wachträume zu erleben. Einige zogen dabei die Waffen und hieben in wilder Wut um sich, so daß der Erikssohn sie festbinden mußte.

Der glühenden Hitze, dem Wassermangel und auch dem trockenen Wind, der wie aus einem Backofen blies und ihnen die Kehlen eindörrte, schoben es die Gefährten später auch zu, daß sie auf dieser Reise viele Male aufgrund unnatürlicher Erscheinungen in große Furcht gerieten.

Einmal war ihnen, als winde sich eine gewaltige Seeschlange unter dem Kiel des Eissturmvogels hindurch. Thorstein zog sein Beil und stürzte zum Steven, um dem Ungeheuer den Kopf abzuhauen. Da sah er, daß nur ein großer Baumstamm vorbeischwamm, mit einer Borke, die großen Schuppen, und Ästen, die langen Borsten glichen.

Ein anderes Mal starrten den Grönländern aus der moosgrünen Tiefe zwei riesige Augen entgegen. Einige Männer schrien vor Schrecken und meinte, gleich werde der Teufel auftauchen, um ihre Seelen zu holen. Da packte Aris einen Spieß und stach die schwere Waffe mit Wucht zwischen die beiden unheimlichen Lichter. Schwarze Nebel wallten durchs Wasser, und ein wenig später trieb ein toter Krake an die Oberfläche, mit Fangarmen lang wie Ruder und einem Leib so groß wie eine Heringstonne.

Wieder an einem anderen Tag sahen sie einen Mann in den Wellen schwimmen, der eine Mönchskutte trug. Sie ruderten auf ihn zu, um ihn zu retten, doch der Christdiener floh vor ihnen. Am Ende legten Haki und Hekja Pfeile auf ihre Bogen; ehe Thorstein es verhindern konnte, schwirrten die Wundwespen von den Sehnen und bohrten sich in den Leib des Flüchtenden, der sich wie rasend im Wasser aufbäumte. Als die Grönländer den blutenden Leib endlich an Bord zogen, sahen sie, daß es ein Fisch war, seltsamer als alle anderen Wesen, die sie jemals gesehen hatten. Denn sein Schuppenpanzer war wie das Hemd eines Mönchs oder Bischofs geformt und gefärbt, und sein Kopf ähnelte dem eines Menschen so stark, daß die Fahrtgenossen nicht wagten, sein Fleisch zu essen.

Am meisten wunderten sich die Grönländer aber, daß sie am Himmelsrand in der Sonnenglast liebliche Eilande, auch dicht bewaldete Berge und einmal sogar eine Burg mit goldenen Dächern erspähten, so daß sie schon meinten, durch eine Fügung des Christ nach Miklagard gelangt zu sein, dem drittheiligsten Ort des neuen Glaubens nach Rom und Jorsalaheim. Doch wenn sie auf die grünenden Gestade zusteuerten, sanken die vermeintlichen Küsten ins Meer und blieben verschwunden, so eifrig die Fahrtgenossen auch nach ihnen spähten. Da zog der Erikssohn seine Waffe und sagte zornig die Weise:

»Satans Spuk streicht übers Südmeer,
Schön wie Schierling, treu wie Schaum,
Stell dich, stinkend' Jarl des Schwefels!
Schlachtfroh wartet hier mein Schwert!«

Aber der Fürst der christlichen Hölle zeigte sich nicht, sondern schwieg, so heftig ihn Thorstein auch schmähte.

Wegen der großen Hitze und Helligkeit nannten sie das Meer Sonnensee und es schien ihnen südlicher zu liegen als selbst Sikiley oder das Serkland. Der Erikssohn aber sorgte sich sehr, ob es ihm gelingen werde, seine Fahrtgenossen heil in die Heimat zurückzubringen, denn der Herbst nahte schon, und sie hatten nur noch für fünf Tage Wasser.

Gudrid die Schöne betete nun häufig zu ihrem himmlischen Herrn und sang beharrlich Skaldenlieder zu seinem Preis. Thorstein und andere Grönländer legten Gelübde ab und versprachen dem Christ für die glückliche Heimkehr allerlei Lohn. So heftig riefen die Christen zu ihrem Herrn, daß das Geräusch ihrer Stimmen über das ganze Schiff scholl. Alle wußten, daß sie mit eigener Kraft niemals in nur fünf Tagen nach Grönland zurückkehren konnten und ohne ein göttliches Wunder dem Tode geweiht waren.

Nun meinten einige Männer, der Christ habe sie verlassen, weil ein Heide auf ihrem Schiff fahre. Darüber wurde Thorstein sehr zornig und sagte, daß seine Sippe dem Norweger schon viel zu danken habe. Denn Aris habe sich sowohl Leif als auch Thorwald gegenüber als treuer Gefährte erwiesen. Die Männer hörten jedoch nicht auf zu murren, und Aris achtete fortan darauf, daß seine Axt stehts griffbereit neben ihm lag. Denn er verspürte keine Lust, gleich dem ungehorsamen Skalden Jonas über Bord geworfen zu werden, mochte unter dem Schiff ein Wal lauern oder nicht.

Mit ständig wachsender Besorgnis suchte der Erikssohn jede Nacht nach vertrauten Himmelsbildern und wartete auf einen rettenden Wind. Der Leitstern war nun schon so tief zum Rand der Weltscheibe gesunken, daß er nur noch eine Handbreit über dem Wasser lag und die meiste Zeit von Wolkenschleiern und anderen Luftgebilden verdeckt wurde. Trotz der fortgeschrittenen Jahreszeit kühlte der Himmelsatem sich kaum, die Sonne glühte weiterhin heiß wie ein Herdfeuer, und auch die anderen Wunder endeten nicht. Da meinten einige Fahrtgenossen in ihrem Fieberwahn, daß ihre Reise nun gleich in die Hölle führe. Am Ende brach eine Krankheit aus, und vielen Grönländern wuchsen große, schmerzhafte Geschwüre. Dagegen wußten selbst die beiden schottischen Schnelläufer keinen Rat mehr. Matt wie alle anderen lagen Haki und Hekja auf den Planken, durch nasse Tücher notdürftig gegen die schlimmste Sonnenhitze geschützt, und warteten auf die Stunde, da sich ihr Leben in einem letzten Seufzer verlor. Schließlich vermochten sich nur noch Aris und Thorstein selbst aufrechtzuhalten. Da sagte der Erikssohn:

»Sollen wir im Südmeer sterben,
Sammle, Schöpfer, unsere Seelen!«

Dann versagte ihm die Stimme, und er verlor das Bewußtsein. Nun nahm Aris das Steuer, konnte sich aber nachts nicht mehr wachhalten und schlief ein.
Er träumte von Thor und daß seine Gefährten ihn ausgesetzt hätten. Unter fürchterlichem Tosen und Krachen erwachte er und erkannte, daß er geträumt hatte. Blitz und Donner waren Wirklichkeit und rettender Regen rauschte herab. Im Süden verdeckten Sturmwolken die Sterne und hastig drehte Aris den Steven. Einige Herzschläge später griff schon der Wind in das Segel und trieb den Eissturmvogel nach Norden davon.

Wie die Fahrtgenossen zurück nach Grönland fanden

Blitz auf Blitz fuhr in die wasserträchtigen Wolken und brach ihre Wehr, so daß sie ihre Schätze hingeben mußten und die himmlische Nässe mit der Gewalt von hundert Gießbächen auf das Schiff niederstürzte. Gierig sperrten die Grönländer ihre Münder auf, rissen sich dann die Gewänder vom Leib, badeten in den kirschgroßen Tropfen, fingen den Regen in Händen und Helmen und tranken die lebensspendende Flüssigkeit mit solcher Lust, daß ihr Seufzen und Stöhnen sogar den steifen Wind übertönte. Darüber kamen fast alle Fahrtgenossen wieder ein wenig zu Kräften und Thorstein übernahm das Steuer. Schaum bildete sich auf den Wogen, der Sturm wurde stärker, und schließlich flog der Eissturmvogel vor dem himmlischen Segelwolf wie ein Schneeflocke dahin.
Der Regen dauerte einen Tag und eine Nacht an. Bald waren alle Fässer wieder gefüllt, und am Ende mußten die Männer sogar Wasser ausschöpfen, damit es ihnen nicht die Lebensmittel verdarb. Dann endlich hatten die Wolkenschiffe ihre Frachträume geleert und stoben vor dem Wind fort, bis das blaue Weltdach wieder sichtbar war. Die meisten Kranken, auch Gudrid, genasen. Thorstein aber fand nur allmählich zu seiner früheren Stärke, und daran erkannten die Fahrtgenossen, daß er sich bis zum letzten angestrengt hatte.
Tag um Tag segelten sie mit raumem Wind dem Leitstern ent-

gegen und Thorstein errechnete auf seiner Peilscheibe, daß sie nun bald ihrer Heimat nahten. »Wir wollen den Winter zu Hause verbringen und erst im Frühjahr wieder ausfahren«, sagte der Erikssohn, »denn es wäre wohl doch zu leichtsinnig, wollten wir so spät im Jahr noch einmal eine Reise nach Vinland versuchen.« Über diese Entscheidung zeigten sich alle sehr froh.

Als sie den Punkt erreicht hatten, an dem sie Grönlands Südspitze zu sichten hofften, konnten sie aber kein Land finden. Da wußten sie nicht, wohin sie rudern sollten. Denn das Rabenkliff liegt spitz wie der Steven einer Schnigge im Meer, und wer es verfehlt, kann ebensogut an die Ost- wie auch an die Westküste geraten sein. Darum beschloß Thorstein, weiter mit dem guten Fahrtwind zu segeln.

Bald trieben so viele Eisschollen auf dem Meer, daß viele meinten, sie seien wohl doch auf die östliche Seite geraten. Sie baten den Erikssohn daher, schleunigst umzukehren, um nicht vom Eis ans Ufer gedrängt und eingeschlossen zu werden. Aris aber sagte, daß sie wohl schon am Eriksfjord vorübergefahren seien und nun auf die Schollen träfen, die um diese Jahreszeit von Nordrsetur nach Süden kamen. Denn der Winter hatte bereits begonnen. Am vierten Tag leuchteten östlich von ihnen zwei blaue Berge, und zwischen ihnen sahen sie das Inlandeis blinken.

Nun dankte Thorstein dem Christ und steuerte den Eissturmvogel zum Ufer, gerade noch rechtzeitig, um dem Packeis zu entgehen. Als sie die Landmarken zu unterscheiden vermochten, erkannten sie, daß sie sich in der Nähe der Westsiedlung befanden. Einige der Fahrtgenossen wollten dort nicht überwintern und sagten, daß sie in der Gesellschaft der Heiden um ihre Seelen zu fürchten hätten. Es war nun aber zu spät, zurück auf das offene Meer zu segeln, denn es gerann bereits. Da schlug Thorstein vor, zu seinem Namensvetter Thorstein dem Schwarzen zu segeln, seines Vaters altem Fahrtgenossen, bei dem auch sein Bruder Thorwald bei seiner Ausfahrt nach Vinland gegastet hatte. Damit waren alle zufrieden und am nächsten Morgen machten sie den Eissturmvogel vor dem Hof des alten Wikingers am Weißdorschfjord fest.

Thorstein der Schwarze nahm die gescheiterten Vinlandfahrer

gastfreundlich auf. Er war sehr groß und besaß Bärenkräfte, opferte auch noch immer den Asen, war aber Christen nicht feind. Er hatte viel von der Welt gesehen und kannte auch alle Einöden ringsum. Seine Frau hieß Grimhild; auch sie war außergewöhnlich groß und stattlich, fast wie ein Mann. Dennoch waren alle drei Söhne der Eheleute schon im Säuglingsalter gestorben, und nun konnte Grimhild keine Kinder mehr bekommen, worüber sie sich sehr grämte.

Der Bauer führte seine erschöpften Gäste sogleich in die Halle und bewirtete sie dort mit allem, was er besaß. Das war nicht wenig. Sein Hof hieß Dorschklipp und lag über steilen Felsen. Am folgenden Tag eilte Thorstein der Schwarze mit Knechten und Tragtieren wieder zum Strand hinab und brachte alle Fahrhabe der Männer in Sicherheit. Das Schiff zogen sie auf Walzen und machten es winterfest.

Dann erzählten die Grönländer von ihren Abenteuern im Südmeer. Sie erweckten damit großes Staunen. Zum Schluß sagte Thorstein Erikssohn: »Der Christ rettete uns aus dieser Not und führte uns in die Heimat zurück. Aber auch dir gebührt unser Dank, da du uns so freundlich aufnahmst.«

Thorstein der Schwarze antwortete: »Ich freue mich nicht minder über diese Fügung als ihr. Denn da ich ziemlich eigenwillig bin, lebe ich mit meiner Frau abseits von anderen Menschen, und das wird uns manchmal recht eintönig. Nun aber werden wir wohl dank eures Besuchs auch einmal einen unterhaltsamen Winter erleben.«

Gudrid die Schöne konnte gut mit Fremden umgehen und sagte: »Stolz kannst du sein auf einen Hof, dem es an allen Dingen so wenig mangelt, daß du eine so große Schiffsbesatzung verköstigen kannst!« Der alte Bauer dankte erfreut und erwiderte: »Ich fuhr auch mit deinem Vater. Er focht fast immer in vorderster Reihe. Zudem zeigte er sich stets verständig im Rat und kaltblütig in der Gefahr.«

Dann schilderte Aris seinen Traum, und Gudrid nannte Thor zornig einen bösartigen Höllengeist. Da sagte Thorstein der Schwarze: »Wir haben einen anderen Glauben als ihr, aber ich dachte schon manches Mal, daß der eurige besser sei.«

»So fahrt mit uns im Frühjahr nach Gardar«, rief Gudrid froh, als sie das hörte. »Dort könnt ich euch taufen lassen und in die Kirche Christs eintreten.«
Thorstein der Schwarze und seine Frau Grimhild versprachen, darüber nachzudenken, und ließen sich viel aus der christlichen Bibel berichten. Schnee fiel, und Frieden lag über dem Land. Nachts aber war Aris oft, als höre er vor dem Hof Wölfe heulen, und Gedanken an den Waidmann drängten sich in seinen Sinn.
Es war noch früh im Winter, da geschahen auf Dorschklipp seltsame Dinge.

Von einer Seuche und unheimlichen Dingen

Wegen seines Alters hatte Thorstein der Schwarze einen Mann angestellt, der ihm die Wirtschaft führen sollte. Dieser Verwalter hieß Gard und war früher oft mit dem Waidmann auf den Wiking gefahren. Gard war wenig beliebt, und die Knechte klagten oft über seine Härte. Dem Bauern aber handelte der Wirtschaftsleiter gerade recht, denn wenn die Knechte den Verwalter loben, geht es mit einem Hof oft recht schnell bergab.
Noch vor dem Julschmaus brach die Seuche unter Thorstein Erikssohns Schiffsbesatzung wieder aus, und manche seiner Fahrtgenossen starben daran. Darüber grämte sich Thorstein sehr. Er ließ Särge zimmern, die Leichen der Toten hineinlegen und zum Schiff bringen. »Denn im Frühling«, sagte er, »will ich alle Gestorbenen zurück zum Eriksfjord bringen.«
Es dauerte nur kurze Zeit, dann wurden auch Einheimische von der Krankheit befallen. Gard starb als erster von ihnen. Darauf fand einer nach dem anderen seinen Tod. Die Seuche ergriff auch Grimhild. Obwohl sie so groß und stark war, bekam sie die Krankheit.
Sie dachte nun, daß es vielleicht besser wäre, wenn sie sich von den Gesunden fernhielte, erhob sich von ihrem Lager in der Halle und trat vor die Tür, um zu einem Schlafhaus zu gehen. Gudrid die Schöne stützte sie, denn Grimhild war schon sehr schwach.

Als sie die Außentür hinter sich ließen, wandte die Bäuerin sich noch einmal um und schrie plötzlich laut auf.
»Wir haben unüberlegt gehandelt«, meinte Gudrid. »In diesem Zustand verträgst du die Kälte schlecht. Laß uns schleunigst in die Halle zurückkehren!«
Grimhild aber starrte aus schreckgeweiteten Augen auf die Halle, klapperte mit den Zähnen und stieß mühsam hervor: »Nein! Wir können nicht wieder hinein! Dort steht die ganze Schar der Toten vor der Tür, derer, die schon gestorben sind und derer, die hier noch sterben werden. Auch Thorstein, dein Gatte, ist unter ihnen! Und dort erkenne ich auch mich selbst! Es ist so grausig anzusehen! Und dort steht Gard mit einer Peitsche in der Hand und will einen Toten schlagen!«
Gudrid sprach beruhigend auf ihre Gastgeberin ein und sagte: »Dich täuscht ein Spuk! Das ist Teufelszauber! Fasse dich und vertraue mit mir auf Christus!«
Da war die Erscheinung wieder verschwunden, und Grimhild sagte: »Nun wollen wir gehen, Gudrid, denn jetzt sehe ich die Schar nicht mehr.«
Sie kehrten in die Stube zurück. Ehe der Morgen kam, war Grimhild tot.
Thorstein der Schwarze deckte seine Frau zu und lief hinaus nach einem Brett, um die Leiche darauf zu legen.
Aris ging indessen mit Haki, Hekja und anderen Fahrtgenossen zum Strand und schob das Schleppboot ins Wasser, um Fische zu fangen. Denn er glaubte, daß der Genuß frischen Fleisches die Seuche eindämmen könnte.
»Bleibt nicht zu lange fort!« bat ihn Gudrid, der es grauste, denn außer ihr befand sich nun nur noch ihr todkranker Mann in der Stube. Furchtsam starrte sie zu der Toten hinüber. Das flackernde Feuer warf einen gespenstischen Schein an die Wände der Stube. Da sie schon so lang neben ihrem Mann gewacht hatte, schlief sie bald ein.
Die Krankheit des Erikssohns aber verschlimmerte sich immer mehr. Er wachte nicht mehr auf, und am ersten Tag des Julfests starb er, als es eben dunkel wurde.
Thorstein Erikssohn war ein vortrefflicher Mann gewesen, auf-

richtig und voller Ehrgefühl, auch stark und kampfesmutig, klug und verständig und überhaupt mit allen Gaben ausgestattet, die ein Grönländerhäuptling benötigte. Darüber waren sich alle Freibauern in Ost- und Westsiedlung einig. Einzig an Glück hatte es dem ältesten Sohn des Roten gemangelt, und so mußte er schließlich an Ruhm hinter seinem jüngeren Bruder Leif zurückstehen. Mit Thorsteins Tod war seine Geschichte aber noch lange nicht zu Ende. Denn auch er kehrte aus dem Jenseits zurück und hatte dabei Erstaunliches zu vermelden. Nach Thorsteins Tod saß Gudrid stumm vor dem Totenlager auf einem Stuhl. Thorstein der Schwarze trat zu ihr und sagte: »Lege dich hin und ruhe dich ein wenig aus. Ich will für dich wachen.« Sie tat so, denn sie war äußerst erschöpft.

Als erst wenig von der Nacht vergangen war, sah Thorstein der Schwarze, wie plötzlich ein Zittern in den Leichnam seines Namensvetters fuhr, ganz so, als wolle der Erikssohn wieder zum Leben erwachen. Erst bewegte er seinen Kopf, dann auch Hände und Füße. Schließlich schlug der Tote die Augen auf und blickte sich suchend um.

Thorstein der Schwarze blieb schweigend sitzen. Als ihn der Tote im Schein des Feuers erkannte, öffnete er den Mund und sagte: »Ich wünsche, daß du meine Frau rufst, Namensvetter, denn ich muß mit ihr reden. Gott will, daß diese Stunde mir gegeben sei zur Erlösung und Verbesserung meiner Lage.«

Jetzt erhob sich Thorstein der Schwarze, ging zu Gudrid, weckte sie auf und berichtete ihr, was ihr toter Mann gesagt hatte. »Bete zu deinem Christ und schütze dich mit seinem Zeichen«, riet er ihr, »denn der Umgang mit Gespenstern ist eine gefährliche Sache!«

»Ist er wirklich zurückgekommen?« flüsterte Gudrid erschrocken. Sie bebte am ganzen Leib, und ihre Lippen waren weiß. »O du allmächtiger, ewiger Gott, hilf mir! Was soll ich nur tun?«

»Ich kann dir keinen Rat geben«, murmelte Thorstein der Schwarze bedrückt, »denn ich verstehe nichts von eurem Glauben und weiß nicht, wie man sich auf christliche Weise gegenüber Wiedergängern verhält.«

Aus der Halle drang lautes Poltern in die Stube. Es klang, als sei

Thorstein Erikssohn aufgestanden und gegen einen Stuhl gestoßen. Da überwand das Mitleid in Gudrids Herz ihre Furcht, und sie sagte: »Gottes Schutz wird über mir stehen. Darum will ich zu Thorstein gehen und hören, was er zu sagen hat. Wer weiß, vielleicht ist er dazu verdammt, ewig als Gespenst umherzuwandeln, wenn ich ihm nicht helfe.«

»Tue, was du für richtig hälst«, meinte Thorstein der Schwarze, »lasse aber mich reden! Dann wird es weniger gefährlich für dich sein.«

Sie traten nun in die Halle. Thorstein Erikssohn setzte sich auf sein Lager, und wieder krachten alle Balken. Der alte Bauer setzte sich in einigem Abstand von dem Totenbett auf einen Stuhl, zog Gudrid auf seinen Schoß, legte schützend die Arme um sie und sagte dann: »Wir sind nun hier, Namensvetter.«

Der Leichnam drehte suchend den Kopf nach dem Klang der Stimme. Da merkten sie, daß er nicht sehen konnte, wie es Thorstein der Schwarze richtig vermutet hatte. Nach einer Weile antwortete der Tote: »Mich drängt es, Gudrid die Zukunft vorauszusagen. Auch will ich, daß sie mein Ende leichter erträgt. Darum soll sie erfahren, daß ich in eine gute und schöne Ruhestätte gelangt bin.«

Atemlos schwiegen die Lebenden. Der Leichnam seufzte und fuhr fort:

»So wie mir geht es auch allen anderen Menschen, die treu zum Glauben stehen. Aber es gibt auch viele, die halten den Glauben schlecht. Und es ist kein schöner Brauch, daß auf Grönland immer noch so viele Tote in ungeweihter Erde beigesetzt werden.«

Wie der tote Thorstein seiner Witwe die Zukunft enthüllt

»Darum wünsche ich, daß ihr mich und meine Fahrtgenossen und auch alle anderen Menschen, die hier gestorben sind, nach Gardar zur Kirche bringt. Gards Leiche dagegen sollt ihr auf einem Holzstoß verbrennen. Denn er war von einem bösen Geist besessen und hat all den Spuk verursacht, der sich in diesem Winter auf Dorschklipp tat.«

Auf diese Weise bewies Thorstein Erikssohn noch im Tod die treue Fürsorge, die einem Anführer ziemt. Thorstein der Schwarze nickte und antwortete: »Alles soll so geschehen, wie du es wünscht, Namensvetter.«
Nun zeigte der Tote mit ungelenken Fingern auf Gudrid und sprach: »Solcherart wird dein Schicksal sein: Jetzt trauerst du, bald aber gehst du einer glänzenden Zukunft entgegen. Nur darfst du nicht wieder einen Grönländer heiraten. Das ist nun zu sagen: Du sollst die Frau eines Norwegers werden, und eure Ehe wird lange dauern. Viele Menschen werden von euch abstammen, mannhaft, glänzend, vornehm, angenehm und wohlgelitten. Euer Geschlecht wird zu den ruhmvollsten im ganzen Norden gehören. Ihr werdet von Grönland ausfahren und viele Länder bereisen, dort auch siedeln und Landwirtschaft treiben. Später wirst du nach Norwegen fahren und von dort wieder nach Island. Auf der Eisinsel werdet ihr euch einen Hof errichten und ihn lange Zeit bewohnen. Aber du wirst auch deinen dritten Ehemann überleben. Danach wirst du wieder nach Norwegen fahren, endlich nach Rom pilgern und schließlich für immer in dein Haus auf Island zurückkehren. Dann wird dort eine Kirche errichtet sein. Dort wirst du leben und die Weihen einer Nonne nehmen; dort wirst du auch sterben. Ich bitte dich, dein Vermögen dann der Kirche zu vermachen oder an die Armen zu verteilen. Denn du wirst sehr reich werden.«
Nach diesen Worten sank Thorstein Erikssohn wieder zurück. Sein Leichnam wurde eingesargt und zum Eissturmvogel getragen. Thorstein der Schwarze verkaufte Grundbesitz und Vieh und brachte seine Habe aufs Schiff. Aris, Haki und Hekja machten die Schnigge seeklar. Am fünften Tag des Saatmonats lösten sie die Leinen und segelten nach der Ostsiedlung aus.
Als sie in den Eriksfjord bogen, sahen sie ein Schiff mit schwarzem Segel nach Norden fahren. Und obwohl auch Aris, Haki und Hekja von der Krankheit geschwächt waren, erkannten sie doch sofort, daß dort der Schaumwolf des Waidmanns schwamm.
Am Nachmittag legten sie in Gardar an. Da sahen sie viele Menschen in großer Aufregung über die Landenge laufen. Die Kirche war bis auf die Grundfesten niedergebrannt und auch der Hof zu

großen Teilen zerstört. Besorgt eilte Aris in die verwüstete Halle und rief nach Frilla. Tyrker saß bleich und verstört auf einer Bank.
»Was ist geschehen?« rief Aris.
Der Mönch gab keine Antwort. Schweiß perlte von seiner steilen Stirn, und seine Lippen murmelten unablässig Christengebete. Aris packte den Priester am Wams. »Wo ist Frilla?« schrie er. Tyrker rollte entsetzt mit den vorstehenden Augen. Dann endlich tat er den Mund auf und ächzte: »Entführt . . . Seeschäumer . . . Teufel der Hölle! Satan selbst schickte sie! Auch Derdriu schleppten sie fort samt den anderen Mägden . . . Fast alle Männer tot, auch die Kinder . . . Frilla! Ich werde dich nie wiedersehen!«

Vom Überfall der Wikinger auf Gardar

Stück für Stück entriß Aris nun dem verzweifelten Mönch die Geschichte des Überfalls in der vergangenen Nacht. Gerade als die Dunkelheit am schwärzesten über der Landenge lag, waren Wikinger in den Fjord gefahren und hatten sich mit großer Übermacht auf das Gehöft und die Kirche gestürzt. »Sie schlichen sich so leise an, daß die Wachen nichts hörten«, berichtete Tyrker. »Ja, die Nacht gehört den Bösen und der Satan segelt schnell!« Erst als schon Flammen aus dem Dach des Gotteshauses schlugen, hätten er und die anderen den Überfall bemerkt. Da sei es aber schon zu spät gewesen. Die wenigen waffentüchtigen Männer wurden niedergemacht, Kinder und alte Leute erschlagen, die Kirchenschätze geraubt und alles Vieh auf die Schiffe getrieben. Dann warfen die Seeschäumer Feuerbrände in das Gehöft.
»Als ich hinauslief, standen schon alle Häuser in hellen Flammen«, erzählte der Mönch. »Ich lief davon, um mich zu verbergen, da traf mich ein Hieb auf den Hinterkopf und ich sank bewußtlos zu Boden. Die verfluchten Wikinger hielten mich wohl für tot und ließen mich liegen. Als ich wieder erwachte, fand ich mich unter zerborstenen Deckenbalken. Gott hielt seine schützende Hand über mich, sonst hätten mir die stürzenden Pfeiler Schädel und Rückgrat zerschlagen!« Sein steilstirniges

Gesicht zuckte und er fuhr fort: »Leif sah den Feuerschein, sammelte Mannschaft und eilte herbei. Aber er kam zu spät. Überall lagen Tote umher. Selbst die Kinder wurden ermordet, auch unser kleiner Advenatus ist nicht mehr . . . O Gott, warum läßt du so schreckliche Verbrechen geschehen?«
»Hast du den Waidmann erkannt?« wollte Aris wissen. »War er es?« fragte der Mönch verblüfft. »Mir kam es eher vor, als ob die Seeschäumer dänische Mundart sprachen.«
Aris erzählte ihm nun, daß sie am Morgen dem Schaumwolf begegnet seien. »Bestimmt lagen Frilla, Derdriu und die anderen geraubten Frauen gebunden in seinem Frachtraum!« meinte der Norweger zornig.
»Mag sein«, murmelte der Mönch düster. »O dieser Blutwolf, dieser tollwütige Hund! Aber er war nicht allein. Mindestens drei Seeschäumerschiffe lagen am Strand; auf einer einzigen Schnigge hätten die Unholde ihre Beute nicht fortschaffen können.«
Aris ging zu Leif und erzählte ihm vom Tod des Bruders. »Thorwalds Tod verhinderte ich nicht und nun bringe ich dir auch Thorstein als Leichnam wieder«, sagte der Norweger betrübt.
»Dich trifft keine Schuld«, erwiderte Leif traurig, »ich aber schäme mich, daß ich zu spät kam, Frilla zu retten und all die anderen armen Menschen auf deinem Hof.«
Dann sprachen sie über die Seeräuber und der Erikssohn sagte grimmig: »Thorbjörn Wifilssohn hat seinen Flutenhirsch schon bemannt. Auch das Nordroß steht bereit. Einar vom Einarsfjord und Ketil Schiefnase rüsten ebenfalls ihre Schiffe. Mit dem Eissturmvogel haben wir fünf Schniggen und sollten diesen verfluchten Dänen wohl gewachsen sein..«
Aris schüttelte heftig den Kopf. »Frilla wurde von Thorhall entführt und nicht von dänischen Wikingern«, antwortete er und erzählte von der Begegnung mit der schwarzen Schnigge. »Auch die anderen Seeschäumer stammten wohl kaum vom Limfjord. Ich glaube eher, daß hier die Rabenschar Svart Stahlschädels hauste, mit dem sich der Waidmann schon früher manchmal verbündete.«
»Das hätte ich nicht geglaubt, daß dieser Trollsohn es wagt, auch in Grönland den Strandhieb zu nehmen«, sagte Leif grimmig, »auch noch im Fjord seines Schwurbruders!«

»Eben das zog ihn wohl an«, knurrte Aris. »Nicht Raublust, sondern Rachedurst trieb ihn her.«
»Da magst du recht haben«, seufzte der Erikssohn und erzählte Aris nun, was der Knecht Kol im Frühjahr zuvor auf Steilhalde erlauscht hatte. »Durch diese Drohung hätten wir gewarnt sein müssen«, schloß er. Dann verhärteten sich seine Züge und er fügte hinzu: »Wenn sich die Schuld des Waidmanns als unzweifelhaft erweist, will ich beim nächsten Thing seine Ächtung erwirken.«
»Und jetzt?« fragte Aris ungeduldig. »Was willst du jetzt tun?«
»Ich will mit Einar und Ketil hinter Svart Stahlschädel hersegeln und seine Gefangenen befreien. Du sollst mit Thorbjörn Wifilssohn nach Trutzklipp fahren.«
Damit war Aris einverstanden.
Sie begruben Thorstein und seine Fahrtgenossen wie auch die Opfer des Überfalls in geweihter Erde und Tyrker sprach ihnen den Totensegen. Am nächsten Tag segelte Leif mit seiner Flotte nach Süden. Aris fuhr auf dem Eissturmvogel zur Forkeninsel.

Wie Aris die alten Gefährten sammelt und ihnen von Magog erzählt

Als ersten suchte Aris Sven Stinkhals auf. Er traf ihn am Strand bei der Arbeit an einem leckgeschlagenen Boot und fragte ihn sogleich, ob er bereit sei, mit ihm gegen den Waidmann zu fahren.
»Natürlich!« antwortete Sven. »Und anschließend ziehen wir gegen den Kaiser, plündern Rom und sacken Miklagard ein.«
»Ich scherze nicht«, sagte Aris und berichtete von dem Überfall.
Der Dürre verzog das Gesicht. »Die armen Frauen«, murmelte er. »Thorhall ist ein harter Mann, aber ich hätte nicht gedacht, daß er zu so einer ehrlosen Tat fähig ist.«
»Im Westmännerland raubte er ja schon oft genug Nonnen«, erwiderte Aris. »Davon solltest du schon gehört haben.«
Sven seufzte. »Da hast du recht«, gab er zur Antwort und sah schuldbewußt zu Boden.
»Jetzt kannst du manches wieder gutmachen«, sagte Aris.
»Bist du sicher, daß es der Waidmann war?« wollte Stinkhals wis-

sen. Aris nickte. »Er glaubte wohl, wenn er alle umbrächte, könne ihn niemand anklagen«, meinte er.
»Dann sind Frilla und die anderen Frauen ja die einzigen Zeugen!« rief Sven. »Mit ihrer Hilfe könntest du den Waidmann auf dem Thing ächten lassen.«
»Wenn sie am Leben bleiben«, murmelte Aris düster.
Sie eilten zu Glum Goldbauch, der an einer Klippe fischte.
»Seid ihr von Sinnen?« fragte der Dicke, als er von dem Vorhaben der Gefährten erfuhr. »Nach Trutzklipp mit einem einzigen Schiff? So könnt ihr Frilla keinesfalls befreien, ihr werdet getötet oder selbst versklavt!«
»Ich höre immer ›ihr‹?« versetzte Sven Stinkhals.
»Und dabei wird es leider bleiben müssen«, seufzte der Goldbauch. »Ich kann nicht mit euch fahren. Ich habe mir den Magen verdorben und . . .«
Aris zog sein Schwert und setzte Glum die Spitze auf den Bauch. »Wenn du nicht mitkommst«, drohte er, »schlitze ich dir den fetten Wanst auf.«
»Puh!« machte Glum. »Du hast dich aber sehr zu deinem Nachteil verändert!«
Danach ruderten sie zu Ulf Mädchenauge.
»Ich bin dabei«, sagte Ulf sofort. »Wie viele Schiffe kriegen wir zusammen?«
»Zwei«, sagte Aris. »Den Eissturmvogel und Thorbjörn Wifilssohns Flutenhirsch.«
»Ach so!« meinte Mädchenauge mit merklich gedämpfter Begeisterung. »Es handelt sich also um eine Einladung nach Walhall!«
»Ganz recht«, brummte Goldbauch verdrießlich. »Odins Walküren schrubben sich schon die Hälse, um euch gebührend willkommen zu heißen, ihr ruhmreichen Krieger!«
»Seit wann flattern dir denn die Hosen so?« fragte Sven Stinkhals. »Du bist ja ganz grün im Gesicht.
Aris befand sich jedoch nicht in der Stimmung, solchen Neidreden zu lauschen, und sagte barsch: »Treibt eure Späße, wenn Frilla wieder frei ist! Jetzt gibt es Wichtigeres zu tun!«
»Wie der hohe Herr befiehlt«, antwortete Sven Stinkhals mit spöt-

tischer Verbeugung, doch Aris war schon an ihm vorbei und stapfte wütend zum Eissturmvogel.
Der grindige Gorm saß vor seiner Halle und flickte ein Fischernetz. Auf seinen Knien blinkte ein Beil, das nahm er wie von ungefähr in die Hand, als die Gefährten nahten.
»Ich bin es!« rief Stinkhals von weitem.
»Ich weiß«, erwiderte Gorm knapp.
»Begrüßt man so einen alten Gefährten?« beschwerte sich der Dürre. »Hast du vergessen, daß ich auch dein christlicher Mitbruder bin?« Der Grindige hob die Axt ans Ohr und tat, als ob er horche. »Sie glaubt dir kein Wort«, stellte er nach einer Weile fest. Sven Stinkhals zog es vor, in geziemendem Abstand zu warten, ob die Waffe ihre Meinung über ihn ändern werde. Aris berichtete Gorm indessen von den Geschehnissen zu Gardar. Als er geendet hatte, erhob sich der Grindige, ging in sein Haus und suchte seine Fahrhabe zusammen.
»Heißt das, du kommst mit uns?« fragte Glum.
»Nein«, knurrte der Grindige, »ich gehe nur ein paar Grillen fangen.«
»Aha«, staunte Goldbauch verständnislos. »Und dazu brauchst du so viele Waffen?«
Gorm sah den Dicken nachdenklich an. »Weißt du«, erwiderte er, »manche von diesen Biestern werden ziemlich groß.«
Aris sagte: »Nun muß ich euch etwas gestehen, was ich bisher verschwieg: Es kann gut sein, daß der Waidmann nicht unser gefährlichster Gegner ist.«
Die Gefährten sahen einander zweifelnd an. »Im ganzen Norden lebt niemand mehr, der es mit diesem Berserker aufnehmen könnte!« meinte Ulf Mädchenauge.
»Vielleicht doch«, erklärte Aris besorgt und erzählte, was er von Magog wußte.
»Magog!« wiederholte Mädchenauge erstaunt und blickte verblüfft zu den anderen Wikingern. »Und du glaubst, es wäre Thorhalls Bruder, von jenem Trollweib geboren, das sich einst in Jotenheim mit dem alten Gamla verband?« Er sah Aris ungläubig an und schüttelte langsam den Kopf. »Wie hätte der Waidmann einen Troll so lange versteckt halten können?«

»Unter der Halle von Trutzklipp«, antwortete Aris. »Als ich dort gastete, hörte ich seltsame Töne aus der Tiefe dringen. Es klang wie Stöhnen und klirrende Ketten.«
»Du meinst, er hätte ihn dort eingesperrt?« staunte Glum Goldbauch. »Aber warum?«
Nun kam allen der gleiche Gedanke und sie wandten die Köpfe nach Sven. Abwehrend hob Stinkhals die Hände. »Ich weiß davon nicht mehr als ihr!« rief er. »Habt ihr vergessen, daß ich in der Westsiedlung wohnte, als ich für Thorhall als Stevenhauptmann fuhr? Nach Trutzklipp kam ich nur zwei- oder dreimal und sehnte mich auch nicht sonderlich nach diesem einsamen Ort!«
Auf der Rückfahrt hielten sie in Herjulfsspitz, um Neuigkeiten zu tauschen. Seit Herjulfs Tod verwaltete Lodin der Starke den Hof. Als er erfuhr, was geschehen war, wappnete er sich mit einer ehernen Brünne, gab seinem ältesten Sohn Jostein dem Rentierjäger die Schlüssel und stieg zu Aris an Bord.
Sie segelten nun in den Eriksfjord, um Thorbjörn Wifilssohn abzuholen. Doch als sie in Gardar anlegten, erfuhren sie, daß der Vater der schönen Gudrid in der Nacht zuvor gestorben war.

Von der Fahrt nach Trutzklipp

Thorbjörn Wifilssohn wurde in geweihter Erde begraben. Hof und Silber erbte seine Tochter, ebenso den Flutenhirsch. Da ihr auch Thorsteins Hinterlassenschaft gehörte, war Gudrid plötzlich die wohlhabendste Frau auf Grönland.
Thorstein der Schwarze aus der Westsiedlung erwarb ein Stück Land am Eriksfjord.
Aris und seine Gefährten warteten die Trauerzeit für den Toten nicht ab, sondern fuhren ohne dessen Mannschaft aus. Auf ihrer Reise nach Norden schlugen sie einen großen Bogen um die Westsiedlung. Denn die Asenanbeter an diesen Fjorden pflegten einander mit Feuerzeichen zu warnen, wenn ein Schiff von Süden kam. Unter einem von Wolken verdunkelten Nachthimmel steuerte Aris den Eissturmvogel an Trutzklipp vorbei. Kurz vor Morgen-

grauen ruderten sie die Schnigge in eine kleine Bucht und verbargen sie hinter Klippen.
Dann sagte Aris zu Sven: »Nun will ich, daß du mit ein paar Männern hierbleibst und das Schiff bewachst.«
»Du fürchtest wohl, ich könnte euch verraten?« knurrte der Dürre. »Das hätte ich nicht gedacht, daß du mir noch immer mißtraust!«
»Mit deinem Holzfuß würde es dir schwer werden, mitzukommen«, meinte Aris. »Und wenn ich nicht gerade zu dir am meisten Vertrauen hätte«, vollendete Aris. »Denn wenn du hier bleibst, weiß ich wenigstens, daß wir das Schiff noch finden, wenn wir zurückkehren und uns dann vielleicht ein Troll auf den Fersen ist!«
Damit mußte Sven sich zufriedengeben. Mürrisch sah er den Gefährten nach.
Aris kletterte als erster durch das Felsgewirr nach Süden. Das alte Schwert seines Vaters schlug bei jedem Schritt an seine Hüfte, als wolle es ihn zu noch größerer Eile anstacheln. Lodin folgte ihm, zwei lange Eisenspieße in den klobigen Fäusten; matt glänzte das Erz, das schon manches Wildochsen Blut gekostet hatte. Sven, Glum und Gorm trugen Beile, Haki und Hekja Bogen und Pfeile. Ulf Mädchenauge war wie Aris mit Schwert und Schild bewaffnet. Das Licht der aufgehenden Sonne schimmerte rot auf ihren Brünnen und Helmen. Keiner der Kampfgefährten sprach ein Wort.
Um die dritte Frühstunde stiegen sie vorsichtig über einen felsigen Bergrücken. Da lag Thorhalls Fjord wie ein blauer Wurm unter ihnen. Kurze Zeit später erblickten sie auch das Gehöft. Den Schaumwolf konnten sie nirgends entdecken und auch kein anderes Schiff.
»Vielleicht hat er die Frauen gar nicht nach Trutzklipp gebracht?« rätselte Lodin.
»Wir müssen näher heran«, entschied Aris.
Sie stiegen auf der Nordseite des Gebirges hinunter, hielten sich dabei sorgfältig in Deckung und durchquerten schließlich lautlos einen lichten Stangenwald. Ein leichter Wind raschelte in den Blättern der Ebereschen, und Rentiermoos dämpfte ihre Schritte.

Am Rand des Hains krochen die Männer in eine Mulde und spähten vorsichtig zwischen zwei grauen Felsblöcken hervor.
Aus einer Hürde hinter blassem Birkengebüsch hallte das Geheul der Wölfe zu ihnen empor. Nebenan drückten die Wildochsen schnaufend gegen ihr Gatter. Der Hof schien menschenleer; auch stieg kein Rauch aus den Dachluken.
Lange lagen die Männer so, lauschten und spähten in das Gehöft. Die Wölfe heulten lauter, und auch die zottigen Stiere trampelten immer erregter im Kreis.
Vor der Hallentür stand eine Regentonne wie jene, in der sich einst die unglückliche Freaware umgebracht hatte. Aris sah dorthin. Da öffnete sich plötzlich die Pforte und eine Frau trat ins Freie. Um ihren Hals lag ein Ring aus Eisen geschmiedet. Klirrend zog sie eine schwere Kette hinter sich her.
»Frilla!« entfuhr es Aris.
Mit müden Schritten schleppte sich die Friesin zu dem Faß, füllte Wasser in einen Krug und wankte erschöpft in das Dunkel der Halle zurück. Kreischend schloß sich die Tür hinter ihr.
»Also doch«, murmelte Lodin. »Aber wo sind die anderen?«
Aris antwortete nicht. Auch die anderen Gefährten schwiegen Das wilde Geheul der Raubtiere gellte in ihren Ohren, und allen war recht unheimlich zumute.
»Wie willst du es anstellen?« flüsterte Ulf Mädchenauge heiser.
»Achte auf das Wolfsrudel«, raunte ihm Aris zu. »Glum soll die Wildochsen im Auge behalten. Haki und Hekja, ihr zielt auf die Tür. Gorm und Lodin kommen mit mir.«
Der Grindige und der Starke nickten, hoben die Waffen und folgten Aris vorsichtig aus dem Wald ins Freie. Fast geräuschlos kletterten sie den Abhang hinunter. Da öffnete sich plötzlich wieder die Tür. Erschrocken starrte Frilla den Männern entgegen.
Schnell gab ihr Aris ein Zeichen zu schweigen, aber die Friesin ließ das Gefäß fallen und stieß einen schrecklichen Schrei aus.
»Still!« rief Aris verzweifelt.
Ehe er mehr sagen konnte, bebte plötzlich der Boden unter ihren Füßen. Dann wurde Frilla wie ein Reisigbündel zur Seite geschleudert. Mit angstvollem Wimmern wand sie sich auf der Erde. Wo sie noch einen Wimpernschlag zuvor gestanden hatte,

gähnte ein großes, schier grundloses Loch. Erst jetzt wurden die Gefährten gewahr, daß sich dort eine versteckte Falltür geöffnet hatte. Aus ihr brach nun mit ohrenbetäubendem Brüllen ein schreckliches Wesen hervor.

Vom Kampf mit dem Troll

Magog war doppelt so groß wie ein Mann und wenigstens zwanzigmal stärker. Zottige schwarze Strähnen wallten auf die bepelzten Schultern und die faßgroße Brust herab. Unter der flachen Stirn wuchsen Brauen borstig wie Scheuerbesen; sie hingen über Augen groß wie die eines Wals; in ihnen schimmerte der rote Schein blutrünstiger Raserei. Weißlicher Nasenschleim sickerte aus den breiten Nüstern des Trolls und troff in den nachtdunklen Bart, so daß es war, als wänden sich Millionen Maden zwischen den struppigen Haaren.
Der vor Schmutz starrende Pelz eines Bären bedeckte die Blöße des Thursen und in seiner Rechten schwang er eine Eisenstange, die war so dick wie der Mastbaum des Eissturmvogels und so schwer, daß zwölf starke Männer zugleich sie nicht hätten vom Boden aufheben können. Das Schrecklichste an dem grausen Geschöpf aber war das helle Stück Fleisch, das Magog in seiner linken Klaue hielt. Als Aris erkannte, woran der Unhold genagt hatte, mußte er heftig würgen. Denn unzweifelhaft umschlossen die furchtbaren Krallen ein menschliches Bein.
Haki und Hekja faßten sich als erste und ließen Pfeile von ihren Sehnen schwirren. Mit dumpfen Schlägen bohrten sich die Geschosse in die breite, behaarte Brust des Riesen. Wieder stieß Magog ein donnerndes Brüllen aus und drehte suchend den Kopf nach den Schützen. Hinter sich hörte Aris nun Ulf Mädchenauge und den dicken Glum durch das Geröll ins Tal hinabhasten. Da hob er sein Schwert und lief mit einem lauten Schrei auf den Unhold zu.
Zwei weitere Wundwespen sausten durch die Luft. Lodin mit seiner Lanze lief von links, Gorm mit dem breiten Beil von rechts auf Magog zu. Da hatten die triefenden Augen des Trolls sich an

das Licht des Tages gewöhnt und er erkannte die Feinde. Mit zornigem Schnauben schleuderte er die Reste des Beins auf den Boden. Dann packte er mit der Linken die Falltür, riß sie mit einem gewaltigen Ruck aus den Angeln und hielt sie sich als Schild vor die Brust. Zitternd blieben die Pfeile in den Holzbrettern stecken.

»Zielt auf die Augen!« schrie Aris den Schotten zu. Gorm hieb indessen die Axt tief in die zerbrochene Tür, so daß der Schlag weithin dröhnte. Holzsplitter wirbelten wie Schneeflocken durch die Luft. Der Unhold grunzte und hieb mit der Eisenstange nach seinem Gegner. Schnell sprang der Grindige zur Seite; nur einen Fußbreit vor ihm fuhr die Thursenwaffe tief in den Boden.

Mit zornigem Fauchen zog Magog die Stange aus dem zerwühlten Erdreich und zielte mit einem pfeifenden Querhieb nach den anderen Angreifern. Aris duckte sich unter dem Schlag und stach sein Schwert in die rechte Wade des Unholds. Der Troll stieß einen markerschütternden Schrei aus und stürzte auf Aris zu, da ertönte plötzlich ein lautes Klirren. Nun erst erkannten die Gefährten, daß sich eine Kette mit armdicken Gliedern um das rechte Fußgelenk des Ungeheuers schlang.

Lodin der Starke griff als nächster an. Der Troll fuhr herum und hielt sich den Schild eben noch schnell genug vor, um einen Lanzenstoß abzuwehren. Gleichzeitig fuhr die Eisenstange nach Glum und traf den Dicken vor dem Bauch, so daß der Wikinger wie ein Ball über den Erdboden rollte.

Mit einem lauten Geheul irren Hasses stapfte der Thurse auf sein Opfer zu, um ihm den Todesstoß zu versetzen. Ulf Mädchenauge sprang hinzu und versuchte, den bewußtlosen Goldbauch aus der Reichweite des brüllenden Riesen zu zerren. Er hätte ihn aber nicht retten können, wenn sich in diesem Moment nicht Leichen-Lodin entschlossen auf den Unhold geworfen hätte. Sein Spieß drang tief in die Weiche des Trollsohns und ein Schwall dunkelblauen Blutes schoß hervor.

Aus Magogs verzerrtem Mund hallte ein Grollen, als stürze ein Bergrutsch zu Tal. Die Reste der Falltür fielen zu Boden; mit der freien Hand griff der Thurse nach Lodin, packte ihn und zog ihn an sich. Herjulfs Bruder trug seinen Beinamen zu Recht, denn er war ein äußerst kräftiger Mann. Vor diesem Unhold jedoch mußten all seine Anstrengungen versagen. Verzweifelt stemmte er sich gegen die ehernen Finger des Riesen und sein Gesicht färbte sich rot wie Purpur. Haki und Hekja wagten nicht zu schießen, denn sie fürchteten, ihren Kampfgenossen zu treffen. Dann hörten die Gefährten ein schreckliches Knirschen und mit zerquetschtem Brustkorb sank Leichen-Lodin zu Boden.

Schnell griff Ulf Mädchenauge nach dem Spieß des Toten und stach nach dem Troll. Gorm und Aris versuchten den Feind zu umkreisen und die beiden Schnelläufer sandten von neuem surrende Kampfbienen aus. Noch zweimal ließ Magog die Eisenstange im Kreis wirbeln. Dann packte er Frillas leblosen Leib, hob ihn mit zornigem Fauchen empor und stieg wieder in seine Höhle hinab. Ehe die Gefährten es verhindern konnten, war der Riese mit seinem Opfer in der Finsternis der grausen Grotte verschwunden.

Von einer List

Die Gefährten betteten den bewußtlosen Glum in eine moosige Mulde. Bald kam der Dicke wieder zu sich. Nun beratschlagten sie und Gorm meinte grimmig: »Laßt uns Feuer an die Halle legen und Trutzklipp samt diesem Troll verbrennen! Entkommen kann er den Flammen nicht, denn daran hindert ihn seine Fessel! Wie aber können wir vorher Frilla aus seinen Klauen befreien?«

»Wir müssen dort hinunter«, antwortete Aris und deutete auf die gähnende Öffnung der Höhle.

»Bist du von Sinnen?« ächzte Glum Goldbauch. »Wie willst du den Troll in der Finsternis finden, ehe er seine Eisenstange auf dich herabsausen läßt?«

»Wir nehmen Feuerbrände mit«, entschied Aris.

»Das ist Selbstmord!« klagte der Dicke.

»Glum hat recht«, sagte Ulf, »gegen Trolle hilft List besser als rohe Gewalt. Denkt daran, wie Thor seinen Hammer von den Thursen zurückgewann!« Er hüstelte verlegen. »Freilich nichts als dummer Aberglaube«, fügte er eilig hinzu. »Aber der Christ wird es uns

doch wohl kaum verübeln, wenn sich auch einer von uns als Frau verkleidet.«
Er bedeutete Hekja, ihren Rock abzulegen. Die Schottin blickte ihren Mann erstaunt an. Glum sagte: »Du bist verrückt, Ulf. So etwas klappt doch nur im Märchen!«
»Versuchen können wir es ja«, meinte Aris und gab Hekja einen Wink.
Gehorsam verschwand die Schottin hinter einem Birkengebüsch und reichte bald ihr Kleid zwischen den Zweigen hervor. Ulf gab ihr dafür sein Hemd und seine Hosen. Haki schnitt Mädchenauge mit einem scharfen Messer den Bart ab und flocht ihm zwei zierliche Zöpfe. Glum löste den breiten Gürtel von seinem Bauch und wand ihn zweimal um Ulfs Hüften. Zum Schluß riß Hekja einen weißen Streifen aus ihrem kleinen Untergewand und wickelte ihn um den Kopf des Verkleideten, so daß es erschien, als trüge Ulf ein keckes Häubchen.
Aris überlegte eine Weile. Dann sagte er: »Nein, so geht das nicht!«
»Warum nicht?« wunderte sich Ulf. »Magog wird anbeißen, glaube mir!«
»Das ist es ja«, seufzte der Norweger. »Denn was tut dieses Vieh mit schönen Frauen?« Er schüttelte sich. »Als Frilla entführt wurde, fürchtete ich viel Schlimmes«, gestand er mit verzerrter Stimme, »niemals aber hätte ich gedacht, daß Magog Menschen frißt!«
Die Gefährten blickten einander an. »Du meinst . . .?« fragte Ulf ernüchtert.
»Ganz recht«, erklärte Aris. »So wie du aussiehst, ermunterst du Magogs Magen und nicht sein Herz. Wir müssen jemanden verkleiden, der einem Trollweib ähnlich sieht und in dem Unhold Liebe, nicht Hunger erweckt.«
»Sowas Häßliches haben wir aber nicht«, brummte der Grindige.
Die Gefährten wandten die Köpfe und sahen ihn nachdenklich an. Eine Weile schwiegen alle.
»Also gut«, knurrte Gorm grimmig. »Ich weiß zwar nicht, wie ihr auf mich kommt. Aber ich tu's!«
»Ich will dir nicht zu nahe treten, lieber Gefährte«, lächelte

Glum, »und du darfst es mir nicht verübeln, wenn ich es nun so frei heraus sage. Aber wenn Magog dich nicht auf der Stelle heiraten möchte, weiß er nicht, was Liebe ist!«
Gorms Faust schnellte vor, aber der Dicke entwich behende.
»Warum verkleidet ihr nicht Glum?« grollte der Grindige. »Gewiß finden Trolle Einäugige noch viel anziehender!«
»Das geht nicht«, bemerkte Ulf. »Trolle sind auf schlanke Jungfrauen scharf. Er gab dem Grindigen das Kleid.
Sie zündeten eine Fackel an und Gorm stieg, gefolgt von Aris, in die Grotte, nicht wissend, wo der Unhold auf sie lauern mochte. Haki und Hekja, die nun Gorms viel zu weite Hosen trug, lagen mit schußbereitem Bogen hinter einem Felsen. Ulf kauerte mit dem Spieß neben dem schwarzen Schacht, bereit zuzustoßen, sobald der schreckliche Schädel des Thursen erschien. Glum Goldbauch achtete wachsam auf die Wölfe und tobenden Wildochsen in den Gehegen. So verging einige Zeit. Dann drang ein grausiges Geheul aus der Tiefe der Erde.

In Magogs Grotte

Vorsichtig leuchtete Gorm in die Höhle. Der flackernde Schein seiner Fackel fiel auf einen Wald dicker Stützpfosten, die das Dach der künstlichen Grotte trugen. Unrat lag überall in großen Haufen umher und ein modriger Hauch wehte durch die unterirdische Halle. Langsam schob sich der Grindige vorwärts, da trat sein Fuß auf einen menschlichen Schädel. Knackend zerbarst der kahlgenagte Knochen, an dem noch lange blonde Haare hingen. Da grauste es den Grindigen und er tastete nach Ulfs Schwert, das verborgen in dem Frauenkleid steckte.
Aris schlich mit blanker Klinge hinter Gorm her und achtete sorgsam darauf, daß kein Licht auf ihn fiel. Weit vor sich hörte er ein leises Wimmern und das erregte Keuchen des Unholds. Es klang, als ob der Troll nun ein weiteres grausiges Mahl halten wolle. Auch Gorm hörte diese Geräusche. Er schwenkte die Fackel und summte mit heller Kopfstimme laut einen seltsamen Singsang.

Das Schnaufen verstummte, als ob das Ungeheuer den Atem anhielte. Dann klirrte die Kette. Sie endete in einem gewaltigen ehernen Ring, der um den Stamm einer riesigen Eiche geschmiedet war. Der Baum steckte umgekehrt im Geröll; riesige Felsbrocken lagen auf seinen Wurzeln.

Der Grindige blickte sich suchend um und ließ wieder einige Töne erklingen, die er für lockend hielt. Aris lauschte inzwischen angestrengt, doch kein Geräusch verriet den Troll. Aber er hörte Frilla wieder weinen und ihre Tränen machten ihn froh, denn so wußte er, daß sie lebte.

Sie hatten nun schon fast die Hälfte der riesigen Höhle durchquert und starrten beklommen auf die Kette, an deren anderem Ende der Unhold zu finden sein mußte. Dann begann Gorm wieder mit unnatürlich heller Stimme zu singen; zwischendurch mußte er einige Male husten, denn seine Kehle war für hohe Töne nur schlecht gerüstet. Suchend leuchtete er mit der Fackel und folgte der eisernen Fessel, die sich wie eine schwarze Schlange vor ihm am Boden in die schier undurchdringliche Dunkelheit wand. Mit seinem weißen Schleier sah der Grindige aus wie ein Gespenst, das eben seinem Grab entstieg. Aris hielt sich ein Stück hinter seinem Gefährten. Lautlos tastete sich der Norweger zwischen den baumdicken Stützen hindurch, hier einen Felsbrocken übersteigend, dort sich unter einen Querbalken duckend. Einige Male stieß er gegen etwas Weiches, das von der Decke herabhing, und erkannte an dem fauligen Geruch, daß er in die Speisekammer des Menschenfressers geraten war. Ein feuchter, kalter Luftzug blies ihm entgegen. Dann sah er vor sich im Schein der Fackel zwei Kohlenstücke funkeln. Schnell sprang Aris hinter einen Pfosten. Einen Herzschlag später fuhr der Troll mit gellendem Kreischen hinter einem Felsen hervor, packte Gorm wie eine Puppe und hob ihn grinsend an sein geöffnetes Maul.

Wie der grindige Gorm mit dem Troll spricht

Als die Gefährten das Geheul vernahmen, wollten Haki und Hekja den Verschwundenen zu Hilfe eilen. Ulf und Glum hielten sie aber zurück und trieben sie an, trockenes Holz und Reisig zu sammeln. Denn wenn Gorm und Aris nicht wiederkehrten, wollten sie Magog samt seiner Opfer in der Höhle verbrennen. Die Schotten folgten dem Befehl nur ungern, aber die Wikinger ließen ihnen keine Wahl.

Der Grindige wehrte sich nicht, als ihn der Unhold emporhob, und hoffte nur, daß ihm die Klauen nicht wie zuvor Lodin die Rippen eindrückten. Magog hielt seine Beute eine Weile lang staunend vor das Gesicht, rollte die Augen und stieß dabei seltsame Laute aus, die Gorm nun nachahmte, so gut es ging. Der Unhold lauschte verwundert. Dann gaben seine grinsenden Lippen den Blick auf die furchterregenden Zähne frei und mit ungelenken Fingern zupfte er zärtlich am Schleier der vermeintlichen Gefährtin.

Gorm fiel wieder in seinen Singsang und löste das weiße Tuch von seinem grindigen Gesicht. Der Troll ließ Laute des höchsten Behagens hören, machte es sich auf einem Steinbrocken bequem und setzte den Verkleideten auf sein Knie. Während Magog den Wikinger streichelte und mit kehligen Lauten sein Entzücken kundtat, tastete Aris sich in aller Vorsicht hinter dem Unhold entlang nach dem Ende der Höhle, wo er Frilla vermutete. Ihr angstvolles Keuchen wies ihm den Weg. Als seine Finger ihr Kleid erfaßten, schrie sie erschrocken auf.

»Ruhig!« raunte Aris ihr ins Ohr und preßte ihr die Hand auf den Mund. »Ich bin es!«

Im Licht der Fackel, die Gorm noch immer in der Hand hielt, sah Aris den Troll mißtrauisch herüberblicken. Frilla wimmerte vor Angst; beruhigt wandte der menschenfressende Riese den Kopf und betrachtete wieder den verkleideten Wikinger auf seinem Schoß. Ein unheimlich wirkender Ausdruck von Zuneigung breitete sich auf den widerwärtigen Zügen des Unholds aus.

»Schnell!« flüsterte Aris und zog Frilla hinter sich her. Geduckt schlichen sie an der Wand der Höhle entlang. Wieder stießen sie gegen verwesende Leichenteile und die Friesin brach vor Entsetzen in hemmungsloses Schluchzen aus. Mit einem bösen Knurren fuhr Magog herum und spähte suchend zwischen den Balken hindurch. Schnell schob Aris seine Frau hinter einen Pfosten. Atemlos suchte er Frilla zu beruhigen, aber die Friesin schluchzte immer lauter.

Der Menschenfresser schnaubte und griff nach der Fackel. Geistesgegenwärtig hielt Gorm dem Riesen das brennende Ende entgegen. Mit einem erschrockenen Grunzlaut fuhr der Troll zurück. Nun zog der Grindige Ulfs Schwert und stieß es Magog bis zum Heft in die Seite.

»Raus mit euch!« schrie er mit lauter Stimme.

Ein ungeheures Gebrüll erfüllte die Höhle. Tobend sprang der Thurse auf und suchte Gorm zu packen. Der Grindige ergriff den Feuerbrand und hieb nach Magogs Augen. Kreischend fuhr Magog zurück; seine Klauen sausten wie scharf geschliffene Sicheln durch die Finsternis.

»Macht, daß ihr fortkommt!« rief Gorm noch lauter und lief hinter einen Querbalken, aus dem Magog mit seinem nächsten Hieb fingergroße Späne riß, Aris hieb Frillas Kette durch, warf sich die Schluchzende über die Schulter und eilte keuchend auf den viereckigen Schimmer des Schachts zu. Ein lautes Krachen in seinem Rücken verriet ihm, daß der Troll nicht ihn, sondern den Grindigen verfolgte, der vor seinem übermächtigen Feind immer tiefer in die grause Grotte zurückwich.

Einige Herzschläge später erreichte Aris den Ausgang. Keuchend kletterte er durch die Reste der zertrümmerten Falltür, hastete dann mit Frilla auf seinen Armen über den Hof und warf sich neben Glum zwischen die Felsen.

»Was ist mit Gorm?« schrie Ulf und hob den Spieß, denn der Boden unter seinen Füßen begann zu beben.

»Er ist noch unten«, keuchte Aris aus schmerzenden Lungen. »Rasch! Zündet das Reisig an!«
Glum und Ulf gaben ihm seltsame Blicke, doch sie gehorchten und warfen brennende Fackeln in die großen Holzbündel, die Haki und Hekja an der Hallenwand aufgeschichtet hatten. Bald schlugen mannshohe Flammen aus Trutzklipps Dächern hervor und fette Rauchschwaden trieben davon.
»Wo bleibt Gorm?« rief Mädchenauge wieder.
Aris biß sich auf die Lippen. »Er lenkt Magog von uns ab«, gab er leise zur Antwort. »Nun wartet er wohl, bis Halle und Höhle einstürzen, damit der Troll um so sicherer verbrennt.«
Ulf packte den Spieß fester. »Ich hole ihn!« sagte er und wollte schon in die Tiefe springen, doch Glum warf sich auf ihn und brachte ihn durch sein Gewicht zu Fall.
»Sei nicht närrisch!« brüllte er den Wikinger an, der sich verzweifelt loszureißen suchte. »Da kommt keiner mehr lebend raus!«
Heftige Winde trieben das Feuer an. Dichte Qualmwolken quollen nun aus allen Ritzen und Luken der Halle. Die Tragbalken brachen durch und donnernd stürzte das Dach in die Tiefe. Himmelhoch schlugen die Flammen, Funken sprühten aus der feurigen Lohe und die Hitze des Brandes trieb Aris und seine Schar in die Felsen zurück.
Ulf gebärdete sich wie rasend und Aris mußte Glum helfen, ihn festzuhalten, denn sonst hätte Mädchenauge sich in die Flammen gestürzt. Schweigend starrten die anderen auf die prasselnde Glut. Aus dem schwarzen Schacht stiegen schwarze Rußwolken auf und ein widerlicher Geruch von verbranntem Fleich stieg ihnen in die Nasen. Hekja hielt Frilla in ihren Armen; die Friesin zitterte am ganzen Leib und schlug schreiend um sich. Mit polterndem Krach fiel die Stirnwand in Trümmer, dann sanken auch die Seiten nieder. Die letzen Stützpfosten kippten und schlugen riesige Löcher in den brennenden Hallenboden. Frei fuhr der Wind nun von allen Seiten in Trutzklipps Reste wie in einen offenen Herd und die sengende Flammenglut schwoll zu einem riesigen roten Ball, wie von Surts Söhnen geformt, in Muspelheim damit zu spielen.

»Wir dürfen ihn nicht im Stich lassen!« schrie Ulf und schüttelte die Gefährten ab. Aus tränenden Augen starrte er in die wabernde Lohe.

»Er weiß schon, was er tut!« rief Aris.

Plötzlich zeichneten sich die Umrisse einer großen Gestalt in den feurigen Wirbeln ab. Mit lautem Gebrüll stürzte sie aus den Flammen hervor.

»Magog!« schrie Glum, riß Haki den Langbogen aus der Hand und schob einen Pfeil auf die Sehne. »Verfluchtes Teufelsgeschöpf!«

Ehe er sein Geschoß absenden konnte, trat ihm Mädchenauge grob auf die Finger. »Es ist Gorm!« jubelte er.

Der Grindige raste mit riesigen Sprüngen durch die sengende Lohe. Das Kleid hing in Fetzen von seinem Leib und von seinen Schläfen flatterten die letzten Reste des Kopftuchs. »Aufgepaßt!« schrie er. »Er kommt!«

Hinter ihm brach die schreckliche Riesengestalt Magogs aus dem brodelnden Feuermeer. Zweimal verfehlte die tödliche Stange den fliehenden Gorm nur um Haaresbreite. Flammen züngelten aus seinen verfilzten Strähnen; auch die Behaarung an Brust und Schulter war bis auf Stoppeln versengt. Fetzen verbrannter Haut hingen von Armen und Beinen herab. Die Kraft des ungeschlachten Körpers aber schien ungebrochen; unter Magogs klobigen Fäusten flogen die brennenden Reste der Falltür splitternd zur Seite, als schlüge ein spielendes Kind nach Federn aus einem zerrissenen Kissen.

Gorm lief hakenschlagend vor Magog davon. So schnell bewegte er dabei Arme und Beine, daß er einem Bläßhuhn glich, das im Kräfte zehrenden Fluglauf über das Wasser des Teichs eilt. Zum dritten Mal stieß die stählerne Stange erderschütternd neben dem Grindigen in den Boden. Dann aber strauchelte Gorm und stürzte der Länge nach in den Staub. Mit bösem Knurren hob der Troll die Waffe zum tödlichen Stoß, da sprang Ulf aus seinem Versteck und stach nach der Leber des Riesen. Haki und Hekja ließen wieder die Sehnen surren. Auch Glum und Aris rückten rasch vor und versuchten, den tobenden Thursen von dem Gefallenen fortzutreiben.

Magog schlug mit dem Grimm eines Bären nach seinen Feinden, die ihn nun wie eine Hundemeute umringten. Die Pfeile, die in seine breite Brust schlugen, schien der Unhold kaum zu spüren; auch der Blutverlust schwächte ihn wenig, obwohl der blaue Lebenssaft in Strömen aus seinen Wunden sprudelte. Die Stahlstange zuckte wie Blitze eines Gewitters auf die Gefährten nieder und traf erst Glum am Bein, dann Ulf an der Schulter. Aris entging nur durch einen schnellen Sprung einem Schlag der gewaltigen Faust und sah schaudernd, wie unter dem Hieb der scharfen Krallen das Holz eines Balkens zu Splittern zerstob. Verzweifelt versuchte er, Gorm an den Füßen aus der Reichweite des Thursen zu ziehen. Da sah er mit Entsetzen, daß die eiserne Fessel an Magogs Knöchel zerbrochen war und ihr Ende klirrend hinter dem Unhold über das lose Geröll schleifte.

»Vorsicht!« schrie Aris. »Die Kette!«

»Weg von hier!« keuchte Glum Goldbauch entsetzt. Ächzend lud er sich den leblosen Gorm auf die Schulter und hastete im Zickzack über den knirschenden Kies. Aris half Ulf auf die Beine. Dann riß er die schreiende Frilla in seine Arme und rannte mit ihr auf die Felsen zu. Haki und Hekja schleuderten ihre leeren Köcher von sich, liefen auf Magog zu und tanzten schreiend vor dem Troll herum. Aber der Thurse ließ sich nicht beirren, sondern jagte mit stampfenden Schritten hinter den flüchtenden Wikingern her.

Krachend stürzten die letzen Reste Trutzklipps zusammen. Der Wind trieb riesige Rauchwolken über den Himmel. Stolpernd und rutschend klomm Glum den steilen Abhang empor, laut keuchend unter der Last des noch immer bewußtlosen Gorm. Aris folgte knapp hinter ihm und zog seine taumelnde Frau auf ein schmales Felsband. Ulf, Haki und Hekja schleuderten Steine nach Magog; dumpf prallten die Wurfgeschosse gegen den kantigen Schädel des Unholds, schienen ihn aber nicht zu versehren, sondern nur in immer größere Wut zu versetzen. Ein donnerndes Brüllen drang aus der blut- und rußverschmierten Brust des Thursen und er hieb heftig nach den Gefährten. Krachend zerbarsten

Felsblöcke unter dem schrecklichen Schlag und Steinsplitter regneten nieder.
»Verdammtes Höllenvieh!« schrie Ulf verzweifelt. »Bringt dich denn gar nichts um?«
Atemlos kauerte Mädchenauge in einer Nische. Auch Glum konnte nicht mehr weiter. Aris schob Frilla hinter sich, packte das Schwert und stellte sich dem Troll entgegen. Funken böser Freude glühten in Magogs schwefelfarbenen Lichtern. Mit bebenden Nüstern trat er auf sein Opfer zu. Voller Haß bleckte er die zermalmenden Zähne und zielte mit dem Eisenstab, um Aris als ersten zu zerschmettern. Da bewegte sich etwas hinter dem schrecklichen Haupt und es erschien den Fahrtgenossen, als ob sich dort plötzlich eine Gestalt über den Rand einer Felsplatte schob. Vorsichtig beugte sie sich über den Troll. Ein Beil blinkte in der Sonne und einen Wimpernschlag später fuhr die scharf geschliffene Waffe mitten in Magogs Hirn.
Blaues Blut spritze nach allen Seiten und besudelte die Gefährten. Der ungeheure Schädel brach wie ein Holzscheit auf einem Hackklotz entzwei. Gurgelnd verhallte Magogs letzter Schrei zwischen Felsen. Die schreckliche Riesengestalt torkelte einige Schritte rückwärts. Dann verlor der gewaltige Körper das Gleichgewicht und stürzte samt der Eisenstange polternd in die Tiefe.
Aris starrte gegen die Sonne. Auf der Felsplatte hockte Sven Stinkhals. Sein Holzbein hing über die Kante herab. »Soviel zum Thema Treue«, meinte er munter.

Vom Angriff der Wölfe und von der Rückkehr des Waidmanns

»Sven!« rief Glum erfreut. »Lasse dich an mein Herz drücken!«
»Woher dieser Sinneswandel?« erwiderte der Dürre aufgeräumt.
Weiter kam er nicht, denn vom Talboden scholl lautes Krachen empor, gefolgt von Wolfsgeheul, das rasch näherkam.
»Der Troll hat bei seinem Sturz den Zaun eingerissen«, rief Aris. »Schnell! Zu Sven auf den Felsen.«
Sie hatten Frilla und Gorm kaum auf die steinerne Fläche gebettet, da drangen schon von allen Seiten knurrend und zähneflet-

schend die Wölfe des Waidmanns auf die Wikinger ein. Gelb glühten die schrägen Lichter der Raubtiere, ein zorniges Zischen und Fauchen drang aus ihren weit geöffneten Rachen, ihre Fänge funkelten silberweiß und ihre Klauen zerkratzten den Stein. Auch schienen sie größer und schlauer als andere Wölfe und wichen den Waffen der Männer geschickt und behende aus. Wenn aber einer der Fahrtgenossen versuchte, die Felsplatte zu verlassen, stürzten sich immer gleich drei oder vier der starken Raubtiere von allen Seiten auf ihn, so daß er gezwungen war, sich rasch wieder auf die Höhe zurückzuziehen.
»Sie wollen uns hier festhalten«, rief Aris, als er das bemerkte, »sie ahnen wohl, daß ihr Herr bald zurückkehrt.«
»Sie wissen es sogar«, antwortete Ulf und deutete auf den Fjord. Zwischen den grauen Rauchfetzen, die noch immer aus Trutzklipps Resten quollen, suchte ein schwarzes Schiff seinen Weg zum Strand, das sie sogleich als den Schaumwolf erkannten.
»Wo hat du den Eissturmvogel gelassen?« fragte Aris den Dürren.
»Der liegt immer noch hinter der Klippe«, erklärte Stinkhals. »Ich folgte euch zu Fuß. Als ich euch vor diesem Klotzkopf davonlaufen sah, legte ich mich hier auf die Lauer.«
Am oberen Rand des großen Steintischs sprossen drei starke Ebereschen aus dem zerklüfteten Felsen. Gorm und Frilla lagen in ihrem Schatten. Glum, Ulf und Aris schlugen nach den geifernden Odinshunden. Haki und Hekja rissen Äste ab und stießen die Raubtiere damit zurück. Sven humpelte auf die gegenüberliegende Seite. Die Felsplatte wankte bedrohlich unter den Tritten der kämpfenden Männer.
»Vorsicht!« rief Stinkhals dem Dicken zu. »Schiebe deinen Fettwanst lieber hier herüber, sonst können wir unsere Knochen gleich drunten im Tal zusammenklauben.«
Aris und Ulf sahen einander an. Gehorsam kletterte Glum zu den Ebereschen empor. Als er an Gorm vorüberkam, sah er die Lider des Grindigen zucken. »Er kommt wieder zu sich!« rief der Dicke und beugte sich über den Gefährten.
Gorm schlug die Augen auf und starrte in Glums grinsendes Gesicht.
»Uh!« machte der Grindige erschrocken. »Fort, verfluchter Troll!«

Das Lächeln verschwand von den Zügen des Dicken. »Ich bin es doch, du Schafsnase!« rief er erbost.
Mühsam raffte Gorm sich empor, und spähte nach einer Waffe. Das Schiff des Waidmanns kam rasch näher.
»Magog ist tot!« erklärte der Goldbauch seinem Gefährten. »Aber diese verdammten Wölfe lassen uns nicht fort!«
»Haltet euch an den Bäumen fest!« befahl Aris. »Wir schicken Thorhalls Rudel auf eine lustige Schlittenfahrt!«
Fest schlang er nun seinen rechten Arm um Frillas Hüfte und klammerte sich mit der Linken an einen kräftigen Stamm. Die Fahrtgenossen hielten sich an Ästen und Wurzeln fest und begannen, alle zugleich mit den Füßen gegen den lockeren Felsen zu treten.
Knurrend und hechelnd krochen schon die ersten Wölfe über den nicht mehr verteidigten Rand der Platte. Die Männer verdoppelten ihre Anstrengungen. Endlich löste der flache Stein sich aus seiner Verankerung. Langsam kippte er zur Seite und begann talwärts zu rutschen.
Mit wildem Geheul sprangen die Wölfe wieder vom Rand des Felsentischs, aber es war schon zu spät. Durch das Gewicht der Platte wurden auch andere Steinblöcke fortgerissen, das lose Geröll geriet in Bewegung und schließlich glitt der ganze Hang mit ohrenbetäubendem Getöse zu Tal. Steine, Baumstämme und Tierleiber wirbelten durch die Luft und prallten im Tal zerschmettert zu Boden. Rumpelnd deckte der Erdrutsch sie zu und eine dichte Staubwolke hüllte die Reste von Trutzklipp ein.
»Nun wird der Waidmann wohl erst eine Weile graben müssen, ehe er seinen Trollbruder findet und weiß, was geschah«, frohlockte Aris. »Schnell, zurück zum Schiff.«
Während die Wikinger eilig den Berg hinaufstiegen und ungesehen hinter dem Gipfelgrat verschwanden, stieß der Steven des Schaumwolfs gegen den Strand und Thorhall sprang an das Gestade. In wilder Wut stürmte er zu seinem zerstörten Hof empor. Blut stand in seinen Augen und seine Rechte verkrampfte sich um das Beil. Seine Gefolgsleute eilten ihm nach. Als der schwarze Hüne die Falltür zerstört fand, stieß er einen schrecklichen Fluch aus. Wie rasend lief er auf das Gewirr der zerborste-

nen Felstrümmer zu. Aber alles, was er sah, war das zerbrochene Ende einer gewaltigen Kette, die im Geröll des Bergrutschs verschwand.

Wie Thorfinn Karlsefni beschließt, nach Vinland zu fahren

Aris und seine Gefährten liefen nun so schnell sie konnten zum Eissturmvogel zurück und setzten Segel nach Süden. Da der Wind lange Zeit ungünstig stand, mußten sie hart rudern. In der Nacht wechselte der Wind und trieb sie ohne weitere Verzögerung an der Westsiedlung vorüber.
Frilla weinte die ganze Zeit über, und es war Aris nicht möglich, ein verständliches Wort aus ihr herauszubringen. Schließlich nahm Ulf ihn zur Seite und sagte: »Sie hat vor Schreck den Verstand verloren. Gib ihr etwas Zeit! Gewiß kommt sie bald wieder zu sich.« Es änderte sich aber auch dann nichts an Frillas Zustand, als sie endlich in Gardar einliefen.
Einige Wochen später kehrte Leif zurück und berichtete, daß er Svart Stahlschädel an der Nordküste Islands eingeholt habe. Bei dem Kampf waren viele Wikinger und Grönländer umgekommen, auch Eywind Einarssohn und Ketil Schiefnase. Die Grönländer hatten aber gesiegt. Alle Gefangenen wurden befreit und zwei Wikingerschiffe erobert. Svart Stahlschädel konnte entkommen. »Er wird sich künftig aber dreimal überlegen, in Grönlands Fjorden den Strandhieb zu nehmen«, sagte Leif grimmig.
Der Erikssohn redete lange mit Aris und den Wikingern von der Forkeninsel und sagte am Schluß: »Das also war des Waidmanns Geheimnis. Erzählt noch niemandem davon! Im Heumonat muß Grönlands Allmännerthing für meinen toten Bruder einen neuen Gesetzessprecher bestimmen. Dann wollen wir Thorhalls Ächtung erzwingen und den Wolf erschlagen, ehe er die Gefahr wittert.«
Danach dankte Leif auch Thorstein dem Schwarzen für die Gastlichkeit und den Dienst, den der alte Freibauer Gudrid und Thorstein erwiesen hatte. Der Schwarze ließ sich taufen und wohnte am Eriksfjord, solange er lebte. Er verstand viel von der Landwirtschaft und galt überhaupt als sehr tüchtiger Mann.

Leif schickte Knechte, Silber und Bauholz nach Gardar und half auf jede Weise, Kirche und Hof wiederaufzubauen. Der Erikssohn selbst aber zog nun nach Steinhalde auf den Besitz seines Vaters. Gudrid die Schöne stellte sich mit ihrem gesamten Vermögen unter Leifs Schutz und wohnte bei ihm.

Frilla ging es sehr schlecht, und Aris war darüber sehr traurig. Er ging zu Tyrker und sagte bitter: »Wo war der Gott, dem Frilla sich weihte, als sie seine Hilfe brauchte? Weder damals in Brimun noch jetzt hat er sie vor dem Waidmann beschützt. Mir scheint deshalb, daß dein Christ auch nicht mehr Macht besitzt als ein Stück totes Holz.«

»Gott war und ist immer gegenwärtig, du aber hast ihm als Werkzeug gedient.«

»Auf Trutzklipp habe ich deinen Gott nicht gesehen«, erwiderte Aris barsch und ging zornig von dannen.

Darum beschloß Tyrker, dem Norweger vorerst nichts davon zu erzählen, daß er die Friesin von ihrem Gelübde entbunden hatte und sie keine Nonne mehr war.

Die Wikinger kehrten zur Forkeninsel zurück und es kam sie hart an, daß sie niemandem von ihrem Abenteuer auf Trutzklipp erzählen sollten. Nur Lodins Söhnen berichteten sie, was geschehen war, lobten ihren Vater sehr und sagten, daß sie sehr stolz auf ihn sein könnten. Da Lodins Leichnam viele Klafter tief unter dem Bergrutsch lag, ritzten die Söhne nach alter Sitte Runen auf ein Stück Holz und trugen den Stab statt des Vaters zu Grabe.

Am vierten Tag des Heumonats sah Leif von Steilhalde aus das goldgestreifte Segel eines prächtigen Drachen. Erfreut eilte er zum Strand. Wie er es erwartet hatte, sprang Thorfinn Karlsefni, der christliche Kaufmann, vom Steven des Salomoschimmels auf das Ufer. Er schien nur wenig gealtert und war dank vieler wagemutiger Handelsfahrten bis in das Mohren- und Seidenland noch reicher als zuvor. Viele Getreidesäcke und Töpfe mit Honig, auch feine Kleiderstoffe, Langholz, Schmucksachen und andere Waren, die es in Grönland nicht gab, füllten den Frachtraum des Drachen. Die Knechte des Ragnarenkels schlugen am Strand Kaufbuden auf und boten darin das Handelsgut feil. Die Bauern brachten Butter,

Käse und Robbenfelle und bald herrschte auf dem Gestade geschäftiges Treiben.
Leif lud den Kaufmann ein, bei ihm zu gasten. Thorfinn Karlsefni nahm dieses Angebot an. Er ließ sich alles berichten, was sich in den vergangenen Jahren in Grönland und auch in Vinland ereignet hatte, und Leif behielt kein Geheimnis vor ihm zurück. Je öfter die beiden Männer über die Weininseln sprachen, desto begehrlicher leuchteten Thorfinns Augen. Er sagte, als Händler könne man eher Silber als Ehre gewinnen. Sich auf Kriegs- und Wikingfahrten Ansehen zu erwerben, verbiete ihm sein christlicher Glaube. Ewiger Ruhm aber würde demjenigen winken, der einst als erster in Vinland siedelte, so wie Ingolf der Landnehmer einst auf der Eisinsel und Erik der Rote auf Grönland. »Und darum«, schloß er, »will nun auch ich mein Glück versuchen und nach Westen fahren.«
Später im Sommer segelte Thorfinn Karlsefni nach Nordrsetur, um dort Hornwale zu jagen. Auf der Rückreise ankerte er abends nicht weit von Trutzklipp und ließ seine Leute am Strand ein Lager aufschlagen. Sie trugen ihre Fellsäcke ans Ufer, der Ragnarenkel aber nahm eine große silberbeschlagene Kiste unter den Arm und verschwand in der Dunkelheit. Erst im Morgengrauen kehrte er mit der Truhe wieder, sagte aber niemandem, wo er gewesen war, noch was er getan hatte.

Wie Leif Grönlands neuer Thingsprecher werden will

Das Thing begann in der letzten Woche des Heumonats, und es versammelte sich dazu in Gardar eine größere Menge von Menschen als je zuvor. Alle Freibauern der Ostsiedlung kamen mit ihren Gefolgsleuten und waffentüchtigen Knechten. Leif hatte seinen Sohn Thorgils bei sich; Haki und Hekja bewachten die Thinghütte des Erikssohns. Eystein der Schmied führte nach dem Tod seines Bruders Eywind die Männer vom Einarsfjord. Kalf Ketilssohn, von dem es hieß, daß er immer noch die Asen anbete, reiste mit starker Mannschaft vom Ketilsfjord an. Sölvis vom Sölvistal war schon sehr alt und mußte von seinen Söhnen gestützt werden. Die Bauern vom Herjulfsfjord führte Jostein der Rentierjäger, Leichen-Lodins ältester Sohn. Aris und die Wikinger von der Forkeninsel begleiteten Jostein. Auch Thorfinn Karlsefni und einige andere Kauffahrer aus Norwegen hatten sich Buden errichtet.

Alle vermuteten, daß Leif als letzter lebender Sohn dès Roten nun das Amt des Thingsprechers anstreben werde, und damit schienen alle einverstanden. Allerdings wußten Leifs Freunde nicht, wie zahlreich die Asenanbeter aus der Westsiedlung erscheinen würden. Darum hielten die Freibauern ihre Gefolgschaften sorgsam im Zaum, und achteten darauf, daß weder Ballspiel noch Pferdekämpfe zu hitzig gerieten.

Leif suchte der Reihe nach alle Freibauern auf, erinnerte sie an die Taten des Roten und teilte ihnen mit, daß er das Werk seines Vaters fortsetzen wolle. Der alte, halbblinde Sölvis vom Sölvistal lobte den Erikssohn und erklärte, unter Leifs Führung sei Grönland gewiß eine glänzende Zukunft beschieden. Auch Eystein der Schmied und Jostein der Rentierjäger versprachen dem Erikssohn ihre Unterstützung. Der Lodinssohn forderte aber, daß Leif die Ächtung des Waidmanns durchsetzen müsse.

Kalf Ketilssohn meinte, das Amt des Thingsprechers müsse auf jeden Fall einem Sohn der Ostfjorde zufallen. Über den Strandhieb auf Gardar aber könne erst dann geurteilt werden, wenn Anklage und Gegenrede gehört worden seien. Es waren aber aus der Westsiedlung nur wenige Männer nach Gardar gekommen, von denen kaum Gefahr drohte.

Um die Mittagsstunde erklärte der alte Sölvis das Thing für eröffnet. Er pries die Taten des toten Thorstein und sagte, daß es nun gelte, einen würdigen Nachfolger zu bestimmen. Dünn wehte seine schwache Greisenstimme über die Landenge hin; viele, die etwas weiter entfernt standen, konnten ihn kaum verstehen.

Nach ihm klomm Tyrker auf den Gesetzesfelsen, rollte gewaltig mit den hervorquellenden Augen und rief salbungsvoll: »Freunde, Grönländer, Brüder in Christo! Jeder von euch weiß, welche Feindschaft der Rote einst gegen mich und das Evangelium hegte. Mit Wort und Tat verfolgte er uns Glaubensstreiter und fügte uns in seinem Grimm manches Böse zu. Doch um so heller leuchtete die Gnade des Herrn in Eriks Söhnen: Thorwald bekehrte sich fern von der Kirche mitten im fremden Meer, was uns beweist, daß Jesus ihn dort draußen selbst an der Hand nahm. Sein Grabkreuz steht als Siegeszeichen Christs über jener fernen Küste, die wir Vinland das Gute nennen und die durch Thorwalds Märtyrertod auf ewig dem Erlöser geweiht ist. Thorstein Erikssohn aber kehrte wie einst Jesus selbst aus dem Totenreich wieder, wenn auch nur für kurze Zeit, und überbrachte uns Lebenden die geheiligten Worte des Herrn. Nun ist es Gottes Wille, daß ihr an Thorsteins Stelle Leif Erikssohn zu eurem neuen Thingsprecher wählt. Denn Gottes Segen ruht auf diesem Mann, den ihr ja selbst nicht ohne Grund den Glücklichen nennt.«

Nun hallte Beifall auf, denn das schien allen eine sehr schöne Rede, wenn sie auch diesmal wenig Flüche und Kraftwörter enthielt. Die Freibauern nickten dem Mönch zu und riefen Leifs Namen. Da stellte sich Kalf Ketilssohn auf seine Bank und forderte mit lauter Stimme: »Wartet! Solch eine Wahl muß gut überlegt sein!«

»Das ist es bereits, du Schalk, und zwar von Gott selbst!« erwiderte Tyrker.

Kalf antwortete mit boshaftem Lächeln: »Wer außer dir hat dieses Gottes Wunsch denn noch vernommen, Froschauge?«

»Es ist so wie ich sage!« rief Tyrker erregt, »die Heiligen sind meine Zeugen!«

»Hohe Schwüre haben die Lüge vor der Türe!« höhnte der junge Grönländer, der den Streit um die vinländische Thorseiche nicht vergessen hatte.

»Dafür soll Gott dir die Zunge herausreißen!« schrie der Mönch. »Schandmaul! Rotzaff! Semmeldieb!«

Der Ketilssohn lachte verächtlich. Dann sah er die versammelten Freibauern an und sagte: »Genügt euch das wirklich, daß Tyrker sich auf den Stein stellt und euch den Befehl seines Gottes verkündet? Dann könnt ihr euch das Thing sparen — kniet einfach in der Kirche nieder und lauscht den Anweisungen dieses Gnoms!«

»Wozu dieser Wortstreit?« murrte Eystein der Schmied. »Sagtest du gestern nicht selbst, daß diese Würde wieder einem Sohn der Ostsiedlung zufallen solle? Wer außer Leif käme dafür in Frage?

Du etwa?« Erwartungsvoll starrten die Männer Kalf an. Der Ketilssohn lächelte und entgegnete: »Wenn ich dieses Amt wünschte, würde ich jedenfalls nicht zögern, mich zu bewerben. Denn wenn auch Leifs Vater diese Küste als erster erforschte, achte ich doch unser Geschlecht für nicht geringer als seins. Frei bin ich und frei geboren; auch mein Vater Ketil Schiefnase, sein Vater und alle weiteren Ahnen trugen ihr Haar ungeschoren. In unseren Adern fließt kein Tropfen Knechtsblut und kein Knechtsgedanke verunreinigte je unseren Sinn; weder vor Jarlen noch Königen beugten wir unsere Häupter und heirateten auch stets nur Frauen aus freien Sippen.«

»Das gilt auch für uns!« rief Eystein der Schmied. »Unsere Väter verließen Norwegen um ihrer Freiheit willen!«

»Sie wichen vor einem Gewaltherrscher!« rief Kalf spöttisch. »Ihr aber beugt vor der Willkür das Knie!«

Über diese Worte entstand große Unruhe unter den Versammelten.

»Wenn du also Leif nicht wählen willst«, fragte nun Sölvis mit seiner dünnen Greisenstimme, »wen schlägst du dann vor?«

Kalf Ketilssohn blickte in die Runde und antwortete: »Frei sind wir Grönländer, frei auch wollen wir bleiben. Nicht feindlicher Völker Gewalt noch fremder Könige Waffen sollen unseren Willen lenken und auch nicht ein Gott, der von seinen Gläubigen selbst bei Thing solchen Knechtsgehorsam verlangt! Ebensowenig darf die Macht der Gewohnheit über uns gebieten. Es ist ja wohl nicht Gesetz bei uns, daß dem Thingsprecher stets der Sohn oder Bruder nachfolgen soll! Im Gegenteil scheint es klüger, die Würde einmal der einen, einmal der anderen Sippe zu übertragen, so wie es bei unseren Vätern Brauch war. Auch dein Geschlecht, Eystein, ist dem des Roten ebenbürtig, nicht anders das deine, Jostein. Wie du stammt auch der Mann, den ich als neuen Gesetzessprecher vorschlagen möchte, aus Herjulfsspitz: Sein Name ist Thorward Herjulfssohn.«

»Thorward Tatenlos?« rief Eystein verblüfft. »Wie kommst du ausgerechnet auf den? Der hat es ja noch nicht einmal geschafft, zu unserem Thing zu erscheinen!«

»Da täuschst du dich«, antwortete der Ketilssohn und zeigte zum Wasser. »Dort kommt er und wie es scheint, hat er sich auch ein

paar Leute mitgebracht, die wohl wie ich bereit und willens sind, ihm ihre Stimme zu geben.«
Überrascht wandten sich die Versammelten um. Eine Flotte von wenigstens zwanzig Schiffen kam in den Eriksfjord gefahren. An der Spitze segelte Thorwards Schnigge Blutsteven, die bis zur Wasserlinie mit roter Farbe bemalt war; sie trug ein buntes Drachenhaupt aus feinstem Ahornholz. Neben Tatenlos stand die Erikstochter Freydis am Ruder.
Auch die anderen Schiffe trugen nicht christliche Bilder auf Segeln und Rümpfen, sondern die heiligen Zeichen der Asen, und ihre große Zahl versetze Leif, Tyrker und die anderen Christen in Sorge. Am meisten aber beunruhigte sie der Anblick der schwarzen Schnigge am Ende der Westsiedler, auf der sie schon aus weiter Ferne die hohe Gestalt des Waidmanns erkannten.

Vom Thingstreit zwischen Leif und Thorward Tatenlos

Die christlichen Freibauern scharten nun ihre Gefolgsleute enger um sich, hoben die Schilde und ließen ihre Waffen in der Sonne blitzen. Die Asenanbeter zeigten sich aber in keiner Weise eingeschüchtert, sondern schoben munter ihre Schiffe auf das flache Gestade. Alle Ostsiedler staunten über die große Menge an Mannschaft, die ihren Nachbarn zur Verfügung stand. Denn während früher nur wenige einsame Bauern an den Westfjorden gewohnt hatten, war dieses Land mittlerweile zur letzten Zuflucht all derer geworden, die nicht vom alten Glauben lassen wollten. Auch aus Norwegen und Island, aber auch von den ängelländischen Küsten und selbst aus dem Westmännerland waren viele Getreue Odins und Thors nach Grönlands fernen Buchten gewichen.
Am Ufer hoben Thorhall der Waidmann und Thorward Tatenlos ihre Schilde vom Bordrand. Bei ihnen waren auch Thorbrand der Alte vom Schwanenfjord und seine drei Söhne Snorri, Helge und Thorleif Kimbi. Thorbrand der Junge, der Stevenhauptmann des Waidmanns, stieg an ihrer Seite zum Thingplatz empor. Trotz seiner Jugend war er schon ein gefürchteter Wiking; Christen zwischen Birka und Bretland kannten und verfluchten seinen

Namen. Die Männer aus der Westsiedlung folgten ihren Anführern in guter Ordnung und als sie sich um den Gesetzesfelsen scharten, schien es, als ob ihre Zahl die der Christen sogar überstieg. Denn aus den Fjorden der Ostsiedlung waren nur achtzehn Schiffe gekommen.

Als sich die Asenanbeter kampfbereit aufgestellt hatten, erhob Kalf Ketilssohn von neuem die Stimme und rief vom Gesetzesfelsen aus über den Thingplatz hinweg: »Grönländer, Nordleute, freie Männer! Nie zuvor, seit der Ratschluß der Nornen Erik in diesen Fjord führte, haben sich hier mehr Männer versammelt als heute. Die Blüte aller grönländischen Geschlechter leuchtet uns auf diesem Thing; kein freier Mann, der fehlte, kein Wort, das ungesagt bleiben müßte! Hier und heute wollen wir über unsere Zukunft bestimmen, ein jeder nach seinem Willen, wir alle, in ehrlicher Wahl nach gerechtem Gesetz.«

Die christlichen Grönländer murrten sehr, als sie sahen, daß Thorhalls schwarze Riesengestalt auf dem Gesetzesfelsen stand, die Asenanbeter aber jubelten Thorhall zu. Der Waidmann blickte aus glühenden Augen auf die Versammlung herab und grollte mit tiefer Stimme:

»Nicht als Büßer komme ich, sondern als Kläger! Nicht nur auf Gardar floß Blut, sondern ebenso auf Trutzklipp; nicht nur eure Kirche verbrannte, sondern auch mein Hof!« Düster starrte er auf Aris und die Wikinger von der Forkeninsel herab. »Ihr wart es, die in meine Halle drangen und meinen Bruder erschlugen«, rief er und seine Stimme erstickte fast vor Haß, »auch meine treuen Tiere habt ihr getötet und Trutzklipp mit Feuer zerstört. Dafür sollt ihr geächtet und für friedlos erklärt werden. Flieht dann vor mir — ich werde euch finden!«

Er berichtete den Versammelten, wie er auf der Robbenjagd plötzlich von weitem Rauchwolken am Himmel erblickt habe und deshalb eilends heimgekehrt sei. Da habe er sein Gehöft durch einen Brand vernichtet und zum großen Teil durch Geröll verschüttet gefunden. Erst habe er geglaubt, Blitze vom Himmel hätten Feuer und Bergrutsch verursacht. Später aber habe er unter den Felstrümmern den toten Lodin gefunden, gleich neben seinem armen Bruder Magog.

»Wir wußten ja gar nicht, daß du einen Bruder besitzt!« wunderte sich Eystein Einarssohn. »Wenn er so waffentüchtig war wie du, hätte er sich doch verteidigen können!«
»Er blutete aus vielen Wunden«, knirschte Thorhall, »nur in der Übermacht wagten sich diese Feiglinge gegen ihn; und erschlagen ward er von hinten!« Er zog eine Axt aus dem Gürtel und warf sie zwischen die Versammelten hinab. »Wem gehört dieses Beil?« rief er. »Mir!« antwortete Sven Stinkhals unerschrocken. »Und als ich es zum letzten Mal sah, steckte es im Schädel eines Trolls! Dein Bruder Magog fraß Menschen und deine Hütehunde waren Wölfe, so daß uns jeder rechtschaffene Mann, Christ oder Heide, nur dankbar sein kann!«
»Das ist eine Lüge!« schrie Thorhall wütend. »Groß und stark war mein Bruder, furchtlos und den Asen treu ergeben. Aus feigem Hinterhalt erschlugt ihr ihn, Neidinge, die ihr seid, denn im ehrlichen Kampf hättet ihr selbst zu fünft oder zehnt Magog niemals besiegen können!«
Bei diesen Worten erhob sich unter den Grönländern ein erregtes Gemurmel und es kam zu einem heftigen Wortgefecht zwischen Asenanbetern und Christen.
»Als Magog aus seiner Höhle kroch, hielt er in seiner Rechten das abgerissene Bein einer Frau!« rief Aris zornig. »Auch fanden wir Frilla in seiner Gewalt, die ihm wohl als nächste zum Fraß dienen sollte!«
»Wer glaubt einem Mann ohne Götter?« antwortete Thorhall verächtlich. »Und was gilt das Wort eines Weibes, dessen Verstand verwirrt ist? Dich aber, Norweger, fordere ich auf den Holm, wie ich es schon einmal tat. Damals entwichst du mir. Nun werden wir sehen, ob du noch immer zu feige bist, dich mir zu stellen!«
»Weder floh ich damals vor dir noch fürchte ich dich jetzt«, antwortete Aris hitzig, wurde jedoch von Jostein dem Rentierjäger übertönt, der voller Erregung schrie: »Mein ist der Holmgang, da Thorhalls Bruder, dieser verfluchte Troll, meinen Vater erschlug!«
Darüber kam es wieder zu hitzigen Wortgefechten unter den Grönländern, und diesmal ging der Riß quer durch beide Seiten, sowohl durch die Reihen der Christen als auch der Asenanbeter.

Denn die einen meinten, daß das Wort des Waidmanns gelten müsse, da er die Forderung als erster ausgesprochen habe. Die anderen sagten dagegen, daß Josteins Anspruch, das Blut Lodins an der feindlichen Sippe zu rächen, Vorrang besitze. Nachdem die Freibauern eine Zeitlang darüber geredet hatten, kamen sie zu dem Schluß, diese Frage wie auch die anderen Unstimmigkeiten den beiden Männern vorzulegen, die sich um das Amt des Thingsprechers bewarben. Da antwortete Thorward Herjulfssohn:
»Durch meine Frau Freydis bin ich mit Leif verwandt und fühle mich beiden Sippen verbunden. Auch dient man in meiner Familie sowohl dem Thor als auch dem Christ und läßt es beiden nicht an Opfergaben fehlen. Darum denke ich, daß mir ein jeder glauben darf, wenn ich mich in allen Fragen, die wir nun zu entscheiden haben, für unabhängig erkläre. So ist meine Meinung: Nach dem Tod des Roten, den wir alle aus tiefstem Herzen betrauern, drang der Mönch mit den Christen von Gardar gewaltsam in Eriks Tempel ein, verbrannte die Götterbilder und gab die Asche den Hunden zu fressen. Dafür nahm Thorhall als Eriks Schwurbruder gerechte Rache. Die Überfälle auf Tempel und Kirche gleichen einander aus.«
»Aus deinem Schlund tönt der Teufel!« wütete Tyrker. »Abtrünniger Schuft! Verräter Christi! Hört nicht auf ihn!« In flammendem Zorn erhob er das Kreuz und wollte den Felsen erklimmen, doch Leif hielt ihn am Gewand zurück.
Die Asenanbeter riefen dem Mönch laute Schmähungen zu, und Thorbrand der Alte vom Schwanenfjord schrie erbost: »Stopfe diesem häßlichen Zwerg endlich das Maul, Leif, sonst brennen wir Gardar gleich noch einmal nieder!«
»Wart ihr beim Mordbrand dabei?« wollte der Erikssohn wissen.
»Leider nicht!« höhnte Thorbrands Sohn Helge. »Ein zweites Mal aber werden wir uns diesen Spaß nicht entgehen lassen!«
Die Christen blickten auf Leif, aber der Erikssohn schwieg. Thorward Tatenlos lächelte spöttisch und fuhr fort:
»Anders verhält es sich mit dem Überfall auf Thorhalls Trutzklipp, denn dieses geschah außerhalb jeden Rechts. Darum sollen alle, die dieses Verbrechen begingen, dafür bestraft werden. Wir wollen die Acht über sie verhängen und sie auf Lebenszeit aus

Grönland verbannen. Es ist dann die Sache des Waidmanns und seiner Freunde, sie aufzuspüren und Magogs Blut an ihnen zu rächen. Aber nicht auf einem Holmgang wie ehrliche Männer sollen die Schuldigen fallen, sondern sie sollen aufgeknüpft oder auf einer Flutschäre ertränkt werden, je-nachdem, ob man sie im Gebirge oder auf dem Meer ergreift.«

Bei diesen Worten jubelten alle Asenanbeter laut und schlugen kampfdurstig gegen die Schilde. Die Christen jedoch scharten sich nun um Aris und die Wikinger von der Forkeninsel, um sie vor dem Angriff in Schutz zu nehmen. Jostein der Rentierjäger rief laut: »Mit diesem Urteil hast du sowohl deinen Glauben als auch deine Sippe verraten. Das wird man dir auf Herjulfsspitz nicht vergessen!«

»Seit wann sprichst du für den Herjulfsfjord?« antwortete Thorward Tatenlos. »Ich bin Herjulfs Sohn und rechtmäßiger Erbe, du aber nur der Bastard seines knechtsblütigen Bruders und dienstbaren Verwalters!«

Jostein ließ einen Wutschrei aus, zog sein Schwert und stürzte vorwärts, um Thorward niederzuhauen.

»Die Knechtsgottanbeter wollen den Thingfrieden brechen«, hallte die dröhnende Stimme des Waidmanns über den Hügel, »drauf, Männer, tilgt diese Neidinge aus!« In seiner Rechten blitzte ein Beil auf. Thorbrand vom Schwanenfjord und seine Sippe drängten ihm nach.

»Zurück!« schrie Leif und stemmte sich dem schwarzen Hünen entgegen. »Noch ist kein Urteil gefällt und Aris nicht geächtet!«

»Wir brauchen deinen Schiedsspruch nicht mehr!« brüllte Thorhall blutdurstig und ließ seine Axt krachend auf den Schild des Erikssohns niedersausen. »Thorwards Wort genügt uns vollauf und er soll auch Grönlands nächster Thingsprecher sein; dich aber werden die Raben fressen.«

»Das lasse ich nicht zu!« rief Thorfinn Karlsefni, der christliche Kaufmann, und schob sich mit seinen wohlgerüsteten Kriegsleuten zwischen die Streitenden.

In diesem Augenblick tönte ein lauter Hornstoß von See her. Verwundert ließen Christen und Asenanbeter die Waffen sinken und spähten zum Ufer. Da sahen sie, daß dort zwei weitere Schiffe angelegt hatten. Mehr als sechzig wohlgewappnete Männer mit glänzenden Schilden und funkelnden Helmen eilten an Land und stellten sich schlachtbereit auf. Andere trieben die wenigen Wachen von den Schniggen der Westsiedler und hielten brennende Fackeln bereit, die Flotte der Asenanbeter auf einen Befehl ihrer Führer in Feuer und Rauch aufgehen zu lassen.

»Thor!« rief der Waidmann zornig, als er das sah. Auch Thorbrand der Alte und seine Söhne, Thorward Tatenlos und die anderen Häuptlinge aus der Westsiedlung starrten wütend auf die Fremden. Leif aber lächelte und rief laut: »Bjarne!« Denn er hatte an der Spitze der Kriegsleute seinen Schwurbruder entdeckt. Hinter dem Herjulfssohn traten, von Kopf bis Fuß in Eisen gewappnet, seine Schwäger Helge und Finnbogi auf das Gestade. Sie lächelten nicht zurück und eine düstere Drohung ging von ihnen aus.

»Bjarne!« rief Leif noch einmal. »Endlich kehrst du wieder und keine Stunde zu früh! Dem Christ sei dank, daß er dich und deine Schwäger gesund in die Heimat zurückführte!«

»Auch ich bin froh, daß wir uns wiedersehen«, gab der Sohn des Herjulfs zur Antwort. »Aber ich diene schon lange nicht mehr dem Gott des Kreuzes, in dessen Zeichen gemeine Mörder meinen geliebten Schwiegervater und so viele andere Wehrlose meuchelten! Darum danke nicht dem Christ, sondern Thor.«

Von Bjarnes Kriegstaten und weiteren Plänen

Die streitenden Grönländer wichen ein wenig zurück, so daß eine Lücke entstand, durch die nun Bjarne und die Zwillinge mit ihren Gefolgsleuten schritten. Ernst begrüßte Bjarne erst seinen leiblichen, dann seinen angeschworenen Bruder. Silber glänzte am Stumpf seines linken Arms und breite Goldketten hingen von seiner Brust. Seine Fahrtgenossen stammten von allen Küsten des Nordens. Zahllose Narben auf ihren harten Gesichtern zeugten von Kampfesmut, Furchtlosigkeit und Todesverachtung. Als sie auf den Thinghügel rückten, hielten sie ihre Waffen schlag- und stoßbereit und es bestand kein Zweifel, daß sie selbst einen Kampf

mit allen Grönländern zugleich, Christen und Asenanbetern, aufnehmen würden, wenn ihre Anführer es befahlen.
Nun ließ sich der alte Sölvis von seinen Söhnen auf den Gesetzesstein führen und sagte: »Danke ein jeder dem Christ und dem Thor, daß kein vergossenes Blut den Frieden dieser Versammlung befleckte! Nun wollen wir alle in unsere Hütten und Zelte zurückkehren und uns beraten. Morgen soll uns Leif sagen, wie er den Streit zu beenden gedenkt, sollten wir ihn zum neuen Thingsprecher wählen.«
Die Asenanbeter zeigten sich wenig zufrieden, da es ihnen nun nicht mehr möglich war, Thor durch einen Gewaltstreich den Sieg zu verschaffen.
Bjarne folgte Leif in dessen Hütte. Dort setzten sich die Schwurbrüder nieder, tranken aus einem Horn und erzählten einander, was sie in den vergangenen Jahren erlebt hatten.
Bjarnes Bericht klang von Kämpfen und Kriegstaten an allen Küsten Ängellands und jedes einzelne Wort witterte Rache und Blut. Doch dann sagte Bjarne dazu: »Es gibt ein Recht, das steht über Menschen und Göttern. Diesem Gesetz will ich nun folgen, denn es trennt gute von bösen Menschen, Edle von Ehrlosen und Vertrauenswürdige von Verrätern, gleich welchen Glaubens sie sind.«
Tyrker vernahm das nur ungern und antwortete: »Tief wurzelte das Evangelium nicht in dir nach deiner Taufe, das habe ich auch schon früher bemerkt. Blinde Rache, schlimme Sache! Aber so seid ihr Wikinger nun mal. Der Bock läßt wohl von seinem Bart, aber nicht von seiner Art! Dein Vater wäre nicht erfreut über deinen Abfall von Gott.«
»Mein Vater ist tot«, erwiderte Bjarne, »sein Christenglaube bewahrte ihn nicht vor dem Ertrinken. Herjulf! Deinem Gott nur, nicht dir brach ich die Treue! Dein Sohn bleibe ich in Himmel und Hölle, im Walhall und auch bei Hel. Daran soll niemand zweifeln!«
Er ließ sich nun alles erzählen, was Leif, Tyrker und die anderen über den Tod seines Vaters wußten. Am Schluß sagte er: »Wo Freydis erscheint, riecht es nach Blut. Hofft mit mir, daß meinen Bruder keine Schuld an dem trifft, was in jener Nacht geschah!«

Die anderen meinten aber, es gebe keinen Anlaß, an Thorwards Worten zu zweifeln. Denn so tief könne ein Sohn nicht sinken, daß er tatenlos zusehe, wie man seinen Vater ums Leben bringt. »Tatenlos«, murmelte Bjarne und ein düsteres Feuer glomm in seinen Augen.

Nun klärte Leif ihn über das Thing auf und sagte: »Das gelobe ich, daß ich nicht gegen dich kämpfen werde, was du auch immer tust.« »Das schwöre ich auch«, erwiderte Bjarne und leerte das Horn mit gewaltigem Schluck. Dann ging er zu seinem Bruder.

In Thorwards Hütte empfing ihn Freydis mit fröhlicher Miene, hieß ihn willkommen und suchte ihm auf jede Weise gefällig zu sein. Thorward überließ Bjarne den Ehrensitz und sagte: »Lange warst du fort und wurdest Onkel, ohne es zu wissen.« Dann ließ er den kleinen Thorwald hereinbringen, setzte ihn auf Bjarnes Knie und sagte: »Ich wünsche mir von ganzem Herzen, daß ihr einander liebgewinnt, als wäre er dein Sohn.«

Bjarne fragte den Bruder nach dem Tod ihres Vaters und mit kummervoller Miene erzählte ihm Thorward, was er damals auch allen anderen berichtet hatte.

»Du hättest ihn nicht schwimmen lassen dürfen!« warf ihm Bjarne vor.

»Wir haben doch alles versucht, ihn davon abzubringen«, rief Freydis schnell. »Aber er war zu stolz auf seine Kraft. Ach, hätten wir nur geahnt, daß sein Herz schon so schwach war! Doch keiner überlebt seinen Schicksalstag.«

Dabei weinte sie viele Tränen.

Bjarne betrachtete sie eine Weile, dann nickte er. »Er war alt genug zu sterben«, murmelte er.

»Was willst du nun tun?« fragte Freydis begierig. »Sage deinem Schwurbruder, daß er zurückstehen soll! Denn wenn die Grönländer zwischen zwei Bewerbern zu wählen haben, werden Unzufriedene bleiben, gleich wer gewinnt.«

Bjarne blickte den Bruder nachdenklich an. »Ebensogut könntest du verzichten«, meinte er. »Was treibt dich an, in Schuhe zu treten, die dir doch viel zu groß sind?«

»Immer machst du mich klein«, rief Thorward mit blitzenden Augen, »aber ich bin schon lange nicht mehr der Jüngling, den

du hier einst zurückgelassen hast! Einmal gebührt auch unserer Sippe die Häuptlingswürde, und ich werde vor niemandem weichen, außer vor dir, da du nun einmal der Ältere bist.«
»Ich habe andere Pläne«, erwiderte Bjarne. »In diesem Teil Midgards gemahnt mich zuviel an Untreue und Verrat. Darum will ich nach Vinland fahren, wo niemand wohnt, und dort siedeln. Denn ich fühle, daß ich nur dort Frieden finden kann.«
»Aber auch dort leben Menschen!« rief die Erikstochter. »Hat dir dein Freund Leif das etwa verschwiegen?«
»Wir redeten noch nicht davon«, antwortete Bjarne überrascht und ließ sich von Freydis über Thorwald Erikssohns Ende erzählen.
»Leif scheint an seinem jüngeren Bruder nicht viel gelegen zu haben«, bemerkte Freydis, »daß er es nicht einmal für wichtig genug erachtete, dir von Thorwalds Ende zu berichten. Ich will hoffen, daß du für Thorward tiefer empfindest!«
»Denke auch an unseren toten Vater«, drängte Thorward den Bruder, »wie sehr hätte er sich gewünscht, daß einer von seinen Söhnen Grönlands Thingsprecher wird!«
»Schwer ist die Wahl«, seufzte Bjarne. »Das aber ist mein Entschluß: Wer von euch Thorsteins Nachfolger wird, sollen allein jene entscheiden, die dazu berufen sind, nämlich die Grönländer aus der West- und Ostsiedlung. Ich aber werde mit meinen Männern gegen den streiten, der als erster die Waffen erhebt und den Thingfrieden bricht.«
Leif aber sagte zu Tyrker, Aris und den anderen Gefährten: »Anders kam es, als ich es dachte! Der schwarze Wolf floh nicht, sondern griff an und wir werden sehr auf der Hut sein müssen. Wenn wir doch nur beweisen könnten, daß Magog wahrhaftig ein Troll war! Dann würden wohl selbst die Treuesten Thorhall verlassen. Denn den Thorsdienern sind die Thursen so wenig lieb wie die Teufel uns Christen. Dann bräuchten wir keinen Bruderkrieg mehr zu fürchten.«
»Gott wird uns den Sieg verleihen!« rief der Mönch voller Überzeugung. »Mit seinen Blitzen wird er diese Hunde zerschmettern, dieses Mörderpack, Raubgesindel, Teufelsgezücht und stinkende Sodomitergeschmeiß!«

»Mit Blitzen?« fragte Leif. »Wahrlich, lieber Ziehvater, in deinem Eifer redest du manchmal, als dientest du nicht dem barmherzigen Christ, sondern selber dem Thor!«
»Was . . .?« entfuhr es dem Mönch und seine steile Stirn runzelte sich bedrohlich. Aber bevor eine Antwort aus ihm hervorbrechen konnte, sagte der Erikssohn weiter: »Jedenfalls bin ich entschlossen, den Streit zu beenden, ohne daß es darüber zu einer Spaltung zwischen der West- und der Ostsiedlung kommt. Haltet aber trotzdem die Waffen bereit! Manchen Asenanbeter kann man wohl überzeugen, aber den Waidmann nie.«

Wie Leif zu den Thingleuten sprach

Am nächsten Morgen versammelten sich alle Asenanbeter und Christen gewappnet vor dem Gesetzesfelsen. Die Leute aus der Westsiedlung standen mit dem Rücken zum Eriksfjord, wo ihre Schiffe warteten. Die Männer der Ostsiedlung deckten den Einarsfjord, auf dessen Strand alle Schniggen aus Einars- und Hafgrimsfjord, Herjulfsspitz und dem Sölvistal lagen. Zwischen Kirch- und Tempelgängern standen Bjarne, Helge und Finnbogi mit ihren Wikingern und der christliche Kaufmann Thorfinn Karlsefni an der Spitze einer starken Mannschaft. Als die Sonne am höchsten stand, stieg Leif auf den Thingfelsen und sprach:
»Grönländer, Nachbarn, Brüder, hört mich an! Ich will nicht richten, sondern schlichten. Nicht länger sollen Zorn und Zänke unser Volk entzweien, nicht länger Haß und Hader herrschen, sondern Frieden und Freundschaft sollen in unsere Fjorde zurückfinden, Vertrauen und Verständnis uns wieder zu einem einzigen Volk vereinen. Denkt an das Blut, das in Norwegen floß, da dort die Menschen einander den Glauben mißgönnten! Das darf bei uns nicht geschehen. Denn Norwegen, unsere alte Heimat, ist reich an Volk, wir aber sind nur wenige. Wer aber wird auf unseren Höfen wohnen, wenn wir einander erschlagen?«
Die Grönländer lauschten Leifs Worten mit großer Aufmerksamkeit und in völliger Ruhe, denn bisher hatte der Erikssohn nichts gesagt, was Christen oder Asenanbetern mißfallen konnte. Lang-

sam ließ Leif den Blick über die Schar seiner Glaubensgenossen schweifen, dann fuhr er fort:
»Was wirken Mundes Worte, wenn die Herzen schweigen? Was gilt die gute Absicht ohne Tat? Was ist ein Glaube wert, der nicht gelebt wird? Wer mit Schwertern und Seelen streitet, erntet Äpfel mit Äxten und macht den Baum zuschanden.«
»Christ schickt uns aus, die Menschheit zu bekehren!« rief Tyrker. »Entsinne dich endlich deiner Pflicht gegenüber der heiligen Kirche!«
Der Erikssohn sah den Mönch nachdenklich an und antwortete: »Ja, lieber Ziehvater, du hast recht und ich habe es nicht vergessen. Doch fordert der Herr Geduld und Liebe, nicht etwa Feuer und Schwert. Christ liebt den Frieden, nicht den Krieg, die Versöhnung und nicht den Streit, das Fest und nicht die Schlacht. Als Lämmer sollten die Skalden des Christ in die Welt ziehen und nicht als Wölfe! Das aber sage ich euch: Wenn ihr mich zu eurem Thingsprecher wählt, sollt ihr nicht von mir erwarten, daß ich wie Olaf Tryggvessohn handele. Ich werde meine Kräfte dem Volk widmen, nicht einer Kirche. Grönland gilt mir mehr als ein Glaube, und der Wohlstand seiner Bewohner liegt mir mehr am Herzen als der Wille eifernder Gottesdiener. Wenn ihr damit nicht einverstanden seid, so müßt ihr einen anderen wählen.«
Die Christen standen wie erstarrt, die Asenanbeter aber stießen einander an und zeigten großes Wohlgefallen. Ihnen wandte sich nun der Erikssohn zu und sagte mit hallender Stimme:
»Ihr aber, die ihr den Rotbärtigen ob seiner Stärke verehrt und den Christ einen Feigling nennt: Was erfordert wohl mehr Mut — mit Übermacht nachts von See her in ein Gehöft zu brechen, die schlaftrunkenen Bewohner niederzumetzeln und sich mit der Beute davonzumachen, ehe der Tag graut und Strandwachen den Überfallenen zu Hilfe eilen? Oder sich ganz allein waffenlos in die Fremde zu wagen, Schande, Schmerzen und selbst den Tod verachtend, um treu den Taufschwur zu halten? Stärke wohnt nicht nur im Arm, Mut nicht nur in der Faust, mannhaft ist nicht nur der Krieger! Mehr als den Schlagetot lobe ich den Beschützer, mehr als den raubenden Wiking den friedlichen Bauern, der Heim und Herd, Frau und Kinder behütet. Der Schmied gilt mir

mehr als das Schwert, das Recht mehr als der Sieg, die Treue mehr als der Ruhm. Darum soll jeder von euch bedenken: Wenn ihr mich zu eurem Thingsprecher wählt, will ich jeden verfolgen, der einen anderen ob seines Glaubens verfolgt, diene er nun dem Christ oder Thor. Denn zuallererst sind wir Grönländer, Söhne und Nachfahren treuer Gefährten, die meinem Vater einst in unbekannte Fernen folgten. Aus vielen Höfen formt sich langsam ein Land — wollt ihr es wieder zerteilen? Aus Sippen bildet sich langsam ein Volk — soll es sich nun selbst zerfleischen? Wenn ihr das wollt, müßt ihr einen anderen Thingsprecher wählen.

Die Westsiedler schwiegen bedrückt und man konnte ihnen ansehen, wie tief sie diese Mahnung bewegte. Sind die Asenanbeter doch meist noch viel weniger als die Christen bereit, Glück und Gut einem Gott aufzuopfern! Sie kennen nicht den Gehorsam, mit dem die Kreuzespriester dem Wort ihres Herrn in den Untergang folgen. Auch in der Westsiedlung wohnten Bauern, denen die nahrhafte Milch ihrer Kühe besser mundete als der berauschende Wein ferner Wikingfahrten, ebenso wie die christlichen Ostsiedler im Frühjahr häufiger an den Hering als an den Heiland dachten. Darum schienen viele Asenanbeter nicht abgeneigt, Leif ihre Stimme zu geben.

Als der Waidmann das merkte, rief er zornig zum Gesetzesfelsen empor: »Wohlfeile Worte, lauwarmes Gewäsch! Reich an Flitter ist dein Reden, bunte Federn spreizt der Pfau! Doch so lange der Frosch sich auch aufbläst, einmal muß er doch quaken! Wie gedenkst du mir also mein Recht auf Rache zu schaffen?«

Leif sah dem schwarzen Hünen gelassen ins Auge und antwortete: »Der Tempel, den Tyrker verbrannte, befand sich in meines Vaters Besitz. Mein Bruder Thorstein aber und niemand sonst war Eriks Erbe. Thorstein nur durfte den Mönch also für den Brand zur Verantwortung ziehen, nicht du!«

Als Thorhall das hörte, stieß er einen wütenden Schrei aus und riß das Beil aus dem Gürtel. »Wie dein Bruder verrätst du den eigenen Vater!« brüllte er. »Es wäre Eriks Wille gewesen, daß der Frevel an den Asen mit Blut gesühnt wird!«

»Unser Vater ist tot«, versetzte der Erikssohn, »wir aber leben! So soll nun meine Entscheidung lauten: Der Überfall auf die Kirche

und der Anschlag auf deinen Hof, Thorhall, heben einander auf. Auf Gardar starben Frauen und Kinder, du wiederum, verlorst deinen Bruder — auch das scheint mir ausgeglichen. Damit du nicht länger Grund hast zu grollen und auch wegen deiner Schwurbruderschaft mit meinem Vater will ich dir von meinem eigenen Geld ein neues Gehöft bauen lassen, ebenso groß und schön wie das alte. Auch sollen Thorward und du beim Thing stets den Ehrenplatz neben mir einnehmen, und ich will jeden eurer Ratschläge bedenken.«
Das schien den meisten Grönländern vernünftig. Der Waidmann aber rief zornesrot: »Soll ich das Blut meines Bruders für Silber verkaufen? Nein, bei Thor! Das wird nicht geschehen! Niemals kann zwischen uns Einigkeit herrschen, solange du Magogs Mörder beschützt. Friedlos bleibt Grönland, überlieferst du nicht Aris und alle anderen Mordbrenner der Acht!«

Wie Thorfinn Karlsefni den Waidmann zum Frieden zwang

Thorbrand der Alte und seine Söhne riefen dem Schwarzen Beifall zu und ließen drohend die Waffen klirren. Auch andere Asenanbeter machten sich nun zum Kampf bereit. Denn sie glaubten nicht, daß Thorhalls Bruder ein Troll gewesen sei, und hielten die Forderung des Waidmanns für gerecht. Unter den Christen aber breitete sich große Unsicherheit aus. Denn auch von ihnen hatte noch keiner einen leibhaftigen Thursen gesehen, und sie kannten solche Ungetüme nur aus den Märchen ihrer Kindheit. Bjarne, Helge und Finnbogi setzten schon ihre Helme auf, da eilte Thorfinn Karlsefni auf den Gesetzesfelsen und rief: »Haltet ein, Grönländer! Laßt nicht das Handeln dem Denken vorauseilen, sonst werden aus einem Toten tausend und aus einer Blutfehde wächst ein Krieg!«
Als er so sprach, beruhigten sich die Versammelten wieder ein wenig. Denn alle kannten den Ragnarenkel oder hatten doch schon sehr oft von ihm gehört. Darum ließen sie die Waffen sinken und warteten, was Thorfinn Karlsefni ihnen zu sagen hatte. »Ihr wißt wohl alle, wer ich bin«, fuhr der christliche Kaufmann

fort. »Manche eurer Ahnen fuhren mit den meinen, mit Ragnar Lodenhose oder Björn Eisenseite. Über die Meere hallte ihr Ruhm. Sie redeten wenig und handelten schnell, trotz aller Kampfesfreude aber niemals unbedacht. So sollten auch wir uns verhalten. Ich habe den Streitenden einen Vorschlag zu unterbreiten, über den sie in Ruhe nachsinnen mögen. Ihr aber sollt inzwischen den Eifer eurer Gesinnung kühlen und das, was von Thorward und Leif gesagt wurde, in euren Herzen bewegen. Morgen falle dann die Entscheidung, mit den Waffen oder einer Wahl!«

»Was führt ihr Knechtsgottanbeter nun wieder im Schilde?« rief Thorhall der Waidmann mißtrauisch. »Was du auch immer anführen magst, meine Ehre wirst du mir niemals abschwatzen!«

»Laßt uns erst noch einmal miteinander beraten«, erwiderte der Ragnarenkel. »Wenn es mir nicht gelingt, dich zu versöhnen, werde ich mich mit meinen Männern zurückziehen und nicht gegen euch kämpfen, auch wenn Leif mein Freund ist. Das schwöre ich bei Christi Blut.«

Der Waidmann lachte höhnisch. »Einen Eid vor so vielen Zeugen wird wohl selbst ein Christ halten müssen«, sagte er dann. »Gut also! Zwar wartet meines Bruders Blut voller Ungeduld auf Rache, doch morgen sollen die Mörder Magogs dann umso sicherer sterben!«

Mit diesen Worten verließ er mit seinen Gefährten das Thing. Auch die Christen zogen sich in die Hütten zurück. Leif fragte Thorfinn: »Gibt es etwas in dieser Sache, das ich nicht weiß?«

Der Ragnarenkel schnitt ein Gesicht und antwortete: »Ja. Aber es ist ein höchst unchristlich Ding, und darum verschwieg ich es dir. Nun sollst du mit mir und Thorhall auf mein Schiff kommen. Schwöre mir aber bei Gott, daß du über alles schweigst, was du dort hörst oder siehst.«

»Wenn dir soviel daran liegt, will ich dir diesen Eid leisten«, erwiderte der Erikssohn ein wenig verstimmt. »Ich hoffe nur, du weißt, was du tust.«

Sie schickten nun nach dem Waidmann. Als der Bote in Thorhalls Thinghütte eintraf, warnte Thorbrand der Alte vom Schwanenfjord den Gefährten: »Nimm meine Söhne mit! Diese Christen besitzen keine Ehre. Wenn sie zu acht über deinen Bruder herfielen, werden sie sich auch nicht scheuen . . .«

Der Salomoschimmel lag draußen an einer Sandbank. Der christliche Kaufmann rief nun die Wachen zurück, stieg mit Leif und dem Waidmann ins Schleppboot und ruderte auf den Fjord hinaus.

Als sie an dem Drachen anlangten, kletterte Thorfinn Karlsefni als erster an Bord und führte die beiden anderen zum Heck. Dort schloß er seine Hochsitzlade auf und holte die silberbeschlagene Truhe hervor. Als Thorhall die Kiste sah, stieß er ein lautes Zischen aus. »Das dachte ich mir«, sagte er voller Verachtung. »Doch meiner Sippe Ehre ist nicht käuflich! Wie kommt ein Nachfahr Ragnar Lodenhoses zu einer solchen Krämerseele?«

Thorfinn Karlsefni sah den Waidmann scharf an. Tiefe Linien zogen sich um den harten Mund des christlichen Kaufmanns. »Spare dir den Spott und sieh erst einmal hinein«, gab er zur Antwort, »denn du wirst dafür mehr hergeben müssen als nur dein vermeintliches Recht auf Rache.«

Der schwarze Hüne schnaubte höhnisch und schlug den Deckel zurück. Dann flutete eine Röte über seine düstere Stirn, als habe er einen Hieb ins Gesicht erhalten. Zornig riß er die Axt aus dem Gürtel. »Das sollst du mir büßen!« schrie er mit furchtbarer Stimme.

Leif zog sein Schwert und sprang zur Seite. Auch der christliche Kaufmann hielt nun ein Beil in der Hand. »Dich fürchte ich nicht, du Trollsohn«, erwiderte er. »Wähle nun zwischen ewiger Schande und einem Frieden, den ich dir so ehrenvoll wie nur möglich erwirken werde!«

Zornig blickte der schwarze Hüne vom einen zum anderen. Zeichen schwerster innerer Kämpfe zuckten auf seinem zernarbten Antlitz. Neugierig beugte Leif sich vor und schaute in das Innere der Truhe. Auf dem Boden lag, grün vor Verwesung und greulich anzusehen, Magogs riesige rechte Hand.

Wie Thorhall dem Ragnarenkel Gefolgschaft leisten muß

Lange stand der Waidmann reglos und stumm vor seinen Feinden, das breite Beil zum Schlag erhoben, und weder Thorfinn Karlsefni noch Leif wußten, wie sich der schwarze Hüne entscheiden würde. Dann endlich löste sich Thorhalls Erstarrung, er ließ die Waffe sinken und stieß mit vor Haß bebender Stimme hervor: »Was ist es, das du mir vorschlagen willst? Rasch! Rote Nebel wallen vor meinen Augen, und ich fühle schon, wie mir Berserkerwut wächst!«

Der christliche Kaufmann trat an die Lade, schloß den Deckel der Kiste und schob sie unter den Hochsitz zurück. »Ich will, daß ihr Leif morgen zum Thingsprecher wählt«, sprach er. »Der Ausgleich der beiden Mordbrände auf Gardar und Trutzklipp soll so vorgenommen werden, wie Leif es vorschlug.«

Thorhall starrte ihn an. Weiße Flecken bildeten sich auf den Wangen des Waidmanns und in seinen Augen erschien ein unheimliches Glühen, aber er schwieg.

»Ferner«, fuhr Thorfinn Karlsefni fort, »wirst du darauf verzichten, Aris, Sven oder einen der anderen, die deinen Bruder erschlugen, auf den Holm zu fordern. Ebenso soll auch Jostein der Rentierjäger nicht an einem Mitglied deiner Sippe Rache für seinen Vater Lodin nehmen.«

Der Waidmann sprach noch immer kein Wort. Seine Lippen waren schmal wie Peitschenschnüre.

»Fortan soll Frieden zwischen Christen und Asenanbetern herrschen«, sagte der christliche Kaufmann weiter. »Sie sollen miteinander weiter in Frieden und Freiheit leben, und ihre Rechtsgemeinschaft soll fortbestehen, solange hier Menschen leben. Und das soll nicht nur für Grönland gelten, sondern genauso für Vinland.«

»Vinland?« fragte der schwarze Hüne verblüfft. »Was hast du mit Vinland zu schaffen?«

»Ich werde bald in die Weinländer fahren«, erwiderte Thorfinn Karlsefni, »aber nicht nur, um sie zu erforschen wie du und Thorwald, sondern um sie zu besiedeln. Du aber wirst mich dorthin begleiten. Denn das ist die letzte Bedingung, die ich dir stelle.«

»Warum?« wollte Leif wissen. »Andere hier kennen den Weg nach den Westinseln ebenso gut und sind zudem Christen. Der Waidmann dient Thor, und das wird sich nie ändern!«
»Eben das ist der Grund«, antwortete der christliche Kaufmann. »Ich denke nämlich, daß eine dauerhafte Versöhnung zwischen Christen und Asenanbetern nur dann möglich ist, wenn Thorhall Grönland für eine Weile verläßt. Da er über eine so starke Anhängerschaft verfügt, könnten wir ihn wohl kaum ächten. Es sei denn, wir zeigten die Hand seines Bruders . . .«
»Waget es!« knirschte der Waidmann, »und meine Axt spaltet eure Schädel!«
»Wir haben keine Angst vor dir!« rief Leif zornig.
»Beruhige dich«, ermahnte ihn Thorfinn Karlsefni. »Nur kleine Leute kämpfen blutig für Ziele, die große durch Klugheit erreichen!« Dann wandte er sich wieder an den schwarzen Hünen und fügte hinzu: »Das aber wollen wir nun vereinbaren: Wenn du erfüllst, was ich dir auftrug, werde ich dir in Vinland diese Truhe aushändigen, heute in drei Jahren, und niemand außer uns dreien wird jemals erfahren, was sie enthält.«
»Du hast das Grab meines Bruders geschändet!« brach es nun aus dem Waidmann hervor. »Niemals hätte ich geglaubt, daß der Nachfahr eines so ruhmreichen Mannes zu solch einer ruchlosen Tat fähig sei!«
»Dein Bruder war kein Mensch, sondern ein Ungeheuer!« empörte sich der Erikssohn. »Er hatte kein Recht auf die Grabesruhe!« Heftig wandte er sich an den Kaufmann. »Wozu so viel Rücksicht?« fragte er hitzig. »Treiben wir diesen Trollbruder doch einfach aus Grönland davon!«
»Wir dürften ihm nur seine eigenen Taten zum Vorwurf machen, nicht die seines Bruder«, entgegnete der christliche Kaufmann.
»Aber er fütterte dieses Scheusal mit Menschenfleisch!« rief Leif angewidert.
»Für diese armen Frauen mögen deren Sippen Blutgeld verlangen«, murmelte der Ragnarenkel, »unsere Sache kann das nicht sein.« Er wandte sich an den Waidmann. »Bist du mit meinem Vorschlag einverstanden?« wollte er wissen.
Der schwarze Hüne starrte ihn an. Dann nickte er. »Solange du

im Besitz dieser Hand bist, muß ich dein Gefolgsmann sein«, sprach er mit gepreßter Stimme. »Du sollst es aber noch einmal bitter bereuen, daß du mich zu dieser Reise zwangst.«

Von Thorwards Entschluß

Danach gingen Leif und Thorfinn Karlsefni zu Bjarne und berichteten ihm, was sie mit Thorhall vereinbart hatten. Denn sie wollten, daß der Herjulfssohn seine Zustimmung zu dem Handel gab. Bjarne wunderte sich bei jedem Wort mehr. Am Schluß sagte er: »Dein Ansehen scheint noch größer, als ich dachte, daß es dir sogar gelang, den Waidmann zu versöhnen.« Denn von der Trollhand hatten Leif und Thorfinn ihm nichts erzählt.
Dann sagte der Herjulfssohn: »Auch ich plane schon seit geraumer Zeit, wieder nach Vinland zu fahren, um dort zu siedeln. Daher will ich mich dir anschließen. Wenn dort wirklich so viele Rotköpfe leben, ist es besser, wenn wir zusammenbleiben. Dann kann uns auch Thorhalls Axt nutzen.«
Nun war es an Thorfinn Karlsefni zu staunen und erfreut rief er: »Mit diesem Entschluß bereitest du mir eine große Freude. Denn welchen besseren Gefährten für ein solch schwieriges Unternehmen könnte ich auf Grönland finden, zumal Leif als neuer Thingsprecher hierbleiben muß.«
Die Freunde vereinbarten nun, daß sie alles, was sie in Vinland an Gütern erlangen würden, unter sich aufteilen wollten.
Dann besprach Bjarne die Sache mit Thorward Tatenlos und Jostein dem Rentierjäger.
»Das Leben meines Vaters für das eines Trolls?« empörte sich Jostein. »Das ist kein gerechtes Urteil!«
»Wir können nicht beweisen, daß Magog kein Mensch war«, mahnte Bjarne. »Unhold oder nicht, er war Thorhalls Bruder. In allen Zeiten verglichen sich selbst die Asen mit den Thursen. Denke an Thjazis tapfere Tochter Skade, die nach dem Tod ihres Vaters nach Asgard ritt und dort den Meeresgott Njörd zum Gemahl erhielt!«
»Heidnische Märchen!« rief Jostein heftig. »Wir sind Christen!«

»Dann vergebt euren Feinden«, antwortete Bjarne grimmig, denn er war von Jostein keinen Widerspruch gewöhnt. »Noch bin ich es, der für unsere Sippe entscheidet!«
Da schwieg der Lodinsohn, aber der Trotz schwand nicht aus seinen Zügen.
Nun sagte Thorward: »Willst du auch mir, deinem Bruder, in solcher Weise befehlen?«
»Nur wenn es notwendig ist«, gab Bjarne zur Antwort. Da ging sein Bruder hinaus und trat in die Hütte des Waidmanns, wo er sich lange beriet.
Am nächsten Tag verkündete Thorfinn Karlsefni dem Thing, was er den Streitenden vorgeschlagen hatte. Die meisten Männer hielten den Vergleich für gerecht. Thorhall, Leif und Bjarne erklärten ihre Zustimmung und bekräftigten den Frieden mit heiligen Eiden.
Es war das letzte Mal, daß auf dem Thing zu Grönland im Namen Thors geschworen wurde.
Danach wählte die Versammlung Leif Erikssohn zum neuen Gesetzessprecher von Grönland. Alle Christen und auch viele Asenanbeter gaben ihm ihre Stimme.
So gelang es Leif mit Hilfe Thorfinn Karlsefnis, die Teilung des Landes in West- und Ostsiedlung zu verhindern. Alle sagten, daß Leif ein würdiger Nachfolger Eriks und Thorsteins sei und Grönland dem Sohn gewiß ebenso viel zu verdanken habe wie dem Vater.
Thorward Tatenlos hörte dem Jubel der Männer mit steinerner Miene zu, auf dem Gesicht seiner Frau aber zeigte sich unverhohlener Haß, und sie sagte zu ihm: »Wie lange willst du dir das Triumphgeschrei unserer Feinde noch anhören? Sage nun, was wir beschlossen haben, und lasse uns fahren.«
Da stieg der jüngere Herjulfssohn auf den Thingfelsen und sagte zu den Versammelten: »Unweise nenne ich eure Entscheidung, denn sie besiegelt die Herrschaft der Christen über die Asenanbeter. Auch auf Island schloß man erst einen Vergleich und versprach jedermann die Freiheit des Glaubens. Doch als die Christen sich stark genug fühlten, brachen sie den Vertrag. Seither darf auf der Eisinsel niemand mehr Pferdefleisch essen oder ein mißge-

bildetes Kind aussetzen. Alle Zweikämpfe wurden verboten und auch sonst hat sich vieles verändert. Hier in Grönland wird nun das gleiche geschehen. Darum will ich mich nun mit meiner Frau, der Tochter eures einstigen Anführers, und meiner ganzen Habe ebenfalls auf die Westfahrt begeben. Dort, in Vinland, winkt uns noch Freiheit, hat Christ die Burgen seiner Fron noch nicht gebaut, zählt Mannesstolz mehr als die Demut. Dort lieber frei als in Grönland Knecht!«

Von Thorfinn Karlsefni und Gudrid der Schönen

Nach dem Thing trieb Thorfinn Karlsefni Handel an allen Fjorden der Ostsiedlung und veräußerte dort alle Waren, von denen er glaubte, daß er sie für seine Vinlandreise nicht brauchte, vor allem Erlenholz und Getreide. Die Ernte fiel schlecht aus und eine Hungersnot drohte. Darum kaufte Leif auch den anderen Kaufleuten Korn ab und teilte es unter den kleineren Bauern aus. Das sahen alle als eine edle Tat an.

Helge und Finnbogi, die Kjartanssöhne, tauschten mit Leif Freundschaftsschwüre und fuhren mit ihren irländischen Frauen Melkorka und Emer heim in das Lachswassertal. Denn die beiden Brüder gelüstete es nicht mehr nach weiteren Abenteuern. Sie fanden das Blut ihres Vaters hinreichend gerächt und gedachten nun eine Weile in Frieden zu leben. Es war aber nicht das letzte Mal, daß sie nach Grönland gekommen waren.

Leif lud Thorfinn Karlsefni ein, im Winter mit seiner Schiffsbesatzung auf Steilhalde zu gasten. Das nahm der Ragnarenkel an. Als der erste Schnee fiel, ließ er den Salomoschimmel im Eriksfjord auf die Schiffswalzen ziehen. Seine Bediensteten brachten die Waren in das Gehöft; dort mangelte es nicht an guten und geräumigen Vorratshäusern zur Aufbewahrung.

Den Norwegern, besonders aber dem Kaufmann selbst gefiel es gut bei Leif, und bald bemerkte der Erikssohn, daß der Ragnarenkel ein Auge auf Gudrid die Schöne geworfen hatte. Als er sie bat, seine Frau zu werden, gab sie zur Antwort, daß sie die Entscheidung darüber Leif überlasse. Das stand ihr in Thorfinn Karl-

sefnis Augen gut an. Er ging nun zu Leif, setzte ihn von seiner Neigung in Kenntnis und brachte seine Werbung vor.
»Warum kommst du damit zu mir?« wunderte sich der Erikssohn. Der christliche Kaufmann erklärte, er habe erfahren, daß Leif die Verfügung über Gudrid habe: »Sie selbst legt ihr Schicksal in deine Hände.«
»Ich nahm sie in Schutz«, antwortete der Erikssohn, »über ihre Zukunft aber soll sie selber entscheiden.«
Darauf wurde Gudrid die Schöne dem Ragnarenkel verlobt.
Als es gegen das Julfest ging, begann Leif weniger froh zu werden, als es seine Gewohnheit war. Thorfinn Karlsefni fragte den Erikssohn: »Du scheinst mir schweigsamer als sonst. Da du uns mit der größten Freigiebigkeit bewirtest, sind wir es dir schuldig, dir beizustehen. Wir würden daher gern erfahren, was dich bedrückt.«
Leif seufzte, dann nickte er und erklärte: »Ihr nehmt meine Gastfreundschaft in der geziemenden Weise an. Darum sollst du wissen, was mir Sorge macht: Ich fürchte, daß ihr auf Steilhalde ein ärmeres Julfest begehen werdet, als ihr es jemals an einem anderen Ort erlebt habt. Seit dem Frühling kamen kaum noch Heringsschwärme an unsere Küsten, der Kabeljau zog sich aus unseren Fjorden zurück und wegen des kalten Sommers mußten wir das Getreide an die Kühe verfüttern, so daß ich wohl nicht einmal genügend Bier brauen lassen kann.«
»Ein Julfest ohne Bier? Das wird nicht geschehen«, erwiderte der Ragnarenkel. »Wir haben bei unseren Waren noch Malz und Korn. Du sollst davon nehmen, soviel du willst, und gerade in dieser schweren Zeit ein Festmahl veranstalten, wie man es noch nirgends sah. Dann werden alle wissen, von welchem Schlag ihr Grönländer seid.«
Das nahm Leif an. Es wurde zum Julfest gerüstet und es war so prächtig, daß die Gäste meinten, kaum jemals eine solche Freigebigkeit genossen zu haben wie in diesem fernen und harten Land. Nach dem Festmahl wurde das Brautpaar vermählt. Gäste aus allen Fjorden fuhren mit Pferdeschlitten über das Eis und betranken die Hochzeit mit großem Gepränge. Tyrker verband Thorfinns und Gudrids Hände mit seiner Priesterstola. Danach sprach die Schöne zu ihrem Mann: »Weder Thorir dem Weitfahrer noch

Thorstein Erikssohn brachte ich Glück. Ich hoffe, daß ich mich an deiner Liebe länger erfreuen kann als an der ihrigen. Darum will ich dir überallhin folgen, selbst nach Vinland, wenn es dein Wunsch ist.«

»Thorstein wollte, daß du die erste Christin in dem neuen Land bist«, erwiderte der Ragnarenkel erfreut, »und das ist auch mein Wunsch.«

Nur Aris zeigte keine Fröhlichkeit an der Hochzeitstafel, sondern er blickte die ganze Zeit düster vor sich hin. Denn Frillas Geistesverwirrung verschlimmerte sich immer mehr, so daß sie es schließlich nicht mehr ertrug, wenn ein Mann zu ihr in die Stube trat, nicht einmal ihr eigener. Wenn das geschah, begann sie zu schreien und preßte sich zitternd vor Angst in den hintersten Winkel. Darum suchte Aris sie bald nicht mehr auf und sagte auf dem Julfest zu Steilhalde, daß er sich Bjarne Herjulfssohn anschließen und ein weiteres Mal nach den Westinseln segeln wolle.

Im Frühjahr kamen Boten aus der Westsiedlung nach Gardar und baten Tyrker, mit ihnen zu kommen. Denn nach dem Thing hätten einige Freibauern am Weißdorschfjord, alte Freunde Thorsteins des Schwarzen, den Glauben an die Götter verloren. Sie wollten sich nun taufen lassen und dem Christ eine Kirche erbauen. Der Mönch nahm die Nachricht mit großer Freude auf und pries seinen Gott viele Male. Thorstein der Schwarze erklärte Leif, er wolle den Priester begleiten und für dessen Sicherheit sorgen.

Damit war der Erikssohn einverstanden. Er warnte seinen einstigen Ziehvater aber vor seiner Schwester und sagte ihm, daß er sich vor Freydis hüten solle. Denn sie verfüge über Listen, wie sie nur Weibern zur Verfügung stünden.

Der Mönch setzte Hakon den Frommen, den jüngsten der drei Söhne Leichen-Lodins, als seinen Stellvertreter ein, lehrte ihn Messen lesen, weihte ihn dann zum Diakon und übergab ihm die Schlüssel der Kirche. Dann segelte Tyrker mit Thorstein dem Schwarzen nach Norden.

Von Tyrkers Bekehrungen in der Westsiedlung

Als Tyrker im Weißdorschfjord anlangte, fand sich schnell eine große Menge von Asenanbetern ein, die im Evangelium unterwiesen werden wollten. Der Mönch erzählte ihnen in feurigen Worten vom Christ und rollte dabei so drohend mit den vorstehenden Augen, daß seine Zuhörer einander bedeutsam ansahen und anerkennend meinten, dem neuen Glauben müsse wahrhaftig besondere Kraft innewohnen. Darum tauchten bald viele Freibauern mit ihrem gesamten Gesinde in Tyrkers Taufquelle unter und fühlten sich danach zeitgemäßer als zuvor.

Thorhall der Waidmann baute inzwischen Trutzklipp wieder auf und grimmte sehr ob des Friedens, den er mit Leif hatte schließen müssen und der ihn nun hinderte, Tyrker zu töten.

Freydis kannte den wahren Grund des Vertrags ebensowenig wie Thorward und die anderen. Daher fuhr sie mit ihrem Mann zu Thorhall und forderte den Waidmann mit herben Worten auf, den Mönch für seine Frechheit zu bestrafen. Der schwarze Hüne erwiderte aber grollend, er dürfe die Abmachung nicht verletzen, die er in Thors Namen geschlossen habe. Auch Thorward schloß sich dieser Meinung an.

Freydis antwortete: »Ich werde diesen großmäuligen Mönch in einen winselnden Hund verwandeln. Und wenn es das Letzte ist, was ich in diesem Weltteil vollbringe.

Thorhall und Thorward warben nun Mannschaft an, rüsteten ihre Schiffe für die Vinlandfahrt aus und segelten in den Weißdorschfjord. Dort wollten sie auf Thorfinn Karlsefni und Bjarne Herjulfssohn warten, wie es verabredet war. Auf dem Schaumwolf fuhren auch Helge und Snorri Thorbrandssohn, Snorris Sohn Thorbrand und Kalf Ketilssohn. Beide Schiffe hatten viel Vieh und Vorräte an Bord, so daß es Ihnen an nichts mangelte.

In der Ostsiedlung bemannten indessen Thorfinn Karlsefni und Bjarne Herjulfssohn ihre Schiffe.

Gudrid die Schöne nahm drei Mägde mit. Eystein der Schmied hob seinen Amboß an Bord. Auch die beiden schottischen Schnelläufer fuhren mit. Alle zusammen waren sie sechzig Männer und fünf Frauen.

Thorfinn bat Leif um dessen Hütte in Vinland und sagte: »Es wird uns leichter werden, wenn wir für den ersten Winter schon einen Unterschlupf haben.« Der Erikssohn sagte darauf, daß er den Ragnarenkel dort gern gasten lassen, das Bauwerk aber weder verschenken noch verkaufen wolle. Denn nach nordischem Recht bleibt der Entdecker eines neuen Landes nur so lange Oberherr, wie ihm dort eine Heimstatt gehört.

»Ich weiß nicht, ob ich je wiederkehre«, sagte Thorfinn beim Abschied zu Leif. »Doch auch wenn mein Vorhaben scheitert und wir an dieser fremden Küste nicht Fuß fassen können, will ich es jedenfalls halten wie Bjarne, du selbst und deine Brüder sollen tunlichst versuchen, alle, die mit mir ausfuhren, in die Heimat zurückzubringen.«

»Auch den Waidmann?« fragte Leif.

Der christliche Kaufmann blickte ihn nachdenklich an. »Thorhall wird meiner Hilfe wohl kaum bedürfen«, erwiderte er. »Ich schätze ihn ebensowenig wie du. Nun aber sind wir Fahrtgenossen und bleiben es bis zum Ende der Reise, wie diese auch immer ausgehen mag.« Leif nickte. Am anderen Tag sahen sie Bjarnes Silberschwan in den Eriksfjord rudern. Dieses Schiff taugte gleich für die Heer- wie die Handelsfahrt. Jorun Kjartanstochter fuhr mit dem Herjulfssohn; auch die Wikinger von der Forkeninsel begleiteten ihn. Leif gab Bjarne die Peilscheibe seines toten Bruders Thorwald und sagte zu ihm: »Die Hütte, die ich in Vinland erbaute, gehört dir wie mir.«

Auch Lambi, der jüngste Sohn des alten Sölvis vom Sölvistal, befand sich an Bord. Er war ein sehr vielversprechender Jüngling, aber erst vierzehn Jahre alt. Deshalb mußte Bjarne dem Vater versprechen, stets ein Auge auf Lambi zu halten.

»Das Schicksal deines Sohnes soll auch das meine sein«, sagte der Herjulfssohn zu Sölvis.

Aris ging leise zu Frillas Kammer und steckte vorsichtig den Kopf durch die Tür. Als seine Frau mit schrecklichem Schreien vor ihm zurückwich, suchte er seine Fahrhabe zusammen, bat Hakon den Frommen, auf Frilla zu achten, und stieg auf Bjarnes Schiff. Dem Herjulfssohn sagte er, daß ihm das Herz zerspringen müsse, wenn er noch länger auf Gardar bleibe. Nun waren sie auf dem Silber-

schwan dreißig Männer und eine Frau. Sie mußten nicht lang auf Fahrtwind warten und segelten schon am nächsten Morgen nordwärts.
Am Weißdorschfjord sammelte Tyrker Seelen in solcher Fülle, daß dort bald keine Asenanbeter mehr übrigblieben. Denn selbst die Männer, die beim Thing im Jahr zuvor noch am entschlossensten gegen den Christ aufgetreten waren, ließen sich taufen. Darum pries der Mönch die Macht seines Gottes in wortreichen Weisen und wunderte sich auch nicht, als es eines Abend an seine Tür klopfte und Freydis vor ihm stand. Straff spannte sich das dünne Gewand über ihren Busen und ein fester Gürtel aus Walroßzahn unterstrich den Schwung ihrer schmiegsamen Hüfte.
»Ich weiß, du haßt und verachtest mich«, sagte sie leise und mit demütig geneigtem Haupt, »aber was kann ich dafür, daß Christus mir erst so spät die Gnade des Glaubens schenkte? Jetzt aber weiß ich, daß es nur einen Gott gibt, und will ihm fortan gehorsam dienen.«
»Komm morgen in die Kirche!« antwortete Tyrker erfreut. »Dann will ich dich taufen.«
»Schicke mich nicht fort!« bat die Erikstochter, und ihre flehende Stimme rührte den Mönch im Innersten, »denn ich bereue die Sünden, die ich beging, so sehr, daß ich nicht einen Herzschlag länger damit leben kann. Wenn ich auch weiß, daß ich erst als getaufte Christin das Recht auf Beichte erwirke, will ich doch wenigstens mit dir reden und deinen Trost hören!«
Sie kniete nieder und eine feine Röte überzog ihr hübsches Gesicht. Da öffnete Tyrker die Tür und sagte freundlich: »Tritt ein, meine Tochter! Fand Magdalena einst Jesu Gnade, soll es dir heute nicht anders ergehen, und neunundneunzig Gerechte wecken im Himmel nicht so viel Freude wie ein reumütiger Sünder.«
Freydis lächelte, erhob sich und schritt in die Kammer. Der Mönch schlug ein Kreuzeszeichen und schloß die Tür.
Thorhall der Waidmann trank inzwischen mit Thorward Tatenlos Met und ließ das Horn erst sinken, als der Herjulfssohn betrunken in tiefen Schlaf gefallen war.

Was Tyrker Freydis gelobte

Als der Mönch am nächsten Morgen zur Messe eilte, trug er einen Verband um die rechte Hand, die sonst der Saphir schmückte. Er sagte, er habe in der Frühe zur Ertüchtigung seines Leibs Holz gehackt und sich dabei verletzt. Thorstein der Schwarze wunderte sich darüber nicht wenig und meinte, er habe gar nicht gewußt, daß Tyrker Linkshänder sei. Darauf seufzte der Mönch und blickte so schmerzerfüllt drein, daß Thorstein nicht weiter fragte. Nach der Kirche lieh sich Tyrker ein Pferd und ritt zu Thorward Herjulfssohns Hof. Der Herr des Hauses lag noch in tiefem Schlummer. Freydis aber saß im Sonnenschein auf einem Felsen.
»Nun, endlich aufgewacht, frommer Mann?« rief sie dem kleinen Mann spöttisch entgegen. »Ich warte schon seit einer Stunde auf dich, du wackerer Streiter wider die Sünde.«
Der Mönch hob ihr sein Kreuz entgegen und rief grimmig: »Vade, Satana! Apage! Succubus! Buhlteufelin! Hurenweib, sei verflucht!«
»Heute nacht gabst du mir nettere Namen«, lachte die Erikstochter.
»Dirne!« wütete Tyrker. »Kebse! Ehebrecherin! Du hast mich in eine Falle gelockt! Ei du böses Ding! Satansweib! Sklavin Sodoms!« Erschöpft hielt er inne. »Gib mit den Saphir wieder!« forderte er.
»So schnell verlangst du das Unterpfand unserer Liebe zurück?« höhnte Freydis. »Ach, es gibt doch keine Treue unter den Männern!«
»Weide dich nur an meiner Reue!« schrie Tyrker erbost. »Wenn ich erst deinem Mann erzähle, was heute nacht in meiner Kammer geschah, wird dir das Lachen schon vergehen.«
»Du armer Narr!« versetzte die Erikstochter verächtlich. »Wenn ich Thorward erkläre, daß du mich mit gemeiner List in deine Gewalt brachtest und mißbrauchtest — wem wird er dann wohl glauben, dir oder mir?«
»Ha!« machte der Mönch. »Man wird den Ring bei dir finden!«
»Ich werde sagen, daß du mich damit bestechen wolltest«, lächelte Freydis kalt. »Ich weiß nicht, ob dir das bekannt ist, aber bei uns werden Leute, die Frauen notzüchtigen, erst entmannt und dann im Moor ertränkt.«

»Hilf mir, Herr!« ächzte Tyrker. Er war aschfahl. »Rette mich aus den Klauen dieser Teufelin, gnädiger Gott! Ich will auch nie wieder der Sünde des Fleisches erliegen, das schwöre ich . . .«
»Jetzt ist es zu spät, so viel du auch weinst«, rief die Erikstochter voller Genugtuung, »was einmal geschah, können selbst Götter nicht ungetan machen.«
»Was weiß eine heidnische Hündin wie du von Gottes Allmacht?« brüllte der Mönch und schwang wieder heftig sein Kreuz, »ich diene einem barmherzigen Herrn, einem, vor dem die Reue mehr wiegt als die Tat und der selbst die schlimmste Sünde tilgt, so daß die Seele ebenso rein und weiß leuchtet wie zuvor!«
»Ihm bleibt wohl auch kaum etwas anderes übrig, wenn sich selbst seine Priester so wenig um seine Verbote scheren«, erwiderte Freydis mit boshaftem Lächeln. »Und nicht nur einmal freveltest du, sondern immer wieder, unersättlich wie . . .«
»Schweig, Dirne!« schrie der kleine Mann und rollte furchterregend die Augen. »Du bist vom Teufel gesandt, mich zu verderben! Aber Gott wird das nicht zulassen, sondern er wird mir vergeben und meine Verfehlung vergessen!«
»Er vielleicht«, versetzte die Erikstochter gelassen, »ich aber nicht.« Tyrker ließ sein Kreuz sinken und setzte sich schweratmend auf den Felsen. »Warum tust du mir das an?« sprach er mit klagender Stimme. »Niemals wollte ich dir etwas Böses. Was ich auch unternahm, es geschah doch stets zu eurem Heil, auch wenn ihr das als Heiden nicht versteht . . .«
Er verstummte und sah Freydis unsicher an. Die Erikstochter musterte ihn ohne Mitleid und antwortete: »Es scheint mir für Christen bezeichnend zu sein, daß sie sich Rechte einräumen, die sie allen anderen Menschen bestreiten, und sich die gleichen Taten als Verdienst anrechnen, die sie anderen als Verbrechen vorwerfen. Oh, ich kann mir denken, wie ihr den Ragnarenkel lobtet, da es ihm durch List gelang, Thorhall den Waidmann zu einer weiteren Fahrt nach Vinland zu zwingen! Denn dadurch muß auch die Westsiedlung wohl auf Jahre hinaus ihren Goden entbehren. Nur deshalb fallen jetzt auch hier so viele Grönländer vom alten Glauben ab. Nur deshalb auch konntest du es wagen, die letzte Zuflucht unserer Asen durch eine Kirche des Knechtsgotts zu

schänden! Aber weihen wirst du das Haus deines Herrn nicht. Denn wenn du nicht willst, daß ich noch heute mit deinem Saphir am Finger umherspaziere, sollst du mir jetzt auf der Stelle schwören, gleichfalls mit uns nach Vinland zu segeln. Dann mögen die Götter hier untereinander, ohne die Hilfe von Goden und Priestern, ihre Kraft messen. Ihr aber, Thorhall und du, mögt auf den Weininseln sehen, wer von euch beiden der Stärkere ist. Und nun auf die Knie!«

»Nur vor meinem Schöpfer erniedrige ich mich, du Metze!« rief Tyrker mit hochrotem Kopf. »Treibe es nicht zu weit mit mir, Weib!« Freydis starrte ihn an wie eine Natter, die eine Haselmaus zu fressen trachtet. »Wenn du nicht tust, was ich befehle, wecke ich Thorward«, drohte sie. »Wenn dir dein Stolz so teuer ist, wirst du noch heute lernen müssen, Schmerz und Schande für ihn zu ertragen!«

Der Mönch wurde bleich und begann am ganzen Leib zu zittern. »O Gott!« jammerte er. »Was soll ich nur tun? Hölle und Schwefel, ich bin verloren!«

Freydis sah ihn verächtlich an. »Wenn du mir aber gehorsam bist«, fuhr sie ein wenig freundlicher fort, »soll niemand je erfahren, was heute nacht zwischen uns geschah.«

»Und der Ring?« rief der Mönch hastig. »Du mußt ihn mir wiedergeben!«

Die Erikstochter lächelte. Dann nickte sie. »In Vinland«, gab sie zur Antwort und warf einen Blick auf Tyrkers Verband. »So lange dauert es wohl auch, bis eine solche Beilwunde heilt, du kleiner Schlaukopf«, fügte sie fröhlich hinzu.

Nun kniete Tyrker vor ihr nieder und leistete den geforderten Eid. Das Kreuz aber drehte er dabei nach hinten. Denn er schämte sich vor seinem Gott, wie einst auch der Christenskalde Petrus zu Jorsalaheim, als er dreimal nach seinem Herrn gefragt wurde und dreimal sagte, er kenne ihn nicht.

Der christliche Kaufmann Thorfinn Karlsefni staunte sehr, als er im Weißdorschfjord anlangte und dort erfuhr, daß Tyrker nach Vinland mitkommen wolle. »Hast du dir das auch gut überlegt?« fragte er den Mönch. »Die neue Kirche ist noch nicht fertig. Und wer soll darin den Gottesdienst halten? Du bist der einzige Priester auf Grönland. Gefährlich wird's für eine Herde, wenn sie der Hirte verläßt.«

»Fast alle Siedler hier sind bekehrt«, gab Tyrker zur Antwort. »Traust du mir etwa nicht zu, Samenkörner tief genug einzupflanzen? Bewässern mag sie Hakon, dem ich Gardar übergab. Auch in Vinland warten viele auf Gottes Wort.«

»Wo ist dein Saphir?« wollte Aris wissen.

»Was geht dich das an, du neugieriger Tropf?« fuhr der Mönch auf. »Ich hieb mir beim Holzhacken in die Hand. Siehst du nicht meinen Verband?«

Danach lud Tyrker seine Fahrhabe auf Thorfinn Karlsefnis Salomoschimmel, denn er wünschte auf der Überfahrt mit der schönen Gudrid fromme Gespräche zu führen und tat dies auch mit großem Eifer.

Die Grönländer segelten zwei Tage lang nach Norden, mußten dort zwei Wochen auf günstigen Wind warten und wandten dann die Steven westwärts. Bjarne Herjulfssohns Silberschwan führte die Flotte an, Thorhalls Schaumwolf folgte ihm, Thorward Herjulfssohns Blutsteven kam als drittes der Rollenrosse, Thorfinn Karlsefnis Salomoschimmel aber bildete den Schluß, denn dieses Schiff besaß den größten Tiefgang. Insgesamt fuhren einhundertundachtzig Menschen mit dem Ragnarenkel nach Vinland.

Über ihre Reise auf der salzigen Straße der Lachse ist nichts weiter zu berichten, als daß sie zwei Tage später die Steinplatten Hellulands sahen. Dort rasteten die Fahrtgenossen. Einige Männer jagten Weißfüchse.

Vom Steinplattenland aus segelten sie zwei Tage mit Nordwind nach Süden. Sie folgten den Eintragungen auf Thorwald Erikssohns Peilscheibe und gelangten schon kurze Zeit später nach Markland. Diejenigen unter den Grönländern, die zum ersten

Mal nach den Westinseln fuhren, staunten sehr über den Reichtum an Wald und jagdbarem Wild. Weiter im Südosten stießen sie auf eine Insel und erlegten darauf einen großen Bären. Deshalb nannten sie das Eiland Bäreninsel.
Nun segelten sie an der Küste entlang und ließen das Land an der Steuerbordseite. Sie fanden jedoch keine Bucht, die sich als Hafen für mehrere Schiffe geeignet hätte, und das Gestade schien ihnen deshalb wenig gastlich. Darum ankerten sie auf See und suchten die Vorgebirge mit ihren Schleppbooten ab. Aris war es schließlich, der Thorwald Erikssohns abgebrochenen Kiel fand. Nun wußten sie, daß sie sich auf dem rechten Weg befanden, und steuerten an den mehrweißen Stränden entlang in den Mühlensund. Trotz der langen Reise befanden sich alle noch in sehr guter Verfassung.
Als sie den Mahlstrom glücklich bezwungen hatten, zogen sie die drei Schniggen auf den flachen Strand. Der Salomodrache blieb draußen im Schutz einer Klippe. Die Führer der Schiffe besprachen sich nun, und Thorhall der Waidmann sagte:
»Diesmal brauchen die Vinländer mehr Mut, wenn sie uns trotzen wollen, zählen wir doch zusammen mehr als hundert kampffähige Männer! Wahrlich, auch mit weniger Leuten wollte ich den Kampf gegen diese Skrälinge wagen und hätte es nach Thorwalds Tod auch getan, wären sie nicht in den Wald geflüchtet! Nun aber wollen wir unsere Schilde auf die Bordwände stellen und in den Fjord fahren, wo man dem Erikssohn diesen feigen Hinterhalt legte!«
Dieser Meinung schlossen sich auch Thorward, Freydis, Snorri und sein Sohn Thorbrand an. Thorfinn Karlsefni aber sagte: »Als Siedler kommen wir, nicht als Bluträcher. Sagte nicht Thorwald selbst, daß wir fortan Frieden mit den Vinländern halten sollen? Auch scheint mir dieses Land ziemlich groß und wir wissen nicht, wie viele Menschen hier wohnen. Aus diesen Gründen halte ich es für besser, wenn wir erst nach der Leifshütte fahren und unsere Frauen und Habe in Sicherheit bringen, ehe wir uns auf das Abenteuer einer Kriegsfahrt einlassen.«
Das fand auch Bjarne vernünftig. Der schwarze Hüne starrte den christlichen Kaufmann unmutig an und versetzte: »Als dein Ahn-

herr lebte, gab es kein kleines Kind, das nicht seinen Namen kannte. Hätte dein Vorfahr aber genauso gedacht wie du, so wären von ihm wohl nur Warenverzeichnisse, nicht aber Heldenlieder erhalten!«
»Die Zeit des wilden Wikingertums ist vorbei«, erwiderte Thorfinn Karlsefni, »dem friedlichen Handel gehört nun die Welt. Denn Christ liebt die fleißige, nicht die blutige Hand.«
»Karlsefni nennt man Knaben, die große Helden zu werden versprechen« spottete der schwarze Hüne, »aber nicht jeder erhält diesen Beinamen zu Recht. Dein Vorfahr Björn Eisenseite tummelte sich drei Jahre lang auf streitbarem Zug in Romaburgs Meeren. Hastein, sein treuer Gefährte, wurde auf einem Scheiterhaufen aus Menschenschädeln verbrannt. Du aber gewannst das einstmals verlorene Rabenbanner der Ragnarsöhne nicht durch die Wucht deiner Waffen, sondern allein durch den Glanz deines Geldes zurück, als du es König Adelrad abkauftest wie gewöhnliche Krämerware!«
»Ich bin der Führer dieser Fahrt, so ist es vereinbart«, sagte der Ragnarenkel mit Schärfe, »und wo wir uns nicht einig werden, entscheide ich allein!«
Damit mußten die Asenanbeter sich nun zufrieden geben. Sie fuhren an Kreuzspitz vorüber, ohne dort Fellboote vorzufinden, hielten dann nach Südwesten und fanden auch wirklich das Eiland, das Leif einst Manna-Insel genannt hatte. Vorsichtig steuerten sie in die Lagune, blieben aber so weit von der Sandbank entfernt, daß ihre Schiffe auch bei Ebbe nicht auf Grund geraten konnten. Dort sagte Thorfinn Karlsefni zu Aris: »Du warst doch schon einmal hier! Darum will ich, daß du an Land gehst und kundschaftest. Nimm deine Freunde von der Forkeninsel mit! Sie scheinen handfeste Männer zu sein. Stoßt ihr auf Vinländer, so kehrt unverzüglich zurück!«
Aris stieg mit Sven, Ulf, Gorm und Glum in das Schleppboot und ruderte auf die Flußmündung zu. Sorgsam beobachteten sie den Waldrand, konnten aber keinen Menschen entdecken. Die Häher in den Ästen der Maserbäume stimmten ein lautes Geschrei an, als die Grönländer näherkamen, und einige Hirsche flüchteten geräuschvoll durch das Dickicht. Da wußten sie, daß keine Rot-

gesichter in der Nähe lauern konnten. Trotzdem fuhren sie mit der äußersten Vorsicht weiter. Als das Wasser süß schmeckte, landeten sie, verbargen das Boot unter einem Weidengebüsch und stiegen auf das schlammige Gestade.
Aris und Gorm gingen an der Spitze, der eine das Schwert, der andere das Beil in der Faust. Ulf folgte ihnen mit einem Spieß und achtete auf die Büsche zur Linken. Sven Stinkhals sicherte die rechte Seite, Glum deckte den Zug nach hinten. So arbeiteten sie sich fast lautlos am Ufer des Flusses entlang.
Als sie endlich den See erreichten, spähten sie gespannt zu der kleinen Halbinsel hinüber. Die Hütte Leifs schien nahezu unversehrt, die Tür noch immer verschlossen. Vorsichtig schlichen sie durch das Schilf auf das Bauwerk zu.
Fünfzig Schritte vor der Hütte ließ Aris die anderen zurück und nahm nur Ulf Mädchenauge mit. Sorgfältig jedes Geräusch vermeidend tasteten sie sich durch hohes Gras zu dem Haus vor und spähten durch die Ritzen ins Innere. Nichts regte sich.
Nun löste Aris den Riegel und drückte langsam die Tür auf. Licht drang ein und die Späher bemerkten, daß die Hütte leer war.
»Alles in Ordnung«, meinte Aris erleichtert.
Ulf Mädchenauge winkte den wartenden Fahrtgenossen. Eilig überquerten Gorm und Glum die kleine Lichtung. Sven Stinkhals humpelte auf seinem Holzbein hinterdrein.
»Ich muß schon sagen!« meinte der Sohn Bersi Blutbrünnes anerkennend, als er in die geräumige Halle trat, »ungemütlich hattet ihr es damals nicht!«
»Das wäre auch nicht Wikingerart«, lachte Glum Goldbauch. »Du weißt doch: Vorne ein Feuer, hinten ein Fell, bin ich des Bieres bester Gesell!«
Ulf sah ihn verwundert an. »Das war ja richtig!« staunte er.
»Dich muß eine ziemlich durstige Mutter geboren haben«, sagte der grindige Gorm zu dem Dicken.
»Seht mal! Was ist denn da?« rief Sven und trat in den hinteren Teil der Hütte. Einen Herzschlag später riß er die Axt hoch und stieß einen gellenden Schrei aus.

»Was ist mit dir?« rief Aris erschrocken und spähte suchend in die Dunkelheit, in der Stinkhals brüllend umherraste. So sehr die anderen ihre Augen anstrengten, sie konnten keinen Feind erkennen. In ihre Nasen drang ein schier unerträglicher Geruch.
»Ein Dachs! Ein dreckiger Dachs!« brüllte Sven wütend.
Aris ließ das Schwert sinken. »Willst du damit sagen, daß dich ein ganz gewöhnlicher Dachs so erschreckt hat?« fragte er.
»Es ist kein gewöhnlicher Dachs!« kam Svens wütende Antwort aus der hintersten Ecke der Halle.
»Nein? Was für einer ist es dann?« wollte Glum wissen und starrte mit zusammengekniffenen Augen in die Richtung, aus der die Stimme des Dürren ertönte. Endlich erkannte er Sven. »Wo steckt das Vieh denn?«
»Hier!« brüllte der Dürre. Ein Geruch, übler als jeder Pesthauch, ging von ihm aus. Die Gefährten konnten sich ihm nur nähern, indem sie sich die Nasen zuhielten und durch den Mund atmeten.
»Ich sehe immer noch nichts«, keuchte Glum.
»Es ist ein ganz kleiner«, erklärte Sven mit gepreßter Stimme. »Ein Zwergdachs.«
»Und deshalb machst du so viel Lärm?« wunderte sich Aris und trat endlich neben Stinkhals. Einige Schritte vor dem Dürren erkannte er ein kleines Tier mit schwarzem Fell und weißen Streifen. Es war nicht größer als ein Wiesel.
»Aber was stinkt denn hier so, um Himmelswillen?« erkundigte sich der Norweger.
»Das verfluchte Vieh hat mich vollgespritzt!« zeterte Sven und zielte sorgfältig mit seinem Beil. »Ich komme ganz harmlos hier entlang, da springt es auf einmal hinter dem Pfosten hervor, dreht mir den Hintern zu und — schwupp!« Heftig fuhr er sich mit dem Handrücken über das Gesicht.
»Du meinst, es hat dir ins Auge gepißt?« ließ Glum sich wieder vernehmen. Mit einem raschen Schritt stand er bei Sven und Aris und glotzte verblüfft auf das seltsame schwarzweiße Wesen. »Kann wohl ziemlich gut zielen, das kleine Ding, wie?« Ein Glucksen klang in seiner Kehle.

»Wenn du so stinken würdest, wie ich jetzt«, antwortete der Dürre erbost, »würdest du nicht so dumm daherreden, Fettwanst.«
»Da hast du wohl recht«, erwiderte Goldbauch mit zuckenden Mundwinkeln. »Ich bin ja auch solche Gerüche nicht wie du schon seit frühester Kindheit gewöhnt!«
Da sprang das kleine Tier zur Seite und huschte aus der Hütte.
»Es war ein sogenannter vinländischer Zwergdachsstinker«, klärte Glum den Grindigen auf. »Er hat Sven vollgepißt.«
»Gespritzt hat er!« schrie der Dürre. »Gespritzt! Unter dem Schwanz hervor.
»Sage ich doch!« beharrte Glum Goldbauch, der sich nun kaum noch beherrschen konnte.
Sie liefen nun in großer Eile aus der Hütte, die anderen vier vorneweg, Sven hinterdrein. Auch im Freien verströmte der Dürre einen derart mörderischen Gestank, daß ihn die Gefährten baten, aus dem Wind und stets in einiger Entfernung von ihnen zu bleiben.

Warum Thorfinn Karlsefni nicht in Leifshütten bleiben wollte

Nach dem Abenteuer mit dem Stinkdachs fuhren die Wikinger über den Fluß in die Lagune zurück und gaben Thorfinn Karlsefni Nachricht. Der Ragnarenkel ließ zuerst das Vieh ans Ufer schaffen. Dann ruderten die Grönländer die Schiffe in den See und trugen Fellsäcke und Fahrhabe auf die Insel. In der Leifshütte herrschte jedoch ein solcher Gestank, daß niemand darin schlafen mochte. Da sie sich ohnehin als zu klein für alle erwies, nutzten Thorfinn Karlsefni und die anderen Führer das Bauwerk als Vorratshaus und erbauten sich eigene Hütten. Dabei beobachteten Christen und Asenanbeter einander argwöhnisch. Auch ließen sie nachts Wachen an Bord ihrer Schiffe zurück. Besonders vorsichtig zeigte sich dabei der christliche Kaufmann, denn er schlief als einziger nicht an Land, sondern auf dem Schanzdeck seines Drachen dicht bei der Hochsitzlade.
Das Vieh lief in den Wald; es waren zwanzig Kühe und ein Stier. Da geschah es bald, daß die Haustiere wild und ungebärdig wur-

den. Die Grönländer wunderten sich darüber sehr, Aris jedoch kannte diese Erscheinung aus Möre und sie ist auch Bauern in anderen Ländern mit großen Wäldern vertraut. Denn wenn ein Ochse Laub zu fressen bekommt, schmeckt es ihm gleich so gut, daß er ein Wildstier werden möchte und genauso ergeht es dem Milchvieh. Denn die Kühe wollen dann ihren wilden Verwandten nacheifern. Die Hirten hatten viel zu tun, um die kleine Herde beisammen zu halten.

Am Morgen nach der Ankunft der Flotte legte Tyrker seinen Verband ab und mühte sich, den Saphir recht oft in der Sonne aufblitzen zu lassen, damit ein jeder den Schmuck bemerkte. Freydis aber lächelte höhnisch.

Der Ragnarenkel ließ Bäume verschiedener Art fällen und zur Schiffsladung zurechthauen. Die Stämme wurden auf einem Hügel zum Trocknen gelegt. Man nutzte alle Erzeugnisse des Landes aus, sowohl an Jagdbeute als auch an nahrhaften Pflanzen. Es zeigte sich aber, daß in den Wäldern weniger Wild umherschweifte als zu der Zeit, da Leif an dem See gewohnt hatte.

Eystein der Schmied entdeckte Rasenerz in einer Senke; das Vorkommen erschien ihm jedoch zu gering, um deswegen Kohlenmeiler und Esse zu bauen. Auch bestand noch kein Mangel an Eisengerät.

Tyrker zog mit den Führern der Schiffe zu dem Hügel, auf dem er damals die wilden Weinranken entdeckt hatte. Thorfinn Karlsefni, Thorhall der Waidmann, Bjarne und Thorward Herjulfssohn kosteten staunend von den süßen Beeren und keiner von ihnen konnte behaupten, jemals größere Trauben gesehen zu haben. Der Mönch kelterte aus den Reben einen wohlschmeckenden Wein. Viele Grönländer hatten das berauschende Getränk noch nie zuvor gekostet und lagen am anderen Tag wie tot in ihren Schlafsäcken.

Im Winter fiel nur wenig Schnee, aber das Wild wanderte fort und auch die Netze füllten sich nur selten. Die Grönländer hatten aber genügend Vorräte. Es gab keinen weiteren Streit zwischen Christen und Asenanbetern und die unverheirateten Männer sahen den Frauen der Verheirateten nicht hinterher, so daß den Anführern alles in bester Ordnung schien und sie ein Julbier brauten. Da sagte Thorfinn Karlsefni zu seinen Fahrtgenossen:

»Glücklich waren wir, daß wir Vinland das Gute so mühelos fanden und niemand uns hindert, hier zu wohnen. Dennoch scheint mir dieser Ort nicht sonderlich geeignet für eine Ansiedlung zu sein. Wir sind hier zu weit vom Meer entfernt und sitzen bei Gefahr wie in den Scheren eines Hummers! Auch wachsen die Weinbeeren viele Wegstunden weit im Wald, an Wildbret herrscht wahrlich kein Überfluß und der Weizen wächst recht spärlich. Darum will ich im Frühjahr weiter nach Süden segeln und sehen, ob sich dort nicht ein noch besseres Land für den Ackerbau und die Viehwirtschaft findet.«
Bjarne zeigte sich auch diesmal als der Bedächtigste und erwiderte: »Leif traf in dieser Gegend keine Vinländer an und auch uns werden sie hier wohl kaum behelligen; das scheint mir für den Anfang wichtiger als ein paar fette Braten.«
Thorward dagegen sagte: »Thorfinn hat recht. Warum sich mit schlechterem Boden begnügen, wenn anderswo besserer wartet? Mit diesen Skrälingen werden wir doch wohl fertig werden!«
»Nur Tölpel schätzen einen Feind gering, den sie nicht kennen«, versetzte Bjarne. »Ich führe meine Männer nicht wie eine Hammelherde zur Schlachtbank.«
»Dann setze deine Seeschäumer doch hier an die Spinnräder!« höhnte der Waidmann. »Wenn wir die Rotköpfe in ihrem Blut ersäuft haben, könnt ihr ja nachkommen.«
»Ich habe nie einen Mann durch Leichtsinn verloren«, rief Bjarne mit scharfer Stimme.
»Du willst doch nur hierbleiben, weil dies das Land deines Schwurbruders Leif ist«, warf Thorward ihm vor. »Du besitzt Rechte hier, wir aber nicht!«
»Nun kommen wir der Wahrheit näher«, antwortete sein Bruder. »Dein Ehrgeiz treibt dich an, die Sicherheit dieser Insel ohne Not zu verlassen. Du kannst es offenbar nicht ertragen, daß hier schon andere waren, und willst selbst irgendwo der erste sein, ganz gleich, welche Opfer dich das kostet!«
»Hätten unsere Ahnen Ängelland, Erin und das Gardareich gewonnen, wenn sie so übervorsichtig gewesen wären wie du?« fragte Thorward Tatenlos hitzig.
»Aus dem Westmännerland wurden sie eben wieder hinausgewor-

fen«, erwiderte Bjarne. »Und auch das Ängelland kommt nicht zur Ruhe. Blut überall!«
»Wenn wir auf Vinländer stoßen, werden wir sie nicht angreifen, sondern versuchen, mit ihnen zu einer Vereinbarung zu gelangen«, sagte Thorfinn Karlsefni. »Vielleicht gelingt es uns, mit ihnen Handel zu treiben.«
Der Waidmann schnaubte verächtlich. Auch Thorward schien mit diesen Worten wenig zufrieden. Bjarne aber erklärte dem christlichen Kaufmann: »Da du so denkst, will ich dir folgen. Es ist ja doch sicherer, wenn wir zusammenbleiben und uns nicht trennen. Aber ehe wir aufbrechen, will ich erst eine Erkundungsfahrt unternehmen.«

Wie Bjarne das Land südlich von Leifshütten erkundet

Auch in diesem Winter fiel nur spärlich Schnee, es herrschte aber oft Nebel. Die Christen bewachten Schiffe und Schlafstätten mit großer Sorgfalt, denn sie kannten die Rachsucht des Waidmanns gut.
Am zehnten Tag des Goimonats klarte das Wetter auf, es schien eine kräftige Frühlingssonne und ein lauer Wind wehte über den See. Nun ließ Bjarne seinen Silberschwan aus dem See in die Lagune rudern. Aris und die Wikinger von der Forkeninsel fuhren mit ihm. Jorun blieb bei der schönen Gudrid in Thorfinn Karlsefnis Obhut zurück. Sie segelten südwärts am Land entlang, bogen in jede Meeresbucht ein und suchten auf jeder Insel sorgfältig nach Spuren von Menschen. Auch kletterten sie auf viele Klippen und erstiegen jedes Vorgebirge, um von dort nach Hütten und Hautbooten Ausschau zu halten. Einmal sichteten sie eine Rauchsäule, die aus einem kleinen, bewaldeten Tal emporstieg. Daraufhin sandte Bjarne die Wikinger aus, um zu erforschen, ob sich dort vielleicht ein Lagerplatz der Rotgesichtigen befände. Wieder schlich Aris mit Glum, Gorm, Ulf und Sven durch den Wald. Dabei spähten die ersten vier nach Vinländern aus, während der fünfte vor allem begierig schien, seine Treffsicherheit mit Axtwürfen nach kleinen schwarzweißen Dachsen zu schulen, die er

aber jedesmal verfehlte. Als sie das hintere Ende des Einschnitts erreichten, stellten sie fest, daß der Qualm nur von einem Wildfeuer stammte, daß sich durch Blitzschlag entzündet hatte.
Sie kehrten zum Schiff zurück und Bjarne segelte weiter. Sie fuhren lange Zeit und erkundeten die Küste sehr genau, so daß Sven Stinkhals am Ende sagte: »Als wir vor einundzwanzig Jahren zum ersten Mal nach Vinland fuhren, hielt ich dich nicht für besonders neugierig, Bjarne. Jetzt aber sehe ich ein, daß du ein neues Land wohl zu erforschen verstehst und dich damals die gleiche Vorsicht hinderte, die dich jetzt antreibt.«
Der Herjulfssohn freute sich über Svens Worte und erwiderte: »Wenn wir auch früher so manche Meinungsverschiedenheiten miteinander austragen mußten, wußte ich doch stets, daß du ein Mann bist, den jeder gern zum Freund hätte.«
Je weiter sie nach Süden kamen, desto milder wurde das Wetter. Sie nahmen an, daß die kalte Strömung des Mühlensunds durch einen Zufluß wärmeren Wassers aus dem Süden besiegt oder wenigstens abgedrängt worden sei.
Nach einer weiteren Woche gelangten sie zu einem Strom, der oben aus dem Lande herabeilte und durch einen See ins Meer rann. Vor der Küste lagen große Sandbänke, so daß das Schiff nur bei Hochflut in die Flußmündung fahren konnte. Die Wikinger bargen den Silberschwan im Schatten einer von vielen Seevögeln bevölkerten Klippe, ruderten mit dem Schleppboot an Land und erkundeten sorgfältig die Umgebung. In den Niederungen hinter den Dünen entdeckten sie Weizenfelder, die sich selbst gesät hatten, und auf allen Anhöhen wuchsen Weinstöcke in großer Zahl. Jeder Bach war voll von Fischen, und in den Wäldern stand eine große Menge von jagdbarem Wild jeder Art.
Weiter im Inneren wurde der Boden trockener. Dort leuchteten Blau-, Erd-, Mult-, Rausch- und Stachelbeeren in großer Zahl aus der roten Heide.
Am Abend schwamm die silberglänzende Lodde in riesigen Schwärmen zum Strand, um dort zu laichen. Weiter draußen in der Bucht warteten schon die Flundern, um sich den Rogen der kleineren Fische einzuverleiben. Die Wikinger hoben nun dort, wo das Land begann, große Löcher aus und warteten die Ebbe ab.

Als das Wasser zurückwich, hatten sich in den Gruben viele Flundern gefangen. Sie lagen so dicht wie Scheite auf einem Holzstoß. Da sagte Bjarne: »Mit diesem Land wird Thorfinn wohl zufrieden sein und auch mir gefällt es hier gut. Darum wollen wir nun umkehren und den anderen berichten.« Sie fanden ohne Schwierigkeiten nach Leifshütten zurück. Als sie in den See ruderten, sahen sie, daß dort nur noch zwei Schiffe lagen. Der Schaumwolf war verschwunden.

Wie Freydis die Hand des Trolls stahl

Bjarne eilte sofort zu Thorfinn Karlsefni. »Wo ist der Waidmann?« fragte er ihn. »Ebenfalls auf Kundfahrt?«
Der Ragnarenkel schüttelte den Kopf. »Er segelte ohne Abschied fort«, erwiderte er, »und ich denke, daß er auf dem schnellsten Weg nach Grönland zurückkehrt. Denn seit seinem Wortstreit mit Tyrker sind immer mehr Asenanbeter bereit, sich taufen zu lassen. Selbst Snorri Thorbrandssohn und sein Sohn Thorward, der Stevenhauptmann des Waidmanns, ließen sich von Tyrker schon im Glauben unterrichten. Darum kündigte Thorhall beiden die Freundschaft auf. Du wirst es nicht glauben, aber als der Waidmann vor einer Woche verschwand, folgten ihm nur noch neun Mann!«
»Neun?« wiederholte Bjarne verblüfft. »Mit einer so kleinen Mannschaft wagt er sich auf das Meer? Er muß wahnsinnig sein!«
»Wenn's einer schafft, dann er«, murmelte Thorfinn Karlsefni. »Das wird unserem Freund Leif wohl einiges Kopfzerbrechen bereiten. Denn gewiß wird der Waidmann jetzt unsere Abwesenheit nutzen, um die Christen auf Grönland zu bekämpfen.«
»Warum fuhr er dann überhaupt mit uns aus?« wunderte sich der Herjulfssohn.
»Weil ich ihn dazu zwang«, antwortete der christliche Kaufmann und erzählte dem Freund die Geschichte mit der grausigen Hand. »Nachdem der Waidmann unsere Vereinbarung brach«, schloß er, »fühle auch ich mich nicht mehr daran gebunden.«
»Jetzt weiß ich, warum du stets auf deinem Schiff schliefst«,

meinte Bjarne. »Wie konnte der Waidmann Magogs Hand trotzdem stehlen?«
»Mit Hilfe deines Bruders und seiner Frau«, knurrte der Ragnarenkel. »Ich hätte daran denken müssen, daß sie eine Tochter des Roten ist!«
Er berichtete nun, daß Thorward ihn in der Woche zuvor zu einem Festmahl geladen habe. »Dein Bruder hatte nämlich einen angeschwemmten Grindwal gefunden und tat sich dicke mit seinem Glück«, schilderte Thorfinn. »Er meinte sogar, das Tier sei ein Zeichen des Schicksals, daß Thorhall und ich uns wieder miteinander aussöhnen sollten. Dein Bruder leerte zahllose Becher Wein und forderte uns immer wieder auf, es ihm gleichzutun. Nun bin ich an den Rebensaft wohl gewöhnt und niemand trinkt mich so leicht unter die Bank. Ich muß aber zugeben, daß ich wohl auf den Waidmann achtete, nicht aber auf Freydis. Sie lud mich ein, mit ihr zu trinken und saß dabei ziemlich nahe bei mir. Dabei zog sie mir wohl den Schlüssel zu meiner Hochsitzlade aus der Tasche. Später verschwand sie; ich glaubte, sie habe sich schlafen gelegt. Dein Bruder und der Waidmann soffen wie Ochsen und redeten mir die Ohren voll.
Freydis sei aber nicht in ihre Kammer gegangen, sondern heimlich zum Salomoschimmel gerudert. Dort habe sie den Wachen weisgemacht, sie sei um einer Wette willen gesandt, die Truhe zu holen. »So ein durchtriebenes Luder!« sagte der Kaufmann grimmig. »Ich kann meinen Leuten nicht einmal einen Vorwurf machen. Sie wußten ja nicht, was sich wirklich in der Kiste befand. Und schließlich konnte Freydis ja zum Beweis ihrer Behauptung meinen Schlüssel vorzeigen!«
Die Erikstochter habe die Truhe dann sogleich zum Schaumwolf gebracht und sei dann zu dem Gelage zurückgekehrt.
»Dabei schaffte sie es sogar, den Schlüssel in meine Tasche zurückzustecken, ohne daß ich es bemerkte«, schloß der Ragnarenkel.
»Wozu denn das?« wunderte sich der Herjulfssohn. »Deine Wächter wußten doch, wer die Truhe genommen hatte!«
»Ja«, sagte Thorfinn Karlsefni zornig, »aber beweisen können sie es nicht! Freydis behauptet nämlich jetzt, meine Leute hätten die Truhe selbst an sich genommen und mir Lügen erzählt, um die

Feindschaft zwischen Christen und Asenanbetern zu schüren.« Mißmutig starrte er auf seine großen Hände.

»Dann wird es auf Grönland wieder viel Unruhe geben«, murmelte Bjarne.

»Wir können nichts tun«, meinte Thorfinn Karlsefni bedrückt. »Nun liegt die Last mit diesem Berserker ganz allein auf Leifs Schultern.«

»Wenigstens sind wir den Waidmann hier los und können Vinland in Ruhe besiedeln«, suchte der Herjulfssohn ihn zu trösten. Aber der Ragnarenkel sah ihn aus zusammengekniffenen Augen an und versetzte: »Glaubst du? Thorhall ist wie ein Wolf, Freydis aber wie eine Schlange und ich weiß nicht, was gefährlicher ist! Wir können wohl nichts tun als abwarten, welche Ränke sie noch ersinnt, und fortan besser vor ihr auf der Hut sein! Denn in ihr fließt Eriks Blut.«

Von der Sturmfahrt des Waidmanns

Zu dieser Zeit hatte der Waidmann den Mühlensund schon bezwungen und die weißen Strände von Markland erreicht.

Vor Kap Kielspitz schlug dem Waidmann jedoch so schwere See entgegen, daß er vom Land fortsteuern mußte, um nicht auf die Klippen geschleudert zu werden. Ein kräftiger Wind aus Nordwesten trieb sie rasch immer weiter hinaus auf das offene Meer. Der Waidmann befahl seine Fahrtgenossen auf die Ruderbänke. Mit schwellenden Muskeln hieben die Asenanbeter die hölzernen Stangen in das zerwühlte Wasser. Helge Thorbrandssohn und Kalf Ketilssohn reisten auf dem Schaumwolf. Mit großer Kraft und unerschütterlichem Mut kämpften sie gegen die Urgewalten des Wassers und Wetters. Aber da sie nur neun Männer waren, konnten sie das Schiff nicht gegen den Druck des Windes und der Wogen halten. Die schwarze Schnigge tanzte auf den Wogen wie eine Mücke in der lauen Sommerluft, so daß die Wellen oftmals kaum den Kiel benetzten, im nächsten Moment aber mit der Wucht einer Lawine über die Bordwand brachen. Da drehte Thorhall dem Sturm den Achtersteven entgegen und rief mit hallender Stimme durch das donnernde Tosen: »Thor! Führe uns dorthin, wo du uns brauchst, denn deinem Willen vertrauen wir! Nicht Garms Geheul noch das Fauchen des Fenriswolfes fürchten wir, auch nicht das Maul der Midgardschlange, solange wir uns in deiner Huld wissen! Tod dem Knechtsgott und all seinen Sklaven!« So ging die wilde Fahrt nun viele Tage dahin und kundige Seeleute sagten später, nie zuvor hätten so wenige Männer mit solchem Mut einem derartigen Unwetter widerstanden. Tag und Nacht saßen die Asenanbeter auf ihren Ruderbänken, um das Schiff auf Kurs zu halten und zu verhindern, daß es den schrecklichen Schlägen der Fluten die Breitseite bot. Gleichzeitig schöpften sie ohne Unterlaß Wasser mit ihren Helmen. Nur selten blieb ihnen Zeit für einen kalten Bissen oder brackigen Trunk. Ächzend bogen sich Spanten und Planken, laut knarrte der Mast in der Klammer des Kielschweins und die Taue schwankten wie Spinnweben, aber der Waidmann minderte nicht seine Fahrt, sondern ließ den Sturm voll in das Segel fahren und schrie durch das Hallen und Heulen: »Thor! Wikinger sind wir nach deinem Willen, Rächer nach deinem Recht! Ohne Gnade wollen wir die Verräter verfolgen, die dir die Treue brachen. Hel sei des Ehrlosen Hort! Tod allen, die dir trotzen!«

Nach diesem Ruf raste der Schaumwolf noch schneller durch Rans Reich, heulte der Sturmwind noch heftiger, warfen die Wogen das Schiff noch höher zum Himmel empor. Wasser und Wolken vermischten sich wie Blut und Wein, so daß die Welten der Luft und des Meeres durch keine Grenze mehr getrennt schienen und die Münder der Männer ebenso schlucken wie atmen mußten. Gischt sprühte ihnen in die Gesichter und das Schiff schwankte wie ein hochbordiger Wagen, der von einem hohen Hügel herab in immer schnellerer Reise zu Tal rast, aber die Grönländer zagten nicht. Und als vor ihnen wie gletscherbedeckte Gebirge die Meereszäune aufwallten, als Ran und ihre neun Töchter tobend Bluthexenschaum spien und das Fauchen des Frostriesen Mast und Taue mit Reif überzog, brüllte der Waidmann aus voller Kraft seiner Lungen: »Thor! Midgard wollen wir dir wieder unterwerfen und bangen nicht, für dich auch gegen Geister und fremde Götter zu fahren.

Sende uns deiner Blitze Licht, laß deines Donners Schlachtruf erschallen, zeige uns deine Asenkraft, mache uns Mut mit deines Hammers zermalmenden Hieben! Zerschmettere des Knechtsgotts Kreuz, wir wollen seiner Sklaven Schädel zerschlagen!«
Wie als Antwort fuhr bei diesen Worten ein grelles Wetterleuchten aus den Wolken hervor und ein ohrenbetäubendes Krachen hallte über den Himmel wie ein mit Eisen beschlagenes Rad. Wolkenfetzen umhüllten den Schaumwolf wie Flügel den Falken und die Flut schob das Schiff voran wie eine riesige stählerne Faust. Helge Thorbrandssohn, Kalf Ketilssohn und die anderen Asenanbeter aber jubelten laut und riefen ihrem Anführer zu: »Thors Heil begleitet dich und uns!« Der Ruf war kaum verhallt, da türmte sich hinter dem Schaumwolf eine Riesenwoge empor, die selbst die höchsten Meereszäune so hoch überragte wie ein starker Widder die neugeborenen Lämmer. Mit vernichtender Wucht brach die Wand grauen Wassers über die schwarze Schnigge herein. Krachend zersplitterten Kiel, Mast und Planken und das Schiff brach in tausend Stücke.
Hilflos wie hölzerne Späne wurden die Wikinger in die wild schäumenden Wirbel geschleudert. Zerschmetterte Planken, zersplitterte Ruder und Teile des zerborstenen Mastes trafen sie mit der Wucht von Geschossen an Köpfen und Leibern, so daß viele erschlagen wurden, ehe sie ertrinken konnten. Gurgelnd, mit vor Entsetzen weit aufgerissenen Augen, sank Helge Thorbrandssohn in die Tiefe. Kalf Ketilssohn trieb mit gebrochenem Genick davon, für immer an die Ruderbank gefesselt, an die er sich mit einer Leine festgebunden hatte. Keinen der neun Fahrtgenossen des Waidmanns gab die menschenverschlingende Meeresgöttin je wieder frei.
Der schwarze Wikinger schlug mit den Fäusten auf die kochende See ein, als kämpfe er mit einem riesigen Tier. Immer wieder spülten weiß gischtende Sturmwogen über sein düsteres Antlitz hinweg, aber aus jedem Würgegriff Rans rang sich der Waidmann wieder hervor. »Thor!« rief er jedesmal, wenn seine Lunge wieder Luft gesaugt hatte. »Hart sind deine Prüfungen, aber auch damit lotest du meiner Treue Tiefe nicht aus!«
Er schwamm die ganze Nacht durch die eisigen Wasser. Kein

Mond schenkte ihm einen tröstlichen Schimmer, kein hilfreicher Stern wies ihm den Weg, doch weder Thorhalls Kraft noch sein Wille erlahmten. Erst als der Morgen graute, war er erschöpft. Noch immer peitschte der Sturm das Meer wie ein Fuhrmann, den faule und ungehorsame Pferde zu äußerstem Zorn reizen. Das Rauschen der Wellen klang wie das klagende Schnauben solcher geschundenen Rosse, die ihre zitternden Muskeln anspannen, um einen viel zu schweren Wagen auch noch das letzte Stück eines steilen Berges emporzuziehen. Wie mit einem letzten Aufbäumen schleuderten sie den Waidmann an den steinigen Strand einer kahlen, von Wogen zersägten Küste.

Thorhall erwachte, als er Sand zwischen den Fingern spürte und Brandungswellen über ihn rollten. Er wollte aufstehen, aber sein Körper barg keine Kraft mehr. Mühsam zog er sich mit den Armen von der Wasserlinie fort, um nicht bei Flut ins Meer zurückgeschwemmt zu werden. Dann deckte er sich mit Seetang zu. Schließlich verlor er das Bewußtsein.

Als er erwachte, war der Tang entfernt und er sah eine große Schar Männer vor sich. Sie trugen Kreuze auf den weißen Mänteln, doch ihre Mienen zeigten kein Mitleid. Voller Haß und Verachtung starrten sie auf den wehrlosen Wikinger nieder. In ihren Händen blitzten Spieße und Äxte. Als er in die Gesichter sah, wußte der Waidmann, wohin er gelangt war. Denn die Männer waren Mönche jenes Klosters zu Aran, das Thorhall schon zweimal überfallen und aus dem er so viele Nonnen fortgeschleppt hatte, sich zur Freude und seinem Bruder zum Fraß.

Von Thorfinn Karlsefnis Siedlung I Hopi

Thorfinn Karlsefni verließ alsbald die Leifshütte und ließ die Fahrtgenossen ihre Habe wieder auf die Schiffe laden. Auch Bjarne und Thorward Herjulfssohn taten so. Die beiden Brüder sprachen nur noch selten miteinander, und wenn, dann wenig freundschaftlich.

Die schwerste Arbeit wartete auf die Hirten, denn das Vieh hatte wegen der milden Witterung den größten Teil des Winters im

Freien verbracht und war nun sehr ungebärdig und wild. Schon die Kühe senkten drohend ihre Hörner, wenn ihnen einer der Wikinger nahte, der Stier aber stampfte dann stets wild mit den Hufen und brummte ganz furchterregend; sechs Männer brauchten einen ganzen Tag dazu, ihn einzufangen.
Dann segelten die drei Schiffe nach Süden, bogen in die Lagune ein und fuhren flußaufwärts in den See. Hier fand Thorfinn Karlsefni alles genauso vor, wie Bjarne es ihm geschildert hatte, und er rief erfreut: »Dieses Land will ich mit Feuer umschreiten und für alle Zeit in Besitz nehmen. Denn hier ist Vinland so, wie ich es mir in meinen Träumen vorgestellt habe.«
Thorward Herjulfssohn sagte darauf zu ihm: »Wenn du dir diesen Teil der Westinsel zu eigen machen willst, werde ich noch weiter vorstoßen, um meinen Steven in unbefahrene Meere zu tauchen und meine Kielmarke in unbetretene Strände zu ritzen. Denn auch mich gelüstet nach einem Land, in dem ich der Herr bin.«
»Warte damit, bis ich hier Fuß gefaßt habe, damit ich dir notfalls zu Hilfe eilen kann«, riet der Ragnarenkel. »Denn wenn zwischen uns auch manche Verstimmung bestand, achte ich dich doch als Sohn und Bruder alter Freunde und will nicht, daß dir etwas zustößt.«
Auch Bjarne redete in diesem Sinn auf Thorward ein und sagte: »Es wäre nicht gescheit, wenn wir jetzt unsere Kräfte aufsplittern, ehe wir wissen, woran wir mit den Vinländern sind und ob sie nicht gegen uns das Kriegsfeuer anfachen. Auch haben wir zehn Fahrtgenossen verloren, darunter den Waidmann, über den man zwar manches sagen kann, der aber zu kämpfen versteht, das magst du mir glauben!«
»Das weiß ich«, erwiderte Thorward und sah auf den Armstumpf seines älteren Bruders.
»Ehrgeiz und Flöhe springen leicht in die Höhe«, spottete Ulf Mädchenauge, als er von Thorwards Plänen erfuhr.
»Der Floh sticht zwar, aber er schadet nicht«, lachte auch Sven.
»Unterschätzt Thorward nicht!« warnte Aris. »Er will nun wohl mit aller Macht seinen Beinamen loswerden. Denkt auch daran, mit wem er verheiratet ist! Was der Wolf tut, gefällt der Wölfin. Und das gilt auch umgekehrt.«

Das Vieh wanderte sogleich wieder in den Wald. Die Vinlandfahrer erbauten sich Hütten und trugen Vorräte und Fahrhabe hinein. Eystein der Schmied fand reichlich Rasenerz an einem Bach, schlug Holz und errichtete einen Meiler. Als alles fertig war, las Tyrker eine Messe. Außer Aris und Freydis nahmen alle Fahrtgenossen, auch Thorward, daran teil. Danach gab Thorfinn Karlsefni seiner neuen Ansiedlung einen Namen und nannte sie I Hopi, »Im Haff«, weil sie an einer Lagune lag.
Sven Stinkhals sagte dazu, daß Thorfinn Karlsefni zwar immer recht selbstlos tue, aber in Wahrheit wohl ebenso vom Entdeckerehrgeiz getrieben sei wie Thorward Herjulfssohn. »Denn was die Lage dieses Orts betrifft«, meinte er, »unterscheidet sie sich in nichts von Leifshütten: See, Fluß, Haff — sollten uns Vinländer angreifen, stehen wir hier nicht günstiger da.«
Sie waren einen halben Monat dort, beschäftigten sich mit allerlei Arbeiten und nahmen nichts Besonderes wahr. Der Mönch lobte das neue Land über alle Maßen und nannte es einen neuen Garten Eden. Der Weizen wuchs in Fülle und auch der Wein begann schon zu reifen, da gellte eines Morgens zwischen Tag und Tau der helle Klang eines Horns durch die Hütten und eine laute Stimme rief: »Zu den Waffen! Die Skrälinge kommen!«

Vom Handel mit den Vinländern, einer Kindstaufe und einem zornigen Stier

Schlaftrunken rafften die Grönländer ihre Waffen an sich und eilten hinaus. Auf dem Wachtfelsen stand Snorri Thorbrandssohn, der frühere Stevenhauptmann des Waidmanns. Er hatte den Warnruf ausgestoßen.
»Wo sind sie?« fragte Thorfinn Karlsefni und spähte suchend zwischen den Ahornbäumen hindurch. Da sah er eine große Menge von Hautbooten um eine Landzunge rudern. Jedes Fahrzeug trug wenigstens vier Rotgesichtige; viele Vinländer schwenkten lange Holzstangen, an denen Federn und gefärbte Lederflecken flatterten.
»Sieht aus wie beim Korndreschen«, murmelte Bjarne Herjulfssohn.

»Ja«, sagte der christliche Kaufmann. »Nur, daß diese Kerle ihre Stangen allesamt in Richtung des Sonnenlaufs drehen. Was mag das bedeuten?«

»Vielleicht wollen sie uns ein Friedenszeichen geben«, vermutete Snorri Thorbrandssohn. »Am besten, wenn wir einen weißen Schild holen und ihnen entgegentragen.«

Die Fellboote hielten außer Pfeilschußweite an und den Grönländern schien es, als ob die Vinländer auf eine Antwort warteten. Bjarne eilte in seine Hütte und holte den weißen Schild des toten Königs Olaf. Die eherne Wehr gleißte im Sonnenlicht wie ein Spiegel und warf einen hellen Lichtfleck auf die fremde Flotte, so daß die Rotköpfe geblendet die Hände vor die Augen hielten. Das schwarze Kreuz auf dem Erz teilte den leuchtenden Schimmer in gleichgroße Viertel.

»Wie konnten sie uns ausspähen, ohne daß wir sie bemerkten?« staunte der christliche Kaufmann.

»Sie wissen sich im Wald ebenso gut zu verbergen wie die Schrittfinnen«, antwortete Aris, »und laufen dabei schneller als Hirsche. Nicht einmal Haki und Hekja konnten den Vinländer einholen, der uns bei Kreuzspitz entkam und später Thorwald Erikssohn tötete.«

Die Rotgesichtigen schienen sich nun zu beraten. Thorfinn Karlsefni versuchte indes, sie zu zählen und kam auf mehr als dreihundert Krieger. Sie waren dunkle Männer, sahen häßlich aus und trugen ihre Haare unschön auf dem Kopf. Große Augen hatten sie und breite Gesichter. Die meisten waren mit Schieferlanzen bewaffnet, einige trugen auch Fischspeere und Harpunen mit Spitzen aus Hirschgeweih. Hosen und Überwürfe waren nach finnischer Weise aus Rentierleder genäht. Bilder von Bären, Luchsen, Wölfen und anderen wilden Tieren schmückten die Schultern und Rückenflächen der Kleidungsstücke. Um die Hälse der Vinländer hingen Ketten aus Luchszähnen und Adlerkrallen. Ihre Stiefel waren aus Seehundshäuten geschustert und oft mit rotem Ocker gefärbt. Auch daran konnten die Nordleute leicht erkennen, wie sehr die Bewohner Vinlands die Blutfarbe in Ehren hielten.

»Unbequem muß ihnen all dieses Leder sein«, meinte der Ragnar-

enkel, »bei solcher Sommerhitze taugt ein leichtes Gewand doch viel besser!« Er ließ nun fünf Ellen rotes Tuch holen, lief zum Seeufer hinab und hielt den nach friesischer Weise gewebten Stoff hoch in die Luft.
Die Vinländer stießen verwunderte Rufe aus und ruderten näher heran. Begierde leuchtete in ihren dunklen Augen. Nun hob der christliche Kaufmann mit der anderen Hand einige Marderfelle, schwenkte das Pelzwerk im Kreis und tauschte es dann, für alle sichtbar, gegen das Tuch in der Rechten aus.
Die Rotgesichtigen sahen ihm eine Weile lang zu und unterhielten sich dabei in einer seltsamen Sprache, die eine geringe Ähnlichkeit mit der finnischen zu besitzen schien. Dann ruderte eines ihrer Boote ans Ufer. Ein großer Mann, den die Grönländer ob seiner Haltung, Kleidung und Stattlichkeit für einen Häuptling hielten, sprang auf das flache Gestade, hob ein Bündel von Fellen empor und trat langsam auf den christlichen Kaufmann zu. Als die beiden Männer Fuß an Fuß standen, glichen sie einander wie Brüder, nur daß des einen Haut rot, die des anderen weiß war.
Der große Vinländer sah den Nordmann ernst an und reichte ihm dann die kostbaren Pelze. Der Ragnarenkel nahm das Bündel, wog es mit gestrecktem Arm und gab dem Häuptling dann das rote Tuch. Der Vinländer wickelte sich den Stoff prüfend um den Leib, sagte einige Worte in seiner unbekannten Sprache, deutete dabei auf die Sonne und kehrte dann zu den Seinen zurück. Danach tauchten die Vinländer ihre Ruder wieder ins Wasser, fuhren um die Landspitze herum und verschwanden im Fluß.
Gespannt sahen die Grönländer zu, bis das letzte Hautboot verschwunden war. Dann sagte Thorfinn Karlsefni erleichtert: »Es scheint, daß diese Vinländer nicht weniger Wert auf den Frieden legen als wir selbst. Ich glaube, sie haben verstanden und werden bald wiederkehren, um mit uns einen nützlichen Tauschhandel zu treiben.«
»Für meinen Geschmack sind die Rotgesichtigen zu zahlreich«, entgegnete Bjarne bedenklich und zeigte auf die verstreuten Hütten der Siedlung. Manche standen nahe am See, andere weiter entfernt im Wald.
»Vor diesen Skrälingen mit ihren Holzkeulen und Schieferspeeren

brauchen wir uns doch wohl kaum zu fürchten«, rief sein Bruder Thorward verächtlich. »Gewappnet kann jeder von uns es leicht mit fünfen von ihnen aufnehmen!«
»Unterschätze diese Vinländer nicht«, warnte Bjarne. »Zwar sahen wir keine Eisenwaffen in ihren Händen. Thorwald Erikssohn aber erfuhr auf Kreuzspitz, wie gut diese Rotgesichtigen mit Pfeil und Bogen zu schießen verstehen!«
»Ja, aus dem Hinterhalt!« erwiderte Thorward Tatenlos trotzig. »Wir aber sind jetzt vor den Skrälingen gewarnt!«
»Es sind ihre Wälder«, murmelte Aris, »sie sind hier zuhause, wir noch lange nicht. Jagt nicht Alben in Albenheim!«
»Aris hat recht«, meinte Bjarne. »Außerdem wissen wir nicht, wie viele Krieger beim nächsten Besuch zu uns kommen.«
Thorfinn Karlsefni nickte. »Stellt auch Wasser und Sand bereit, falls die Vinländer mit Brandpfeilen schießen!« sagte er. »Am Fluß soll fortan Tag und Nacht ein zweiter Posten wachen. Rodet die Büsche und schafft ein besseres Schußfeld!«
Sie taten so. Aber die Rotköpfe kehrten nicht wieder, auch nicht im Herbst, als die Bäume sich bunt färbten.
Der Winter war so mild, daß kaum Schnee fiel. Das Vieh konnte auf der Weide bleiben und sich selbst ernähren.
Zu Anfang des Widdermonats brachte Gudrid die Schöne einen gesunden Knaben zur Welt. Tyrker sagte zu Thorfinn Karlsefni: »Ich will deinen Sohn auf den Namen Josua taufen, nach dem ersten Anführer der Israeliten im Gelobten Land. Siegreich erstürmte der Nachfolger Mosis Jericho und viele andere Städte, so daß er deinem Erben gewiß als Vorbild zu dienen vermag.«
»Ungewohnt klingt dieser Name in nordischen Ohren«, antwortete der christliche Kaufmann, »und Beispiele ruhmvoller Mannestaten boten auch meine eigenen Vorfahren in großer Fülle. Zählen zu ihnen doch Helden wie Ragnar Lodenhose, Björn Eisenseite und der weithin berühmte Häuptling Thord auf Höfdi! Ich will daher, daß mein Sohn Snorri heißt wie mein Großvater, der einst Thords Hof am Kapfjord erbte.«
»Du willst deinem Sohn einen heidnischen Namen geben?« rief der kleine Mönch erbost.
»Auch Georg war einst ein heidnischer Name«, erwiderte Thor-

finn Karlsefni. »Und nun genug davon — ich bin es nicht gewohnt, mir in Entscheidungen hineinreden zu lassen, die mich und meine Familie betreffen!«

»Ich bin euer Priester«, fuhr Tyrker auf und rollte gewaltig die Augen, »der Hirte dieser Herde und euer aller Vater! Und wer soll Snorris Taufpate sein?« wollte er wissen.

»Natürlich Bjarne Herjulfssohn«, antwortete der Kaufmann. »Er ist mein bester Freund und bewies mir schon oft genug seine Treue. Ich zweifle nicht daran, daß er auch meinem Sohn in allen Fährnissen beistehen wird.«

»Aber er ist ein verfluchter Apostat!« brüllte Tyrker erregt. »Ein Abtrünniger des Herrn und Verräter unseres Glaubens! Bei allen siebenschwänzigen Teufeln, jetzt verlangst du zuviel!«

»Dann«, gab der Ragnarenkel ungerührt zur Antwort, »taufe ich meinen Sohn eben selbst.«

Der kleine Mönch seufzte und klagte noch eine ganze Weile, dann aber gab er nach und vollzog den christlichen Wasserguß mit feierlichem Gepränge. Thorfinn Karlsefni schenkte dem Priester dafür einen schönen Goldring.

»Ein goldener Zaum macht das Pferd nicht besser«, höhnte Sven Stinkhals, als er das sah.

»Aber gehorsamer«, lachte Aris. »Denn goldene Ketten sind auch Ketten.«

Als der Frühling kam, hörten die Nordleute eines Morgens nach Sonnenaufgang Hornstöße vom Flußufer. Kurz darauf ruderte eine große Zahl von Hautbooten von Süden her um die Landspitze. Die dunklen Fahrzeuge deckten die halbe Fläche des Wassers so dicht, als habe jemand Kohlen in frisch gefallenen Schnee geschüttet. Wieder wurden auf den Fellbooten lange Stangen mit allerlei Schmuck im Kreis geschwenkt. Auf dem vordersten Fahrzeug stand der Häuptling der Rotgesichter. Das Tuch, das er im Jahr zuvor von dem Ragnarenkel eingetauscht hatte, umhüllte nun seinen hochgewachsenen Leib.

Thorfinn Karlsefni ergriff schnell den weißen Schild mit dem Kreuz und hob ihn am Ufer empor. Die Vinländer ruderten näher heran. Aufmerksam betrachteten sie die Pfahlzäune, auch den Erdwall und die anderen Befestigungswerke. Sie zählten wie-

derum etwa dreihundert Köpfe, diesmal befanden sich aber auch viele Frauen und Kinder unter ihnen; das schien den Fahrtgenossen ein beruhigendes Zeichen. Auch bemerkten sie, daß die Rotköpfe viele Fellbündel bei sich trugen.
Nun rief der christliche Kaufmann seinen Gefolgsleuten zu, sie sollten Stoffe bereithalten und die Elle nicht für weniger als zwölf gute Pelze fortgeben.
Die Vinländer landeten unweit der Siedlung, zogen die Fellboote auf das Gestade, ließen dort einige Wachen zurück und kamen dann langsam und vorsichtig auf die Siedlung zu.
Thorfinn Karlsefni und Bjarne Herjulfssohn standen mit ihren Gefolgsleuten wohlgewappnet in den offenen Türen und sahen den Skrälingen wartend entgegen. Bjarne zeigte sich nun doch ein wenig beunruhigt, weil er zwischen den Frauen und Kindern auch viele Vinländer in Waffen gewahrte. Der Ragnarenkel meinte jedoch, daß er in seinem Leben noch keinen Handelsplatz ohne Waffen aufgesucht habe und zwischen Man und Miklagard auch keinen anderen Nordmann gesehen habe, der dumm genug gewesen sei, Leben und Habe aufgrund freundlicher Gesten Fremder aufs Spiel zu setzen.
Die Rotköpfe waren nun schon nahe heran. Je deutlicher die Grönländer sie sahen, desto mehr erstaunten sie über die Häßlichkeit ihrer Besucher und besonders die Frauen erschienen den Nordleuten abstoßender als selbst die Finnenweiber. Die Vinländerinnen trugen nämlich die Haare über den Ohren um zwei grobe Klötze aus Holz gewickelt. Der Häuptling ging an der Spitze; ein leichter Wind griff in das rote Tuch um seine Schultern und Hüften, so daß es wallte, als schritte dort Surt, der Feuerriese von Muspelheim, in seinem Flammengewand heran.
Als die Vinländer nur noch wenige Schritte von der Hütte entfernt waren, kam plötzlich Thorfinn Karlsefnis Stier aus dem Wald gelaufen. Das riesige Tier starrte den Häuptling an und stieß ein lautes Brüllen aus. Dann scharrte er Sand mit den Hufen, senkte die spitzen Hörner und stürzte schnaubend vor Wut auf den Vinländer zu.
»Das Tuch! Das Tuch!« schrie Aris und lief aus der Hütte.
Die Rotgesichter schienen noch nie einen Stier gesehen zu haben,

denn sie erschraken ganz furchtbar und rannten mit ihren Bündeln in alle Richtungen davon. Die meisten liefen zur Siedlung und wollten in die Hütten hinein. Der Häuptling aber blieb stehen und hob eine steinerne Axt, um sie dem Stier in den Schädel zu schlagen.

Wie die Skrälinge das Handelsgut der Grönländer in ihren Mägen forttrugen

Aris lief zwischen den schreienden Vinländern durch das gerodete Feld vor dem Holzzaun und stieß dabei Frauen und Kinder zur Seite. Ehe der wildgewordene Bulle den Häuptling der Rotgesichter mit seinen Hörnern durchbohren konnte, sprang der Norweger den Hünen von hinten an und warf ihn durch die Wucht seines Aufpralls zu Boden.
Brüllend und brummend raste das zornige Tier an den Gestürzten vorüber und warf sich herum, um neuerlich anzugreifen. Nun aber stürmten auch Ulf, Glum und Gorm aus der Hütte. Goldbauch und der Grindige ergriffen den schnaubenden Stier an den Hörnern, Ulf packte den dicken Schwanz. In wilden Sprüngen tanzten sie um das tobende Tier, ängstlich darauf bedacht, nicht etwa mit einem Fuß unter die stampfenden Hufe zu geraten. Festhalten konnten sie den brüllenden Bullen freilich nicht. Der zornige Vater der Viehherde schleppte die fluchenden Männer mit sich in den Wald und brach dort mit lautem Krachen in das Dickicht, aus dem sogleich das laute Wehgeschrei der von Zweigen gepeitschten und Dornen zerschrammten Wikinger erschallte.
Aris saß auf dem Boden und lachte. Der große Vinländer sah ihn verblüfft an. Dann schob der Häuptling die Steinaxt wieder in seinen Gürtel, erhob sich und ging zu Thorfinn Karlsefnis Hütte. Der christliche Kaufmann trat seinem Gast höflich entgegen. Rechts neben ihm stand Bjarne mit seinem weißen Schild, links der Mönch mit seinem Holzkreuz.
Die Männer wechselten einige Worte, stellten aber bald fest, daß sie sich so nicht verständigen konnten. Daher machten sie einander mit Händen Zeichen. Schließlich nahmen alle Skrälinge ihre

Bündel von den Schultern, schnürten sie auf und zeigten den Inhalt. Sie hatten vor allem Grauwerk gebracht, dazu auch Felle, die bis aufs Haar denen der Zobel aus Gardarreich glichen und noch viele Pelze zahlreicher anderer Tierarten.

Als die Vinländer ihre Schätze ausgebreitet hatten, ließ der Ragnarenkel die roten Tuche heraustragen. Begierig betasteten die Rotgesichter die leuchtend gefärbte Wolle. Thorfinn Karlsefni nahm eine Schere und schnitt ein spannenlanges Stück Stoff ab. Das hielt er dem Häuptling entgegen. Der Vinländer gab ihm dafür einen sorgfältig getrockneten, unverderblichen Marderbalg und wand sich das Tuch um den Kopf. Darauf begannen auch alle Gefolgsleute des roten Hünen, ihre Pelze für Stoff einzutauschen, und der Handel blühte wie auf einem großen Markt.

Die Vinländer und ihre Frauen hatten jedoch so viele Tierfelle mitgebracht, daß Thorfinns Tuch allmählich knapp wurde. Daraufhin schnitt der christliche Kaufmann den Stoff in so schmale Streifen, daß keiner breiter war als ein Finger. Gleichwohl zeigten die Skrälinge sich auch noch nach diesen dünnen Fetzen so begierig, daß sie dafür ebensoviel wie zuvor, manchmal sogar noch mehr gaben.

Dennoch gingen die Stoffvorräte schließlich zu Ende. Nun ließ der Vinländerhäuptling seine Gefolgsleute einen großen Ballen besonders schöner Biberfelle herbeischaffen und zeigte auf das eherne Beil in Thorfinn Karlsefnis Gürtel. Lächelnd zog der Ragnarenkel die Axt und reichte sie dem Hünen.

»Bist du von Sinnen?« rief Bjarne erschrocken. »Wenn wir den Rotköpfen unsere Waffen verkaufen, werden wir diese Handelsware bald in unseren Schädeln wiederfinden!«

»Das habe ich nicht vor«, antwortete der christliche Kaufmann munter. »Aber wenn wir den Tausch ablehnen, könnte das unsere Gäste verstimmen. Denn dann müßten sie erkennen, daß wir ihnen mißtrauen.«

»Lieber unbeliebt als tot!« brummte Sven Stinkhals. »Schon mancher streckte friedfertig die Hand aus und wunderte sich, als sie ihm abgehauen wurde.«

Der Herjulfssohn gab ihm einen seltsamen Blick, sagte aber nichts mehr. Besorgt sah er Thorfinn Karlsefni zu, der mit dem Vinlän-

derhäuptling an eine junge Eberesche trat und ihn durch Zeichen aufforderte, das Eisenbeil an den Ästen des Baums zu erproben. Der rote Hüne sah den Nordländer nachdenklich an. Dann hob er die Waffe und hieb sie mit mächtigem Hall in das Holz. Splitternd schlug das scharfe Erz den Stamm der Eberesche durch, so daß der grünende Wipfel herabfiel.
Der rotgesichtige Hüne stieß einen Laut der Verblüffung aus und blickte bewundernd auf das Beil in seiner Hand. Nun winkte der Ragnarenkel ihn zu einer hochragenden Föhre, die nur ein ziemlich großer Mann mit den Armen umfassen konnte. Der Häuptling holte mächtig aus und trieb die geschliffene Schneide der Axt tief durch die rissige Rinde. Holzspäne flogen davon, und als der Vinländer das Beil mit einiger Mühe wieder herauszog, klaffte eine tiefe Kerbe im Stamm.
Wieder ließ der rote Hüne viele fremdartige Worte hören, aus deren Tonfall sein Erstaunen deutlich zu erkennen war.
»Was bezweckt Thorfinn damit?« wunderte sich Bjarne. »Will er denn die Begehrlichkeit dieser Rotköpfe nach unseren Waffen noch steigern?« Doch er verstummte gleich wieder, als er nun sah, wie der Ragnarenkel den Vinländer zu einem Felsen führte.
Zweifelnd schaute der Häuptling den Kaufmann an. Thorfinn Karlsefni nickte lächelnd und deutete auf den grauen Granit. Daraufhin hob der Vinländer wieder das Beil und schlug es mit aller Kraft gegen den Stein. Klirrend zersprang die eherne Klinge und weithin flogen die Splitter der Axt umher, von der nur der Griff in der Faust des Häuptlings zurückblieb.
Der Ragnarenkel lächelte wieder, zeigte auf den siegreichen Fels und dann auf die Axt des Vinländers und sagte: »Stein ist stärker als Eisen.«
Der rote Hüne nickte, schleuderte den zerbrochenen Stiel verächtlich davon und schritt mit den Seinen zurück in den Wald. Thorfinn Karlsefni aber verbot danach allen Gefolgsleuten streng, Waffen gegen die Pelze der Vinländer einzutauschen.
»Aber wir haben kein Tuch mehr«, antworteten Snorri Thorbrandssohn. »Womit sollen wir handeln?«
Der christliche Kaufmann überlegte eine Weile und sagte dann: »So wie die Rotgesichtigen vor dem Stier erschraken, kennen sie

wohl auch keine Kühe und wissen nicht, was Milch ist. Wir wollen einmal sehen, wie ihnen die Speisen schmecken, die unsere Frauen aus der Molke zuzubereiten verstehen.
Er ließ nun die Frauen Milchspeisen zu den Skrälingen hinaustragen. Auch Freydis und Bjarnes Frau Jorun verfügten über große Vorräte davon. Sobald die Vinländer von den Gerichten gekostet hatten, wollten sie diese und nichts anderes mehr kaufen. Sie gaben viele kostbare Pelze dafür, setzten sich dann mit ihren Weibern und Kindern in den Schatten der Büsche und verzehrten alles, was sie eingehandelt hatten. Dabei aßen sie so viel, daß selbst die Grönländer staunten. Als es Abend wurde, fuhren die Vinländer wieder in ihren Hautbooten davon.
So endete nun der erste Kaufbesuch der Skrälinge, daß diese die erworbenen Waren in ihren Mägen davontrugen. Karlsefni und seine Fahrtgenossen bewahrten dagegen die Bündel mit den teuren Fellen sorgfältig auf und meinten fröhlich, daß sie den besseren Tausch gemacht hätten. Bjarne, Aris und die Wikinger aber sahen einander bedenklich an.

Von einer Kundfahrt und einem seltsamen Lied

Als das letzte Hautboot hinter der schmalen Landzunge im Süden verschwand, sagte Bjarne zu Thorfinn Karlsefni: »Nun will ich versuchen, die Vinländer unbemerkt zu verfolgen. Denn wir müssen wissen, wo sich ihr Wohnsitz befindet und wie viele Krieger sie insgesamt zählen.«
Der christliche Kaufmann nickte und antwortete: »Unternehmt aber nichts, was diese Leute uns zu Feinden machen könnte!«
Der Herjulfssohn rief nun Aris und die Wikinger von der Forkeninsel zu sich. Sie bemannten das Schleppboot und fuhren der fremden Flotte vorsichtig nach. Die Vinländer reisten sehr schnell, so daß Sven Stinkhals schnaufte: »Im Handeln ließen sich diese Rotköpfe übers Ohr hauen, aber vom Rudern verstehen sie eine ganze Menge!«
Sie mußten sich den ganzen Tag über mächtig ins Zeug legen, um die Vinländer nicht aus den Augen zu verlieren. Dabei gelangten

sie sehr weit nach Süden. Am Ende sahen sie alle Hautboote in eine kleine Bucht rudern, an deren Ufer eine große Zahl von seltsamen Hütten stand. Darauf hielten die Wikinger hinter einer Felsklippe an, verbargen das Schleppboot in einigen Ginsterbüschen und ließen Sven Stinkhals zur Bewachung zurück.

Die anderen kletterten über einen bewaldeten Bergrücken, um das Lager der Rotköpfe von der Landseite her in Augenschein zu nehmen. Vorsichtig krochen sie durch ein Kieferndickicht; da sahen sie unter sich ein stark gekerbtes Tal, das von einem reißenden Wildbach durchflossen wurde. Um das Gewässer reihten sich sehr viele Vinländerhütten; sie waren aus Stangen und Fellen erbaut und spitz wie Zelte. Am oberen Ende der Rundhütten quoll Rauch hervor.

Lange lagen die Grönländer reglos unter den Kiefern und sahen dem Treiben der Rotköpfe zu. Dabei stellten sie fest, daß die Vinländer tüchtige Jäger und auch geschickte Handwerker waren. Denn auf hohen Holzgestellen vor den spitzen Hütten hingen Tausende kostbarer Pelze zum Trocknen und darunter sahen sie Krieger mit flinken Fingern Pfeile und Lanzen mit Schieferspitzen anfertigen. Bjarne hielt den Blick eine Stunde lang auf das vorderste Zelthaus gerichtet und zählte in dieser Zeit drei Männer, vier Frauen und sieben Kinder, die durch den Eingang heraus- oder hineintraten. Daraus errechnete der Herjulfssohn, daß in der Siedlung wenigstens zweitausend Menschen wohnten, darunter mehr als siebenhundert Männer in waffenfähigem Alter.

»Das reicht«, murmelte er, »zurück zum Boot!«

Sie wandten sich um und schlichen durch das Kieferngebüsch, Bjarne Herjulfssohn an der Spitze, Aris am Schluß. Nach einigen hundert Schritten war es dem Norweger, als höre er hinter sich ein Kind singen. Verwundert blieb er stehen und horchte. Seine Gefährten hatten nichts gemerkt und liefen weiter, ehe er sie zurückrufen konnte.

Das fremdartige Lied ertönte bald immer lauter und bald verriet das leise Knacken von Zweigen, daß sich dort ein Wesen näherte, das aber ebensogut ein Mensch wie ein Albe sein konnte. Schnell versteckte sich Aris hinter einer dickstämmigen Weide und lugte neugierig zwischen ihren Zweigen hervor.

Wenig später raschelte Laub, die Spitzen eines Haselnußstrauchs begannen zu zittern und aus dem Dunkel trat ein junges Mädchen in der Tracht der Rotköpfe hervor. Es trug sein glattes schwarzes Haar nach Art der Finnen gescheitelt und zu zwei Zöpfen geflochten. Ein Lederwams bedeckte den schlanken Leib und an den Füßen trug die junge Vinländerin niedrige Schuhe aus Seehundfell. Fröhlich zupfte sie Blüten von einem Strauch; sie mochte elf Jahre zählen.

Als das Mädchen näherkam, preßte sich Aris noch dichter in das Gezweig der Weide und hielt den Atem an, um nicht entdeckt zu werden. Das Lied der jungen Vinländerin verzauberte ihn auf seltsame Weise, und er lauschte mit großem Entzücken. Denn der merkwürdige Gesang weckte in ihm Erinnerungen an ferne Kindertage und rührte an einen Strang seiner Seele wie der Finger eines Lautenschlägers an einer lange nicht benutzten Saite. Die hohen Töne klangen Aris wie der Wind in den Wipfeln von Möre, wenn er mit seinen Brüdern im Wald Verstecken und Aufspüren spielte, die mittleren wie das tröstende Murmeln der Mutter, wenn sie ihm nach einem Sturz wieder aufhalf, die tieferen aber wie das verlockende Rauschen des Meeres vor seines Vaters Hof, jenes Geräusch, daß schließlich über die anderen gesiegt und Aris in die Welt hinausgezogen hatte. Die Melodie gemahnte ihn an seine ersten Siege, aber auch an Niederlagen und tote Gefährten und schließlich an Frilla, und Wehmut schlich in sein Herz.

Da riß ihn ein zorniges Brüllen aus allen Träumen, und erschrocken sah er einen riesigen Bären aus dem Walddunkel brechen. Das Mädchen stieß einen lauten Schrei aus.

»Lauf!« rief Aris und sprang mit erhobener Axt hinter der Weide hervor.

Die junge Vinländerin fuhr herum und sah ihn entsetzt an. Dann rannte sie zwischen dem Wikinger und dem Raubtier davon, als wüßte sie nicht, wer gefährlicher sei. Schon nach wenigen Schritten stolperte sie jedoch über eine Tannenwurzel, schlug der Länge nach zu Boden und prallte dabei mit dem Kopf so unglücklich auf einen Baumstumpf, daß sie sogleich das Bewußtsein verlor.

Brummend näherte sich der Bär seiner wehrlosen Beute. Ein dichter grauer Pelz bedeckte den riesigen Leib des Ungeheuers. In seiner halb geöffneten Schnauze drohten Reißzähne lang wie Daumen und seine gewaltigen Pranken vermochten wohl leicht das Genick selbst des größten Ochsen zu brechen. Schnell stellte sich der Norweger dem Tierriesen in den Weg und ließ die Axt kreisen.

Als der Bär sah, daß Aris nicht wich, brüllte er zornig und richtete sich auf. Da wußte der Wikinger nicht mehr, ob er einem sterblichen Geschöpf oder einem Gott in Tiergestalt gegenüberstand, so sehr erstaunte ihn die gewaltige Größe des Waldwesens. Grollend schlug der ungeheure Koloß mit den Tatzen nach seinem Gegner, Aris aber sprang rasch unter dem Hagel der Hiebe hindurch und stieß dem Untier sein Schwert in den Bauch.

Der Riesenbär stieß einen Schrei aus, der so laut und schrecklich klang, daß Aris fast das Mark in den Knochen gefror. Noch ehe er zur Seite springen konnte, hatten ihn die scharfen Klauen gepackt. Mit aller Kraft preßte der verwundete Bär seinen Feind nun gegen die Brust, um ihn wie eine faule Frucht zu zerquetschen. Verzweifelt zog Aris den Dolch und hieb auf den Tierriesen ein, aber die Stiche schienen den Graupelz nur in immer größere Wut zu versetzen. Da entsann sich der Norweger eines Griffs, den ihm einst der Waidmann bei dem Gelage zu Trutzklipp geschildert hatte, damals, als er Aris von seinen Kriegs- und Jagdfahrten erzählte. Tastend schob Aris die Rechte zwischen die zottigen Beine des Bären, schloß die Finger um das Geschlechtsteil des Ungeheuers und riß es mit einem Ruck heraus.

Nun fuhr ein Geheul aus dem aufgerissenen Rachen des Raubtiers hervor, als brüllten tausend trunkene Thursen in Wut und Wahn. So laut klang das ohrenbetäubende Tosen, daß es im Wald grausig widerhallte und alle anderen Tiere verstummten. Aus der Wunde zwischen den Hinterbeinen des Bären spritzte ein starker Schwall Blut hervor und rann in breiten Strömen über den Pelz. Von rasenden Schmerzen gepeinigt, ließ der Waldriese sein Opfer fallen und wälzte sich knurrend und fauchend im welken Gras. Dabei floß das Leben aus seinem Leib, und er verendete mit gefletschten Zähnen.

Schweratmend erhob sich Aris, befühlte die von den Klauen zerfetzte Stirn, wischte sich das Blut aus den Augen und zog dann seine Klinge aus der Brust des grauen Bären. Da bemerkte er, daß die junge Vinländerin wieder erwacht war. Mit großen Augen starrte sie den Wikinger an, als sähe sie zu einem fremden Gott empor.

Aris schob das Schwert ins Wehrgehenk zurück, hob dem Mädchen zum Zeichen des Friedens die Hände entgegen und eilte dann seinen Gefährten nach. Es dauerte nicht lange, da kamen sie ihm schon entgegen; sie hatten sein Verschwinden bemerkt und nach ihm gesucht. »Alle Wetter, wie siehst du denn aus?« wunderte sich Glum Goldbauch, der Aris als erster erblickte. »Hast wohl mit einer wilden Sau geturtelt?«

Bjarne riß sich sogleich einen Ärmel ab und wickelte ihn Aris behutsam um die Stirn, damit ihm das Blut nicht länger den Blick verdunkelte. Indessen erzählte der Norweger von seinem Abenteuer.

»Dann müssen wir schleunigst verschwinden«, meinte Bjarne besorgt. »Denn sobald das Mädchen in das Dorf zurückgelaufen ist, werden die Vinländer den Wald durchsuchen.«

Sie hasteten durch dichtes Unterholz zum Strand, stiegen in das Schleppboot und ruderten aus vollen Kräften nach Norden. In I Hopi nahm Gudrid Nadel und Zwirn und verschloß die Rißwunde an Aris' Stirn, damit ihm kein wildes Fleisch wuchs.

Bjarne berichtete seinen Gefährten, wo das Dorf der Vinländer lag und wie viele Krieger sie zählten. Daraufhin sagte sein Bruder Thorward: »Daß diese Skrälinge sich so gut auf die Jagd verstehen, soll uns zustatten kommen. Laßt uns hinfahren und ihnen zeigen, daß wir von nun an die Herren hier sind. In Zukunft sollen sie uns tüchtig Abgaben entrichten, so wie die Waldleute vom Bjarmameer den Norwegern in Halogaland schon seit Ottars Zeiten die Finnensteuer bezahlen.«

»Wir fuhren unter dem Kreuz aus, nicht unter dem Hammer«, entgegnete Tyrker mit strenger Stimme. »Nicht um die armen Wilden zu quälen, sondern um ihnen gute Nachbarn zu sein, bei allen schnaubenden und schnaufenden Höllengespenstern! Nicht berauben wollen wir die Vinländer, sondern beschenken, und zwar mit Gottes Wort, verdammt noch eins! Darum werde ich nun in ihr Dorf fahren und dort das Evangelium verkünden.«

»Um Himmels willen!« entfuhr es Thorfinn Karlsefni. »Du kennst doch nicht einmal ihre Sprache! Wir sollten warten, bis sie wieder zum Tauschhandel kommen und dann versuchen, eine dauerhafte Verbindung mit ihnen zu knüpfen.«
»Und zwar aus der Sicherheit einer Befestigung, die uns vor ihren Pfeilen und Speeren Schutz bietet«, riet Bjarne.
»Wäre der Waidmann noch hier, würden hier wohl nicht nur Krämer und Kirchenleute das große Wort führen«, grollte Thorward. »Bangt euch vor Steinäxten und Schieferlanzen, daß ihr euch hier kleinmütig verschanzen wollt, statt den Feind nach der Weise der Väter mutig anzugreifen? Schnabel gegen Schnabel, so schlagen sich die Adler!«
»Eine kluge Hand macht nicht alles, was eine närrische Zunge schwatzt«, entgegnete Bjarne dem Bruder.
»Kein Acker ohne Disteln!« rief Tyrker beschwörend. »Auf, laßt uns Gottes Weinberg bestellen und die Skrälinge . . . ich meine, die Vinländer bekehren, bevor es der Teufel tut!«
So stritten sie eine Weile, aber Thorfinn Karlsefni und Bjarne Herjulfssohn blieben fest, und zwar sowohl dem Mönch als auch Thorward Tatenlos gegenüber, so daß weder der eine als Täufer noch der andere als Wikinger ausfahren konnte. Denn so heftig Tyrker auch drängte, keiner der Schiffsführer war bereit, ihm sein Boot zu leihen. Thorward aber wagte nicht, allein nach Süden zu segeln. Angesichts so vieler Vinländer in der Nähe konnte er auch nicht mehr daran denken, eine eigene Siedlung zu gründen. Darüber grämte er sich sehr. Freydis aber tröstete ihn und sagte: »Noch sind wir nicht soweit, daß dein Bruder mit uns verfahren dürfte wie mit Vieh! Wenn mir gelingt, was ich plane, wird sich nicht sein, sondern dein Wille erfüllen.«

Von einem Katzenwolf und einer überraschenden Begegnung

Nun ist zu erzählen, daß die Grönländer in ihrer Siedlung I Hopi einen sehr warmen Sommer erlebten und es ihnen schien, als ob das Land noch mehr Früchte trug als selbst die von Frey so reich gesegneten Äcker Seelands und Schonens. Einige Kühe kalbten, der Stier wurde fett und auch alles andere Vieh gedieh prächtig, so daß die Mägde viel zu buttern bekamen. Thorfinn Karlsefni ließ einen großen Vorrat von Milchspeisen aller Art anlegen. Abends spannen die Frauen die Wolle der Schafe, webten neue Tücher und färbten sie rot, so daß die Siedler bald wieder über sehr viele Tauschwaren verfügten.

Gudrid die Schöne saß jeden Tag viele Stunden im Schatten und nährte den kleinen Snorri, und der erste Vinländer nordischen Bluts ließ oft seine laute Stimme erschallen. Dem Säugling schien es dabei gleichgültig, ob Sonne oder Mond am Himmel standen, und des Nachts weckten seine Schreie die Siedlung früher und nachhaltiger als jeder Hahn. Sein Vater Thorfinn lauschte dem Sohn voll Stolz auf die Kraft seiner kleinen Kehle und lobte die Ausdauer seiner Lungen und äußerte viele Male, daß Snorri gewiß zu einem tüchtigen Erben heranwachsen werde. Die Wikinger von der Forkeninsel jedoch träufelten sich jeden Abend Talg in die Ohren und nannten den Kleinen bald »Schlummervernichter«, bald »Mörder der Müden« und »Skalde der Schlaflosigkeit«. Sven Stinkhals vermutete gar, daß Snorri Thorfinnssohn vom Christ gesandt worden sei, die Gläubigen stets an die Mühsal des Erdendaseins zu gemahnen.

Eines Nachts trug der Dürre seinen Fellsack hinaus und bettete sich in einigem Abstand zu Karlsefnis Hütte zwischen die Büsche. Auch Freydis ging wieder mit einem Kind. Gudrid die Schöne freute sich darüber und sagte, glücklich müsse ihr Sohn Snorri sein, daß ihm nun schon ein kleiner Gefährte sicher sei.

»Wenn dein Sohn auch älter ist«, erwiderte Freydis darauf, »halte ich es doch für noch längst nicht entschieden, welchen von beiden man einmal den größeren und welchen man den kleineren nennen wird. Denn mein Sohn wächst aus Erik des Roten Geblüt.«

»So habe ich es nicht gemeint«, antwortete Gudrid betroffen. »Aber es ist nun einmal so, daß mein Sohn als erster in Vinland zur Welt kam und deiner in dieser Beziehung doch nur der Zweite sein kann. Wer aber der Tüchtigere wird, müssen die Kinder später einmal selbst nach ihren eigenen Kräften herausfinden.«

»Snorri ist zwar in Vinland geboren, aber noch in Grönland gezeugt«, entgegnete die Erikstochter heftig. »Meinem Sohn aber

werde ich nicht nur im neuen Land das Leben schenken, sondern ich habe ihn hier auch empfangen.«
Über diese Bemerkung empörte sich Bjarnes Frau Jorun so sehr, daß sie zu Freydis sagte: »Stolz erscheinst du mir für eine Tochter von Eltern, die nicht miteinander verheiratet waren.«
Da wurde die Erikstochter bleich wie der Tod.
Gudrid sprach tadelnd zu Jorun: »Was kann Freydis für ihre uneheliche Geburt? Es ist nicht recht, sie dafür geringzuschätzen oder gar zu schelten.«
»Wer sich zu sehr erhöhen will, wird umso tiefer fallen«, meinte die Kjartanstochter.
»Wir werden ja sehen, wer von uns am Ende höher steht«, sagte Freydis mit blitzenden Augen.
Damit beendeten die Frauen ihr Gespräch. Sie blieben danach verstimmt und waren nicht gut aufeinander zu sprechen.
Eystein Einarssohn schmolz viel Rasenerz und verfertigte allerlei Hacken, Schaufeln und anderes nützliches Arbeitsgerät. Denn die Grönländer rodeten viel neues Land in der Umgebung, und dabei ging viel Werkzeug zuschanden. Auch Schwerter, Beile und Spieße schmiedete Eystein und sagte zu Thorfinn Karlsefni, wenn sie sich erst einmal mit den Vinländern verständigt hätten, wolle er auch mit Waffen handeln. Der Ragnarenkel erwiderte aber, daß bis dahin wohl noch viel Zeit verstreichen werde.
Aris und die Wikinger von der Forkeninsel gingen oft mit den beiden schottischen Schnelläufern auf die Jagd und staunten immer wieder über die große Gewandtheit, mit der Haki und Hekja selbst den flinkesten Rehen nachsetzten. Je tiefer sie in die Wälder drangen, desto mehr unbekannte Tiere erlegten sie. Einmal trafen sie auf eine Katze, die größer war als ein Wolf und ihre nadelspitzen Zähne gerade in einen Weißwedelhirsch schlug. Fauchend flüchtete das Raubtier vor den Wikingern. Haki und Hekja verwundeten die gelbe Riesenkatze jedoch mit ihren Pfeilen. Als sie wegen des Blutverlusts nicht mehr weiter konnte, sprang sie ihre Verfolger aus einem Ginsterbusch heraus an. Aris und Ulf durchbohrten sie mit ihren Spießen und taten das zur gleichen Zeit, so daß sie hinterher nicht wußten, wer den entscheidenden Stoß geführt hatte. Dann betrachteten sie den Katzenwolf von

allen Seiten und maßen die Länge der Klauen und Zähne. Gorm meinte, das Tier habe zuvor vielleicht bei Riesen gehaust, so wie gewöhnliche Katzen oft in den Häusern von Menschen leben, sei eines Tages entlaufen und den weiten Weg von Jotenheim herbeigewandert. Sie hieben dem Raubtier den Kopf ab, lösten das Fell und brachten beides zu Tyrker.

Der Mönch besah sich die Jagdbeute sehr genau und erklärte dann voller Verwunderung, am meisten ähnele dieses fremdartige Wesen einem Löwen. »Aber auf welche Weise ein solches Tier hierher gelangt sein könnte, weiß ich nicht«, schloß er. »Vielleicht besteht fern im Süden eine Landverbindung zwischen dieser Küste und den Königreichen der Mohren, so daß man zu Fuß von der alten in die neue Welt wandern könnte.«

Darüber wurde in den folgenden Nächten viel geredet. Fast alle Männer taten ihre Meinung dazu kund, nur Thorward Herjulfssohn schwieg.

Später im Sommer ging Aris einmal allein auf die Jagd. Eine halbe Wegstunde von I Hopi folgte er der frischen Fährte eines Damhirschs und schlich leise durch ein Dickicht aus Wacholdersträuchern, in denen er das scheue Tier zu überraschen hoffte. Da hörte er plötzlich leise Stimmen. Sie schienen einem Mann und einer Frau zu gehören. Als er nähertrat und durch die Zweige spähte, sah er Snorri, den früheren Stevenhauptmann des Waidmanns, auf einem Baumstumpf lagern. Freydis saß auf dem Schoß des Thorbrandssohns und hielt seinen Hals mit den Armen umschlungen. »Vertraue mir«, sagte sie zu ihm, »wenn du alles so machst, wie wir es nun beschlossen haben, wird dir alles gelingen und dein Lohn ist dir gewiß.«

»Nichts anderes begehre ich als nur dich«, gab Snorri zur Antwort und küßte die Erikstochter, obwohl ihr Bauch über Thorwards Kind sich schon wölbte. Freydis preßte sich enger an Snorri, erwiderte seine unschicklichen Zärtlichkeiten und flüsterte ihm viele Dinge ins Ohr, die Aris nicht verstand. Der Norweger beugte sich ein wenig vor, da knackte ein Zweig unter seiner Sohle. Sogleich fuhren Snorri und Freydis auseinander. Der Thorbrandssohn sprang auf, zog sein Schwert und lief auf das Wacholderdickicht zu.

Rasch hob Aris seinen Speer und sprang mit einem lauten Jagdruf aus dem Gebüsch. Als er vor den beiden Überraschten stand, machte er ein möglichst verblüfftes Gesicht und sagte: »Ach, ihr seid das! Ich glaubte, hier den Hirsch zu finden, den ich schon seit einer Stunde verfolge!« Er deutete auf die Fährte, ließ die Jagdlanze sinken und setzte sich auf einen vom Blitz gefällten Föhrenstamm. »Ihr habt das Wild wohl nicht gesehen?« erkundigte er sich.
Snorri Thorbrandssohn sah den Norweger mißtrauisch an. Das Schwert in der Rechten des Grönländers zitterte leicht. Freydis zupfte hastig an ihrem Kleid und antwortete: »Nicht nach Wildbret, sondern nach Beeren schauten wir aus und du hast uns dabei nicht wenig erschreckt! Was fällt dir ein, hier so herumzuschleichen? Im ersten Augenblick dachte ich, die Rotköpfe seien zurückgekehrt, uns zu überfallen!«
»Es ist nun einmal jagdliche Gewohnheit, daß man dem Wild sein Kommen nicht durch lautes Trampeln anzeigt«, antwortete Aris und tat, als sei er gekränkt. »Wenn du dich vor den Vinländern fürchtest, solltest du dich nicht so weit von der Siedlung entfernen, schon gar nicht in deinem Zustand, der es dir wohl kaum gestattet, in schnellem Lauf zu fliehen!«
Freydis sah ihn ein wenig merkwürdig an. Snorri Thorbrandssohn warf der Erikstochter fragende Blicke zu. Seine Miene verriet, daß er bereit war, Aris zu töten, um sein Geheimnis mit Freydis zu schützen. Die Erikstochter schien sich jedoch nicht recht schlüssig, ob Snorri den Norweger so leicht besiegen könne, denn der Wikinger besaß nur sein Schwert, Aris jedoch eine Lanze.
Nach einer Weile lächelte Freydis und sprach in sanfterem Ton: »Nimm es mir bitte nicht übel, Aris, daß ich dich eben so anfuhr — der Schrecken war daran schuld, den du mir sicherlich ohne Absicht eingejagt hast. Wir haben bei der Suche nach einem besonderen Beerenstrauch wohl ein wenig zuviel geplaudert und deshalb gar nicht gemerkt, daß wir schon so tief im Wald sind. Nun wollen wir gleich zurückkehren, damit sich Thorward nicht noch um mich sorgen muß.« Als Aris nickte, fuhr sie fort: »Sage ihm bitte nicht, daß du uns hier antrafst! Sonst macht er mir gewiß Vorwürfe ob meines Leichtsinns und ich muß mich dann zu Recht schämen.«

»Ich werde nicht darüber reden«, versprach der Norweger.
»Dafür danke ich dir«, versetzte Freydis. Sie lächelte noch freundlicher, doch ihre Augen blieben kalt. »Du weißt ja selbst, wie schnell solch ein Streit selbst zwei Menschen entzweit, die sich nahestehen«, fügte sie hinzu. »Auch ich habe durchaus nicht immer gleich alles erzählt, was ich wußte.«
»Darüber brauchen wir nicht zu reden«, erwiderte Aris.
»Dann ist es ja gut«, sagte die Erikstocher und schritt an ihm vorbei in den Wald.
Snorri gab dem Norweger einen unmutigen Blick, dann nickte er und folgte der Erikstochter. Aris aber behielt sein Wissen für sich, auch, als er erkannte, in welche große Gefahr Snorris verbotene Zuneigung zu der Erikstocher die neue Siedlung und alle ihre Bewohner brachte.

Die Vinländer und wie ein Streit ausbricht

Zu Beginn des zweiten Winters kamen die Skrälinge wieder nach I Hopi, diesmal in noch größerer Zahl als zuvor. Sie hatten wieder wertvolle Felle von großen und kleinen Tieren bei sich, von Biber und Otter, Marder und Hermelin, Wiesel und jenem Raubtier, das dem kostbaren Zobel glich. Der große Mann, der ihr Häuptling war, führte die Rotgesichtigen an. Thorfinn Karlsefni trat ihm vor seiner Hütte entgegen und reichte ihm eine Milchspeise. Der Vinländer leerte die Schüssel mit großem Behagen und ließ auch einige Frauen und Kinder davon kosten. Alle schaufelten sich die Nahrung mit den Händen in den Mund. Den Grönländern schien das ein Zeichen dafür, daß sich die Waldleute sonst nur von Wild nährten, denn für Fleischgerichte braucht man keine Löffel.
Als der Häuptling gegessen hatte, rief er seinem Volk kehlig einige Worte zu. Daraufhin brachten mit Schieferlanzen bewaffnete Krieger Fellbündel herbei und legten sie vor den Hütten nieder. Der Ragnarenkel rief seinen Fahrtgenossen zu: »Nun tragt dieselbe Speise hinaus, nach der die Vinländer früher so gierig waren, aber nichts anderes.« Die Grönländer taten so, handelten für ihre

Milchgerichte viele hundert teure Tierpelze ein und alles verlief wie beim ersten Mal, so daß vor der Siedlung nun ein großes Gelage stattfand.
Tyrker war nun nicht mehr zu halten. Er lief mit seinem Holzkreuz durch die Reihen der Rotgesichtigen, redete auf sie ein, rollte dabei mit seinen vorstehenden Augen und sang fromme Lieder. Die Vinländer zeigten sich davon über die Maßen entzückt, lachten gar sehr und versuchten in die Gesänge einzustimmen, was ihnen aber nicht gelang. Darüber erheiterten sie sich noch mehr, ahmten Gang und Sprechweise des Mönchs nach und trieben manchen Schabernack mit ihm. Entgegen seiner sonstigen Gewohnheit zeigte der kleine Mann sich darüber jedoch in keiner Weise erbost, sondern dämpfte die Hitze seines Gemüts und sagte immer wieder mit mildem Lächeln: »Ihr seid genauso Kinder Gottes wie wir.« Er unterließ es auch vollständig, laut zu fluchen und die Lachenden mit christlichen Bannsprüchen zu belegen, wie er es zuvor auf Island und auch auf Grönland so oft getan hatte. Die Wikinger staunten sehr über dieses Verhalten und Sven Stinkhals sagte: »Meister Steilstirn scheint alt und weise zu werden und das kann seiner Sache nur nutzen.«
Auch die Herjulfssöhne und ihre Männer handelten mit den Vinländern und beide Seiten schienen mit jedem Tausch sehr zufrieden. Es war wieder so, daß die Rotköpfe mit ihren Waren die Truhen der Nordleute, diese aber mit ihren Erzeugnissen nur die Mägen der Vinländer füllten. Den Grönländern schien das sehr günstig und sie freuten sich, mühten sich aber, ihr Glück nicht zu zeigen. Das hatte ihnen Thorfinn Karlsefni eingeschärft. Denn der Ragnarenkel wollte nicht, daß seine Gäste merkten, wie ungleich der Handel verlief.
Einer der Knechte Karlsefnis hieß Krak. Er war ein grober Mann von einfacher Denkweise, immer nur auf seinen Vorteil bedacht und deshalb unbeliebt selbst unter seinesgleichen. Krak erheiterte sich sehr über sein Handelsglück und lachte umso lauter, je mehr von der Milchspeise in den Bäuchen der Gäste verschwand. Dabei versuchte er auf vielerlei Art, die Vinländer zu noch größerem Verzehr anzuregen. Immer wieder drückte er die Augen aus den Höhlen, fuhr sich mit der Zunge über die Lippen und rieb sich

den Bauch, um anzuzeigen, welche Genüsse noch für die Gäste bereitstanden. Die Rotköpfe sahen ihm eine Weile lang zu, dann aber ließen sie plötzlich Laute des Unmuts hören; einer von ihnen erhob sich und ging auf Krak zu. Der Knecht grinste ihn fröhlich an, rülpste und hob dem Vinländer eine volle Schüssel entgegen. Der Rotgesichtige wies das Gefäß aber zurück und deutete auf das Schwert an Kraks Hüfte.

»Ja, das würde dir wohl gefallen!« rief der Knecht höhnisch und schob den Vinländer von sich. »Aber daraus wird nichts. Essen kannst du bei uns kaufen, Eisen nicht!«

Er lachte sehr, der Rotgesichtige aber lachte nicht, sondern stieß plötzlich viele Worte hervor, die zornig klangen, und griff nach der Waffe.

Krak wich ein wenig zurück und rief: »Holla! So einer bist du also? Dich werde ich stehlen lehren!« Dabei stieß er den Vinländer grob vor die Brust.

Der Rotköpfige ließ sich dadurch jedoch nicht vertreiben, sondern schien nun erst in Wut zu geraten. Mit funkelnden Augen schlug er nach dem Knecht.

Snorri Thorbrandssohn stand in der Nähe. Auch Freydis sah den Streit.

»Hör auf damit, Krak!« schrie Thorfinn Karlsefni von der anderen Seite der Lichtung und lief schnell herbei. Ehe er seinen Hörigen aber zurückhalten konnte, packte Krak den Gegner und warf ihn zu Boden. Er war ein starker Mann, der es leicht mit dem Skrälinger aufnehmen konnte.

Der Häuptling der Vinländer eilte herbei. Freydis nickte Snorri zu. Nun trat der Thorbrandssohn rasch zu dem liegenden Rotköpfigen, zog seine Klinge und schlug sie dem Vinländer quer in den Hals.

In diesem Moment tat es einen gewaltigen Knall, so als ob ein Blitz vom hohen Himmel herabgefahren wäre. Blut spritzte aus der Wunde des Rotgesichtigen und er sank tot zu Boden. Auch in den Hütten war der Schlag deutlich zu hören.

Wie die Skrälinge flohen und die Grönländer sich auf den Krieg vorbereiteten

Als die Grönländer sahen, was Snorri getan hatte, zogen sie sogleich die Waffen blank und stellten sich kampfbereit vor ihren Hütten auf. Die Vinländer starrten fassungslos auf den Toten. Dann sprangen sie auf und flohen zu ihren Booten. Ihre Felle, auch einige Kleider und andere Waren ließen sie liegen und nahmen nur ihre Frauen und Kinder mit sich, so eilig hatten sie es, dem Zorn des Eisens zu entkommen.

Thorfinn Karlsefni und Tyrker liefen hinter den Flüchtenden her und riefen ihnen zu, umzukehren und sich mit ihnen wieder zu versöhnen. Der Ragnarenkel bot ihnen Blutgeld an, der Mönch die Segnungen seines Gottes. Die Rotköpfe aber hörten nicht auf sie, sondern stürzten geradewegs zum Seeufer hinab, bemannten in großer Hast ihre Boote und ruderten südwärts davon. Als sie hinter der kleinen Landzunge verschwanden, stand der Häuptling in seinem Kahn auf und schwenkte seinen Schieferspeer. Da wußten die Grönländer, daß er zurückkommen würde, diesmal aber nicht mit Frauen und Kindern, sondern mit kampfbereiten Kriegern.

Thorfinn Karlsefni ließ seinen Knecht binden und peitschte ihn aus. Dann sagte er zu Snorri: »Das war falsch, daß du gleich das Schwert schwangst. Jetzt wird der Streit, den wir gewiß mit Worten hätten beenden können, vielleicht viel Blut fordern.«

»Der Heide griff nach seinem Dolch«, verteidigte sich der Thorbrandssohn.

»Lieber hätte ich diesen Knecht verloren als die Freundschaft der Vinländer«, seufzte der Ragnarenkel. »Aber was geschehen ist, kann nicht mehr ungeschehen gemacht werden.«

Snorri antwortete: »Es ist nicht recht, daß du mir meine Hilfe mit solchen Worten vergiltst.« Dann wandte er sich um und schritt zu seiner Hütte. Freydis aber lächelte ihm heimlich zu.

Thorfinn Karlsefni ging nun zu Bjarne und sagte: »Nun werden wir einige Maßregeln ergreifen müssen. Denn ich vermute, daß diese Rotköpfe, nachdem sie uns zweimal in Frieden aufsuchten, nun bald ein drittes Mal herkommen werden, diesmal jedoch in

Unfrieden und mit sehr großer Anzahl. Darum wollen wir unsere Siedlung nach Wikingerart mit einem festen Schutzwall umgeben. Zehn Männer sollen auf das Vorgebirge steigen, dort Ausschau halten und sich den Vinländern zeigen, sobald sie zurückgekehrt sind. Unsere übrige Mannschaft werden wir in den Wald führen. Wir wollen dort eine Lichtung hauen. Falls die Skrälinge aus den Bäumen heraus angreifen, treten wir ihnen dort entgegen und treiben dabei unser Vieh vor uns her. Der Stier soll an der Spitze gehen, denn ihn fürchten die Vinländer sehr. Auf diese Weise werden wir sie vielleicht in die Flucht schlagen, ohne daß noch mehr Blut fließt, das hinterher wohl teuer zu bezahlen sein würde.

Thorward Herjulfssohn zeigte an diesem Plan nur sehr wenig Gefallen und antwortete: »Weder halte ich es für ratsam, daß wir hinter einem Zaun in den Hütten bleiben sollen, die der Feind mit Feuerpfeilen sehr schnell in Brand setzen könnte, noch behagt es mir, mich hinter einer Viehherde zu verstecken. Ich zöge es vor, den Vinländern auf dem offenen Feld entgegenzutreten, damit wir nicht nur den Sieg, sondern auch Ruhm gewinnen.

Bjarne tadelte seinen Bruder für diese Rede und sagte: »Du sprichst, wie du es verstehst. Töricht würden wir handeln, wollten wir uns hier unter so vielen Feinden freiwillig einer Gefahr aussetzen, der wir dank Thorfinns Klugheit vielleicht noch entgehen können. Denn wenn wir die Vinländer blutig besiegen, werden sie nicht ruhen, bis sie alle ihre Toten gerächt haben. Sie werden ein noch größeres Heer versammeln und dann von neuem gegen uns ziehen. Wer weiß, wie viele Menschen in diesen Wäldern wohnen! Wenn wir aber die Schlacht verlieren, wer soll uns dann helfen? Grönland ist weit und wir sind zu wenige, um eine Siedlung mit Waffengewalt gegen so viele Feinde durchzusetzen.«

Sie taten nun so, wie der Ragnarenkel gesagt hatte, befestigten I Hopi mit einem starken Holzzaun und wählten den Platz für die erwartete Schlacht aus.

So kam es, daß Vin- und Grönländer zu Feinden wurden. Und wenn später auch manche Leute sagten, daß nur die Wildheit der Rotgesichter und ihre Gier nach dem Eisen den Unfrieden ausgelöst hätten, war es in Wirklichkeit die Schuld von Menschen, die ihren heimischen Hader mit sich über das Große Meer in die neue Welt trugen und sich damit selbst das Verderben säten.

Wie die Vinländer wieder nach I Hopi kamen und dort statt des weißen nun einen roten Schild sahen

Freydis sagte frohlockend zu ihrem Mann Thorward: »Nun kann sich dieser Krämer und Knechtsgottanbeter Karlsefni nicht länger weigern zu handeln, wie es Nordleuten geziemt. Sieh zu, daß du dabei den Ruhm gewinnst, nach dem du dich sehnst! Denn eine so günstige Gelegenheit wie diese wird nicht so schnell wiederkehren.«

»Du wirst mich im Vorderkampf fechten sehen«, versprach der jüngere Herjulfssohn, »du aber bleibe dann in der Hütte. Denn ich sorge mich sehr um dich und will nicht, daß dir etwas zustößt.«

»Ich werde auf mich und deinen Sohn achten«, antwortete Freydis lächelnd und fuhr sich stolz mit der Hand über den nun schon stark gerundeten Leib. »Erik soll das Kind heißen, so wie sein Großvater, und über Vinland herrschen, so wie der Rote einst über Grönland gebot.«

Auch Bjarnes Frau Jorun ging nun mit einem Kind. Darüber waren die beiden Eheleute sehr froh.

Drei Wochen nach dem Totschlag stießen die Wachposten auf dem Vorgebirge in ihre Hörner. Kurz darauf schallten wie eine Antwort auch Warnrufe von der Flußmündung herauf. Die Grönländer stellten sich hinter dem Holzzaun auf und spähten gespannt zum Seeufer hinab.

Bald ruderte eine riesige Menge von Hautbooten um die Landzunge. So viele Fahrzeuge wimmelten auf dem Wasser, daß es Thorfinn Karlsefni und den anderen Führern erschien, als sei das gesamte Gewässer von ihnen bedeckt. Wenigstens zweitausend rotgesichtige Krieger saßen in den Fellbooten und tauchten die Ruder ins Wasser. Sie kamen so schnell heran, daß es erschien, als führen sie nicht auf einem See, sondern auf einem reißenden

Strom. Auf diese Weise wollten sie vermeiden, feindlichen Pfeilschwärmen länger als unbedingt nötig als Zielscheibe dienen zu müssen. Wieder schwenkten sie lange Stangen mit allerlei Wahrzeichen, diesmal aber wurden alle Spitzen nicht mehr mit dem Sonnenlauf, sondern in entgegengesetzter Richtung gedreht. Nun war es den Grönländern endgültig klar, daß ihre einstigen Gäste diesmal in kriegerischer Absicht kamen.
»Ruhig!« mahnte Thorfinn Karlsefni die Fahrtgenossen. »Noch wissen wir nicht, ob sie uns wirklich angreifen werden. Vielleicht wollen sie auch nur drohen und uns ihre Macht beweisen!«
Freydis stand fünfzig Schritte entfernt vor ihrer Hütte und stieß ein verächtliches Zischen aus. Da nahm Thorward Herjulfssohn einen Schild, den er in der Nacht zuvor mit Blut bestrichen hatte, hob ihn über den Holzzaun, so daß ihn die Vinländer sehen mußten, und rief: »Das ist, was euch hier erwartet, ihr Skrälinge: Nicht mehr soll euch unsere weiße Milch laben — diesmal werden wir es sein, die sich satt trinken, und zwar an eurem Blut!«

Über die Schlacht von I Hopi

Die Vinländer sahen einander an. Dann stieß ihr Häuptling einen herrischen Ruf aus. Die Skrälinge zogen die Boote ans Ufer und bargen sich hinter der Böschung. Nur ihre häßlichen schwarzen Haare waren zu sehen, als sie sich nach den Seiten verteilten und I Hopi von der See abschnitten.
Da sagte der Ragnarenkel: »Nun bleibt uns wohl wirklich nichts anderes übrig, als mit den Kriegern Vinlands zu kämpfen. Denn wenn sie uns auch von der Landseite her umzingeln, sitzen wir in der Falle und sie können uns leicht mit Brandpfeilen rösten.«
Er sagte zu Snorri Thorbrandssohn, daß er mit einigen Männern zum Schutz der Hütten zurückbleiben solle. Mit dem größeren Teil der grönländischen Streitmacht stellte er sich zwischen Holzzaun und Wald auf. Bjarne stand rechts, Thorward Tatenlos links von dem Ragnarenkel. Bei dem älteren Herjulfssohn hielten sich Eystein der Schmied, Aris, Haki, Hekja und die Wikinger von der

Forkeninsel auf, bei dem jüngeren Thorbrand Snorrissohn, der junge Stevenhauptmann des Waidmanns.
Es dauerte nur kurze Zeit, dann tauchten auf der anderen Seite der Lichtung die ersten Skrälinge aus dem Waldesdunkel. Der hochgewachsene Häuptling führte sie an. Als die Vinländer bemerkten, daß die Nordleute nun vor dem Holzzaun standen und nicht mehr dahinter, hielten sie an.
»Sie fürchten unsere Eisen«, murmelte Thorfinn Karlsefni und hielt seine Axt in die Höhe, so daß die scharfe Klinge in der Sonne blitzte. Da war es den Grönländern, als ob ihre Feinde erschrocken ein wenig zurückfuhren. Wieder ertönte die laute Stimme des Häuptlings. Daraufhin schwenkten die Skrälinge auf einmal alle zugleich die Arme und im nächsten Augenblick ging ein Steinhagel auf die Nordleute nieder.
»Aufgepaßt!« schrie Bjarne Herjulfssohn und riß den Schild empor. »Sie haben Schleudern!«
»Wenn schon!« kam von der anderen Seite die Antwort seines jüngeren Bruders. »Wir haben Pfeile mit ehernen Spitzen.«
Ehe noch einer der anderen Führer einen Befehl geben konnte, schossen Thorwards Fahrtgenossen schon nach den Vinländern und einen Augenblick später sanken drei Getroffene schreiend zu Boden. Die anderen hoben die Schieferlanzen und stürmten auf die Grönländer zu.
»Laßt sie noch näher herankommen«, riet Thorfinn Karlsefni, in dem jetzt die alte Kampfeslust wieder erwachte. »Im Fernkampf scheinen sie uns ebenbürtig, aber Fuß an Fuß werden wir die Stärkeren sein!«
»Das wollen wir jedenfalls hoffen«, murmelte Bjarne und sah den Angreifern furchtlos entgegen.
»Laßt keinen von diesen Rotköpfen am Leben!« schrie sein Bruder Thorward. »Unser sind Sieg und Land!«
»Kämpft für das Kreuz!« ertönte danach die helle Stimme des Mönchs, der sich mit einem Schwert umgürtet hatte. »Gott selbst streitet auf eurer Seite wie einst gegen Amalek.« Hastig kletterte er auf einen kleinen Erdhügel und hob feierlich beide Arme, denn so hatte einst Jarl Moses auf Sinaiholm den Sieg der Israelkrieger über eine gefährliche Raubschar aus dem Sandmeer gesichert.

»Der Herr ist mit euch!« versicherte Tyrker den Grönländern immer wieder. »Der Herr ist mit euch, ihr glorreichen Raufbolde!«
Auf diese Weise hätten die Nordleute wohl am Ende den Sieg gegen die große Übermacht der Rotgesichter erfochten, doch als deren Reihen schon wankten, ertönte wieder die hallende Stimme des Häuptlings. Laut scholl sie über das Schlachtgetümmel hinweg.
Thorfinn Karlsefni fuhr herum. Blut troff von Brünne und Beil des Ragnarenkels, so daß er grausig anzusehen war. Mit aufgerissenen Augen schaute er auf den feindlichen Anführer.
Der hochgewachsene Vinländer hielt nun eine Stange in der Hand, die alle anderen weit überragte. An ihrem oberen Ende hing ein großer, dunkelblauer Ball, an Größe etwa einem Schafbalg zu vergleichen. Der Häuptling packte das Rundholz mit nervigen Fäusten, schwenkte es über den Kopf und ließ es dabei immer schneller durch die Luft kreisen. Ein sausendes Geräusch entstand, das schnell zu einem Brausen schwoll, so daß die Grönländer verwundert zurückwichen. Dann löste sich die blaue Kugel plötzlich von ihrer Befestigung und schwirrte mit schrecklichem Pfeifen über die Reihen der Nordleute hin.
Einen Herzschlag später prallte die seltsame Waffe mit ohrenbetäubendem Krachen mitten unter den Grönländern auf den Boden. Ein Donnerschlag erschütterte die Erde, als habe Thor zornig mit dem Zermalmer zugeschlagen. Da fuhr ein so gewaltiger Schrecken in die Herzen der Fahrtgenossen, daß sie an nichts anderes mehr denken konnten als an die Flucht. Wie ein Blitz wandte sich Thorfinn Karlsefnis Heer um, und alle Grönländer liefen in wilder Eile zum Fluß. Die Scharen der Vinländer aber folgten ihnen und hieben von allen Seiten auf die Flüchtenden ein.

Von einem Schwert, das an Brüsten gewetzt wurde

Der Ragnarenkel und seine Fahrtgenossen hasteten laut keuchend durch den Wald. Der Schrecken war ihnen so tief in die Glieder gefahren, daß sie lange Zeit keines vernünftigen Gedankens mehr fähig waren und wie Vieh durch die Büsche brachen. Die Skrälinge folgten den Flüchtlingen mit gellendem Geheul, so daß es den Grönländern war, als drängten Teufel und Dämonen auf sie ein. Voll blinder Furcht stolperten die Fahrtgenossen über Wurzeln und Baumstämme, oftmals blieben sie an Ranken und Dornensträuchern hängen und traten sich an spitzen Felsen die Füße wund. Es war nicht anders, als wenn eine Herde Schafe vor einem Gewittersturm ausreißt.
Als Freydis den lauten Knall hörte und sah, wie ihr Mann und alle anderen Grönländer außerhalb ihres Walls vor den Vinländern das Weite suchten, lief sie zornig aus der Hütte und rief: »Warum rennt ihr davon vor solchem Gesindel, wo ihr doch starke Männer seid? Mich dünkt, ihr könntet die Vinländer totschlagen wie dummes Vieh! Hätte ich Waffen, so würde ich mich besser wehren als jeder von euch!« Die Fliehenden achteten aber nicht auf ihre Worte. Da sagte Freydis zu Gudrid und Jorun: »Wenn wir jetzt in der Siedlung bleiben, werden wir diesen roten Trollen zum Opfer fallen. Wir wollen daher lieber unseren Männern folgen und sehen, ob unser Anblick in diesen Feiglingen nicht neuen Kampfesmut weckt.«
»Ich bleibe hier, denn so hat mir Thorfinn befohlen«, erwiderte Gudrid die Schöne und preßte den kleinen Snorri furchtsam an ihre Brust. Auch Bjarnes Frau Jorun meinte, zwischen den schützenden Wällen sicherer zu sein als im Wald.
»Dann gehe ich allein«, entschied die Erikstochter verächtlich, »denn ich habe keine Lust, mich wie ein dummes Schaf im Stall abschlachten zu lassen.«
Sie winkte Snorri Thorbrandssohn, sie zu begleiten, und der Wikinger folgte ihr, obwohl er damit gegen Thorfinn Karlsefnis Anordnung verstieß. Als er mit Freydis über die Lichtung eilte, wurden die beiden von einigen Rotgesichtern entdeckt. Die Skrälinge stießen wieder laute, abgehackte Schreie aus, hoben die Lanzen und eilten den Flüchtenden nach.

Freydis konnte nur langsam laufen, da sie hochschwanger war. Mühsam schleppte sie sich bis zum Waldrand. Da sah sie vor sich einen toten Nordländer liegen. Im Schädel des Grönländers steckte ein spitzer Schleuderstein; Blut sickerte aus der Wunde und färbte das blonde Haar rot. Es war Thorbrand, Snorris Sohn. Dicht hinter Freydis kam Snorri. »Thorbrand!« schrie er voller Verzweiflung, so laut, daß man es bis zu den Hütten hören konnte.

»Dein Sohn hat es nicht besser verdient«, sagte Freydis verächtlich. »Der Stein traf ihn von hinten, als er feige floh!«

Snorri starrte die Erikstochter aus blutunterlaufenen Augen an. »Du bist an allem schuld!« stieß er mit vor Haß fast erstickter Stimme hervor. »Du hast diesen Krieg gewollt, in dem ich nun meinen einzigen Sohn verlor. Hexe! Hure! Wie konnte ich nur . . .«

»Niemand zwang dich, den Vinländer beim Tauschhandel zu erschlagen«, erwiderte die Erikstochter kalt. »Du tatest es aus eigenem Willen, und wir beide wissen gut, was du dir davon erhofftest! Aber du hast dich getäuscht. Denn ich werde dir niemals gehören!«

»Hündin!« schrie der Thorbrandssohn und hob das Schwert. Furchtlos sah ihm Freydis entgegen. Da fuhr plötzlich ein Zittern durch Snorris Leib, seine Augen traten aus den Höhlen, Blut floß aus seinem verzerrten Mund, er sank in die Knie und fiel dann langsam vornüber. Zwischen den Schulterblättern des Thorbrandssohns ragte ein gefiederter Vinländerpfeil hervor.

Thorfinn Karlsefni und die anderen Grönländer waren bei ihrer kopflosen Flucht inzwischen auf eine steile Klippe gelangt, die sich hoch über der Mündung des Flusses erhob. Auf der anderen Seite fiel ein Felssturz in die Tiefe hinab. Da blieb Bjarne Herjulfssohn stehen, schüttelte den Kopf, schlug sich gegen die Stirn und rief den Fahrtgenossen zu: »Bleibt stehen! Ihr seid verhext worden! Der Knall war ein Zauber, euch in die Flucht zu treiben, damit ihr den Vinländern zur leichten Beute werdet oder von dieser Klippe hinabstürzt! Nun wollen wir hier umso härteren Widerstand leisten.«

Darauf erwachten auch Thorfinn Karlsefni, Thorward Tatenlos

und die anderen Grönländer aus ihrer Verzauberung, wandten sich um und stellten sich den verblüfften Vinländern mit neuem Mut entgegen. Nun begann ein blutiges Ringen Mann gegen Mann, aber so heftig die Rotgesichtigen auch immer wieder vordrangen, sie konnten den Schildwall der Nordleute nicht durchbrechen. Am heftigsten focht der hochgewachsene Häuptling und seine Waffe zerschlug schmetternd viele Schilde. Da erkannten die Grönländer, daß der rotgesichtige Riese die Axt des toten Thorbrand Snorrissohn trug.

Freydis stand neben der Leiche des jungen Thorbrand. Die Skrälinge eilten mit wildem Geheul auf die Erikstochter zu und waren ihr schon so nahe gekommen, daß sie nicht mehr fliehen konnte. Rasch bückte sich Freydis nun und nahm das blutige Schwert aus Thorbrands Hand. Dann riß sie sich das Kleid auf, holte ihre bloßen Brüste heraus und strich mit der blitzenden Klinge darüber hinweg, als wolle sie den Stahl an einem Wetzstein schärfen. Dabei schrie sie ihren Feinden entgegen: »Kommt nur, ihr Schwächlinge, wenn ihr es wagt! Härter als Eisen ist meine Haut, euch roten Hunden aber wird dieses Schwert die Köpfe abschlagen!«

Die Skrälinge, die nur noch wenige Schritte von ihr entfernt waren, blieben wie angewurzelt stehen und starrten aus großen Augen auf die hochgewachsene, rotblonde Frau, deren Handeln ihnen offenbar unbegreiflich erschien. Ja, die Gesten der Erikstochter schienen den Vinländern sogar Furcht einzuflößen, denn auf ihren flachen Zügen malten sich nun alle Anzeichen großen Schreckens. Dazu begannen sie nun am ganzen Leibe zu zittern, als hielten sie Freydis für eine Dämonin. Krächzende Laute höchsten Entsetzens drangen aus den Kehlen der Rotköpfe; dann wandten sie sich um und liefen brüllend vor Angst davon.

Ihre Schreckensschreie drangen bis zu der Klippe, auf der die anderen Vinländer immer noch gegen die Nordleute fochten. Verblüfft fuhr der Häuptling herum und starrte auf die Lichtung hinab. Auch alle Krieger folgten dem Blick ihres Anführers. Wieder strich sich Freydis mit dem scharfen Schwert über den bloßen Busen und stieß dabei ein gellendes Gelächter aus, das auch den Grönländern wie das Geheul einer Wahnsinnigen klang. So schrecklich hallte das Lachen der Erikstochter durch den weiten

Wald, daß nun auch alle anderen Rotköpfe von der gleichen namenlosen Furcht ergriffen wurden. So wie zuvor die Nordleute vor dem Donnerknall davongelaufen waren, wandten sich nun die Vinländer um und rannten in wilder Flucht zu den Schiffen.

Was Thorfinn Karlsefni nach der Schlacht erfuhr und beschloß

Zornig brüllte der Häuptling der Rotköpfe seinen Kriegsscharen Befehle zu. Aber die Vinländer hörten nicht auf ihren Anführer, sondern hasteten hakenschlagend wie Hasen an ihm vorbei in den Wald und stürzten voller Entsetzen zum Strand hinab, wo ihre Boote lagen. Der rotgesichtige Riese packte einen Flüchtenden, zog ihn an sich und schüttelte ihn voller Wut. Dann hob er die Axt. Einen Herzschlag später fuhr die scharfgeschliffene Waffe mit dumpfem Schlag in die Schulter des Kriegers, spaltete ihm den Brustkorb und blieb erst in Hüfthöhe stecken. Das Opfer fiel sogleich tot nieder.

Der Häuptling starrte auf das Beil; Staunen und große Sorge zeigten sich auf seinem ebenmäßigen Antlitz. Dann wirbelte er die Waffe im Kreis um seinen Kopf und schleuderte sie mit kräftigem Schwung weit über die Wipfel der Weiden hinweg in den See.

Als das Erz im Wasser verschwunden war, stand der Häuptling allein vor den Grönländern, die mit lautem Schlachtruf von der Klippe herab auf ihn zuliefen. Mit verächtlicher Geste hielt der rotgesichtige Riese den Nordleuten seine nun waffenlosen Hände entgegen. Dann drehte er sich um, setzte in mächtigen Sprüngen über Dorn- und Stachelbüsche hinweg und verschwand rasch im Dickicht des Waldes. Wenige Augenblicke später sahen die Grönländer die große Flotte der Rotgesichtigen auf den See rudern. Sie hieben die Hölzer so stark in die Flut, daß weiße Wellen aufschäumten und sie wie vor einem Sturmwind herfuhren. Nach kurzer Zeit waren sie hinter der Landspitze in der Flußmündung verschwunden.

So endete die große Schlacht zwischen den Grön- und Vinländern. Und wenn die Nordleute ihre Flucht später auf Zauberei zurückführten, dankten sie jedenfalls auch ihren Sieg nicht ihrer Tapferkeit, sondern allein der Magie einer Frau, und diese war Freydis Erikstochter. Wie das Treffen aber ausgegangen wäre, wenn weder die Grönländer durch den Donnerschlag noch die Skrälinge durch Freydis in solche Furcht versetzt worden wären, kann niemand mit Bestimmtheit sagen.

Aris lief zu Thorbrand und sah, daß der Snorrissohn tot war. Der Vater aber lebte noch und stöhnte leise. Aris bettete den Kopf des Schwerverletzten in seinen Schoß und tröstete ihn. Er sah aber, daß Snorri nicht mehr zu retten war.

»Bist du es, Aris?« röchelte der Todgeweihte. »Damals im Wald wollte ich dich erschlagen — vergib mir! Die Leidenschaft blendete mich. Für Freydis verursachte ich diesen Krieg. Hüte dich vor dieser Hexe! Jetzt büße ich meine Bosheit mit dem Blut meines Sohnes.« Von seinem eigenen Blut, das bereits aus seiner Todeswunde brach, sprach er nicht, sondern starb ohne jedes weitere Wort.

Snorri Thorbrandssohn war der Beste unter den Nachkommen des Alten vom Schwanenfjord. Wikinger nach alter Weise, tapfer und ohne Furcht trug er für alle seine Taten stets selbst die Verantwortung, für die guten wie für die schlimmen, und teilte mit niemandem seine Freiheit. Er war auch sehr sippentreu, liebte seine Gefährten und achtete gut auf sein Hausgesinde. Manche meinten später, daß man wohl noch mehr Gutes von Snorri hätte sagen können, wäre er nicht an die Erikstochter geraten. Vor ihrem Zauber jedoch schmolz seine Mannestugend wie Schnee auf dem Herd. Er sollte aber nicht der Letzte gewesen sein, den Freydis ins Verderben führte.

Thorfinn Karlsefni lobte die Erikstochter für ihren Mut und ihren glücklichen Einfall über die Maßen. Als die Anführer der Grönländer dann ihre Männer versammelten, stellten sie fest, daß außer Snorri und seinem Sohn Thorbrand niemand gefallen war oder vermißt wurde. Zwölf Fahrtgenossen waren jedoch so schwer verwundet, daß sie in die Hütten gebracht und dort von Tyrker und den Frauen gepflegt werden mußten. Acht weitere Nordleute hatten leichtere Verletzungen erlitten und konnten einige Tage lang keine Arbeit verrichten. Von den Skrälingen aber lagen nicht weniger als einundzwanzig tot auf der Erde, so scharf hatte sie das nordische Eisen geschnitten.

Bjarne Herjulfssohn sandte nun Aris, Haki, Hekja und die Wikinger von der Forkeninsel hinter den Vinländern her, um zu erfahren, wie sich die Feinde verhielten. Wie schon bei der ersten Kundfahrt hatten die Männer Mühe, den sehr rasch rudernden Rotgesichtern zu folgen. Die Nordleute hofften, der Schreck sei so tief in die Feinde gefahren, daß sie ihr Dorf aufgeben und fortan in einem anderen, weiter entfernteren Teil Vinlands siedeln würden. Bald aber mußten die Spähe erkennen, daß die Rotköpfe nicht daran dachten, ihre Heimat preiszugeben. Von ihrem Versteck hoch auf dem Hügel aus sahen sie, daß die Vinländer sogleich begannen, neue Waffen aus Holz und spitzen Steinen zusammenzufügen. Auch hölzerne Schilde verfertigten sie. Der Häuptling aber schickte Männer in Fellbooten aus, die nach Süden steuerten, so als ob sie von dort Verstärkung herbeiholen sollten. Drei Tage lang lag Aris mit Schotten und Wikingern in dem Wäldchen. Dann wußten sie, daß die Rotköpfe weder fortziehen noch sich unterwerfen würden. Als sie Bjarne, Thorward und Thorfinn Karlsefni davon berichteten, sagte der Ragnarenkel: »Zwar haben wir vorerst nur zwei unserer Männer verloren, doch zählten diese zu unseren besten und tüchtigsten Kämpfern. Und obwohl nur zwei von uns und einundzwanzig der feindlichen Krieger fielen, wären wir doch von der Übermacht fast besiegt und überwältigt worden. Freilich half den Vinländern eine Magie, die unsere Sinne täuschte und eine so große Angst in unseren Herzen erzeugte, wie ich es niemals für möglich gehalten hätte. Denn von uns Älteren stand jeder schon einmal zehn oder mehr Feinden allein gegenüber. Du, Bjarne, fochtest mit mir einst in Brimun. Aris war damals fast noch ein Knabe. Wir machten die Nachhut, erinnert ihr euch? Snorri war auch dabei. Und wie war es in Svolder, als ihr mit Norwegern, Dänen und Schweden zugleich kämpftet! Ihr beide, Glum und Gorm, sprangt damals mit den letzten von Bord — hier floht ihr mit den ersten!«

»Knapp hinter dir«, bemerkte der Grindige. »Gern hätte ich dich

überholt, aber du eiltest hurtig wie ein Hasenfurz durch den Wald.«
»Jaja, ich weiß«, entgegnete der Ragnarenkel verlegen. »Das ist es ja, was ich euch sagen will: Selbst die tapfersten Männer wurden durch diesen vinländischen Zauber zu Feiglingen — wer weiß, welcher Teufelsspuk beim nächsten Überfall auf uns wirkt! Aber selbst wenn die Rotköpfe nicht mit Magie, sondern nur mit den Waffen gegen uns kämpfen — sie werden sich dann jedenfalls besser gegen unsere ehernen Äxte und Schwerter zu schützen wissen. Wenn sie gar noch mit Unterstützung von Nachbarn zurückkehren, werden sie wie eine Springflut über I Hopi hereinbrechen. Dann werden weiße Wikinger von Rotköpfen umwimmelt sein wie Käfer von Ameisen. Selbst der stärkste Keiler entkommt auf Dauer nicht der Meute der Hetzhunde, wenn diese zu zahlreich sind und den grimmigen Schwarzkittel von allen Seiten zugleich angreifen. Darum müssen wir Vinland wieder verlassen, um vielleicht ein anderes Mal mit größerer Heeresmacht wiederzukommen.«
»Du willst vor diesen rotköpfigen Neidingen fliehen?« rief Thorward Tatenlos empört. »Deine Vorfahren hätten hier anders gesprochen. Björn Eisenseite bestand gegen die Mohren Korduans schwere Gefechte und kehrte dennoch nicht weinend zu seiner Mutter zurück, sondern stieß trotz herber Verluste weiter in die Südmeere vor, dort die Küsten des Kaisers zu plündern, fast bis nach Romaburg selbst.«
»Ich brauche von dir keine Belehrung über meine eigenen Ahnen!« versetzte Thorfinn Karlsefni ärgerlich. »Björn Eisenseite fuhr als Wikinger aus, wir kamen als Siedler! Das Land eignet sich zwar gut für die Landwirtschaft, besonders nach nordischer Wirtschaftsweise. Auch zu friedlichem Handel böte sich hier wohl manche gute Gelegenheit. Aber es würde doch immer Unfrieden und Angst vor den Rotköpfigen darauf lasten.«
Dieser Meinung schlossen sich auch Bjarne Herjulfssohn und fast alle anderen Fahrtgenossen an, so daß Thorward schließlich nichts anderes übrigblieb, als gleichfalls zuzustimmen. »Ob du je hierher zurückkehren wirst, wage ich zu bezweifeln«, sagte der jüngere Herjulfssohn zu dem Ragnarenkel, »denn ich glaube, daß es dir dazu an Willen fehlt, seit du gemerkt hast, daß man das Vin-

land nur mit dem Schwert und nicht mit dem Meßstab erobern kann, daß man hier besser einen Helm trägt und nicht nur eine Krämerkappe, daß hier Blut auf Eisen fließen muß und nicht nur Kreide auf Schiefer kratzen! Ich aber werde bald wieder an diese Küste kommen. Dann will ich hier mein eigenes Glück erproben, in eigener Verantwortung und aus eigenem Recht! Und wenn ich schon nicht der erste sein konnte, der Vinland entdeckte, so will ich doch wenigstens der letzte sein, der es verläßt.

Diese Rede verdroß Thorfinn Karlsefni sehr und er antwortete: »Wische dir erst einmal den Rotz von der Backe, du Fant! Jugendliche Unvernunft läßt dich Worte sprechen, die nicht zu deinen Taten passen! Begeistere dein Weib mit solchen Reden — mir klingen deine Schwüre schal! Manchen schon sah ich schwitzend hinter seinen Versprechungen herlaufen und sie doch niemals einholen. Denn der Menschen Zunge galoppiert oft geschwind wie ein Pferd, ihre Hände jedoch bewegen sich nur so langsam wie Schnecken.«

Thorward öffnete schon den Mund zu einer noch heftigeren Entgegnung, da sagte sein Bruder Bjarne mit scharfer Stimme zu ihm: »Hattest du vorhin im Kampf mit den Vinländern denn nicht genug Gelegenheit zu streiten? Thorfinn hat recht. Nur ein Narr könnte glauben, daß wir den nächsten Monat überleben, wenn wir hier in I Hopi bleiben. Am liebsten würde ich jetzt gleich nach Grönland zurückkehren. Aber das wäre wohl zu gewagt, da schon der Winter beginnt. Darum sollten wir erst einmal nach Leifshütten segeln, wo keine Vinländer wohnen. Wenn wir aber nach Hause fahren, werde ich selbst es sein, der diese Küste als letzter verläßt. Denn ich war es auch, der sie einstmals entdeckte.«

Thorfinn Karlsefnis Heimfahrt

Einen Tag später trafen sie auf ein weiteres Kap und fanden dort viel Wild. Hirsche, Rehe und andere Tiere pflegten dort in den Nächten zu ruhen. Deshalb lag die Landzunge unter gewaltigen Mengen von Mist, und den Grönländern war, als ob sie einen großen Dunghaufen umschifften.

Danach gelangten sie endlich wieder nach Leifshütten und rich-

teten sich dort für den Winter ein. Da wollte der Knecht Krak mit einer von Gudrids Mägden schlafen. Eine zweite Dienerin, die schon verheiratet war, wurde beim Wasserschöpfen von einem anderen Hörigen Thorfinn Karlsefnis belästigt. Darüber entstand viel Unruhe.
Zum Julfest genas Freydis von einem Knaben, den sie ihrem Versprechen getreu Erik nannte. Er hatte rotes Haar wie sein Großvater und von Beginn an kräftige Fäuste. Thorward trank mit den Gefährten zahlreiche Hörner auf Gesundheit und Glück seines zweiten Kindes und meinte dabei, der Sohn solle später einmal ebensowenig hinter anderen Männern zurückstehen wie sein Vater. Thorfinn Karlsefni, Bjarne, Tyrker und alle anderen nickten höflich bei diesen Worten, denn sie kannten Thorwards hitziges Gemüt. Gudrid die Schöne jedoch trank nur wenig und Sorge umwölkte ihr edles Gesicht.
Auch später im Winter entstand unter den Fahrtgenossen viel Zwist, unter den Hörigen und Freigelassenen ebenso wie zwischen einigen Freibauernsöhnen, und wieder waren Frauen die Ursache. Denn die ledigen Männer suchten den Verheirateten ins Gehege zu kommen, und fast täglich gingen Gegner in Leidenschaft aufeinander los. Thorfinn Karlsefni und die beiden Herjulfssöhne hatten viel zu tun, um Blutvergießen zu vermeiden.
Auch dieser dritte Winter des Ragnarenkels in Vinland geriet äußerst mild, so daß sie die Heuvorräte kaum angreifen mußten und jeden Tag zum Fischen ausfahren konnten. Auf den Bäumen an der Flußmündung saßen Tag und Nacht Wachen, aber die Skrälinge kamen nicht.
In der ersten Frühlingswoche wehte Westwind. Das schien dem christlichen Kaufmann ein gutes Omen und er begann zur Heimfahrt zu rüsten. Bald lag der Salomoschimmel, schwer mit den Schätzen Vinlands beladen, reisefertig in der Bucht. Auch Jorun Kjartanstochter befand sich an Bord, denn die Zeit der Niederkunft nahte und Bjarne wünschte, daß seine Frau sich dann in der Gesellschaft Gudrids und ihrer Mägde befand. Er selbst wollte mit Aris, den Wikingern und den Schotten vor der Heimkehr noch nach Kielspitz und in den Stromfjord fahren und erkunden, in

welchem Zustand sich die Hütten dort befanden und ob die beiden Siedlungen noch immer frei von Feinden wären.
Als sie von Vinland absegelten, hatten sie Südwind und kamen auf diese Weise schnell nach Kreuzspitz. Vorsichtig ruderten sie in den Fjord, konnten dort aber keine Rotköpfe entdecken. Darauf stiegen die Fahrtgenossen zu Thorwald Erikssohns Grab auf dem Vorgebirge empor, und Tyrker sprach einen Totensegen. Danach sangen alle Grönländer ein lautes Lied zum Lob ihres Gottes, und vor allem die jüngeren zeigten sich davon ziemlich ergriffen. Denn ihnen erschien das Grab in der Fremde eine sehr traurige Stätte; die alten Wikinger aber waren schon zu oft an Hügeln alter Gefährten in allen Teilen der Erde vorübergesegelt.
Noch am gleichen Tag verließen sie das Einfüßerland, denn sie wollten dort nicht länger ihre Mannschaft gefährden. Da der Wind stetig aus Westen blies, segelten sie nun quer über den Sund und erreichten bald die bewaldeten Strände der Insel Honigholm an jener Seite, die dem Stromfjord gegenüberlag. Hier trafen sie auf eine Strömung aus Norden und stellten die Rahen quer. Die Wasser des Mühlensunds wogten diesmal nur sanft und längst nicht so wild wie bei früheren Fahrten. Noch in der gleichen Woche sichteten sie von den Vordersteven die mehlweißen Strände von Markland.
Thorfinn Karlsefni und Thorward Tatenlos segelten nun über das Meer in die Heimat zurück und sahen bereits am zwanzigsten Tag des Eiermonats die Gletscher Grönlands am Himmelsrand gleißen.
Thorward Tatenlos steuerte sofort zu seinem Hof am Weißdorschfjord und begann dort ohne Verzug, Männer für eine weitere Vinlandfahrt anzuwerben. Dabei erfuhren sie, daß der Waidmann noch nicht zurückgekehrt war. Nun sorgten sich Thorward und Freydis sehr um ihren Gefährten. Auch grämten sie sich darüber, daß fast alle anderen Westsiedler Kreuze in ihre Hallen gehängt hatten und Thors Tempel verödet lag.
Der Ragnarenkel suchte Leif Erikssohn auf und berichtete ihm in allen Einzelheiten von dem mißglückten Siedlungsversuch. Dann begann das Warten auf Bjarne. Aber der Herjulfssohn kehrte nicht wieder.

Wie Bjarne noch einmal neues Land fand

Nach seiner Trennung von den beiden andern Führern der Fahrt hielt sich Bjarne auf der gegenüberliegenden Seite von Kielspitz südwärts und kam bald zu der kleinen Ansiedlung, in der Thorwald Erikssohn nach seinem Schiffbruch im Mahlstrom den Winter verbracht hatte. Die Wikinger fanden die Hütten unversehrt und sahen keine Spuren von Vinländern in der Umgebung. Darauf fuhren sie zum Stromfjord. Auch dort konnten sie keine Spuren von Fremden entdecken.

Nun beschloß Bjarne, so wie damals Thorwald Erikssohn die Ostküste von Honigholm entlangzusegeln und jene Plätze aufzusuchen, an denen er fast ein Vierteljahrhundert zuvor Vinland als erster gesehen hatte. Sie fanden den sprechenden Felsen, doch diesmal blieb er stumm. Auch der unheimliche Ruf aus der Rinde der Erde erschallte nicht mehr. Da sagte der Herjulfssohn: »Anders bewillkommnet uns dieses Land als damals und das muß daran liegen, daß auch hier die Geister vor dem Christ geflohen sind.«

»Ich dachte, du hast dem Gekreuzigten abgeschworen?« wunderte sich Aris.

»Ich diene ihm nicht mehr«, antwortete Bjarne, »aber ich denke nach wie vor, daß es ihn gibt. So wie auch Thor, Odin, Frey und die anderen Asen leben. Selbst wenn es weder Himmel noch Hölle gäbe — lebten die Götter dann nicht doch wenigstens in den Herzen der Menschen, die sie verehren und anbeten? Darum glaube ich an jeden Gott, dem Menschen Opfer weihen.«

»Ich glaube an gar keinen«, murmelte Aris.

Am Osthang der Insel beschloß Bjarne, nunmehr nicht weiter auf Thorwald Erikssohns Kurs zu bleiben, sondern sich zwei Tage lang auf die offene See zu wagen. Denn der Wind stand günstig und der Herjulfssohn wollte erfahren, wie weit das Vinland nach Süden reichte. Am dritten Morgen sichteten sie wieder Land und näherten sich bald einer zerrissenen Küste voll zahlloser Klippen. Dieses Gestade schien ihnen sehr ungastlich. Deshalb hielten sie sich dort nicht zu Erkundungen auf, sondern segelten rasch vorüber.

Eine Woche später aber bogen sie in eine liebliche Bucht. Büsche blühten am Strand wie sonst nur im Westmännerland, Weinstöcke in reicher Zahl rankten sich überall von den Hügeln herab, zwischen den sandigen Dünen wuchs Weizen und das Wasser des Meeres schien ihnen an dieser Stelle warm wie in einer Wanne.

Bjarne erforschte die Küste nun in der Länge und Breite und fand das Land noch um vieles besser zum Siedeln geeignet als Leifshütten oder I Hopi. Am günstigsten schien ihm, daß er nirgends Spuren von Menschen zu finden vermochte, so angestrengt er auch danach suchte und so weit er auch in den Wald vorstieß. Auch Aris und die Wikinger von der Forkeninsel meinten, daß sie an dieser Bucht gern wohnen würden.

Bjarne aber meinte: »Jetzt aber wollen wir erst einmal sehen, wie es sich hinter den Hügeln mit Wasser verhält.«

Sie taten so und fanden alles zu ihrer vollen Zufriedenheit vor. Darüber gingen drei weitere Wochen ins Land. Da sagte Bjarne: »Nun ist es höchste Zeit, heimwärts zu segeln.« Er ließ den Silberschwan seefertig machen und steuerte wieder nach Norden.

Als sie die Klippenküste hinter sich gelassen hatten, erfaßte ein scharfer Westwind das Schiff und trieb es aufs offene Meer. Anfangs fanden die Fahrtgenossen daran viel Gefallen, denn sie hofften dadurch schneller nach Hause zu kommen. Dann aber begannen sie sich zu sorgen, daß der Atem des Himmels sie zu weit nach Osten blasen könne. Bjarne meinte jedoch, es sei ohnehin nicht möglich, gegen so starken Wind anzurudern, und er wolle lieber seinem Schicksal vertrauen. Da merkte Aris, daß das Schiff Wasser nahm. Schnell schöpften die Wikinger mit ihren Helmen, doch plötzlich brach eine Planke entzwei. Schon nach kurzer Zeit war der Frachtraum überflutet.

Aris zog das Holz aus dem überfluteten Frachtraum, warf einen Blick darauf und hielt es wortlos Sven Stinkhals hin. Stumm starrte der Dürre das schmale Brett an. Neugierig drängten sich die anderen um ihn.

»Warum schöpft ihr nicht weiter?« rief Bjarne vom Steuersitz aus. Sven warf dem Herjulfssohn das Holzstück zu. Geschickt fing

Bjarne den Splitter auf und hielt ihn mißtrauisch vors Auge. Sein Gesicht wurde blaß. »Überall?« fragte er heiser.
»Ja«, antwortete Aris. »Das ganze Schiff ist schon zerfressen. Jeden Augenblick kann es auseinanderbrechen.«

Vom Schiffbruch in der Bohrwürmersee

»Was ist?« wollte der junge Lambi vom Sölvistal wissen. »Etwas Gefährliches?«
Aris und die Wikinger wechselten Blicke. Dann sagte der Norweger leise: »Es scheint, wir sind dort im Süden von Vinland in eine Bohrwürmersee geraten. Siehst du die kleinen Muscheln an der Unterseite der Planke? In ihnen wohnen Würmer, die fressen Löcher ins Holz!« Er hatte kaum zu Ende gesprochen, da sprudelte von allen Decksplanken Wasser wie aus zahllosen Springbrunnen empor.
»Ins Schleppboot!« befahl der Herjulfssohn nun mit lauter Stimme. Äußerlich wirkte er ruhig und kühl. Aber auch alle anderen wußten, daß der Silberschwan und mit ihm mehr als die Hälfte der Mannschaft verloren waren.
Lambi wußte nichts von Bohrwürmern, denn diese Tiere kommen weder an Grön- noch an Islands, sondern hauptsächlich an Norwegens Küste vor. »Ins Schleppboot?« wiederholte der Jüngling erstaunt.
»Ist es denn noch heil?«
»Es stammt noch von einem früheren Schiff mit Namen Eissturmvogel«, murmelte Aris. »Wir tränkten es einst mit Seehundstran; der schmeckt den Bohrwürmern nicht.«
»Aber wir passen doch niemals alle hinein!« rief der Jüngling.
»Wir werden losen«, erklärte Bjarne bedrückt. »Es soll nicht von der Rangstellung abhängen, wer von uns diesen Schiffbruch überlebt und wer nicht.«
Die Wikinger nickten zustimmend, denn das schien allen anständig gehandelt.
»Aris!« rief der Herjulfssohn und gab dem Norweger eine Münze. »Du hast noch zwei Hände!«

Aris nahm das Silberstück, führte es hinter seinen Rücken und streckte dann die geballten Fäuste vor.
So losten sie, und Bjarne, Thorgeir Asmundsson, Aris und einige Freibauernsöhne blieben auf dem berstenden Schiff, während Lambi, Glum Goldbauch, Sven Stinkhals, Gorm, Ulf Mädchenauge und noch einige andere ins rettende Schleppboot flüchten konnten.

Wie Herjulf seinem Sohn als Geist erschien

Im Boot begannen die Fahrtgenossen zu rudern. Wind und Wellen drückten sie vor sich her, so daß sie schnell vorwärts kamen. Ulf Mädchenauge saß am Steuer und hielt stetig auf den Wolfsrachen zu. Nach einer Woche wurden die Wasservorräte knapp, da sichteten die Wikinger Land. Es lag südlich von ihnen am Himmelsrand. Als sie näher kamen, erkannten sie grüne Wiesen und blühende Büsche.
»Das muß das Westmännerland sein«, rief Glum überrascht.
Sie fuhren an der Küste entlang und trafen drei Tage später in Dyfflin ein. Dort fanden sie einen schwedischen Kauffahrer, der sie bis nach Herjulfsspitz mitnahm. Am ersten Tag des Heumonats gelangten die Fahrtgenossen nach Hause. Sie erzählten dort alles, was sie erlebt hatten.
Bjarne, Aris und die anderen legten den Mast um, banden Ruder zusammen und schlugen mit Äxten die Steven ab. Daran klammerten sie sich, als der Silberschwan sank. So trieben die Schiffbrüchigen eine Weile lang zusammen über das Meer. Dann wurden sie getrennt und verloren einander aus den Augen.
Bjarne und Aris schwammen Seite an Seite und hielten sich dabei am Mast fest. Gegenseitig stützten sie sich mehrere Tage und Nächte. Da brach eines Mitternachts die dichte Wolkendecke plötzlich auf und Sterne funkelten tröstlich herab. Dem Herjulfssohn war es plötzlich, als wandele eine lichte Gestalt auf dem Meer und er sah seinen Vater vor sich. Helle Strahlen gingen von Herjulfs Gestalt aus und er begann zu sprechen.
»Fürchte dich nicht, mein Sohn, denn ich bin bei dir und werde

dich in ein besseres Leben geleiten. Gott der Herr schickt mich, damit du nicht länger gegen dein Schicksal ankämpfst. Dir ist bestimmt, auf die gleiche Weise zu sterben wie ich. Darum kehre zu Christus zurück und reinige deine Seele, damit ich dich vor deinen Schöpfer führen kann und du nicht als Götzendiener in die Hölle hinabfahren mußt!«

»Ach«, seufzte Bjarne, »lieber würde ich noch eine Weile leben! Traurig ist es, für immer schlafen zu sollen, wenn man so wenig müde ist wie ich!«

»Hadere nicht!« befahl der Geist streng. »Immerhin gabst du dein Leben aus freien Stücken dahin, und deshalb werden die Menschen deinen Edelmut alle Zeit preisen. Ich aber mußte den Tod als Opfer von Untreue und Verrat erleiden!«

»So war es kein Unfall, bei dem du ertrankst?« fragte sein Sohn überrascht. »Was ist geschehen?«

»Nicht dem Alter erlag ich, sondern der Falschheit«, antwortete die Erscheinung und erzählte, was sich in jener Nacht am Herjulfsfjord wirklich ereignet hatte.

»Thorward!« stöhnte Bjarne. »Einer Mörderin wohntest du bei und erkauftest dir Lust mit dem Blut deines Vaters! Schande über dich!« Dann verdüsterte sich sein edles Antlitz noch mehr und er fügte mit vor Haß verzerrter Stimme hinzu: »Freydis! Verfluchte Hexe, dafür sollst du mir büßen! Mit eigener Hand will ich den Tod meines Vaters rächen und . . .«

»Nein«, unterbrach ihn der Geist. »Das darf nicht geschehen, daß du diesen Mord an deinem leiblichen Bruder und deiner Schwägerin vergiltst. Denn dann würde aus Schuld nur neue Schuld erwachsen. Darum erschien ich dir erst jetzt. Christ ist das Haupt unserer Sippe, die Rache ruht in seiner Hand. Nun wünsche ich dir einen leichten Tod.« Mit diesen Worten löste sich die Lichtgestalt plötzlich auf, und nichts als Nacht und Sterne blieben zurück. Nun weckte Bjarne Aris auf, erzählte ihm, was er erfahren hatte und sagte: »Solltest du mit dem Leben davonkommen, ist es mein Wunsch, daß man in Grönland von dieser Schandtat erfährt. Wir aber müssen uns hier nun trennen.«

Sie reichten einander die Hände. Dann befahl Bjarne seine Seele

dem Christ und ließ den Mastbaum los. Wenig später war sein dunkles Haupt zwischen den Wellen verschwunden.
Aris hielt sich noch so lange wach, bis die Sonne über ihm stand. Dann schloß er die Augen und seine kraftlosen Hände glitten vom Holz. Ein mächtiges Brausen drang in seine Ohren, als er in Ägirs Salzflut versank.
Als er wieder erwachte, schmeckte er Sand, Schlick und Seetang zwischen den Zähnen. Mühsam hob er den Kopf und erkannte, daß er auf einem mehlweißen Strand lag. Vor ihm stand ein Riese mit kohlschwarzen Haaren und rotem Gesicht, und in seiner Schwäche benötigte Aris einige Zeit um zu begreifen, daß er wieder in Vinland war.

5. Buch

A. d. 1009–1014

Von Grönland und dem Weißmännerland

Nun ist von Ereignissen zu berichten, die sich zu gleicher Zeit in Grönland und im Weißmännerland zutrugen.

Obwohl fast alle Bewohner des Weißdorschfjords inzwischen getauft worden waren, wollten doch viele kampflustige junge Leute mit Thorward Tatenlos nach Vinland fahren. Denn der Christglaube ist nun einmal nicht so beschaffen, daß er alle Sehnsüchte eines rechten Nordmanns befriedigen könnte. Weitaus mehr Männer aber lockte der große Name Thorfinn Karlsefnis, des Ragnarenkels. Das verdroß den Herjulfssohn nicht wenig. Freydis aber tröstete ihn und sagte: »Stammt Thorfinn auch aus berühmtem Geschlecht, so setzte der Allvater ihm doch kein Helden-, sondern nur ein Hasenherz ein.

Wenn wir erst wieder in Vinland sind und er von neuem den Kampf mit den Rotköpfen scheut, werden diese tatendurstigen Männer gewiß nicht länger dem hohlen Klang eines verhallenden Namens folgen, sondern lieber dem frischen Gesang eines scharfgeschliffenen Schwertes. Und dann wirst du es sein, der sie führt.«

Gudrid die Schöne bemühte sich sehr um Jorun Kjartanstochter, die nicht an den Tod ihres Mannes glauben wollte und sagte, sie werde gleichfalls nach Vinland zurückkehren, um Bjarne zu suchen. Bjarnes nachgeborener Sohn wurde Ingolf genannt nach dem großen Landnehmer, dem Stammvater seines Geschlechts.

Tyrker fand seine Gemeinde in Gardar in guter Christenzucht vor, lobte Hakon den Frommen und sagte zu ihm: »Dafür, daß du vor kurzem noch ein verfluchter Heide warst, hast du mich wacker vertreten und daran kann man sehen, daß auch krummes Holz gerades Feuer gibt.« Mit diesem Zuspruch ausgestattet fuhr der Diakon auf einem Norwegerschiff nach Nidaros, um sich zum Priester weihen zu lassen.

Haki und Hekja reisten mit ihm, denn die junge Schottin ging nun mit einem Kind und darum wollten die beiden Jagdläufer sich nun in ihrer kaledonischen Heimat ansässig machen. Thorfinn Karlsefni und Leif Erikssohn schenkten ihnen viel Silber und statteten sie auch sonst mit allem Nötigen überreich aus. Hakon

der Fromme setzte die Schotten dann im Piktensund an Land und sie winkten dem Schiff lange nach.
Haki und Hekja gebührt am Ruhm der Erforschung Vinlands ein ebensogroßer Anteil wie Leif und den anderen Grönländern. Denn die beiden Schotten waren es, die schon in Hellu- und Markland weit in das Unbekannte vorstießen, und wenn Tyrker später den wilden Wein fand, so entdeckte Hekja als erste den vom Wind gesäten Weizen. Da sie und ihr Mann so bescheiden waren, wurde nicht viel über sie gesprochen. Trotz ihrer Fremdartigkeit erwarben sie sich die Achtung und Zuneigung aller Fahrtgenossen. Besonders lobenswert erschien den nordischen Frauen die Liebe, die Haki und Hekja füreinander zeigten, denn nie sah man sie streiten oder hörte auch nur ein lautes Wort zwischen ihnen. Alle Grönländer bedauerten es sehr, daß die Schotten nun wieder in ihre Heimat fuhren.
Später kam eine Seuche nach Herjulfsspitz und auf die Forkeninsel. Viele Menschen starben an ihr, darunter auch Jostein der Rentierjäger, sein Bruder und Ulf Mädchenauges bretländische Frau Fedane. Bjarnes Witwe Jorun bat darauf Ulf Mädchenauge, Herjulfsspitz für sie zu verwalten, bis ihr Sohn Ingolf der Waise alt genug sei, in sein Erbe einzutreten. Das tat Ulf.

Thorfinn und Gudrid im Weißmännerland

Im Weidemonat legte Thorfinn Karlsefni den Tag seiner zweiten Ausfahrt nach Vinland auf den Beginn des nächsten Frühjahrs fest. Auch kaufte er Vieh und viel Heu, um seine Tiere im Winter gut füttern zu können, so daß sie nicht zuviel Kraft verloren, bis die Seereise begann. Den Frauen befahl er, viel roten Wollstoff zu weben. Dann reiste der Ragnarenkel mit Gudrid der Schönen nach Dyfflin. Die Fürsten von Erin zahlten in jenen Jahren die höchsten Preise für Felle und der Ragnarenkel erzielte dort einen großen Gewinn aus seinen vinländischen Pelzen. Darum beschloß er, dem Kloster des heiligen Enda im Weißmännerland ein Reliquienkästchen aus Silber zu schenken. Er wollte damit seine Dankbarkeit bezeugen und sich zugleich der

Hilfe des Heiligen für seine nächste Vinlandfahrt versichern. Der Abt des Klosters, Finnian von Clogher, begrüßte den Ragnarenkel mit großer Ehrerbietung, denn Thorfinn Karlsefni hatte ihm auch schon früher manch wertvolles Weihgeschenk überreicht. Der wohlbeleibte, weißbärtige Vorsteher war der nordischen Sprache nicht mächtig, aber der Ragnarenkel beherrschte das Irländische wie eine zweite Zunge.

Als Vater Finnian das Reliquiar erblickte, lobte er die Glaubenstreue der Grönländer sehr. Er versprach sogleich, daß er und alle seine Mönche fortan jeden Tag mit dem größten Eifer für ihre nördlichen Brüder in Christo beten würden. Außerdem gelobte er, drei Messen für Thorfinn Karlsefni und Gudrid lesen zu lassen, zu Weihnachten, Ostern und Pfingsten. Das sind die drei höchsten Feste des römischen Glaubens, denn in der Weihnacht kam der Christ zur Welt, zu Ostern kehrte er siegreich aus Hels grauser Halle zurück, zu Pfingsten aber belehnte der Christ seine treuen Gefolgsleute, Goden, Hersen und Skalden mit der Herrschaft über die Welt, die sie zuvor jedoch erst noch erobern mußten.

Am Abend ordnete der Abt die Schar seiner Mönche, um Thorfinn Karlsefnis Geschenk in festlichem Zug an seinen Platz unter den vielen hochberühmten Reliquien des Klosters zu tragen. Die Christen trugen dazu weiße Kleider und schwenkten Stangen mit Kreuzesfahnen. Vor dem Altar knieten alle nieder.

Während nun fromme Gesänge erschollen, sah Gudrid die Schöne sich staunend um, denn weder auf Island noch gar auf Grönland hatte sie solche Pracht zu sehen bekommen.

Überall glänzte und gleißte Gold, strahlte und schimmerte Silber, funkelten Bernstein und zahllose Edelsteine in allen Farben Bifrösts. An der Rückwand des christlichen Opfersteins prangten prächtige Reliquienschreine. Denn die Christdiener hofften, durch den Anblick der Siegeszeichen auch selbst Seelenstärke gewinnen zu können. Darum enthielten die Reliquiare gläserne Scheiben, durch die der Blick der Betenden in das Innere dringen konnte.

Zuunterst stand ein grauer, schmuckloser Kasten aus Blei, das die Christen als Erz des Bösen betrachten. Hinter seiner durchsichti-

gen Tür hing ein seltsamer Gegenstand, den Gudrid nicht gleich zu deuten vermochte. Als sie ihn endlich erkannte, schrie sie erschrocken auf und preßte entsetzt die Nägel in Thorfinn Karlsefnis Arm.
Lauter und lauter hallten die heiligen Chöre durch die düstere Halle. Ein Windstoß strich an den steinernen Quadern entlang und ließ die Kerzenflammen so heftig flackern, daß das Licht fast verlosch. Verblüfft sah nun auch der Ragnarenkel zu dem seltsamen Schrein und erstarrte. Denn der Bleikasten barg eine furchtbare Klaue, die niemand anders als dem toten Troll Magog gehört haben konnte.

Von der Klaue des Teufels

Nach dem Gottesdienst saßen Thorfinn Karlsefni und Gudrid die Schöne mit Abt Finnian beim Mahl. Nun fragte der Ragnarenkel: »Übervoll scheint Euer Kloster von Schätzen des Glaubens, die wohl aus aller Welt stammen. Nicht einmal Romaburgs oder Miklagards Kirchen können reicher an Reliquien sein, doch so etwas wie diese grausige Hand sah ich noch nirgendwo auf der Welt! Woher erhieltet Ihr denn diese bestaunenswerte Kostbarkeit?« wollte der Ragnarenkel wissen.
Finnian beugte sich ein wenig vor und sagte in vertraulichem Ton: »Einfachen Gläubigen pflege ich auf diese Frage zu antworten, daß uns ein Pilger die Hand aus dem Heiligen Land brachte. Denn ich möchte nicht, daß diese Reliquie allzuviel Furcht und Schrecken auslöst. Euch aber will ich die Wahrheit sagen, denn sonst würde ich Eure Großzügigkeit übel vergelten. Ihr dürft jedoch zu niemandem darüber sprechen. Denn jetzt vertraue ich Euch ein großes Geheimnis an. Das Meer schwemmte diese grausige Klaue an Land, gleich vor dem Kloster. Und kam, wie alles Böse, aus dem Westen. Speit nicht das graue Meer schon seit Jahrhunderten immer wieder die Raubscharen Satans aus, die unser Kloster und andere heilige Orte brandschatzen, Christi Diener erschlagen, Nonnen schänden, Schätze plündern und in die verwüsteten Kirchen zum Schluß die Brandfackel schleudern? An

diesen Fluch sollte uns der grause Fund wohl gemahnen. Um seine böse Macht zu bannen, stellten wir ihn zwischen unsere stärksten Heiligtümer.
»Ist es denn sicher, daß eine Verbindung zwischen der Teufelshand und den Seeschäumern besteht?« fragte Gudrid die Schöne bedrückt.
Finnian schlug wieder ein Kreuz und antwortete: »Darüber besteht kein Zweifel. Ehe die Klaue am Ufer gefunden wurde, scheiterte vor den Klippen ein schwarzes Wikingerschiff. Der Sturm hatte ihm alle Planken zerschlagen. Bei allen Heiligen, niemand von uns hätte gedacht, daß jemand diesen haushohen Wogen lebend entkommen konnte. Aber einer schaffte es doch: ein schwarzer Hüne von schrecklicher Kraft, ein wahrer Sohn des Teufels. Ich erkannte ihn gleich. Denn er hatte unser Kloster schon zweimal überfallen und dabei elf unserer Nonnen verschleppt. Oh grausam! Außerdem schwemmte die tobende See die Leichen von neun ertrunkenen Wikingern an unser Ufer.«
»Wo ist der Überlebende jetzt?« erkundigte sich der christliche Kaufmann.
Der Abt warf ihm einen seltsamen Blick zu. Dann gab er zur Antwort: »Er büßt für seine Sünden in unserer Mühle. Doch bisher wendeten weder Hunger noch Peitschenhiebe seinen verstockten Sinn.«
»Führe uns zu ihm«, bat Thorfinn Karlsefni.
»Glaubt Ihr, daß er ein Landsmann von Euch ist?« fragte Finnian mißtrauisch. »Jeden Gefangenen könntet Ihr bei mir freikaufen, doch diesen nicht!«
»Ich will nur sehen, ob ich den Kerl kenne«, meinte der Ragnarenkel in beiläufigem Ton. »Man fährt als Kaufmann ruhiger über die Meere, wenn man weiß, daß man bestimmten Leuten nicht mehr begegnen kann.«
Der Abt entblößte spitze Zähne. »Dieser Mann fährt niemals wieder zur See«, versprach er. »Morgen sollt Ihr ihn sehen.«
Als Thorfinn Karlsefni und Gudrid in ihrer Kammer ruhten, mußte der christliche Kaufmann seiner Frau alles von Magog berichten.
»Was willst du nun tun?« fragte Gudrid.

»Als ich nach Vinland ausfuhr, legte ich, wie du weißt, ein Gelübde ab«, antwortete Thorfinn Karlsefni. »Falls unsere Ansiedlung scheitern würde, wollte ich, wie einst Bjarne und Leif, alle Fahrtgenossen heil in die Heimat zurückbringen, jedenfalls soweit es in meinen Kräften stand. Denen, die in der Schlacht mit den Rotköpfen fielen, kann ich nicht mehr helfen, und ebensowenig jenen, die auf dieser allzu verwegenen Fahrt des Waidmanns ertranken.«

»Thorhall ist ein Mörder, ein Räuber, Entführer und Schänder von Nonnen, ein Gottesfeind und Götzendiener, ein blutiger Schlächter von wehrlosen Frauen und Kindern, ein Ungeheuer, ein Berserker, ein Teufel in Menschengestalt!« stieß Gudrid hervor und kam dabei vor Erregung ganz außer Atem.

»Ja, das alles ist er«, erwiderte der Ragnarenkel, »dennoch ist er noch immer mein Fahrtgenosse und hat ein Anrecht auf meine Hilfe.«

»Er hat dich getäuscht und hintergangen!« rief die Thorbjörnstochter zornig.

»Er sagte, er werde so lange mein Gefolgsmann sein, wie ich die Hand seines Bruders besäße«, erinnerte sie Thorfinn Karlsefni. »Dieses Versprechen hielt er ein. Nicht Thorhall, Freydis war es, die mich bestahl!«

»Aber wenn du diesem Mörder jetzt wieder zur Freiheit verhilfst, wird er von neuem Unglück über die Welt und uns alle bringen!« rief Gudrid heftig.

»Ich werde ihn mit Eiden binden«, beruhigte Thorfinn Karlsefni sie. »Darauf können wir dann getrost vertrauen. So viele schreckliche Taten der Waidmann in seinem Leben auch schon beging — sein Wort brach er nie.«

Von der Gefangenschaft des Waidmanns

Am nächsten Morgen führte der Abt seine Gäste durch das Haupttor aus dem Kloster. Sie schritten erst durch einen schattigen Eichenwald und dann über saftige Wiesen in ein sanft gerundetes Tal, auf dessen Sohle einige Gehöfte standen.

Der Abt führte die Besucher auf einem stark gewundenen Karrenweg zwischen zwei steilen Felsklippen hindurch in ein schmales und tiefes Seitental. Hier wehte kein Wind und es war so drückend heiß, daß den Nordländern sogleich der Schweiß über die Gesichter lief. Schwärme von Mücken durchtanzten die staubige Luft. Am Ende der Senke erhob sich eine niedrige Mauer; dahinter ragte ein riesiger Mühlstein empor. Flüche und das Geräusch von Peitschenhieben klangen herauf, dazu ein Krachen und Knarren, Schleifen und Schaben, Ächzen und Stöhnen, als wolle dort der Windriese Smid mit seinem Sturmroß Swadilfari ein neues Asenheim bauen.
Thorfinn Karlsefni und Gudrid wechselten einen Blick. Dann folgten sie Finnian auf einen Steg, der über die Mühle führte. Starke Stangen, mächtig wie Mastbäume, ragten aus allen vier Seiten des Mahlwerks. Einst hatten wohl Zugochsen diese schwere Arbeit verrichtet. Nun war ein hochgewachsener Mann mit kohlschwarzem Haar und einem wild wuchernden Bart an eine der Stangen gefesselt.
Der Gefangene war bis zum Gürtel nackt; blutige Striemen zogen sich kreuz und quer über seinen breiten Rücken. Um seine Hand- und Fußgelenke wanden sich eiserne Bänder, an denen die Glieder einer ehernen Kette klirrten. Schritt für Schritt stapfte der große Nordmann durch knöcheltiefen Lehm und stemmte sich mit aller Kraft gegen die Stange, den oberen Teil der Mühle zu drehen. Um ihm die Arbeit noch zu erschweren, schüttete der grobschlächtige Müller das Korn des Klosters nicht vom Steg aus ins Auge des Mühlsteins, sondern saß grinsend auf dem Werk und rief in christlicher Sprache Schmähungen auf den Wikinger hinab. Auf der Holzbrücke stand ein bewaffneter Wächter mit einer geflochtenen Peitsche, die er immer dann auf den Nordmann hinabsausen ließ, wenn der Gefangene in seiner Bewegung erlahmte.

»Kennt Ihr den Kerl?« fragte der Abt.

Thorfinn Karlsefni preßte die Lippen zusammen und nickte. »Er ist aus Grönland«, erwiderte er in der gleichen Sprache.

»Etwa mit Euch verwandt?« erkundigte sich Finnian vorsichtig.

Der Ragnarenkel schüttelte den Kopf. »Er ist ein Räuber und Mörder«, antwortete er.

»Bald wird er in der Hölle braten!« sagte der Abt voller Inbrunst. »Vorher aber wollen wir diesem Teufel noch ein Fegefeuer bereiten!« Herrisch winkte er seinem Wächter zu. »Ist dein Arm müde?« schalt er ihn. »Gib diesem Satan, was er verdient!«

Gehorsam hob der Bewaffnete seine Peitsche und schlug mit aller Kraft auf den Waidmann ein. Der schwarze Hüne schien die Schläge gar nicht mehr zu spüren, denn weder hob er den Blick noch verstärkte er seine Anstrengungen, sondern er trottete weiter und stierte stumpf vor sich hin.

Gudrid die Schöne schluckte und sagte dann voller Mitleid: »Ist es nicht Christenpflicht, sogar dem ärgsten Sünder zu verzeihen? Dieser Mann hat gebüßt!«

»Oh nein«, widersprach der Abt. »Zur Buße gehört die Reue. Dieser Verbrecher jedoch sieht seine Verfehlungen keineswegs ein und zeigt nicht Demut, sondern Trotz, den wir erst noch zu brechen haben. Erst wenn er winselnd um Gnade fleht, soll ihn der Tod erlösen.«

»Lasse mich mit ihm reden«, schlug der christliche Kaufmann vor, »vielleicht erleichtert es ihm die innere Einkehr, wenn ihm jemand seine Sünden in seiner eigenen Sprache vorhält.«

Wieder sauste die Peitsche klatschend auf den blutenden Rücken des Waidmanns nieder. Gudrid warf dem Wächter einen zornigen Blick zu. Der Irländer grinste breit.

»Befehlt dem Kerl, daß er damit aufhören soll, solange wir mit unserem Landsmann reden«, sagte Thorfinn Karlsefni ärgerlich.

Finnian nickte und gab dem Wächter ein Zeichen. Mürrisch legte der Irländer seine Peitsche zur Seite.

»Thorhall!« rief der Ragnarenkel nun zu dem Gefangenen hinab. »Ich bin es!«

Der Waidmann spie aus und stemmte sich weiter gegen das widerspenstige Holz. Böse funkelten die roten Augen. Dann drang die Stimme des Waidmanns wie aus der Gruft eines Grabes an ihre Ohren.

»Furcht verbreitete ich in der Welt«, sagte der Waidmann. »Viel Leid ertrage ich für meine Götter, doch niemals, niemals werde ich sie verraten. Eher bricht der Himmel als meine Treue! Ward mir auch schimpfliche Knechtschaft in Ketten bestimmt, ich bin bereit zu tragen, was mir die Nornen zumaßen. Denn nur mein Leib wird von Fesseln umschlungen, mein Geist aber schwebt frei wie Odins Rabe über dem Ort meiner Qual und labt sich am Traum meiner Rache. Zittert vor mir, ihr Knechtsgottanbeter! Noch lebe ich, noch fließt das heiße Blut durch mein Herz und diese Hand wird bald wieder einen Axtgriff umfassen! Auf euren Gott aber speie ich. Lieber einmal Knecht als immer, lieber unfrei als feige! Lieber erleide ich hier den Tod, als die Tränen zu weinen, an denen ihr euch ergötzen wollt! Euer ist die Macht, mein aber die Vergeltung.«

Wie ein Riese der Vorzeit stapfte er weiter durch den feuchten Lehm und drückte die hölzerne Stange so stark, daß sie sich in seinen Fäusten bog. Finnian sah Thorfinn Karlsefni und Gudrid an. »Was sagte dieser Teufel?« wollte er wissen. »Ich habe nicht den Eindruck, daß er auf Eure nordischen Worte milder zu antworten weiß als auf meine christliche Predigt.«

»Er hat den Christ beschimpft und verflucht«, antwortete Thorfinn Karlsefni. »Seine Seele ist verloren und er hat jede Strafe verdient, die er erleidet.«

Als sie aus der Senke stiegen, hörten sie hinter sich wieder Peitschenhiebe. Lauter aber scholl das grausige Hohngelächter des Waidmanns.

Wie Thorfinn Karlsefni den Waidmann befreit

In der Nacht erhob sich der Ragnarenkel, brachte Gudrid die Schöne zum Schiff und befahl seiner Mannschaft, den Salomoschimmel reisefertig zu machen. Dann steckte er sich eine Axt in den Gürtel und sagte zu seiner Frau: »Wenn Thorhall auch ein rechter Bösewicht ist, will ich doch seine Befreiung versuchen. Denn als ich mein Gelübde ablegte, nahm ich weder Heiden noch Seeschäumer davon aus.«

»Tue, was du für richtig hältst«, antwortete seine Frau.

Nun stieg Thorfinn Karlsefni vorsichtig in das Tal und schlich zu der Senke. Er fand den Wächter unter einer Linde, näherte sich ihm von hinten und schlug dem Sorglosen mit dem Axthammer gegen den Schädel, so daß der Irländer gleich das Bewußtsein verlor. Schnell fing der Ragnarenkel ihn auf und ließ den schlaffen Leib geräuschlos zu Boden gleiten.

»Bist du das, Thorfinn?« hörte der Kaufmann den Waidmann fragen. »Antworte ruhig! Wir sind allein. Die Mönche stellen stets nur eine Wache auf, da sie auf ihre Ketten vertrauen.«

»Ja, ich bin es«, erwiderte der Ragnarenkel und trat zu der Grube.

»Ich wußte, daß du kommen würdest«, sagte der schwarze Hüne. Seine Zähne blitzten im Dunkel. »Dein Eid läßt dir keine Ruhe.«

»Es ist so, wie du sagst«, gestand Thorfinn Karlsefni. »Höre also! Du wirst mir einen heiligen Eid schwören«, fuhr Thorfinn Karlsefni fort, »daß du, wenn ich dich befreie, Grönland nie wieder betreten, sondern dich anderswo ansiedeln wirst! Norwegen, Island, Schafinseln oder Orkaden — suche dir deinen Verbannungsort selbst aus! Überall hat der Christ längst gesiegt, und dein Trotz kann nicht mehr auf fruchtbaren Boden fallen. Setzt du deinen Fuß aber jemals wieder auf Grönlands Erde, so werde ich dein Verhalten für neidingshaft erklären und alle wissen lassen, daß du ein Mann ohne Wort bist.«

»Eure Pfaffen fürchteten mich wohl so sehr, daß du mich selbst mit all deinem Geld nicht auslösen konntest, sondern durch die Nacht schleichen mußtest, als ob du selbst ein Seeschäumer wärst!« lachte Thorhall.

»Ich habe sie gar nicht gefragt«, versetzte der Ragnarenkel und sprang in die Senke. »Halte die Ketten bereit!«

»Sie liegen schon auf dem Balken«, versetzte der Wikinger, »damit du später nicht erzählen kannst, du habest einen Schlafenden befreit!«

Thorfinn Karlsefni sah die ehernen Glieder im Mondlicht fun-

keln und hieb sie mit der Axt durch. Laut klangen die Schläge und Funken sprühten. Dann war der Waidmann frei. Sogleich zog er eine Stange aus dem Mühlstein.
Vorsichtig wich der Ragnarenkel ein wenig zurück. Als das Holz auf ihn zufuhr, duckte er sich und rief: »Neiding!«
Im gleichen Moment vernahm er ein Krachen. Dann stürzte der Wächter über ihn vom Rand der Grube herab.
»Nicht dir galt mein Hieb, du Narr, sondern ihm!« grollte der schwarze Hüne. »Er schlich sich gerade an, um dir mit seinem Schwert den Schädel zu spalten. Erschlagen muß man seine Feinde, nicht nur betäuben, wenn man nicht später doch noch einmal Schaden durch sie erleiden will!« Mit beiden Armen packte er nun den Irländer und hob ihn zum Mühlstein empor. Der Wächter keuchte entsetzt und strampelte wild mit den Beinen. Aber der schwarze Hüne packte den Mann an den Haaren und rammte den Schädel des brüllenden Irländers in das steinerne Auge des Mühlsteins. Dann stieß er den Wächter in den Mühlstein, bis der Kopf seines Opfers festsaß, und drehte den Wehrlosen dann mit einem Ruck herum. Ein gräßliches Knirschen ertönte, als das Genick des Gefolterten brach.
»Nun habe ich endlich wieder einmal Freude gehabt«, sagte Thorhall.
»Schnell! Zum Schiff!« rief der Ragnarenkel. Sein Gesicht war weiß wie ein frisch gebleichtes Laken. »Die Ebbe setzt schon ein!«
»Ich verdanke dir meine Freiheit«, antwortete der schwarze Hüne, »du aber bist mir seit heute ein Leben schuldig!«
»Ich werde es nicht vergessen«, murmelte Thorfinn Karlsefni zwischen zusammengebissenen Zähnen. Dann drehte er sich um und hastete durch das Tal zum Strand. Der Waidmann folgte ihm dichtauf, die abgebrochene Holzstange in der Rechten.
Sie stießen mit schwindendem Wasser von der Insel ab und ruderten stracks nach Norden. Mit dem Morgen kam raumer Wind und trieb sie über das Meer, so daß sie schon nach sechs Segeltagen Island erreichten. In dieser Zeit salbte Gudrid die Wunden des Waidmanns, der die Heilkunst der Thorbjörnstochter sehr lobte.
Als Islands Küste vor ihnen auftauchte, sagte Thorhall zu seinem Befreier: »Ich kenne eine Frau im Melar am Widderfjord. Sie

heißt Rannveig und ward mir schon vor einigen Jahren anverlobt. Nun will ich mir dort einen Hof kaufen.«
Thorfinn Karlsefni gab ihm darauf viel Geld und erhielt dafür Trutzklipp mit allem Land. So schieden sie voneinander.
Der Waidmann nahm Rannveig zur Frau; sie war eine Tochter Asmunds und eine Schwester Grettirs des Geächteten, der zu den berühmtesten Helden der Eisinsel zählte. Keiner focht wie Grettir, keiner glich ihm an Tapferkeit, keiner auch ertrug ein so furchtbares Los wie Islands unglücklichster Sohn. Der Waidmann aber war des Geächteten bester Freund. Als der schwarze Hüne auf den Strand gesprungen war, steuerte Thorfinn Karlsefni den Salomoschimmel wieder auf See, denn er wollte nach Norwegen fahren. Gudrid die Schöne aber sagte zu ihm:
»Ein Werk der christlichen Nächstenliebe haben wir an Thorhall vollbracht. Gott gebe, daß nicht zu viele Christen für unser Mitleid zu büßen haben.«

Was Aris bei den Vinländern erlebte

So wie der Waidmann nach seinem Schiffbruch in die Hände seiner Todfeinde gefallen war, fand sich auch Aris Männern ausgeliefert, die keinen Grund hatten, Gnade walten zu lassen. Der Häuptling der Rotköpfe und seine Krieger umringten den erschöpften Norweger und hoben schon die Speere mit den scharfen Schieferspitzen, da ließ sie ein heller Ruf innehalten. Verblüfft ließ der rotgesichtige Riese seine Stoßwaffe sinken und wandte sich um. Aris hob mühsam den Blick. Da sah er aus der Schar der Frauen und Kinder das Mädchen hervortreten, das er im Wald vor dem grauen Bären gerettet hatte.
Furchtlos trat die junge Vinländerin auf den Häuptling zu. Der Riese runzelte grimmig die Stirn und stellte mit barscher Stimme Fragen. Das Mädchen erteilte ihm aber Antworten, die ihn offenbar in größtes Erstaunen versetzten. Am Ende stieß er aus rauher Kehle einige scharfe Befehle hervor. Die Krieger hoben Aris auf und trugen ihn am Waldrand entlang in ihr Dorf.
Dort wurde der Schiffbrüchige gepflegt und gespeist, bis er wieder

zu Kräften gekommen war. Darüber vergingen viele Wochen. Das Mädchen saß an seinem Fellager und versuchte mit ihm zu sprechen. Trotz ihrer jungen Jahre bewies die Vinländerin dabei soviel Verstand und Geduld, daß es dem Norweger bald gelang, die ersten Worte ihrer fremdartigen Sprache zu lernen. Noch ehe der Winter mit Kälte und Regen einsetzte, vermochte Aris sich mit den Rotköpfigen zu unterhalten, wenn er auch dabei oft die Hände zu Hilfe nehmen mußte.
Nun erfuhr er, daß der Häuptling Avaldamon hieß und die vinländische Küste weithin beherrschte. Südlich von ihm aber lenkte sein Bruder Avaldidida die Schicksale anderer Stämme der Rotköpfigen. Das Mädchen, das Aris dem Bären entrissen hatte, war Avaldididas Tochter und hieß Sigunik. Das bedeutete in ihrer Sprache »Kleine Füße«. Sie wuchs bei ihrem Onkel auf, denn darin ähnelten die Sitten der Grön- und Vinländer einander, daß viele ihre Kinder anderen Eltern in Pflege gaben und dafür deren Söhne und Töchter großzogen.
Danach wurde Aris zu Avaldamon geführt. Der Häuptling sagte zu ihm: »Deine Gefährten trugen den Tod in unser friedliches Land. Du aber hast ein Leben gerettet und scheinst mir auch sonst anders als die anderen Weißgesichter. Darum sollst du nicht mein Gefangener, sondern mein Gast sein und bei uns wohnen, so lange es dir beliebt.«
Aris dankte Avaldamon und antwortete: »Auch die meisten meiner Gefährten wollten diesen Krieg nicht. Wenige nur sind schuld an dem Unglück, das so viele traf.« Dann berichtete er dem Häuptling, was sich in I Hopi zugetragen hatte. Von Leifshütten, Kreuzspitz und den Siedlungen auf Honigholm aber schwieg er. Er redete länger als jemals zuvor in seinem Leben und mußte oft nach Worten suchen. Avaldamon schien ihn jedoch gut zu verstehen und sagte zum Schluß, er und sein Volk würden künftig besser auf der Hut sein vor Leuten, die aus dem Meer kämen. Früher hätten sie von dort keine Gefahr befürchtet, da die Wellen nach dem Glauben der Vinländer bis zum Wall der Weltscheibe spülten. »Ihr aber scheint von der anderen Seite des Nordsterns zu stammen«, meinte der Häuptling, »und fuhrt von dort offenbar an der Küste entlang nach Süden.«

Er wollte nun alles von seinem Gast, den Grönländern und ihrer Heimat erfahren. Aris erzählte ihm lange von den verschiedenen Ländern und Völkern des Nordens, verriet aber nicht, wie man dorthin gelangte. Avaldamon staunte bei jedem Wort mehr und sagte am Ende: »Einem mächtigen Volk scheinst du anzugehören, und ich fürchte, daß einmal noch viel mehr Blut zwischen uns fließen wird, wenn ihr nicht auf eurer Seite des Meeres bleibt. Denn das ist unser Land. Wir werden es euch niemals überlassen.«
»Könnten wir nicht in Frieden nebeneinander leben?« fragte der Norweger. »Endlos weit scheint dieses Land, überreich an allen Schätzen und doch nur dünn besiedelt! Unsere Völker könnten viel voneinander lernen, nützlichen Handel treiben, gemeinsam die Wälder roden und fruchtbares Siedlungsland schaffen . . .«
Bei jedem dieser Worte aber verfinsterte sich das Antlitz des Vinländerhäuptlings und schließlich sagte er zornig: »Genug! Nun weiß ich, wer ihr seid und daß ihr uns verderben wollt! Wohin wird unser Wild wandern, wenn ihr die Wälder verbrennt? Sollen wir dann etwa Körner und Wurzeln essen wie die alten Weiber? Waidmänner sind wir und kämpfen mit unseren Waffen lieber gegen die wehrhaften Tiere, statt wie erbärmliche Knechte mit Stöcken im Boden zu graben! Denn unser Gott hat uns nicht als Sklaven, sondern als freie Männer erschaffen. Vor euch Weißhäutigen aber hat uns der große Gluskap, der Ahn unseres Stammes, schon vor vielen hundert Jahresläufen gewarnt. Darum glaube ich, daß du eine große Gefahr für uns bist und es besser wäre, wenn du bald sterben würdest.«
Danach erzählte der Vinländerhäuptling von Gluskap und sagte, der Schöpfergott Ktinixam habe den Urahn der Vinländer einstmals aus Erde erschaffen und ihm den Geist eingehaucht. Aris staunte darüber sehr und sagte: »So hat Tyrker recht, wenn er in euch die verlorenen Stämme Israels vermutet! Denn auch der Gott der Christen formte den ersten Menschen aus Lehm und blies ihm dann den Lebensodem in die Lunge.«
Er erzählte dem Häuptling nun die Geschichte Adams, wie er sie von dem Mönch kannte. Da wunderte sich auch der Vinländerhäuptling und fragte: »Reden wir wirklich vom gleichen Gott? Wie aber wäre dann zu erklären, daß euer Adam im Osten

erschaffen wurde, Gluskap jedoch von Westen her in dieses Land wanderte?«
Und so sprachen sie lange miteinander.

Von Elchbutter, der Donnerkugel und der Frau des Aaljägers

Danach brachte Avaldamon den Norweger in eine Hütte, in der vier unverheiratete Vinländer wohnten. Der Häuptling trug den Männern auf, bei ihrem Leben auf Aris zu achten. Die Rotköpfe nahmen den Norweger gastlich auf und teilten bereitwillig ihre Speisen mit ihm. Sie zeigten ihm auch die harten Hölzer und Steine, aus denen sie ihre Jagdwaffen herstellten, und nahmen ihn sogar mit auf die Jagd. Dadurch lernte Aris, nach welcher Weise die Vinländer ihrem Wild nachstellten, und bewunderte sie bald als listenreiche Jäger.
Auf einem Hügel stand eine riesige Fichte. Die Rotköpfe hatten sie so behauen, daß ihre kahlen Äste wie die Sprossen einer Steigleiter am Stamm emporführten. Auf dem Wipfel saßen Männer und spähten zu einem See, den eine schmale Landzunge fast in zwei Hälften teilte. Nach den ersten Reifnächten zog eine riesige Rentierherde von Norden her über die Landspitze und schwamm dort durch das seichte Wasser. Sogleich gab der Posten den Jägern ein Zeichen. Die Vinländer eilten zum Ufer und schossen mit Pfeilen nach den Nordhirschen. Sie erlegten dabei aber immer nur soviel Wild, wie sie verzehren konnten. Wenn ein Pfeil getroffen hatte, verwendeten sie ihn kein zweites Mal, sondern warfen ihn als Opfer an ihren Gott Ktinixam in den Wald. Auch töteten sie immer nur Tiere der gleichen Art.
Als die Rentiere vorübergezogen waren, jagten die Rotköpfe eine Woche lang nur große Waldhühner, dann Hasen und später nur Weißwedelhirsche. Aris sah zu, wie die Vinländer aus Blut und Knochenmark eine kräftigende und dauerhafte Jägerspeise bereiteten. Die Rotköpfe nannten sie Elchbutter. Bei der blauen Kugel, mit der die rothäutigen Krieger die Nordleute so erschreckt hatten, handelte es sich um einen runden Stein, der in ein Rentierfell eingenäht war. Damit konnte man Boote versenken, aber auch

Feinde zu Lande treffen und töten, denn wo das schwere Geschoß mit Getöse niederfiel, zerschmetterte es Schilde und Schädel.
Die Jagdgründe wurden jedes Jahr vom Häuptling neu verteilt, so daß es keinen Streit um die ergiebigen Wildtriften gab. Denn wer sich einen Sommer lang an einem sehr tierreichen Waldstück ergötzt hatte, mußte sich im Jahr darauf mit einer ärmeren Gegend begnügen. Wer aber nur sehr wenig Wild erbeuten konnte, bekam danach einen besseren Wald zugeteilt. Genauso verfuhren die Vinländer auch mit den Flüssen und Buchten, in denen sie fischten.
Die Siedlung des Häuptlings hieß Milpeg. In der vinländischen Sprache bedeutet dieses Wort ›Schönbucht‹. Die Jäger erzählten Aris, daß es an der Küste noch viele andere Dörfer gebe. Aber auch im Land lebten viele Nachfahren Gluskaps. Wenn die Jäger in das Innere der Wälder zogen, zeichneten sie ihren Weg stets auf ein Stück Birkenrinde, damit sie nicht versehentlich in das Jagdgebiet eines Nachbarn gerieten.
Außerdem erfuhr Aris, daß die Hauptstadt der südlichen Vinländer dreißig Rudertage entfernt lag und Maxtegweg, ›Flußmündung‹ hieß. Im Norden dagegen, so sagten nun auch die Jäger, streiften nur wenige Rotgesichter umher, denn dieses Land sei karg und gefährlich und dort hausten böse Geister, die man die Nasenlosen nannte.
Selbst in ihren Siedlungen schienen die Vinländer sich sehr vor Dämonen zu fürchten. Denn so wie die Steven nordischer Schiffe stets Köpfe von Drachen und anderen wehrhaften Tieren tragen, die Geister von Wasser und Wetter zu schrecken, stand zwischen Schönbuchts Hütten ein riesiger Holzpfahl mit vielen geschnitzten und farbig bemalten Fratzen. Die Holzhütten waren rund und ohne Nägel erbaut. Auch sah Aris nirgends Pferde, Hunde und Töpferwaren.
Die Rotköpfe liebten die Kurzweil sehr und luden Aris oft ein, mit ihnen Würfel aus Knochen zu rollen. Der Norweger lehrte sie dafür das nordische Ballspiel. Alle Vinländer fanden schnell großen Gefallen daran.
Der Winter war wieder sehr mild. Im Frühling feierten Männer, Frauen und Kinder von Schönbucht das Färbefest. Dabei tauch-

ten die Jäger tief in das kalte Wasser des Sees und förderten von dessen Grund eine rote Wurzel zutage, deren Saft sie in Holzkrügen auffingen und sich dann auf die Haut strichen. Sie sagten, daß diese Rötung ein Jahr lang vorhalte und sie als Nachfahren Gluskaps ausweise. Wer gegen die Gesetze ihres Volkes verstoße, dürfe sich nicht mehr färben, so daß ihn nach einiger Zeit jeder als Geächteten erkennen könne. Nun wurde auch Aris mit dem roten Saft eingerieben.

Zu dem zehntägigen Fest kamen auch viele Vinländer aus der Umgebung nach Milpeg. Mit ihren Gastgebern saßen sie an großen Feuern und aßen laut schmatzend gebratenes Fleisch.

Viele der Waldleute hatten noch nie einen Nordmann gesehen. Vor allem Frauen und Kinder starrten Aris neugierig an und wunderten sich über seine blonden Haare und blauen Augen. Der Norweger störte sich nicht an den Schaulustigen. Als ihm aber eine der Frauen frech in den Bart griff, packte Aris das vorwitzige Weib und versetzte ihm einen schallenden Schlag ins Gesicht. Die Frau erlitt dadurch einen so großen Schrecken, daß sie gellend schrie und sich nicht mehr beruhigen konnte. Sogleich stürzten von allen Seiten erboste Rotköpfige herbei. Die Jäger nahmen den Norweger in ihre Mitte und schützten ihn vor den Verwandten der Vinländerin.

Als Häuptling Avaldamon davon erfuhr, eilte er sogleich zu Aris und führte ihn durch die erregte Menge in seine Hütte. Dort sagte er zu ihm: »Das Weib, das du schlugst, ist die Frau Agweks des Aaljägers, eines sehr stolzen Mannes. Er ist mein Vetter und viele hören auf ihn. Auch wenn du im Recht warst, wird er doch nichts unversucht lassen, seinen Rachedurst mit deinem Blut zu stillen. Es ist daher besser, wenn du Milpeg für eine Weile verläßt, bis ich den Zorn meines Vetters besänftigen kann. Meine Nichte muß jetzt zu ihrem Vater nach Maxtegweg heimkehren. Du sollst sie dorthin begleiten und so lange bei meinem Bruder Avaldidida bleiben, bis ich nach dir schicke.«

Wie Aris weiter in den Süden Vinlands vorstieß als alle anderen Nordleute vor ihm

Aris dankte dem rotgesichtigen Riesen und antwortete: »Kein Fürst und Herse meiner Heimat, nicht einmal ein Jarl oder König könnte seine Gastfreundschaft höher als die deine rühmen, da du mich, einen Fremden, nun sogar gegen deine eigenen Blutsverwandten in Schutz nimmst! Das werde ich dir nicht vergessen.«
Am nächsten Morgen schnürte Aris sein Fellbündel und wollte es zu den Hautbooten bringen. Die Jäger erklärten ihm aber, daß sie die Reise zu Fuß beginnen und erst nach zwei Tagen zu Wasser fortsetzen wollten. Auf diese Weise würden sie ein großes Stück Weges sparen. Sie wanderten nun südwärts durch den dunklen Wald. Sigunik ging hinter Aris und setzte sich bei jeder Rast zu ihm. Dem Norweger schien es, als habe die Vinländerin eine große Zuneigung zu ihm gefaßt.
Um die Mittagsstunde des zweiten Tages sahen sie das Große Meer wieder vor sich. An einer seichten Flußmündung standen einige Hütten. Dort handelten die Jäger zwei Fellboote ein und fuhren mit Aris und Sigunik nach Südwesten davon.
So kam es, daß Aris weiter nach Vinlands Süden vorstieß als alle anderen Nordleute vor ihm.
Die Vinländer ruderten jeden Tag viele Stunden und Aris staunte immer wieder von neuem über die Kraft und Ausdauer der Rotgesichter. Nachmittags zogen die Jäger ihre Boote auf das Gestade, fischten und stellten Waldtieren nach. Abends lagerte Sigunik neben Aris und ließ sich von den Ländern auf der anderen Seite des Meeres erzählen, vom Glanz der Städte, vom Reichtum der Könige und von der Macht der nordischen Götter. Aris erzählte ihr von den Asen und auch vom Christ. »Ich selbst glaube schon seit langem nicht mehr an waltende Wesen über den Wolken«, schloß er, »andere aber bekennen sich so entschieden zu Odin, Thor oder auch Christ, daß sie ihnen Gold und Silber, manchmal sogar ihr Leben opfern.«
»Gehen diese Menschen freiwillig in den Tod?« wollte die junge Vinländerin wissen.
»Meist werden sie dazu gezwungen«, gestand der Norweger. »In

alter Zeit schnitten Priester oft Kriegsgefangene auf und weissagten aus dem Blut. Die Schädel der Geschlachteten wurden dann zu Ehren Thors an Bäume genagelt. Die Schweden töten bis auf den heutigen Tag alle neun Jahre zum Frühlingsfest mehrere Menschen und hängen die Leichen in einen heiligen Baum des fruchtbarkeitsspendenden Frey . . .«

»Wie grausam«, flüsterte Sigunik schaudernd. »Müssen dabei auch Frauen sterben?«

»Nein«, sagte Aris. »Auch sind es durchaus nicht immer Sklaven oder Gefangene. Die Schweden erschlugen einmal sogar ihren eigenen König, Domald, dem sie die Schuld an drei Mißernten gaben, und röteten mit seinem Blut die Götterhochsitze zu Upsala. Und Jarl Hakon von Lade opferte seinen siebenjährigen Sohn Erling, um sich dadurch die Hilfe der Asen gegen die Jomswikinger zu sichern.

Die kleine Vinländerin lauschte mit ständig steigender Spannung. »So starb dieser Jüngling aus freien Stücken?« fragte sie.

»Ja«, nickte Aris. »Er war ein gehorsamer Sohn. Er rettete dadurch das Reich seines Vaters. Daran kannst du sehen, aus welchem Holz wir Nordleute geschnitzt sind und daß es nicht leicht ist, uns in Furcht zu versetzen.«

Mit solchen Gesprächen vergingen die Abende schnell. Es schien, als könne Sigunik gar nicht genug von den bärtigen Männern des Nordens erfahren, die ihr so seltsam und eigentümlich erschienen. Sonderbarer und merkwürdiger aber als alles, was Aris erzählte, war, was er wenig später selbst erlebte.

Denn als die beiden Boote nach einem Monat anstrengender Fahrt endlich in Maxtegweg anlegten, hörte der Norweger dumpfe Trommelschläge und dann den durchdringenden Schrei einer Frau. Da ließ Aris seine Fahrhabe fallen und stürzte voller Erregung zu der nächsten Hütte. Denn ihm war, als habe er dort die Stimme Frillas gehört.

»Frilla!« rief Aris erregt und eilte über den steinigen Strand. Verblüfft sahen die vier Jäger ihm nach. Als sie erkannten, wohin er eilte, hoben sie ihre Waffen und setzten ihm nach.
»Bleib stehen!« riefen sie. »Nicht dort hinein, sonst bist du verloren!«
Aris aber achtete nicht auf die Verfolger, sondern lief zu der spitzgiebeligen Vinländerhütte. Wieder scholl ihm ein lautes Jammern und Kreischen entgegen. Es klang ganz so wie jene Laute, die er zu seinem Schmerz oftmals aus dem Mund seiner Frau hatte hören müssen, seit ihr Verstand verdunkelt war.
»Frilla!« schrie der Norweger wie von Sinnen und riß mit einem Ruck das geschabte, mit allerlei Zeichen bemalte Fell vor dem Eingang beiseite. »Ich bin es, Aris!«
Weißlicher Rauch quoll ihm entgegen, der duftete süßer als selbst die wohlriechendsten Blumen. Suchend spähte der Norweger durch die wolkenähnlichen Schwaden und drang dann suchend in das dunkle Innere der Hütte ein. Die Trommelschläge hallten dort laut wie Donner und trafen Aris, als ob ihn Fäuste schlugen. Der süße Qualm strömte in seine Lungen und löste seltsame Empfindungen in ihm aus. Dann blieb er schweratmend stehen und starrte mit schreckgeweiteten Augen auf das Bild, das sich ihm bot.
In der Mitte der Hütte stand, von den wohlduftenden Nebeln umwallt, ein grausiges Mischwesen von furchterregender Größe. Vor ihm aber lag auf Bärenfellen ein nacktes Vinländerweib mit schwarzem, verfilztem Haar und schweißüberströmter Haut. Namenloses Entsetzen stand in ihren Augen und immer lautere Schreie schallten aus ihrem verzerrten Mund, als ob sie die schrecklichsten Qualen erlitt.
Aris wollte zurückweichen, aber es war schon zu spät. Der Boden verschwand unter seinen Füßen und leuchtende Wolken hüllten ihn ein. Tief unter sich sah er seinen kopflosen Körper zu Boden sinken. Dann verlor er das Bewußtsein.
Seltsame Dinge widerfuhren Aris in seiner Ohnmacht. Doch plötzlich nahm das Ungeheuer den Bärenkopf ab und staunend erkannte Aris, daß der Riese in Wahrheit ein Mensch war.

»Erwache nun, Fremdling«, sagte der Mann. »Denn ich bin der, den du suchst: König Avaldidida.«

Aris bei Avaldidida

Der Rauch war verflogen, die Trommel verstummt. Auch die Rehknochenflöten schwiegen. Verblüfft rieb sich Aris die Augen und starrte den Vinländer an. »Nicht einmal in meinen ärgsten Träumen fühlte ich schlimmere Schmerzen«, keuchte er. Vorsichtig faßte er sich an den Nacken, fuhr über Arme und Beine und betastete dann Brust und Bauch, konnte aber weder Wunden noch Narben entdecken. »Du hast mich so zerstückelt, daß ich in meinen eigenen Körper hineinblicken konnte«, staunte er, »jetzt aber scheint alles unversehrt. Du mußt ein mächtiger Zauberer sein!« Der Rotgesichtige sah ihn streng an.

»Nur der Nebeljungfrau verdankst du es, daß du noch atmest«, grollte Avaldidida mit tiefer Stimme, »denn wer den Tanz der Geister stört, dem wird all das, was du zu fühlen meintest, auch in Wirklichkeit zugefügt. Törichter, ungestümer Narr!«

»Aber die Vögel!« stieß der Norweger hervor. »Der Baum! Die Zelte und seltsamen Menschen . . .« Aufs höchste verwundert sah er sich um. Nun erst erkannte er, daß er auf einem niedrigen Lager aus Blättern und Fellen ruhte. Neben ihm hockte Sigunik. Die kranke Vinländerin aber schlief auf der anderen Seite der Hütte; ein rotes Band umwand ihre Stirn.

»Auf deine Augen warf ich einen Zauber, du hättest die Dämonen nicht ertragen. Drei Zelte suchte ich auf, um diese Frau zu heilen: Die Wohnungen der Verzweiflung, des Zorns und der Raserei.«

»Warum nahmst du mich mit dir?« wollte der Norweger wissen.

»Du wolltest es so«, gab Avaldidida zur Antwort. »Dein Herz drängte mich, ohne daß dein Verstand davon wußte. Denn auch du kennst jemanden, dessen Gemüt gestört ist. Die Frau, die ich heilte, fiel den Dämonen anheim, als sie mit ihrer Familie im Wald von einem Bären überrascht und angefallen wurde. Das Raubtier zerriß ihren Mann und ihre drei kleinen Kinder. Wer etwas so Entsetzliches sehen muß, dem dringen die bösen Geister

sehr leicht in das Innere. Sie können dann nur durch einen anderen Schrecken wieder vertrieben werden.«
»So könntest du also auch Frilla heilen?« fragte Aris pochenden Herzens.
Der Priesterkönig von Vinland nickte und sagte mit großem Ernst: »So wie ich dem Seelentier dieses Weibes die Dämonen der Tiefe zeigte und sie dadurch wieder gesundmachte, kann ich auch deine Frau heilen. Aber du mußt deine Frau zu mir bringen. Denn anders kann ich den Zweig nicht finden, auf dem ihre Seele nistet.«
»Das ist unmöglich«, seufzte Aris. »Denn selbst wenn ihr mir erlaubtet, euch zu verlassen — wie könnte ich ohne Schiff über das große Meer fahren? Und selbst wenn ich eines baute — wie könnte ich allein es steuern, rudern und segeln?«
Der Priesterkönig von Vinland sah ihn nachdenklich an. Dann sagte er: »Es gibt einen Weg. Gluskap ging ihn! Erzählte dir mein Bruder nicht, daß unser Ahnherr vor langer Zeit hinter den Nordstern zog?«
»Ich dachte, er fuhr mit dem Boot«, staunte Aris. »Glaubst du wirklich, daß man zu Fuß von Vinland nach Grönland gelangen kann?«
»Gluskaps zerbrochener Kahn liegt noch immer vor Schönbucht«, versetzte der Alte. »Wandere immer nach Norden. Dann wirst du schon sehen, ob ich recht habe! Mehr kann ich dir nicht sagen. Ehe du uns aber verläßt, sollst du mir schwören, daß du nur deine Frau und niemanden sonst zu uns bringst. Brichst du dieses Versprechen, werde ich den Vogel deiner Seele fangen und auf das Zelt der rasenden Geister binden, bis du dich selbst zerfleischt hast und dein Weib dazu.«
»Dein Bruder drohte, mich zu töten, wenn ich versuchte, euch zu verlassen und in die Heimat zurückzukehren«, rief Aris erstaunt. »Du aber schenkst mir die Freiheit — warum?«
»Weißt du das wirklich nicht?« fragte Avaldidida. Müde fuhr er sich mit der Hand über die Augen. Dann sah er Aris lange an, seufzte und fügte hinzu: »Weil es der letzte Wunsch der Nebeljungfrau ist, die du als meine Tochter kennst und die dir sehr zugetan ist.«

Aris starrte den Zauberer an. »Sigunik?« staunte er und schaute verblüfft zu dem Mädchen. Aber die junge Vinländerin war verschwunden.

Vom Wasser der Wiederkehr

Der alte Magier verließ nun die Hütte und stieg einen Hügel hinan. Aris folgte ihm. Tausend Fragen standen im Gesicht des Norwegers, aber er wagte sie nicht zu stellen. Lange Zeit blickten die beiden Männer auf die friedliche Flußmündung. Dann sprach der Priesterkönig von Vinland:

»Mein Bruder Avaldamon sah nur deine Haut und nicht dein Herz. Er schonte dich, weil du Siguniks Leben gerettet hattest, aber er hält dich noch immer für einen Feind. Ich aber weiß, daß du unser Freund bist. Denn ich prüfte deine Gedanken und schaute in deine Seele.«

»Ich wünschte, es wäre nicht zu diesem unglückseligen Kampf zwischen unseren Völkern gekommen«, seufzte der Norweger. »Danken brauchst du mir nicht — nur ein Schurke hätte tatenlos zugesehen, wie ein Bär ein wehrloses Kind zerreißt.«

»Mit dieser Tat hast du meiner Tochter nicht nur das Leben erhalten, sondern ihr die Unsterblichkeit bewahrt«, erklärte der Zauberer. »Denn Sigunik ist eine Nebeljungfrau und dazu erkoren, Göttin des Großen Brunnens zu werden, aus dem Vinlands Fruchtbarkeit strömt.«

»Eine Göttin?« staunte Aris. »Wie soll das geschehen?«

»Das wirst du mit eigenen Augen sehen«, gab Avaldidida lächelnd zur Antwort. »Denn zur nächsten Schneeschmelze, am Geburtsfest Ktinixams, des Gottes der Schöpfung, wirst du mit uns zu dem heiligen Born fahren. Bis dahin sollst du Siguniks und mein Gast sein. Denn wir begehren noch viel von deiner Welt zu erfahren, und ich will dich auch manches von der unseren lehren. Sobald meine Tochter zur Göttin geworden ist, magst du in deine Heimat zurückkehren und deine Frau holen. Siehst du den großen Fluß? Wir nennen ihn Wasser der Wiederkehr, denn wer

davon kostet, wünscht sich selbst aus der weitesten Ferne an seine Ufer zurück. Bringe Frilla zu mir! Ich will sie heilen. Dann sollt ihr beide auf jener Insel dort glücklich leben bis an euer Ende.«
»Das wünsche ich mir mehr als alles andere auf der Welt«, seufzte Aris und blickte sehnsüchtig auf das Eiland, das Avaldidida ihm zeigte.
Im Winter gastete Aris beim König, sie redeten jeden Tag viele Stunden miteinander. Immer wieder staunte Aris dabei über die Weisheit des Vinländers; doch auch Sigunik verblüffte ihn stets aufs neue und das Mädchen schien ihm klüger als alle grönländischen Kinder zu sein. Vater und Tochter gaben dem Norweger Auskunft auf alle Fragen und hielten vor ihrem Gast kein Geheimnis zurück. Wenn Aris aber auf den Brunnen der Schöpfung zu sprechen kam, lächelten sie nur und behaupteten, Worte seien zu schwach, dieses Wunder zu schildern; darum solle Aris sich gedulden, bis er es mit eigenen Augen sehe.
Im Goimonat schwoll der Strom mächtig an. Da sagte Avaldidida: »Das Wasser der Wiederkehr zeigt uns, daß in den Bergen der Schnee schmilzt. Nun wollen wir zum Schöpferbrunnen fahren und Ktinixams Gnade erbitten.«

Am großen Brunnen der Schöpfung

Die Vinländer brachen in großen Jubel aus, verschlossen ihre Hütten, stiegen in ihre Fellboote und ruderten in großer Eile den Strom hinauf. Zwei Wochen fuhren sie zwischen den dichtbewaldeten Ufern entlang. Dann kamen sie in einen See, der sich so weit erstreckte, daß sein jenseitiges Gestade hinter dem Himmelsrand lag. Auf diesem salzlosen Meer trafen sie viele andere Vinländer an, die alle zu dem gleichen Ziel strebten.
Sechs Fahrttage später stürzte ein Fluß in den See, der wie ein Wildwasser schäumte, so daß ihn kein Boot zu befahren vermochte. Die Vinländer ließen ihre Fellkähne am Ufer zurück und wanderten zu Fuß weiter. Der Weg führte sie bald immer höher auf eine felsige Wand; der gischtende Wildstrom rollte tief unter ihren Füßen gurgelnd und grollend durch eine gewundene

Schlucht. Das Tosen der Wasser hallte so laut, daß Aris überrascht sagte: »Heftiger kann selbst der Gjöll nicht rauschen, der an der Grenze zur Unterwelt fließt, und ich vermag mir nicht vorzustellen, daß auf dieser Welt ein noch lauteres Wasser tost.«
Da lächelte Avaldidida und antwortete: »Du kennst den Brunnen der Schöpfung noch nicht.«
Die Vinländer schritten mit festem Fuß durch den vertrauten Steig. Der in die Felsen gezwängte Wildstrom brüllte jedoch immer lauter und schließlich drang sein Schall ihnen mit solcher Macht in die Ohren, daß sie kaum noch ihre eigenen Worte verstanden.
Während sie weiter stromaufwärts zogen und Aris in immer größerem Staunen auf die wild wogenden Wirbel der wütenden Wasser blickte, mischte sich in das ohrenbetäubende Brausen plötzlich ein noch viel lauterer Ton. Er klang gefährlicher als der Donner von tausend Gewittern, unheildrohender als selbst das Rumpeln des Bergrutschs, ja sogar schrecklicher als der erderschütternde Sturz brechender Fallgletscher an Grönlands Küste. Da fühlte Aris das Blut wie flüssiges Erz durch die Adern rasen und schrie: »Das muß Hwergelmir sein, der göttliche Kessel, aus dem die zwölf Eliwagar, die Wogen der eisigen Flut über Himmel und Erde hinwegrollen!«
Avaldidida bewegte die Lippen, doch Aris vermochte ihn nun nicht mehr zu verstehen; alles durchdringend toste der Schall stürzender Wasser weithin durch die Luft.
Der Priesterkönig beschleunigte seinen Schritt. Klopfenden Herzens folgte ihm Aris auf einen schwindelerregenden Pfad. Nebel wallten aus schwärzlicher Tiefe hervor und näßten die roten Gesichter der Pilger. Dann brach die enge Felsenklamm plötzlich auf und weitete sich zu einer riesigen Schüssel, groß genug, eine Stadt aufzunehmen, rund wie das Auge des Mühlsteins und tief wie ein Nabel der Erde. Brandende, brausende, brodelnde Wasser stürzten in schier unglaublicher Menge von allen Seiten in den gewaltigen Kessel, und Aris erkannte, daß er am Brunnen der Schöpfung stand.
Lange Zeit starrte er schweigend in das felsumrandete Rund, das Tosen und Toben der Ströme, die nach wolkenhohem Fall mit der

Wucht schwerer Eisenhämmer gegen den Boden der Grube schlugen. Wo die Fluten auf Felsen prallten, sprühten Tropfen wie Funken von einem göttlichen Amboß. So schrecklich laut krachte diese Schmiede von grimmigen Wasserriesen, daß Aris schließlich die Fäuste an seine schmerzenden Ohren preßte.
Die Vinländer wanderten feierlich um den gewaltigen Brunnen herum und stiegen schließlich auf einen Berg, der sich in einigem Abstand von Ktinixams Heimstatt erhob. Von seinem Gipfel aus bot sich ein atemberaubender Blick über den riesigen Kessel. Der Fluß, der die Wasser heranführte, wand sich von Süden herbei. Schwarze Felsen, scharfkantig wie Speerspitzen, säumten seine zerklüfteten Ufer, und aus der Mitte ragten Steilklippen wie Drachenzähne.
Die Rotgesichtigen stellten nun Zelte auf, zündeten Feuer an und stärkten sich mit schmackhaften Speisen. Als sich die Nacht auf das Land senkte, stampften sie zum Klang von Trommeln die Erde, lachten und scherzten und zeigten auf jede erdenkliche Weise, wie sie das Fest genossen. Am fröhlichsten aber und ausgelassensten tanzte Sigunik; jeder schien sich mit ihr über die Ehre zu freuen, die ihr am nächsten Morgen zuteil werden sollte.
Als die Sonne aufging, hüllte sich Avaldidida in seine Wolfsfelle, gürtete sich mit den Totenschädeln, legte den Umhang mit den Tierschwänzen um seine Schultern und setzte sich den Bärenkopf auf. Schweigend folgten die Vinländer ihrem Priester zum Ufer des Brunnens. Dort verneigten sie sich viele Male und bewegten betend die Lippen. Silbern gleißte das Frühlicht auf den Wassern des südlichen Stroms, und Aris fragte sich, aus welchem unerschöpflichen Quell seine Wasser wohl stammen mochten. Da sah er plötzlich ein kleines Boot auf den schäumenden Wogen. In dem schwankenden Fahrzeug stand eine zierliche Gestalt, die ganz von einem Kleid aus bunten Vogelfedern umhüllt war.
»Sigunik!« rief der Norweger verblüfft.
Niemand schien ihn zu beachten. Die Vinländer hoben die Arme und öffneten ihre Münder zu einem Schrei, der aber in dem Getöse unhörbar verhallte.
»Sigunik!« rief Aris erneut und fühlte sein Herz wie rasend klopfen, »das ist ein gefährliches Spiel!«

Zu seiner Erleichterung steuerte die junge Vinländerin aber ihr schmales Hautboot geschickt zwischen den spitzen Felsen hindurch. Vor ihr lag nun eine grüne Insel, auf der ein mächtiger Eichbaum wuchs.
Die Rotgesichtigen hoben wieder die Arme, und diesmal vernahm der Norweger ihr Lied als helles Kreischen über dem dumpfen Brausen des Brunnens. Wie gebannt starrte er auf das winzige Boot in den gischenden Wirbeln. Als es an der Insel anlangte, warf Sigunik ihr Ruder auf den Strand und hob statt dessen einen Speer. Bunte Bänder flatterten von der Schieferspitze herab. Schnell glitt das fellbespannte Gefährt an der Insel vorüber.
»Sigunik!« schrie Aris erregt. »Was tust du?«
Das Boot schwamm nun schneller und schneller dem brüllenden Flutensturz entgegen. Alle Vinländer begannen gellend zu schreien. König Avaldidida hob seine Trommel und schlug die Töne, die seinem Gott heilig waren.
Der kleine Kahn machte rasch immer mehr Fahrt und schoß bald schnell wie ein Pfeil auf die grausige Wassergruft zu. Schon schlug ein Schwall heftig gischtender Wogen über den niedrigen Rand. Das Fellboot schlingerte so stark, daß es fast gekentert wäre. Sigunik aber stand hoch erhobenen Hauptes auf dem schwankenden Kiel, den Speer in der Rechten; ihr schwarzes Haar wehte im Wind.
»Sigunik!« rief Aris entsetzt. »Ans Ufer, sonst bist du verloren!«
Lauter und lauter erschollen die Trommelschläge. Schneller und schneller raste das Boot auf die Sturzkante zu. Wie ein jagender Wasservogel flog es an den letzten Klippen vorüber. Dann wurde der Bug von den fallenden Wassern gepackt.
»Sigunik!« schrie Aris verzweifelt.
Die Spitze des Kahns schob sich über den Abgrund. Noch immer stand die junge Vinländerin stolz aufgerichtet und hob furchtlos ihren Speer. Die Vinländer brüllten und stampften die Erde mit ihren Füßen. Mit aller Kraft hieb Avaldidida auf seine Zaubertrommel. Dann senkte sich der Bug des Bootes, und Aris war es, als könne nur er allein den Ausdruck von Angst und Erschrecken sehen, der jetzt auf Siguniks kindlichem Antlitz erschien. Mit einem letzten Aufbäumen ihres schwindenden Mutes schleuderte

sie den Speer in den tödlichen Strudel. Einen Wimpernschlag später war sie in den weißen Wirbeln verschwunden.
Über den donnernden Wassern aber glaubte Aris noch lange danach den Widerhall seines Namens zu hören.

Wie Aris die Vinländer wieder verläßt

Nach Siguniks stolzer Fahrt standen die Vinländer lange Zeit schweigend am Ufer und blickten ergriffen in den Schöpferbrunnen hinab. Dann begannen ihre Lippen den Namen ihres Gottes zu formen. Immer lauter riefen sie »Ktinixam!« Viele Vinländer stachen sich dabei mit ihren Messern, so daß helles Blut über ihre Haut lief. Andere wanden sich in frommer Raserei auf dem Boden, wieder andere quälten sich mit Feuerbränden und so vollzog jeder von ihnen auf seine eigene Weise das Opfer an den Herrn der Schöpfung. Aris aber sah ihnen stumm zu.
Als die Sonne am höchsten stand, kletterte ein junger Vinländer keuchend auf den Berggipfel und reichte Avaldidida einen Speer. Ein Leuchten erschien auf dem Antlitz des Priesters. Ergriffen sprach er ein Gebet. Dann trat er auf Aris zu, reichte ihm die Schieferspitzenwaffe und sagte: »Das ist der Speer der Nebeljungfrau, vom Brunnen der Schöpfung zurückgegeben und von meinen Männern geborgen. Du sollst ihn mit dir nehmen. Denn dieser Speer ist dir von Sigunik bestimmt. Er wird dich auf allen Wegen beschützen und schließlich in unser Land zurückführen, so wie es Sigunik wünscht.«
»Deine Tochter ist tot«, seufzte Aris, »niemand stürzt in solche Wasser und lebt! Warum mußte sie sterben? Grausamer Gott!«
»Du irrst dich«, erwiderte Avaldidida mit freundlichem Lächeln. »Sigunik lebt und ist glücklich; das wirst auch du bald erkennen.«
»Wie denn?« fragte Aris und sah sich ungläubig um.
Der Priesterkönig deutete auf ein Buschwindröschen und sagte: »Dort. In jeder Blüte, Aris, die dich von jetzt an erfreut, lächelt meine Tochter dir zu. Mit jedem Schmetterling, der vor dir herflattert, sprechen Siguniks Lippen zu dir. Mit jedem Windhauch, der dich erfrischt, kühlen dich ihre Hände. Überall ist sie und

erscheint in tausenderlei Gestalt, uns zu behüten mit den göttlichen Kräften, die sie durch ihr Opfer erwarb.«
»Das ist schwer zu glauben«, erwiderte Aris, »aber ich hoffe von ganzem Herzen, daß du recht hast.«
»Gehe nun«, sagte der alte Zauberer. »Du hast keine Zeit mehr zu verlieren. Die vier Jäger werden dich nach Schönbucht zu meinem Bruder bringen und Avaldamon sagen, was ich beschloß. Ziehe dann auf Gluskaps Weg nach Norden. Du kannst auf Siguniks Hilfe vertrauen. Hüte dich aber vor den Nasenlosen!«
So nahm Aris Abschied von dem Priesterkönig. Viele Tage lang ruderte er mit den vier Jägern dem sternreichen Rachen des Wolfs entgegen, erst auf dem See und später auf einem anderen großen Strom.
Zu Beginn der Saatzeit gelangte er wieder nach Schönbucht. »Du bist ein erstaunlicher Mann«, sagte dort Avaldamon, als er erfuhr, was geschehen war. »Nimm dich aber vor den Nasenlosen in acht!«
Danach gab er Aris ein Hautboot, ein Steinbeil und viele Vorräte. Der Norweger dankte dem Häuptling, stieß das Ruder ins Wasser und fuhr nach Norden davon. An einer Landzunge zog er das Boot auf das Ufer und wartete, um zu sehen, ob ihm jemand folgte. Als kein anderes Boot erschien, steuerte er nach Leifshütten. Denn er wollte sehen, ob Thorfinn Karlsefni inzwischen zurückgekehrt war oder dort vielleicht andere Nordleute wohnten.
Vorsichtig ruderte Aris am Rand der Lagune entlang bis zum Fluß. Dann versteckte er sein Boot unter einem Holunderbusch und schlich durch den dichten Wald. Verheißungsvoll schimmerte ihm der Spiegel des glatten Gewässers zwischen den Tannen entgegen. Auf dem Wasser schwammen zwei Wikingerschiffe.
Aris blieb stehen und wartete, bis sich sein Herz und Atem wieder beruhigt hatten. Dann kroch er wie eine Schlange durch Farn und Moos zum Ufer. Plötzlich hörte er Schritte. Als er verhielt und lauschte, vernahm er zwei Stimmen, die er nur allzugut kannte.

Von Hakons Rückkehr und einem bischöflichen Brief

Während Aris noch bei den Rotköpfen weilte, kehrte Hakon der Fromme nach Grönland zurück und berichtete, daß der norwegische Bischof Sigurd ihn weiter nach Sachsen geschickt habe. Denn der oberste Herrscher der Christen, der Papst zu Romaburg, habe entschieden, daß der Norden von Brimun aus missioniert werden solle. Daraufhin habe er, sagte Hakon, den sächsischen Bischof Adalbert aufgesucht und ihm von allem berichtet, was sich seit den ersten Taufen in Grönland und Vinland zugetragen habe. Er brachte auch einen Brief des Bischofs an Tyrker mit.

In diesem Schreiben stand, daß sich der Mönch unverzüglich zur Berichterstattung nach Brimun zu begeben habe. Er solle dort Auskunft über alle seine Taten geben und insbesondere Rechenschaft darüber ablegen, aus welchem Grund auf der Vinlandreise soviel Blut vergossen worden sei. Vor allem wollte der Bischof wissen, ob diese Fahrt wirklich christlichem Streben und nicht bloß schnöder Gewinnsucht gedient habe. Er äußerte dabei in schroffen Worten die Ansicht, in Vinland sei das heilige Kreuz weniger für kirchliche Ziele verwendet als vielmehr zu kaufmännischen Zwecken mißbraucht worden. Daher ordnete er an, daß alle aus dieser Reise erzielten Gewinne unverzüglich an die bischöfliche Kasse in Brimun abgeführt werden müßten. Das sei jedoch, fuhr der Kirchenherr fort, nur die geringste Buße. Alle beteiligten Männer sollten zudem in sich gehen und ihre in Vinland begangenen Sünden bereuen. Auf keinen Fall dürften sie das neue Land noch einmal aufsuchen, ehe der Bischof selbst ihnen seine Erlaubnis dazu erteilte und einen geeigneten Führer einsetzte, der ein geweihter Priester sein müsse und dessen Anweisungen dann jeder Teilnehmer in frommem Eifer zu folgen habe.

Allen, die diesen Befehl mißachteten, drohte der Bischof den Ausschluß aus der heiligen Kirche und die ewige Verdammnis an. Außerdem solle der Mönch, so stand in dem Brief zu lesen, auch darüber Rede und Antwort stehen, wie er sich habe anmaßen können, eine geweihte Nonne in den Stand der Ehe zu versetzen und später sogar ihr Gelübde aufzuheben. Auch Frilla solle unverzüglich in ihre Heimat zurückkehren. Am Ende seines Send-

schreibens setzte Bischof Adalbert Hakon den Frommen als Seelsorger der Grönländer ein.
Hakon sagte, er sei von dem Inhalt des Briefes selbst überrascht und habe in Brimun nur die Wahrheit berichtet.
»Ei du Schelm!« rief Tyrker darauf erbost, »ich habe eine Natter an meinem Busen genährt. Schöntuer! Heuchler! Hinterlistiger Haderlump! Ja, es gibt auch Geschmierte unter den Gesalbten! Und es beten nicht alle, die in die Kirche gehen! Doch dieser tückische Pfeil soll dich selbst treffen. Mit dem nächsten Schiff will ich nach Brimun fahren und dem Bischof sagen, welchen harten Kampf seine Glaubensstreiter in Grönland zu bestehen hatten. Setzte ich hier nicht oft genug mein Leben ein, brachte ich nicht jedes Opfer, siegte ich nicht am Ende über die Götzen des Nordens? Loben sollte er mich, nicht tadeln, erhöhen, nicht erniedrigen, preisen, nicht demütigen und meine Frömmigkeit nicht bezweifeln, dieser vermaledeite Ofenhocker! Üble Nachrede ist das, Lüge, Verleumdung und Ämterschacher!«
Drohend hob er das Kreuz und wollte damit schon auf seinen Glaubensgenossen einprügeln, der nun erschrocken zurückwich. Dann aber besann sich der Mönch und fuhr fort: »Nein. Der Teufel des Zorns soll auch jetzt nicht über den Engel der Sanftmut siegen, der mein mildes Herz schon so lange bewohnt. Sondern ich will voller Demut und Gottesfurcht auf mich nehmen, was mir vom Herrn zugedacht ist. Denn so ziemt es sich für einen wahren Christen. Es ist nun einmal so: Kleine Heilige feiert man nicht. Grinse nur, du dreimal verdammter Höllenhund und Intrigant! Treuloser Lügenbeutel, wenn ich zurückkehre, lasse ich dir die Luft aus und jage dich mit Fußtritten von meinem Altar!«
Bei diesen Worten zog sich Hakon der Fromme furchtsam hinter die Brüstung eines Beichtstuhls zurück. Tyrker wetterte weiter: »Wer taufte dich, du Molch? Wer lehrte dich das Evangelium? Hinterhältiger Hund! Heckenschütze! Schmeißfliege! Satanspilz! Wem dankst du dein Wissen? Ohne mich hieltest du jetzt nicht goldenes Meßgerät in den Händen als Hüter grönländischer Seelen, sondern du würdest irgendwo im Birkenkratt Bärenkot zwischen den Fingern kneten, um festzustellen, wie frisch er ist! Nicht edlen Wein würdest du trinken, sondern billiges Bier saufen

und nicht in sauberen Leintüchern schlafen, sondern dich noch immer in der Aschengrube wärmen, aus der ich dich einst hervorzerrte, du ungebildeter Kohlensteiß!«

Danach verstummte der Mönch, um Luft zu schöpfen. Nach einer Weile fuhr er in etwas gemäßigterer Tonart fort: »Aber so groß ist nun einmal die Überlegenheit Gottes über den Teufel, daß sie selbst am Allerbösesten noch etwas Gutes findet. So auch hier! Denn auf diese Weise werde ich nun Gelegenheit finden, dem Bischof und den Gelehrten alles zu sagen, was es von Vinland zu wissen gibt. Denn du Bauernlümmel hast gewiß nur die Hälfte von all dem verstanden. Ich aber weiß nun, wo die verlorenen Stämme Israels hausen, auch daß Vinland ein neuer Erdteil ist und nicht nur eine Insel, daß vor seiner Küste einstmals Atlantis versank, daß es im Süden mit dem Mohrenland verbunden ist und daß das Weltmeer dort ständig durch einen Fluß nachgefüllt wird, der mehr Wasser führt als alle anderen Ströme zusammen. Das und vieles mehr will ich aufschreiben und dazu meine zwei Ziehsöhne mitnehmen, damit man in der Alten Welt sieht und erkennt, daß ich nicht fabele!«

Er rüstete nun zur Ausfahrt, packte seine Habe und verschaffte sich Plätze auf dem Drachen eines schwedischen Robbenjägers. Vorher wollte er noch zu Frilla gehen, doch die Friesin war fort, und so angestrengt alle nun nach ihr suchten, sie war und blieb verschwunden.

Wie der Mönch Schiffbruch erleidet

Nun mußte der Mönch ohne Frilla nach Brimun fahren. Er reiste mit zahlreichen Truhen voller Felle, Früchte und Maserholz aus Grönland ab. »Bald bin ich wieder da«, rief er Leif Erikssohn zu. Günstiger Fahrtwind trieb den schwedischen Drachen über die See nach Süden. Aber am vierten Tag erhob sich ein schwerer Sturm und schleuderte das große Schiff so heftig gegen eine Flutschäre, daß Kiel und Spanten zerbrachen. Tyrker klammerte sich an ein Ruder. Einen Tag und eine Nacht lang hielt er sich über Wasser.

Das graue Gespinst umhüllte ihn immer dichter, bis Tyrker am Ende kaum mehr die Hand vor den Augen erkannte. Dann flogen weißliche Schleier auf ihn zu und strichen wie mit nassen Fingern über sein Gesicht. Statt lieblicher Engelsgesänge, wie er sie nun zu hören erwartet hatte, drangen jedoch ein zorniges Brüllen und Brausen wie aus den Mündern von tausend Dämonen an seine Ohren, und aus dem dichten Dunst tauchten schwarze Felszacken wie Gipfel von Unterweltsbergen auf.
»Heiliger Moses!« krächzte Tyrker erschrocken. »Schwebt meine Seele wirklich zum Himmel empor oder soll ich erst noch die Schrecken der Hölle erblicken?«
Er lauschte auf eine Antwort und hörte ein immer lauteres Donnern und auch Dröhnen, auch ein unheimliches Grunzen und Grollen, als wälzten sich wütende Wale herbei, den menschlichen Eindringling gnadenlos zu verschlingen.
»Heiliger Josef!« ächzte der Mönch entsetzt. »Rette mich, ehe die grausen Dämonen mich durch die Pforten der Unterwelt tragen!«
Laut wie ein Wetterfunke im hohen Gebirge krachte die Antwort der unbegreiflichen finsteren Mächte. Tyrker wurde emporgehoben und in eine Wolke aus Wahn und Wirbel geworfen. Dann traf ihn ein Schlag an der Schläfe und er sank in tiefen, traumlosen Schlaf.
Als der Mönch wieder erwachte, knirschten ihm Sandkörner zwischen den Zähnen. Voller Verblüffung hob er den Kopf und blickte sich um. Zuerst sah er nur schwarzen Kies und ein paar glatte, pechfarbene Felsen, glänzend vor Nässe und von grauen Nebelschwaden umschlungen. Dahinter hoben sich steile, nachtdunkle Dünen mit Graten wie Fledermausflügel zum rötlichen Himmel. Felszacken aus scharfem Obsidian schimmerten wie geschliffene Klingen zwischen den schaurigen Mauern. Zahllose seltsame Steingestalten standen wie Wächter auf diesem Wall, die Häupter mit Helmen gewappnet, die Fäuste zornig erhoben, als wollten sie jeden erschlagen, der sich erkühnte, ihr Zauberreich zu betreten. Am meisten erschauerte Tyrker jedoch vor einem riesigen Schatten, der regungslos vor dem leuchtenden Bluthimmel stand.
Voll lähmender Furcht kniff der Mönch die Augen zusammen

und spähte angestrengt in die Finsternis. Für seine Augen war es zu dunkel, nicht aber für seine böse Ahnung. Und dann drang eine wohlbekannte Stimme durch die Dämmerung.
»So also sehen wir uns wieder, Pfäfflein!« sprach sie voller grausamer Freude. »Damals in Vinland meintest du, unsere Asenlehre sei nur erfunden. Nun sollst du die Sitze unserer Götter mit eigenen Augen sehen: Erst das strahlende Asgard, dann aber die dunkle Halle Hels!«

Wie Thorhall und Tyrker nach Asgard reiten

»Wo bin ich?« murmelte der Mönch erschrocken. »Wie kommt es, daß du noch lebst, du Sohn des Teufels? Ich glaubte, du wärst längst zur Hölle gefahren!«
Der Waidmann stieß ein spöttisches Lachen aus. »Ich bin so wenig tot wie Thor und die anderen Asen«, gab er zur Antwort. »Du bist es, der nun sterben muß, und es ist kein leichter Tod, der auf dich wartet. Denn allzulange trotztest du mir, allzu frech freveltest du gegen unsere Götter, allzuoft spritztest du dein Christengift gegen unseren Glauben!«
»Du Satan sollst mich nicht schrecken«, erwiderte Tyrker gefaßt und strich sich über die bleiche Stirn, »denn es geschieht doch alles nur nach Gottes Willen!«
»Dann rufe doch deinen Gekreuzigten an und bitte ihn, dir zu helfen!« höhnte der schwarze Hüne. »Dann wirst du sehen, wie machtlos der Knechtsgott in Wirklichkeit ist!«
»In Vinland verlieh mir der Christ den Sieg über dich!« versetzte der Mönch mit beherrschter Stimme. »Auch hier will ich auf ihn vertrauen.«
Wieder schnaubte der Waidmann verächtlich. »Denkst du wirklich, dein Sklavengott hätte dich damals vor meinem Beil bewahrt?« rief er mit flammenden Blicken. »Thorfinn Karlsefnis Schwert und ein Schwur hielten mich zurück, sonst nichts! Nun aber bin ich frei und kann nach meinem Herzen handeln.«
Mit diesen Worten trat er auf Tyrker zu, fesselte den kleinen Mönch an Händen und Füßen und band ihn dann zwischen zwei Felsen.

»Bete nun, wenn du willst«, rief er ihm zu. »Morgen will ich dir die Macht meiner Götter zeigen.«
Dann stapfte der schwarze Hüne durch den unheimlichen Steinwald davon. Noch lange hörte der Mönch das grollende Gelächter seines Todfeinds durch die Felsenschluchten hallen.
Tyrker betete die ganze Nacht hindurch, aber kein tröstlicher Stern leuchtete ihm durch den Nebel, so daß ihm war, als habe der Christ ihn wahrhaftig verlassen. Da haderte er mit seinem Gott und rief: »Hast du mich so viele Jahre im Norden unter diesen Wilden am Leben gelassen, nur um mich am Ende doch noch zu verderben, gerade dann, wenn mir endlich die Heimkehr winkt?«
Am Morgen kehrte Thorhall zurück. Er führte vier Pferde am Zügel. Zwei waren gesattelt, zwei mit Vorräten beladen.
»Nun, Pfäfflein?« fragte der Waidmann höhnisch. »Fiel denn kein Messer vom Himmel, mit dem du dich hättest befreien können? Vielleicht lag es daran, daß du in deinen Fesseln nicht knechtisch genug knien konntest!« Grob packte er den Mönch, setzte ihn auf das zweite Pferd und stieg dann selbst auf das erste.
Lange Zeit ritten sie schweigend durch den unheimlichen Felsenwald. Steinerne Thursen, eishäuptige Trolle und noch viele andere furchteinflößende Riesengestalten säumten den Pfad. Der Nebel lag wie graue Wolle auf dem gewundenen Weg und ein schwacher Wind bewegte die wenigen Gräser. Es war so still, als ritten sie auf dem Grund eines Meeres dahin.
»Welches Spiel treibst du mit mir, du Teufelsgenosse?« rief der Mönch nach einer Weile. »In Wirklichkeit sind wir wohl beide ertrunken und nur durch unchristlichen Zauberspuk wieder zum Leben erwacht! Ich werfe ja gar keinen Schatten mehr!«
»Bald wirst du wieder die Sonne sehen«, antwortete der Waidmann grimmig, »dann aber zum letzten Mal!«
Viele Tage zogen sie durch die nebelverhangene Einöde. Immer wieder spähte der Mönch nach vertrauten Landmarken aus, ohne auch nur eine einzige zu entdecken.
Am sechsten Tag ihrer Reise sank der Mönch vom Pferd und schlug auf die Erde. Als er wieder zu sich kam, fand er sich auf weichem Sand gebettet und fühlte, wie ihm der Waidmann die Lippen mit Wasser aus einem Ziegenschlauch netzte.

»Lasse mich endlich sterben, du Höllenhund!« krächzte der Mönch. »Mir bangt nicht vor dem Tod!«
»Große Worte«, spottete der schwarze Hüne. »Auch darin eiferst du deinem Knechtsgott nach: Erst bot er sich zum Opfer dar, dann aber wollte er doch lieber weiterleben und bettelte darum, daß der Kelch an ihm vorübergehen möge. Feige wie der Christ sind auch alle seine Diener!«
»Oh du hartherziger Hund! Mordbube! Blutsäufer! Teufel!« knirschte Tyrker. »Du finstere, scheußliche Ausgeburt alles Bösen! Sohn des Satans, du sollst nicht erleben, daß ich vor dir zittere, schleppst du mich auch in den finstersten Winkel der Hölle!«
»Das werden wir ja bald sehen«, versetzte der Waidmann. »Zuerst aber sollst du sehen, wo die wohnen werden, die den Asen treu sind!« Damit hob Thorhall den Mönch wieder in den Sattel und ritt auf einen Gipfelgrat. Höher und höher führte der Weg, vorüber an Abgründen, deren schwindelerregende Tiefen Tyrker im Nebel nur zu erahnen vermochte. Ein eiskalter Wind blies ihnen in die Gesichter, und immer mehr graue Schleier hüllten sie ein, so daß es schien, als ritten sie schon durch die Wolken.
Doch bald erhob sich ein heftiger Sturmwind und riß die Wolken davon. Je mehr die schwindenden Schleier enthüllten, desto verwunderter blickte der Mönch auf das herrliche Bild, das sich ihm bot. Denn vor ihm erhob sich nun in ihrer unvergleichlichen Pracht die strahlende Burg der nordischen Himmelsherrscher, das uneinnehmbare Bollwerk, das man Asgard nennt.

Wie Tyrker Asgard schaut

Höher selbst als die sich drohend auftürmende Wetterwolke am Himmel, weißer als frisch gefallener Schnee auf einem unbetretenen Gipfel, glänzender als selbst das spiegelnde Eis der grönländischen Inlandsgletscher und leuchtender als die gleißende Sommersonne ragte die herrliche Götterburg aus einem grünenden Tal, das sich so weit wie das Weltmeer erstreckte. Die Torflügel strahlten so hell wie zehn Monde, die Zinnen der Zauberburg blinkten wie tausend Sterne und auf den Wällen lag ein Schein

wie von zehntausend feurigen Flammen. Soviel Helligkeit ging von dem Göttersitz aus, daß Tyrker das Gesicht abwenden mußte und ihm Tränen zwischen den Lidern hervorquollen. Erst nach einer ganzen Weile vermochte er sich an das blendende Licht zu gewöhnen, das selbst aus dieser Ferne noch wie Messerstiche in den Augen schmerzte.
»Was ist das?« keuchte der Mönch. »Nie zuvor sah ich Ähnliches! Dort, dieser Regenbogen — fast scheint es, als würde er mitten in diesem Glanz geboren!«
»Das ist Bifröst, die Brücke der Götter«, erklärte Thorhall bewegt. »Keinem Sterblichen ist es vergönnt, sie zu betreten. Siehst du das lodernde Feuer inmitten des Bogens? Es hält die Berg- und Reifriesen ab, den Himmel zu stürmen. Jene Halle dort vorn aber, die an dem Steig steht, heißt Himmelsburg und ist Heimdalls weitschauende Warte. Hundert Meilen weit sieht dieser Wächter. Er braucht weniger Schlaf als ein Vogel und hört die Wolle auf den Schafen wachsen. Wenn das Weltende naht, bläst der Gott das Gellhorn, das du für die Posaune eines deiner Engel hieltst!«
Tyrker fuhr sich mit der Zunge über die trockenen Lippen. »Wer aber wohnt in dem Wald darunter?« wollte er wissen. »Diese Bäume scheinen mir höher zu wachsen, als alle anderen auf der Welt!«
»So ist es auch«, erwiderte der Waidmann mit Stolz, »denn es sind Ulls rotstämmige Eiben. Nach ihnen heißt dieser Ort Ydalir. Aus ihrem Holz schnitzt der Jagdgott die Bogen und Speere. Viele Opfer brachte ich ihm und hoffe ihn nach meinem Tode in seinem Eibental zu besuchen.«
Staunend rollte der Mönch die vorstehenden Augen. »Dort dieses Dach!« rief er. »Ist es mit Silber gedeckt?«
»Glastheim heißt diese Halle«, belehrte der Hüne ihn, »Forseti wohnt dort, Baldurs Sohn, der die Gerechtigkeit hütet. Frieden, Eintracht und Versöhnlichkeit herrschen in seinem schimmernden Haus, doch nur für den, der selbst das Rechte tut und keine Angst hat, dem Unrecht mit eigener Hand zu wehren!«
Der Mönch hob wieder die Hand vor die Augen und kniff die Lider zusammen. »Dort steht ein Schloß in einem Garten, das scheint mir noch um vieles größer«, sagte er voller Verwunde-

rung, »nicht einmal die Pfalzen des Kaisers besitzen solche Maße!«

»Dort überschüttet Freya die Gäste, die zu ihr kommen, mit allen Freuden der Welt«, erwiderte Thorhall ergriffen. »Sessrumner, der Vielsitzige, heißt ihr Saal, in dem sie die Frauen der Helden zum Dienst der Liebe um sich versammelt.«

»Welche Pracht!« entfuhr es dem Mönch. »Welche Fülle! Auch auf der anderen Seite — Gold und Juwelen glitzern dort, als sei dieses Haus aus den Kronen von Kaisern errichtet!«

»Das ist Friggs Feensaal«, lachte der Waidmann, »die Falkengewandete herrscht dort, Odins Gemahlin, die Mutter der Götter und Könige aller Asen. Das Gold verwaltet sie und schafft den Überfluß. Zwei weiße Luchse ziehen ihren Wagen, wenn sie nach Midgard hinabeilt, unglücklichen oder bedrängten Menschen zu helfen.«

»Wem aber ist dieses Haus zu eigen, dessen Dach sich dort wölbt wie ein Schild?« fragte der kleine Mann und beschattete sich die Stirn. »Es gleißt, als läge dort ein Spiegel, so groß wie ein Kornfeld, unter der strahlenden Mittagssonne!«

»Dort erhebt sich Thors hohe Halle«, antwortete der schwarze Hüne ehrfürchtig. »Bilskirnir, Spiegelschild, nennen wir sie. Thors Wohnstatt selbst aber ist, wie du wohl weißt, Thrudheim, Starkheim, geheißen, weil es den Tapfersten aller Asen beherbergt. Höher als er steht nur Odin selbst.«

»Odin«, flüsterte Tyrker tonlos und hob den Blick. Ein greller Lichtschein erhellte sein zuckendes Antlitz.

»Ja«, sprach der Waidmann, »dort oben wohnt der Walvater, hoch über allen anderen Asen. Darum will ich dich nun fragen: Bist du bereit, dem Knechtsgott abzuschwören und den Asen treue Gefolgschaft zu schwören? Wenn du das tust, will ich dich am Leben lassen. Bedenke, welches Glück dich erwartet! Einstmals zum Fraß für Hels Hunde bestimmt, wirst du dann mit Göttern trinken, hochgeehrt von den tapfersten Helden und von den edelsten Frauen begehrt! Gestehe endlich ein, daß die Asen des Nordens mächtiger sind als der Götze des Südens. Speie mit mir auf den feigen Knechtsgott, der dich ja doch nicht mehr retten kann, wenn er es überhaupt will!«

Da stieß ihn Tyrker von sich und rief: »Weiche von mir, du Sohn des Satans! So versuchte dein Vater einst unseren Herrn zu verleiten, als er ihn auf einen Berg führte und ihm dort alle Reiche der Welt zeigte. Schwach bin ich, ja, und nur ein Mensch — dennoch will ich lieber sterben als meinen Gott verleugnen, du Teufelszauberer, schlimmer Verführer und Diener des Bösen!«
Der schwarze Hüne sah ihn höhnisch an. Dann sprach er: »Noch sind wir nicht am Ziel unserer Reise und wenn du Asgards Pracht auch widerstandst, so will ich nun doch sehen, ob du auch Helheims Schrecken zu trotzen vermagst.«

Zu den Trutzburgen der Riesen

Mit diesen Worten wandte er sein Pferd, trieb es talwärts und zog die anderen Tiere mit straffer Hand hinter sich her. Während sie über die steilen Felsen hinunterstiegen, sammelten sich wieder Wolken am Himmel und bald war die herrliche Götterburg ihren Blicken entrückt. Der Wind wehte immer stärker und wirbelte schwarze Sandkörner in die Höhe.
Unter überhängenden Felsen verbrachten die beiden Männer und ihre Tiere eine unruhige Nacht. Am Morgen lag eine dünne Eisschicht auf dem pechfarbenen Boden. Um die Mittagsstunde begann es zu schneien.. Da kamen Thorhall und Tyrker an einen Fluß voll kohlschwarzen Wassers. Verwundert starrte der Mönch auf die Wellen, denn sie bewegten sich nicht, sondern schienen zu Stein erstarrt.
»Wer hat diesen Strom verhext?« fragte Tyrker klopfenden Herzens.
»Das ist der Fluß, der die Gefilde der Götter von denen der Riesen und Zwerge trennt«, antwortete der Waidmann.
Vorsichtig ritten sie über das schwarzglänzende Gewirr ineinander verschlungener Wellen, die sich wie steinerne Knäuel kampflustiger Nattern, Ottern und Vipern unter den Hufen der Pferde dahinschlängelten. Dampf quoll aus dem steinernen Strom und Tyrker spürte eine Hitze, als ob der Boden aus niemals erkaltender Asche bestünde. Da wurde es dem Mönch noch unheimlicher

zumute. Thorhall aber lächelte grimmig und rief ihm zu: »Asgard liegt hinter uns. Wappne dich nun, die Schrecken der Schattenwelten zu schauen, für die du dich in deinem Trotz entschiedst!«
Der Hüne lenkte sein Pferd auf einem schmalen, gewundenen Pfad am Rand des Schwarzschlangenstroms an immer seltsameren Steingebilden entlang. Nebelfetzen flossen zwischen den Füßen der furchteinflößenden Felsriesen umher wie schwarzes Blut unter den Stiefeln eisengepanzerter Krieger auf einem nächtlichen Schlachtfeld.
Meile um Meile folgte der Waidmann den Wellenbergen dieser versteinerten Sintflut. Immer wieder mußten sie um tiefe Spalten, Schluchten und Klüfte reiten. Dunkle Gewitterwolken senkten sich herab und schnell trieb der Waidmann die Pferde unter eine überhängende Felswand. Regengüsse rauschten zur Erde, füllten die flachen Mulden und sammelten sich zu einem reißenden Strom, der wütend die schmale Schlucht durchtoste und alles mitriß, was sich auf seinem Weg befand. Schauerlich klang das Getöse des Streits wie in dem alten Lied, da es heißt: »Felsen krachten, Klüfte heulten, die alte Erde fuhr ächzend zusammen.«
Da sagte Tyrker, elend vor Kälte, Nässe und Schwäche: »Ich kann nicht mehr weiter. Töte mich hier, du Ungeheuer! Schlimmer kann es nicht sein, selbst wenn du an mir den Blutaar vollziehst.«
»Du irrst, wenn du meinst, daß du jetzt schon die Neige der Schrecken kostest«, antwortete der schwarze Hüne mit grausam blitzenden Augen, »denn in Wahrheit hast du erst genippt am übervollen Kelch deiner Qualen.«
Das Unwetter tobte die ganze Nacht und ließ an Heftigkeit nicht nach, bis endlich der Morgen graute. Dann brach die Wolkendecke auf und Allglanz, der Heilschein des Himmels, schleuderte wärmende Strahlen in die schwarze Schlucht.
Immer tiefere Schluchten schnitten nun in die Erde. In die größte von ihnen lenkte der Waidmann die Pferde. Ein modriger Hauch wehte den Männern entgegen und ein fernes Brausen drang an ihre Ohren. Als sie um eine Felszacke bogen, zog Tyrker erschrocken sein Pferd so straff an den Zügeln, daß es sich aufbäumte und den Mönch fast aus dem Sattel geschleudert hätte.
»Ja, Pfäfflein!« rief Thorhall spöttisch. »Reiße die Augen nur auf,

staune und zage! Denn diese Brücke führt in die Heimstatt der Toten, in der die Neidinge hausen und alle Ehrlosen, für die im luftigen Walhall kein Platz ist. Sieh dir den Gjöllfluß gut an! Noch in dieser Stunde sollst du ihn überqueren und danach nie wieder in die Lichtwelt zurückkehren!«

Im Reich der Totengöttin

Aus schreckgeweiteten Augen blickte Tyrker auf den grausigen Unterweltsfluß. Brüllend schleuderte der böse Strom seinen stinkenden Schaum durch die schmutzigen Felsen. Übelriechende Nebel wallten empor. Wo der Sprühregen der fäulniserregenden Wasser die Wände benetzte, bildeten sich pechfarbene Blasen, blähten sich auf und zerplatzten mit scheußlichem Schmatzen. Über den stürzenden Höllenbrei führte in schwindelerregender Höhe ein Steg, der aus der Tiefe so schmal erschien, als könne kein Vogel darauf sitzen. Gleichwohl trat Thorhall mit festem Schritt auf die Gjöllbrücke zu.
»Nein«, flüsterte Tyrker mit grau verfärbtem Gesicht. »Nicht dort hinüber, du Teufelsknecht! Tue mit mir, was du willst — es wird mich nicht stärker schrecken als dieser Auswurf des Satans!«
Der Waidmann stieß ein höhnisches Lachen aus; grausig hallte es von den Felswänden wider. »Armseliger Wicht«, spottete der schwarze Hüne dann. »Schon vor dem gelindesten Schrecken der Unterwelt verläßt dich der Mut? Warte, was dir noch begegnet, ehe du endlich zu Hel hinabfährst, wie ich es dir schon vor langem gelobte!«
Er wickelte Stoffbinden um die Augen der scheuenden Hengste und führte sie dann der Reihe nach über den Steg. Dann packte er den zitternden Mönch, warf ihn sich über die Schulter und trug ihn ans andere Ufer.
Immer wieder fuhren Feuerstöße aus dem schaurigen Schlund. Haushohe Flammen schlugen zum Himmel, glühende Felsbrocken prallten gegen die wunden Wände der Bergriesen ringsum. Starr vor Schrecken schaute der Mönch auf den feuerspeienden Abgrund und konnte den Blick nicht abwenden. Da sagte Thorhall:

»Nun, Pfäfflein? Graust es dich recht? Ja, es ist ein Unterschied, ob man nur mit dem Mund die Hitze der Christenhölle beschreibt oder die Schrecken Hels mit eigenen Augen erkennt!«
»Christus, rette mich!« rief Tyrker in höchster Not. »Lasse mich nicht in diese Hölle stürzen, Herr, ich bitte dich!«
Der schwarze Hüne lachte voller schrecklicher Freude. Dann ergriff er den kleinen Mann am Genick und schob ihn vor sich her bis an den äußersten Rand der Feuergrube. Der Waidmann sagte höhnisch: »Schwöre deinem Götzen endlich ab, da du doch sehen mußt, daß er dich nicht zu retten vermag! Wenn du dich aber den Asen zuwendest, werde ich dich verschonen.«
Da nahm Tyrker all seinen Mut zusammen und rief: »Auch an diesem Ort wirst du mich nicht zum Abfall von Gott verleiten, du Teufel! Denn lieber stürze ich in diesen Schlund, als daß ich meine unsterbliche Seele verliere! Wäre mein Tod in dieser Höllenglut doch nichts weiter als die verdiente Strafe für meine Sünden, die Trunksucht und Unzucht, die ich nun vor meinem Schöpfer offen bekenne!« Er hob die Hände zum Himmel und fuhr mit lauterer Stimme fort: »Ja, ich habe gefehlt, Herr. Viele Male verstieß ich gegen deine Gebote, denn mein Fleisch ist schwach.«
»Ich hörte schon davon«, lachte Thorhall, »Krähenbeerwein und willige Mägde . . .«
»Nicht nur Mägde«, gestand der Mönch. »Auch mit verheirateten Frauen ließ ich mich ein . . . Freydis . . .«
Das spöttische Lächeln auf Thorhalls Antlitz erstarb.
»Freydis?« rief er ungläubig. »Was hattest du mit der Erikstochter zu schaffen?«
»Nachts trat sie zu mir in die Kammer«, erzählte der kleine Mann stockend. »Da kein Priester hier weilt, bei dem ich beichten könnte, will ich statt dessen dir von meinen Sünden berichten. Freydis enthüllte mir ihren Reiz . . .«
»Lügner!« schrie der Waidmann mit furchtbarer Stimme.
»Ich wollte, es wäre so, wie du sagst«, seufzte der Mönch. »Aber ich rede die Wahrheit. Ich konnte diesem Teufelsweib nicht widerstehen. Oh, wie ich jetzt diese Sünde bereue . . .«
»Lügner!« brüllte der Waidmann wieder. In flammender Wut warf

er das Beil zu Boden und packte den Mönch mit beiden Händen am Hals. »Noch ein Wort, und ich erwürge dich!«
»Was erbost dich daran denn so?« stieß Tyrker halberstickt hervor. »Was liegt dir an dieser Frau?« Dann fuhr ein Ausdruck des Verstehens über sein Gesicht. »Du liebst sie!« keuchte er. »Du hast sie immer geliebt!«
»Hund!« rief Thorhall in höchster Erregung.
»Sei verflucht!« sagte der Mönch. »Ich werde sterben, du aber wirst schlimmer leiden als ich.«
Ein Zittern lief über den Körper des Waidmanns, Blut trübte seinen Blick und ein schauriger langgezogener Schrei drang zwischen seinen verzerrten Lippen hervor. Mit beiden Händen hob er Tyrker hoch über den Kopf. »Hel!« hallte es aus seinem Mund. »Hier kommt dein Opfer!« Dann schleuderte er den Mönch in den brodelnden Abgrund hinab.
Tyrker stieß einen schrillen Schrei aus. Mit dumpfem Poltern prallte der Mönch gegen Felsen, ehe er in den wabernden Nebeln verschwand. Aus der Erdentiefe schwoll ihm ein schreckliches Zischen entgegen.

Wie die Kjartanssöhne beschließen, nach Vinland zu fahren

Auf diese Weise endete das Leben jenes Mannes, der Grönland zum christlichen Glauben bekehrte. Auch im Tod zeigte er mehr Tapferkeit als mancher andere. Wenn er auch ein zerrissener Mensch war und den Christen in seiner Sündhaftigkeit auch nicht immer ein Vorbild sein konnte, trat er doch stets unverzagt für seinen Glauben ein und bewies dabei oft einen Mut, der auch für einen größeren Mann wohl ausgereicht hätte. Ein Frömmerer als er, so meinten manche, hätte vielleicht weniger erreicht.
Die Grönländer erfuhren erst später vom Tod ihres Priesters.
Im Frühjahr segelten Thorfinn Karlsefni und Gudrid die Schöne wieder zum Eriksfjord. Leif erzählte dem Ragnarenkel von der Botschaft des Bischofs. Thorfinn antwortete: »Dann will ich meine Ausfahrt nach Vinland verschieben und erst

einmal abwarten, welche Nachrichten Tyrker aus Brimun bringt.«
Als Thorward Herjulfssohn davon hörte, sagte er, daß er zwar gleichfalls ein treuer Gefolgsmann des Christ sei, aber noch längst nicht der Lehensmann irgendeines sächsischen Pfaffen, den er noch nicht einmal kenne. Darum gedenke er seine Vinlandfahrt wie geplant anzutreten.
Wenn er allein auch keinen Krieg gegen die Rotgesichtigen führen könne, erklärte der Herjulfssohn weiter, wolle er wenigstens nach alter Wikingerart Strandhiebe nehmen und sich dabei Ruhm wie Reichtum erwerben. Einige junge Leute lobten Thorward laut für diese Worte und schworen ihm treue Gefolgschaft, sollte ihre Reise sie selbst in die Hölle führen. Die erfahrenen Männer aber blickten einander betreten an und schwiegen.
Darauf sagte Gudrid zu ihrem Mann: »Glaubst du wirklich, daß wir noch einmal friedlich in Vinland zu siedeln vermögen, wenn Thorward ohne dich ausfährt und dort die Küsten verheert? Besser wäre es, wenn du die Westreisen aufgeben würdest. Denke an die Worte, die Thorstein einst auf seinem Totenlager sagte! Laß uns nicht noch einmal etwas wagen, das dieser Weissagung widerspricht und ihre Erfüllung in Frage stellt!«
»Vielleicht hast du recht«, seufzte der Ragnarenkel. »Wer könnte gegen den Willen des Herrn handeln und dabei auf Erfolg hoffen! Denn was zählen Ruhm und Macht gegen die Liebe?« erwiderte Thorfinn Karlsefni. »Nur mit Gudrid bin ich glücklich.«
Der Ragnarenkel ließ sein Schiff fertigmachen und stach nach Norwegen in See. Er hatte eine glückliche Überfahrt und kam in bester Verfassung in Nidaros an. Dort blieb er während des Winters und verkaufte seine Waren. Die beiden Eheleute standen in gutem Ansehen bei den vornehmsten Männern am Nordweg.
Leif aber fuhr nach Herjulfsspitz und sagte zu Bjarnes Witwe Jorun: »Thorfinn Karlsefni gibt Vinland auf und will sich in Island ansiedeln, damit sich dort die Weissagung meines Bruders erfüllt.«
»Dann werde ich mit Thorward und Freydis segeln«, antwortete Jorun. »Mir, ihrer Schwägerin, können sie wohl kaum einen Platz auf ihrem Schiff verweigern.«
»Aber gerade sie sind es, vor denen du dich am meisten hüten

mußt«, warnte der Erikssohn. »Denn wenn dir und deinem Sohn Ingolf etwas zustößt, wären ihnen alle Rechte, die Bjarne an Vinland erwarb, wie auch der Hof auf Herjulfsspitz sicher. Selbst ich könnte das nicht verhindern. Darum halte ich es für besser, wenn du dich erst mit deinen Brüdern besprichst.«
»Ich weiß wohl, daß deine und Bjarnes Sippe stets um die Herrschaft in Grönland stritten«, sagte die Kjartanstochter. »Aber ihr seid doch Schwurbrüder, du und mein Mann! Darum glaube ich, daß ich dir vertrauen kann. Ich will daher tun, was du sagst.«
Sie ließ ihren kleinen Sohn Ingolf bei Leif zurück und segelte nach Island ins Lachswassertal. Dort beriet sie sich mit Helge und Finnbogi. Am Ende beschlossen die Kjartanssöhne, im Frühjahr mit ihrem Schiff Doppelkiel nach Vinland zu segeln und ihre Schwester dort bei der Durchsetzung aller Ansprüche zu unterstützen, die sie für ihren Sohn erheben konnte. Auch ihre Frauen Melkorka und Emer nahmen sie auf die Reise mit und kamen noch im Herbst nach Grönland, um mit dem ersten Frühlingswind nach Westen auszufahren.
Als Freydis davon erfuhr, sagte sie zu ihrem Mann: »Nun heißt es klug sein, denn zwei so starken und erfahrenen Wikingern wie Helge und Finnbogi wirst du allein wohl kaum gewachsen sein. Wen man aber nicht besiegen kann, mit dem muß man sich verbünden. Gelangt nicht auch eine Ranke schneller und leichter aus Waldes Dunkel ans Sonnenlicht, wenn sie sich schlau mit dem arglosen Ahorn verbündet? So wollen wir es nun auch mit den Kjartanssöhnen halten. Pflanzen wir nur gleich hier auf Grönland die Wurzeln dieser Verbindung — in Vinland ziehen wir dann die Würgschlinge zu!«
Darauf fuhren Thorward und Freydis nach Herjulfsspitz. Dort umarmte die Erikstochter Bjarnes Witwe und weinte viele Tränen um den Toten. Jorun aber tröstete Freydis und sagte: »Gräme dich doch nicht so! Bjarne lebt und wartet in Vinland auf mich.«
»Wir wollen dir helfen, ihn dort zu finden«, antwortete die Erikstochter. »Außerdem aber soll sich unsere Reise auch als vorteilhaft für unsere Ehre und unser Vermögen erweisen. Darum wollen wir Fahrtgenossen sein und miteinander Halbteil machen von allen Gütern, die wir dort erlangen.«

Die Kjartanssöhne waren damit einverstanden, machten jedoch zur Bedingung, daß auf jedem der beiden Schiffe die gleiche Anzahl kampftüchtiger Männer vorhanden sein solle. »Denn wenn wir gleich stark sind«, so sagte Helge, »wird kein Streit zwischen uns entflammen, da niemand wissen kann, wie ein Kampf zwischen uns ausgehen würde.«
»Wir zählen mit unseren Leuten genau dreißig Köpfe«, fügte sein Bruder Finnbogi hinzu. »Ebenso viele sollt auch ihr sein, wenn ihr mit uns ausfahrt.«
»Das ist ein kluger Rat«, erklärte Freydis, »den ihr Männer sogleich mit heiligen Eiden besiegeln sollt.«
Thorward, Helge und Finnbogi taten nun so und schworen einander Frieden für die gesamte Dauer der Fahrt.
Danach verabschiedeten sich Thorward und Freydis von den Kjartanssöhnen und segelten nach Steilhalde zu Leif. Dort sagte die Erikstochter zu ihrem Bruder: »Es war klug von dir, daß du die Hütte in Vinland nicht an den Ragnarenkel verschenktest. Denn nun bist du frei, sie uns zu überlassen.«
»Die Hütte gebe ich nicht aus der Hand«, erklärte ihr Bruder entschieden. »Doch wenn du willst, werde ich dich wie einst Thorfinn mit ihr belehnen. Du magst mit deinen Fahrtgenossen dort wohnen, so lange es dir gefällt.«
Damit mußte Freydis nun wohl oder übel zufrieden sein. Zum Abschied aber sagte Leif zu seiner Schwester: »Ich weiß nicht, was du im Schilde führst, doch ich erwarte nichts Gutes. Du bist zu unruhigen Blutes. Schon unser Vater sagte nach deiner Geburt, daß von dir einmal viel Schicksal ausgehen werde. Hüte dich, Jorun und ihren Verwandten Böses zu tun! Auch fern in Vinland beschützt sie grönländisches Recht!«
Freydis lächelte spöttisch und antwortete: »Ja, lieber Bruder. Ich weiß wohl, wie ernst du dein Amt als Thingsprecher nimmst. Auch will ich gern glauben, daß du das Gesetz selbst gegen deine eigene Schwester anwenden würdest. Denn du liebtest mich nie. Aber ich bin Thorward Herjulfssohns Frau. Und davon, daß du auch dem Bruder deines so hoch verehrten Bjarne ein Leid zufügen könntest, mußt du mich erst überzeugen.«

Vom Streit um die Leifshütte

Sobald der Schnee schmolz, zogen die Vinlandfahrer ihre Schiffe von den Walzen, rüsteten sie für die Reise und brachten ihre Besatzung an Bord. Diesmal nahmen sie aber weder Vieh noch Saatgut mit und auch nur wenige Handelswaren. Dafür brachten sie zahlreiche Waffen und Vorräte an Bord, wie es Wikinger tun, wenn sie zu wehrhaften Feinden ausfahren.

Mit Helge und Finnbogi reisten ihre irländischen Frauen, dazu Jorun und zwei Mägde. Helge, der ältere der beiden Zwillinge, saß am Steuer.

Der Wind blies aus Süden und die beiden Brüder kamen so schnell voran, daß der Doppelkiel schon anderntags in Gardar anlangte. Dort feierten die Fahrtgenossen mit Leif eine christliche Messe, ließen sich dann von Hakon dem Frommen kniefällig den Segen erteilen und tranken danach auf Steilhalde mit großem Gepränge die Vinlandfahrt an. Dabei erschollen laute Lieder, und nach vielen Hörnern erzählte Finnbogi fröhlich aus dem alten Wikingerleben.

Beim Abschied sagte der Erikssohn zu den Brüdern: »Thorward kann euch kaum gefährlich werden. Hütet euch aber vor meiner Schwester! Denn in ihr brennt ein Feuer, das schon so manchen verschlang, der in ihre Augen und nicht in ihr Herz sah.«

»Du hast recht«, erwiderte Helge, »dieses Weib ist eine Wölfin.«

Finnbogi aber lächelte und sagte: »Die Natter beißt nur in den ungeschützten Fuß. Wir aber werden allezeit Stiefel tragen.«

Sie segelten nun nach der Westsiedlung ab und fuhren fünf Tage später in den Weißdorschfjord ein. Thorwards Blutsteven lag schon beladen im Wasser. Die Isländer zählten die Männer des Herjulfssohns ab. Freydis saß mit vier Mägden im Frachtraum.

Die Fahrtgenossen vereinbarten nun, daß sie in kurzem Abstand hintereinander über das Meer segeln wollten. Bis nach Nordrsetur sollten Helge und Finnbogi führen, dann aber Thorward, da dieser den Weg nach Vinland kannte. Der Wind stand noch immer günstig und die beiden Schniggen kamen gut voran. Dennoch war es Helge am zweiten Tag, als ob Thorwards Schiff stetig langsamer würde, denn es blieb sehr weit zurück. An einer großen Eisscholle, die fest vor der Knechtskopfklippe lag, schien es sogar anzuhalten. Dann aber holte der Blutsteven rasch wieder auf, und Helge wandte den Blick wieder vorwärts.

Sie kamen in Grönlands nördliche Jagdgründe und bogen bald in die Jotenbucht ein. Dort schwammen sehr viele Eisberge im Meer, denn es war noch früh im Jahr. Helge drehte nun bei und ließ Thorward vorüber. Als der Blutsteven neben dem Doppelkiel lag, musterten die beiden Brüder das andere Schiff voller Argwohn, zählten die Mannschaft und Helge fragte: »Was suchtet ihr auf der Scholle?«

»Robben!« antwortete der Herjulfssohn fröhlich und hielt einen blutigen Seehundsbalg in die Höhe. »Das Jagdglück war uns hold. Nun wollen wir hoffen, daß uns auch das Fahrtglück begleitet!« Er winkte noch einmal und steuerte dann seine Schnigge nach Westen. Helge hob die Brauen und sah seinen Bruder an. Finnbogi zuckte die Achseln.

Zwei Tage später erreichten sie Helluland, fanden danach ohne Mühe den Südweg nach Markland, segelten mit starker Strömung durch den Mühlensund und langten nach nur dreiwöchiger Fahrtzeit in Vinland an. Am letzten Tag der Reise, als sie das Meer zwischen Honigholm und der Leifshütte überquerten, gerieten die Schiffe in wechselnden Wind und verloren einander aus den Augen. So kam es, daß die Kjartanssöhne als erste in der Lagune anlangten. Sie ruderten den Doppelkiel durch den Fluß in den See, vertäuten die Schnigge am Ufer und trugen ihre Fahrhabe in die Halle. Sie hatten schon fast alles ausgeladen, da kam auch Thorwards Blutsteven an.

»Was tut ihr da?« rief Freydis den Brüdern zu.

»Das siehst du doch!« gab Helge zur Antwort. »Wir nehmen hier Unterkunft, wie es abgesprochen war!«

»Davon weiß ich nichts«, entgegnete die Erikstochter mit herrischer Stimme. »Mich hat mein Bruder mit seiner Hütte belehnt, nicht euch!«

»Wir Männer schworen, alles in Vinland zu teilen«, antwortete der Kjartanssohn scharf und faßte Thorward ins Auge. »Erinnere dein Weib an deinen Eid!« forderte er.

»Unsere Abmachung gilt nur für das, was wir erst noch erwer-

ben«, meinte der Herjulfssohn, »nicht aber für Besitztümer, die uns bereits gehören.«
Helge ging zornig auf ihn zu und öffnete schon den Mund zu einer heftigen Erwiderung. Doch ehe er aussprechen konnte, was er der Zunge bereits zu formen befohlen hatte, verhielt er auf einmal und starrte fassungslos auf das Schiff. Denn hinter den Schilden der Bordwand stand plötzlich die Riesengestalt des Waidmanns.

Wie Freydis ihre Gegner überlistete

»Nun, Helge?« fragte der schwarze Hüne. »Was wolltest du sagen?«
»Daß ihr Heiden uns weder an Treue noch an Mut, sondern allein an Schlechtigkeit überlegen seid«, antwortete der Kjartanssohn zornig. »Und so ist eure Ehre beschaffen, daß ihr euch durch Eidbrüche Vorteile zu verschaffen versucht — Thorward, indem er uns gelobte, nicht mehr als dreißig Gefolgsleute mitzubringen, du aber, da du Thorfinn Karlsefni schworst, Grönlands Boden nie mehr zu betreten.«
»Thorward mag für sich selbst sprechen«, versetzte der Waidmann spöttisch, »ich aber hielt mein Wort! Denn ich ließ mich von einem Kauffahrer auf einer Eisscholle absetzen, dort auf Freydis zu warten, und setzte daher nicht eine Zehe auf Erde oder Gestein.« Er lächelte höhnisch. »In Vinland aber gedenke ich, mich frei zu bewegen«, fügte er mit kalten Blicken hinzu und fuhr mit der Rechten über den Griff seiner Axt. »Hier beengt mich kein Eid, grenzt kein Gelübde mich ein, schlägt kein erzwungener Schwur meinen Willen in Bande! Frei darf ich hier nach meinem Herzen handeln!«
Mit ihm hatten sich noch vier andere Asenanbeter im Frachtraum des Flutenhirsch verborgen gehalten. Sie stammten aus der Westsiedlung und gingen gewappnet an Land.
Darauf ließ Finnbogi die Schilde von der Bordwand nehmen und ordnete die Schar der Isländer zum Kampf. Helge aber beschwichtigte seinen Bruder und sagte: »Das ist es, was Freydis von uns erwartet, daß wir uns nun auf ein Gefecht einlassen, in dem wir

nicht siegen können. Aber wir wollen es ihr doch nicht ganz so leicht machen.«

Er hieß seine Gefolgsleute nun ihre Fahrhabe wieder aus Leifs Hütte und ein Stück landeinwärts tragen. Dort bauten sich die Isländer eine eigene Halle und wohnten darin. Sie zogen den Doppelkiel sorglich auf Schiffswalzen und gaben gut auf ihr Eigentum acht. Jeden Tag zogen sie in die Wälder und erbeuteten zahlreiche kostbare Pelze. Sie ließen immer einige Männer als Wache zurück, befahlen ihnen jedoch, sich nicht auf einen Kampf mit dem Waidmann einzulassen. Thorhall, Freydis und Thorwald richteten sich indessen in der Leifshütte ein. Auch ihre Männer begaben sich auf die Jagd. Andere fällten Bäume, denn das Treibholz auf Grönland war inzwischen knapp und deshalb sehr teuer geworden.

Von Zeit zu Zeit traf Thorward Herjulfssohn sich auf einem Felsen zwischen den beiden Hütten mit Helge und Finnbogi. Dann berieten sie alle Fragen, die von den Führern der Fahrt gemeinsam entschieden werden mußten. Dabei ging es weit weniger unfreundlich zu als zwischen Freydis und den Brüdern. Denn Helge hatte Thorward schon als Kind auf den Knien gewiegt und auch mit Finnbogi hatte der jüngere Herjulfssohn sich stets sehr gut verstanden.

Die Kjartanssöhne machten Thorward nun Vorwürfe, daß er seinen Eid gebrochen und mehr Männer als vereinbart mit nach Vinland genommen hatte. Der Herjulfssohn verzog das Gesicht und gab zur Antwort: »Nicht ich, sondern Freydis beging den Betrug. Sie war es, die dem Waidmann Boten nach Island sandte. Ich tadelte sie dafür, denn ich weiß wohl, in welch ungünstigem Licht ich jetzt erscheine. Aber verhindern konnte ich ihren Plan nicht. Ja, ich glaube fast, dieser schwarze Trollsohn hätte mich umgebracht, hätte ich ihn nicht an Bord gelassen.«

Darauf beschworen die beiden Brüder Thorward, nicht zuzulassen, daß Freydis den Frieden breche. »Denn dann«, sagte Helge besorgt, »wird viel Blut fließen und Vinland dem Norden vielleicht für immer verlorengehen.«

»Das soll nicht geschehen«, antwortete Thorward, »solange ihr uns nicht angreift.«

Helge dankte ihm dafür. Freydis aber war übel zufrieden mit ihrem Mann.

Bei der nächsten Zusammenkunft auf dem Felsen schlugen Helge und Finnbogi vor, daß die Vinlandfahrer im Winter Spiele untereinander veranstalten sollten. »Die Langeweile könnte unsere Leute sonst zu leicht auf gefährliche Gedanken bringen«, erklärte der jüngere Kjartanssohn, »gern greift die Hand zum Schwert, wenn sie nicht pflügen darf, und die Muße ist eine schlechte Ratgeberin.«

»Da hast du recht«, antwortete Thorward. »Sobald die Arbeit getan ist, wollen wir dafür sorgen, daß sich unsere Männer lieber in Wettkämpfen messen als in einer blutigen Schlacht.«

Sie verabredeten daraufhin, daß sich die Grön- und Isländer im kurzen und langen Lauf, Weit-, Hoch- und Stabsprung, Stammschleudern, Steinstoßen, Speerwurf und Bogenschießen vergleichen sollten. Zum Schluß wollten alle Ball gegeneinander spielen. Der Waidmann schnaubte verächtlich, als er das hörte. Die anderen Asenanbeter aber nahmen gern an den Wettkämpfen teil — und kündigten an, daß sie die Christen wie Hunde davonprügeln würden.

Die Isländer aber meinten, wenn sie den Westsiedlern in diesen unblutigen Wettbewerben ihre Kräfte bewiesen, würden ihre Gegner umso weniger nach einem Waffengang gieren.

Die Anführer der beiden Gruppen vereinbarten nun, daß die Wettkämpfer unbewaffnet aufeinandertreffen sollten. Alle Beile und Schwerter würden für die Zeit der Spiele in den Hütten eingeschlossen. Helge und Thorward wollten Schiedsrichter sein. Alle anderen sollten aus wenigstens hundert Schritten Entfernung zuschauen.

Die Fahrtgenossen legten nun große Vorräte für den Winter an, besserten nach einem Herbststurm die Hütten aus und deckten die Schiffe mit Reisig zu. Die riesigen Ahornbäume entlaubten sich, die Astern neigten die Köpfe, das Gras welkte und schließlich fiel Schnee. Nun trafen sich Grön- und Isländer unter den Felsen zwischen den Hütten und trugen ihre Wettkämpfe aus. Dabei erwiesen die Christen sich als die Schnelleren, die Asenanbeter jedoch als die Stärkeren. Denn die Gefolgsleute der Kjartanssöhne siegten im Laufen und Springen, die Fahrtgenossen des Herjulfssohns aber warfen und stießen Hölzer und Steine weiter als ihre

Gegner. Thorhall der Waidmann sah aus der Ferne zu und höhnte: »So soll es auch sein, wenn wir endlich mit diesen Knechtsgottanbetern kämpfen. Wir werden unsere Arme benutzen, sie aber ihre Beine!«

»Das wird bald geschehen«, versprach die Erikstochter.

»Hoffentlich!« grollte der schwarze Hüne.

Freydis legte dem Waidmann tröstend die Hand auf den Arm und antwortete: »Nur noch ein wenig Geduld! Bald kommt die Stunde deiner Rache, bald fließt hier nicht mehr Schweiß, sondern Blut. Thorward aber soll uns bald nicht mehr an unserem Vorhaben hindern, sondern uns dabei sogar noch helfen. Dafür werde ich sorgen.«

Wie Freydis ihrem Mann einen Schwur entlockte

Beim Lanzenwurf und beim Bogenschießen zeigten sich Grönländer und Isländer einander ebenbürtig, so daß der Sieger nur sehr schwer zu finden war. Darüber gab es Streit und bald gingen die Männer von der Westsiedlung und aus dem Lachswassertal mit den Fäusten aufeinander los. Sogleich schickte Thorhall Knechte zu der Leifshütte und ließ sie die Waffen herbeibringen. Er selbst ergriff seine Axt und stürmte auf die Kämpfenden zu.

Ehe er sie jedoch erreichte, traten Helge und Thorward mit ihren Schwertern zwischen die Streitenden. Jeder der beiden Führer richtete dabei die Waffen gegen die eigenen Leute und ermahnte sie mit strengen Worten, Frieden zu halten.

Der Waidmann sah das voller Verdruß und sagte zu Freydis: »Herjulfs älterem Sohn hieb ich zu Svolder die Hand ab. Nun werde ich wohl bald des Jüngeren Kopf rollen lassen.«

»Deine Stunde kommt noch«, antwortete die Erikstochter. »Denke daran, daß unsere Fahrtgenossen Thorward vor unserer Ausreise einen Treueeid schworen. Er ist der Führer unserer Fahrt, und die anderen werden nicht zulassen, daß du ihn tötest. Willst du mit deinen vier Leuten allein gegen alle anderen kämpfen? Lasse mich etwas ersinnen, das Thorward und die Kjartanssöhne entzweit! Dann wird er tun, was wir von ihm erhoffen, und unsere Rache wird umso grausamer sein.«

Mit diesen Worten wandte er sich um und schritt in die Hütte zurück. Freydis empfing ihren Mann mit heftigen Vorwürfen und schalt ihn: »Feigling! Meinst du, mein Vater hätte mit so wenig Mut ganz Grönland gewinnen können? Hart sei ein Führer gegen seine Feinde, seinen Gefolgsleuten aber soll er Gerechtigkeit schaffen!«

»So schlimm war der Streit nicht, daß ich deshalb hätte gegen meine Verwandten vorgehen können«, wehrte sich der Herjulfssohn.

Freydis ballte die Fäuste, stieß ihren Mann grob vor die Brust und schrie ihn an: »Verschmähe meine Liebe, aber verachte nicht meinen Stolz!«

»Keins von beiden möchte ich missen«, sagte Thorward beschwörend. »Auch deiner Ehre habe ich bisher immer Genüge getan.«

Die Erikstochter verstummte. Dann lächelte sie plötzlich freundlich und fragte: »Wird das auch künftig so sein?«

»Solange ich lebe«, versicherte ihr der Herjulfssohn nun, »soll niemand dich demütigen oder kränken oder dir sonst etwas antun, das deinen Stolz oder deine Ehre verletzt, und nicht den Tod dafür erleiden. Das gelobe ich dir bei deinen und meinen Göttern.«

»Dann ist es gut«, sagte Freydis. »Brichst du aber diesen Eid, sollst du mir nie wieder nahen.«

Zu dem Waidmann aber sagte sie: »Halte dich bereit! Denn jetzt weiß ich einen Weg, wie wir mit Thorwards Hilfe unsere Rache genießen können und sogar selbst dabei unbefleckt bleiben.«

Von Freydis und Finnbogi

Obwohl Thorward und Helge Kjartanssohn den Streit geschlichtet hatten, bevor es Blut zu rächen gab, herrschte fortan Zwietracht zwischen Grön- und Isländern. Während des Winters blieben die Männer meist in ihren Hütten und es fanden keine Spiele mehr statt. Auch trafen sich die Führer nur noch selten auf dem Felsen.

Am ersten Tag des Julfests stand Freydis kurz vor Morgengrauen heimlich von ihrem Lager auf und kleidete sich an, zog aber weder Schuhe noch Strümpfe über. Sie fuhr in den Mantel ihres Mannes, trat leise aus der Leifshütte und schlich am Seeufer entlang. Es war viel Tau gefallen und ihre bloßen Füße wurden naß. Vor der Hütte der Isländer saß Finnbogi und wachte. Er sah die Erikstochter schon von weitem und rief ihr halblaut entgegen: »Was treibst du dich herum?«

»Ich habe etwas mit dir zu besprechen«, erklärte Freydis. »Es ist nur für deine Ohren bestimmt.«

»Das kann nichts Gutes sein«, meinte der Kjartanssohn.

»Wie dein Bruder verkennst auch du mich«, klagte die Erikstochter und ließ es zu, daß sich der Mantel ein wenig öffnete und den Ansatz ihres Busens enthüllte. »Nicht neuen Hader, sondern Frieden will ich stiften. Aber das kann nur gelingen, wenn wir beide, du und ich, einander recht gut verstehen.«

»Genügt dir dein Mann nicht mehr?« spottete Finnbogi.

»Nennst du Thorward einen Mann?« antwortete die Erikstochter. Der Spalt im Stoff ihres Mantels erweiterte sich, so daß der Kjartanssohn die reife Rundung ihrer Brust sehen konnte. »Ach, unglücklich bin ich und eine unerfüllte Frau«, seufzte Freydis. »Als Kind schon wurde ich Thorward verlobt und mußte ihn später heiraten, ohne nach meiner Meinung gefragt worden zu sein. Seither teile ich meine Kammer mit einem Mann, der lieber den Rand seines Trinkhorns küßt als meine Lippen, der seinen Arm lieber um die Schultern seiner Gefährten legt als um die Hüften seiner Frau. Nur deshalb mag ich manchmal rauh und unausstehlich erscheinen! In Wirklichkeit wünsche ich mir nichts sehnlicher als Frieden und ein wenig Glück für mich selbst.«

»Thorward ist mein Schwager«, sagte der Kjartanssohn heiser. »Sein Bruder Bjarne heerte mit uns in Ängelland. Wenn es dein Plan ist, mich gegen deinen Mann aufzubringen, so ist es wohl besser, wenn du gleich wieder verschwindest.«

»Warum mißtraust du mir so?« fragte Freydis mit trauriger Stimme. »Was habe ich dir getan, daß du mich in meiner Einsamkeit fortschickst? Ich werde nichts Unbilliges von dir verlangen. Nur sprechen will ich mit dir, weil mich so manches bedrückt.«

»So rede«, meinte Finnbogi. »Halte mich aber nicht für einen

Ochsen, den man mit schmackhaftem Salz auf jeden Irrweg locken kann.«
»Salzig schmecke ich keineswegs«, lächelte die Erikstochter und schmiegte sich wieder enger an den Isländer. »Sage mir: Wie gefällt dir Vinland?«
Der Kjartanssohn sah sie nachdenklich an. »Es ist ein gutes Land«, antwortete er bedächtig. »Viel frisches Wasser und fette Weiden, dazu Weizen und Wein, Wald und Wild wie in Norwegen; einen besseren Ort zum Siedeln wird man in der Welt wohl kaum finden. Doch mich bedrückt der Zwist, den du durch deine Untreue verursacht hast und in deinem Übermut nährst. Denn durch deine Ehe mit Thorward bist du ja auch mit uns beiden verwandt, und es gibt keinen Grund, warum wir nicht gut miteinander auskommen könnten!«
Freydis erwiderte flüsternd: »Ja, du hast recht, es ist meine Schuld, ich habe mich wie eine Närrin benommen. Jetzt aber weiß ich: Viel lieber als in Vinland wäre ich wieder daheim auf unserem Hof! Wer weiß, vielleicht kannst du mir helfen, Thorward zu überreden, daß wir bald wieder nach Hause fahren.«
Finnbogi schob Freydis von sich und sagte: »Was in meinen Kräften steht, will ich gern tun, wenn es dem Frieden dient.«
»Ich danke dir«, sagte die Erikstochter mit einer Sanftheit, die den Kjartanssohn immer mißtrauischer machte. »Leider ist es nun aber so, daß ich in meinem törichten Eifer, Vinland auf jeden Fall zu gewinnen, Thorhall und noch vier weitere Männer an Bord nahm. Nun haben wir nicht mehr genügend Schiffsraum für alle Fahrtgenossen und die Güter, die wir in Vinland erwarben. Darum wollte ich euch bitten, eure Schnigge gegen unsere zu tauschen.«
Nun sagte der Kjartanssohn: »Ich habe mir schon gedacht, daß so etwas kommen würde, und du hast mich nicht enttäuscht. Was bist du doch für ein habgieriges und berechnendes Weib! Aber wenn es dich zufrieden macht und wir dich dadurch loswerden können, sollst du den Doppelkiel meinetwegen bekommen. Noch heute will ich mit Helge darüber reden und meine, auch ihn wird dieser Preis für unseren Frieden nicht zu teuer dünken.«
Die Erikstochter dankte ihm und sagte: »Nun will ich schnell in

unsere Hütte zurückkehren, ehe man dort mein Fehlen bemerkt. Laß uns jedoch über unser Gespräch einstweilen Stillschweigen bewahren. Denn auch Thorward sprach schon von einem solchen Tausch. Du weißt ja, wie ungern sich Männer von einer Frau helfen lassen.«

»Zwar ziemt es sich nicht für einen Mann, Geheimnisse mit der Ehefrau eines anderen zu hegen«, versetzte Finnbogi. »In diesem Fall will ich jedoch eine Ausnahme machen, wenn du mir versprichst, Vinland so schnell wie möglich zu verlassen.«

»Wir werden uns früher von euch trennen, als du erwartest«, versprach Freydis und schritt in die Nacht.

Finnbogi blickte ihr nach, bis sie verschwunden war. Dann zog er sich in den Eingang der Hütte zurück, denn ihm war kalt.

Die Erikstochter lief nach der Leifshütte, trat durch die Reihen der Schlafenden und legte sich wieder zu ihrem Mann auf das Lager. Dort drückte sie ihre kalten, nassen Füße so lange gegen Thorwards Leib, bis der Herjulfssohn erwachte.

»Wovon bist du so naß und kalt?« wollte er wissen.

Freydis aber gab keine Antwort, sondern schluchzte so laut, daß es jeder hören mußte.

Wie Freydis ihren Mann durch eine List in Zorn versetzt

Heftig rüttelte Thorward seine Frau an der Schulter: »Sage mir, was geschehen ist!« forderte er mit gepreßter Stimme.

Nun drehte sich Freydis herum und fuhr ihren Mann an: »Frage Helge und Finnbogi, deine Freunde! Gewiß werden sie dir gern erzählen, wie sie ihren Spaß mit mir hatten, als ich allein nach draußen gegangen war, wie es für eine Frau unter Männern ja manchmal erforderlich ist!«

»Die Kjartanssöhne? Hier?« staunte der Herjulfssohn. »Was wollten sie von dir?«

»Kannst du dir das nicht denken?« erwiderte die Erikstochter zornig. »Was treibt denn Männer nachts zu einer Frau? Sie spähten uns wohl gerade aus, als ich vor die Hütte trat!«

»Warum riefst du nicht um Hilfe?« wunderte sich ihr Mann.

»Hättest du mir denn geglaubt, wenn ich dir anvertraut hätte, daß deine treuen Gefährten mir schon seit langem nachstellen?« entgegnete Freydis erregt. »O nein, du hättest geglaubt, daß ich dich nur gegen die Kjartanssöhne aufhetzen wollte. Ja, schamlos nützen Helge und Finnbogi deine Gutmütigkeit aus und du bemerkst es nicht!«
»Ich kann es nicht glauben!« stieß Thorward hervor. Sein Gesicht war bleich und seine Augen glühten. Er sah sich schnell um. Von draußen kroch das leichenfahle Grau des neuen Morgens herein.
»Was du gesagt hast, paßt nicht zu den Kjartanssöhnen, wie ich sie kenne«, murmelte Thorward betroffen. »Woher soll ich wissen, daß dich nicht nur ein schlechter Traum erschreckte?«
Seine Frau schnaubte verächtlich. »Hältst du mich für ein kleines Kind?« fragte sie wütend. »Du brauchst nur auf Helges und Finnbogis Stiefel zu sehen — naß sind auch sie, seit sie mich durch das hohe Gras hetzten!«
»Also gut. Ich werde sogleich aufstehen und mit den Kjartanssöhnen reden«, versprach Thorward.
»Und dich von ihnen wie immer beschwichtigen lassen!« rief Freydis in flammendem Zorn. »Was bist du doch für ein feiger Mann, daß du selbst jetzt weder meine noch deine Schmach rächen willst! Jetzt läßt du mich spüren, daß ich hier fern von Grönland und dem Schutz meiner Sippe weile! Mein Bruder Leif würde ein solches Vergehen nicht so leicht aufnehmen! Aber das eine sage ich dir: Wenn du mir nicht die volle Genugtuung verschaffst, lasse ich mich beim nächsten Thing von dir scheiden, und jeder wird dann erfahren, warum!«
Nun hielt der Herjulfssohn ihre Vorwürfe nicht mehr aus. Er hieß seine Leute aufstehen und sich wappnen. Dann besprach er sich flüsternd mit Thorhall.
»Endlich!« stieß der Waidmann mit haßerfüllter Stimme hervor. Eilig lief er mit den Asenanbetern hinaus in den Wald. Einige wenige Männer blieben zum Schutz der Frauen zurück. Thorward aber schritt geradewegs am Seeufer entlang zur Hütte der Brüder. Finnbogi saß in der Tür.
»Was treibt dich denn so früh am Morgen um?« rief er dem Herjulfssohn entgegen. Die Christen in der Hütte schliefen noch.

»Ich wollte mit euch über Schiffe sprechen!« meinte Thorward und spähte nach den Stiefeln des Isländers. Sie glänzten noch immer vor Tau. Finnbogi schwieg und wartete.
»Kalt ist es«, meinte der Herjulfssohn nun.
»Ja«, stimmte der Kjartanssohn zu und spielte mit seinem Schwert.
»Dich wird es ja wohl kaum frieren in deiner Hütte«, lächelte Thorward. »Oder warst du diese Nacht etwa draußen?«
Der Kjartanssohn dachte an die Worte der Erikstochter und antwortete: »Nein, ich wachte die ganze Zeit hier drinnen.«
»Nun weiß ich, daß du ein Lügner bist«, versetzte der Herjulfssohn zornig und zog sein Schwert, »denn deine Stiefel sind naß.«
Da merkte Finnbogi, daß er überlistet worden war. »Dein Weib täuschte uns beide!« rief er und riß nun gleichfalls die Waffe empor, um sich zu wehren. Da trat der Waidmann seitlich zu ihm und hieb dem Überraschten den Axthammer gegen die Schläfen, so daß der Kjartanssohn besinnungslos zu Boden stürzte.
Rasch drangen nun die Grönländer in die Hütte ein und überwältigten die Schlaftrunkenen, ehe diese sich mit ihren Waffen zur Wehr setzen konnten. Alle christlichen Männer und Frauen wurden gefesselt und scharf bewacht.
»Warum hast du uns so schlecht behütet?« fragte Helge den Bruder, als Finnbogi stöhnend wieder erwachte.
Als er erfahren hatte, was geschehen war, sagte der ältere Kjartanssohn zu dem jüngeren: »Diesem Weib gibt wohl der Teufel selbst die Listen ein. Nun ist unser Leben verwirkt.«

Über Finnbogis Tod

Aris lag hinter dem Holunderstrauch und sah verwundert zu, wie der Waidmann Finnbogi niederschlug und die Grönländer die Hütte stürmten. Den Grund für dieses Vorgehen erfuhr der Norweger erst, als Finnbogi gefesselt herausgeschleppt wurde.
»Nun sage uns, warum ihr meiner Frau heute nacht nachstelltet«, herrschte ihn der Herjulfssohn an.

»Wir?« wunderte sich Finnbogi. »Ich sprach allein mit ihr, auf einem Baumstamm hinter der Hütte, und nicht ich kam zu ihr, sondern sie zu mir.«
Er berichtete nun alles, was er zuvor mit der Frau seines Freundes besprochen hatte.
»Du lügst!« zischte Thorward und ließ Freydis holen. Stolz erhobenen Hauptes stand die Erikstochter vor den Männern und wiederholte ihre Beschuldigungen mit klarer Stimme.
Der Waidmann blickte zwischen Freydis und Finnbogi hin und her. Aus dem dunklen Gesicht des schwarzen Hünen war nicht zu lesen, wem er mehr Glauben schenkte.
Der Herjulfssohn trat zu ihm. »Was sollen wir mit Finnbogi machen?« murmelte er unschlüssig.
»Das fragst du noch?« rief Freydis. »Töte ihn! Und auch die anderen! Alle!«
Thorward starrte sie an. »Alle?« wiederholte er unsicher. »Auch die Männer, die gar nichts taten?«
»Alle!« forderte seine Frau.
Wieder wandte der Herjulfssohn sich an den Waidmann. »Ist das auch deine Meinung?« wollte er wissen.
Der schwarze Hüne lächelte grimmig. »Sie sind Verräter«, grollte er, »und haben jede Strafe verdient.«
»Christ bin ich, aber nicht ehrlos!« rief der Kjartanssohn laut. »Denn Thor und Odin sind lügnerische Dämonen, die uns Menschen täuschten. Wer aber seine Gefolgsleute hintergeht, hat jeden Anspruch auf Treue verloren, so sagt es des Nordens Gesetz! Schuldig seid ihr selbst, da ihr betrügerischen Göttern gehorcht und euch jetzt sogar von einem verlogenen Weib zu den schlimmsten Schandtaten anstiften laßt!«
Da stieß Thorward einen wütenden Schrei aus. Einen Wimpernschlag später zuckte sein Schwert durch die Luft und fuhr in Finnbogis Nacken. Ein dumpfer Schlag erscholl und der Kopf des Kjartanssohns rollte in das nasse Gras.

Auch Helge muß sterben

Aris erschauerte vor Entsetzen, als er den Mord an dem Wehrlosen sah.

Thorward wandte sich an den Waidmann. »Jetzt bist du an der Reihe«, sagte er. Aus dem Gesicht des Herjulfssohns war alles Blut gewichen. Freydis aber blickte mit leuchtenden Augen auf den toten Finnbogi hinab und spottete: »Warum kläffst du jetzt nicht mehr, du Hund?«

Danach brachten die Grönländer Helge Kjartanssohn vor die Tür. Als er den Leichnam seines Bruders sah, sagte er: »Nichts anderes erwartete ich von euch Heiden, als daß ihr Verbrechen an denen begeht, die ihr im offenen Kampf nicht zu besiegen vermochtet.«

»Anders ist es, als du sagst«, erwiderte der Waidmann zornig. »Thor forderte den Christ zum Holmgang, der feige Knechtsgott aber floh!«

»Ihr seid gemeine Mörder«, versetzte der Kjartanssohn. »Von diesem Weib erwartete ich nichts Edles. Du aber, Thorhall, galtst mir stets als Mann von Ehre. Folgten mein Bruder und ich dir deshalb nicht einst auf den Wiking? In Brimun retteten Snorri und ich dein Leben!«

»Ich habe es nicht vergessen«, knurrte der schwarze Hüne. »Aber auch Loki tat einst den Asen manch Gutes und doch überstiegen zum Schluß die Frevel alle Verdienste, so daß er bestraft werden mußte.«

»Du solltest klüger sein als dieser Narr«, entgegnete Helge verächtlich und wies mit dem Kopf auf Thorward. »Ihn blendet Leidenschaft, du aber solltest diese Weibertücke durchschauen! Niemals hätten mein Bruder und ich uns Freydis genähert. Denn das weiß jeder: Der Schlange Lächeln ist List und ihre Verlockung lädt in das Verderben.«

»Wie lange soll dieser Verbrecher mich noch schmähen dürfen?« rief die Erikstochter und stieß zornig mit dem Fuß auf. »Töte ihn, Thorhall, ehe sein Gift dein Herz erweicht!«

»Verflucht sollst du sein, Freydis, du und dein ganzes Geschlecht!« rief ihr der Kjartanssohn zu. »Verachtung sei dein Lohn für dieses Verbrechen! In Grönland wird dein Name künftig Grausen erwecken, in Vinland aber vergessen sein, denn diese Erde soll weder dir noch deiner Sippe gehören. Unser unschuldiges Blut wird dir dein Leben lang folgen, vor deinen Nachkommen aber sollen die Menschen ausspucken und den Auswurf für wertvoller halten als deine Brut.«

»Schlage ihm den Kopf ab, Thorhall!« schrie die Erikstochter in heller Wut. »Oder soll ich es selbst tun?«

»Schweige jetzt!« herrschte der Waidmann sie an. »Niemand schreibt mir vor, was ich zu tun habe!«

»Du wirst ja auch nicht beschimpft«, schnappte Freydis. »Ich glaube gar, du empfindest heimliche Freude, wenn ich gedemütigt werde! Vergiß nicht, daß ich . . . daß ich die Tochter deines Schwurbruders bin.«

»Daran werde ich immer denken«, knurrte der Waidmann grimmig. »Wenn du aber wirklich gelogen hast, weiß ich, daß dein Vater darauf nicht sehr stolz gewesen wäre!«

Helge lachte, da er sah, wie schnell sein Fluch schon zu wirken begann. »Schlage nur zu!« forderte er den schwarzen Hünen auf. »Ich werde in Christs Halle gasten, während ihr alle bei Satan schmort!«

»So sprach auch euer Priester«, erwiderte Thorhall höhnisch, »ehe ich ihn zu Hel sandte!«

»Tyrker? Was hast du mit ihm gemacht?« fragte der Kjartanssohn.

»Ich sah ein Schiff in den Klippen scheitern«, rief der schwarze Hüne froh. »Zwei Tage lang suchte ich nach Überlebenden. Dann fand ich euren Priester am Strand.« Triumphierend blickte er in die Runde. »Schlau dünkte sich dieser Zwerg und wollte euch glauben machen, unsere Asenlehre sei ganz von Betrügern ersonnen«, grollte er. »Ich aber brachte ihn zum Idafeld und zeigte ihm dort die Paläste der Götter. Durch Wolkenwälder ritten wir. Am Schwarzalbenheim hörten wir die zwergischen Schmiede und ritten am Ende wie einstmals Hermod den Helweg, vorbei an der Grotte der Wölwa, hinab zu Hels brodelndem Herd . . . Oh wie das Pfäfflein zitterte! Oh wie der Mönch bebte, als er in die Schrecken der Unterwelt schaute! Oh wie er schrie, als ich ihn endlich hinunterstürzte!«

So erfuhr nun auch Aris in seinem Versteck von Tyrkers Tod.

Helge Kjartanssohn starrte den Waidmann fassungslos an. »Jetzt weiß ich, daß du wahnsinnig bist«, murmelte er. »Welche Dämonen reiten dich, welcher Teufel treibt dich zu solchen Taten, welcher Irrsinn beherrscht dein Denken? Einst achtete ich dich als Krieger, jetzt aber scheinst du nicht mehr auf die Kraft deiner Waffen, sondern lieber böser Teufelskunst zu vertrauen! Wahrlich, das aber ist wie ein wüster Traum!«
»Zu träumen glaubst du?« rief Thorhall dem einstigen Fahrtgenossen entgegen. »Bald wirst du mit deinem Priester in Helheim das Klagelied der Besiegten heulen. Büße nun für deinen Verrat und hoffe nicht auf Vergebung!«
»Wann hörtest du mich je um Gnade flehen?« fragte der Kjartanssohn voller Verachtung. »Tue nun, was dir dein stinkendes Herz gebietet, du Ungeheuer!«
»Darum sollst du mich nicht umsonst gebeten haben«, antwortete der Waidmann, holte weit aus und hieb seinem einstigen Wikinggefährten den Kopf ab.
Als Helges Haupt in das blutige Gras fiel, rollte ferner Donner über den Himmel und am Meeresufer stiegen kreischend Scharen von schwarzen Scharben empor.
Freydis ergriff den Kopf an den Haaren, hob ihn in die Höhe und spottete: »Wie leicht wiegt doch ein Schädel, aus dem eben noch so Bedeutendes kam!«
Aris aber preßte sich starr vor Entsetzen zwischen die Zweige des Strauchs und sah aus schreckgeweiteten Augen auf das unfaßbare Geschehen, dessen Zeuge er nun wurde.

Der Mord an den anderen Christen

»Nun erfreue dein Herz und töte auch alle anderen Knechtsgottanbeter!« forderte Freydis den Waidmann auf. »Hörst du nicht, wie Thor dein Handeln begrüßt? Endlich ist er gekommen, der Tag der Rache — festige nun unseren Sieg! Keiner, der diesem Sklavengott dient, soll lebend davonkommen und sagen können, ihn habe die Macht seines Gottes gerettet!«
»Thor!« schrie der schwarze Hüne grimmig gegen das graue

Gewölk. »Vinland tränke ich mit dem Blut deiner Feinde, damit dir aus dieser Erde neue Asenkraft wächst! Thor!«
Blitz und Donner antworteten ihm, denn ein Gewitter zog nun schnell näher. Das schien allen Grönländern ein Zeichen dafür, daß sie nach dem Willen ihrer Götter handelten. Sie schleppten darum den nächsten Gefangenen heraus.
»Fahre zur blauen Göttin!« rief Thorhall dem Isländer zu und hieb ihm das Beil ins Genick, während das eherne Himmelsrad rollte.
»Stirb und sei edlerer Toten Sklave!« sagte er zu dem nächsten Gefesselten und sandte ihn von einem Blitz begleitet in Hels Hallen hinab.
»Diene nun Garm zum Fraß!« befahl er dem Dritten und ließ seine doppelschneidige Trollwaffe auf den Gefesselten niedersausen, während das Gewitter nun See und Insel erreichte.
So setzte der schwarze Hüne sein blutiges Werk immer weiter fort, und die Christen sanken einer nach dem anderen unter der Trollwaffe nieder. Sie zeigten dabei aber ebensowenig Furcht vor dem Tod wie einst die gefangenen Wikinger unter dem Galgen von Brimun, verzweifelten nicht und bettelten nicht um ihr Leben, sondern äußerten nur Bekenntnisse ihres Glaubens und gingen aufrecht in ihre jenseitige Welt.
Den anderen Grönländern schien diese Haltung höchst männlich, und sie staunten nicht wenig darüber, denn Thorward, Freydis und der Waidmann hatten den Westsiedlern stets erzählt, daß die Knechtsgottanbeter keine Kriegerherzen und nur den Mut von Memmen besäßen.
Nach einer Stunde waren alle Isländer tot. Da zog das Gewitter davon. Nur noch selten krachte nieder, was die Asenanbeter für einen heiligen Hammer hielten. Der Regen hörte auf, und das schwarze Gewölk wurde vom Himmelsrand aufgesogen.
Ein letztes fernes Wolkenfeuer zuckte auf, dann klomm die Glänzerin auf den Hochsitz des Tages und wärmte die Winterluft mit ihren goldenen Strahlen. Der schwarze Hüne reinigte sein Beil im feuchten Gras und sagte zu Thorward und Freydis: »Nun wollen wir nach der Leifshütte zurückkehren und uns dort für die Abfahrt rüsten. Du aber, Thorward, sollst Grönlands nächster

Thingsprecher sein. Dann darfst du beweisen, ob du den Asen wirklich in all den Jahren insgeheim die Treue hieltest.«
»Ich werde euch nicht enttäuschen«, versprach der Herjulfssohn unruhig. »Was aber soll mit den christlichen Frauen geschehen?«
»Sie müssen sterben wie die anderen!« rief Freydis mit solchem Haß, daß es Aris in seinem Versteck vor Entsetzen den Atem verschlug.
»Aber das können wir nicht tun«, murmelte Thorward bleich. »Schon bisher glich unser Tun nicht dem Kampf von Kriegern, sondern der Arbeit von Henkern!«
Der Waidmann kratzte sich unschlüssig den Bart. »Es wäre nicht günstig für unsere Sache, wenn Jorun und diese Irländerinnen lebend nach Grönland zurückkehren würden«, murmelte er. »Denn wenn Leif erführe, was hier geschah, könnte er auf dem nächsten Thing eure Ächtung erwirken und dann könntest du kaum noch hoffen, jemals Grönlands Gesetzessprecher zu werden.«
»Wir könnten sie hier zurücklassen«, meinte der Herjulfssohn bedrückt. »Dann bräuchten wir sie nicht zu töten.«
»Jorun und die anderen sollen ihren Männern zu Hel folgen«, forderte die Erikstochter, »denn ihr Verrat an den Asen wiegt durchaus nicht weniger schwer. Töte sie, Thorhall!«
Der Waidmann wandte das schwarze Haupt. Wieder erschien ein unheimliches Glühen in seinen Augen. »Thorward und ich haben den Asen unser Blutopfer dargebracht«, sagte er. »Nun ist es an dir selbst, deine Treue zu beweisen!«

Von Freydis und den Frauen

»Du sollst gleich sehen, daß ich darin weder Thorward noch dir nachstehen werde«, erwiderte Freydis mit bösem Lächeln und streckte fordernd die Hand aus. »Gib mir dein Beil; es scheint gut zu schneiden!«
Der Waidmann blickte sie nachdenklich an. Dann nickte er, zog die Trollwaffe aus dem Gürtel und reichte sie der Erikstochter.
»Bringt Emer als erste heraus«, befahl Freydis ihren Knechten. »So

wie Finnbogi den Männern voranging, soll seine Frau nun die Weiber in Hels Halle führen!«
Die Grönländer gingen in die Hütte, packten die gefesselte Irländerin grob an den Armen und zerrten sie zur Tür hinaus.
Als Emer die Erikstochter mit der Axt vor sich stehen sah, sagte sie: »Dich schickt der Satan, aber du sollst weder meinen Mut noch meinen Glauben erschüttern.«
»Vielleicht wankt zumindest dein Stolz«, versetzte Freydis, »nachdem du jetzt ja erfährst, wie wenig du das Herz deines Mannes zu wärmen vermochtest. So schal schmeckte ihm wohl deine Umarmung, daß er mir nachzustellen begann. Wie ein brünstiger Stier gebärdete sich der Ehrlose vor mir im Wald!«
»Das glaube ich nimmermehr«, antwortete die Irländerin. »Störend nur wirkt Jugends Frische, wenn sie nicht auch Sitte ziert! Und der Reize Schimmer schwindet bald, wenn die Liebe fehlt. Niemals konnte ein Mann wie Finnbogi dich anschauen und dabei etwas anderes als tiefste Verachtung empfinden. Hohl ist deiner Schönheit Schmuck, da dein Herz nur Haß enthält!«
»Das sollst du nicht umsonst gesagt haben!« rief da die Erikstochter zornig, schwang die Axt wie ein Mann durch die Luft und schlug ihrer Feindin den Hals durch. Blut spritzte und Emers Kopf rollte ins Gras.
Die Grönländer sahen einander unsicher an, und heimlich begann sich Grauen auf ihre Züge zu malen, doch keiner von ihnen sagte ein Wort. Thorward schwitzte trotz der Kälte am ganzen Leib; immer wieder wischte er sich über die bleiche Stirn. Der Waidmann stand wie eine in felsiger Tiefe verwurzelte Eiche, die weder Sturm noch Stahl gefährden kann. Aris aber lag reglos in dem Holunderstrauch und wußte nicht, wie er glauben sollte, was vor seinen Augen geschah.
Als nächste wurde Emers Schwester Melkorka herausgebracht. Danach schleppten Thorwards Knechte die beiden isländischen Mägde ins Freie. Dort fielen die beiden Frauen zu Boden, klammerten sich an die Knie der Mörderin und schluchzten laut.
»Verschone uns, Freydis! Wir wollen dir allezeit in Treue dienen und niemandem etwas verraten«, flehte die ältere.
»Eure Reue kommt zu spät«, sagte die Erikstochter kalt, hob das

Beil und durchtrennte beiden Mägden mit kraftvollen Schlägen die Nacken.

»Nun bringt mir Jorun heraus«, befahl Freydis ihren Männern und grausame Vorfreude ließ ihre Augen leuchten. »Als wir zuletzt mit Thorfinn Karlsefni in Vinland weilten, schien sie ihre Stellung für sehr hoch zu halten. Nun wollen wir einmal sehen, wie tief sich die Kjartanstochter vor mir zu erniedrigen weiß.«

Von Jorun und Freydis

Als Jorun vor die Hütte geführt wurde und die Leichen der anderen sah, sagte sie: »Das habe ich immer gewußt, daß in dir einmal viele böse Taten ihren Ursprung nehmen würden. Warnte nicht dein eigener Vater gleich nach deiner Geburt vor dir? Nun erfüllt sich, was Erik ahnte.«

»Du hast vergessen, mich daran zu erinnern, daß ich unehelich zur Welt kam«, erwiderte Freydis mit höhnischem Lächeln. »So wie du es mir vorwarfst, als ich mit Gudrid stritt. Damals antwortete ich dir, daß es sich erst noch erweisen müsse, wer von uns beiden am Schluß höher stünde. Wie es nun aussieht, wird dein Kopf bald zu meinen Füßen liegen.«

»Du kannst mich töten«, versetzte die Kjartanstochter, »doch demütigen wirst du mich nicht. Denn ich bin als Kind freier Eltern geboren, du aber nur als Tochter einer Sklavin.«

»Meine Mutter stammte aus einem vornehmeren Geschlecht als alle deine Ahnen!« entgegnete Freydis heftig. »In ihren Adern fließt das Blut sächsischer Edelinge und nur ihren Knechtsgottglauben sehe ich als Makel an.«

»Und doch ist es gerade dieser Glaube, der sie am meisten adelte und ihr Achtung eintrug, selbst da sie eine Kriegsgeraubte war«, sprach Jorun ernst.

»In Grönland gelobte ich dir, dir bei der Suche nach deinem verschollenen Mann zu helfen«, antwortete die Erikstochter und ein grausames Lächeln verzerrte nun ihre Züge. »Nun ist es an der Zeit, das Versprechen einzulösen. Darum fahre nun in die Welt der Toten hinab, Jorun. Denn dort wirst du Bjarne wiedersehen!«

Nach diesen Worten schwang Freydis das Beil des Waidmanns mit beiden Händen hoch über den Kopf und ließ es dann auf Joruns Nacken niedersausen, als wolle sie ein Holzscheit auf dem Hackklotz spalten. So heftig traf dieser Schlag, daß der Kopf der Kjartanstochter wie ein Ball den Hang hinunterrollte und in den See fiel.

Thorward Herjulfssohn starrte seine Frau an. Er war leichenblaß und zitterte an allen Gliedern. »Du kannst doch nicht alle töten, die diese Morde sahen!« raunte er ihr ins Ohr, »denn wie gelangen wir wohl ohne Schiffsmannschaft in die Heimat zurück?«

Die Erikstochter straffte die schlanke Gestalt. Hochaufgerichtet stand sie vor den Männern. »Ihr saht das Opfer, das wir Thor darbrachten«, rief sie ihnen mit heller Stimme zu. »Schwört nun, daß ihr darüber schweigen werdet, solange ich euch nichts anderes befehle!«

Die Asenanbeter sahen einander unsicher an und traten von einem Fuß auf den anderen. Freydis reichte dem Waidmann die Axt; Thorhall nahm sie und ließ sie einige Male prüfend durch die Luft sausen. Drohend starrte er dabei die Männer an.

»Wir schwören es«, murmelte einer nun. Ein anderer fragte: »Was aber sollen wir antworten, wenn man uns fragt, wo die Isländer sind?«

»Wenn wir wieder in Grönland sind, will ich euch eure Treue entgelten. Wer aber Schwur und Schweigen bricht, der wird nicht lange genug leben, einen Lohn für seinen Verrat einzuheimsen.«

Als sie das sagte, blickten die Asenanbeter scheu auf den Waidmann. Der schwarze Hüne starrte sie grimmig an. Da schlugen die Grönländer die Augen nieder und leisteten den geforderten Eid.

Als sie ausgeführt hatten, was ihnen aufgetragen worden war, ließen Thorhall, Thorward und Freydis ihre Fahrhabe auf das Schiff der Kjartanssöhne bringen. Pelzwerk, Weintrauben und wertvolles Holz füllten den Frachtraum, so daß der Doppelkiel bald bis zur Auerbordblanke im Wasser lag. So segelten sie davon.

Aris lag im Uferschilf und sah ihnen lange Zeit nach. Dann kehrte er zu seinem Hautboot zurück und ruderte an der Küste entlang nach Norden.

Wie Aris an Thorwalds Grab gelangte

Schon nach zwei Tagen gelangte Aris wieder zum Strom des Waidmanns und ruderte durch dessen schäumende Fluten dem Leitstern entgegen. Bald aber packten gewaltige Wasserwirbel das Boot und trugen es nach Sonnenaufgang. Eine Weile lang kämpfte der Norweger gegen die Strömung, konnte sie aber nicht bezwingen. Da ließ er das Ruder sinken.

Erst am dritten Morgen wurde er wieder ans Ufer gespült. Dort ruhte er sich aus. Als er seinen Durst an einer Quelle löschte, sah er sein Spiegelbild im Wasser und erkannte betroffen, daß sich sein Bart und seine Haare schlohweiß verfärbt hatten.

Als er noch staunend dasaß, näherte sich ein Rehbock der Tränke. Schnell verbarg sich der Norweger in einem großen Wacholdergebüsch und wartete, bis das mißtrauische Tier endlich den Kopf zum Wasser senkte. Dann warf Aris seinen Schieferspeer und traf seine Beute so sicher, daß es ihm war, als habe wirklich eine allgegenwärtige Göttin seine Waffe gelenkt. Zum Dank weihte er Sigunik Nieren, Leber und Herz, briet für sich selbst eine Keule und kehrte zum Ufer zurück.

Er hielt nun nach Thorwalds Kreuz Ausschau und nach einer weiteren Woche ragte das Weiheholz wirklich vor ihm in den Himmel. Vorsichtig fuhr der Norweger in den Fjord, verbarg sein Fahrzeug unter Weidensträuchern und kletterte auf die Klippe, um zu sehen, ob wieder Fellboote oder vielleicht sogar nordische Schiffe im Inneren lagen. Er konnte jedoch weder vin- noch grönländische Boote entdecken.

Darauf lief er zu den Hütten und fand sie stark von Wind und Wetter zerstört. Schlangen und Lurche krochen durch die Ritzen, Mäuse und Vögel nisteten zwischen den Balken und unter den Decken der Rundhäuser hingen Fledermäuse im Schlaf.

Nun stieg Aris zur letzten Ruhestätte des jüngsten Erikssohns auf den Gipfel des Vorgebirges. Er fand viele Spuren von Vinländern im weichen Wiesenboden. Der kleine Grabhügel lag aber unberührt, so als ob fromme Scheu die Rotgesichter daran gehindert hätte, sich dem Kreuz zu nähern.

»Thorwald!« sprach Aris bewegt in die Stille. »Halte meine

Fahrt nicht auf, auch wenn sie nun deiner Schwester gilt!« Es kam keine Antwort und auch die Erde des Hügels bewegte sich nicht. Im Westen sank schon die Sonne ins Meer und der Abendwind strich erquickend über das friedvolle Land. Die Wipfel der Wälder erwachten und flüsterten sich ihre Tagträume zu. Hoch am Himmel glänzten Wolken wie Federn von Silbermöwen. Aris wandte sich um, da traf ihn plötzlich ein heftiger Schlag an der Schläfe. Besinnungslos stürzte er auf die Erde.

Von Aris und dem Aaljäger

Als der Norweger erwachte, lag er gefesselt im Gras. Vor ihm stand ein hochgewachsener Vinländer, der ihm seltsam bekannt erschien. Neben dem Krieger standen noch andere Rotköpfige.
»Was wollt ihr von mir?« fragte Aris. Dann erst bemerkte er die Frau. Grimmig starrte sie ihm ins Gesicht.
»So viele Meilen folgtest du mir, nur um einen Schlag zu vergelten?« fragte Aris erstaunt.
»Ich wäre dir noch weiter nachgefahren«, antwortete der Aaljäger mit vor Haß verzerrter Stimme. »Zu Schönbucht schützte dich Avaldamon, in der Flußmündung Avaldidida. Hier aber bist du in meiner Hand!«
Mühsam versuchte sich Aris aufzurichten, doch ehe er auf die Knie kommen konnte, trat Agwek ihn grob vor die Brust. »Büßen sollst du nun, Bartteufel!« rief der Vinländer zornig. »Heulen, damit mein Herz lacht!«
Sie hängten Aris kopfunter in das Geäst einer Birke, so daß sein Antlitz nur einige Handbreit über dem Erdboden schwebte. Dann zündeten sie ein Feuer unter ihm an. Es war nicht so groß, ihn ersticken zu lassen, aber heiß genug, ihm die Augen auszubrennen.
Viele Stunden lang sahen die Vinländer lachend und spottend zu, wie ihr Opfer sich krümmte und immer wieder verzweifelt versuchte, den Kopf vom Feuer fernzuhalten. Am Abend erlahmten die Kräfte des Norwegers und die Flammen versengten ihm Bart und Haare.

In höchster Todesnot zerrte Aris an seinen Fesseln, doch er vermochte sich nicht zu befreien. Auch seine Brauen und Wimpern verglühten nun und große Brandblasen hoben sich aus seiner Haut. Dabei hörte er die Rotgesichter fröhlich lachen und viele Schmähworte rufen. Dann hallten einige dumpfe Schläge. Plötzlich verstummte das Hohngelächter. Einen Herzschlag später wurde das Feuer zertreten und Aris spürte kräftige Hände an seinem Körper. Der Strick löste sich von seinen Füßen und der Norweger wurde in weiches Gras gelegt.
»Avaldamon!« flüsterte er mit schmerzenden Lippen und spähte zwischen verbrannten Lidern hervor. Doch vor seinen Augen erschien nun nicht das vertraute Antlitz des Häuptlings, wie er erwartet hatte, sondern das breitflächige Gesicht eines Fremden, dem die Nase fehlte.

Wie Aris bei den Nasenlosen weilt

Mühsam hob Aris den Kopf, stützte sich dann auf den Ellenbogen und sah sich neugierig um. Die Vinländer lagen tot im Gras; glatte Pfeilschäfte ragten aus ihren Leibern. Über ihnen hockten andere Nasenlose und nahmen den Besiegten die Waffen fort.
Verblüfft starrte Aris den Mann an, der ihn vom Baum abgeschnitten hatte. »Wer seid ihr?« fragte er krächzend.
Der Fremde grinste ihn fröhlich an. Dann öffnete er einen Mund voller schwarzer Zähne und stieß viele Worte in einer unbekannten Sprache hervor. Dabei erkannte der Norweger, daß sein Retter doch eine Nase trug. Sie besaß aber keinen Rücken, sondern wuchs erst dicht über dem breiten Mund aus der Haut. Die Augen des Fremden standen schräg unter der Stirn wie bei den Finnen am Bjarmameer. Häßliche dunkle Haarsträhnen hingen in das runde Gesicht und am Kinn wuchs ein schütterer Bart. Wie auch die anderen Nasenlosen trug der Fremde Wams, Hose und Schuhe aus Robbenleder. In seinem Gürtel steckte ein Messer aus Walbein.
Geduldig warteten die Männer, bis Aris sich wieder ein wenig erholt hatte. Als der Abend dämmerte, halfen sie ihm auf die

Füße und führten ihn hügelabwärts zum Strand. Dort gaben sie ihm seinen Schieferspeer und bedeuteten ihm viele Male durch Gesten, daß er sich nicht vor ihnen fürchten solle. Ihre Boote waren kleiner als die Fahrzeuge der Rotgesichter, schienen aber seetüchtiger zu sein, denn zwischen den Bordwänden waren Seehundsfelle gespannt, so daß selbst bei hohem Seegang kein Wasser ins Boot schlagen konnte. Darüber staunte der Norweger sehr.
Als die Fremden seine Blicke bemerkten, lachten sie wieder fröhlich und einer von ihnen ruderte flink in die Bucht hinaus. Plötzlich verlor er das Gleichgewicht, das kleine Boot schlug um und trieb kieloben dahin. Besorgt wartete Aris nun darauf, daß der Kopf des Verunglückten neben seinem gekenterten Fahrzeug auftauchte. Da rollte der Kiel wie ein Rad und einen Wimpernschlag später schnellte der junge Krieger auf der anderen Seite wieder empor, immer noch in seinem Wunderboot sitzend, in das offenbar kein Tropfen Wasser gedrungen war.
Erwartungsvoll sahen die Nasenlosen ihren Gast an. Aris betastete vorsichtig seine Gesichtshaut, die an vielen Stellen übel verbrannt und geborsten war. Dann nickte er, rollte die Augen, um sein Staunen zu zeigen, schlug einige Male die Hände zusammen und lachte. Da lachten auch die anderen Krieger, am lautesten aber der Jüngling, der ihm das Kunststück vorgeführt hatte.
Der Mann, der Aris vom Baum geholt hatte, führte den Norweger zu seinem Boot. Die Nasenlosen tauchten die Ruder ins Wasser und fuhren in großer Schnelligkeit von der Küste fort auf das Meer. Trotz der Dunkelheit schienen sie ihren Weg ohne Schwierigkeiten zu finden. Nach einer Weile sah Aris in der Finsternis weiße Vogelfelsen leuchten. Wenig später hoben sich die schwarzen Umrisse einer Insel mit steilen, zerklüfteten Klippen gegen das Sternenlicht ab. Rundhütten standen am Strand, die ganz aus Schnee erbaut waren. Von außen wirkten sie kalt und abweisend, in ihrem Inneren aber erschien es Aris wärmer als in jeder Halle aus Holz.
Der Krieger stieß einen gellenden Pfiff aus. Sogleich erschien ein junges Weib am Eingang der vordersten Hütte. Auch sie besaß nur eine winzige Nase, schräge Augen und kohlschwarzes Haar. Höflich verneigte sie sich vor dem Norweger.

Aufmunternd schlug der Nasenlose seinem Gast auf die Schulter und schob ihn dann sanft vor sich her. In der Schneehütte betupfte sein Weib die Wunden des Norwegers mit einer seltsam duftenden Salbe. Ihr Mann sagte dabei wieder viele Worte in seiner seltsamen Sprache.

Mit halbgeschlossenen Augen genoß Aris das Gefühl nachlassender Schmerzen. »Ich kenne deinen Namen nicht, Nasenloser«, sagte er zu seinem Retter, »und weiß nicht einmal, ob ihr Menschen oder Dämonen seid. Eins aber steht fest: Mit solchen Booten, wie ihr sie zu bauen versteht, läßt sich gewiß selbst über das schäumende Nordmeer nach Grönland fahren.«

Vom Volk der Sonnenseite

Dreimal wechselte der Mond, ehe Aris die wichtigsten Worte der Nasenlosen verstand und das Nötigste reden konnte. Darüber wurde es Sommer. In dieser Zeit lernte der Norweger aber nicht nur die Sprache, sondern auch Sitten und Jagdgebräuche der flachgesichtigen Krieger kennen. Obwohl auch die Nasenlosen das Eisen nicht kannten, besaßen sie doch eine Vielzahl wirksamer Waffen, mit denen sie selbst die größten und gefährlichsten Ungeheuer des Meeres verfolgten. Nicht einmal den blauen Wal fürchteten sie, obwohl dieses Tier doch alle anderen an Kraft und Größe übertrifft und mit seiner Schwanzflosse selbst ein Drachenschiff in Stücke schlagen kann. Wenn die Nasenlosen Rans riesige Rinder sahen, ruderten sie ihnen in ihren winzigen Booten eifrig hinterher, stießen ihnen spitze Knochenharpunen durch die dicke Schwarte und ließen sich an dünnen Seilen aus Seehundshaut ziehen, bis die Kräfte der Riesen erlahmten. Diese gefährliche Jagd betrieben sie aber nur in Küstennähe, wo die getroffenen Tiere nicht in die Tiefe zu tauchen vermochten. Mit langen Lanzen rückten die Nasenlosen auch den wehrhaften Walrossen zu Leibe. Seehunde trafen sie mit ihren Pfeilen auf fünfzig Schritt. Schon kleine Kinder kletterten auf der Suche nach Vogeleiern auf die glattesten Klippen und fingen Fische mit knöchernen Haken, so daß niemand Mangel litt, auch nicht die Alten.

Die Nasenlosen nannten sich selbst ›Volk der Sonnenseite‹, da sie dort wohnten, wo die Gemahlin des Glanzes allmorgendlich aus den Fluten stieg. Für die Rotgesichter empfanden sie nichts als tiefe Verachtung. Sie nannten sie Baumhocker, Grasfresser, Waldschrate und Wasserflüchter, die vor Angst heulten, wenn sie bei einer Bootsfahrt einmal die Küste aus den Augen verloren.
»Darum sind ihre Feinde unsere Freunde«, lachte der Mann, der Aris von der Birke geschnitten hatte. Er hieß Tutuq, sein Weib aber Ingulik. Sie erzählten dem Norweger, daß sie auf einer Insel weit jenseits von Helluland wohnten. Von dort zogen sie jeden zweiten Herbst mit der Sattelrobbe nach Süden und dann im nächsten Sommer wieder zurück.
Aris berichtete auch von sich und bat seinen Retter zum Schluß: »Nimm mich mit. Im Norden liegt auch mein Ziel.« Das schlugen ihm die Nasenlosen nicht ab, und Aris sagte dankbar: »Wie eindringlich warnten die Vinländer mich vor deinem Volk und welche Wohltaten empfange ich nun von dir!«
Aris baute sich mit Tutuqs Hilfe ein eigenes Dachboot. Dann folgten sie den Robben nach Norden.
Sie kamen an Kielspitz vorbei und eine Flut bittersüßer Erinnerung brach über das Gemüt des Norwegers herein, als er das geborstene Schiffsholz Thorwald Erikssohns aufragen sah. Dann folgten sie der föhrenbestandenen Fjordküste Marklands. Im Heumonat ließen sie die letzten Bäume hinter sich und ruderten an den kahlen Gestaden des Steinplattenlandes vorüber. Als der Herbst nahte, sah Aris den Leitstern höher über sich als je zuvor in seinem Leben. Eisberge trieben auf dem Meer. Da sagte Tutuq zu ihm. »Von hier aus fahren wir mit der Sonne.«
»Dann müssen wir uns trennen«, versetzte der Norweger.
Sie umarmten einander.
Tutuq sagte: »Möge dir das Lagerfeuer niemals verlöschen!«
»Und dir nicht die Glut deines Weibes«, erwiderte Aris.
Der Nasenlose lachte laut und ruderte fort. Der Norweger winkte ihm lange mit seinem Schieferspeer nach.

Wie Aris wieder nach Grönland zurückkehrt

Aris fuhr weiter nach Norden. Bald ragten riesige Gletscher am Ufer auf. Der Himmel sank immer tiefer herab, und es begann zu schneien. Später verhüllten Nebel die Sicht, und in der Ferne polterte es, als ob dort Reifthursen schon ihre Waffen erprobten, um den Eindringling zu erschlagen. Heftig prallten die Wogen des nie zuvor befahrenen Meeres gegen die wellenbrechenden Sandablagerungen der Gletscherzungen und sägten Fjorde in die Felssockel des Festlands. Aris aber hielt Kurs nach Norden, bis ihm Treibeis den Weg versperrte. Er zog sein Fellboot auf eine Klippe, baute sich dort nach Art der Nasenlosen ein Schneehaus und trug seine Vorräte hinein. Dann mauerte er den Eingang mit Schneeziegeln zu und hüllte sich tief in wärmende Felle. So lag er viele Wochen im Wachschlaf und nährte sich von Mark, Blut und Tran, während draußen Eisstürme heulend über das nachtdunkle Land tobten.

Als die schlimmste Wut des Winters verging, machte der Norweger sich auf die Jagd und speerte Seehunde an Atemlöchern. Auch eine Blasenrobbe erlegte er. Dann brach das Eis auf, und Aris ruderte an der Küste entlang nach Süden.

Er steuerte nun in einen kleinen, unbesiedelten Meeresarm, der dicht neben dem Weißdorschfjord ins Land schnitt. Dort zog er sein Boot hinter die Flutlinie und häufte Seetang darüber. Auch seinen Schieferspitzenspeer ließ er zurück und schnitzte sich statt dessen einen starken Stock. Dann wanderte er über einen sanften Bergrücken, bis er zu Thorfinn Karlsefnis Hof Sandspitz kam.

Dort versteckte der Norweger sich in einem Wacholdergebüsch und beobachtete das lebhafte Treiben vor den Häusern und auf der Hofwiese, wo höriges Volk die Herden hütete.

Karlsefnis Wirtschafter hieß Ingimund. Er war seinem Herrn einst nach Vinland gefolgt und dort oft mit den Wikingern von der Forkeninsel zusammengesessen. Darum wartete Aris, bis der Verwalter einmal allein an dem Strauch vorüberschritt, und trat dann vorsichtig ins Freie.

»Wo kommst du denn her, Väterchen?« fragte der Wirtschafter überrascht. »Leute in deinem Alter sollten sich gemütlich im

Winkel wärmen und nicht mehr durch diese rauhe Welt wandern!«
»Nicht jedem ist ein friedlicher Lebensabend vergönnt«, antwortete der Norweger. »Wikinger überfielen das Schiff meines Herrn auf dem Meer; nur ich entkam.«
Ingimund war ein gutmütiger Mann und erwiderte freundlich: »Dein Gesicht beweist deine Leiden. Selten sah ich solche Narben! Wenn du willst, sollst du über das Vieh auf der Hauswiese wachen.«
So trat Aris in Ingimunds Dienst, ohne daß dieser wußte, wer sein Hirte in Wirklichkeit war.

Wie Aris auf Sandspitz lebt

Aris saß jeden Tag vor dem Hof und achtete auf das Hausvieh. Abends aß und trank er mit dem Gesinde, redete wenig und hörte viel. Auf diese Weise erfuhr er, was sich in den vergangenen Jahren an Ost- und Westfjorden ereignet hatte.
Alle Grönländer glaubten, daß Helge und Finnbogi, die Kjartanssöhne, mit ihrer Schwester Jorun in Vinland siedelten und nicht so bald zurückkehren würden. Auch schien niemand zu wissen, daß Tyrker tot war und Thorhall der Waidmann noch immer lebte. Darum meinten die Christen, daß es nun mit dem Asenglauben endgültig vorbei sei.
Hinter vorgehaltener Hand aber raunten die Knechte einander von blutigen Opferfesten zu, die Thorward und Freydis auf ihrem nahen Hof Thorsklipp begingen, und noch von anderen seltsamen Vorfällen, die sich dort nächtens ereignen sollten, von Teufels- und Trollspuk, Werwölfen und Wiedergängern.
»Warum läßt euer Häuptling Leif das zu?« fragte Aris die anderen Hirten. Die Männer blickten sich furchtsam um und meinten dann, Freydis habe den Bruder verhext und werde ihn bald ebenso in einen Heiden zurückverwandeln, wie ihr das schon bei ihrem Mann Thorward gelungen sei.
»Unheil quillt mit jedem Atemzug aus dieser Frau«, sagte auch Ingimund, »und sie besitzt einen unheilvollen Einfluß auf Leif.«

Wenig später ging Aris zu dem Verwalter und sagte: »Langweilig ist es mir, immer nur wie ein hilfloser Greis auf der Hauswiese zu sitzen. Dieser Stock schlug schon manchen Wolfsschädel ein! Schicke mich mit den Schafen in das Gebirge, damit ich zeigen kann, daß ich noch zur Männerarbeit tauge!«
»Nicht jeder hat es gern bequem«, seufzte Ingimund mit einem Blick zum Himmel, »doch wem's nicht geht nach seinem Willen, den stechen leicht die Grillen. Wölfe gibt's bei uns nicht, aber ab und zu Bären. Der alte Hermund hat sich den Fuß gebrochen; du magst seine Herde hüten, bis er wieder gesund ist. Dann sehen wir weiter.«
Er deutete auf eine Klippe im Osten, die wie ein Luchsohr aufragte und fügte mit mahnender Stimme hinzu: »Lasse die Schafe aber nicht über diesen Berg hinaus grasen! Denn dort beginnen die Weiden von Thorsklipp. Nimm dich vor den Asenanbetern in acht! Mit Thorward Herjulfssohn ist nicht zu spaßen und erst recht nicht mit Freydis, diesem Trollweib!«
Aris trieb die Tiere sogleich nach Osten, ließ sie unter dem Luchsohr weiden und stieg selbst zum Gipfel empor. Auf der anderen Seite öffnete sich ein geräumiges Tal. Der Hof des Herjulfssohns stand auf einer steilen Klippe über dem Strand. Unter ihm lag der Doppelkiel der toten Kjartanssöhne auf den Schiffswalzen. Vom Wachtfelsen spähte ein Posten auf den Fjord hinaus.
Den ganzen Vormittag stand Aris hinter Felsen versteckt und beobachtete das Gehöft seiner Feinde. Er zählte mehr als vierzig Knechte, die allesamt sehr kampftüchtig schienen. Unter ihnen befand sich auch der schurkische Krak, den Freydis in Vinland dem Ragnarenkel abgekauft hatte.
Um die Mittagsstunde trat ein eisgrauer Hüne aus der Halle und ging gemächlich zum Abtritt. Es war der Alte vom Schwanenfjord.
»Thorbrand«, murmelte Aris zwischen zusammengebissenen Zähnen. »Wenn du wüßtest, wer den Tod deines Sohnes Snorri und deines Enkels verschuldete, würdest du wohl kaum bei Freydis gasten!«
Auch viele Frauen und Mägde lebten auf Thorsklipp. Sie saßen mit ihren Spinnrädern in der Nachmittagssonne und ließen flink

die Fäden flirren. Geduldig sah der Norweger den geschäftigen Dienstweibern zu. Als es zu dämmern begann, verschwanden die Knechte nach und nach in den Häusern. Da öffnete sich die Tür einer abseits stehenden Hütte und eine Frau erschien, die Aris mit dem Herzen eher als mit den Augen erkannte.
Langsam trat Frilla ins Freie. Ihr Haar war grau geworden, aber noch immer ging sie aufrecht und ihre Schönheit leuchtete Aris selbst in dieser Ferne. Keuchend krallte er die Finger in den rauhen Fels und fühlte nicht, wie seine Nägel brachen. Da knackte dürres Geäst am Hang unter ihm und Schritte ertönten im Birkenwald.
Schnell ließ der Norweger sich vom Gipfel gleiten, aber es war schon zu spät, ungesehen fortlaufen zu können. Darum kauerte Aris sich in eine niedrige Mulde. Als die Schritte näherkamen, legte der Norweger das Gesicht in die Armbeuge und tat, als ob er schliefe. Einige Herzschläge später stieß ihn ein spitzer Stiefel an und eine herrische Stimme fragte: »Was hast du hier zu suchen?«
Aris richtete sich auf, gähnte und wandte den Kopf. Gegen das Licht der untergehenden Sonne erkannte er Thorward. Der Herjulfssohn hielt ein Beil schlagbereit in der Rechten. Drei gewappnete Knechte folgten ihm. Neben ihm stand Freydis; ein böses Lächeln spielte um ihre Lippen.

Die Geschichte vom närrischen Topfhüter

Aris erhob sich, senkte demütig das Haupt und murmelte: »Grasten meine Schafe etwa auf eurer Weide? Ich stehe als Hirte in Ingimunds Dienst, drüben in Sandspitz!«
»So?« machte Thorward zweifelnd. Freydis starrte Aris argwöhnisch an, erkannte ihn aber ebenfalls nicht. »Wer bist du?« fragte sie lauernd.
»Man nennt mich Topfhüter«, antwortete Aris. »Verzeiht mir, ich bin alt und töricht . . .«
»Ein seltsamer Name für einen Mann«, meinte Thorward mißtrauisch. »Woher stammst du?«
»Vom Hardangerfjord in Norwegen«, sagte Aris. »Als Knabe war

ich oft krank und konnte nicht wie meine Brüder hinaus. Deshalb mußte ich am Herd meiner Mutter wachen, damit die Milch nicht überkochte.«
»Was schleichst du um unseren Hof herum, du Kohlensteiß?« fragte Freydis streng.
»Müde war ich und wollte im Wald ein Nickerchen machen«, erwiderte Aris und mühte sich um eine möglichst schuldbewußte Miene. »Nun aber muß ich heim. Ich bitte euch, verratet mich nicht!«
Er verbeugte sich viele Male und eilte durch das Birkenkratt davon. Thorward und Freydis sahen ihm lange nach.
Nun wußte Aris, daß er Frilla nicht ohne Hilfe befreien konnte. Zur Thingzeit brachte Ingimund ein Boot mit fünf Ruderbänken zu Wasser und steuerte es nach Gardar. Aris fuhr mit ihm. Vor dem Thinghügel trennte der Norweger sich von Karlsefnis Leuten und stieg nach Steilhalde empor. Die Hofhunde bellten ihn an und fletschten knurrend die Zähne.
»Was willst du hier?« rief ihm Leifs Verwalter Fridmund entgegen.
»Zu deinem Herrn«, gab Aris zur Antwort.
»Das glaube ich gern«, lachte Fridmund. »Ist Leif doch weit über Grönlands Grenzen hinaus für seine Freigebigkeit bekannt! Nun hoffst wohl auch du auf dein Teil. Unser Herr ist zur Jagd geritten und kehrt erst am Abend zurück. Ruhe dich so lange aus und trinke einen Schluck Bier, denn hier ist jeder willkommen.«
»Das lobe ich mir«, erwiderte Aris und ließ sich in die Halle führen.
Am Nachmittag füllte der Saal sich mit Gästen. Denn der Erikssohn hatte, wie es seine Gewohnheit war, alle Freibauern zu sich geladen, um mit ihnen vor dem Thing zu beraten. Auch Eystein der Schmied und Hakon der Fromme erschienen. Aris saß still im Winkel, und niemand erkannte ihn, obwohl nun mancher Mann eintrat, der einst mit ihm nach Vinland gefahren war.
Am Abend zog ein Gewitter auf. Mit Blitz und Donner kamen auch die Wikinger von der Forkeninsel, und Aris hüpfte das Herz im Leib, als er die alten Gefährten erblickte.
Gorms Haar war gleichfalls weiß wie Schnee und sein Gesicht zeigte Runzeln wie ein vertrockneter Apfel. Die Kraft des Grindi-

gen schien jedoch ungebrochen und sein Durst ungelöscht, denn er leerte sein Trinkhorn schneller als ein Igel ein aufgeschlagenes Ei. Sven Stinkhals hielt wacker mit; auch ihm ergraute das Haar schon an beiden Schläfen und auf der Kopfmitte fiel es gar aus, so daß der Sohn Bersi Blutbrünnes von hinten einem geschorenen Mönch glich. In seinen Reden aber ähnelte er einem christlichen Priester in keiner Weise. »Bei Hengstes Hoden und Gletscherbärs Glied!« schimpfte er laut. »Das Bier ist sauer wie Altweibermilch!«

Neben ihm saß Mädchenauge und sah den Gefährten tadelnd an. In Ulfs Gesicht hatten sich harte Linien gegraben, und der Bart wuchs ihm nun nicht mehr nur auf Kinn und Lippen, sondern wucherte über die Wangen bis zum Jochbein empor. Hinter vorgehaltener Hand kratzte er sich an der Nase, spähte zu den Lichtluken hinauf und fragte dann: »Was für eine Zeit haben wir eigentlich?«

»Essenszeit!« brüllte Glum fröhlich und strich sich über den Leib, der sich nach Aris' Eindruck womöglich noch mächtiger wölbte als früher. Das Haupt des Dicken glänzte völlig kahl und seine Nase glühte rot wie eine ängelländische Rose.

»Von dir habe ich keine andere Antwort erwartet«, brummte Ulf. »Durch Saufen und Fressen wird viel Weisheit vergessen.«

»Mancher denkt nicht weiter als ein fettes Schwein springt«, spottete Sven Stinkhals.

»Spart's der Mund, so frißt's der Hund«, lachte der Dicke. »Zu dieser törichten Art des Haushaltens neige ich nun einmal nicht.« Sehnsüchtig schielte er zur Küchentür, durch die würziger Bratenduft drang.

»Volle Töpfe, leere Köpfe«, höhnte der Dürre.

»Es reißt am ersten, wo es dünn ist«, erwiderte Goldbauch und alle anderen lachten, nur Stinkhals nicht. Ehe der Dürre sich nun aber wider Glum empören konnte, trat Leif ein und alle Gespräche verstummten.

Höflich begrüßte der Erikssohn seine Gäste. Danach erhob sich Aris und trat vor Leifs Hochsitz.

Der Erikssohn blickte auf. »Woher kommst du, Weißbart?« wollte er wissen.

Der Norweger sah ihn lange an und schwieg. Nun wandten auch alle anderen voller Neugier die Köpfe.
»Bist du am Ende taub?« erkundigte sich Leif verwundert. Da wurde plötzlich die Tür aufgestoßen. Thorward und Freydis eilten aus Sturm und Regen herein.
»Topfhüter!« rief der Herjulfssohn, als er Aris erblickte. »Also doch!«

Von Topfhüters Versen

»Das hätte ich nicht von dir gedacht«, sagte die Erikstochter zornig zu ihrem Bruder, »daß du uns nun schon ausspähen läßt!«
»Was meinst du damit?« fragte Leif verblüfft. »Kennt ihr diesen Mann? Wer ist das denn?«
»Versuche nicht, dich zu verstellen!« rief Freydis erbost. »Vor Thorsklipp ertappten wir ihn, als er versuchte, uns auszukundschaften!«
»Glaubt mir, ich habe diesen Mann noch nie gesehen«, sagte Leif beschwörend.
»Ich weiß nicht, was du gegen uns im Schilde führst«, antwortete seine Schwester kalt. »Denke aber bei dem, was du tust, auch an deinen Sohn!«
»Ihr wolltet ihn doch zum Thing mitbringen!« rief der Erikssohn erregt und eine Ader pochte an seiner Schläfe.
»Wir haben unsere Absicht geändert«, versetzte Freydis kalt. »Thorgils bleibt auf unserem Hof, bis wir wissen, ob du uns friedlich gesinnt bist. Lasse uns fortan in Ruhe und schicke keine Kundschafter mehr nach uns aus!«
Zornig sah Leif Aris an. »Wer bist du?« fragte er heiser. »Heraus mit der Sprache, ehe ich dich auspeitschen lasse!«
Der Norweger gab mit fester Stimme zur Antwort:

»Topfhüter heiße ich,
Tiegel bewache ich,
Nicht soll Milch sprudeln
Noch Lohe verlöschen.«

»Bist du ein Skalde?« forschte der Erikssohn. »Was hattest du auf Thorsklipp zu suchen? Für wen kundschaftest du?«
Aris sah dem Erikssohn unverwandt in die Augen und antwortete:

»Kundschaften? Ich kenn' nur
Kessel und Kannen,
Weiber geben die
Weisungen dort.«

»Das ist zuweilen nicht nur in Küchen so«, bemerkte Leif und blickte grübelnd zu seiner Schwester.
»So billig reimt kein Skalde«, rief Thorward Herjulfssohn ungeduldig. »Ihr wollt uns an der Nase herumführen!«
Leif musterte Aris nachdenklich und sagte: »Ich möchte noch mehr hören. Woher stammen deine Narben?« Der Norweger antwortete ohne Zögern:

»Stürzen Schüsseln,
Taumeln Töpfe,
Geysirs Glutsaft
Auf Schlafende spritzt.«

Plötzliches Staunen erschien auf dem Antlitz des Erikssohns. Dann glätteten sich seine Züge wieder und er murmelte: »Durch kochendes Wasser verbrüht. Ja, das könnte sein. Bist du davon auch an Hals und Händen so rot?« Aris sah ihn fest an und sprach:

»Des Wassers Wunden
Glühen so gut
Wie der Westsonne Tod
Und des Bruders Blut.«

»Was soll dieses rätselhafte Gerede!« empörte sich Freydis. »Laß uns lieber sehen, ob ihm die Folter Deutlicheres zu entlocken vermag!«
»Warte noch!« wehrte Leif ab und wandte sich wieder an seinen

Gast. »Und deine Haare?« wollte er wissen. »Sie schimmern wie Schnee! Kannst du uns auch darauf einen Vers reimen?«
Aris antwortete:

»Weißer als des
Winters Wolle
Bleicht ungerächter
Blutsfreunde Gebein.«

»Was faselst du da?« ließ sich Ulf Mädchenauge vernehmen. »Dieser Topfhüter ist ja verrückt! Werft den alten Narren doch endlich hinaus!«
»Überlaßt ihn mir!« forderte Thorward. »Ich werde schon herausfinden, was mit diesem Kerl los ist!«
Die Wikinger von der Forkeninsel wechselten Blicke und Ulf zog sein Schwert.
»Ungeduld ist ein schlechter Ratgeber«, rief Leif dem Herjulfssohn zu. »Wir wollen die Sache erst überschlafen und dann in aller Ruhe . . .«
»Damit er uns entkommt!« unterbrach ihn Freydis erregt. »Aber so dumm sind wir nicht!«
»Ich werde Topfhüter sicher verwahren, bis wir uns über ihn einig sind«, versprach der Erikssohn. »Ihr habt mein Wort!«
Damit mußten Freydis und Thorward sich zufriedengeben. Leif ließ den Norweger in eine Kammer bringen und dort von vier wohlgewappneten Knechten bewachen.
Danach beriet der Erikssohn mit den Freibauern über das Thing. Er redete dabei jedoch viel weniger, als man es von ihm erwartet hatte, und hörte oft nicht recht zu, so daß es den anderen vorkam, als ob Leif mit seinen Gedanken ganz woanders wäre. Thorward und Freydis verließen das Fest schon lange vor Mitternacht, um auf dem Doppelkiel zu übernachten. Die Wikinger von der Forkeninsel aber wankten und wichen nicht, sondern zechten und lärmten so laut, daß ihr trunkenes Grölen bis in das Gefängnis des Norwegers drang.
Zu Beginn der zweiten Nachthälfte war es Aris, als ob die Wächter vor seiner Kammer plötzlich verschwunden wären. Ange-

strengt lauschte er, hörte jedoch keinen Laut mehr. Da stellte er sich hinter die Tür und machte sich bereit, um sein Leben zu kämpfen.
Wirklich bewegten die Bretter sich nach einer Weile langsam, und die Tür öffnete sich einen Spalt. Im Luftzug begann das Talglicht zu flackern. Ein Schatten schob sich vorsichtig durch die Lücke. Aris hielt den Atem an und wartete, bis der Mann den Kopf vorstreckte und suchend ins Zimmer spähte. Ein Beil blitzte im Schein des Nachtfeuers auf. In diesem Moment schlug Aris die Tür so heftig zu, daß der Eindringling gegen die Wand geschleudert wurde. Einen Wimpernschlag später lag er entwaffnet auf der gestampften Erde. Die Hand des Norwegers schloß sich um seine Gurgel.
»Jetzt weiß ich, daß du es wirklich bist, Aris«, keuchte der Besiegte halberstickt. »Und du hast nichts verlernt. Nun kannst du mich aber wieder loslassen. Ich bin es, Leif!«

Wie Aris Leif von dem Verbrechen in Vinland berichtet

Erstaunt ließ Aris den Erikssohn los, half ihm auf die Füße und sagte: »Leif! Dich hatte ich nicht erwartet!«
»Wen denn sonst?« wollte der Erikssohn wissen und klopfte sich den Staub von den Kleidern. »Thorward vielleicht?«
Der Norweger nickte grimmig.
Leif sah den alten Gefährten ein wenig merkwürdig an. »Hat er dich denn erkannt?« erkundigte er sich.
»Ich weiß nicht«, antwortete Aris. »Vielleicht nach dem letzten Vers, als ich ein wenig deutlicher werden mußte . . .«
»Aber Thorward wäre doch nicht an meinen Wachen vorbeigekommen«, meinte Leif überzeugt.
»Allein nicht«, gab Aris zu, »aber mit Hilfe deiner Schwester gewiß.«
Der Erikssohn biß sich auf die Lippen. »Du hast recht«, gestand er. »Freydis besitzt Zauberkräfte besonderer Art. Noch heute weiß ich nicht, was mich dazu bewog, ihr meinen Thorgils als Ziehsohn anzuvertrauen. Als sie mich darum bat, schien es mir

ein guter Einfall zu sein, und ich hoffte, sie durch engere Sippenbande endlich von ihrem Heidentum abbringen zu können. Nun aber benutzt sie meinen Sohn als Pfand gegen mich!« Zornig stieß er dabei die Luft aus. Dann fragte er: »Aber ob Freydis und Thorward nun wissen, wer du bist, oder nicht — weshalb sollten sie dich ermorden wollen?«
»Als sie mich in der Nähe von Thorsklipp ertappten, erkannten sie mich nicht und hielten mich wohl auch nicht für gefährlich«, erläuterte Aris. »Jetzt aber, da sie mich bei dir sahen, fürchten sie wohl, ich könne herausgefunden haben, daß sie Frilla versteckt halten.«
»Frilla?« staunte Leif. »Ist sie noch am Leben? Ich dachte, sie habe sich selbst gerichtet, nachdem sie in ihrem Wahn die schreckliche Mordtat an den beiden Vinländerknaben beging!«
Aris schüttelte den Kopf. »Das war nicht Frillas Werk«, widersprach er heftig. »Krak führte den Dolch, der schurkische Knecht, der einst auch den Krieg mit den Vinländern auslöste, auf Befehl deiner Schwester!«
»Ich hörte schon von dem Kerl«, murmelte Leif betroffen. »Dachte mir, daß er auf Thorsfels Unterschlupf fand! Alles Gelichter Grönlands scheint dort zu hausen.«
»Und dein Sohn«, erinnerte ihn Aris.
Der Erikssohn sah ihn unwillig an. »Sage mir erst einmal, warum du in meinem Haus als närrischer Topfhüter auftrittst?« forderte er. »Woher kommst du überhaupt? Alle Welt glaubte, du seist mit Bjarne ertrunken! Und wer hat dich so zugerichtet? Du siehst ja aus, als wärst du durch die Hölle gegangen mit all ihren Teufeln und Schrecken!« Er nahm die Kerze und leuchtete Aris an. »Grauenvoll«, murmelte er. »Kein Wunder, daß dich niemand erkannte, nicht einmal deine alten Freunde von der Forkeninsel!«
Aris wandte sich ab und starrte ins Dunkle. »Ja, ich sah Schreckliches«, sagte er leise, »aber nicht in der Hölle, sondern auf unserer Erde, und nicht Teufel begingen all diese grausigen Taten, sondern deine Schwester Freydis, Thorward und der Waidmann!«
»Thorhall lebt noch?« fragte der Erikssohn erschrocken.
»Nach seiner Ausfahrt von Vinland wurde er auf die Weißmännerinsel verschlagen«, berichtete Aris und erzählte nun, was er in

Vinland gesehen hatte. Leif wurde mit jedem Satz bleicher. »O Gott«, flüsterte er fassungslos. »Welch eine Schlächterei! Und sie sind alle tot?«
»Freydis und Thorhall ließen niemanden am Leben«, bestätigte Aris. »Ich selbst sah die Köpfe der Kjartanskinder und aller ihrer Gefährten, Männer wie Frauen, zu Boden rollen . . .«
»Wie konntest du überhaupt nach Grönland zurückkehren?« fragte der Erikssohn zweifelnd.
Aris erzählte es ihm.
»Mit einem Fellboot?« staunte der Erikssohn. »Aber das ist unmöglich! Die Wellen . . .«
»Die Nasenlosen reisen mit ihren Dachbooten schon seit jeher über die offene See«, erklärte der Norweger ungeduldig. »Ich traf sie am Grab deines Bruders.« Er berichtete nun vom Tod des Aaljägers.
»Endlich ist Thorwald gerächt«, murmelte Leif. »Wenn auch nicht durch deine Hand!«
»Dennoch sollst du mir helfen, Frilla zu befreien«, forderte Aris. Dann berichtete er, was er über Herjulfs und Tyrkers Tod wußte.
»Mein Ziehvater in den schaurigen Schlund der Hölle geschleudert«, stieß Leif mit aschfahlem Gesicht hervor. »Und Thorward schuld am Tod seines Vaters! Nein! Sage, daß mich ein Alptraum quält!« Voller Entsetzen schlug er die Hände vors Gesicht.
»Du wachst und hörst die Wahrheit«, entgegnete Aris schroff. »Nun wollen wir Thorward und Freydis ihrer gerechten Strafe zuführen!«
Leif starrte ihn an. »Aber sie ist meine Schwester«, würgte er mühsam hervor.
»Sie ist eine Mörderin«, sagte der Norweger kalt. »Tratest du nicht einst zu Nidaros mit Bjarne unter die Rasensoden? Es sind die Witwe und die Schwäger deines Blutsbruders, die Freydis in Vinland erschlug!«
»Du hast ja recht!« rief Leif verzweifelt. »Aber ich schwor Bjarne damals doch, alles zu tun, damit sein Bruder mit meiner Schwester glücklich bis an sein Ende leben kann!«
Aris runzelte voller Unmut die Brauen und fragte: »Nennst du es etwa ein Glück, mit diesem Trollweib vermählt zu sein? Fortlau-

fend verführt Freydis ihren Mann zu den blutigsten Untaten und hat ihn auch um seine Mannesehre betrogen, so daß . . .«

»Woher willst du das wissen?« fuhr Leif auf.

»Sie selbst sagte es mir«, antwortete der Norweger und erzählte nun von jener Nacht zu Gardar, da Freydis ihn in den Glauben versetzt hatte, daß sie Frilla sei. »Ich würde dir von dieser meiner Schande nichts sagen, wenn ich nicht völlig aufrichtig sein wollte«, schloß er. »Du bist das Oberhaupt meiner Sippe. Auch als Thingsprecher Grönlands mußt du nach dem Gesetz handeln.«

»Und wer«, fragte Leif in unheilverkündendem Ton, »soll dieser frühere Liebhaber meiner Schwester gewesen sein?«

»Das weiß ich nicht«, erwiderte Aris. »Besser du forschst nicht danach, sonst wird die Schande vielleicht noch allen anderen offenbar!«

In den Augen des Erikssohns glomm plötzlich der Schimmer einer verwegenen Hoffnung. »Wer weiß, ob du mich nicht belogst, um Unfrieden in meinem Haus zu stiften«, sagte er mißtrauisch. »Ein Mann, der mit seiner eigenen Tochter verkehrt . . .«

»Narr!« entgegnete Aris heftig. »Wenn du mir nicht glaubst, so forsche doch einmal bei Thorwards Leuten nach! Frage sie aber unter der Folter! Denn sicherlich hat Freydis ihnen eingeschärft, die Wahrheit niemals ans Licht gelangen zu lassen!«

Leif nickte. »Das werde ich tun«, sagte er. »Noch diese Nacht.«

Er ging hinaus, sammelte seine Knechte und stieg mit wohlgewappneter Schar zum Strand hinunter. Die Männer von Thorfels schliefen arglos in ihren Zelten. Der Erikssohn ließ drei von ihnen ergreifen und in die Halle schaffen. Dort hielt er ihnen vor, was Aris erzählt hatte. Die Männer stritten alles ab und nannten den Norweger einen Lügner.

»Haltet ihnen Glüheisen an die Füße«, befahl Leif.

Die Knechte zogen den Gefangenen die Stiefel aus. Als das Fleisch des ersten verbrannte, schrie er vor Schmerz und erklärte, er wolle gestehen. Er schilderte nun alles genauso, wie Aris gesagt hatte. Auch die beiden anderen bestätigten den Bericht.

»Schicke uns nicht zu Freydis zurück!« flehte der Gefolterte am Schluß. »Sie wird uns grausam töten!«

»Ihr steht unter meinem Schutz, auch wenn ihr das nicht verdient«, sagte der Erikssohn, da er sie noch als Zeugen brauchte. Dann schickte er alle hinaus und schritt zu seinem Hochsitz. Lange saß er da und starrte ins Feuer. Da klopfte es plötzlich an die Außentür.

»Komm herein, Freydis«, sagte der Erikssohn. »Ich habe schon auf dich gewartet.«

Statt einer Antwort pochte es noch einmal an die Pforte.

»Es ist nicht abgeschlossen!« rief Leif.

Noch immer trat niemand ein, sondern es rüttelte heftig an der schweren Tür.

Verwundert erhob sich der Erikssohn und trat zum Eingang. Ein lautes Schnaufen und Keuchen drang durch das Holz. Heftig riß Leif die Tür auf und erstarrte.

Denn vor ihm stand im hellen Lichtschein des Vollmonds Erik der Rote.

Erde bedeckte Eriks rotes Haar. Bläulich schimmerte Blut unter seiner wachsbleichen Haut und seine kostbaren Kleider hingen in Lumpen von seinem Körper. Unter wild wuchernden Augenbrauen starrte er seinen Sohn finster an.

»Vater!« rief Leif entsetzt und starrte aus schreckgeweiteten Augen auf die unheimliche Gestalt. »Wie ist das möglich? Du bist doch tot!«

»Kann ein Mann in Frieden ruhen, wenn sein Sohn die Sippe ins Verderben stürzen will?« grollte der Rote mit zorniger Miene. Seine Stimme klang hohl, als läge er noch immer in seinem Grab. »Deine Unvernunft macht mich zum Wiedergänger, da du dich jetzt anschickst, deine Schwester wie eine Verbrecherin zu verfolgen!«

»Es gibt ein Gesetz auf Grönland«, erwiderte Leif, »du selbst hast es gestiftet!«

»Freydis ist von meinem Blut«, knurrte Erik und seine rötlichen Augen funkelten böse.

Da aber dämmerte im Osten schon der Morgen. Leif fuhr herum. Das Gespenst war verschwunden.

Verblüfft rieb sich der Erikssohn die Augen und wußte nicht mehr, ob er geträumt und wie lange er verzaubert vor seiner Halle

gestanden hatte. »Aris!« rief er erschrocken und eilte durch die Halle und Flur zur Kammer des Norwegers. Schon von weitem sah er, daß die vier Wächter leblos am Boden lagen.
»Aris!« rief er noch lauter. »Nein! Nein!« Hastig stieß er die Tür auf und stürzte ins Zimmer.
Was er dort sah, ließ ihn verblüfft zurückfahren. Denn Aris stand unversehrt vor ihm, umringt von seinen treuesten Gefährten, den Wikingern von der Forkeninsel. Drohend richteten sie nun ihre Waffen gegen den Erikssohn.

Wie Leif Aris Blutrache androht

Schweratmend blieb der Häuptling der Grönländer stehen. »Aris!« rief er erleichtert. »Du bist noch am Leben?«
»Das klingt ja fast, als ob du dich darüber freutest«, versetzte der Norweger lächelnd.
»Das tue ich«, seufzte Leif froh. »Von ganzem Herzen!«
Er berichtete nun, was er von Thorwards Knechten erfahren hatte und wie er danach dem Gespenst seines Vaters begegnet war. »Es sah grausig aus!« stieß er hervor.
»Ich weiß«, erwiderte Aris, »hier war es nämlich auch!«
Der Erikssohn warf einen Blick auf die Wächter. »Die armen Kerle«, murmelte er. »Es ist meine Schuld!«
»Nein, unsere«, widersprach Ulf Mädchenauge.
»Ich hätte sie vor dem Gespenst warnen sollen!« beharrte Leif, der nicht recht verstand, »statt dessen stand ich vor der Halle und träumte vor mich hin!« Mitleidig sah er auf seine Knechte hinab.
»Das war nicht dein Vater«, antwortete Sven Stinkhals tröstend, »das waren wir.«
Leif fuhr ein wenig zurück. »Ihr?« rief er mit gerunzelten Brauen. »Was gibt euch das Recht, unschuldige Männer zu töten?«
»Sie machen nur ein Nickerchen«, versetzte der dicke Glum. »Bald wachen sie wieder auf.«
»So war es besser für sie«, meinte Ulf Mädchenauge munter. »Wenn wir nicht gekommen wären, hätte sie das Gespenst gewiß umgebracht.« Er schilderte nun, wie sie die Wachen überwältigt

hatten, um Aris zu befreien. Danach sei plötzlich der Wiedergänger erschienen. Zischend entließ der Erikssohn die angestaute Luft aus seinen Lungen.

»Als dieser Unhold meine Freunde sah«, berichtete der Norweger, »geriet er in große Wut und stapfte davon. Er kehrte wohl wieder in seinen Hügel zurück, um dort auf eine bessere Gelegenheit zu warten.« Er schüttelte sich. »Ich möchte ihm kein zweites Mal begegnen«, fügte er hinzu. »Was gedenkst du nun also zu tun?«

»Fünf seid ihr auch gegen mich«, meinte Leif, »und ich sehe es euch an, daß ihr mich umbringen würdet, wenn ich versuchte, Hilfe herbeizurufen. Aber ich bin nicht euer Feind!« Er blickte dem Norweger fest ins Auge und fuhr fort: »Auch wenn dich deine Freunde nicht schon befreit hätten, könntest du Steilhalde ungehindert verlassen. Denn ich weiß nun, daß du die Wahrheit sagtest.«

»Willst du mir helfen, Helge und Finnbogi an deiner Schwester zu rächen?« fragte der Norweger.

Der Erikssohn biß sich auf die Lippen.

»Morgen will ich auf dem Thing allen Grönländern mitteilen, was in Vinland geschah. Danach wird niemand mehr meine Schwester gastfrei bewirten oder besuchen. Ihr Leben wird das einer Aussätzigen sein, und man wird vor ihr und ihren Nachkommen ausspucken, so wie der arme Helge es prophezeite. Das Recht zur Blutrache aber steht nur den nächsten Angehörigen zu!«

»Ingolf ist noch ein Kind und sonst gibt es niemanden mehr, der mit den Kjartanskindern blutsverwandt wäre!« rief Aris empört. »Von Herjulfs Sippe aber lebt nur noch Thorward, und der wird wohl kaum das Schwert gegen seine eigene Frau richten! Verhänge also die Acht über Freydis, damit sie für vogelfrei gilt und wir sie richten können!«

Leif sah Aris traurig an und erwiderte: »Ich kann es nun einmal nicht über mich bringen, mit Freydis so zu verfahren, wie sie es wert wäre. Immerhin ist sie doch meine Schwester!«

»Ich kann nicht verstehen, daß du dieses Teufelsweib noch immer deine Schwester nennst.«

»Verstehe es oder verstehe es nicht, ganz wie du willst!« versetzte der Erikssohn nun mit Schärfe. »Jedenfalls bleibt es dabei, ob dir das nun gefällt oder nicht. Wenn du Freydis tötest, muß ich ihr Blut an dir rächen!«

Aris nickte. »Ich weiß«, sagte er.

»Geht nun!« forderte Leif.

Aris und die Wikinger stiegen zum Strand hinunter und ruderten über den Fjord nach Gardar. In ihrer Thinghütte erzählte der Norweger den Gefährten alles, was er in den vergangenen Jahren erlebt und erfahren hatte.

»Jetzt bleibt nur noch eines zu tun«, schloß er. »Freydis und Thorward zu richten, Frilla aber zu befreien und mit ihr für immer nach Vinland zu fahren.«

»Wenn du Freydis erschlägst«, warnte ihn Sven, »hast du einen Bluträcher auf den Fersen!«

»Ich weiß, Leif meint es ernst«, gab Aris zur Antwort, »aber nach Vinland wird er mir wohl kaum folgen.«

Der Stinkhals sah ihn von der Seite an. »Da hast du recht«, gab er zu. »Aber ich sprach nicht von Leif. Ich sprach von Thorhall dem Waidmann.«

Wie die Wikinger ihren Schwur erneuern

Aris sah die Gefährten der Reihe nach an. Sven starrte mit zusammengepreßten Lippen zurück.

»Selbst wenn mir sich alle Trolle und Teufel der Unterwelt in den Weg stellen, werde ich doch nicht eher ruhen, bis Frilla befreit ist«, erklärte Aris entschlossen, »und weder vor Werwölfen noch Wiedergängern und auch nicht vor dem Waidmann weichen!«

Die anderen schwiegen.

Nach einer Weile räusperte sich Sven Stinkhals und antwortete: »Den Berserker schneidet kein Eisen. Selbst Bjarne konnte den Trollsohn nicht überwinden! Und du hast ja wohl auch noch nicht vergessen, was die Wölwa an Thorhalls Wiege weissagte: Daß ihn nur jemand töten kann, der ihn nicht kennt.«

»Wer weiß, ob dieser Zauber in Vinland nicht bricht«, erwiderte Aris. »Avaldidida besitzt große Macht.« Er seufzte. »Aber ich

kann verstehen, daß ihr lieber auf Grönland bleiben wollt«, fuhr er fort, »bei euren Frauen und Kindern.«
Sven runzelte die Brauen. Gorm brummte: »Meine Frau ist schon lange tot.«
»Meine lebt noch«, ließ sich Glum Goldbauch vernehmen. »Sie ist ein braves Weib.«
»Warum?« fragte Sven Stinkhals höhnisch. »Weil sie dir jetzt als Ausrede dienen soll? Sonst redest du anders von ihr!«
»Nun ja«, meinte der Dicke gemütlich. »Einmal war ich vier Monate lang auf See, und was setzte sie mir vor, als ich endlich wieder nach Hause kam? Fisch!« Er schnitt ein Gesicht.
»Sie hatte wohl nichts anderes griffbereit«, sagte Ulf sanft, »und fürchtete, daß du sonst vor Hunger den Seehundsspeck aus der Lampe fressen würdest.«
»Eigentlich sitze ich schon wieder viel zu lange zuhause herum«, murmelte Goldbauch.
»Heißt das etwa, daß du bei Aris mitmachen willst?« fragte Sven erstaunt. »Wir haben jedoch nicht einmal gehört, was genau er plant!«
»Wie auch immer«, meinte Glum, »ich glaube nicht, daß meine Familie mich sehr vermissen würde.«
»Meine erst recht nicht«, grollte der grindige Gorm. »Seit mein Ältester den Hof bewirtschaftet, habe ich immer häufiger das Gefühl, unnütz zu sein.«
»Ja, ja«, stimmte Glum zu. »Alte Besen wirft man ins Feuer.«
»Aber graue Böcke lecken auch noch gern Salz«, murrte Gorm. »Ich werde dem frechen Kerl zeigen, daß ich noch lange nicht zum alten Eisen gehöre!«
»Jetzt sage bloß, du willst dich ebenfalls auf diesen Wahnsinn einlassen!« rief Sven.
»Natürlich erst, wenn wir gehört haben, wie Aris sich die Sache denkt«, murmelte der Grindige beschwichtigend. »Alles mit Überlegung, sagte die Bäuerin und briet den Speck mit Butter.«
»Alte Freunde und Wege soll man nicht verlassen«, murmelte Ulf Mädchenauge nachdenklich. »Wenn ihr euch unbedingt in euer Unglück stürzen wollt, werde ich nicht abseits stehen.«
Sven sah von einem zum anderen. »Das habe ich mir gedacht«,

knurrte er. »Kommt nicht in Frage! Nicht, daß ich etwa Angst hätte, aber das ist nun einmal nicht mein Krieg!«
Gorm brummte spöttisch: »Ich fürchte mich nicht, sagte die Spinne, aber es überläuft mich ein Schauder!«
»Mich kriegen keine zehn Pferde noch einmal nach Vinland!« schrie Sven. »Dort gibt's nur Beulen und Schwielen zu holen. Ich bin zum Wiking und nicht zum Waldbauern geboren!«
»Sagte ich etwas von Vinland?« fragte Ulf.
»Was denn sonst?« rief Sven zornig. »Willst du etwa von Thorsklipp nach Hause zurückkehren, als wäre nichts geschehen? Leif würde sich gewiß freuen, wenn wir es ihm so leicht machten.«
»Laßt Sven in Ruhe«, meinte Aris. »Einen alten Hund ist schlecht bellen lehren und wer den Staub scheut, soll vor der Tenne bleiben.«
»Es gibt noch viele andere schöne Plätze auf der Welt«, meinte Ulf Mädchenauge und rieb mit dem Wollzipfel ein wenig Rost aus der Blutrinne seines Schwertes. »Zum Beispiel das Westmännerland.«
»Erin?« fragte Stinkhals verblüfft. Er konnte nicht verhindern, daß nun ein gieriges Leuchten in seine Augen trat.
»Ich wollte es euch eigentlich nicht sagen«, gestand Ulf Mädchenauge, »jetzt aber kann ich es euch nicht länger verschweigen: Vor ein paar Wochen besuchte mich ein Vetter meiner Frau. Er erzählte, daß Jarl Sigurd von den Orkaden ein großes Heer sammelt, um mit Sigtrypp Seidenbart von Dyfflin gegen Großkönig Brian zu ziehen. Siegen sie, liegt ihnen das Westmännerland zu Füßen!«
»Erin«, murmelte Stinkhals versonnen. »Man weiß nicht, was dort süßer schmeckt, der Wein oder die Weiber!«
»Fährst du nun mit oder nicht, Sven?« wollte Ulf Mädchenauge wissen.
»Was bleibt mir denn anderes übrig?« knurrte Sven Stinkhals.
Gorm lachte und rief: »Man muß sein Kreuz mit Geduld tragen, sagte der Bauer und nahm seine Frau auf den Rücken.«
»Ich dachte, das ist nicht dein Krieg?« stichelte Ulf.
»Jetzt schon«, brummte Sven.
»Und nicht zu gefährlich für dich?« lachte Glum.
Sven zuckte die Achseln. »Keine Rosen ohne Dornen«, grollte er, »und wer nicht mehr furzt, ist gestorben.«

Da sah Aris, daß sich seine Gefährten überhaupt nicht geändert hatten, und ihm wurde warm ums Herz. Sie erneuerten nun ihren Treueschwur und gelobten, auf der Fahrt gegen Thorward und Freydis füreinander einzustehen, koste es sie auch das Leben.

Wie die Grönländer den Waidmann ächten

Um die Mittagsstunde stiegen sie auf den Thinghügel. Nur mit Mühe fanden sie Platz auf den Bänken, denn nun standen schon fünfhundert Höfe auf Grönland. Der Erikssohn trat auf den Fels des Gesetzessprechers und bat mit ruhiger Stimme um Stille. Dann teilte er den Versammelten mit, wie Herjulf und Tyrker gestorben waren und welche Untat Freydis, Thorward und der Waidmann in Vinland begangen hatten. Die Zuhörer waren sehr aufgebracht, als sie davon erfuhren. Da sagte Leif: »Ihr empört euch zu Recht. Seit Ingjald dem Arglistigen hat man nicht mehr von einem so heimtückischen Verbrechen vernommen, und es soll nicht ohne Sühne bleiben. Thorhall war der Blutsbruder meines Vaters; dennoch wollen wir ihn nun ächten und für vogelfrei erklären. Jeder, der ihm begegnet, soll ihn straflos erschlagen dürfen, hier ebenso wie auf Island und in jedem Land auf der Welt.«
»Das wird diesen Troll aber grämen«, spottete Sven. »Man muß den Wolf erst fangen, bevor man ihm das Fell abziehen kann!«
Leif warf dem Wikinger einen unwilligen Blick zu und fuhr dann fort: »Aris verlangte von mir, ich solle auch über Freydis und Thorward Herjulfssohn die Acht verhängen. Aber sie sind mir noch immer Schwester und Schwager! Blut und Schwüre binden mich. Dennoch sollen die beiden nicht ungestraft bleiben. Niemand von euch soll sie künftig bei sich bewirten oder auf Thorsklipp zu Gast sein. Ihre Kinder und Kindeskinder sollen verachtete Knechte sein, solange noch ein einziger Grönländer lebt, der sich dieses Verbrechens erinnert.«
Die Freibauern schwiegen und blickten einander unsicher an. Da aber kein Blutsverwandter der Toten mehr lebte und Einspruch erhob, folgte das Thing dem Vorschlag des Erikssohns. Danach sagte Leif: »Sechsmal fuhren nordische Schiffe nach Vinland aus.

Bjarne entdeckte es, ich erforschte es, Thorwald verlor dort das Leben. Thorstein, mein anderer Bruder, starb nach vergeblicher Suche. Thorfinn Karlsefni geriet in einen blutigen Krieg, Helge und Finnbogi fielen einer grausamen Mordtat zum Opfer. Zuviel Leid, zuviel Blut! Mein armer Ziehvater Tyrker glaubte in Vinland einstmals ein neues Gelobtes Land zu erblicken. Aber wenn Gott wirklich wollte, daß wir in Vinland siedeln, hätte er dann zugelassen, daß seine heidnischen Feinde dort über seine Gefolgsleute triumphieren? Anders als Israels Söhne, die sich vor Kanaans Riesen fürchteten, drangen unsere Gefährten mutig in das neue Land vor — jene aber siegten unter Jarl Josua mit Gottes Hilfe, während diese trotz ihrer Tapferkeit dem Antichrist und seinen Helfern erlagen. Darum will ich, daß nun niemand dorthin segelt. Fordern wir Gott und das Schicksal nicht länger heraus! Denn Vinland ist uns nicht bestimmt und wird uns nie gehören.«
Da nickten die Freibauern alle, denn sie fühlten sich auf ihren Höfen heimischer als zuvor ihre Väter und wollten auch nicht ihre Söhne auf gefährlichen Fahrten über das Westmeer verlieren. Darum schworen die Häupter der grönländischen Geschlechter nun beim Kreuz des Christ, daß sie weder selbst jemals wieder nach Vinland reisen noch anderen Schiffe zu dieser Fahrt geben wollten. Aris aber schwor nicht und Leif sah es wohl.

Wie die Wikinger vor ihrer Ausfahrt zechten

Am nächsten Morgen stiegen Aris und seine Gefährten auf Ulfs Schiff und fuhren nach Herjulfsspitz. Von dort reisten Glum, Gorm und Sven weiter zur Forkeninsel. Mädchenauge setzte indessen einen Verwalter auf dem Hof ein und gab ihm die Schlüssel. Abends trat er zu Aris in die Halle und reichte ihm ein langes Schwert mit vielfach gewetzter Schneide.
»Wem gehört die Waffe?« fragte Aris erstaunt.
»Das ist Herjulfs Blutglanz«, antwortete Ulf. »Erkennst du es nicht wieder?«
»Es ist lange her, daß ich es singen hörte«, meinte der Norweger und dachte an seinen ersten Tag auf Grönland, »wohl fast dreißig

Jahre!« Prüfend wog er den scharfen Stahl in den Fingern. Die Klinge gehorchte seiner Hand, als sei sie mit ihr verwachsen.
»Warum nahm Bjarne diese Waffe nicht?« wunderte er sich.
»Wegen dem Kreuz«, antwortete Mädchenauge und reichte ihm ein leinernes Band. »Außer uns braucht niemand zu wissen, welches Schwert du führst«, sagte er.
Der Norweger nickte und wickelte den festen Stoff um den Griff, bis das goldene Kreuz auf dem Knauf verhüllt war.
Zwei Tage später kehrten Sven, Glum und Gorm von der Forkeninsel zurück. Sie setzten sich zu Ulf und Aris und huben zu zechen an. Dabei grölten und polterten sie bald so laut, daß die Mägde sich kaum noch in die Halle wagten.
»Beim Trunk erkennt man die Narren«, tadelte Ulf, dem das mißfiel. »Denkt daran, wir haben eine harte Fahrt vor uns und sind nicht mehr die Jüngsten!«
»Ach was«, erwiderte Sven Stinkhals aufgeräumt. »Wer verzagt, ist verloren!«
In diesem Moment trugen die Mägde einen gebratenen Eber herein, der nicht viel kleiner als ein dreiwintriges Stück Hornvieh war.
»Ah!« machte Glum Goldbauch. »Da ist er ja, der borstige Wal des Waldes! Heil dir, du wackerer Sohn der Suhle!« Er gluckste. »Wißt ihr, was ein Schwein und ein Heiliger gemeinsam haben? Beide werden nach ihrem Tod mehr verehrt als zu ihren Lebzeiten.«
Alle lachten.
»Ist nicht von mir«, fügte der Dicke bescheiden hinzu. »Habe ich einmal von Tyrker gehört.«
So ging es eine Weile fort. Sie seihten lustig Bier in ihren grauen Bärten und je mehr sie tranken, desto lauter schrien sie durcheinander, bis alle meinten, daß es bei ihnen fast wie in den alten Zeiten zugehe.

Später aber wurden die Wikinger stiller und sprachen über die toten Gefährten von einst, wie es Kriegsleute gern tun, wenn sie zu neuen Kämpfen ausfahren. Da fragte Glum: »Meint ihr, daß Thorhall die Wahrheit sagte, als er von Tyrkers Ende erzählte? Daß er den Mönch nach Asenheim brachte und ihn am Ende mit eigener Hand in die Hölle hinabstürzte?«

»Du weißt, ich glaube nicht an Götter«, gab Aris zur Antwort. »Und wer das Innere Islands kennt, weiß, daß es dort viele Landschaften gibt, wie man sie auf der ganzen Welt kein zweites Mal findet. Tyrker ist nie dort gewesen; er fuhr bei seinen Bekehrungsreisen stets an den Küsten entlang. Saht ihr schon einmal den Glanzberg im Ostviertel, wenn ihn die Morgensonne beleuchtet? Dann glitzern seine Wände wie Glas und der Gipfelschnee schimmert wie lauteres Silber! Und seid ihr auch durch die Feuerspalte geritten? Aschenschwarz sind ihre Wände, und die Rosse sinken bis zum Hufbart in reinen Ruß.«

»Wenn Tyrker nach dem Schiffbruch nur noch halb bei Bewußtsein war, konnte der Waidmann ihm dort vielleicht manches vorgaukeln«, stimmte Ulf zu. »Vor allem, wenn dichter Nebel zwischen den Felsen hing und zu dieser Zeit wieder recht tiefe Erdfeuer glühten. Doch Thorhall selbst muß doch wissen, daß ein Berg keine Götterburg ist und ein Erdfeuer noch kein Höllenschlund!«

Aris wiegte zweifelnd den Kopf. »In manchen Dingen sieht jeder das, was er sehen will«, meinte er. »Wer weiß, welcher Wahn den Waidmann umfängt!«

»Und wenn es doch die Wahrheit war?« wollte Glum wissen. Abergläubische Furcht lag auf seinem breitflächigen Gesicht. »Wenn er wirklich die Macht besitzt, die Asen . . ., ich meine, die Teufel der Tiefe zu Hilfe zu holen?«

»Wir erschlugen Magog, den Troll«, brummte Sven Stinkhals und strich gedankenvoll über die Schneide der Axt in seinem Gürtel. »Laßt uns nun nicht vor seinem kleinen Bruder zittern!«

»Aber der ist der weitaus Gefährlichere«, gab Ulf zu bedenken. »Der Rachen des Wolfs schlägt Zähne in Zähne, und wer da hineingerät, kommt nicht mehr heraus!«

»Ihr wißt doch, daß Thorhall sein Wort gab, nie wieder grönländischen Boden zu betreten«, beruhigte Aris seine Gefährten. »Er wird es auch diesmal nicht brechen.«
Nach diesen Worten wandten die Wikinger sich wieder einer fröhlicheren Unterhaltung zu und sangen vereint die alte Seeschäumerweise.
Schwankend begaben sie sich dann in das Dampfbad, das Ulf über einer heißen Quelle hatte errichten lassen. Dort begossen sie einander aus Kübeln und trieben dabei allerhand Schabernack.
»Auf nun«, mahnte Mädchenauge schließlich. »Ein kühner Mann fährt ein rasches Gespann!« Er konnte aber nicht verhindern, daß sich die Gefährten erst noch zu einem reichlichen Frühmahl niedersetzten.
»Früh gesattelt, spät geritten«, murrte er, als sie endlich ihre Fahrhabe zu den Schiffen trugen.
»Wir werden noch bald genug den Folgegeist sehen«, antwortete Glum, stolperte und schlug der Länge nach auf den sumpfigen Wiesenboden. Fluchend wälzte er sich im Morast. Sven wollte dem Gefährten auf die Beine helfen, schaffte es aber nur zur Hälfte und sank dann unter dem Gewicht des Dicken ebenfalls in den Schlamm.
Mädchenauge verlor die Beherrschung. »Ihr besoffenen Schweine!« brüllte er.
»Rege dich nicht so auf«, meinte Sven friedlich und rappelte sich mühsam wieder empor. »Wer sich morgens die Zähne ausbeißt, kann am Abend nicht kauen!«
»Ich habe jetzt genug von euren klugen Sprüchen«, fauchte Ulf.
Gorm grinste: »Alles mit Anstand, sagte der Teufel und nahm den Pfaffen im Ornat.«
Ulf blickte Aris hilfesuchend an. Der Norweger zuckte die Achseln. »Man muß die Schritte nach den Beinen machen«, meinte er.
Als alle an Bord getorkelt waren, befahl Sven den Knechten, sechs Tonnen Bier um den Mast aufzustellen. Dann segelten sie mit gutem Fahrtwind nach Norden. Schon sechs Tage später langten sie im Weißdorschfjord an. Sie verbargen das Schiff in den Klippen und sammelten trockenes Treibholz. Sven schob das Reisig in eine Mulde und schlug mit dem Feuerstein Funken. Ein kalter

Wind pfiff über die Heide. Fröstelnd drängten die Wikinger sich um ihre Gefährten.
»Warum dauert das denn so lange?« murrte Ulf Mädchenauge.
»Zum Teufel!« schimpfte Sven. »Ich werde alt! Siebzehn Städte habe ich niedergebrannt und nun kriege ich nicht einmal mehr ein Lagerfeuer in Gang!«
Als endlich die ersten Flammen emporzüngelten, packte Ulf Pökelfleisch in einen Kessel, schüttete Wasser hinzu, warf dann frischen Lauch, einige andere Gemüse und weitere Zutaten hinein und hängte den Topf an einem Dreibein über das Feuer. Nach einer Weile zog ein eigentümlicher Duft über die Heide.
»Was kochst du denn da?« fragte Glum Goldbauch neugierig und tauchte schon seinen Löffel in das Gericht. Als er gekostet hatte, verzog er angewidert das Gesicht: »Pfui Teufel, das schmeckt ja wie Katzenpisse!«
»Ist es wirklich so schlimm?« wunderte sich Ulf Mädchenauge. »Dabei handelt es sich um ein Rezept mit viel Sauerampfer. Ich wollte es schon immer einmal ausprobieren. Ein fränkischer Kaufmann verriet es mir, als wir einmal bei Rudaburg . . .«
»Mir war immer klar, daß die Franken nicht unsere Freunde sind«, grollte Glum, »aber ich wußte nicht, daß sie uns so sehr hassen.«
Sie berieten nun darüber, wie sie weiter vorgehen sollten.
Stinkhals fuhr mit einem Wetzstein über die Schneide seiner Axt. »Gut gedengelt ist halb gemäht«, knurrte er dazu.
Aris sah ihn an. »Du bleibst draußen.«
»Ich bin nicht mitgekommen, um euch beim Kämpfen zuzuschauen«, rief Stinkhals erbost.
»Das sollst du auch nicht«, sagte Aris. »Aber einer von uns muß die Tür decken, damit sie uns nicht den Rückweg zum Fjord abschneiden. Glum, Gorm — ihr kommt mit mir. Vielleicht kann ich Frilla in Sicherheit bringen, ehe Thorward uns bemerkt. Falls nicht, deckt mir den Rücken!«
Die beiden Wikinger nickten.
Aris sah die Gefährten der Reihe nach an. »Wenn wir getan haben, was zu tun wir gekommen sind«, fuhr er fort, »werde ich nicht zum Schiff zurückkehren, sondern mit Frilla durch die Berge zu

meinem Boot laufen. Fahrt dann nach Süden, so schnell ihr könnt! Setzt Thorgils vor Steilhalde an Land und gebt ihm eine Nachricht mit, damit Leif weiß, was hier geschah! Dann segelt nach Erin, bis eure Ächterjahre vorüber sind. Ich wünsche euch viel Glück.« Er preßte die Lippen zusammen. »Wir werden uns nicht mehr wiedersehen«, schloß er. »Ich werde euch niemals vergessen.«
Es wurde dunkel. Aris schob sich sein Schwert in den Gürtel. Glum, Gorm und Sven packten Streitäxte, Ulf schulterte seinen Speer.
So schritten sie nun schweigend ihrem Schicksal entgegen.

Vom Überfall

Der Vollmond stand hoch im Sternbild des Asenkampfs, als Aris und die Gefährten zum Thorsfelsen kamen. Hinter einer Klippe verharrten sie und beobachteten den Hof.
»Ich sehe zwei«, flüsterte Ulf nach einer Weile. »Einer steht vor der Halle, der zweite am Schiff.«
»Nimm du den oberen«, raunte ihm Aris zu.
Lautlos wie eine Schlange glitt Ulf zwischen großen Steinblöcken auf das Gehöft zu. Der Norweger schlich inzwischen zum sandigen Ufer, sorgsam bemüht, jedes Geräusch zu vermeiden. Gespannt folgten Sven, Glum und Gorm den beiden Gefährten mit den Augen. Nach einer Weile ertönte der Ruf eines Schneehuhns. Im gleichen Augenblick blitzte vor der Halle ein Messer auf. Zugleich vernahmen die Wikinger vom Schiff her ein dumpfes Geräusch.
»Es kann losgehen«, murmelte Sven und humpelte zum Gestade. Die anderen folgten ihm. Schnell schichteten sie Holz und Reisigbündel an Thorwards Schnigge.
»Denke daran: Erst müssen wir Frilla in Sicherheit bringen«, flüsterte Aris Sven zu.
»Ich mache das nicht zum ersten Mal«, beschied ihn Stinkhals barsch.
»Bei deinem Lagerfeuer hat es auch nicht gleich geklappt«, stichelte Ulf.

»Diesmal nehme ich Werg«, knurrte Sven.
Sie stiegen leise über die Felsen zur Halle hinauf. Ulf wartete schon. Der Wächter lag zusammengekrümmt vor seinen Füßen. Die Tür zur Halle stand offen. Ulf und Aris traten vorsichtig hinein. Das Langfeuer schwelte noch. An der Rückwand öffnete sich ein gewundener Gang zu den Schlafkammern. Heller Mondschein drang durch die Kalbshäute der Lichtluken und verbreitete einen gespenstischen gelblichen Schimmer.
Ulf lauschte an der ersten Tür zur Linken. Glum stand mit erhobener Axt hinter ihm. Aris und Gorm standen vor der gegenüberliegenden Kammer.
»Also los!« sagte Aris.
Aris nickte und stemmte sich gegen die Tür. Knirschend gab der Riegel nach. Vorsichtig schob der Norweger sich in die Kammer und spähte zum Bett. Gorm folgte ihm. Frilla saß auf ihrem Lager, Decken hastig um den Leib gerafft, und starrte den Männern aus weit aufgerissenen Augen entgegen.
»Frilla!« rief Aris.
Auf dem Antlitz der Friesin erschien ein Ausdruck namenlosen Entsetzens. Dann begann sie wie rasend zu schreien.

Vom Kampf auf Thorsklipp

»Frilla!« rief der Norweger wieder. »Ich bin es, Aris!« Mit einem mächtigen Satz sprang er zum Bett seiner Frau und drückte sie in die Kissen. Doch er vermochte sie nicht zu bändigen. Immer wieder entwand sie sich ihm und ihre gellenden Schreie schollen hinaus in den Gang.
»Bring sie zum Schweigen!« rief der Grindige. »Schnell!«
»Ich weiß nicht wie«, keuchte Aris. »Frilla! Frilla! Sei doch still!«
Die Friesin bäumte sich unter seinem Griff auf und schlug ihm die Zähne ins Handgelenk. Blut quoll aus der Wunde.
»Sie weckt das ganze Gehöft auf!« rief Gorm. »Schlag ihr auf den Schädel!«
»Das kann ich nicht«, stöhnte Aris.
Der Grindige stürzte zum Bett und hieb Frilla mit dem Axtham-

mer auf den Kopf. Die Friesin erschlaffte. Wie tot sank sie in die Arme ihres Mannes.
»Du hast sie umgebracht!« schrie Aris.
»Unsinn!« schnaubte Gorm. »Sie schläft nur. Jetzt aber raus mit euch! Wir werden Freydis und Thorward suchen.«
»Nicht mehr nötig«, rief Mädchenauge von der Tür her. Der gefesselte Thorgils lag über seiner linken Schulter. Glum stand hinter dem Gefährten.
»Habt ihr sie schon gefunden?« fragte Aris und hob Frilla hoch.
»Nein«, erwiderte Mädchenauge, »aber sie uns.«
Im gleichen Moment stieß Glum einen lauten Schlachtruf aus, schwang seine Axt und stürmte an der offenen Tür vorbei in den hinteren Teil des gewundenen Flurs. Dort erklang nun lautes Waffengeklirr.
Schnell lud Aris sich die Bewußtlose auf die Achsel und trat hinaus. Gorm folgte ihm. In dem engen Gang sahen sie Glum Goldbauch gegen Thorward Herjulfssohn kämpfen. Freydis stand hinter ihrem Mann. Aus anderen Kammern eilten nun Thorbrand der Alte und sein letzter noch lebender Sohn Thorleif Kimbi hervor.
»Aris!« schrie Freydis, als sie den Norweger sah. »Ich wußte es!« Haß loderte aus ihren schönen Augen und ihr rotes Haar leuchtete wie Blut.
»Wo bleibt ihr denn?« tönte Svens Stimme von der Halle her. »Hier wimmelt es von Gewappneten und es werden jeden Wimpernschlag mehr.« Das laute Tosen eherner Waffen begleitete seine Worte.
»Los!« rief Aris den Gefährten zu.
Ulf drehte sich um und trug Thorgils durch den Gang davon. Aris folgte ihm mit Frilla. Der dicke Glum und der grindige Gorm verteidigten den engen Flur.
»Bring sie um!« rief Freydis ihrem Mann zu.
»Hunde!« knirschte Thorward und drang mit mächtigen Hieben auf die beiden Wikinger ein. »Das sollt ihr mir büßen!«
Neben ihm focht Thorbrand vom Schwanenfjord. Das Wolfsgesicht des Alten glühte vor Kampfzorn. »Thor!« schrie er. »Laß dieses Christenpack nicht entkommen!«

»Dein Rotbart herrscht in der Hölle!« höhnte der grindige Gorm und hieb seine Axt so kraftvoll in Thorbrands Schild, daß der Schlag durch das ganze Gehöft dröhnte. »Dort wirst du dich mit ihm vereinen!«
Draußen vor der Halle stach der Knecht Krak mit einem langen Spieß nach Sven und rief: »Schon manchen Eber erlegte ich, aber so einen häßlichen noch nie!«
Stinkhals schlug die Lanze gleich über dem Speernagel mit dem Beil ab, so daß die Spitze zu Boden fiel, und knurrte: »Als nächstes rollt dein Kopf, du Schurke!«
Andere Knechte stürmten hinzu. Da mußte Sven langsam zurückweichen. »Was treibt ihr hier so lange?« rief er den Gefährten zu. »Ich kann mich hier nicht mehr lange halten!«
»Was jammerst du denn?« höhnte der grindige Gorm, der mit dem starken Thorleif Kimbi focht. »Du hast doch bloß höriges Volk vor dir. Wirst es schon noch eine Weile aushalten!«
»Ha!« machte Sven erbost. »Mit eines anderen Ursch ist gut durchs Feuer fahren!« Wütend stemmte er sich gegen die Übermacht.
Auch Glum und Gorm wurden von ihren Gegnern Schritt für Schritt durch den halbdunklen Gang zurückgedrängt. Thorward Herjulfssohn, Thorbrand der Alte und Thorleif Kimbi folgten ihnen und schlugen hart auf sie ein, aber die Wikinger deckten sich gut mit Schilden.
Aris bettete Frilla auf eine Bank, ordnete seine Waffen und eilte Sven zu Hilfe. Ulf folgte ihm.
»Ich wußte, daß du es warst und niemand anders, der diese armen Kinder erdolchte«, rief er und hieb nach Krak. »Aber der Kopf, der dieses Verbrechen erdacht, sitzt auf anderen Schultern!«
»Ja, du hast recht!« schrie die Erikstochter von der anderen Seite. »Vinland gehört mir und niemandem sonst! Schon gar nicht so einem Pfaffen.«
»Neidingshaft war diese Tat«, rief Aris grimmig, »und schurkisch dein Plan, den Verdacht auf die eigene Mutter zu lenken!«
»Ja, sie ist meine Mutter«, versetzte Freydis, »dennoch hasse und verachte ich sie!«
»Stirb, du norwegischer Hund!« schrie Krak und seine Axt sauste

durch die Luft. Blitzschnell duckte sich Aris und schlug von unten mit seinem Schwert nach dem vorstürmenden Knecht. Die Spitze der Waffe hieb Kraks Nasenschutz durch, so daß ihm beide Augen blutig vor die Füße rollten.

Der Knecht ließ das Beil zu Boden fallen. Mit grausigem Geheul schlug er die Hände vor das zerfetzte Gesicht. Dann brach er zusammen.

»So soll es allen Mördern ergehen!« rief Aris voller Grimm und zog die Klinge aus dem Bauch des Toten. Dann eilte er auf die andere Seite der Halle, wo Thorward in diesem Moment fechtend aus dem Gang ins Freie trat.

»Wie kommt ein Hund wie du an so ein Schwert?« staunte der Herjulfssohn und wandte sich gegen Aris.

»Komm und küsse es!« gab der Norweger zur Antwort.

»Nimm nur das Maul nicht so voll!« antwortete Thorward. »Zwar siegtest du über den Knecht, nun aber sollst du dich mit dem Herrn messen!«

»Der Herr in diesem Haus«, lachte Aris, »trägt einen Rock!«

»Was weißt du davon!« schrie Thorward und stürzte sich auf den Norweger.

»Du dauerst mich«, sagte Aris. »Wärst du nicht von diesem Trollweib verhext, hättest du deinem Geschlecht viel Ehre machen können. So aber wird man von dir nur wie von einem Neiding reden. Nun mache dich bereit, für deine Schandtaten zu büßen! Denn ich kam nicht nur, um Frilla zu befreien, sondern auch, um das Blut Herjulfs zu rächen!«

Thorward wurde bleich und wich ein wenig zurück. »Was willst du damit sagen?« keuchte er. Auch Thorbrand der Alte und sein Sohn Thorleif Kimbi hielten im Kämpfen inne und starrten verblüfft auf den Norweger.

»Einst trieb ich mit deinem Bruder schiffbrüchig auf dem Meer«, berichtete Aris grimmig. »Während ich schlief, erschien Herjulfs Geist und berichtete Bjarne, was damals wirklich geschah, als dein Vater zum Schafwerder schwamm und alle dachten, sein Herz sei geborsten. Mit Absicht habt ihr das Feuer ausgehen lassen, von dem sein Leben abhing.«

»Ist das wahr?« fragte Thorbrand der Alte seinen Gefährten.

Thorward starrte ihn an. Dann stieß er einen verzweifelten Schrei aus und stürzte sich mit hoch erhobener Axt auf den Norweger, um ihn entweder zu töten oder selbst zu sterben, da er die Schande nicht länger ertrug.

Vom Kampf zwischen Aris und Thorward

Mit aller Kraft schlug der Herjulfssohn zu. Aris aber hemmte den Hieb mit dem Schild und traf seinerseits Thorwards Helm. Das scharfe Eisen schnitt tief in die eherne Krempe.

»Ein gutes Schwert hast du da«, rief der Herjulfssohn wieder, »und ein besseres als dir gebührt!«

»Beeilt euch!« schrie Ulf Mädchenauge von der Tür her.

Thorbrand vom Schwanenfjord führte die Axt noch immer mit Kraft und Geschick und ließ einen Hagel von Hieben auf Gorm niederprasseln. Der Grindige wich jedoch nicht, sondern stemmte sich dem starken Alten entgegen, so wie ein knorriger Eichbaum dem wildesten Unwetter trotzt, und seine Streiche zuckten nicht weniger heftig herab. Bald bluteten beide aus zahlreichen Wunden. Erschöpft hielt Thorbrand inne.

Der dicke Glum focht inzwischen mit großer Gewandtheit gegen den starken Thorleif Kimbi.

»Ich werde dich aufstechen wie eine Schweinsblase!« drohte der Thorbrandssohn und zielte mit dem Schwert nach dem Dicken.

»Das hätten schon Helge und Snorri in Vinland tun sollen!«

Glum sprang behende zur Seite. Thorleif, der ein schwerterfahrener Wikinger war, schlug nach Glums Helm, verfehlte den Gegner aber erneut.

Sven stand wie eine Wand vor den Knechten, die ihn bedrängten, und mähte sie mit dem Beil nieder, so wie ein emsiger Schnitter mit seiner Sichel den Spelt senst. Dann rief er: »Aufgepaßt, Aris! Zwei sind durch!«

»Jetzt ist es aus mit euch!« schrie Thorward Herjulfssohn triumphierend und schlug seine Axt so mächtig gegen den Schild des Norwegers, daß Funken vom Eisen sprangen wie Spreublättchen von einer Löwenzahnblüte, wenn sie ein Kindermund anbläst.

»Töte ihn!« schrie Freydis. Ihr rotes Haar wallte wie eine Woge aus Blut, ihr Blick stach wie Stahl und ihre Zähne funkelten wie die Fänge der Wölfin, wenn sie sich voller Gier anschickt, ein Rehkitz zu reißen. Da grauste es die Gefährten, denn es war nicht anders, als ob sie nun der Höllenfürstin Hel selbst gegenüberstünden.

Die beiden Knechte, die in die Halle gedrungen waren, gehörten zur Mannschaft Thorbrands des Alten. Sie sprangen über die Aschengrube.

Mädchenauge warf sich herum, eilte den beiden Gewappneten nach und fiel an der Hallenwand über sie her wie ein Habicht über zwei Hähne. Dem ersten schlug er den Lanzenschaft gegen den Schädel, so daß der Knecht besinnungslos niederstürzte, dem anderen stieß er die Waffe durch die Brust. Dann warf er die Besiegten in die Aschengrube, schürte mit einem Eisenhaken die Glut auf, schüttete einen Eimer Pech hinein und warf dürres Holz darüber, so daß bald eine Feuerlohe die Hälften der Halle trennte.

»Hier kommt so schnell keiner durch!« rief er.

»Lügner!« rief Thorward Herjulfssohn und noch heftiger dröhnte sein Beil gegen den zerbeulten Schildbuckel des Norwegers. Zur gleichen Zeit aber führte auch Aris einen Hieb. Das alte Schwert Blutglanz fuhr wie durch Zauber zwischen den schützenden Eisenringen in Thorwards Achsel und schlug ihm den rechten Arm ab.

Mit einem gellenden Schrei sank Thorward auf die Knie, ließ den Schild fallen und preßte die Linke auf die klaffende Wunde, aus der sein Lebenssaft strömte wie Wasser aus einem Brunnen.

»Durch welche Magie besiegtest du mich?« stieß der Herjulfssohn zwischen vor Zorn zerbissenen Lippen hervor, »welche bösen Alben schärften deine Klinge, daß sie selbst Eisen durchdringen konnte?«

»Es ist das Schwert deines Vaters«, antwortete Aris düster und löste das Leinen vom Griff. Rotgolden gleißte das Kreuz im Schein des lodernden Feuers.

»Der Blutglanz«, keuchte der Grönländer. In seinem fahlen Gesicht zuckte es wie fernes Wetterleuchten. »Ich hätte es wissen müssen!«

»Was hat das zu bedeuten?« rief Thorbrand der Alte. »Ist am Ende doch wahr, was Aris dir vorwarf?«
Blut quoll zwischen Thorwards Fingern hervor.
»Ja«, seufzte der Herjulfssohn. »Vater und Bruder, meinen Gott und selbst meine Ehre gab ich für diese Frau.« Dann sank er zur Seite und starb.
»Höre nicht auf ihn!« rief Freydis dem Alten vom Schwanenfjord zu. »Ich will dir alles erklären. Erst aber müssen wir Thorward rächen!« Wie eine Rasende sprang sie zu dem Toten, riß die blutige Axt an sich, löste die abgehauene Hand vom Griff und stürzte sich auf ihre Feinde.

Wie Thorbrand der Alte seinen Sohn rächt

Nun hoben Thorbrand und sein Sohn Thorleif von neuem die Waffen und drangen auf Gorm und Glum ein. Der Alte vom Schwanenfjord schlug aber nur noch halbherzig und fragte dabei: »Hat Thorward wirklich den Tod seines Vaters verursacht?«
»Du hast es doch selbst gehört!« erwiderte Aris heftig und wich langsam vor seiner Feindin zurück. »Die Schuld daran aber trägt Freydis, die in jener Nacht ihres Mannes Leidenschaft weckte, so daß er seine Pflicht vergaß. So wie auch Snorri, dein Sohn, in Vinland ihrer Lockung erlag!«
»Snorri?« rief Thorbrand verblüfft.
In diesem Augenblick brauste ein heftiger Wind durch die Halle. Das Feuer brannte noch höher und seine Hitze versengte den Kämpfenden Haare und Haut.
Ulf stand nun wieder bei Sven am Eingang. Thorwards Gefolgsleute zeigten sich nun aber so begierig, ihren gefallenen Herrn zu rächen, daß die beiden Wikinger am Ende doch zurückweichen mußten. Mit einem mächtigen Sprung setzte Mädchenauge über die Flammen und stellte sich am Rand der Feuergrube auf. Zwei Knechte verfolgten ihn, aber die Lohe verbrannte ihnen die Wimpern, und sie fielen vor den Stößen des Wikingers, ehe sie sich den Rauch aus den Augen zu wischen vermochten.
»Achtung!« schrie Sven dem Gefährten zu. »Spieß runter! Der

nächste bin ich!« Polternd rumpelte er durch die Feuergrube, daß Glut nach allen Seiten stob, und warf sich auf der anderen Seite zu Boden.

»Wasser her, zum Henker!« fluchte er, »mein Holzbein brennt!«

Freydis hieb immer noch mit aller Kraft auf Aris ein. Der Norweger wehrte die Hiebe ab, schlug aber nicht zurück.

»Worauf wartest du?« rief ihm der grindige Gorm zu. »Erschlage diese tollwütige Hündin, damit sich unser Rachewerk endlich vollende!«

»Ich bringe es nicht über mich«, seufzte Aris. »Sie ist doch Frillas Tochter!«

Verblüfft blickte Thorbrand von einem zum anderen. Mit schwerem Schritt trat er zu der Erikstochter und packte die Kämpfende grob an der Schulter.

»Was hattest du mit Snorri zu schaffen?« herrschte er sie an.

»Wen kümmert das jetzt!« schrie Freydis hitzig. »Er war ein Mann wie die anderen auch!«

»Auch deinen Sohn verführte diese Verbrecherin«, sagte Aris. »Um ihrer Liebe willen zettelte Snorri den Krieg mit den Vinländern an, der ihn dann das Leben kostete. Das hörte ich aus Snorris eigenem Mund, ehe er starb.«

Die Erikstochter starrte ihn an. Unauslöschlicher Haß lohte in ihren Augen.

Das Antlitz des Alten färbte sich purpurn. »Ist das wahr?« fragte er Freydis mit furchtbarer Stimme.

»Dein Sohn war selbst schuld an seinem Tod«, versetzte die Erikstochter mit blitzenden Augen. »In den Rücken traf ihn der Pfeil!«

»Nein!« schrie Thorbrand in höchster Qual. »Dazu erzog ich meine Söhne nicht, daß sie dem Feind die Fersen zeigen sollten!«

»Snorri floh nicht«, erklärte Aris. »Er achtete nicht auf die Vinländer, sondern hob sein Schwert, um die Schlange zu erschlagen, deren Tücke er endlich durchschaute.«

»Ja, töten wollte er mich, dieser Narr!« schrie Freydis wild und stieß den Alten von sich. »Aber die Götter bestimmten es anders. So wie Snorri soll es auch jedem andren ergehen, der seine Waffe gegen mich richtet!« Mit höhnischem Lachen hob sie das blutige Beil.

»Thor!« rief der Alte vom Schwanenfjord und riß die Rechte empor.

»Nein!« schrie Aris und sprang mit dem Schild vor, aber er kam zu spät: Mit schrecklichem Sausen fuhr Thorbrands Axt nieder und schlug Freydis das rotgelockte Haupt von den Schultern. So heftig war der Hieb, daß der Kopf der Erikstochter bis ins Feuer rollte. Ehe er in den Flammen verschwand, funkelten noch die gefletschten Zähne, und das letzte Gelächter der Toten hallte so laut von den Wänden wider, als könne sie selbst durch Stahl und Feuer nicht sterben. Heller und heller tönte der grausige Schall, brennende Scheite barsten und Funken sprühten bis zum Dach.

»Teufelin!« flüsterte Gorm und schüttelte sich vor Grausen.

»Glaubt ich an Götter, müßte ich jetzt meinen, daß sich in dieser Frauengestalt der tückische Loki selber verbarg, der Unheilbringer der Götter und Menschen!« sagte Aris erschüttert.

Thorbrand der Alte stand stumm vor den Wikingern und starrte blicklos ins Feuer. Sein Sohn, seine Gefolgsleute und auch die Knechte von Thorsfels auf der anderen Seite des Langfeuers ließen langsam die Waffen sinken.

»Was willst du jetzt tun?« fragte Aris den Alten vom Schwanenfjord. »Unser Blutschwur ist erfüllt.«

Thorbrand sah ihn nachdenklich an. Dann ließ er die Axt sinken, löste die Linke vom Schildgriff und warf die eiserne Wehr auf den Boden.

Gespannt sah ihm der Grindige zu. Dann ließ er zischend die Luft aus den Lungen entweichen. Auf Glums Gesicht erschien die Spur eines grimmigen Lächelns. Ulf blickte vorsichtig auf die Knechte, die nun nicht mehr weiter vordrangen, sondern den Kampf als beendet ansahen. Sven zwinkerte Aris fröhlich zu.

»Nun sind wir allein noch übrig von den Getreuen der Asen in Grönland«, sagte der Alte vom Schwanenfjord leise zu seinem Sohn, »und ich meine, daß wir genug Blut vergossen haben.«

»Das ist auch meine Meinung«, antwortete Thorleif Kimbi.

Die Wikinger blickten einander an, nickten und senkten gleichfalls die Waffen.

Doch da rissen sie, die sich schon gerettet geglaubt hatten, von neuem die Waffen empor. Denn unter zornigen Rufen drang plötzlich die Übermacht ihrer Feinde von allen Seiten auf sie ein.

Von der letzten Schlacht

Die Wikinger sahen einander an. Dann stellten sie sich nebeneinander. Aris lud sich Frilla auf die Schulter. Als alle bereit waren, stießen sie sich von der Hallenwand ab und sprangen mit lautem Gebrüll durch das Feuer. So wie sich ein Rudel wütender Wölfe auf die Meute der Hetzhunde wirft, prallten die Wikinger auf die gewappneten Knechte und hieben sie nieder, wie sie vor ihnen standen. Dadurch gewannen sie die Tür und liefen hinaus.

Als Aris dort die Leichen der Erschlagenen sah, sagte er zu Sven: »Wacker gefochten, das muß man sagen!«

»Wir sind zwar Männer von gestern«, antwortete Stinkhals zufrieden, »aber alte Ochsen ziehen gerade Furchen!«

Die überrumpelten Dienstmannen glaubten, daß ihre Gegner zum Fjord fliehen würden, und eilten ihnen nach. Draußen aber wandten sich Sven, Glum und Gorm sogleich um und drängten ihre Verfolger zurück in die Halle.

Ulf schrie: »Rasch! Reisig herbei!«

Sie legten dürres Holz an die Wand der Halle und Sven steckte es an. Diesmal gelang es ihm sofort.

»Gut gemacht!« lobte Ulf.

»Mit alten Hunden ist die sicherste Jagd!« lobte sich Sven.

»Ja«, lachte Glum, »aber ein alter Pelz ist selten ohne Mäuse!«

»Ohne Läuse, du Quarkschädel!« seufzte Ulf.

Als die Eingeschlossenen merkten, daß sie zwischen zwei Feuer gerieten, zogen sie es vor, unter den Waffen ihrer Feinde zu fallen. Einer nach dem anderen sprangen sie hinaus und empfingen von den Wikingern den Todesstreich.

Bald leckten immer höhere Flammenzungen empor, und am Ende brannte das Gehöft lichterloh. Aris schaute zu, die Gefährten bedurften seiner nicht mehr. Da spürte er plötzlich, wie Frilla sich auf seiner Schulter bewegte. Rasch band er ihr das Leinen-

tuch, das zuvor den Knauf seines Schwertes verhüllt hatte, über die Augen.
»Was ist geschehen?« fragte die Friesin, als sie erwachte. »Wer bist du?«
Aris gab keine Antwort und führte die Widerstrebende durch die Felsen davon. Vom Berg aus sah er, wie das Schiff der Gefährten zum Fjord hinausschwamm.
Die Wikinger segelten nun nach Süden und berichteten Leif.
Als Leif erfuhr, was geschehen war, bemannte er sogleich sein Schiff und fuhr zur Forkeninsel. Dort sagten ihm Glums Söhne, daß ihr Vater und seine Gefährten nicht wieder nach Grönland zurückkehren wollten. Von Aris wußten sie nichts.
»Wenn sie doch einmal wiederkommen, gebt ihnen diese Ringe zum Zeichen meines Dankes«, erwiderte der Erikssohn und stellte den Jünglingen eine Truhe auf den Tisch, die bis zum Rand mit Silber gefüllt war. »Niemals werde ich euren Vätern vergessen, was sie für Grönlands Ehre taten.«

Vom Kreuz auf dem Gletscher

Aris wanderte mit Frilla über den Landrücken zu seinem Boot, setzte seine Frau hinein und ruderte an der Küste entlang nach Norden. Da die Friesin merkte, daß er ihr nicht sagen wollte, wer er war und was er beabsichtigte, fügte sie sich in ihr Schicksal und schwieg. Am Abend gab Aris ihr einige Stücke getrockneten Lachs und aß auch selbst. Als es dunkel geworden war, fesselte er die Friesin, legte sie in seinen Schlafsack und hüllte sich selbst in einen Fellmantel.
Am Morgen ritzte er mit einem Stock in den Sand: »Drehe dich nicht um, sonst wirst du erschrecken wie Lots Weib.« Mit dieser Geschichte hatte Tyrker einst oft die Neugier der Weiber gegeißelt. Dann weckte der Norweger die Verwirrte, führte sie zum Strand, stellte sich hinter sie und nahm ihr die Binde ab.
Es dauerte eine Weile, bis sich Frillas Augen an das Licht gewöhnten. Plötzlich atmete sie schneller, denn sie hatte die Runen erkannt und den Inhalt der Botschaft verstanden. »Bist

du vom Herrn gesandt, mich aus dem Unglück zu erlösen?« fragte sie.

Aris gab keine Antwort. Die Friesin seufzte und sagte: »Wer du auch immer bist, ich werde alles tun, was du verlangst. Nur töte mich nicht!«

Da wurde es Aris schwer zu schweigen. Doch er bezähmte seine Gefühle, band ihr wieder die Augen zu, führte sie zum Boot und ruderte weiter nach Norden.

So fuhren sie viele Tage. Jeden Abend löste Aris die Binde und ließ seine Frau am Feuer lagern. Er selbst schlief verborgen zwischen Felsklippen, weit genug, daß sie ihn nicht finden konnte, aber doch nahe genug, um Frilla notfalls zu Hilfe eilen zu können. Vormittags ruderte Aris, nachmittags fing er Fische und jagte Robben mit dem Schieferspitzenspeer. So dauerte es bis zum Herbst, ehe sie endlich nach Nordrsetur kamen. Die ganze Zeit über redeten sie kein Wort miteinander.

Als die Nordnacht begann, und die Sonne auch tagsüber unter dem Himmelsrand blieb, baute Aris ein Schneehaus für Frilla und gleich nebenan ein zweites für sich. Dann legte er einen großen Vorrat von Lachsen und Seehundsfleisch an und vergrub alle Lebensmittel im Schnee, damit die Bären nicht Beute witterten. Wenn Aris zu Frilla ging, schlug er zuvor dreimal in die Hände. Das war für die Friesin das Zeichen, sich in ihrer Eishütte umzudrehen. Sie folgte allen Anweisungen so genau und gehorsam, daß es Aris schien, als sei sie wieder gesund. Er wagte aber nicht, sie noch einmal auf die Probe zu stellen, ehe er sie zu Avaldidida nach Maxtegweg gebracht hatte.

Als das Eis brach, ruderte Aris nach Westen über die offene See und erreichte schon bald das jenseitige Ufer. Er verfuhr nun wieder so, daß Frilla sich tagsüber die Augen verbinden mußte, damit sie auch nicht versehentlich den Blick nach ihm wandte.

Eine starke Strömung trug das Fellboot nach Süden bis in das Steinplattenland. Dort wanderte ihnen bereits der Frühling entgegen. Die bunte Pracht zehntausender Blumen und blühender Büsche versetzte Frilla in heitere Stimmung. Immer wieder pries sie ihren Gott und gelobte Aris, alles getreulich zu tun, was er ihr auftrug. Dabei schien sie immer mehr Zutrauen in ihr Schicksal zu fassen. Wenn ihr das Schweigen zu langweilig war, redete sie von ihrer Kindheit, und wieder war es Aris dabei, als sei ihr Geist nicht weniger gesund als der seine. Sie wollte auch wissen, ob er ein Engel wie Raphael sei, der mit seinen Gefährten Sodom zerstört habe und ob er sich ihr eines Tages offenbaren werde. Aber auch darauf schwieg Aris beharrlich. Manchmal sang Frilla christliche Skaldenlieder, pries das Kreuz, an dem ihr Gott für seine Gefolgsleute gestorben war, und sagte, daß dieses Heilszeichen auch ihr den Weg weisen sollte. Darüber wunderte Aris sich sehr. Noch mehr aber staunte er, als er eines Abends auf einem Vorgebirge wirklich ein Kreuz entdeckte. Es ragte hoch über dem Rand eines Fallgletschers auf und war vom Meer schon aus vielen Meilen Entfernung zu sehen. Ein Strahlenkranz hüllte es ein, so daß es aussah wie aus Gold gegossen.

Obwohl Aris nicht mehr an Götter glaubte, wurde ihm nun doch recht sonderbar zumute und er wußte nicht mehr, was er tun sollte. Schließlich legte er die Ruder ins Boot, setzte Frilla zwischen seine Knie, richtete ihr Gesicht nach dem Land und löste ihre Verhüllung.

Verwundert spähte die Friesin umher. Dann stieß sie einen lauten Jubelruf aus und dankte ihrem Schöpfer mit vielen bewegten Worten, daß er ihr Flehen endlich erhört habe. Dabei wies sie viele Male mit solchem Eifer auf das Wunderzeichen, daß Aris nicht anders konnte, als anzulegen und mit der Friesin auf den Felsen zu steigen.

Leichtfüßig schritt Frilla voraus. Die Hoffnung auf ihre endliche Erlösung beflügelte sie und verlieh ihr erstaunliche Kräfte. Aris schulterte den Schieferspitzenspeer und folgte ihr. Herjulfs Schwert Blutglanz schlug bei jedem Schritt an seine Hüfte. Als sie den Gletscher überquert hatten, sahen sie, daß das Kreuz roh aus zwei Balken gezimmert und ebensohoch wie Thorwald Erikssohns Grabmal in Vinland war. Wie ein verzauberter Baum sproß es aus einer grünen Wiese hervor, die den Gipfel bedeckte.

Betend sank Frilla vor dem Heilszeichen in die Knie und neigte voller Demut den Kopf. Aris hielt sich hinter ihr und sah sich vorsichtig um. Ein Rabe krächzte im Gehölz. Dann begann Frilla gellend zu schreien.

Erschrocken fuhr Aris herum. Was er san, ließ ihn erstarren. Dann faßte er sich und riß mit einem Fluch das Schwert aus der Scheide.
Denn aus den Felsen hinter dem Kreuz trat der Waidmann hervor.

Vom Zweikampf

Mit grimmigem Lächeln trat Thorhall auf Aris zu. Jeder Schritt des Waidmanns drückte eine tiefe Spur in den weichen Wiesenboden, als sei der schwarze Krieger ganz aus Eisen geschmiedet. Matt blinkte Thorhalls bleifarbener Helm; unter der schimmernden Haube wehte das Haar des Hünen wie Rabengefieder im Wind. Sein brünnenbewehrter Riesenleib ragte wie eine graue Felswand empor. In seiner Linken trug Thorhall den schartigen Schild, der von seinen zahllosen Kämpfen in allen Ländern der Erde zeugte. Die Rechte hielt einen ehernen Spieß. Ein Gürtel aus Walfischknochen umspannte das wallende Kettengewand unter dem breiten Brustpanzer; griffbereit steckte darin die doppelschneidige Trollwaffe des schwarzen Hünen. Jede Bewegung der ungeheuren Gestalt verriet unbezwingliche Kraft.
Frilla schrie immer noch. Aris achtete aber nicht mehr auf sie, sondern hob gleichfalls den Schild und wartete auf den gewaltigen Gegner.
Als Thorhall sah, daß sein Todfeind nicht vor ihm floh, blitzten weiße Zähne in seinem struppigen Bart. »Willkommen, du Hund einer Sklavin«, rief er Aris zu. »Hier endet deine Flucht! Mit Speck fängt man Mäuse und mit Kreuzen Knechtsgottanbeter! Schon seit vielen Wochen warte ich auf dich. Ich wußte, daß du nicht an diesem Holz vorüberfahren würdest. Hättest du es aber doch getan — nun, dort im Süden wartet mein Schiff mit getreuen Knechten! Jetzt soll das Kreuz dein Totenzeichen werden und das deines Weibes dazu.«
Aris packte den Schieferspeer fester: »Ich dachte mir schon, daß du hier lauerst. Nur zu! Einmal muß das Schicksal ja doch zwischen uns entscheiden, und mir ist es hier genauso recht wie an jedem anderen Platz auf der Welt.«

»Nun sollst du drunten vor Hels Halle auf deine Kumpane warten, die jetzt bei König Seidenbart zu Dyfflin gasten. Ja, ich weiß wohl, wo sie sich verstecken! Doch selbst die Enden der Erde reichen nicht so weit, daß sie mir entkommen könnten. Ich finde sie, selbst wenn sie in ihrer Feigheit zu den Schwarzalben oder nach Nebelheim zu den Trollen fliehen!«

»Trolle gibt es nicht mehr«, versetzte Aris. »Dein Bruder war der letzte!«

»Ja, Magog war meines Blutes«, knirschte Thorhall. »Denkst du, ich wüßte nicht, wer ihn erschlug? Karlsefni, dieser zum Krämer verkommene Nachfahr ruhmvoller Ahnen, zwang mich, die Bruderrache zu verschieben. Nun aber will ich dich ans Kreuz nageln, damit du deinem Gott gleichst!«

»Ich glaube nicht an den Christ«, antwortete der Norweger. »Auch bin ich nicht ein Priester, der sein Heil in Götterhände legt, statt sich mit eigener Faust zu wehren!«

»Hund!« schrie Thorhall wutentbrannt und schleuderte seinen ehernen Spieß. Aris duckte sich schnell. Sausend fuhr die schwere Waffe über ihn hinweg und bohrte sich dicht neben Frilla mit dumpfem Klang in das Holz des Kreuzes.

»Schlecht gezielt!« rief Aris frohlockend. Mit heftigem Schwung warf er nun seinen Schieferspitzenspeer. Hell wie ein Sonnenstrahl flog das Geschoß dem schwarzen Krieger entgegen, doch Thorhall hob den Schild, und klirrend prallte die Lanze zu Boden.

»Schwach sind die Waffen der Vinländer«, spottete der Waidmann, »sie werden Thor nicht hindern, hier sein neues Reich zu errichten!«

»Dieses Land wirst du nicht mit deiner Bosheit verderben«, sprach Aris und zog das Schwert. Blitzend brach sich das Himmelslicht auf dem Knauf mit dem Kreuz.

»Auch damit wirst du den Sieg der Asen nicht verhindern«, versetzte der Hüne und riß das Beil aus dem Gürtel. Langsam schritt er auf den Norweger zu. »Thor!« schrie er mit hallender Stimme. »Jetzt löse ich meinen Schwur ein!«

Hoch schwang er die Trollwaffe über den Kopf und hieb sie dann mit aller Kraft in den Schild des Gegners. So heftig war dieser Hieb, daß Aris zurückweichen mußte.

Schnell holte der Waidmann zum zweiten Schlag aus. »Stirb, du Hund!« rief er. Wieder sauste das scharfe Erz nieder und krachte gegen die Wehr des Norwegers. Aris floh aber nicht, sondern führte nun selbst einen Streich und traf die Schulter des Riesen. Klirrend prallte das Schwert gegen die Panzerringe.
»Auch Herjulfs Blutglanz wird dir nichts nützen!« lachte der Waidmann höhnisch. »Denn diese Waffe taugte nur für Thorward Tatenlos!«
Der Norweger schlug blitzschnell gegen Thorhalls Beine. Behende sprang der schwarze Hüne zurück. Wut und Überraschung funkelten in seinen schwarzen Augen. »Wer lehrte dich so fechten?« fragte er grimmig.
Aris gab keine Antwort, sondern drang weiter vor und kerbte mit wuchtigen Hieben den Schildrand des schwarzen Hünen. So scharf schlug seine Klinge, daß bald Schnitte in der Brünne des Hünen klafften. Da überlief den Waidmann plötzlich ein furchtbares Zittern, er warf den Kopf in den Nacken und im nächsten Augenblick drang ein grausiges Wolfsgeheul aus seiner Kehle hervor.

Vom Berserker

So schrecklich schallte der Schlachtruf des Berserkers nun über Gipfel und Gletscher hinweg, daß Aris fast den Mut verlor. Dann ließ der Waidmann den Schild fallen und schritt mit blutunterlaufenen Augen auf den Norweger zu. Zum dritten Mal fuhr die doppelschneidige Waffe herab, diesmal aber mit solcher Macht, daß der Hieb Aris die Wehr aus den Händen riß. Ein grausiger Triumphschrei gellte in seinen Ohren.
In höchster Not faßte der Norweger sich ein Herz und schlug nach dem Odinsgeweihten. Hart hieb er seine Klinge gegen die bloße Haut an Thorhalls linkem Arm. Aber das Erz vermochte den Berserker nicht zu versehren und blutlos prallte die Herjulfswaffe von dem verzauberten Krieger ab.
Wieder hallte Wolfsgeheul über Felsen und Firn. Einem Bünde von Blitzen gleich wirbelte das doppelschneidige Beil über Thor

halls Helm und fuhr dann mit solcher Macht auf Aris nieder, daß der Norweger zu Boden geschleudert wurde, obwohl die Waffe ihn nur gestreift hatte.
In letzter Not rollte Aris sich vor den stampfenden Füßen zur Seite und raffte sich wieder auf. Mit einer Gewandtheit, die in einem seltsamen Widerspruch zu seiner rohen, alles vernichtenden Kraft stand, warf sich der Berserker herum. Von neuem schnitt seine Axt durch die Luft und traf Aris an der Achsel. Blut spritzte aus einer klaffenden Wunde.
Der Norweger taumelte rückwärts und nahm das Schwert in die Linke. Der Waidmann folgte ihm unerbittlich. Zweimal vermochte der Norweger die schweren Beilhiebe abzuwehren. Der nächste Schlag aber schmetterte ihm die Klinge aus der verkrampften Faust.
Ein tiefes Grollen drang aus der Brust des Berserkers. Verzweifelt griff Aris nach der Axthand des übermächtigen Gegners. Blut strömte mit jedem Herzschlag aus seiner rechten Schulter und sein Fechtarm hing wie tot herab. Thorhalls linke Faust schloß sich wie eine eherne Zange um den Hals des Norwegers. Schon spürte Aris, wie sich unter seinen Füßen Steine vom Rand der Klippe lösten. Tief unter ihm schimmerte der Gletscher bleich wie Totengebein.
Noch einmal tönte wildes Wolfsgeheul aus dem verzerrten Mund des Berserkers. Dann fiel das Beil plötzlich polternd zu Boden. Der Waidmann wankte. Blut quoll aus seinem aufgerissenen Rachen. Dann neigte der riesige Leib sich langsam über den Abgrund. Wie ein vom Sturm gefällter Eichbaum riß er den Norweger mit in die Tiefe.

Von einer erfüllten Weissagung

Als Aris wieder erwachte, fühlte er kalten Schnee auf den Lippen. Mühsam versuchte er sich aufzurichten.
»Vorsicht!« rief eine helle Stimme. »Bewege dich nicht!«
Er gehorchte und ließ sich zurücksinken. Kurze Zeit später sah er in Frillas erhitztes Gesicht. Sie atmete so heftig, daß sie einige Zeit

nicht zu sprechen vermochte. Stumm starrte sie ihn an. Dann fuhren ihre Finger zärtlich über sein Gesicht. »Aris«, keuchte sie.

»Bin ich wirklich noch am Leben?« gab der Norweger verwundert zur Antwort und tastete nach seiner Schulter. Sogleich durchfuhr ihn ein stechender Schmerz.

»Vorsicht«, rief Frilla wieder, »sonst bist du verloren!«

Der Norweger drehte den Kopf. Da sah er, daß er auf dem Rand des Gletschers ruhte. Schnee bedeckte das Eis, denn er hatte bei seinem Sturz eine Wächte vom Felsen gerissen. Das rettete ihm das Leben.

Tief unter ihm schlugen rauschend die Wogen des Meeres an das erstarrte Gestade. Auf einem Eisvorsprung lag der Waidmann. Aus seinem Rücken ragte der Schieferspitzenspeer.

»Aris!« seufzte Frilla. »Wie kommen wir an diesen Ort? Was ist geschehen? Wer war dieser schreckliche Unhold?«

»So bist du wieder gesund?« rief der Norweger erfreut. »Ist der Wahn endlich von dir gewichen?«

»Welcher Wahn?« staunte Frilla. »Ich sah ein grausiges Ungeheuer und verlor die Besinnung. Als ich wieder erwachte, sah ich das Scheusal wieder ... Warum verfolgte es uns?«

Aris schüttelte heftig den Kopf, da spürte er, wie er ein Stückchen über die Eisklippe rutschte.

»Nicht!« schrie Frilla erschrocken und hielt ihn mit beiden Händen fest.

»Weißt du wirklich nicht, wer dort unten liegt?« fragte Aris überrascht. Dann fielen ihm die Worte der Wölwa nach Thorhalls Geburt wieder ein, und verblüfft fuhr er fort: »Du hast den Waidmann getötet und dabei sein Schicksal auf doppelt wundersame Weise erfüllt. Nur jemand, der ihn nicht kannte, durfte ihn töten — du aber wußtest in deiner Verwirrung ja nicht, wer er war! Und da du Thorhall mit einer Steinspitze trafst, nutzte dem Berserker auch sein Zauber nichts, der ihn eisenfest machte.«

»Sprich nicht so viel«, drängte Frilla. »Ich versteh ja doch nicht, was du meinst!« Sie riß sich einen Streifen vom Gewand und verband die Wunde des Norwegers. Staunend sah er, daß die Axt des Waidmanns in ihrem Gürtel steckte. Dann schob die Friesin Aris

so weit vom Rand fort, daß er sich aufrichten konnte. Langsam führte sie ihn zu dem Fellboot.
»Rudern werde ich nicht können«, stieß er mit großer Anstrengung hervor.
»Aber ich«, sprach sie beruhigend. »Wir müssen schnell fort von hier. Wenn das wirklich der Waidmann war, segelte er gewiß nicht allein.«
»Seine Leute warten im Süden auf uns«, ächzte Aris.
Frilla bettete den Schwerverletzten auf den Boden und fuhr vorsichtig zwischen den Klippen der Küste entlang nach Norden.
»Ein seltsames Gefährt hast du dir da gebaut«, sagte sie dabei, »und doch erscheint es mir so vertraut, als wäre ich schon viele Male darin gefahren.«
Darauf erzählte ihr Aris alles, was in den vergangenen Jahren geschehen war: Wie der Waidmann Frilla und die anderen Frauen von Gardar zu seinem Trollbruder nach Trutzklipp verschleppte, wie Aris Frilla aus Magogs Klauen rettete und daß sie danach viele Jahre mit verwirrtem Verstand gelebt hatte. Auch erfuhr die Friesin nun, wie sie von dem Knecht Krak zu ihrer Tochter Freydis entführt und dort endlich wiederum von Aris und den Wikingern befreit worden war.
Frilla staunte bei jedem Wort mehr und bekreuzigte sich viele Male. Dann sagte sie: »Alles, was ich weiß, ist, daß der Waidmann uns Frauen in seinem Schaumwolf nach Norden führte. Unter seiner Halle öffnete sich eine Höhle. Dort hinein stieß er uns. Und dann ...« Sie schlug die Hände vors Gesicht. »Was für ein grausiges Höllengeschöpf!« stöhnte sie. »Es riß die armen Mägde in Stücke und ... Da muß ich das Bewußtsein verloren haben. Später weckte mich Wolfsgeheul. Aber als ich die Augen aufschlug, waren es keine Raubtiere, die mich erschreckten. Im Gras lag ein Speer ...«
»Magog war größer als Thorhall«, erklärte Aris.
»Ja«, nickte die Friesin, »aber im ersten Moment ... Auch dich erkannte ich ja erst, als ich dich aus dem Schnee gegraben hatte. So furchtbare Narben! Was mußt du gelitten haben!« Mit zitternden Fingern streichelte sie seine Stirn. »Oh Aris! Ist denn das alles wirklich geschehen?« seufzte sie. Tränen glitzerten in ihren

Augen, und der Norweger wußte, daß sie um ihre verlorene Tochter weinte.

Am Abend steuerte Frilla das Fellboot in eine kleine Bucht. Dort zogen sie das Gefährt über die Flutlinie hinter Klippen. Aris war sehr erschöpft und konnte kaum noch helfen. »Jetzt wäre es doch besser, einen Gott zu kennen«, sagte er, »denn ich weiß nicht, wie es nun weitergehen soll.« So sprach er und sank zu Boden.

»Wir werden zusammen leben oder zusammen sterben«, antwortete Frilla leise und küßte des Schlafenden Mund.

Von einer Hütte im Steinplattenland

Als Aris wieder erwachte, lag er in einer niedrigen Hütte. Vor ihm brannte ein kleines Feuer. Der Duft einer würzigen Brühe stieg ihm in die Nase. Verblüfft fuhr er auf, da fühlte er den Druck sanfter Finger auf seiner Schulter.

»Wir sind in Sicherheit«, sagte die Friesin und sah ihn liebevoll an. »Und du wirst wieder gesund sein. Das Wundfieber klingt schon ab.«

»Was ist mit den Leuten des Waidmanns?« fragte Aris besorgt. Als er erkannte, daß Frilla ihm die Kleider ausgezogen hatte, zog er schnell einen Deckenzipfel über seine bloße Brust.

»Sei nicht närrisch«, lächelte die Friesin. »Ich mußte dich doch pflegen! Sind wir denn nicht schon lange genug verheiratet?«

»Das schon«, gab Aris zu, »aber wir haben noch niemals das Lager geteilt.«

»Doch«, antwortete Frilla sanft.

Aris fuhr ein wenig zurück. »Soll das etwa heißen . . .?« brummte er verblüfft.

»Wurde es dazu nicht Zeit?« fragte Frilla vergnügt. »Erst hast du geschwitzt, dann gefroren, daß dir die Zähne im Mund klapperten. Ich mußte dich wärmen . . . Schau mich nicht so an!«

»Ich dachte, ich hätte das nur geträumt«, murmelte Aris. »Es ist nur . . .« Er gab sich einen Ruck. »Ich bin deine Liebe nicht wert«, seufzte er. »Und ich will nicht, daß du . . .« Er unterbrach

sich erneut und sah sie verzweifelt an. »Du weißt nicht, was ich . . .«
Frilla legte die Arme um den Hals. »Seit langem schon liebe ich dich und wollte es mir nur nicht eingestehen«, flüsterte sie. »Aber als du mit Thorstein Erikssohn auf See warst, zwang ich Tyrker, mich von meinem Nonnengelübde loszusprechen. Dann geschah dieses Unglück . . . Nun kann uns nichts mehr trennen!«
»Doch«, sagte der Norweger düster, »und ich bringe es nicht fertig, es dir länger zu verschweigen. Denn ich kann mit dir nicht unehrlich sein.« Er seufzte tief und sah sie traurig an.
»Armer Aris«, murmelte Frilla. »Es ist wegen Freydis, nicht wahr?«
Der Norweger starrte sie an. »Du wußtest davon?« stammelte er heiser.
»Ich ahnte es«, gab die Friesin zur Antwort. »Du sprachst davon im Schlaf . . .« Zärtlich fuhr sie ihm über die Lider. »So schrecklich leidest du«, sagte sie leise, »und ich bin es doch, die alles Unheil heraufbeschwor, da ich dich damals in deiner Trunkenheit so allein ließ! Wenn du mir vergibst, will ich auch dir verzeihen. Laß uns nie wieder davon reden.«
»Aber du bist eine Christin«, wandte der Norweger ein. »Was wird dein Gott dazu sagen?«
»Es war eine schwere Verfehlung«, seufzte Frilla, »aber der Herr wäscht Sünden ab wie Kreide von einer Tafel. Ach, Aris, wenn du doch nur an Jesus glaubtest . . .«
»Ich hörte schon viel Wundersames von eurem Gott«, antwortete Aris verblüfft, »aber das erstaunt mich doch am meisten, daß er sogar solche Sünden vergibt, die man sich selbst nicht verzeihen möchte.«
Danach erzählte er Frilla von seinem Hof Elfenheim in Maxtegweg und sagte: »Obwohl du der Heilkunst Avaldididas nun nicht mehr bedarfst, will ich mit dir nach der Flußmündung fahren. Denn es gibt keinen schöneren Ort auf der Welt. Dort werden wir in Frieden leben. Mir baue ich eine Esse, dir einen Webstuhl. Dann werden die Vinländer uns gegen alle Feinde beschützen. Im Wald wohnt viel Wild, die Lüfte sind voll von Vögeln und alle Wasser reich an Fischen, so daß es uns an nichts fehlen wird.«

»Wie schön!« flüsterte Frilla unter Tränen. »Aber auch du mußt nun etwas erfahren: Kinder kann ich dir nicht mehr schenken.«
»Die Vinländer haben genügend muntere Jungen und Mädchen«, erwiderte Aris. »Wir werden ihre Waisen zu uns nehmen, damit wir jemanden haben, dem wir unseren Hof vererben können, wenn man uns begräbt.«
Sie umarmten einander und schworen, sich nie mehr zu trennen.
Einige Wochen später konnte Aris wieder rudern. Die Vorräte waren schon fast aufgebraucht, aber der Norweger wollte nun keine Zeit mehr damit verlieren, zu fischen und zu jagen. Darum trugen sie ihre Fahrhabe in das Fellboot, stießen vom Ufer ab und steuerten an der Küste entlang nach Süden. Jeden Abend lagen sie am Strand und waren sehr glücklich zusammen. Das Schiff des Waidmanns bekamen sie nicht zu Gesicht. Aber als sie nach Markland kamen, färbten sich schon die Blätter rot.
Kurz vor dem Mühlensund raste ein Schneesturm über das Meer und trieb das kleine Gefährt so weit auf die offene See hinaus, daß sie fast verhungert wären. Mit letzten Kräften ruderten sie zum Ufer zurück. Da sagte Aris: »Es ist zu gefährlich, jetzt noch nach Vinland zu fahren. Wir wollen in Honigholm überwintern, in den Hütten, die wir hier einst mit Thorwald erbauten.«
Sie ruderten daher an Kielspitz vorüber nach Osten und kamen knapp vor dem Eis in die Quallenbucht. Dort zogen sie das Hautboot aufs Land und richteten sich im kleinsten Haus ein. Aris erlegte viele Robben und trocknete ihren Speck, so daß sie nicht mehr darben mußten.
Nie zuvor waren sie glücklicher als in diesem Winter.
Im Monat Thorri kam sehr viel Treibeis von Norden. Arm in Arm wanderten Aris und Frilla am Meeresufer entlang, um Muscheln zu sammeln. Plötzlich kam Nebel auf.
»Wir gehen besser zurück«, meinte Aris.
»Ich will aber nicht«, lachte Frilla, löste sich aus seinem Arm und lief weiter.
Kopfschüttelnd blieb Aris stehen und sah seiner Frau nach, bis sie hinter einem seltsam geformten Felsen verschwand. Dann zuckte er lächelnd die Achseln und folgte ihr. Er hatte erst wenige Schritte getan, als er plötzlich entsetzliche Schreie hörte.

»Frilla!« rief der Norweger, riß sein Schwert aus der Scheide und stürmte über den Strand. Als er um die Klippe bog, blieb er wie angewurzelt stehen.
Die Friesin stand im flachen Wasser und achtete nicht auf die Wellen, die ihren Saum überspülten. Wie gebannt starrte sie auf einen länglichen Eisblock. Im Inneren des durchscheinenden Gebildes schimmerte etwas Schwarzes, und als Aris nähertrat, erkannte er voller Grausen die im Eis eingefrorene Leiche des Waidmanns.

Vom Kampf mit dem Wiedergänger

Aris sprang zu Frilla ins Wasser und riß sie an sich. »Schnell fort von hier!« rief er besorgt. »Die Sonne geht gleich unter!«
Angsterfüllt sah sie ihn an. »Wird er wieder lebendig?« fragte sie mit bebender Stimme.
Der Norweger preßte die Lippen zusammen und zog seine Frau hinter sich her zur Siedlung. Es wurde schon dunkel, als sie endlich ihre Hütte erreichten. Keuchend verriegelte Aris die Tür. Frilla entfachte mit fliegenden Händen ein Feuer. Als die erste Flamme brannte, klang Wolfsgeheul aus der Ferne.
»Beschütze uns, o Herr!« flüsterte die Friesin.
Aris wandte den Kopf und lauschte. Sein Antlitz war wie aus Stein gehauen. Nach einer Weile zog er sein Schwert und stellte sich neben den Türpfosten. »Er kommt«, raunte er Frilla zu.
Im gleichen Moment ertönte draußen ein schreckliches Schaben und Schleifen. Dann hörten sie die tiefe Stimme des Waidmanns rufen: »Öffne mir, Aris! Unsere Sache ist noch nicht zu Ende!«
Der Norweger gab keine Antwort.
Wieder ertönte die furchtbare Stimme. »Laß mich ein, Aris!« forderte der Wiedergänger. »Wir sind noch nicht fertig miteinander!«
»Ich habe nichts mehr mit dir zu schaffen!« rief Aris durch die Tür. »Du bist tot. Lasse uns Lebende in Frieden!«
»Wenn du dich weigerst, dringe ich mit Gewalt ein!« drohte die furchtbare Stimme.
»Kehre zurück in dein eisiges Grab, du Gespenst!« erwiderte Aris. »Hier ist kein Platz für deinesgleichen!«

Ein wütendes Knurren antwortete ihm. Dann erscholl ein heftiger Schlag. Mit aller Macht warf sich der Wiedergänger gegen die Tür. Bedrohlich bog sich der Riegel, da stemmte sich Aris von innen gegen die Bretter und kämpfte mit der unheimlichen Gewalt, daß ihm der Schweiß in Strömen über das Gesicht lief. Frilla stand neben ihm und trocknete ihn mit einem Tuch. So rang er bis zum frühen Morgen. Als die Nacht auf ihrem Hengst Reifmähne endlich zum Himmelsrand ritt, gellte lautes Geheul vor der Tür. Dann hörten Frilla und Aris, wie der Wiedergänger fortging.

Sie warteten, bis der Tag auf seinem Pferd Leuchtmähne die Welt erhellte. Dann öffneten sie vorsichtig die Tür. Vor dem Eingang fanden sie tiefe Fußspuren. Sie waren bis zum Rand mit Eis gefüllt.

»Ist er zurück ins Meer?« fragte Frilla mit bebender Stimme.

»Ja«, nickte Aris. »Aber er wird wiederkommen.«

Sie waren beide sehr erschöpft und schliefen bis zum Mittag. Dann nahm Aris Thorhalls Beil, fällte eine schlanke Tanne und schlug zwei Stützbalken aus dem Stamm. Als es dunkel wurde, fachte Frilla das Feuer an. Ihr Mann verriegelte die Tür und sicherte sie mit den beiden Balken.

Er hatte seine Arbeit kaum beendet, als vom Meeresstrand her wieder Wolfsgeheul hallte, diesmal aber noch viel lauter und grimmiger als in der Nacht zuvor.

Atemlos lauschten sie. Bald näherten sich schwere Schritte. Dann hörten sie den Waidmann sagen: »Tritt heraus, Aris! Unser Kampf ist noch nicht entschieden!«

Wieder gab Aris keine Antwort. Daraufhin hörten die Eheleute nun ein Kratzen und Scharren, auch ein unheimliches Schnauben und Keuchen. Dann sagte der Waidmann mit hohler Stimme: »Zeige dich, Aris! Denn unser beider Schicksal ist noch nicht erfüllt!«

»Als du noch lebtest, focht ich mit dir«, rief der Norweger zurück, »aber mit Toten kämpfe ich nicht.«

Ein wütendes Grollen drang durch die Tür. Im nächsten Augenblick ließ der Anprall eines riesenstarken Körpers dröhnend die Bretter erheben. Der Riegel knackte und die Fichtenbalken bogen sich. Rasch stemmte sich Aris wieder von innen gegen das äch-

zende Holz. So heftig war diesmal der Kampf, daß dem Norweger das Blut aus den Augen sprang. Frilla stand hinter ihm und wischte ihm die Lider. So rang Aris auch die zweite Nacht hindurch, bis Delling, der Dämmergott, die Erde mit seinem Tau benetzte. Als das fahle Morgenlicht durch die Ritzen der Hütte drang, hörten die Eheleute wieder ein grausiges Wolfsgeheul. Dann stapfte der Wiedergänger mit schweren Schritten davon.
Aris wartete, bis der Heilschein des Tages den Himmelsrand färbte. Dann öffnete er die Tür. Wieder fand er Fußstapfen vor dem Eingang, die waren noch tiefer als die aus der Nacht zuvor. Das Eis in ihnen aber schimmerte rot wie Blut.
Da sah der Norweger seine Frau an und sagte: »Nun will ich tun, was er von mir verlangt. Denn wenn ich noch einmal mit ihm ringe, wird er mir den Rücken zerbrechen.
Er ging zum Strand, sammelte Treibholz und legte die Stämme wie Schiffswalzen auf das Gestade. Dann stieg er ins Wasser und schob den schweren Eisblock auf den flachen Strand, bis der gefrorene Klotz hinter der Flutlinie lag. Nun häufte der Norweger dürres Holz um den durchscheinenden Sarg und steckte den Stapel in Brand.
»Was machst du da?« fragte Frilla bang.
»Was ich schon längst hätte tun sollen«, antwortete Aris.
Zur Mittagsstunde war das Eis geschmolzen. Schaudernd blickte Frilla in die geöffneten Augen des Toten. Die Wasser sickerten aus dem schwarzen Bart des Waidmanns. Blutig schimmerten seine zerschlagenen Knöchel; alle Fingernägel waren zersplittert.
»Hilf mir!« befahl der Norweger und schichtete nun einen großen Holzstoß auf. Dann zog er seinem toten Feind die abgebrochene Speerspitze aus dem Rücken und hob ihn unter den Armen an. Frilla ergriff die Füße. Als sie ihn auf den Scheiterhaufen legten, fiel die Rechte des Waidmanns herab und die geborstenen Nägel rissen Aris an der linken Hand die Haut auf.
Erschrocken sprang der Norweger zurück und schaute verblüfft auf die kleine Wunde.
»Gib acht!« schrie Frilla entsetzt, »in diesem Leichnam steckt der Teufel!«
»Es ist nur ein Kratzer«, beruhigte Aris sie und warf ein brennen-

des Scheit auf den Holzstoß. Ein heftiger Wind fuhr in das Feuer und fachte es an, bis riesige Flammen den Toten umgaben und eine dichte Rauchwolke zum Himmel stieg.
Immer stärker wehten die Luftstöße und am Ende fegte ein fauchender Sturm durch die Dünen. Lauter noch aber als selbst das Brausen der tobenden Winde hallte ein grausiges Wolfsgeheul über den Strand, und es schien, als könne die Lohe den Leib des Toten nicht verzehren. Da hob Aris die Axt des Waidmanns und rief dem Leichnam zu: »Zu Trutzklipp schwor ich dir einst, dafür zu sorgen, daß du die letzte Fahrt nicht ohne deine Waffe antreten sollst. Nimm nun, wonach du verlangst, und gib uns dafür den Frieden!«
Er trat an das Leichenfeuer heran, ohne darauf zu achten, daß ihm die Hitze Haare und Bart versengte, und legte das Beil auf Thorhalls Brust. In diesem Moment erstarb das unheimliche Heulen, die Haut des Toten brach blasig auf und der riesige Körper verbrannte restlos zu Asche.
Frilla bekreuzigte sich viele Male und betete zu ihrem Christ. Dann führte der Norweger sie zur Hütte zurück.
Der Waidmann kam nicht wieder.
Das Eis brach auf und sie bereiteten nun alles für die Abfahrt vor. Aber am dritten Tag sah Aris, daß sein Arm und die linke Brustseite schwärzlich verfärbt waren.
»Was sollen wir tun?« fragte Frilla bestürzt, als er ihr die Wundmale zeigte.
»Ich hätte mir gleich die Hand abhauen sollen«, antwortete ihr Mann betrübt. »Nun ist es zu spät, denn ich fühle das Leichengift schon im Herzen. Als Lebender konnte mich Thorhall nicht überwinden. Als Toter hat er mich nun doch noch besiegt.«

Von der letzten Fahrt

»Nein!« flüsterte Frilla. »O Gott! Kann ich denn gar nichts tun?«
»Wenn ich tot bin«, bat Aris mit schwacher Stimme, »so verbrenne auch mich! Ich weiß nicht, wie es im Jenseits aussieht und will nicht als Wiedergänger zurückkehren. Fahre dann zu Avaldi-

dida. Er wird dich aufnehmen und für dich sorgen.« Er zeigte ihr seine Peilscheibe, erklärte wohin sie steuern solle, und sagte am Ende: »Trauere nicht um mich! Es stand kein guter Stern am Himmel, als ich dich zum ersten Mal sah. Unheil folgte uns an alle Orte und nun auch nach Vinland. Wer könnte mit dem Schicksal rechten? Wir wollen geduldig ertragen, was es uns brachte. Denn der Mensch lebt kurze Zeit und niemandes Wort steht höher als das der Nornen.«

»Nein!« rief Frilla. »Ich lasse dich nicht sterben, selbst wenn es Gottes Wille wäre!«

Sie eilte hinaus und sammelte im Wald, was sie an Heilkräutern finden konnte. Daraus bereitete sie einen sehr starken Sud und trug ihn auf die entzündeten Stellen. Dennoch war Aris schon am Abend schwarz bis zum Hals und bekam kaum noch Luft.

»O Gott!« betete Frilla. »Laß ihn leben!«

In der Nacht saß Frilla am Lager des Todkranken und trocknete ihm die schweißnasse Stirn. Das Fieber ließ das Gesicht des Norwegers wie ein Kohlenstück glühen. Er röchelte laut. Am Morgen sank sein Kopf zur Seite.

»Aris!« schrie Frilla und warf sich über ihn. Nur noch schwach spürte sie sein Herz schlagen.

Den ganzen Tag salbte sie ihn immer wieder mit der Kräuterlösung und suchte ihm eine selbstgekochte Arznei einzuflößen. Doch das gelang ihr nicht, und Aris gewann das Bewußtsein nicht wieder.

Am Abend sank die Friesin schluchzend auf die Knie und betete viele Stunden. Zur Mitternacht überwältigte sie die Erschöpfung und sie schlief ein. Als sie wieder erwachte, drang schon helles Tageslicht in die Hütte. Erschrocken fuhr Frilla auf. Das Lager war leer.

»Frilla!« rief eine Stimme vom Strand her. »Wo bleibst du? Wir wollen fahren!«

Verwundert erhob sich die Friesin und trat vor die Tür. Aris saß auf einem Felsen. Das Sonnenlicht ließ sein Haar schimmern wie Schnee.

»Aris!« rief Frilla. »Bist du wieder gesund?«

Der Norweger gab keine Antwort. Lächelnd erhob er sich und streckte die Hände nach ihr aus.
Die Friesin blieb stehen. »Warum sagst du denn nichts?« fragte sie verwirrt. »Lebst du noch oder bist du am Ende . . .«
Aris sah sie an. Innige Liebe leuchtete aus seinem Blick.
»Und selbst wenn du tot wärst«, sprach Frilla, »ich werde mich nicht von dir trennen.« Mit einem Ruck warf sie sich in seine Arme.
»Au!« schrie Aris. »Du tust mir weh!«
Es war das erste Mal, daß sie ihn klagen hörte.
Sie fuhren nun nach Maxtegweg und kamen dort ohne weiteren Zwischenfall an. Aris errichtete sich eine Esse und schmiedete darin aus Rasenerz Werkzeuge für die Vinländer. Frilla saß an ihrem Webstuhl und wirkte rotes Tuch aus wildem Leinen. Avaldidida war oft bei ihnen zu Gast. Sie zogen zwei Waisenknaben auf. Der ältere herrschte später über die Flußmündung und der jüngere über die Schönbucht.
In Grönland aber hat niemand je wieder von Aris und Frilla gehört.

Nachwort

Ein historischer Roman über die erste Entdeckung Amerikas durch nordische Seefahrer um das Jahr 1000 kann aus zwei Hauptquellen schriftlicher Überlieferung schöpfen: Der ›Saga von Erik dem Roten‹ und der ›Grönländer-Saga‹.

Beide Berichte wurden jedoch jahrhundertelang nur mündlich überliefert und widersprechen einander in so vielen Punkten, daß man keinem von ihnen uneingeschränkt Glauben schenken kann.

Die ›Saga von Erik dem Roten‹ wurde in ihrer heute erhaltenen Form vor dem Jahr 1334 aufgezeichnet. Sie schildert Leif Erikssohns Vinlandfahrt, Thorstein Erikssohns unglückliche Reise und Thorfinn Karlsefnis mißlungenen Siedlungsversuch. Thorwald Erikssohn, Freydis, Thorward Herjulfssohn und Thorhall der Waidmann werden nur als Begleiter Karlsefnis aufgeführt, statt Bjarne Herjulfssohns taucht ein Bjarne Grimolfssohn auf.

Die ›Grönländer-Saga‹ dagegen verzeichnet sechs Vinlandfahrten: Bjarne Herjulfssohn findet die neue Küste als erster, Leif Erikssohn erforscht sie, sein jüngerer Bruder Thorwald stirbt dort, sein älterer Bruder Thorstein sucht sie vergebens. Der mißglückten Landnahmefahrt Thorfinn Karlsefnis folgt schließlich die Reise der Freydis und ihres Mannes Thorward Herjulfssohn mit den bekannten blutigen Ereignissen.

Wissenschaftler halten überwiegend die ›Grönländer-Saga‹ für die glaubwürdigere. Dieser Anschauung folgt auch der vorliegende Roman.

Seine handelnden Personen sind bis auf Aris, die Wikinger von der Forkeninsel und einige unbedeutende Nebenfiguren der historischen Überlieferung entnommen.

Leifshütten und I Hopi wurden von Forschern überall zwischen Labrador und Florida gesucht. Lange Zeit blieb jeder archäologische Nachweis einer so frühen Entdeckung Amerikas aus. Darum betrachtete zum Beispiel der norwegische Polarforscher Fridtjof Nansen die Saga von den Vinlandfahrern als Märchendichtungen nach antiken Vorbildern, etwa den Legenden von den Inseln der Seligen.

1960 entdeckte der Norweger Helge Ingstad jedoch bei dem Dorf L'Anse aux Meadows an der Nordküste Neufundlands Gebäudereste nordischen Ursprungs. Die Radiokarbondatierung ergab ein Alter von knapp tausend Jahren.

Damit ist nun der Beweis erbracht, daß Seefahrer der Wikingerzeit den Atlantischen Ozean überquerten. Die Ruinen sind mittlerweile kanadisches Nationaldenkmal und Touristen zugänglich.

Auch über die weiteren Schicksale der Vinlandfahrer und ihrer Familien gibt die nordische Sagaliteratur Auskunft:

Leif Erikssohn starb um das Jahr 1020; sein Sohn Thorgils erbte die Häuptlingswürde. Bis ins hohe Mittelalter bildete Eriks Hof Steilhalde das politische Zentrum Grönlands.

Von den Nachfahren der Freydis Erikstochter wird dagegen berichtet, daß sie ›wenig Glück‹ gehabt hätten.

Thorfinn Karlsefni wohnte zuletzt auf dem nordisländischen Hof Glaumbö. Nach seinem Tod pilgerte Gudrid Thorbjörnstochter nach Rom. Später lebte sie als Nonne und Einsiedlerin auf Glaumbö. Drei ihrer Urenkel wurden zu Bischöfen geweiht: Thorlak (1118—1133), Björn (1147—1162) und Brand (1163—1201). Die Weissagungen Thorstein Erikssohns gingen also in Erfüllung. Aber auch die Nachfahren Thorhall des Waidmanns auf Island waren sehr angesehen.

Die nordischen Siedler auf Grönland konnten sich bis an die Schwelle der Neuzeit in der Weltabgeschiedenheit ihrer eisumschlossenen Fjorde halten. Um 1350 aber wurde die Westsiedlung aufgegeben; ein halbes Jahrhundert später ging auch die Ostsiedlung zugrunde. Klimatische Veränderungen, vor allem aber die Übermacht der aus dem Norden vordringenden Eskimos mögen die Gründe dafür gewesen sein.

Funde von Schädeln, in denen noch Pfeilspitzen steckten, von verrosteten Kettenpanzern, Glockentrümmern und zerbrochenen Kruzifixen in der Asche verbrannter Höfe legen Zeugnis ab vom einsamen Endkampf der Erben Eriks des Roten. Die letzten Überlebenden aber vertrauten, wie einst ihr Ahnherr nach seiner Ächtung, ihr Schicksal den Schiffsplanken an. Und auch darin erwiesen sie sich als würdige Nachfahren großer Entdecker, daß sie nicht nach Island oder Norwegen zurückkehrten, sondern nach Vinland auswanderten, wo sie spurlos verschwanden — vier Jahrhunderte nach Erik dem Roten und immer noch hundert Jahre, ehe Kolumbus die Küste Amerikas sah.

Der Verfasser